KB010541

머털도사
재원 엄마의
편지

JᴬᴱWON

피터팬 같이
자라지 않는
자폐 아들과 엄마의
웃픈 동행

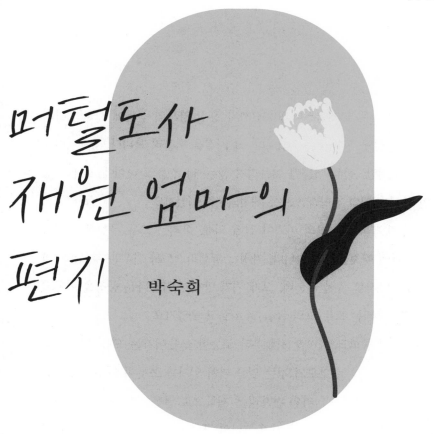

머털도사
재원 엄마의
편지

박숙희

솔과학

주위를 환하게 밝히는 빛과 같은 글, 재원 엄마의 편지

여기 쓴 글은 2008년부터 2012년까지 '홍천 영혼의 쉼터'에 재원 엄마의 주옥 같은 글을 모아놓은 것입니다. 그 시절을 떠올려 봅니다. 뚱땡이라고 이름 붙였지만, 전혀 이름에 어울리지 않는 50 즈음의 나이에 지극히 정상인 한국 여인의 전형적인 보통 체격의 여인이었지요.

그 '뚱땡이'라는 이름의 마력이 힘에 의해, 우리는 모두 무장해제 되어 그녀의 글에 빠져들곤 했습니다. 자칭 스페셜리스트를 키우는 부모로서의 일상의 이야기를 풀어 놓는데, 그게 기가 막히게 아름다운 풍경을 이루고 있습니다. 우리는 모두 그의 글을 읽고 울고 웃었지요.

재원이 초등학교 마지막 시절부터 고등학교 들어가는 모습까지, 그냥 평범한 자식 키우는 부모가 겪는 일을 마치 일기를 쓰듯이 아주 자연스럽게 적고 있기에 '재원 엄마의 편지'라는 제목으로 글을 모아놓은 것입니다. 제가 무슨 말을 하는 것보다 직접 그녀의 글을 다시 읽으며, 그 편지에 깊은 감동을 느끼시기를 바랍니다.

제가 구수한 말을 재미없는 표준어로 바꾸어 놓은 것 이외에는 거의 고친 것이 없습니다. 그녀의 글의 묘미를 많이 감소시킨 죄는 전적으로 저에게 있습니다. 제가 글의 품격을 많이 떨어지게 고친 것은 저의 알량한 지식이라는 이름의 변명입니다. 이것을 감안하시고 읽어 주시기 바랍니다. 모두에게 감사드립니다.

류해욱 신부

차례

2장

참
아름다운
존재

●

3장

세월이
주는
선물

●

4장

오늘
하루의
행복

●

5장

간절한
기도

●

1장

나는
재원이
엄마

스페셜리스트를
키우는 부모들

스페셜리스트라고 하면 안경을 하나 쓰고 하얀 가운을 입은 전문의를 떠올리거나, 아무리 맞아도 (총이든 주먹이든) 끄떡없이 미션을 완수해내는 불가사의한 몇몇 헐리우드 배우들을 연상하실 겁니다. 우리 집에도 스페셜리스트가 한 분 있는데, 이분은 안경도 안 쓰셨고, 맞아도 끄떡없기는커녕 한 소심 하느라고 옆에서 누가 울면 따라서 울먹입니다.

제 미션은 제 마음이 내키는 것만 하는, 가뭄에 콩나듯 할둥말둥입니다. 류 신부님께서 한 달에 한 번, 스페셜리스트들을 위한 미사를 집전해주고 계신데, 그 스페셜한 장소의 이름은 상록수 자활센터이고, 그곳엔 스페셜리스트들을 근접경호하느라 5분 대기조 같은 부모님들이 포진하고 계십니다.

제 아들한테 언제부터 '스페셜'이라는 꼬리가 따라붙었는지는 확실치 않지만, 업고 다니는 게 힘에 부쳐갈 즈음해서 주위를 돌아보니, 온통 '스페셜'투성이더군요. 특수 치료, 특수 학급, 특수 학교, 특별한 아이들, 特

特 特. 특수 유치원을 다니려니 장애등급이 필요해서 병원에 가서 일련의 특수한 검사들을 받고, 스페셜리스트의 어머니가 되고 보니, 사과에 붙은 特자나 大자만 봐도 가슴이 아프더군요.

아이가 어릴 때는 천재인 줄 알았습니다. 지금도 어느 면에서는 천재에 가까운 재능을 보이기도 합니다. 누나 한글 가르치느라 방문한 선생님 가방 다 뒤져, 온갖 카드 다 꺼내 놓기 몇 차례에 누나는 아직도 떠듬떠듬하는데, 재원이는 마치 머털도사처럼 앞뒤로 휙휙 지나다니며 단숨에 좔좔 읽어버립니다.

그림도 없는 아빠 원서를 가지고 몇 시간씩 들여다보다가 안 읽어지는 단어가 있으면, 제 손가락을 잡아당겨 스캐너로 사용하고, 읽어 주면 제 손을 휙~ 뿌리치고 돌아앉아 혼자 독서삼매에 빠지는 별난 아이이었습니다.

집에 손님이라도 올라치면, 볼 책 몇 권 챙겨 방으로 들어가 버리는 재원이를 보며 좀 유별나다고 생각은 했지만, 영어며 한글이며 척척 혼자 떼 내는 아이에게 어찌 추호의 일말의 의심을 했겠습니까? 그저께, 그러니까 방학 전날 반 전체 산행이 있었습니다. 조그만 학교를 찾아 이사 온 지 5년째, 5학년이 되고 보니 이젠 눈감고도 학교 뒷산을 오를 수 있는데, 그날은 어찌어찌해서 길을 잃었나 봅니다.

산길에 초목이 무성해지니 있던 길도 잘 안 보이고, 전날 내린 비로 길도 미끄러운 상태였나 봅니다. 선생님께서 도우미를 붙여서 두 아이를 산을 내려보냈는데 한 아이는 몸이 불편한 아이라 잘 걷지를 못해서 보조가 안 맞으니, 기다리기 지루해진 재원이가 먼저 내려왔나 봅니다.

점심을 먹고 있으려니 하고 급식실에 갔는데 아이가 없어서 그제서야 선생님들이랑 이리저리 아이를 찾아 뛰기 시작했는데, 어찌나 무덥고 습한지 산에 몇 발짝 안 올라갔는데도 땀이 비 오듯 흘러내렸습니다.

가슴은 두방망이질을 하고, 심장 고동 소리가 귀에까지 쿵쿵 들리는데 아이 이름을 불러제끼며 뛰다가, 걷다가, 바스락 소리에 귀 기울이다가 다리가 풀려서 엎어지는 통에, 나이 50을 바라보며 무릎이나 깨고, 괜히 설움이 복받쳐 속울음 꺽꺽거리느라 목이 메어와 한 손으로 목을 잡고 산을 오르내리기 서너 차례 만에, 아이를 찾았습니다.

아이는 간단한 말은 할 수 있지만, 여간 급해서는 입을 떼지 않는데, 저를 보자마자 "힘들었어~"하며 대성통곡을 하더군요. 모기에 물리고 더위로 벌개진 대다가 나뭇가지에 긁혀 온통 상처투성이인 아이를 보니, 참았던 눈물이 왈칵 올라왔습니다. 아이를 교실에 데려와 물을 주어도 마시지도 못하고, 그만 울어대더군요.

한참을 진정을 시킨 후에 집으로 데리고 오는 길은 발바닥이 구름 위를 걷고 있는 듯, 현실감이 없이 둥둥 떠 있는 것 같았습니다. 아이를 잃어버린 것이 처음은 아닙니다. 초등학교에 입학을 해서 벌써 서너 차례 산을 헤매고 다녔으니까요. 그래도, 세상 모든 면역이 된다고 해도, 자식을 잃어버리는 경험은 면역이 되지 않나 봅니다.

그냥 아이도 아니고, 아무 방어능력이 없는 스페셜리스트를 잃어버리는 일은 더욱이 더 그렇지요. 재원이는 자기만의 관심사가 생기면 세상으로 통하는 모든 스위치는 꺼지고, 오직 그 관심사만 눈에 들어오나 봅니다. 앞 사람과 말 몇 마디 나누는 사이에도 사라져버리기가 일쑤이니, 항상 손을 꽉 잡고 정신을 바짝 차리고 있어야 무사히 집에 돌아올 수 있지요.

아이를 잃어본 경험이 있는 사람이라면 하루를 마치고 온 가족이 모여 조촐한 저녁상을 같이할 수 있는 시간이, 얼마나 소중하고 감사한 일인지 아실 겁니다. 산을 헤매며 아이 이름을 부르는 사이사이 하느님을 부르며 잘못했다고 도와달라고, 저절로 기도가 입에서 흘러나오지요.

감사하는 일은 한 박자 늦고 하느님을 필요할 때만 불러대니, 내가 하느님이래도 얄밉겠다는 생각을 하면서 후회로 가슴이 무너집니다.

참 기도

저는 모네의 그림을 무척 좋아합니다. 딱 무슨 작품이라기보다 이렇게 멀리 산이 보이고 들판엔 햇살이 쏟아지고 양산을 든 엄마와 아이, 그리고 나무들이 있는 이런 풍경이 좋습니다. 나뭇잎들의 저 신비한 푸른빛은 어떻게 만들어 내는지 아무것도 없는 것에서 아름다움을 창조해내는 예술가들을 보면 정말이지 나와는 다른 부류의 사람들이구나, 하는 경외심이 듭니다.

아이의 방학 숙제로 음악회 예매며 미술관 검색을 해 놓았습니다. 그럴 때마다 느끼는 아쉬움은, 사람들의 삶에 위안이 되고 기쁨을 주는 예술이 요즘 아이들에겐 내신을 위한 공부가 되어 버린 듯한 느낌이 들어서입니다. 문학 작품도 다르지 않아서, 작품 전체를 통독하는 게 아니라 서점에 가면 특정한 지문, 시험에 자주 나오는 부분들만 추려서 엮어놓은 책들이 쌓여있어서 팔다리가 다 잘려나간 듯 허전해집니다.

더 우울한 통계는 우리나라 학생 중에 예술작품에 자주 접하는 아이들의 학교성적이 공부만 열심히 하는 아이들에 비해 상대적으로 낮다는 것과, 어른이 되어서도 예술 분야의 문외한이 별로 문제가 되지 않는 사회 분위기이지요. 저도 중학생 딸을 키우다 보니 하루를 비워서 아이들을 음악회나 전시회에 데려가는 일이 머릿속에서 마구 계산이 될 때가 있습니다.

제가 좀 늦는지 그런 계산을 한 것이 아이가 중학교에 들어오고 나서부터입니다. 딸 친구들까지 데리고, 난리 치는 아들까지 데리고 아이들에게 좋은 걸 보여주고 싶어서 참 열심히도 돌아다녔는데, 눈에 보이는 가시적인 효과는 별로 없습니다. 딸이 특별히 모네를 좋아해서 감상문을 써내 상을 받기도 했는데, 그래서 저도 덩달아 모네가 더 좋아졌습니다. 좀 제가 줏대가 없지요?

우리 아이들이 정상적으로 커갈 수 있는 사회 분위기가 되었으면 좋겠습니다. 수박 겉핥기로 주루룩 편집해서 아이들이 코끼리 다리 만지게 하지 말고, 천천히 멈춰서 음미하고 느끼고, 그럴 시간이 주어졌으면 합니다. 그러다간 대학 못 가겠지요? 아침이 되었는데도 해가 안 뜨고 잔뜩 흐려있습니다. 장맛비가 한줄기 하려나 봅니다. 날씨는 궂어도 웃음 잃지 마시고 건강한 하루 되세요.

대충 씻겨 놓고 먹을 걸 챙기는 사이 힘들었는지, 아이는 곯아떨어졌습니다. 피곤이 몰려왔지만, 저 자신에게 최면을 거느라 '이건 아무 일도 아니야. 별거 아니야.' 하면서 걸레질도 하고 설거지도 하고 차도 한잔 마시고, 태연한 척했습니다. 가슴은 진정이 안 되어 앉아 있을 수도 없는데 겉으론 태연한 체, 집안일을 하고 메일도 확인하고, 딸내미 전화 받고 농담도 하고 그랬습니다.

상록수 홈에 들어가니 멀리 캐나다에 사는 이가 '원래 백수가 과로사한다.'라고 댓글을 붙여놨더군요. 딱 제 얘기라서 한참 실소를 금할 수가 없었습니다. 혹시 길에 가다 스페셜리스트와 그 부모님을 만나거든 너무 오래 눈길을 주시거나 지나치면서까지 기어이 뒤돌아서 쳐다보지 마시고, 나와 다른 생각 또는 감각, 나와 세상을 다르게 느끼는 사람이 있구나. 생각해 주세요.

도움이 많이 필요한 아이를 키우는 서러움과 힘듦보다도 가끔 낯선 이들로부터 아래위를 마구 훑는 무례한 시선을 받을 때가 더 힘들고 지칩니다. 우리의 아이들은 우리의 소유가 아니고 하느님이 내리신 선물이라면, 그 하느님의 선물에 무례한 시선을 보내는 것은 옳지 않겠지요?

그리고 목숨 붙어 있는 모든 존재는 언제든 남의 도움이 필요로 하는 때가 오기 마련입니다. 상록수에 주교님이 방문하셔서 미사를 집전하신 적이 있습니다. 그때 미사 강론 중에 왜 낙태를 하면 안 되는지 말씀하신 적이 있지요. 배 안에 있어도 사람인데 함부로 생명을 없애는 일은 안 된다고요. 저는 낙태에 대해 그 정도로만 생각하고 있었지요.

주교님께서 강론하시길, 태아가 아무 힘 없고 세상에 소용이 없어서 마음대로 지워도 괜찮다고 생각한다면, 그다음 차례는 주교님 자신과 같이 나이 든 사람들이 이 사회에 소용이 없어서 사라져도 될 테고, 그다음 차례는 장애인이 될 수 있을 테고, 그다음 차례는 또 일하지 못하는 어린 이가 될 수 있을 테니까, 이런 끔찍한 결과를 방관하는 일이 된다고 하셨습니다.

그 말씀을 듣는 순간, 정신이 번쩍 들더군요. 작은 생명 하나를 소홀히 대하는 게 어째서 큰 죄악이 되는지. 역시 신부님같이 하느님께 가까운 분들은 생각하는 게 다르신가 봐요. 아니면 저만 그렇게 어리석었는지 모르겠습니다. 방학 첫날인데 긴장이 풀려서인지 관절마다 안 아픈 데가 없다고 삐걱거리며 아우성입니다.

오늘 하루는 저에게 휴가를 주고 아무 일도 안 하고, 집안에서 뒹굴거릴 예정입니다. 오후쯤 되면 재원이가 또 나가자고 노래를 부를지도 모르지만, 하여간 저 혼자서 오늘은 휴가라고 명명했습니다. 초등학교를 아들 덕에 다시 다니게 되어 5년 차이니 공부를 열심히 해서 고시라도 다시 쳐볼까 합니다. 하하하. 별 재미도 없는 얘기를 길게도 주저리주저리 늘어놨네요.

이어지는 꿉꿉한 날들에 건강 잃지 마시고 씩씩하게 보내세요. 장마가 길면 곧 휴가철이 오리니 걱정하지 마세요.

참 기도

김영희 모니카

제 기도를 들어 주지 않으신 하느님,
감사합니다.
지금껏 제가 드린 기도를 다 들어 주셨다면,
저는 분명 퍼질러 잠만 자는 개가 되었을 것입니다.
언제나 제 기도를 들어 주지 않으신 하느님,
정말 감사합니다.

딸 캠프 갈 준비로 이것저것 쇼핑하느라 힘들어서 축 처져서 돌아왔는데, 집에 도착하니 배가 고파 남편이 공수해온 피자 한 조각 물고 홈에 들어왔다가 고시랑님의 글을 읽으며 그만 마음이 무거워졌지요. 그래도 꿋꿋이 버텼는데 문화사랑방에 들러서 '차이와 주변을 받아들이는 지혜'를 읽다가 그만 눈물이 주루룩 흘러내렸습니다.

피자 입에 물고 울어본 적 있나요? 이건 뭐 웃어야 할지 울어야 할지. 아주 꼴이 가관입니다. 아무도 안 보니 좀 숭해도 다행입니다. 폭력으로 얼룩진 역사를 보면 가슴이 저 아래로 쿵. 하고 떨어지는 게 다시는 못 일어나 앉을 것 같은 무기력함이 몰려옵니다.

다들 가까이 붙어 앉은 사람들끼리 더 극성맞게 못살게 구는 것 같아서 예수님이 이웃을 네 몸같이 사랑하라는 말씀을 그래서 하셨나 싶기도 하고, 이웃을 사랑하는 게 온 우주를 사랑하는 것보다 힘들다는 우울한 말도 생각납니다. 그래도 고시랑님 같이 끊임없이 일깨워 주려 노력하는 이웃도 있으니, 아주 절망적인 상태는 아닌 거죠?

우리를
슬프게 하는 것들

우리를 슬프게 하는 것들 중의 하나인 휴가의 마지막 날입니다. 방학 중이니 휴가라고 따로 떼어내 이름 붙이는 게 우습지만, 그래도 그렇게 이름 붙여 좀 쉬었습니다. 딸 방학이 끝나가니 저도 마음이 바빠지기 시작하는데 방학이 좀 더 길었으면 좋겠습니다.

딸이라도 이젠 저보다 키가 훌쩍 커지고 보니 얼굴엔 언뜻언뜻 아기 때 모습이 스치긴 해도 같이 다니니 든든하네요. 바람이 어찌나 세차게 부는지 베란다 앞 은행나무들이 헤드뱅잉을 하면서 겨우 연두색으로 맺히기 시작한 은행알들을 젖은 바닥에 팽개쳐 놓았네요.

매미는 그래도 바람 잦아드는 틈을 놓치지 않고, 맴맴 울어 제끼는데 근 오륙 년을 땅속에서 기다리다 겨우 태어나 보니, 여름 한 철 살다 갈 날들이 이렇게 심술궂다니. 매미에 비해 무지막지하게 오래 산 제가 매미 대신에 한 멘트 날려 주었습니다. "이런~ 젠장~!"

이제 막 태어나 사력을 다해 나무에 붙어 있는 매미들은 세상이 원래 이런가 보다. 하고 태어난 것만으로 만족스러워 보입니다. 쨍하고 해 뜨는 날을 나중 겪게 되는 게 한편으론 다행이지요? 지은 지 한참 된 아파트라 바람이 원체 거세니, 마치 거인이 집을 잡고 흔들기라도 하는 듯 온 집안의 창문들이 흔들거립니다.

아닌 줄 알면서도 '응. 누가?' 하고 자꾸 내다보게 되는데 뭘 기억하는 것엔 아주 잼병인 오십 줄의 제 머리는 여름이 원래 이렇게 줄창 비 내리고 바람이 불었던가. 떠올리는 중입니다. 아무리 생각해봐도 올해가 비는 유난한 것 같습니다. 장마가 끝난다고 해서 서운했는데 제 마음을 알았는지, 장마 때보다 더 비가 줄기차게 내리네요.

비 피해로 고생하시는 분들만 없다면, 아주 맘 편히 즐길 수 있을 텐데 뉴스를 보면 그만 죄송해져서 그렇게 마냥 즐길 수는 없습니다. 방학 끝나기 전에 체험 숙제도 할 겸, 영화도 볼 겸사겸사 딸이랑 돌아다니다 왔는데 쇼핑백을 현관에 내려놓고 징징대는 아드님 먼저 씻기느라 냉장고에 장본 걸 좀 차곡차곡 정리해서 넣어달라고 했더니 "싫어. 곡차곡차 넣을 거야!" 합니다.

다음 순간 웃음이 픽 나와서 "그래. 곡차곡차 넣어." 했더니 엄마가 순순히 항복하는 게, 또 맘에 안 들었던지 "싫어 ~! 로대맘 넣을 거야!" 합니다. 로대맘? 내가 로대맘이란 걸 사 왔던가? 아이의 등을 씻어 주다가 가만 생각해 보니, 뭔 말인지 감이 왔습니다.

"으이구~ 인간성 좋은 내가 참자~" 하고 눈 한 번 질끈 감았습니다. 저도 엄마에게 '맘대로~'아가씨였을 테니 지금 제 눈앞에 있는 '로대맘'아가씨를 탓할 수는 없지요. 작고 고운 것들이 유난히 눈에 뜨이는 요즈음입니다. 큰비에 발밑이 패이고 광풍에 몸을 가누기 힘들텐데도 여린 몸으로 꿋꿋이 자리를 지키고 있는 생명이 그래서 더욱 아름다워 보이는 게 아닌가 싶습니다.

바람에 찢어진 생가지들이 가슴이 아프지만, 그 또한 생명 가진 것들이 감당해야 할 몫인 것 같습니다. 살아간다는 게 참 지루하고 구차하게 느껴지는 순간이 있을지라도 견딘다는 게 소중한 미덕이라는 것을 어렴풋이 알 것 같습니다. 구차한 삶을 훌훌 벗어던지고 박차고 나가는 게 어떻게 보면 폼나는 일이긴 하나 그 작고 보잘것없는, 하루하루가 모여서 생명을 이어가는 큰 소중함이 될 거라고 믿고 있습니다.

오늘도 참기 힘든 순간들 뒤집어 버리지 않고 잘 견딘 당신에게 "참~ 잘했어요~"라고 존경과 사랑을 보냅니다. 빨간 색연필로 달팽이 뱅글뱅글 다섯 개~! 남은 하루도 좋은 시간 되세요.

개학 날

딸 개학 날입니다. 엊저녁까지 밀린 숙제한답시고 난리를 치고 급기야는 새벽에 일어나 시계 잘못 보고 식구들 다 깨워놓고, 겨우 학교엘 보냈나 했더니 베란다에서 신발주머니 달라고 소리를 고래고래 치고 난리를 부렸습니다. 개학 날 시험 치는 학교는 자기네밖에 없을 거라며, 차 속에서 전화로 투덜투덜합니다.

전화 끊고 시험 칠 거 좀 훑어보라고 하니 범생이 같아서 싫대나 뭐래나 아주 갈수록 점입가경입니다. 휴, 저는 한숨이 절로 나옵니다. 개학 날 영어경시대회 보는 학교가 자기 학교밖에 없는지는 모르겠지만, 저는 뭐 엄마 된, 입장으로선 별로 불만 없습니다. 헐헐.

딸 앞에선 같이 불끈거리며 분개를 해 주었지요. "너네 학교 말이지. 튀고 싶으면 다른 방법으로 튀지 말이야. 개학 날 시험은 너무 하잖아?" 딸은 제가 아군인 줄 알고 흐뭇해하며 학교엘 갔지만, 사실 저는 학교 편입니다. 하하. 개학 날 풍경이 요즘은 많이 달라졌지요. 숙제도 컴퓨터로 저장해서 들고 가거나 선생님께 메일로 보내고 가방은 혹시 싶어서 필기도구, 숟가락하고 보리차만 달랑 싸 갔습니다.

점심 드시는 재미로 학교엘 다닌다는 우리 딸은 오늘은 혹시 점심을 안 줄지도 모른다는 생각에 잠시 우울해했는데 친구들이랑 우루루~~ 떡볶이 집으로 몰려가면 된다는 생각을 해내곤, 그런 생각을 해낸 자신이 기특해졌는지 발걸음도 가볍게 집을 나섰습니다.

못 말리게 낙천적인 딸은 뭐든 잘 먹어서 이쁘기도 하지만, 한편으론 '내 음식솜씨가 그렇게 형편없단 말이야?' 하고 은근히 부아도 납니다. 중학생 되고 나서 처음 점심 먹던 날, 옆에 있던 친구가 너무 맛이 없어 보인다고 갑자기 울었다나요. 그래서 친구 생각해서 위로해 주며, 그 친구 몫까지 다 먹었다는 전설이 있습니다.

공들여 만든 여치 집이 행여 찌그러지기라도 할까 봐 조심스레 들고 친구들 만날 생각에 마음이 급해 걸음을 재촉했던 어릴 적, 개학 날이 생각납니다. 다 못한 숙제가 걱정도 되었지만, 선생님 들어오시기 전까지 초치기를 하는 친구가 있는가 하면, 저같이 손바닥 두어대 맞는 것쯤이야 뭐 기꺼이 감수할 마음을 먹고 친구들이랑 조잘대는 데 열을 올리는 아이들이 많았지요.

작은 아이도 편식이라고 하면 타의 추종을 불허할 경지였는데, 신기하게도 홍삼을 정과로 만든 걸 먹으면서 식성이 많이 좋아졌지요. 지금은 두 녀석 다 매우 무거워져서 '괜히 먹었나?' 싶습니다. 오늘은 매미 소리가 아주 청량합니다. 공기 속의 습도도 조금 내려간 듯하고요. 하긴 며칠 있으면 벌써 처서입니다. 선선한 바람이 섞여 있나. 코를 킁킁거려 보아야 하겠습니다.

일기예보에는 폭염이 예상된다는데, 별로 겁이 안 나는 게 뭐든 마음먹기 달렸나 봅니다. 이번 주 지나면 작은 녀석 개학이니 숙제를 챙겨야 하겠습니다. 아이의 숙제는 거의 제 숙제지요. 시원하고 행복한 날 되세요.

편한 신발

친정어머니 생신이 며칠 전이었습니다. 10여 년 넘게 고혈압으로 고생하시다가 당뇨까지 생겨서 여간 걱정이 되는 게 아닙니다. 그래서 생신 선물을 궁리하다가 홈쇼핑에서 '편한 신발'이라고 부르짖는 구두 두 켤레를 사서 보내드렸습니다. 시댁 조카 결혼식과 겹쳐서, 가 뵙지를 못해서 무척 죄송하네요.

엄마는 신발도 바꿔 신고해서 칫수를 아는데, 아버지 신발 칫수는 알 수가 없어서 여쭤보니 당신은 신발이 아주 많다고 하시며 절대 안 가르쳐 주시는 거예요. 엄마한테 전화를 바꿔 물어봤더니, 뒤에서 가르쳐 주지 말라고 으름장을 놓는 목소리가 들려왔습니다.

그러면 내 맘대로 맞지도 않는 거 산다고 위협을 했더니, 엄마가 살짝 가르쳐 주셨죠. 쓸데없이 돈 쓴다고 또 야단치시는 소리가 들려왔습니다. 제가 부자는 아니지만 그렇다고 부모님 신발 두 켤레 못 사드릴 형편도 아닌데, 이럴 때는 아버지의 막무가내에 좀 난감해집니다.

학교에 아들을 놔두고 잠시 집에 들렀습니다. 컴퓨터를 쓰려면 큰애가 없는 시간이어야지 학교에서 거의 비슷하게 돌아오기 때문에 컴퓨터를 차지하기가 하늘의 별 따기입니다. 베란다에 내놓은 헌 컴퓨터를 공유기 달아 쓸까 싶기도 하지만, 그랬다가는 아들이 하루 종일 게임이며 노래며 하느라, 가뜩이나 뚱뚱한데 더 살이 찔까 봐 그러지도 못하고 있습니다.

방금 어머니한테 전화가 왔습니다. 아 글쎄. 칫수를 가르쳐 주지 말라고 야단이시던 아버지께서 아이처럼 구두를 신고 좋다고 팔짝팔짝 뛰고 계신다나요. 당신 신발을 안 보내드렸으면, 어떡할 뻔했어요. 어머니도 색깔도 맘에 들고 발이 아주 편하다고 좋아하셨습니다.

발에 상처라도 날까 봐 걱정되어서 사드렸는데, 올해 들어 제가 한 일 중에 몇 안 되는 잘한 짓 중에 들어갈 것 같네요. 생각해 보면 아들 낳아 놓고 하루도 부모님 마음에서 걱정을 떠나게 해 드린 적이 없는 것 같습니다. 우리 집에 오시면 아예 며칠 식량을 다 갖고 오시고, 오셔서도 물 한 컵도 시키지 않으시고 오히려 저희 시중을 드시지요.

자식 힘든 건 다 당신들 죄인 것처럼 여기시는 부모님 모습을 뵐 때마다, 한편으론 죄송하고, 한편으론 그러시지 말라고 화도 내고 그렇게 늘 철없이 살고 있습니다. 새벽에 어깨가 결려와 잠을 깨어 일어나니, 소란스러운 소리가 밖에서 들려왔습니다. 내가 무얼 끄지 않은 게 있나. 둘러보니 베란다 밖에서 들려오는 소리였습니다.

풀벌레 소리가 세상에나 그렇게 크게 들릴 줄 몰랐습니다. 베란다 아래 창문을 열어놓고 쪼그리고 앉아 있으니, 푸근하고 정겨워서 눈물이 찔끔 날 것 같은 기분이 되었습니다. 같은 소리를 내는 것 같았지만, 가만히 들어보니 쓰르르 쫑긋 또르르르 치치치치. 다 모두 조금씩 다른 아름다운 소리였습니다. 한참을 풀벌레 소리에 취해 그렇게 앉아 있다가 재원이가 깰까 봐, 일어나 들어갔습니다.

엄마가 없는 건 기막히게 자다가도 알아채거든요. 전에 친할머니께서 돌아가시기 전에 해 주신 이야기 중에 어머니와 아기가 잘 때 어머니한테서 둥그스름하고 하얀 기운이 나와서, 아기를 에워싸고 지키고 있다고 하셨습니다. 그때는 에이, 했지만 지금 생각해 보니, 정말 그런 게 있을 거라는 생각이 듭니다.

그렇지 않으면 재원이가 제가 없는 걸 어떻게 알겠어요? 어느 날인가 저 대신 아빠가 살짝 옆에 누웠더니 금세 깨더라고요. 그래도 요즘에는 컸다고 그러는지 잠결에는 아직도 저를 찾지만, 잠들기 전까지는 아빠랑 씨름을 하며 난리를 치다가 잠이 듭니다. 아들은 크면 아빠 좋아한다는 말이 맞는 것 같아요.

엊저녁엔 녀석이 음악책을 꺼내다가 아빠를 앉혀 놓고는 처음부터 끝까지 음악책에 나오는 노래를 다 불러제꼈습니다. 그런 바람직한 교육적인 풍경이라니. 헐헐. 급기야는 애국가 4절까지 다 부르고 남편은 뒤로 벌렁 누워버렸습니다. 에구구구. 나 죽는다. 하면서요.

재원이가 그 밤에 아빠를 끌고 나가 팥빙수를 두 개 포장해 와서 한밤중에 온 가족이 팥빙수 파티를 했습니다. 좀 파행적으로 운영이 되긴 하지만, 우리 집은 심심할 틈이 별로 없습니다. 하하하. 재원이 덕분에 나이값도 못 하고 나름 젊게 살고 있거든요. 길을 가다 개를 만나면 재원이가 저만 인사하면 될 걸, 옆에 있는 사람도 꼭 "개~ 안녕~!"을 시킵니다.

강아지 5마리를 낳은 옆집에 아빠를 끌고 가서 한참을 놀다가 돌아올 때, 또 그 "개~ 안녕~!"을 해서 좌중을 쓰러지게 했다고 남편이 재원이의 죄상을 낱낱이 고해바칩니다. 그렇게 열심히 일러바치는 남편 얼굴에도, 반드시 재원이를 응징해달라는 의지는 없어 보입니다.

오히려 기특해 죽겠다는 (어찌나 녀석이 말을 잘했는지~) 표정이니 남들 보기에는 참 '우끼는' 패밀리겠다. 하는 생각이 듭니다. 그래도 이웃들은 재원이가 말이 늘었다고 칭찬해주고, 우리는 우리 패밀리를 이쁘게 봐줍니다. 물론 그중에는 숭보는 이웃도 있겠지만 뭐 어떻습니까? 나랏님도 없을 땐 숭을 보는데요.

하늘이 유난히 푸르고 높아 보입니다. 콩꼬투리도 영글어가고 밤송이도 탐스럽게 매달렸네요. 가을이 다가오고 있나 봅니다. 자주 못 뵙더라도 매일매일 행복한 나날 되세요. 북한산에서 뚱땡이 아줌니가 사랑을 담아 인사드립니다.

가을 마중

엊저녁에는 행복한 꿈을 꾸다가 그만 악몽으로 바뀌어 버렸습니다. 요즘 '기도 지향' 코너에 유학이며 공부하시는 분들 기도를 간간이 드리느라, 저도 모르게 가당찮은 꿈을 꾸었는지, 글쎄 제가 유학을 가게 된 거예요. 2년 코스로요. 룰루랄라 하면서 신나게 떠나와 숙소 정리까지 하고 자려고 누웠는데, 바로 그때 아이들 생각이 난 거지요. 아 참! 내가 엄마였지!

그때서야 큰아이 학교 걱정이며 작은아이를 두고 왔다는 황당함에 어쩔 줄 몰라 이리저리 알아보니, 2년 안에는 귀국이 안 된다나요. 너무 기가 막혀 울부짖다가 잠이 깨었는데, 어찌나 놀랬던지 한동안 멍하니 앉아 있었습니다. 그러다 정신 차려 잠든 아이들을 차례로 확인하고 나니 얼마나 감사하던지요?

성서를 어떻게 어디부터 읽어야 하는지 모르지만, 마음이 불안하고 괴로울 때는 그냥 가슴에 얹어놓고 있기도 하고, 아무 곳이나 펼쳐서 읽어

보기도 하고, 졸릴 때까지 들고 누웠다가 성서 모서리에 눈이며 이마며 찍혀서 따끔한 가르침과 깨달음을 얻기도 합니다.

교리공부 할 때 출석 도장을 찍어주던 카드를 버리지 못하고, 책갈피 겸 꽂아놓았는데 그걸 볼 때마다 가슴이 조금 아픕니다. 하하하 반쯤 도장이 찍혀 있거든요. 딸내미가 조개구이 먹고 싶다고 해서 내일 바닷가를 갈까 합니다. 가는 길에 먹을 도시락을 싸기 위해 팔 떨어지게 장을 봐왔는데, 엥겔계수로만 보면 우리 집은 아주 빈곤한 가정입니다.

아이들이 한창 먹을 때라 그런지 참 신나게도 먹어댑니다. 먹으면서도 배가 고프다고 하니 할 말이 없습니다. 포도 두 송이를 씻어다 놓고 딸이 엄마는 싱싱한 걸 먹으라네요. 자기가 좀 덜 싱싱해 보이는 포도를 먹겠다고요. 왜 그러냐? 했더니 자기는 배탈이 나도 화장실 한 번이면 끝나는데 엄마는 오래 아프기 때문에 안 된다네요. 마음은 기특하지만 제가 골골하는 포도를 먹었습니다.

엊저녁에 꿈에서나마 새끼들 생각도 않고 유학을 가버린 어미인데 포도까지 덜 싱싱한 것을 아이들을 먹일 수야 없지요. 아침 등교 길에 호박덩굴이 꼭대기까지 올라간 은행나무를 만났습니다. 활짝 핀 노란 호박꽃들로 커다란 크리스마스 트리 같이 보였지요.

아주 조그만 밤송이들이 조롱조롱 달린 밤나무를 지나면 반짝거리는 잎 사이로 앙증맞은 대추 알이 가득 열려있고, 다람쥐며 까치가 즐겨 앉는 도토리나무며 아이들 손바닥 같은 단풍나무들. 하늘을 보며 천천히 걷다 보면 나뭇잎들이 겹쳐지며 지나가는 풍경이 푸른 하늘을 배경으로 영화의 한 장면같이 펼쳐집니다.

재원이도 그럴 때는 엄마 손을 안 놓고 같이 천천히 걸어 줍니다. 엄마가 또 하늘바라기를 하고 있구나. 하는 얼굴로요. 그럴 때면 재원이는 뜬금없이 "왜 하늘을 보면 눈물이 날까?" 하며 선문답 같은 말을 툭 던집니다. 재원이는 예전에 비슷한 상황에서 엄마가 했던 말을 기억해내고 별 뜻 없이 하는 말일 수도 있지만. 저는 그 말을 들으면 가슴이 철렁하고 그만 아이가 가여워집니다.

"그러게 말이다. 왜 눈물이 날까?" 하면서요. 즐거운 주말을 앞에 두고 우울한 얘기만 늘어놓았네요. 오늘은 오랜만에 화사한 햇님을 보았습니다. 주말에는 비 소식이 없으니 다행이네요. 이불이며 옷이며 가을에 맞는 것으로 바꾸어야 하는데 계속 미루어 왔거든요.

등이 따끈따끈하게 집에 돌아왔더니, 선풍기를 집어넣은 게 후회가 되네요. 하루 앞을 못 내다보고 사는 우리네 삶이니, 하느님을 믿고 의지하는 것이 새삼 든든하게 느껴집니다. 저도 뭔가 하느님께 해 드리고 싶은데 흠... 뭐 좋은 게 없을까요? 하느님께선 필요한 게 없으실 테니 선물로 드릴 게 없네요. 가을 기분 만끽하시는 행복한 주말 되시길 바랍니다. 그리고 멀리 가 계신 신부님의 여정이 평안하고 건강하게 이어지시길 빕니다. 그럼 안녕히 지내세요.

거울 속에 비친 내 모습

오늘은 여름 못지않게 더웠습니다. 학교에서 내려오는데 어찌나 덥던지 걷는 걸 포기하고 버스를 탔습니다. 한낮이라 버스 속이 한산하여 자리를 잡고 앉아 에어콘 바람이 시원하여 한숨 돌리고 있는데, 버스 기사 아저씨 거울 위로 제 얼굴이 비쳤습니다.

언제부턴가 길을 지나다 쇼 윈도우에 제 모습이 비치면, 처음엔 '저게 누군가?' 하다가 '저'라는걸 깨닫고는 깜짝 놀라게 됩니다. 만유인력의 법칙을 충실히 따르고 있는 턱살과 볼살, 팔뚝 살 또 어디 어디 있지요. 40이 넘으면서부터는 웃고 있지 않으면, 축 처진 볼살로 인해 마치 저녁도 못 얻어먹은 심술 난 불독 같습니다. 하하하.

워낙 히죽거리며 잘 웃고 다니기에 망정이지, 그렇지 않았으면 이마에 '나 화 안 났음'이라고 써서 붙이기라도 해야 할 판입니다. 앗~ 그런데 이게 웬일입니까! 버스 기사 머리 위 거울 속에 비친 제 모습이 무척 정돈되고 갸름한 게 함초롬하게까지 보이는 거였습니다.

'야~ 엊저녁에 일찍 잤더니만, 과연 잠을 많이 자야 이뻐진다니깐~' 거울 속 제 모습에 고무된 나머지 럴럴 휘파람까지 나올 뻔했습니다. 재원이가 창문을 열고 난리를 치기 전까지는요. 재원이가 자꾸만 팔을 뻗어 창밖에 내놓는 통에 자리를 바꿔 앉았습니다. 그런데 바꿔 앉은 자리에서 무심코 고개를 드니, 거울 속의 그 함초롬한 미인이 여전히 그곳에 앉아 있는 게 아니겠습니까?

조금 불길한 생각이 들어 주위를 살피기 시작했더니, 제 앞의 앞에 앉아 있는 아가씨가 저랑 거의 같은 색의 티셔츠와 내린 앞머리며 말총머리까지 헤어 스타일이 똑같았습니다. 아. 그제서야 어찌된 영문인지 깨달았습니다. 자리를 바꾸기 전, 제가 그 아가씨 바로 뒤에 앉아 거울 속에 안 보였던 거지요. 절망과 부끄럼을 삼키며 거울 속의 아가씨를 찬찬히 뜯어 보니, 젊은 시절의 저랑 조금 닮은 듯했습니다. 그래도 남의 얼굴을 보고 저인 줄 알다니, 이거 거의 치매의 수준입니다. 흑흑흑.

오늘 배식 당번이라서 급식실에서 아들을 만났습니다. 재원이는 이제 학교에선 엄마를 봐도 아는 체하면, 안 된다는 걸 터득했는지라 저도 안 반가운 척합니다. 조금이라도 틈을 보였다간, 금세 와서 안기고 어리광을 피우거든요. 제가 밥을 맡으면 늘 끝에 가서 밥이 모자란데 작은 녀석들은 빨리 커야 하니 많이 주고, 큰 녀석들은 덩치 유지해야 하니 많이 주고, 중간 녀석들은 자라는 아이들이니 많이 줘야 하고, 이래저래 제 눈에는 조금 먹어도 될만한 녀석들은 안 보입니다.

선생님들은 선생님이라서 많이 주고 엄마들은 조금 주면, 정 없다고 밥주걱으로 탑을 쌓고 있으니 말입니다. 어쩌면 제가 살을 빼는 것보다 주위 사람들을 살찌우는 편이 제가 평균치에 드는 지름길이 아닌가 싶기도 하고 홀홀홀. (사악하다.) 김밥을 말아도 꼭 자기 몸매처럼 말아놓는다는 남편의 핀잔이 없어도, 제가 실한 건 저도 알고 있습니다.

그러나 왜, 어째서, why, 어떤 연유로 아사 직전의 가느다란 몸이 아름다운 게 되어버렸는지 모르겠습니다. 아마도 먹고사는 걱정 안 하는 선진국형 미의 기준인 것 같은데 이것이 어린아이들에게 미치는 영향이 대단합니다. 정신세계가 거의 피폐해질 정도로 외모에만 집착하거든요.

재원이 반에도 하루 종일 손톱 다듬고 머리 만지는 것으로 소일하고, 점심 식사는 아예 안 하고 학원으로 직행하는 여자아이들이 꽤 있습니다. 자기들끼리 잡지를 돌려보며 외모 만들기에 목숨 거는 아이들이지요. 아이들은 어른의 거울입니다. 어른들이 일 년 내내 책 한 권도 안 사보면서 안티에이징이라면 빚내서라도 목숨 걸고 쫓아다니지요.

아이들이 무얼 보며 배우겠습니까? 급식 당번하러 오는 엄마들의 차림새를 보아도, 조금이라도 굽히면 허리며 배꼽이 다 드러나고 가슴 보이는 건 기본에, 손바닥만한 미니 스커트까지 입습니다. 이거야 원 '저를 좀 봐주세요'라는 물약이라도 마셨는지, 어디를 내놓지 못해서 안달 난 것처럼 보입니다.

슈퍼맨이 팬티를 바지 위에 입어서 유명해졌다고 생각하는지, 요즘 아낙네들은 브래지어를 티셔츠 위에 걸치고 다니더군요. 제 눈에는 무슨 욕구불만이 충족이 안 되어서 터지기 직전의 불안정한 상태로 보이던데, 남자들 눈에는 예뻐 보이는지, 그렇습니다.

이쁘면 모든 게 용서가 된다는 남자들도 문제이고, 거세된 듯 이쁘장한 미소년들 좋다고 난리 치는 여자들도 또한 문제입니다. 남자들이 돌도끼 들고 뛰어다니며 자신의 포스를 보여줘야 하는 시대는 아니지만, 그래도 남자는 남자다운 아름다움이 있어야 하고, 여자는 여자다운 아름다움이 있어야 하지 않을까요? 하느님이 만들어 놓으신 대로 말이지요.

서정범 경희대 명예교수님이 쓰신 글에 보면 '아름다움'의 어원에 대한 견해가 나와 있습니다. 그중 하나가 '아름답다.'라는 '나 답다'의 어원을 지닌다고 하는데 '알다'라는 동사 어간에 '음' 접미사가 붙은 알음에 '답다' 접미사가 붙었다는 견해입니다. '아름답다'의 어원에서 보면 아는 것이 아름다움의 본질이 된다는 것입니다. 알지 못하는 사람은 아름다움을 모른다는 이야기가 되는 거지요. 반대로 생각해 보면, 뭘 모르는 사람은 죽을 때까지 아름다운 사람이 되지 못한다는 결론이 나옵니다.

다음 세대를 이어받을 우리 아이들에게 가슴을 부풀리고 턱을 깎고 눈을 뒤집는 일들 외에도 세상에는 관심을 기울여야 할 소중한 것들이 너무도 많다는 것을, 도시락 싸들고 다니면서라도 알려줘야 하겠습니다. 남의 자식은 못 말리더라도 자기 자식들만이라도 책임지고 아름다운 사람으로 만들어 놓아야 하지 않을까요?

건강에 무리가 올 정도의 비만이 아니라면, 적당히 살집이 있는 건 장수에도 도움이 됩니다. 그리고 식구들의 정서안정에도 꽤 기여를 하지요. 헤헤. (엄마를 쿠션 삼아 누워있기를 즐기는 가족들이라면) 모두 하느님이 만들어주신 대로 자신의 모습을 사랑하면서 아름답게 살아가면 좋겠습니다. 자꾸 투덜대면 만드신 하느님이 기분 나쁘시잖아요. 호호호.

오늘은 하늘이 참 예뻤습니다. 파아란 하늘에 하얀 구름이 몽실몽실. 자꾸만 하늘을 쳐다보았지요. 딸이 학교행사로 늦으니 컴퓨터를 차지하고 앉아 주접이 길어졌습니다. 이만 저녁 준비하러 나가봐야지요. 맛있는 저녁 식사하시고 행복한 시간 되세요.

떠나보내기

실은 어제 긴 글을 올렸다가 뭘 하나 잘못 누르는 바람에 포로롱 날아가서 괜시리 애꿎은 컴퓨터를 흘겨보며 씩씩대고는 급기야 삐쳐서 꺼버렸답니다. 저 좀 유치하지요? 이제 화가 삭아서 다시 홈에 들어왔는데, 착한 초보님의 불끈거리시는 글을 보니 우리 딸이 걱정도 되고 저도 함께 공노하지 않을 수 없어서 혼자 또 씩씩댔습니다.

세상이 아이들에게 믿을 만한 모습을 보여줘야 바르게 자랄 텐데, 어른의 한사람으로 저도 자괴감이 듭니다. 제가 아이였을 때는 세상이 어땠더라? 생각합니다. 지금보다 더 낫지도 않았던 것 같은데, 최소한 대학입시는 지금보다 학생 혼자 힘으로 해결할 수 있지 않았던가 싶습니다.

그때도 과외도 하고 학원도 있었지만, 부모님들이 정보보다는 치성을 드리거나 엿을 정문에 갖다 붙이거나 하는 좀 더 어버이다운 도움을 주었던 것 같습니다. 지금은 부모님들이 정보전의 첨병이 되어야 하는데, 그게 체질이 아닌 사람들에게는 여간 힘든 일이 아니거든요.

교육은 무엇보다도 일관성이 있어야 하는데, 조령모개가 일상이니 이거야 원 걱정입니다. 우리 딸이 중 2가 되고 보니, 저도 슬슬 입시에 대해 걱정이 생깁니다. 어느 나라에 가서 살더라도 대학입시를 피해갈 순 없는데, 우리나라는 그게 좀 도가 지나친 감이 들거든요.

이제는 너무 진부하게 들릴지 몰라도 그래도 영원한 진리인 아이가 행복해지고 재능이 있고 원하는 교육을 해줘야 하는데, 이건 그냥 성적에 맞춰 들어가고 보자는 식이니, 대학도 원하는 학생 못 뽑아 난리고 학생들도 행복하지 않고, 국가 경쟁력도 줄어들고 경제적인 낭비도 심각하고 이만저만한 문제가 아닙니다.

뉴스를 틀면 대선 얘기 아니면 정치인들은 할 말이 없고, 그 와중에 제일 큰 피해자들은 믿음과 용기를 잃게 되는 어린 학생들이지요. 우리 딸의 세대가 우리보다 더 힘들게 사는 것 같아요. 어제는 인천공항에 가서 딸을 보내고 왔습니다. 할머니 할아버지께서 여행을 좋아하시는데 해마다 근력이 약해지셔서 먼 유럽여행은 엄두도 못 내신다는 말을 듣고 우리 딸이 가이드겸 셀파를 자청해서 떠났습니다.

한 달을 학교를 빠지자니 저는 안 반가웠는데, 뜻이 기특하고 또 공짜이기도 해서 (음하하하~~~^^) 보내기로 마음을 먹었지요. 노약자들만 멀고 먼 길을 보내자니 준비할 것이 많아서 한 주일쯤 바빴습니다. 어쩌면 고것이 공부가 하기 싫어서 할머니 핑계 대고 내뺐는지도 모르겠습니다.

학원 시간 때문에 친구들이 종을 치자마자 급하게 학교를 빠져나가는 통에, 한 덩치하는 우리 딸, 만날 청소하고 옵니다. 한번은 담임 선생님한테 전화가 와서 우리 딸이 얼마나 학급 일과 친구들을 잘 도와주는지, 길게 칭찬을 하셨습니다. 못난 저는 그 칭찬을 선선히 못 받아들이고, 오히려 걱정을 했습니다.

급기야 집에 돌아온 아이에게 그러면 공부할 시간이 줄어들지 않냐고 물었습니다. 딸은 괜찮다고 하네요. 자기 반에 청각장애 친구가 둘 있는데, 선생님 말씀을 잘 못 들어서 한 번 더 귀에다 얘기해줘야 한다고 했습니다. 그리고 학교를 일찍 가야 하는 이유가 자기 반, 문 잠금장치가 특이해서 아무나 못 연다고 했습니다.

나름 기술과 힘이 있어야 한다나요. 에구. 속 터져. 자물쇠 잘 열어서 워다 쓰게?라고 따지고 싶었습니다. 하루는 첫 버스를 놓쳐서 평소보다 늦게 갔더니, 글쎄 문을 못 열어서 선생님과 아이들이 복도에 죽 늘어서서 자기를 기다리고 있었다나요.

남들은 열심히 공부하는데 친구 귀에 재방송 해줘야 하고, 남 잘 때 일찍 가서 교실 문 따놓고 출석부 갖다 놓고, 친구들 학원 가느라 청소할 사람 없어 우리 딸은 만날 청소합니다. 이런 거 부모로서 아이에게 하지 말라고 말은 차마 하지 못하지만, 자기 이익 좀 차리고 살았으면 좋겠다 하는 생각이 드는 것도 사실입니다.

동생 돌보는 것이 몸에 배어 남 불편한 꼴을 못 보니, 이걸 잘한다고 해야 할지 말려야 할지. 하여간 그 오지랍에 한 덩치 하지 성격 괄괄하지, 그러니 어떤 아이는 남자친구 하자고 징그럽게 따라다니기도 합니다. 우리 딸을 감히 남자친구 하자니 별꼴입니다. 내 참. 제 눈에는 청순가련인데!

그 덕에 봉사상이란 것도 하나 타오고, 회장이라는 것도 하고 있고, 나름 열심히 살고 있는가 봅니다. 재원이 누나가 출국장으로 빠져나가는 걸 보고는 자기도 간다고 "비행기, 타요." 하면서 난리를 피웠습니다. 또래 아이들이 언어연수다 뭐다 하며 병아리들같이 똑같은 티셔츠를 입고 가이드 따라 출국하는 모습을 보니, 어쩔 수 없이 가슴이 아팠습니다.

재원이의 장애가 없어지게 해 달라고 하느님께 기도드리지는 않았습니다. 그랬다가는 제가 아이를 원치 않는 것으로 아시고 어떻게 하실까 봐 장애를 없애 달라고는 않고, 그저 좋아지게 해달라고 빌었지요. 나중에는 그런 마음을 먹은 것도 하느님이 괘씸하다고 하실까 봐 겁이 나서 제 아들로 주셔서 감사하다고 했습니다. 그리고 그건 진심이었습니다.

재원이는 어제 누나가 없는 게 이상한지, 누나 침대를 한참을 내려다보고 있었습니다. 노는 수준이 거의 형 같아서 동생 예쁘다고 하는 짓이 냅다 뒤집기에 레슬링을 해대는 누나지만, 그가 없으니 허전한가 봅니다. 조금 전에 "봉쥬르~!" 하면서 전화가 왔습니다. 전화 목소리를 들으니 무사히 도착했나 봅니다.

불어는 한 마디도 못해서 둘이서 머리 맞대고 며칠 밤을 새워 기본회화만 익혔습니다. 그래도 안 굶고 밥 먹고 길 찾아다니니, 기특하네요. 특별한 동생 키우느라 많은 보살핌을 못 준 가슴 아픈 딸입니다. 거의 엄마 맞잽이로 동생을 돌보며 같이 키워준 고마운 딸이기도 합니다.

공항에서는 징징대는 재원이를 카트에 태워 밀고 돌아다니느라 제대로 인사도 못 나누었습니다. 그냥 얼떨결에 보내고 나니 가슴이 허전해서 집에 오자마자, 라면 끓여 찬밥 말아 뚝딱 한 그릇 했습니다. 출국 전날 파티하고 남겨놓은 쵸코렛 케이크 반쪽 다 먹어치우고 재원이 간식 뺏어 먹고 밀크티까지 마셨는데도, 배가 부른 느낌이 안 들었습니다. 뱃가죽이 빵빵해져서 실핏줄이 날린 날린한데 이상하게 허기가 지더군요.

공부 시간인데도 친구들이 잘 다녀오라는 메시지를 보낸다고 자기의 인기는 식을 줄을 모른다고 오버를 해대는 통에 모두 웃었습니다. 엄마는 걱정이 팔자라서 문제라고 자기 없는 동안 재원이 잃어버리지 말고 잘 돌보라고, 주의까지 주고 갔습니다. 할머니 주머니에 '한국 대사관으로 보내주세요.'라고 영어로 쓴 쪽지를 넣어드리고 딸은 호기롭게 떠났습니다.

기내에서 건강이 좋지 않으신 할머니 수지침 놔드릴 처방전까지 챙겨서 말이지요. 비록 말은 안 했지만, 저도 딸이 남자친구처럼 느껴집니다. 뭐든지 다 해결해주고 내가 하는 건 뭐든 잘한다고 해 줄 것 같은 친구 말입니다. 내가 이렇게 의지하면 딸이 얼마나 힘들겠어. 하고 금세 생각을 고쳐먹지만 그래도 든든한 건, 어쩔 수가 없습니다.

어떤 의미에선 남편보다 더 제 마음을 잘 알아줍니다. 어려운 시간을 함께 지나오면서 엄마와 딸의 경지를 넘어선 인생의 동반자로 느껴질 때가 종종 있습니다. 메시지 보내 온 친구만 선물 사다 줘야겠다고 '귀여운 녀석들.' 하면서 씩 웃는 그 해맑은 모습이 언제까지나 상처받지 않고 살아가게 되기를 바랍니다. 딸이 보고 싶어서 가슴이 가끔 덜컹거리겠지요.

학교에서 갈색으로 얼룩덜룩 익어가는 대추를 보니, 대추며 날밤을 좋아하는 딸 생각이 또 나더군요. "그러게 있을 때, 잘하지." 딸이 있었으면 그랬을 겁니다. 하하하. 나중에 돌아오면 참말로 있을 때, 잘해야겠다는 다짐을 해봅니다. 얼마나 갈지는 모르지만요. 선선한 밤공기가 머리를 시원하게 해 주네요. 감기 드시지 않게 따뜻한 주말 보내시기 바랍니다.

작은 새

아침에는 으스스 소름이 돋아 입김을 솔솔 불면서 학교엘 갔는데 돌아오는 길엔 햇님이 쨍쨍이어서 등에 땀이 송송 배어났습니다. 이렇게 더웠다 추웠다 하면 머리가 상할 텐데요. 길가에 늘어선 나무들이 어찌나 단풍이 곱게 들었는지 멀리 갈 필요 없이 매일 오가며 감상을 하고 있습니다.

아들의 자그마한 손을 감싸 쥐고 걷던 이 길을 이제는 제 손을 오히려 아들이 감싸 쥡니다. 허리춤에서 머리카락을 찰랑대며 걷던 녀석이 남들이 보면 '사귀나?' 할 정도로 어깨 위로 쑤욱 올라오고 보니 위험한 건널목이 아니면, 손을 놓고 갑니다. 친구들은 버스를 타고 손을 흔들고 지나가는데, 굳이 걸어가자는 엄마가 마음에 들지 않아 녀석이 킹킹댑니다.

걸어서 한 40여 분 걸리니 저녁 운동시키기 전에 한 번 걸리면 하루 치의 운동을 다 시켰다 싶어서 마음이 놓이는데, 녀석은 가방이 무거운지 좌우로 흔들어대며 심통을 부립니다. 그러거나 말거나 개의치 않는 듯 틈을 안 보여야 하는데, 앞서서 씩씩하게 걸으려니 나이 50을 바라보며 배낭을 메고 땡볕을 걷는 일이 쉽지는 않습니다.

어제는 햇님이 왼쪽에 계셨는데, 오늘은 오른쪽에서 쨍쨍이었습니다. 도서실에서 창밖을 내다보고 있는데 1학년 여자아이가 소리를 질러 내려다보니 창문 바로 아래에 작은 새 한 마리가 숨을 힘들게 쉬며 날지를 못하고 있었습니다. 아이들이 하나둘 모여들어 가방을 던져 놓고 작은 새 구출에 나섰는데, 종이컵을 오려내어 물을 조금 담아 창밖으로 내려 주었더니 물먹을 기력도 없는지 작은 새는 눈길도 안 주었습니다.

이번에는 볶은 콩을 콩콩 빻아 내려 주었더니, 그것도 도리도리였습니다. 아이들이 콩 조각을 입에 들이대도 힘이 없는지, 고개만 돌리고 축 처져 있었습니다. "참새는 무얼 먹어요?" 하고 한 아이가 묻길래 "음. 곡식일 거야?" 했습니다. 그러자 아이들이 눈이 반짝하더니 어디론가 우루루 몰려가는 거예요. 순간 저는 실수를 했다는 걸 깨달았지만, 이미 엎질러진 물이었습니다.

교장 선생님께서 아이들 학습용으로 조그만 욕조에 기르고 계신 벼를 죄 훑어온 거예요. 헐~. 저는 뭐 아무것도 안 했습니다. '벼'는 고사하고 'ㅂ'소리도 한 적이 없다고요. 마침 6교시를 마치는 종이 울려 살았다. 하고 냅다 재원이를 앞세워 날듯이 뛰어왔습니다. 하하하.

내일 아침에는 '벼' 쪽으로는 눈길도 안 주고 교실로 직행할 겁니다. 아침에 학교 마당에 들어서니 잔디에 맺힌 이슬방울들이 햇살을 받아 보석을 뿌려놓은 듯 반짝이고 있었습니다. 산 위에서 내려오는 듯한 햇살도 너무도 따사로워 눈을 반쯤 감고 운동장을 도는 재원이를 눈으로 쫓고 있

45

었습니다.

아들이 좋아하는 머리 긴 6학년 누나들이 손을 잡고 같이 놀아 줍니다. 녀석은 행복한지 연신 벙긋거리며 겅중거립니다. 선생님께서 들어오라고 창가에서 녀석이 이름을 부르고서야 겨우 손을 놓고 가방을 챙겨 메고 인사를 하고 돌아서 갑니다. 재원이와 헤어져 도서실로 향하면서 "많이 컸다." 싶어서 웃음이 픽 나왔습니다.

처음 학교에 왔을 때는 교실에 안 들어간다고 산으로 들로 도망 다니고, 교실에 겨우 넣어놓으면 가위로 책이며 노트며 온통 오려대고 하루 종일 잠시도 눈을 뗄 수가 없었거든요. 도서실 쪽으로 재원이가 강아지처럼 발발대며 흥이 난 걸음으로 오기에 '어이쿠 녀석이 나한테 오나?' 하고 고개를 쏙 숨겼더니 화장실에 온 거였습니다.

뒤도 안 돌아보고 볼일을 보고 나서, 예의 그 흥이 난 걸음으로 돌아가는 걸 보니 무척 대견했습니다. 전에는 엄마가 어디 없나? 하면서 학교 이곳저곳을 기웃거리고 다녔었거든요. "공부 하나도 안 해도 좋은 공기만 마셔도 그게 어디냐?" 친정 부모님께서 우리 학교에 놀러 오셨다가 위로 삼아 하신 말씀입니다.

공부 하나도 안 하는 녀석이지만, 그래도 가랑비에 속옷 젖는다고 하지요. 저는 아이들과 더불어 지내는 이 시간이 분명 녀석에게 살아가는 힘을 줄 거라고 믿습니다. 그리고 공부도 아주 조금씩 좋아지고 있어요! 남들이 보면 속 터질 수준이지만 저는 감사합니다.

아이들이 나뭇가지 아래 놓아둔 작은 새가 어찌되었는지 걱정이 됩니다. 내일 아침 일찍 가서 살펴봐야겠습니다. 행복한 저녁 시간 되세요.

아, 배고프다

삼학년

박성우

미숫가루를 실컷 먹고 싶었다
부엌 찬장에서 미숫가루통 훔쳐다가
동네 우물에 부었다
사카린이랑 슈거도 몽땅 털어넣었다
두레박을 들었다 놓았다 하며
미숫가루 저었다
뺨따귀를 첨으로 맞았다

어릴 적 한 여름날의 기억 한 꼬투리입니다. 이마 벗겨지게 더운 날,
학교 갔다가 집에 돌아오면 엄마가 미숫가루를 한 대접 타 놓으셨다가 순

갈로 휘휘 저어주시면 얼마나 달콤하고 고소하고 시원했던지요. 가끔 그 맛이 생각나 미숫가루 사다가 타 마셔봐도 그때 그 고소했던 맛이 안 납니다.

먹을 게 많아진 탓인지 아니면 더운 여름날 부뚜막에 기대어 십여 가지 곡식을 볶고 빻고 하시던 어머니의 정성이 빠져 있어서 그런 건지 하여간 밍밍해서 한두 번 먹고는 그만 냉동실 차지가 됩니다. 아, 배고프다. 찬물에 밥 말아서 오이지 하나 집어 들고 우적우적 먹으면 여름 반찬으로 최고이지요. 하하하. 빨랑 집에 가서 많이 많이 먹어야지. 휘리리리릭~~~~.

당신이 별

모름지기 살면서 가장 아름다운 일은 누군가의 배경이 되어 주는 일이다.

별을 더욱 빛나게 하는 까만 하늘처럼, 꽃을 더욱 돋보이게 하는 무딘 땅처럼,

함께 하기에 더욱 아름다운 연어 떼처럼.

시인 안도현 님 '연어' 中

오늘 하루 종일 마음을 졸이신 수험생 부모님 여러분, 애 많이 쓰셨습니다. 안도현 님의 '연어'가 우리 부모님들의 모습 같아서 옮겨 보았습니다. 진인사대천명이니 결과는 하늘에 맡기시고 마음을 편히 잡수세요. 오늘 어찌나 바쁜 일정을 보냈는지 하루 종일 동동거리며 지내다 집에 와 앉으니 좀 멍한 상태입니다.

집에 오는 길에 피곤하여 차를 타고 올까 하는 생각이 들었는데 흐트러진 정신을 수습하고 싶어서 터덜터덜 걸어서 왔습니다. 아들 녀석은 옆

에서 뭐라고 종알종알거리는데 건성으로 응응거리며 가을 햇살에 몸을 맡기고는 발밑에서 바스락거리는 낙엽을 밟으며 간간이 눈을 감고 햇살을 느끼며 왔습니다.

불어오는 바람에 귓볼은 얼얼한데 얼굴은 온화한 햇살로 따뜻합니다. 오래전부터 참 끈덕지게 저를 힘들게 하는 한 사람이 있습니다. 무슨 억하심정이 있어서가 아니라, 그저 그렇게 남을 후비는 것을 즐기는 듯 보입니다. 어떤 때는 견딜만하다가도 제 기분도 주체하기 힘든 날은 정말 보아주기가 힘듭니다.

대꾸도 않고 잘 참은 날은 '나 왜 이리 착하냐' 하고 저 자신을 위로하고 참기 힘든 날은 '내가 짐승 잡고 사람값 물까 봐 관둔다.' 하고 혼자 씩씩대며 분을 삭이는데, 오늘은 전화기가 뜨뜻해지도록 제 속을 뒤집더군요. 그래서 혼자 지껄이게 놔두고는 먼 산을 바라다보았습니다.

'아마도 이 사람은 한동안 누구 하나를 찍어 무지하게 괴롭혀야만 풀리는 마법에 걸렸나 보다. 지금은 사람의 형상인데 그럼 원래는 파랗고 손가락 끝이 끈끈한 청개구리였나?'라는 생각이 들자 웃음이 푸하고 터져 나왔습니다. 그 사람이 어른 말씀하시는데 웃는다고 또 난리가 났습니다.

그런데 이젠 덩달아 화가 나지 않고 마법에 걸린 청개구리 공주같이 측은하게 느껴지더군요. '그래. 마음껏 남 억울하게 하시유. 그런다고 내가 달라지는 건 아니니.' 제 기분을 충분히 더럽혀야 통화를 끊을 텐데, 오늘은 그게 불가능한 것이 전파를 타고 느껴졌는지, 오래도록 전화를 못 끊고 계속 양양거렸습니다.

자식 부족한 것이 제 탓이라니 그 누명만은 기꺼이 뒤집어쓰고 싶어, 가타부타 대꾸를 안 했습니다. 그런데 웃기는 것은 저의 다른 분신인 딸,

사교육 한 번 없이도 공부 잘하고 있는 것은 누구 때문입니까? 운동 잘하고 친구 많고 씩씩하고 무거나 잘 먹고 엄마 잘 도와주고 동생 살뜰히 살피고 남 힘든 꼴 그냥 못 봐서 봉사상도 받고 것도 누구 때문입니까?

피자 안 사주고도 인간성 하나로 회장에 뽑힌 우리 딸이 선선히 잘 크는 것은 제 탓이라고 나무라질 않으니, 정말 웃기지 않습니까?

굽은 나무가 더 좋은 이유

구광렬

내가 곧은 나무보다
굽은 나무를 더 좋아하는 이유는
곡선이 직선보다 더 아름답기도 하지만
굽었다는 것은 높은 곳만 바라보지 않고
낮은 것도 살폈다는 증표이기 때문이다.

내가 곧은 나무보다
굽은 나무를 더 좋아하는 이유는
곡선이 직선보다 더 부드럽기도 하지만 굽었다는 것은
더 사랑하고 더 열심히 살았다는 증표이기 때문이다.

땅에다 뿌리를 두고
하늘을 기리는 일이 어찌 쉬운 일일까.

비틀대며 살다 보면 폭풍에도 흔들리지 않는
뿌리의 가치를 알게 되고
하늘 한 번 쳐다 보고
땅 두 번 살피다 보면

굽지 않을 수 없는 일이다.
굽지 않을 수 없는 일이다.

  굽은 나무가 고향 선산을 지킨다고 합니다. 잘난 자식은 나의 자식이
아니라 나라의 자식이라는 우스개 소리도 있습니다. 저에게는 저를 지켜
줄 것 같은 부족한 자식과 나라의 자식이 될 싹수가 보이는 잘난 자식이
있습니다. 둘 다 '제 탓'이라고 해도 기꺼울 자식들입니다. 못난 녀석만 제
탓이라고 해도 사실 서럽지도 않습니다. 제가 낮술을 한 잔 마신 까닭에
기가 막막 생겨서 넋두리를 늘어놓았습니다.
  맥주 한 캔을 다 못 마시는 주량 탓에 아주 금세 취한답니다. 하하하.
낮술 마시면 부모도 못 알아본다는데, 더 주책 떨기 전에 사라져야겠습니
다. 수리수리 마수리~ 사라져라 ~ 뿅~~~!^^

낙원 같은 집

아빠가 늦는 날 두 아이를 데리고 크리스마스 트리를 만들었습니다. 우리 집 크리스마스는 추우면 시작해서 이듬해 봄까지 죽 이어집니다. 크리스마스가 없는 겨울은 상상할 수가 없지요. 제가 겨울을 좋아하는 이유 중 1번이 크리스마스가 있어서입니다. 2번은 제 생일이 있어서이고, 3번은 방학이 길어서이고, 4번은 긴 코트 안에 살들을 잘 안배할 수 있다는 것입니다.

5번은 밤이 길어서 조용히 책을 보거나 멍청히 생각에 잠길 수 있고, 6번은 여름 동안 모아놓은 맛있는 먹이가 얼마든지 있어서입니다. 겨울이 되면은 무얼 먹고 사느냐? 그것이 문제입니다. 7번은 하얀 눈이 내려서 좋고, 8번은 땀이 안 나서 좋고, 9번은 재원이가 밖에 나가자고 덜 졸라서 편합니다.

10번은 그리움이 갑자기 훅 끼쳐서 눈물이 나도 추워서 인양 핑계 댈 수 있고, 11번은 군고구마 익는 냄새가 온 집안에 진동하게 해 놓고 즐겁게 기다릴 수 있어서 좋다는 것입니다. 12번은 정신없이 헐떡대던 계절들의 마무리를 천천히 할 수 있고, 13번은 남의 추운 사정도 알게 된다는 거, 그 외에도 겨울이 좋은 이유를 대라면 저녁 내내 읊어멜 수 있습니다. 하하.

학교에서 헐떡대며 돌아와 보니 우체부 아저씨가 다녀가신 쪽지가 있습니다. 서둘러 집에 있다고 전화를 드리고 귤을 몇 개 봉지에 담았습니다. 늘 집을 비우니 직접 받아야 하는 우편물은 꼭 두 번 걸음 하시게 하는 게 미안해서 귤 봉지를 드리고 우편물을 받았습니다.

학교에 오가는 길에 자주 뵙는 아저씨인지라 제 형편을 잘 알아서 별말씀 않으시고 따로 갖다 주십니다. 저는 늘 힘들다고 툴툴대기만 하는데 가만 생각해 보면, 얼마나 많은 분이 저를 배려해주시는지 새삼 놀랄 때가 많습니다. 올해 들어 두 번째 받은 크리스마스 카드를 트리에 매달아 놓고 작은 꽃다발도 잘 보이는 나뭇가지에 올려놓았습니다.

음악을 틀어놓고 한참을 바라보며 여지껏 행복을 찾아서 얼마나 많은 시간을 헤매었던가? 하는 생각이 문득 떠올랐습니다. 김지원의 '낙원 같은 집'에 묘사된 것처럼 우리는 이미 낙원에 살고 있었으며, 낙원을 떠난 일도 일찍이 없었고, 낙원을 찾는데 필요한 것은 옷도 아니고 집도 아니고 시간도 아니고 그냥 '감았던 눈을 뜨는 것'뿐이었던 것입니다.

김장한 후유증이 못나게도 아직 안 가셔서 아스피린을 삼키고 파스를 덕지덕지 붙이고 지냅니다. 소띠들은 일을 잘한다는데 저는 일상에서 조금만 오버하면 꼭 탈이 나니 좀 품질이 떨어지나 봅니다. 이번 김장은 몽땅 천연 조미료로 맛을 낸 웰빙 김치입니다.

상록수 주방장인 왕언니 지휘 아래 다시마, 표고, 배, 멸치 등등으로 육수를 내어 김치 속 만드는 베이스로 쓰고, 잘 익은 홍시를 으깨 넣어 단맛을 냈습니다. 일찍 먹으려고 굴을 잔뜩 넣고 버무린 깍두기를 맛을 보니 어찌나 감칠맛이 나던지 빨리 익으라고 통째 꺼내어 놓았습니다.

김치를 냉장고 하나 가득 넣어놓고도 집 여기저기 김치통을 쟁여 놓고 나니, 안 먹어도 배가 부른 것 같습니다. 아침 등교 길에 늚이가 호호 한 입김이 빨간 목도리에 얼어붙어 하얀 가루 설탕을 뿌려놓은 것 같습니다. 머릿속에 쨍하는 소리가 나도록 차갑고도 상쾌한 아침 공기를 가르며 학교에 가는 길은 마치 동화 속 나라로 들어가는 듯합니다.

눈의 여왕이 살고 있는 성을 찾아 헤매는 게르다처럼 코밑에 고드름을 달고 학교에 도착하면 밤새 하얗게 얼어붙은 운동장의 낙엽들이 발끝에 바삭바삭 부서집니다. 아이들은 추위도 모르고 운동장을 경중거리며 뛰어다니고 아들은 그예 부러진 소나무 생가지를 붙들고 통사정을 하더니 정작 부러트리고선 혼날까 봐 토끼 같은 눈을 하고 저를 봅니다.

제 미소를 보고서야 안심을 하고 다시 운동장을 뱅글뱅글 도는 녀석은 평생 닦아야 할 제 거울인가 봅니다. 제가 찡그리면 같이 찡그리고 웃으면 따라 웃는, 심술궂은 마녀의 깨어진 거울 조각이 녀석의 눈에 들어간 것이라면 좋겠습니다. 그래서 어느 날엔가 저와 녀석이의 눈물로 거울 조각을 흘려 내보내고, 마법에서 풀린 늠름한 얼굴로 녀석이가 저에게 말을 걸어오는 상상을 얼어붙은 겨울 산을 올려다보며 잠시 했더랬습니다.

수업 시작종이 울리자 얼른 뛰어와 가방을 메고 교실로 향하는 재원이를 보며 마법에서 풀려나는 해피엔딩의 동화는 아닐지라도 바로 그 순간, 낙원으로 들어가는 마법의 주문은 알 것 같았습니다. 그래서 천천히, 가슴에 기쁨을 가득 담고. 서두르지 않고 산을 내려왔습니다.

어머니로서
여자

바야흐로 회식의 계절이 돌아왔습니다. 엊저녁 늦게 남편이 목숨을 보전하려는 일념으로 커다란 쿠키 박스를 앞세워 웃음을 넘치게 흘리며 들어왔습니다. 쿠키 맛이 매우 궁금했지만, 이 썩는다고 아이들한테는 도끼눈을 떠서 방으로 쫓고 이런 거 사 오지 말고 **빨랑빨랑** 들어오라고 잔소리를 한 연후에, 아무 관심 없는 양 식탁에 놔두고 학교까지 다녀왔습니다.

아침 그 짧은 시간에 쿠키 상자를 열어 후다닥 먹어 치우는 건, 쿠키에 대한 예의가 아니라는 게 저의 철학입니다. 히히. 학교에서 오자마자 상자를 열어서 어떻게 생겼나 눈요기만 한 다음, 다예가 오기를 기다려 손만 씻게 하고는 셋이 모여 앉았습니다.

쿠키라는 건 자고로 입을 있는 대로 옆으로 죽 찢어 한입 가득 집어넣어야 제맛이지 얌전떤다고 끄트머리를 조금씩 떼어먹는 것은 쿠키에 대한 예의가 아닐 뿐더러, 떨어진 쿠키 부스러기를 치워야 하는 어머니에 대한 예의도 아닙니다. 헐헐. 눈 있는 대로 치켜올리고 입 옆으로 최대한 찢기, 이게 해보신 분들은 아시겠지만, 눈알을 부라리지 않으면, 보쌈 먹을 때마냥 입도 크게 안 벌어지지요.

눈을 사천왕같이 크게 치켜 올려 떠야 입이 옆으로 죽 찢어집니다. 누가 누가 입을 크게 벌리나 셋이서 마주 보고 쿠키를 아그작거리며 먹다가 낄낄대고 웃음이 터져 사레들려 죽는 줄 알았습니다. 제가 쿠키며 단 것을 워낙 좋아하는지라 남편은 전혀 입도 안 대지만, 연애 시절부터 점수 따려고 무척 사다 안겼습니다.

덕분에 몸매가 장난이 아니지요. 예쁜 사탕이나 쵸코렛이며 쿠키를 주머니에 넣고 다닐 때가 많아서, 제가 가방이나 주머니를 뒤적거리면 주위 사람들이 은근히 기대를 합니다. 아침에 등교하는 길에 시간이 조금 여유가 있어 근처 공소에 가서 성모님께 아침 인사를 드렸습니다.

날씨가 어제보다 꽤 추워져서 성모님의 맨발을 뵈니 죄송스러워졌습니다. 재원이 저를 보며 "머리. 가슴. 어깨." 하며 성호를 긋습니다. 저도 확실히 성호 긋는 법을 모르지만, 비슷하게 하고 잠시 둘이서 조용하게 각자 기도를 드렸습니다. 기도를 마치고 돌아서며 "저분이 누구야?" 하고 물었더니 녀석이 "평화의 어머니!"라고 답합니다.

성모님이라는 말만 해 주어도 대만족일 텐데, 잠깐 놀라서 가만 서 있었지요. 전에는 미사 때에 신부님께서 신자들과 인사를 나누시는데 자기 차례가 되니까 신부님을 보고 "아빠!"라고 해서 무척 감동을 한 적이 있었습니다. 녀석이 신부님을 Father라고 하는 걸 어떻게 알았을까요?

사실은 모르고 우연히 한 소리일 수도 있지만 저는 녀석이 성모님, 신부님을 알고 있는 것이라고 믿고 싶습니다. 성모님 앞에 누가 있으면 저는 부끄러워 주저주저하는데 녀석이 제 손을 끌어 "머리. 가슴. 성모님, 안녕하세요?" 하며 데리고 갑니다.

그럴 때면 가슴이 찡해져서 눈물이 핑 돕니다. 아침에 머리를 감고 나섰더니 머리카락이 얼어서 뒤통수가 얼얼했습니다. 아이스크림을 잔뜩 먹었을 때처럼, 머리가 아파 왔는데 학교에 도착하니 머리카락이 얼음과자처럼 바삭거립니다. 애들처럼 모자를 쓰기도 그렇고, 그냥 버티다가 왔더니 머리가 얼얼하네요.

오늘이 11월의 마지막이네요. 한 달은 무척 빨리 지나가는데 하루는 천천히 힘겹게 지나갑니다. 12월이 남았지만 한해가 다 지나가 버린 듯한 허무함이 드는데 '올 한해는 무얼 했지?' 하는 생각에 조금 우울해지려 합니다. 배경 화면이 화려하면 그 위에 존재하는 것들이 밝게 빛날 수가 없겠지요. 무채색의 삶을 묵묵히 올 한해도 열심히 살아내신 어머니들께 수고하셨다고 손을 잡아드리고 싶습니다. 제 손도 누가 잡아주시려나요?

가을 편지

학교 전체가 양수리로 고구마 캐러 가는 날인데 한 시간이나 늦게 일어났습니다. 눈에 불이 번쩍! 엊저녁에 김밥 재료들을 대충 준비해 놓았기에 망정이지, 식탁 가득히 김밥 재료며 샌드위치 바게뜨 과일 등등 늘어놓고, 초 스피드로 김밥 말면서 재원이 등교준비 부탁하고, 아침상 정신없이 차렸습니다.

정신없이 학교에 달려가니 친구들이 벌써 교실에서 나오고 있습니다. 그래도 다행이다 싶어 운동장에 무거운 배낭을 내려놓고 있는데, 오늘 종합반 한 친구가 결석해서 도우미 선생님이 재원이 돌볼 테니, 재원이 어머니는 안 가셔도 되겠다는 선생님의 말씀이 있었습니다.

엄마가 안 따라오니 불안한지 버스에 올라타는 내내 뒤를 돌아보느라 정신없는 녀석을 보니 차라리 따라가는 게 마음 편하겠다 싶었지만, 엄마 없이 가 보는 것도 공부다 싶어서 꾹꾹 참았습니다. 텅 빈 학교가 낯설어서 도서실 들러 커피 한 잔 하고, 타달타달 집에 돌아왔습니다.

갑자기 공짜 하루가 주어진 것이 적응이 안 되어서 화장실 갈 때마다 가도 되냐고 물어보던 쇼생크 탈출에 나오는 늙은 죄수처럼, "저, 이 시간에 집에서 놀아도 되는 거예요?"라는 질문을 누구에게라도 하고 그래도 된다는 허락을 받아야 할 것 같습니다.

대낮에 혼자 있게 된 이런 시간에 청소를 하려니 아깝고, 설거지만 대충 해 놓고 베란다 앞에 앉았습니다. 식탁에는 김밥 꽁지 수북히 한 접시, 바게뜨 샌드위치 꽁지 부분 네 개, 샌드위치 남은 거 한 개 반, 과일 예쁜 거 골라 담고 남은 것 한 바구니 등등. 제 차지가 될 나머지 음식들이 잔뜩입니다

귤을 몇 알 집어 들고 아침 햇살 속에 앉아 있으니, 새소리며 따사로운 햇빛에 마음이 찡해지도록 행복해집니다. '아. 참 좋구나.' 그러나 그것도 잠시, 재원이가 버스에서 칭얼대지는 않는지 멀미는 안 하는지, 걱정이 되어서 마음이 편치가 않습니다. 제가 더 분리불안인 것 같지요?

아침에 제가 체험 학습을 안 따라가게 된 걸 본, 학교 어머니가 놀러 오라고 전화가 왔습니다. 시부모님을 모시고 산자락 아래 사는 엄마인데 아들만 셋을 두었습니다. 그 엄마, 제게 하소연이 하고 싶었던 모양인데 집에 있고 싶다고 하니, 실망을 한 눈치였습니다.

"언니, 언니, 글쎄 있잖아요. 우리 어머님이 글쎄요. 이러시지 않겠어요. 얘야. 친구들이랑 밤 주으러 갈 거니까, 점심 많이 싸지는 말고 간단히 팥물에 담가 불려서 한번 끓여 버리고, 다시 삶아 내려서 새알심 만들어서 팥죽 조금 끓이고 나물 두어가지 싸고 과일 좀 갈아서 병에 담아라. 언니. 이게 간단한 거예요. 나 참!"

흥분하면 금세 빨개지는 그 엄마 얼굴을 떠올리니, 픽 웃음이 났습니

다. "자기는 뭐 남편이 먹고 싶다면, 밤에 자다가도 벌떡 일어나서 해 준다며?" 했더니 남편은 남편이고요. 하는 대답이 돌아왔습니다. 한참을 더 좋알대다가 팥 삶아야 된다고 전화를 끊고, 저는 다시 혼자가 되었습니다.

학교에 있다가도 시부모님 식사 챙기러 꼭 집에 돌아가는 그래서 시어머니 흉을 봐도, 귀엽습니다. 눈이 부시도록 화사한 가을 햇살 속에 은행나무잎이 반짝거립니다. 어제도 그제도 본 그 나무일 텐데, 제 마음이 여유로우니 새삼 아름답게 보입니다. 멀리 가을 북한산이 듬직하고 푸르른 자태로 하늘과 맞닿아 있습니다.

조그만 일에도 앙앙대고 중심을 잃고 휘둘리는 저이지만, 저 산처럼 든든하고 위로가 되는 존재가 되고 싶습니다. 최소한 재원이에게 만이라도 그런 존재가 되어야 할 텐데요. 초등학교 마지막 학년을 지나면서 아쉬움 속에 봄과 여름을 보내고 이 가을도 마지막이구나, 이 나무의 가을 자태를 보는 것도 마지막이겠구나, 하고 돌아오는 계절마다 먼 산을 쳐다보기만 해도 가슴이 찌르르해집니다.

학교 운동장에 구르는 밤송이 도토리 하나도 예사롭지가 않고, 푸른 하늘을 올려다보면 눈이 시려 옵니다. 물론 언제든 오고 싶으면, 다시 와 볼 수야 있겠지만 초등학생이었던 재원이 손을 잡고 가을 햇살 속을 걸었던 아름다운 시절은 영원히 다시 돌아올 수 없겠지요.

벌써 정오가 다 되어가니 녀석이 오기까지 세 시간 정도 남았습니다. 그 시간 동안 '무얼 할까?' 하고 궁리하다 다 보낼 것 같습니다. 흠. 집안 일 중에 지금 제가 해보고 싶은 것은 다예가 신던 분홍색 슬리퍼 맨발로 질질 끌고 시간이 남아서 죽겠다는 듯이 한껏 여유로운 걸음걸이로 재활용품을 들고 실실 걸어가서 천천히 다 정리를 하는 거입니다.

그리고 그래도 할 일 없다는 듯이 다시 천천히 돌아오면서 남들 베란다도 올려다보고 점심 차리느라 왈왈거리며 그릇 부딪히는 소리도 음미해 가는 것입니다. 그리고 재원이가 좋아하는 강아지풀 하나 뽑아 들고 세발자전거 타는 아이들 간섭도 해가며 집에 돌아오는 겁니다.

아! 그리고 또 한 가지. 부지런한 주부들처럼 빨래 건조대 밖에 내다 놓고 화사한 햇살 아래 이불 뽀송뽀송하게 말려 보는 거지요. 오늘은 이 두 가지 다 해볼 수 있으니 운이 좋은 하루입니다. 오랜만에 들어와 난데없이 김밥 꽁지 얘기해서 심기 어지러워진 김밥 꽁지 매니아 분들 있으시면 저 혼자 냠냠하게 되어서 죄송하단 말씀 드립니다.

이 좋은 계절에 영혼의 쉼터 가족 모두 건강하시고 오늘도 눈부시고 행복한 하루 되시길 빕니다. 북한산에서 뚱땡이 올림.

강아지풀

아들이 좋아하는 강아지풀입니다. 좋아한다고 말하기는 뭣한 것이 강아지풀을 잡고 쭉 뽑아서는 줄기부터 냠냠하기 시작하여, 급기야는 부숭부숭한 털까지 맛을 보느라 사레가 들려 눈물이 쏙 빠지게 재채기를 해대니 좋아한다고 하기는 뭣하고, 강아지풀 입장에서는 그런 원수가 없고 아들 입장에서는 만만찮은 웰빙식입니다.

재원이랑 같이 노란 조끼를 입고 등교길, 교통정리를 합니다. 산에 오르는 등산객들이 인사를 건네 옵니다. "수고하십니다. 보기 좋습니다!" 어머니들이 교통 정리하니까, 보기 좋다는 말씀이겠지요. 재원이는 제 깃발까지 뺏어 들고 산을 오르려는 차들 앞에 휘둘러 세웁니다.

덩치는 북한산만 하니, 운전자들이 고분고분 말을 잘 듣습니다. 재원이 녀석, 매일 아침 세워놓아야겠다는 어머니들의 칭찬에 신이 납니다. 노란 깃발을 흔들며 서 있는 녀석의 머리 위로 눈부신 아침 햇살이 쏟아집니다. 녀석의 천진한 미소와 햇살이 너무 고와서 눈물이 핑 돕니다. 등

곳길의 코스모스도 가끔 맛을 보는 아이템 중의 하나입니다.

학교에서 어머니들이 해마다 진달래를 따다 법석을 떨며 아이들에게 화전 맛을 보였으니, 재원이가 꽃을 맛보는 건 그의 탓이 아닙니다. 우리 땅의 꽃과 풀들은 다섯 가지 이상을 섞어 먹으면, 설사 독이 있어도 상쇄된다고 하니 참 다행입니다. 아들은 다섯 가지가 아니라 두루 맛을 보시니, 한숨이 나오다가도 '그래. 뭘 먹던 건강하기만 해라.'합니다.

남들 눈을 피해 기왕이면 여린 잎으로 슬쩍 따주기도 하고, 먼지 뒤집어쓴 놈은 물휴지로 닦아서 대령도 합니다. 학교 아이들이 재원이의 소행을 잘 아는지라 자기들 보기에도 맛있게 보이는 것이 있으면 재원이 먹으라고 따다 줍니다. 에구 참. 말려야 하나, 어쩌나요. 쯥.

요즘엔 반짝반짝 윤이 나는 대추잎에 필이 꽂혔습니다. 집채만 한 재원이가 학교 오며 가며 대추나무를 흔드는 걸 보시곤 수국 집(여름엔 수국이 흐드러지게 피는 집이지요.) 할머니께서 아예 몇 알 따주셨는데, 매정한 아들이 "싫어요!"하고는 대추잎을 마구 훑습니다.

"고맙습니다." 꾸벅 절을 하곤 제 손바닥을 내밉니다. 아들은 대추잎을 씹고 어미는 단물이 오른 대추 알을 씹으며 가니, 영문 모르는 이가 보면 영락없는 아동학대입니다. 어떻게 대추잎은 그렇게 반질반질 윤이 나는지 참 신기합니다. 해바라기를 하시는 할머니가 참 평화로워 보입니다.

나도 기어코 아들과 함께 평화롭게 늙어야지. 다짐을 합니다. 허리춤까지 오는 아들을 데리고 시작한 학교길이 이젠 제가 녀석을 올려다봅니다. 이담에 하회탈 같은 주름 만들며 순하게 늙어서 재원이랑 집 앞에 나와 앉아 학교 가는 녀석들한테 대추도 따 주고, 하늘빛 닮은 수국도 한 송이씩 안기면서, 그렇게 늙어가고 싶습니다.

인디언식
이름 짓기

아침저녁으론 쌀쌀한 요즘이지만 집으로 돌아올 때 쯤엔, 햇살이 제법 따가워서 등줄기에 땀이 조르르 흘러내립니다. 선선히 걸어오면 땀까지는 안 흘릴 수 있겠는데, 재원이는 제 걷는 속도가 신에 차지 않아 가끔 다다다 내달립니다. 숨이 턱에 차게 따라가느라 혀를 빼물고 헥헥거리면, 그런 엄마가 재밌는지 재원이가 헤벌쭉 웃습니다. 불효자식 같으니라고 하지요.

뉴타운 짓느라 새로 생긴 '신작로'를 따라가다 보면, 우리 동네엔 없던 아주 럭셔리한 운동기구들이 놓여 있습니다. 아직도 입주민이 얼마 안 되어 새것인 채로 놓여 있는데 우리 모자가 학교 오며 가며 참새 방앗간 드나들 듯이 심심하지 않게 놀아 줍니다.

재원이는 로잉 기구같이 생긴 노 젓는 동작을 하는 기구를 좋아하는데 그 위에 올라서서 좌우로 그네를 타며 "코끼리 한 마리가 거미줄에 걸렸네. 신나게 그네를 탄다네. 너무 너무 재밌어 좋아 좋아 랄랄라 다른 친구 코끼리를 불렀네." 하면서 신나게 탑니다.

어쩌면 그리 선곡도 적절하게 하는지 진짜 코끼리가 그네를 타는 것 같습니다. 길 건너 흙먼지 길로 아이들이 서너 명 모이더니, 발을 질질 끌면서 열심히 왔다 갔다 먼지를 일으키고 있습니다. 먼지가 뽀얘서 재원이가 안 보일 때 나란히 서서 신발을 내려다보곤 하는 걸 보니, 아마도 누구 신발이 먼지를 더 뒤집어썼나 내기를 하는 것 같습니다.

어머니들이 저렇게 개구지게 노는 줄 꿈에도 모르고, 집에 오면 먼지 투성이 아이들을 그냥 현관에 들여놓겠지요. 흔들 꼬리가 없어서 그렇지 꼭 강아지 같은 아이들입니다. 녀석들의 이름을 인디언식으로 짓자면 '먼지와 함께 춤을' 어때요? 재원의 웃음소리가 먼지랑 섞여서 파란 가을하늘로 올라갑니다.

날씨는 흐린데도 하늘빛이 얼마나 예쁜지 "야. 하느님 색감이 뛰어나신걸!" 하면서 감탄사가 절로 나왔습니다. 재원이 노는 품새를 보면, '천하에 걱정이라곤 없는 팔자 늘어진 이'이고 저는 음. '가끔 필이 꽂히면 무지하게 때려먹는 여인?' 하하하. 상스러운 표현을 써서 죄송합니다.

그렇지만 나중에는 이런 이름을 갖고 싶습니다. '아들 덕에 간신히 철 든 여인' 재원이는 그냥 놔두면 저녁때까지도 놀 태세여서 "집에 가면 맛있는 대추 주지!"하고 꾀어서 데리고 돌아왔습니다. 오전에 잠깐 읍내에 나가 '이렇게 많이 주면 하나도 안 남아.' 할머니한테서 대추 한 되를 사왔는데, 제가 저를 못 믿어서 반은 숨겨 놓았습니다.

이따가 '공만 보면 같이 굴러 댕기는 남자'가 퇴근해오면 대추랑 같이 사 온 밤 삶아서 맛있게도 냠냠 할 겁니다. 가끔 재밌거나 아주 고약한 사람을 만나면 저 혼자 속으로 인디언식 이름을 지어줍니다. 어떤 날은

'버럭 세상에 불만'이를 만나 황당할 때도 있고 '쓸데없는 호기심 천국'이를 만나 불쾌해지기도 하지만, 운수 좋은 날은 '조상이 혹시 가브리엘'을 만나 마음이 즉시 무장해제에 돌입하기도 합니다.

'편히 사시지, 괜히 사람 만들어 놓고 속 끓이시는' 하느님이 만드신 이 계절은 정말 아름답습니다. 엉덩이를 씰룩거리며 그네를 타는 녀석의 더벅머리 위로 펼쳐진 푸른 가을 하늘이 정말 아름습니다. 노랗게 빨갛게 물이 들기 시작하는 가로수 강아지 같은 녀석들의 배경색이 되어 줍니다.

몽실몽실한 가을 산 동심원을 그리며 잔잔히 흘러내리는 시냇물. 아름다운 것을 많이 보면, 얼굴도 예뻐지면 좋겠습니다. '잠깐만 나와 봐.' 하고 녀석이 점잖게 을러댑니다. 컴퓨터 내놓으라는 얘기지요. 이제 그만 저녁을 지으러 나가 봐야겠습니다. 맛있는 저녁 드시고 평안한 저녁 시간 되세요. 그럼 이만.

연주

사랑방에 어느 분이 올려주신 첼로 선율에 취해있다 나왔습니다. 우리 집에도 첼로를 하는 이가 하나 있긴 한데, 비쩍 마른 아줌마인 제 동생입니다. 비쩍 마르지도 않았고 아줌마이지도 않았을 때부터 첼로란 걸 했는데, 연주 실력이란 것이 어떻게 해가 바뀌어도 신통하게 변함없이 처음 그대로입니다.

동생이 첼로를 주워들면, 친정아버지는 읽을거리를 챙겨 들고 고개를 절레절레 흔드시며, 삼베 바지에 방구 새듯이 스르르 사라지시곤 하셨습니다. 동생이 첼로를 끼고 앉아 그어대기 시작하면, 한 백 년 묵은 마룻바닥이 삐걱대는 것 같은 소리가 났는데, 그건 연주하는 게 아니라 긁어 댄다고 해야 옳은 표현일 것 같습니다. 동생이 이 글을 안 보고 있으니, 마음 놓고 숭을 보아도 되겠지요? 아, 시원하다.

처음에는 첼로를 바로 옆에서 들으면 저런 소리가 나나? 싶었는데 음대 응시한 친구 응원차 실기시험장에 갔을 때, 여러 학생이 대기실에서 열심히 첼로연습을 하고 있었습니다. 그런데 그 소리는 마룻바닥 삐걱이는 소리와는 차원이 달랐더란 말입니다.

아. 그래서 내 동생이 공대를 간 거구나. 하는 깨달음이 세월이 지난 후에 왔고 "뭐, 좋아한다고 꼭 잘해야 하는 건 아니야."라고 언니로서 점잖게 위로도 해 줄 수 있게 되었습니다. 동생은 전혀 위로가 안 되었겠지만 말입니다. 학교 가는 길에 꼬물이들이 길게 누워있어서 안 밟으려 까치발을 하고 종종거렸습니다.

비도 안 왔는데 왠 지렁이들이 그렇게 땅 위로 나왔는지, 아침이슬에 취했었나 봅니다. 가끔 아예 대책 없이 불쌍하게 돌아가신 꼬물이를 보자니 제 살 궁리도 없이 무작정 습기를 따라 도로 위로 올라온 꼬물이들이 한심하기도 하고 측은하기도 합니다.

길바닥에 드러누운 꼬물이를 보고 아들을 연관 짓는 건 좀 미안한 일이지만, 자구책이라고는 눈꼽 만큼도 없이 방어능력도 카리스마도 포스도, 하다못해 보호색 하나도 없이 순하게 엎디어 있는 녀석들을 보니 가슴이 찌릿했습니다. 하느님께서 꼬물이와 우리 아들한테는 세상을 살아갈 무기를 챙겨주시는 걸 깜빡 잊으신 걸까요?

저는 특정 단어에 민감하여 머리 뚜껑이 열림과 동시에 싸움닭으로 돌변하는데 걸리는 시간이 약 0.3초입니다. 게다가 힘은 없지만, 대책 없이 용감하여 상대로 하여금, '아, 피하는 게 상책이다.'라는 가르침을 주지요. 그러나 제 아들은 덩치는 공히 슈렉을 연상케 하나 입만 벌렸다 하면, 그 정체가 금세 들통이 나서 천하에 젖먹이도 우습게 보는 순둥이입니다.

이런 신선 같은 녀석을 옆에서 수행하는 늙은 에미는 싸움닭이 되어 세상을 향해 퍼덕거리지 않을 수 없지요. 남편은 어제에 이어 오늘도 상가에 간다고 연락이 왔습니다. 어제 입은 까만 양복을 빨랫줄에 걸어놓았는데, 재원이가 그만 가위로 넥타이를 쌍둥 잘라 버렸습니다. 까만 넥타이는 그거 달랑 하나인데요. 흑흑흑.

갑자기 사러 나갈 수도 없고 해서 오늘만 양복 단추를 단정히 채우고 있으면, 안되냐고 제의했습니다. 다행히 아주 짧게 자르지는 않아서 단추만 채우면 안 보일 것 같았거든요. 남편은 도끼눈을 떠 보이고는 가장 우중충한 색깔의 넥타이를 매고 갔습니다.

아. 저는 얼마나 말이 안 되는 주부인지요. 게다가 엽기적인 아줌마입니다. 남편한테 절대 말은 안 하지만, 미안할 때가 한두 번이 아닙니다. 반성이 되다가도 한편으론 '자기 아들이기도 한데, 내가 왜 미안해?' 하고 미안한 마음을 속이지요. 내일은 전국에 가을비가 내린다고 하네요. 비가 그치면 조금 더 가을이 짙어지겠지요.

한 주일이 막바지에 이르니 힘이 부칩니다. 이번 주는 노는 토요일이니 금요일 저녁부터 행복해질 예정입니다. 모두 씩씩하게 내일 하루 보내시고 행복한 주말 맞으세요.

다래끼

재원이와 나란히 베란다에 앉아 해바라기를 하고 있습니다. 주말부터 재원이 한쪽 눈이 부어올라서 뭐가 물었나 했더니, 그게 아니었던가 봅니다. 안과에 갔더니 다래끼인데, 저절로 배농이 안 되면 절개를 해야 된다나요. 재원이를 아는 선생님인지라, 그렇게 되면 일이 커지니 저절로 배농이 되도록 약 쓰고, 온습포를 열심히 해보자고 하셨습니다.

눈에 약도 바르고 자세히 보고 싶어 하셨지만, 녀석의 눈을 뒤집으려다간 병원이 뒤집어지는 지경이라, 포기하고 그냥 왔습니다. 찜질을 자주 해서 배농을 시켜볼 양으로 학교 선생님께 말씀드리고 오늘 결석을 했습니다. 그런데 재원이가 학교 갈 시간이 되니 깨우지도 않았는데, 스르르 일어나서 화장실에 갔다가 아빠 옆에 앉아 아침도 같이 드시고, 학교 갈 채비를 합니다.

제가 학교 갈 기미가 안 보이자 재원이가 불안한지, "울어요. 울어요." 합니다. 울지마, 오늘 학교에 안 가도 돼.라고 말하니 조금 있으니까, 굵은 눈물을 뚝뚝 떨어트립니다. 깜짝 놀라서 "왜 울어?" 했더니 "울.어.요."만 반복합니다. 재원이의 눈물을 보고 나니, 저도 그만 울고 싶은 심정이 되었습니다.

어째서 눈물이 나는지 설명할 길이 없는 아들을 보니, 나중에 우리가 다 하늘나라 가고 없으면, 무슨 수로 남들에게 울고 싶은 마음을 설명할지 정말 난감해졌습니다. 어릴 적 뇌에 이상이 있나 보려고 MRI 촬영을 하느라 아이를 잠재웠던 적이 있었습니다.

남들 먹는 양의 두 배에 해당하는 수면제를 먹고도 잠이 안 들어서 고생을 하다가 어찌 어찌 겨우 잠을 재워, 촬영을 하는 도중에 그만 깨어나 버려 거대한 MRI 기구에서 아이를 급히 빼내느라 난리가 났었죠. 그 후로 재워서 무엇을 한다는 걸 상상도 하지 못하는 터라, 다래끼를 재워놓고 절개하는 건 불가능해 보입니다.

저절로 주저앉아 주었으면 좋겠는데, 큰 걱정입니다. 우리 아이들은 건강에 조그만 문제가 생겨도 치료에 협조가 안 되어 도움을 받을 수 없으니, 어디 아플까 봐 그게 제일 큰 걱정입니다. 한번은 급성후두염이 걸려 입원을 했는데, 아들이 산소 튜브를 순순히 코에 꽂고 계셔줄 분이 아니지요.

하는 수 없이 산소공급을 위해 침대 전체에 산소텐트를 둘러치고, 우리 모자 둘이서 나란히 들어가서 일주일을 버텼다는 그 산소텐트. 그 안은 무척 서늘하고 음습하고 우울했습니다. 며칠만 더 있었으면 송곳니가 길어지고 옷이 틀어지면서 제가 헐크로 변했을지도 모릅니다.

인터넷을 뒤져 다래끼 처방을 찾으니 발바닥에 무슨 글자를 써주어라, 눈썹을 뽑아주어라, 뭘 먹여라. 등등 별 처방이 다 있습니다. 제가 초등학교 들어가기 전 잠시 할머니 집에 맡겨져 있었는데, 그때 동네 아이들이 저를 '서울내기'라고 무척 놀렸습니다. 할머니께서 떡이며 찐빵으로 아이들을 회유하여 겨우 친구들이 생겼는데, 어느 날인가는 제가 다래끼가 생긴 거예요.

할머니는 장엔가 어디를 가시고 아이들과 놀고 있는데, 그중 한 친구가 제 다래끼 난 눈에서 속눈썹을 뽑아서 고인돌같이 생긴 작은 돌무더기를 만든 다음, 그 위에 올려놓았습니다. 누가 모르고 그 돌무더기를 들고 발로 차기만 하면, 그 사람이 옮게 되고 저는 다래끼가 낫는다는 얘기였는데, 동네 어귀에 누가 안 나타나나 숨어서 지켜보고 있던 악동들 앞으로 우리 할머니가 나타나신 겁니다!

아. 그때의 난감했던 기분이란 참 묘했지요? 할머니는 머리에 뭔가를 이고 앞도 안 보고 열심히 오시다가 그 돌무더기를 차버리셨고, 저는 너무 놀라서 아이들과 함께 도망을 쳤지요. 그날 밤 늦게야 집에 돌아간 저는 밤새 너무 걱정이 되고, 할머니께 죄책감이 들어서 잠도 못 이루고 끙끙 앓았습니다.

멀쩡하던 아이가 갑자기 앓아누우니, 할머니는 영문을 몰라 걱정하셨지요. 저는 할머니를 똑바로 쳐다보지도 못하고 흘금흘금 훔쳐보았는데, 다행히도 다래끼는 생기지 않았습니다. 주말에 엄마 아빠가 보러 오시기 전에 깡통에 든 가루우유를 다 먹여야 한다고 하며, 할머니는 나름의 처방으로, 콩고물 잔뜩 묻힌 찰떡을 제게 먹이셨지요.

콩고물 먹으면 목이 메어, 그나마 우유를 받아 마셨기 때문입니다. 그 때문인지 지금도 우유를 안 좋아합니다. 앓아누운 사이 어찌어찌 다래끼는 나았고, 나중에 할머니께 실토를 하고 용서를 받았는데, 지금도 그 생각을 하면 아련한 어린 시절의 추억과 이젠 돌아가시고 안 계신 할머니가 그리워집니다.

재원이랑 집에 있으니 먹는 것밖에, 아무것도 해 줄 게 없네요. 하나둘 갖다 놓은 간식거리가 식탁에 수북합니다. 아무래도 내일쯤엔 현관문에 끼어서 우리 모자 외출이 불가능할지도 모르겠습니다. 투명한 가을 햇살이 베란다에 앉아 있는 재원이 머리 위에서 춤을 춥니다.

화사한 빛으로 머리카락을 올올이 들추어 올리며 춤을 춥니다. 하늘색이 너무도 아름다워 가슴이 찡해졌습니다. 재원이 부어오른 눈두덩이만 빼면, 참 행복한 시간입니다. 학교 땡땡이치고 노는 이 기분, 누가 알까요? 모두 가을 햇살 받으며 행복한 하루 보내세요.

하느님의 작품

하굣길에 빗님이 오셔서, 덕분에 차를 얻어타고 왔습니다. 가뭄으로 아파트 앞 냇가는 물 반, 고기 반입니다. 오랜만에 내리는 비가 반가워 작은 물고기들이 몸을 연신 하얗게 뒤집으며 빗방울과 조우합니다. 저녁 운동을 못 시킬 것 같아 비가 더 내리기 전에 서둘러 가방을 현관에 던져놓고 블레이드를 신깁니다.

녀석을 성당 마당에 풀어놓으면 그래도 기본 양심은 있어서 성모님 앞에 가서 "머리. 가슴. 어깨." 하며 나름 성호를 긋습니다. 그리곤 "성모님 안녕하세요. 재원이 왔어요. 감사합니다. 안녕히 계세요. 아멘.!" 일사천리로 읊고는 룰룰대며 블레이드를 탑니다. 내리는 비로 마치 성모님이 울고 계신 듯해서 가슴이 찡해옵니다.

두 팔을 펼치고 계신 아기 예수님도 오늘 따라 슬퍼 보입니다. 성모님 앞에 서서 재빨리 기도를 드리고 눈으로 재원이를 쫓으며, 다시 천천히 성모님께 기도를 드립니다. 이 비가 그치고 나면 추워질 거라는데 우중에 우산도 없이 할머님 한 분이 주목나무 열매를 따고 계십니다.

눈이 마주치니 빙그레 웃으시는데, 손에 든 바가지에는 빨간 주목나무 열매가 가득합니다. 부지런하셔서 잠시도 가만 못 계시는 할머니는 볕이 좋으면, 돗자리 위에 고추, 나물들, 버섯, 피땅콩, 은행알까지 별별 것을 다 말리시며 놀이터에 앉아 늘 흐뭇하게 웃고 계십니다.

재원이를 보시곤 "비 오는데 집에 안 가고." 하시니 재원이는 "집에 안 가고." 하며 따라 합니다. 우산을 뱅뱅 돌리며 재원이가 노래를 흥얼거립니다. 빗속에 우산도 제대로 안 쓰고, 블레이드를 타는데도 신기하게 옷이 별로 안 젖습니다. '빗 사이로 막 가.' 몸매도 아닌데 참 신기하지요?

눈을 들어 먼 산을 쳐다보니 비에 젖어 단풍이 짙어진 듯 보입니다. 불어오는 바람에 나뭇잎들이 후두둑. 빗방울을 떨어트립니다. 굴러가는 낙엽만 봐도 까르르 웃음 터트리던 나이가 엊그제 같은데, 이젠 날리는 낙엽만 봐도 눈시울이 붉어집니다. 눈에 눈물이 없으면 그 영혼엔 무지개가 없습니다.

엊저녁 운동을 마치고 남편이 돌아와 저에게 자랑을 합니다. "글쎄 재원이가 몸이 좀 피곤한지 뛰다가 말고 '힘들어'하지 않겠어? 그리곤 또 '집에 가요.' 하더라고!" 합니다. 그랬어요? 제가 반색을 하니, 그러엄! 합니다. 우리는 이렇게 작은 일에도 감사를 하고 삽니다. 그리곤 매일 저녁, 오늘은 재원이가 무슨 새로운 말을 했나, 무슨 무슨 기특한 행동을 했나, 서로 침 튀기며 자랑을 할 수 있을 테니까요.

굽은 나무가 산을 지키듯이 그렇게 우리 곁에 오래오래 있어 줄 아이가 고맙습니다. 저는 추워서 소름이 오스스 하는데, 아이는 신이 나서 연신 싱글벙글 하늘을 올려다보며 얼굴에 떨어지는 빗방울을 즐깁니다. 가끔 스르르 제 곁으로 와선 눈높이를 맞추느라 고개를 좀 숙이고 제 눈을 빤히 쳐다보다가 씩 웃고 갑니다. '어. 싱거운 놈.' 마치 엄마가 자기보다 작아진 게 신기한 듯한 표정입니다.

누구 말처럼 손톱이 자라나듯 모르는 사이에 조금씩, 그러나 어김없이 자라나 있는 아이를 보면, 한 번씩 무릎이 푹푹 꺾이다가도 주저앉지 못하고 억지로 힘을 내곤 합니다. 과학 시험을 순전히 찍어서 30점을 맞은 아이한테 한 친구가 자기에게도 찍신이 강림하게 해달라고 통사정을 합니다. 인터넷 뉴스를 보니 장애 학생들이 평균을 깎아 먹을 것을 우려해서 일제고사 날 그 아이들만 체험 학습을 시켰다는 기사가 있었습니다.

이젠 내공이 쌓여 그런 기사를 봐도 흥분하지 않고 곰곰 생각하게 되는 경지에 이르렀습니다. 그리고 진심으로 걱정이 되었습니다. 이 사회가 어떻게 되어가려고 이러는가 하는 생각에요. 찍어서 30점은 맞은 우리 아들 재원이는 그렇다 치고, 체험 학습을 보내버리지도 못하는 비장애이고, 공부 못하는 아이들은 어디로 보내버릴 건가요?

필연적으로, 줄 세우기를 하면 일등도 꼴찌도 있어야 하는데, 사람에게 과연 갖추어야 할 덕목이 공부밖에 없는 건지요? 그리고 그 공부라는 게 시험지로 점수 매겨지는 공부밖에 아닌지요. 제 무덤을 파고 있다는 자괴감이 어른의 한 사람으로서 들지 않을 수 없습니다. 그렇게 키워놓고 나중에 공부 외에, 무슨 다른 덕목을 주문할 수 있겠습니까?

"훌륭한 사람이 되어라." "너나 잘하세요." 이렇게 안 될 자신이 있으십니까? 단독주택에 사는 친구 말이 동네에 노인복지 센터가 들어서려는데 그러면 집값이 내려간다고 반대하는 서명을 받으러 사람들이 왔었다나요. 아저씨는 안 늙으세요? 하고 돌려보냈다는데 참 화가 나더라고 했습니다.

　우리는 공부는 물론 기본적으로 잘해야 하고 늙지도 않아야 하며 아
프거나 다쳐서 장애가 되어도 안 되고 외모나 취미가 남달라도 안되는 사
회를 만들어 가고 있습니다. 하느님께서 단 한 사람도 똑같지 않게 만드
신 이유는 각자가 다 가치 있고 아름다워서라고 생각합니다. 그런 하느님
의 '작품'들에 어딜 감히 토를 달 수 있겠습니까? 우리는 모두 아름다운
하느님의 작품이라고 신부님께서 가르쳐 주셨습니다. 그 말씀을 저는 믿
습니다.

동행

지난 일요일에 재원이 블레이드 태우느라 찬 바람에 웅크리고 덜덜 떨었더니, 등이며 어깨가 얻어맞은 것마냥, 아픕니다. 이젠 바람이 꽤 차가워져서 옷깃을 있는 대로 꼭꼭 여며도 드드드 소름이 돋습니다. 재원이는 한번 신나면 배고픈 줄도 모르고 타는 통에, 추위와 배고픔에 허덕이다가 아차! 배낭에 찰떡이 있었지 하고 남편과 둘이 길바닥에 서서 맛있게도 먹었습니다.

미사 때 안드레아 수녀님께서 가져오신 찰떡을 몇 개 얻어갔는데, 다행히 배낭에 챙겨왔지요. 안드레아 수녀님은 몇 번 못 뵈었지만, 뵐 때마다 다정하신 미소로 저의 단단하게 굳어진 마음을 풀어주십니다. 학창시절에는 병원에서 수녀님들을 뵈면 그렇게 무서웠는데 지금도 어려운 건 여전하지만 무섭지는 않습니다.

재원이에게 말을 건네시는데 엄마 닮아 한 부끄럼 하는 재원이는 귀를 가리고 몸을 비비 꼽니다. 녀석이 부끄러울 때 하는 몸짓이지요. 신부님 강론 도중에 "꽁치!"를 몇 번 외쳐서 저를 무한 난감하게 만들고는 태연하게 '아멘~!'도 잘도 합니다. 그래도 꽁치만 빼면 그런대로 잘 참아준 미사였습니다.

상록수에서 미사를 드리는 건 어떨 땐 참 묘한 느낌이 듭니다. 성스럽거나 장엄하거나 진지한 분위기는 눈 닦고 찾아봐도 없지만, 시끄럽고 부산하고 외마디 소리가 오가는 중에도 고요히 기도하는 사람도 있고, 신부님은 그런 소란스러움을 배경음악 삼아 아름다운 시를 들려주시고, 어머님들은 또 연신 아이를 주저앉히고 다독거리면서 시를 음미하고 묵상을 합니다.

처음에는 그런 미사가 좀 실망스럽고 자존심 상하기도 했는데 아이들 모두가 나름대로 언어로 하느님과 대화하는 시간이라는 생각이 들어, 이젠 그렇게 당혹스럽지 않습니다. 하느님께서 가끔 지루하실 때 우리의 미사를 기다리시지는 않을까? 하는 생각이 듭니다.

재원이는 코를 좀 킁킁대기는 하지만 독감 예방접종을 했습니다. 이젠 꽤 의젓하게 주사를 맞아 주어서 어찌나 신통한지요. 남편과 제가 먼저 "하나도 안 아파~!" 하면서 바람잡이를 하긴 했지만요. 팔뚝을 쓱쓱 문지르더니 이때다 싶은지 "단팥빵~!" 합니다.

재원이는 과연 협상의 대가입니다. 언제 엄마가 마음이 약해지는지를 정확하게 알고 있으니까요. 빵집에 갈 때는 단팥빵만 외쳐놓고 정작 가서는 피자빵까지 잽싸게 집어 드는 영민함까지 발휘하는 녀석입니다. 빵 두 개를 단숨에 먹어치우곤 백신에 좀 시달리는지, 저녁 하는 사이에 잠이 들어버렸습니다. 그냥 두면 살찌는데. 싶지만 그냥 놔두었습니다.

깨지 않도록 주사 맞은 곳을 살살 문질러주면서, 문득 저는 감사함이

밀려왔습니다. 제가 얼마나 많은 사랑을 받고 있는지, 가슴이 뭉클해졌습니다. 제가 하는 짓대로라면, 하루 종일 혼만 나도 시원찮을 텐데, 저의 못난 짓 하는 것은 보지 않으시고 너무도 많은 것을 허락해 주시는 하느님께 죄송한 마음이 들었습니다.

앞으로도 여전히 힘들 때면 제일 먼저 하느님께 툴툴대고, 걱정이 없으면 제 복인 듯 흥흥거릴 것 같아, 제가 하느님께 감사드리는 걸 잊지 않게 해 달라고 기도를 드렸습니다. 목욕해요. 외쳐대는 재원이에게 오늘은 주사를 맞아 머리만 감아요.라고 남편이 열심히 설명하고 있습니다.

하던 짓을 안 하면 큰일 나는 줄 아는 재원이라, 오늘 저녁엔 좀 징징댈 것 같습니다. 무리하지 말랬으니까 우리 식구 모두 오늘은 머리만 감고, 코 잘 겁니다. 간호사가 '무리하지 마세요.'라고 누구에게나 하는 멘트이지만, 무척 따뜻하게 들렸습니다. 재원이를 모르는데도 금세 눈치채고 '잘 참았어요.'라고 말해 주는 눈웃음이 예쁜 누나였습니다.

나중에 저렇게 마음도 예쁜 아가씨가 재원이 배필이 되면 얼마나 좋을까요? 비록 꿈이겠지만, 저는 오늘도 꿈을 꾸었습니다. 머리를 고슴도치같이 세운 재원이가 "이뻐요?" 하며 머리를 들이댑니다. 아빠가 물어보라고 시킨 모양입니다. 샴푸 냄새 풀풀 풍기며 이쁘다는 말에 재원이가 신이 났습니다.

재원이도 이쁘다는 말은 듣기 좋은가 봅니다. 제법 세찬 바람에 길 여기저기에 금세 낙엽 더미가 만들어집니다. 올해는 가을이 더 짧고 단풍도 색이 덜하다고 하네요. 그래도 북한산은 연일 등산객으로 울긋불긋합니다. 저 많은 사람이 산이 없었으면, 어디로 갔을까 싶게 올라가는데, 등하굣길이 어깨를 부딪히지 않고는 걸을 수가 없을 정도입니다.

산을 매일 오르긴 하는데, 학교 주변에서 맴맴 돌다 오니 이번 주말엔 좀 높이 올라가 봐야겠다 하는 마음이 듭니다. 산을 오르다 2~30분 정도가 되면 다리도 아프고 숨도 차고, 그만 주저앉고 싶은 유혹이 듭니다. 그렇지만 꾹 참고 한 발 한 발 오르다 보면, 어느 순간부터는 그다지 힘들지 않고 저절로 다리가 움직여지는 듯한 경험을 합니다.

사는 것도 어느 순간에는 발 한 짝 못 떼어 놓을 것 같이 힘겹다가도 그 고비를 넘기면, 상황은 달라지지 않았어도 견딜만하게 느껴지기도 합니다. 산을 같이 오르는 사람이 곁에 있으면, 동행이 많으면 많을수록 더 견딜 만해지고, 힘든 중에도 웃음을 지어 보일 수 있는 여유도 부릴 수 있게 됩니다.

소심한 복수

　비에 젖어 촉촉해진 단풍 주단을 즈려밟고 학교에 왔습니다. 조금 황송해져서 살짝살짝 걸어왔지요. 지난밤에 내린 비로 낙엽이 되어 바닥에 깔린 잎들을 보니, 이젠 가을도 가는구나. 싶어서 아쉬워졌습니다. 가을 등교 길도 얼마 안 남았구나. 겨울이 곧 오겠구나. 하면서 재원이와 등교 길을 재촉했습니다.

　주말에 골프 약속이 있다고, 남편이 맞아 죽을까 봐, 최대한 충격을 줄이면서 속삭이고 내뺐습니다. 사실 뭐 그리 열 받을 일은 아닌데, 주말 내내 재원이를 혼자 보려면 좀 힘에 부치지요. 그렇지만 또 반대급부도 있어서, 주말 특별식을 고민해야 한다거나 그런 근심이 줄어드니 세상은 어느 정도 공평해 보입니다.

　집에 올 때는 재원이 노랫말처럼 "양손에 선물을 가득히." 들고 나타날 수도 있고, 저는 또 재원이랑 한낮에 낮잠을 한숨 그려보는 호사를 시도해 볼 수도 있습니다. 그래도 조금 심술은 나서, 남편이 꾸려놓은 짐보따리에서 골프 우산을 꺼내 들고 학교엘 왔습니다.

우리 모자 두 덩치를 감당하기엔 일반 우산이 역부족이라 소심한 복수를 한 것이지요. 그렇지만 저녁때쯤 햇님도 코 자러 들어가시고 하루 동안 제가 저지른 소행이 부끄러워질 때쯤이면, 물기를 거둬서 도루 짐보따리에 넣어놓을 겁니다. 비가 오려고 엊저녁부터 온몸이 아우성을 쳤나 봅니다.

관절이란 관절은 다 삐그덕거리며 소리를 내고 있습니다. 비라면 사족을 못 쓰는 저라서 아직은 관절이 아파도 비 오는 게 좋은데, 좀 더 나이 들면 덜 반가울지도 모르겠습니다. 조금 있다가 재원이 교실에 있는 틈을 타서 읍내에 나가 먹거리를 좀 사 와야겠습니다. 얄미워도 차에서 좀 냠냠거릴 걸 챙겨줘야지요.

비가 좀 많이 내려야 할 텐데 빗줄기가 가늘어졌네요. 어찌나 가문지 길에 흙이 먼지가 폴폴거립니다. 시월의 마지막 날이 지나고 있습니다. 센스 있는 옆지기 아주머니가 시월의 마지막 밤을 틀어주네요. 도서실 가득히 노래가 들어찼습니다. 이 노래가 나왔을 때쯤에 남편은 부수수한 파마 머리에 잠자리 안경을 쓰고 다녔지요.

그때 남자애들이 거의 그런 모양새였는데 지금 이용의 옛날 동영상을 보니 웃음이 납니다. 이 비 그치면 겨울이 한 걸음 다가올지도 모르겠습니다. 감기 조심하시고 노약자는 독감백신 맞으시고, 따뜻한 가을 주말 맞으세요. 아이들이 몰려오는 관계로 저는 이만 휘리릭입니다.

안개

학교 가는 길에 안개가 가득합니다. 산 아래라 그런지 안개가 자주 내립니다. 고대기로 조금 힘을 준 머리가 순식간에 풀이 죽어 아주 순한 모양새가 되었습니다. 아이들이 앞서거니 뒤서거니, 학교로 올라가는 모습이 정겹습니다. 가끔 신발주머니로 친구를 냅다 후려치는 정겹지 않은 풍경도 보이지만, 그것도 큰 틀 안에서는 정겨운 몸짓입니다.

친구랑 신발주머니로 싸움박질해가며 걱정 없이 사는 시간이 과연 얼마나 될까요? 아이들은 별 목적도 없이 옆 아이들이 뛰면 덩달아 내 달립니다. 차가 올라가니 저의 선생님이라고 반가워서 재원이가 전속력으로 차를 따라 뜁니다. 선생님은 위험하다고 연신 손을 저으시며 천천히 올라갑니다.

재원이는 수북이 쌓인 낙엽을 걷어차는 재미에 먼지를 뽀얗게 일으키며 걸어갑니다. 재원이가 흩어놓은 낙엽 더미를 길가로 대충 밀면서 종종 걸음으로 학교에 가는 길은 하루 중 하느님이 가장 가깝게 느껴지는 시간입니다. 졸업앨범에 넣을 거라고 앞으로 5년 후, 10년 후, 20년 후, 30년 후, 40년 후의 자기 모습을 적어오라는 숙제가 있었습니다.

재원이가 앞일을 걱정하시는 분이 아니니, 제가 대신 머리카락을 쥐어 뜯어야 했는데 다 쓰고 보니, 그것이 저의 희망 사항이 되었습니다. 글자만 재원이가 쓰게 윽박질러 완성한 숙제를 들여다보니, 5년 후엔 원예를 배우고 있고, 10년 후엔 경치 좋은 곳에 땅을 사고, 20년 후엔 솜씨 좋은 정원사가 되고, 30년 후엔 누구나 들어와 지친 몸과 마음을 쉬어갈 수 있는 무료 공원이 만들어져 있었습니다.

40년 후엔 재원이가 52살이고 저는 88살인데 살아 있을지 어떨지 모르지요. 어쨌든 40년 후엔 아름다운 정원에서 메꼬모자를 눌러쓰고 행복하게 일하는 재원이의 점심을 내가는 저의 모습을 그려보았습니다. 머리가 필요 없는 단순노동이 얼마나 배짱이 편한지 해본 사람만이 참맛을 압니다. 하하하.

해마다 김장할 때 가져다 섞었는데, 이번 해는 그래도 양이 웬만해서 따로 김치를 먼저 하기로 했습니다. 물론 상록수의 요리사 왕언니가 맡아서 해 주시는 거지만요. 저는 이렇게 남 덕에 먹고 삽니다. 버럭 오바마가 저랑 동갑인데 남은 미국 대통령도 될 때, 난 뭐했을까? 이런 반성도 아주 잠깐 들었습니다.

그러나 저의 정신위생을 책임지고 있는 못 말리는 희희낙낙 근성으로 전혀 미국 대통령 자리 부러워하지 않고, 오늘도 잘 살고 있습니다. 재원이의 영원한 몸종으로서, 진정한 몸종의 자세를 고수하느라, 오늘도 놀이터 그네 앞에 쭈그리고 앉아서, 꼬박꼬박 졸았지요. 한 손에는 재원이의 간식거리와 다른 한 손에는 추울 때 걸치실 외투를 소중히 들고서 말이죠.

연말이 다가오지만, 연말 보너스는커녕 지난 12년간, 단 한 번의 급료도 지불하지 않으신 대단한 착취의 달인, '선량 김재원' 님의 몸종으로 그냥 만족하려고요. 재원이가 "흠. 기다려!" 합니다. 컴퓨터 내놓으라는 거지요. 이제 슬슬 저녁 준비하러 나가 봐야겠습니다.

모두 맛있는 저녁 드시고 행복한 시간 되세요.

행복

　며칠 바짝 추워진 날씨에 집에서 나설 때면 머릿속에서 쨍~ 하고 얼음이 갈라지는 소리가 났습니다. 정신이 번쩍 나게 상쾌한 추위여서 코를 벌렁거리면, 속이 쩍쩍 어는 느낌이 올 정도였지요. 아무리 모자를 쓰라고 해도 막무가내로 말을 안 듣더니, 재원이가 급기야는 감기에 제대로 걸려서 오늘은 학교엘 못 갔습니다.

　어제 학교에서 하루 종일 재채기를 해대다가 집에 와서는 길게 누워버렸지요. 코감기로 주접이 든 재원이가 글쎄 그 추운 날씨에 차도 안 타려 하고 걸어오는 통에 저까지 코가 맹맹거립니다. 집에 오는 길에 초소가 하나 있는데, 헌병 아저씨가 눈도 안 깜빡이고, 마치 병정 인형처럼 앞만 보고 똑바로 서 있지요.

　며칠을 유심히 관찰하던 재원이가 매일 보는 이에게 통성명을 해야 예의겠다는 생각이 들었는지, 제가 말릴 틈도 없이 초소 문을 열고 헌병 아저씨 손을 잡고 아래위로 흔들고 있었습니다. 아. 그 난감함이란. 저도 모르게 그 광경을 보며 급하게 튀어나온 외마디 소리, "재원아. 너 그러면 총 맞어!"

오늘 학교에 안 간 게 얼마나 다행인지요. 내일쯤엔 아저씨가 저의 주책을 다 잊어주면 좋으련만, 그만 난감했습니다. 대꾸도 못하고 가만 있어야 했으니, 헌병 아저씨가 얼마나 억울했을지요. 집에 있어도 부끄러워 죽겠습니다. 폭력영화를 너무 많이 봤는지, 어찌 그 장면에서 총 맞을 걱정이 되었는지 모르겠습니다. 당분간은 멜로물을 보면서 감정을 순화시켜야 되겠다는 반성이 들었습니다.

초겨울의 화사한 햇살이 열어놓은 창틈으로 삐죽이 들어와 고운 먼지들의 유영을 비춰주고 있습니다. 뽀얗게 먼지 앉은 피아노가 마음에 걸리지만, 미련을 대고 누워있습니다. '그래도 아침부터 욕실 청소했는 걸' 혼자 위로해가며 게으름을 떱니다. 어제는 책을 하나 보다가 아무래도 너무 친숙한 느낌이 들어 찬찬이 들여다보니, 그러면 그렇지 하는 생각이 들었지요.

전에 한번 본 책을 까맣게 잊어먹고 또 들여다보면서 혼자 감탄을 해댄 거죠. 이거 혹여 치매의 증세가 아닌지 순간 걱정이 되었지만, 한편으론 얼마나 경제적인지 책을 보고 또 보아도 새로우니, 책값 벌었습니다. 제가 집에서 빈둥댄다는 정보를 입수한 친구가 득달같이 달려와서는, 분식집을 털어온 보따리를 풉니다.

떡볶이에 김말이에 어묵국에 흑흑. 아픈 재원이 곁에서 덩달아 조금 파리해져 보일까 하여 야무진 꿈을 꾸었더니, 점심도 되기 전에 무지하게 먹어대어서 그만 올챙이배가 되었습니다. 학교 마칠 때쯤엔 우리 집을 거쳐 가는 재원이 친구들이 들를 확률이 100%이니, 냠냠댈 것을 좀 마련해 놓아야 하는데, 냉장고에 뭐가 있는지 노려보면서 스캔을 하고 있습니다.

자신을 멋있게 보든 초라하게 보든, 우리는 주변 상황으로 자신을 정의하는 습관이 있지만, 그것은 결코 진정한 자기 자신이 아닙니다. 모든 일이 잘 풀리고 날씨도 좋고 주가는 오르고, 차는 깨끗이 세차해 윤기가 나고 아이들이 좋은 성적을 받아오고 저녁 식사도 괜찮았다면, 스스로 굉장한 사람처럼 느낄 것입니다.

반면에 상황이 그렇지 못하면, 자신을 가치 없는 사람으로 여깁니다. 우리는 늘 사건들의 흐름 속에서 살고 있습니다. 그중에는 우리가 마음먹은 대로 되는 일도 있고, 그렇지 않은 일도 있습니다. 하지만 본래의 자신은 그보다 훨씬 더 강합니다. 본래의 자신은 우리가 이 세상에서 맡은 역할들로 정의할 수 있는 것이 아닙니다.

그 역할들은 별로 도움이 안 되는 환상일 뿐입니다. 우리의 모든 역할과 상황들 밑에 진정한 우리 자신이 숨어 있습니다. 거짓된 모습에 대한 환상을 버릴 때 진정한 자기 자신을 발견할 수 있습니다. 두 번을 리뷰한 책에서 발췌한 글입니다. 저도 매일 주변 상황으로 저를 정의하고 그에 따라 기분이 오르내리는 경험을 합니다.

그러나 언젠가부터 그 모든 건 참말 '나'가 아니란 생각이 들었습니다. 인생에서 책임감과 이성만 빼면 참 살기 편하다는 어느 영화의 대사가 있긴 하지만 솔직히 그렇게 살 용기는 없고, 제가 맡은 역할의 책임과 이성을 안 버리고 살려고 애쓰고 있습니다.

그러나 그 역할에 파묻혀 저 자신을 잃어버리지는 않도록 동시에 더듬이를 곤두세우고 있지요. 지금은 내 주변의 보여지는 것들이 내가 아니라는 자각을 가지고 살기만도 조금 벅찬 게 사실입니다. 여간 마음을 단단히 먹지 않으면 금세 휩쓸려 버리거든요.

아침에 눈발이 조금 날렸다는데 흔적이 없네요. 빨간 사과에 하얀 눈이 덮인 뉴스를 보니 저걸 어쩌나 걱정이 되었습니다. 예전에 비해 눈이 빨리 내린 건가요? 근 50을 바라보는 이 나이를 살도록 사계절의 세세한 변화도 어땠는지 별로 생각 나는 게 없으니, 참말 뭐하고 살았나 하는 자괴감이 드네요.

하늘에서 오시는 건 다 좋아하지만, 농사짓는 분들의 시름이 깊어질까 봐 마음이 쓰입니다. 오늘은 꼼짝없이 집에 콕 들어앉아 있어야 내일 학교에 갈 수 있겠지요. 지루해서 주리를 트는 재원이를 무엇으로 달랠지 대략 난감입니다. 남은 오후도 행복한 시간 되시고 감기 안 걸리게 조심하세요.

음악회 풍경

　지난 토요일에 아마레앙상블과 함께했던 조촐한 상록수 음악회 풍경
입니다. 아마레앙상블은 단국대 사회봉사단소속의 음대 교수님들로 구성
이 된 앙상블인데 아마레는 '사랑하다'라는 뜻이라고 합니다. 우리 아이들
에게 아름다운 선율을 들려주시려고, 주말 저녁에도 불구하고, 먼 곳에
서 달려와 주셨지요. 그 고마운 마음이 느껴져서 더욱 감동적인 음악회였
습니다.

　음악회에 앞서 예수회 신부님이신 이영석 세례자 요한 신부님께서 미
사를 집전하여 주셨습니다. 강론 말씀 중에 신부님의 어머님께선 청각장
애, 시각장애, 언어장애가 있으신 분이라는 말씀을 하셨지요. 무슨 말씀
이신가 조금은 놀라운 심정으로 귀를 기울였더니, 세상의 어머님들은 당
신의 자식들밖에는 아무것도 안 보이는 시각장애, 자식의 목소리 외에는
아무것도 안 들리는 청각장애, 자식한테 오로지 '미안하다'라는 말씀밖에
는 못하시는 언어장애가 있다고 하셨습니다.

조용히 들려주시는 강론 말씀을 듣는 동안, 신부님의 따뜻한 마음이 전해져서 참 행복한 시간이었습니다. 미사 후에 우리 아이들 한 명 한 명에게 머리에 손을 얹으시고 안수 기도를 해 주셨습니다. 재원이는 무언지 잘 모르지만, 왠지 그 분위기가 소원을 들어주는 것 같은 느낌이 들었는지, 고개를 숙이고는 조용히 신부님께 '양념 통닭'을 속삭였습니다.

저는 그 덕에 언니들에게 "양념 통닭 좀 사줘라!"라는 질책을 들어야 했지요. 사실은 미사에 조용히 좀 있으라고, 미리 입막음으로 상록수 앞에 있는 통닭집에서 후라이드를 반 마리 뜯고 들어가신 후라, 저는 무척 억울한 심정이 되었지요. 재원이는 폴카가 연주될 때는 신이 나서 책상을 쿵쿵 두드리며 엉덩이를 들썩거렸고, 어메이징 그레이스나 파사칼리아가 연주될 때는 감동에 겨웠는지, 눈을 지그시 감고 고개를 숙이고 있었습니다.

모르시는 분들이 보면 오해하기 쉬운데, 사실 재원이는 좀 쑥스럽거나 감동스러우면, 귀를 가리거나 모자로 자기 얼굴을 가린답니다. 저는 또 못난 짓 하느라 두 눈에 눈물을 그렁그렁 매달고는, 눈물방울이 떨어지지 않도록 눈을 끔벅거리고, 코를 들이마시는 등의 필사적인 노력을 했답니다.

재원이 엄마의 눈물은 이젠 마를 때도 되었는데, 감동을 만나면 금세 코끝이 매워져 옵니다. 바야흐로 회식의 계절이 돌아왔습니다. 저녁 시간에 제가 이렇듯 여유를 부리고 있는 게, 수상하지 않습니까? 한 주일에 한 번 금요일 정도는 회식이라고 늦어도 봐주는 편인데, 연말이 다가오니 아예 대놓고 일주일에 반 이상을 회식이라고 늦네요.

세상에 재원이를 저만큼 잘 돌볼 사람이 없을 거라고 생각하는 게 다만 오만일까요? 어디가 아프다고 표현도 못하고, 배가 고픈지 슬픈지 추운지 더운지, 누가 보고 싶은지, 자기 마음이 어떤지 설명할 수도 없는 어린 아기 같은 재원이를 들여다보고 있으면, 제가 지옥에 떨어지더라도 저 불쌍한 아이를 놔두고 가지는 못하겠다 싶습니다.

그렇다고 동생의 존재만으로도 세상의 편견과 싸우며 살아야 할 한없이 애처로운 딸에게만 온전히 맡기고 가는 것도 가슴이 찢어집니다. 남편과 한 번도 그런 얘기를 나눈 적은 없지만, 몸에 좋은 음식이라도 식탁에 올리는 날은 많이 먹고, 120살까지 살라고 서로 장난같이 권합니다.

우리 둘 중에 한 사람은 120살까지 살아야 재원이가 평균수명까지 사는 동안 돌볼 수 있기 때문입니다. 우리 부부도 곰처럼 한 사람이 겨울잠을 자는 동안, 한 사람은 힘을 비축하고 한 사람이 기운이 다 쇠진하였을 때, 다른 이가 바톤을 터치하여 재원이를 돌보고, 그렇게 할 수 있다면 참말 좋겠습니다.

그러면 제가 지금부터 하느님이 부르실 때까지 재원이를 돌보고, 남편이 겨울잠을 자고 일어나 그다음부터 재원이를 돌보고. 이런 얼토당토않은 꿈을 저는 매일 꿉니다. 그렇지만 저는 동시에, 매일 희망을 꿈꿉니다. 세상 대부분의 사람은 저보다 좋은 사람들이라는 것이, 저에게는 커다란 희망이 되고 또 어딘가에 우리 아이들을 사랑으로 감싸줄 따뜻한 곳이 분명 있을 거라고 믿고 있습니다.

그리고 그 보금자리를 제 손으로 만들어 갈 꿈도 꿉니다. 말씀 안 드려도 모든 것을 알고 계시는 하느님께 재원이를 돌보아달라고 매일 기도를 드리는 것이 죄송한 마음이 들어서, 가끔 잊으실만 하면, 재원이를 위한 기도를 드립니다. 간절히 바라면 온 우주의 기운이 도와준다고, 누가 그랬지요.

저는 달을 보고도 재원이를 돌보아달라고 빕니다. 달님도 하느님이 만드신 거니까 괜찮겠지요?

꽃의 향기

11월도 우리 곁을 떠나가고 있네요. 도서실 지원하는 서버가 다운되어서 손으로 일일이 대출과 반납을 쓰고 있자니, 조금 바쁘기도 한데 오랜만에 글씨를 쓰니 연필을 사각거리는 재미도 있습니다. 국민학교라고 불리던 시절에는 도서관 선생님이 아빠 친구였던 관계로 저와 불가피하게 견제하는 사이였는데, 저는 그 선생님이 아주 마음에 들지 않았습니다.

왜냐하면, 학교에서도 지겹게 봤는데 집에 오면 또 와 계시고, 아빠한테 학교에서의 제 소행을 일러바치기도 하고, 공부에 도움이 안 되는 책이라고 제가 좋아하는 동화책도 못 읽게 하고, 고전 읽기에 해당하는 책만 달달 읽혀서 학교 대항 무슨 글짓기 대회, 독후감 대회 등등에만 열을 올리는 그분은 제 눈에는 전형적인 속물 어른이었던 거지요.

게다가 포마드를 어찌나 심하게 했는지, 한 올 흐트러짐도 없는 올백

스타일에 이발관 로숀 냄새가 진동을 해서 곁에 오기라도 하면, 거의 숨이 넘어갈 때까지, 숨을 참곤 했습니다. 그렇지만 선생님이 못 보게 한다고 얌전히 고전 읽기만 하고 있을 제가 아니었지요. 하하.

간혹 선생님이 자리를 비우시면, 후다닥 놀라운 집중력으로 비권장 도서를 읽어치웠고, 자리를 안 비우는 날이면 책을 살짝 숨겨서 무릎이나 큰 책 아래에 놓고 표정 관리해가며 살금살금 다 보았지요. 아. 그 재미란 도무지 표현할 수 없습니다!

이제는 제가 진절머리냈던 그 선생님 나이쯤 되고 보니 아이들한테 제가 그런 책만 권하지나 않나, 스스로 저를 환기시키곤 합니다. 요즘 나오는 아이들 책을 보면 가끔 의아할 때가 있는데, 우리 자랄 때 저렇게 친절하고 쉽고 재미있는 책들이 많았으면 공부 못하는 아이들 하나 없었겠다 싶게, 정말 책들이 자상하게 잘 나옵니다.

그러나 궁즉통이라고, 책 하나 생기면 친구들끼리 밤새 돌아가며 읽고 뻔데기 아저씨가 쭉 찢어 봉투 만들던 누렇게 변색된 '부활'을 얻어 읽고 친구들하고 문고판 책 사 모으기 경쟁하고 헌책방 뒤져 보물찾기하던 재미는 지금 아이들은 잘 모르겠지요. 포마드 무지하게 많이 했던 그 선생님이 오늘은 그리워지기까지 하네요.

개에게 인생을 이야기하다

정호승

젊을 때는 산을 바라보고 나이가 들면 사막을 바라보라
더 이상 슬픈 눈으로 과거를 바라보지 말고

과거의 어깨를 툭툭 치면서 웃으면서 걸어가라
인생은 언제 어느 순간에도 다시 시작할 수 있다

오늘을 어머니를 땅에 묻은 날이라고 생각하지 말고
첫 아기에게 첫 젖을 물린 날이라고 생각하라
왜 하필 나에게 이런 일이 일어나느냐고 분노하지 말고
나에게도 이런 일이 일어날 수 있다고 생각하고
아침밥을 준비하라

어떤 이의 운명 앞에서는 신도 어안이 벙벙해질 때가 있다
내가 마시지 않으면 안 되는 잔이 있으면 내가 마셔라
꽃의 향기가 눈에 보이지 않는다고 해서 존재하지 않는 게 아니듯
바람이 나와 함께 잠들지 않는다고 해서 나를 사랑하지 않는 게 아니다
사랑한다는 것은 사랑하는 사람이 존재하는 일에 감사하는 일일 뿐
내가 누구의 손을 잡기 위해서는 내 손이 빈손이 되어야 한다

오늘도 포기하지 않으려고 노력하지 말고 무엇을 이루려고 뛰어가지 마라
아무도 미워하지 않게 되기를 바라지말고 가끔 저녁에 술이나 한잔해라
산을 바라보기 위해서는 반드시 산을 내려와야 하고
사막을 바라보기 위해서는 먼저 깊은 우물이 되어야 한다

정호승 님의 시집에서 하나를 골라 보았습니다. 오늘은 날씨가 비교
적 포근해서인지 산에 오르시는 분이 많이 보이네요. 가벼운 마음으로

뒷산에라도 오르시는 건 어떠실지요? 모두들 행복한 주말 보내시고 건
강하세요.

파스텔 톤

　오늘은 아주 정신이 번쩍 들게 추운 날이었습니다. 콧속이 쩍쩍 얼어 붙는 건 기본이고 마스크 위로 새어나간 입김이 눈썹에 하얗게 얼어붙어 세상이 온통 뽀얀 파스텔 톤으로 아름답게 보였지요. 길가던 어떤 할아버님은 매서운 바람에 그만 주름진 뺨 위로 두 줄기 눈물을 줄줄 흘리셨습니다.

　자전거를 타고 가시니 더욱 바람이 매서웠겠지요. 그래도 칼바람을 헤치고 아침부터 꼭 가야만 할 곳이 있고, 꼭 해야 할 일이 있다는 건 행복한 일입니다. 그리고 눈물을 줄줄 흘릴지언정, 엄동설한에 자전거를 타실 수 있는 건강도 감사해야 할 일이겠지요.

　어제는 남편 생일이었는데 전날 밤이 근무였고, 저녁에도 늦게 들어오는 통에 생일 파티를 못했습니다. 해마다 딸내미랑 시시덕거리며 케이크와 선물을 골랐었는데 무심한 재원이와 쇼핑을 하자니, 마음이 퍽 쓸쓸해졌습니다. 다른 집 딸들과는 달리 어릴 적부터 엄마와 함께 동생을 돌보아 주었기 때문에 그런지, 요즘은 저 혼자 뭐든 해내느라고 힘이 부칩니다.

그래도 힘이 든 만큼 다예가 이 몫을 대신 한 거겠지. 생각하면 몸은 힘들어도 마음은 오히려 편합니다. 날이 추워지니 멀리 있는 딸 생각이 더 간절해서, 남편의 차 뒤에 앉아 있다가, 문득 "다예. 보고 싶다." 한 마디 불쑥 던져 놓고는 그만 눈물이 훌쩍 났습니다. 딸 친구들과 가족들에게 줄 크리스마스 선물을 사느라 인사동에 나갔다가 얼어 죽는 줄 알았습니다. 하하.

어제 재원이를 학교에 넣어놓고, 잽싸게 전철 안에서도 달달대며 갔는데, 올 때는 배낭에 선물을 가득히 메고 오느라 등에선 땀이 불끈하고 얼굴은 얼어서 입이 잘 안 움직여지더군요. 선물 보따리를 메고 뛰니, 산타 할머니가 된 것 같은 수수한 느낌에, 학교까지 단숨에 뛰어 올라갔습니다. 온갖 근심과 슬퍼할 거리가 있을지라도, 매 순간 롱 페이스를 하고 있을 필요는 없지요.

근심은 잠시 케어하지 않아도 절대로 삐쳐서 나가버릴 위인이 아니니, 홀대하며 그냥 놔두어도 괜찮습니다. 그러니 하루 종일, 매 순간, 우리가 신경 써서 돌봐야 할 것들은 작은 즐거움, 행복감, 낯선 이에게 보내는 미소, 같은 것들입니다.

"견디지 않아도 괜찮아, 잠시 주저앉아 울고 다시 일어나면 그만이니까." 비로소 알게 되었다. 나는 내가 실패했다고 생각하고, 그것을 자책하고, 상실감으로 인해 내가 무너지지는 않을까 걱정하고, 아픔과 상처와 세상을 견뎌내야 할 나이에 그러면 안 되는 거라고 착각하고 있었던 것이다. 마음속에 고여있던 달처럼 차디찬 슬픔이, 태양처럼 뜨거운 눈물이 밖으로 흘러 나왔다. 그래, 괜찮아, 나는 생각했다.

슬픔을 굳이 견디려고 애를 쓸 필요는 없어. 잠시 주저앉아 울고, 다시 일어나면 그만이니까. 견디지 않아도 좋다고, 나보다 세상을 많이 아는 그들이 이렇게 얘기하고 있으니까.

황경신 ('PAPER' 편집장)

이사 갈 거라고 동네 서점에 마일리지 쌓아 놓은 거 정리하니, 포인트가 꽤 되어서 선물을 받은 것마냥, 기분 좋게 보고 싶던 책들을 몰아서 사 왔습니다. 그 중에 한 책에서 발췌한 글인데, 장영희 교수님의 이야기도 맨 처음에 나와 있습니다. 지금 병중에 계신 장 교수님을 생각하니, 마음이 먹먹해져서 돌아오는 차 속에서 간절히 기도를 드렸습니다. 장 교수님 말씀처럼 '괜찮아.' 하면서 얼른 툭툭 털고 일어나세요, 마음속으로 말을 건네면서요.

가난

　달아 노피곰 도다샤. 오늘 밤엔 달님이 지구별에 조금 더 가까이 오신 다고 해서 목을 길게 빼고 어두운 밤하늘을 열심히 찾아보았는데, 달님 은 어디 계신지 보이지가 않습니다. 마음이 예쁜 사람 눈에만 보이는지도 모르겠습니다. 오늘은 학교에서 학부모 체험 학습이 있었습니다.

　쥐눈이콩 마을에 가서 두부도 만들고 얄미운 사람 얼굴 떡판에 깔고, 떡메에 힘도 실어가며 인절미도 만들어 먹었습니다. 골고루 떡 쳐지지 않 아 몽글거리는 밥알이 씹혔지만, 그래도 입김을 호호 불어가며 어머님들 이랑 즐거운 시간을 가졌습니다.

　그런데 온통 몸에 좋은 콩 음식들로 한 상 가득 차려진 밥상을 받고, 배를 쓸어 내릴 정도로 포식을 하고 났는데도 왠지 가슴 한구석에 허기가 느껴졌습니다. 콩마을로 오는 서삼릉 입구에서 밖에서 밤을 보냈는지 둘 둘 말은 이불보퉁이와 요로 쓴 듯한 박스 하나를 질질 끌고 가던 할머님 을 스쳐 지나갔는데, 그 모습이 자꾸만 떠올라서였습니다.

내가 배부르게 넘치게 먹은 것이 그 할머님의 식사를 뺏어 먹은 찜찜한 기분이 들어 돌아오는 내내 마음이 우울하고, 저도 모르게 차창 밖으로 그 할머님을 찾고 있었습니다.

우리를 위해서 가난을 참으신 예수님보다 우리가 더 부유하게 산다면, 그것이야말로 부끄러운 일입니다.

마더 데레사님의 생활명상집 '가난'

요즘 뉴스를 보면 연일 전 세계 선진국이라고 알고 있던 나라들이 모두 어려움에 직면하여 휘청거리는 걸 볼 수 있습니다. 우리나라도 같은 형편이며 어쩌면 이렇게 된 것은 시간문제였지, 당연한 결과가 아닌가 하는 생각을 지울 수가 없습니다. 한 사람이 살아가는 데 최소한으로 필요한, 불가피하게 소비할 수밖에 없는 물이며 식량이며 자원을 넘어서서 닥치는 대로 마구 훼손하고 약탈을 해온 것이나 다름없는 생활들이었기 때문입니다.

선진국들은 자신들의 방종한 대가로 곤경에 처하기나 했지, 가난한 나라들은 배불리 먹어보지도 못하고 곤경을 넘어선 재앙에 가까운 지경에 이른 것입니다. 어느 날 외신 뉴스를 보는데, 내가 입었던 다 낡은 니트 티셔츠를 계절에도 안 맞는 더운 나라의 어린이가 거의 무릎에 내려오게 입은 걸 보게 된다면, 얼마나 끔찍할지 생각만 해도 아찔합니다.

기분이 무척 상해서 그건 안 팔 거라고, 한쪽으로 밀어놓았습니다. 가진 것이 많은 사람은 가난한 이들에게 빚진 것이 많은 것입니다. 결코, 가난한 이들을 무시하거나 자랑할 만한 일이 아니지요. 성서에도 그런 탐욕을 경계하고 있는 것으로 압니다. 나이가 들고 분별없던 젊음이 가니, 좋은 점도 있습니다. 이전에는 보지 못했던 진실이 차츰 보인다는 것이지요.

어릴 적 학예회에 나가느라 사시나무 떨듯이 떨고 있는 저에게, 엄마는 무대 뒤에서 옷을 입혀주시며, 무대 아래 앉아 있는 이들이 모두 호박이며 참외라고 생각해, 라고 말씀하셨습니다. 그래도 무서우면 그 사람들의 목욕탕에서 벌거벗은 모습을 상상해 봐. 그러면 무섭지 않고 우스울 거야, 라고도 하셨지요. 그날 무대 위에서 엄마의 조언 덕에 덜 떨었는지는 기억이 안 나지만, 엄마의 결혼예물로 받은 귀걸이 한쪽을 잃어버린 기억은 납니다.

천 조각 하나로 가려진 육신은 그리고 그 육신 안에 들어있는 영혼은 결코 걸치고 있는 것들로 가치를 매길 수가 없는 것들입니다. 진주는 흙 속에 있어도 빛을 발하는 거라고, 아주 예전에 제가 보았던 만화의 대사에 있었습니다. 그 만화 제목은 생각이 안 나지만, 그 페이지를 오래도록 들여다보았습니다.

그리고 나이든 덕에 보이는 것에만 속지 않는 눈도 조금 생겼습니다. 남편이 늦으니, 오랜만에 여유가 생겨서 잠시 주절거려 보았습니다. 날씨가 추워지니 남 추운 처지도 떠올라서요. 능력이 많진 않아도 각자 마음이 가는 만큼 주변을 돌아보는 건, 의무인 것 같습니다.

이 세상에서 얻은 재물은 하느님이 대가 없이 주신 것이니, 혼자 독식하면 언젠가 괘씸하다고 거둬가실지도 모릅니다. 욕심을 줄이면 근심의 반이 없어지고, 성냄을 줄이면 나머지 근심도 사라진다고 합니다. 일단 근심의 반이라도 줄여 보시는 게 어떠신지요? '흠. 나는 어느 쪽으로 근심의 반을 줄여볼까나?'

화이트 크리스마스

　하루를 보내고 잠자리에 드는 이 시간이 저에겐 제일 편한 시간입니다. 재원이도 잠이 들고 남편도 자러 들어가면, 저는 혼자 남아 영화도 보고 책도 보고 혼자 단 거를 냠냠거리기도 하고, 메일도 확인하고 아는 동네도 기웃기웃 들여다보곤 합니다. 남편은 기차 가는 소리를 내면서 코를 골아대고 재원이는 자면서도 가끔 휘파람을 휘익 붑니다. 그러면 '아. 모두 다 제자리에 있구나.'라는 안도감이 들지요.

　해마다 크리스마스 트리를 온 가족이 만들었었는데, 올해는 딸이 빠져서 예년보다 조용히, 조촐하게 장식했습니다. 제가 보낸 선물을 딸이 트리 밑에 놓아두었다는데 아주 궁금해서 넘어갑니다. 그래도 안 가르쳐줬습니다. 엄마 선물로 무엇무엇을 보냈는데 삼발이를 사놓으라고 하는 걸 보니 무슨 작은 전기용품인가 본데 저도 궁금해 죽겠습니다. 그러나 지은 죄가 있으니 물어보지도 못하고 혼자 머리를 굴려대고 있습니다. 떼굴떼굴.

　친구 딸의 생일입니다. 우리 아들과 전공이 같지요. 그 친구 이야기가 자기 딸 생일이 되면, 주위 분들이 주는 선물이 쵸코렛 세트라든가 장난 감이라든가 하여간에 나이에 맞지 않는 것들이라서, 마음이 착잡하다고 했습니다. 물론 선물을 주시는 분들은 뭐가 소용이 될까? 하고 무지 고민 하고 주셨겠지만, 소용이 안 되더라도 나이에 맞는 선물을 받아보면 좋겠 다고 하더군요.

저 역시 재원이 생일선물이며 크리스마스 선물을 살 때면, 그 나이 또 래 아이들 좋아하는 것들에 손이 가다가도 제대로 쓰지도 못할 것 같아 발길을 돌리고는 했지요. 그러니 그 마음이 이해가 갑니다. 솜사탕처럼 달 콤하고 사랑스러운 향이 나는 향수를 하나 샀습니다. 색색 글자 스티커로 예쁘게 이름도 새겨넣고, 생일 축하해. 꿈꾸는 공주님. 분홍빛 편지지도 예쁘게 꾸몄습니다.

금색 포장지에 빨간 테이프로 리본을 만들어 올리고 작은 가방에 넣 어놓으니, 빨리 그 친구를 만나고 싶어졌습니다. "네가 쓰면 죽음이야. 내 가 향기 다 맡아 봤거든!" 하면서 전해줄 겁니다. 어릴 적에 아들은 집에 있는 화초란 화초는 모조리 "샐러드~ 샐러드~!" 하면서 뜯어 드셨습니다.

그래서 크리스마스 트리를 나무에다 하지 못하고 직접 만들어야 했지 요. 지금은 그래도 먹을 것과 못 먹을 것을 좀 가리지만, 아직도 길에 널 려있는 풀들이 재원이에게 수난을 당합니다. 거실에 불을 다 끄고 트리 장식 전구를 켜놓으니, 반짝이는 불빛에 아주 포근한 느낌이 듭니다.

재원이가 학교에서 만든 카드도 매달아 놓고 작년에 딸이 만든 리본도 조롱조롱 달아 놓으니, 아주 행복한 기분이 되었습니다. 남편은 결혼 초 에 한동안은 성탄절이 되기 전부터 트리를 만들고 좋아라. 하는 저를 아 이들 같다고 놀렸습니다. 남편은 무교였지만 어머님이 독실한 불자이셨습니다.

온 동네가 친척인 종가의 막내아들이었던 탓에, 유교적인 문화에 영향을 받아서인지 방학 때 집에 가면 한여름에도 반바지도 못 입을 정도의 분위기였었다네요. 그러니 크리스마스 트리는커녕, 선물 한 번 못 받아보고 자라서 성탄절을 남의 생일이라고 생각할 수도 있겠지요.

저한테 장가와서 사람이 많이 되어서, 자기는 사람을 버려놓았다고 하지만, 그러거나 말거나 이젠 성탄절이 되어도 남의 생일을 제가 더 챙긴다고 샘을 내지는 않습니다. 하하. 그래도 많이 사람이 되었지요? 이번 겨울방학은 크리스마스 이브에 합니다. 초등학교에서의 마지막 겨울방학이고 하니, 반 아이들과 책 거리겸 작은 파티를 준비하고 있습니다.

재원이는 아이들에게 줄 카드를 매일 몇 장씩 만들고 있습니다. 6년을 같이 보낸 친구들이라 주변 사람들에 무심한 재원이라고 해도 이름은 다 외우고 있지요. 재원이가 카드를 만들며 친구 이름을 중얼거리는 걸 보니 가슴이 뭉클해지고 지나간 시간이 그리워집니다. 1, 2학년 땐 너무 리얼한 질문들로 저를 많이 울게도 만들던 아이들이 이젠 든든한 바람막이가 되었습니다. 하여 재원이와 저를 지켜주고 있습니다.

교육선진국들에선 통합 교육이 없는 게 워낙 분리되어 가르친다는 개념이, 아예 없다고 알고 있습니다. 도움이 더 필요한 아이는 적절한 도움을 받을 뿐이지요. 저로서는 정말 꿈같이 부러운 남의 나라 얘기입니다. 해마다 상급학년으로 진급하고, 상급학교로 진학하게 될 때마다 가슴에 바윗덩이를 올려놓은 듯 짓눌리는 경험을 합니다.

우리 교육 현실에선 하나에서 열까지 모두 부모의 책임이기 때문이지요. 1학년 입학하고 얼마 안 되어 학부모 모임을 가졌을 때, 선생님께 시간을 얻어서 학부모님들께 얘기를 드렸지요. 우리 아이는 이러저러한 장애가 있고, 이러저러한 좋은 점이 있습니다, 자녀들에게 잘 말씀해 주시고 제가 많이 노력할 테니 도와주십시오. 라고요.

그리고 우리 아이에 관해 설명해드리는 건, 학교생활을 잘 해나가기 위해 드리는 말씀이지, 그냥 있게 해달라고 허락을 구하는 건 아닙니다. 우리 남편은 월급쟁이라 일 원 한 장 안 빼놓고 세금 성실히 내고 있고, 그 세금으로 지은 학교에 우리 아이는 국민의 의무이자 권리인 교육을 받으러 온 거라고 얘기했지요.

내년에는 재원이가 중학생이 될 테니, 또 한 번 학부모님들 앞에서 일장 연설을 해야 할지도 모르겠습니다. 정말 하기 싫은 일입니다. 휴. 그래도 어쩌겠습니까? 아드님이 워낙 과묵하시니, 제가 대변인 노릇을 하는 수밖에요. 연말이 되면 대변인 월급을 좀 정산해 주려나요?

이제 며칠 안 남은 성탄절이지만, 올해는 경제 위기가 확산되어 그런지, 분위기가 좀 썰렁합니다. 제 기억으론 요즘보다 더 어려웠던 우리 어린 시절에는 거리마다 캐롤이 울려 퍼지고, 크리스마스 트리며 구세군들을 볼 수 있었던 것 같은데, 제 기억이 잘못되었나요?

힘드시더라도 마음만이라도 따뜻하고 즐거운 성탄절 맞으시길 바랍니다. 아기 예수님을 우리에게 보내 주신 하느님의 크신 사랑을 생각하면서요. 저는 아무래도 남을 위해 제 아들을 내어주진 못할 것 같습니다. 제가 하느님이 되지 못하는 이유이지요. 하하하

오늘 내린 비로 내일부터 추워진다니 따뜻하게 입으세요. 크리스마스에는 하얀 눈이 내리면 좋겠습니다. 온 세상의 어둠이 다 사라지게요.

행복한
크리스마스

엊저녁에 남편과 딸 얘기를 오래 나누다가 잠이 들었습니다. 꿈에, 방학이라고 집에 왔더군요. 너무 반가워서 어쩔 줄 몰라 한 것도 잠깐 금세 돌아가야 한다고 짐을 꾸리고 나서는데, 처음에 보낼 때는 얼떨결에 지나가서 덜했는데, 도저히 다시 보내지는 못하겠다는 끔찍한 느낌이 들었습니다.

잠이 깨어보니 새벽이어서 거실에 나와 날이 새는 것을 바라보며 어둠 속에 그냥 앉아 있었습니다. 남편은 남의 속도 모르고 "어! 일찍 일어났네." 하면서 좋아합니다. 제가 자기 아침이라도 챙겨주려고 일어난 줄 아는 듯 창밖을 내다보며, 눈도 안 오고 비도 안 온다고, 호들갑을 떨었습니다.

이비인후과 선생님이 우리를 아시는 선생님이라 이해는 하셔도, 워낙 소란을 피우게 되니 조금 미안하기도 합니다. 재원이의 귀를 그냥 정기적으로 무료로 봐주시고 사탕도 마냥 주십니다. 저에게는 "목 많이 아팠겠어요." 하시며 마음까지도 치료해 주시는 다정하신 분입니다. 어제는 보청기를 끼고서도 잘 안 들리는 아주머니 환자분이 계셨는데, 점심시간 전이라 환자가 많았는데도 차근차근하게 설명해 주시고, 간호사님께 다음 진료를 자세하게 설명하라고 하셨습니다.

사실 그렇게 하는 게 당연한 일인데, 그렇지 않은 사람들이 많다 보니, 특별히 보이는지도 모릅니다. 자신이 하는 일에 최선을 다하지 않는 이들은, 제가 생각하기로는 자존감이 결여된 사람들인 것 같습니다. 자기의 하는 일을 엉망으로 해 놓고도 혹시 마음이 편하다면, 자존감 결여 중증이라고 보입니다.

하여간에 어제 병원에 가서 대기하면서 환자들이 득시글대는 그 분위기가 저는 좋았습니다. 왜냐하면, 병원은 아픈 이를 돌보아야 하는 게, 진짜 일이기 때문이지요. 아픈 거와는 상관없이 성형과 미용 목적의 병원들이 무지하게 잘 나가는, 작금의 분위기가 저는 통 마음에 안 들었기 때문입니다.

제가 병원에 근무할 때만 해도 성형은 참말 성형이 필요한 환자들에게 진료가 이루어졌고, 의사 선생님들도 자신의 의료행위에 자부심이 있었습니다. 지금도 대부분의 의료인들은 그렇지요. 온 국민이 다 염려할 지경은 아니지만, 일부 남의 나랏돈까지 빌려다가 무리하게 병원들을 확장해가던 성형클리닉들이 도산이 줄줄이라는 뉴스를 듣고는, 그리 심하게 불쌍하게 느껴지지가 않더군요.

친척 외과 의사가 한 분 있는데, 자기 분야는 요즘 학생들이 힘들다고 지원들을 안 해서 의사가 없어서 수술이 차질 있을 정도라는 얘기를 듣고 걱정이 되었습니다. 제발 모든 이들이 저를 포함해서 자신의 일에 대해 좀 자부심을 갖고, 제대로 해 주었으면 하는 바람을 가져봅니다.

한 해 마무리

매번 방학을 맞으면 한 차례씩 몸살을 앓아 주는 게 노구에 대한 예의 였는데, 올해는 예의의 수준을 넘어서서 아주 시위를 해대고 있네요. 시 위를 하는 게, 노구뿐만 아니라 아들도 하루 종일 찡얼대고 있습니다. 엄 마가 얼른 일어나 배낭 메고 목도리 둘둘 감고 나가주어야 하는데, 자리 보전하고 누워있으니 아무래도 이상한지 엄마가 고장이 났나? 하고 꾹 찔 러보고, 냄새까지 킁킁 맡아보네요.

그래도 반응이 없자 재원이 딴에는 무척 큰 용기를 필요로 하는 협상 카드를 꺼내놓습니다. "이비인후과 가서 아. 하고~" 그 뒤에 어디로 놀러 가자는 얘기지요. 가자지구에서 전면전이 벌어질 것 같다는 뉴스가 연신 보도되고 있습니다. 어린 자식의 시신을 안고, 시위대 선두에 선 팔레스티 나 아버지.

이미 숨을 거둔 아이의 머리가 함부로 흔들거려 바라보는 이들을 착 잡하게 합니다. 그런가 하면 젊다 못해 소년 같은 이스라엘 병사들의 주검들. 아이러니하게도 가장 평화로워야 할 것 같은 그곳에서 늘 크고 작은 분쟁이 떠나질 않으니, 참말 하느님께 읍소라도 하고 싶어집니다.

어디서부터 잘못된 것일까요? 이웃을 사랑하기가 온 우주를 사랑하는 것보다 어렵다는 말이 맞는 걸까요? 동화에서처럼 포탄을 떨어뜨리는 대신 축구공, 농구공, 배구공 등등을 한 자루씩 공수하고, '난 너를 미워하지 않아.'라고 쓰인 편지를 넣은 꽃씨 풍선을 날려 보내면 안 될까요. 나이 오십 줄을 바라보며 이런 생각을 하고 있다니, 머리에 열이 있는 게 분명합니다.

그래도 한번 그래 보면 안 될까요? 누워서 이리저리 채널을 돌리니 그새 분쟁 소식에 활기를 띠는 곳들이 보입니다. 너무 약삭빠른 게 좀 얄밉네요. 남이 죽어야 내가 사는 구조가 아닌, 모두가 잘살 수 있는 세상을 그려 봅니다. 재원이가 치즈를 식빵에 얌전히 바르다가 제가 안 본다고 생각하는지, 숟갈로 통째 퍼먹고 있습니다.

어떻게 먹던 먹으면 됐지. 싶어서 그냥 못 본 체합니다. 재원이는 엄마가 늘어져 있으니, 좋은 점도 있다는 걸 깨달았을 겁니다. 졸졸 쫓아다니며 귀찮게 이래라 저래라 하지 않으니 욕조에서 장난도 실컷 치고, 방도 온통 저지르면서 나름 시간을 보내고 있습니다.

그래도 이젠 많이 의젓해져서 엄마가 최소한 '고장 난 상태'라는 걸 조금은 인식해주니, 그나마도 참 감사한 일이지요. 아기 때는 제가 너무 힘들어 저를 붙들고 울기라도 하면, 눈물을 콕 찍어 맛을 보던 녀석이니, 이 정도라도 감정 소통이 되는 게 참말 다행이지요.

어제 새벽에 다예에게 전화가 와서 비몽사몽 전화를 받았는데 아이다호에 가서 송어를 잡았다고 새벽인 줄도 알고 깨워서 미안하지만, 엄마한테 커다란 송어를 잡은 얘기를 해 주려고 했다나요. 에이고 참 나 원. 아이가 미안해 할까 봐 엄마 안 잤다고 했더니, 내친 김에 송어요리를 어떻게 하냐고 물어보네요.

그 새벽에 그 녀석의 송어를 어찌할까? 머리를 굴리다가 딸의 요리 수준을 고려하여, 제일 간단한 걸 가르쳐 주었는데, 어째 요리를 해서 먹었는지 도로 잡혀 먹히나 않았는지 궁금합니다. 방금 초인종이 울려 산발을 한 채로 문을 조금만 삐걱 열었더니, 딸이 사는 집 엄마에게서 성탄절 선물이 왔습니다.

조그만 스위스 향수와 바디 로션, 그리고 까만 실내화와 장갑이 제 것으로 왔고, 나머지는 남편과 재원이 것이라 저녁에 풀어보아야 하는데 궁금해 죽겠네요. 살짝 뜯어보고 놔두면, 남편이 알까요? 다예가 한글을 가르친다고 하더니 자기 이름과 우리 이름을 삐뚤빼뚤 달달 떨면서 힘겹게 써놓았습니다.

자기 이름은 겨우 쓰고 성은 그냥 영어로 써 놓은 게 무척 어려웠나 봅니다. 지난번 소포는 제가 보낸 박스에 도로 보내오고 이번에도 재활용해서 온 걸 보니, 참 검소한 사람들인 것 같습니다. 잘 받았다고 답장을 하려면 또 영어로 써야 하니, 안 그래도 산발한 머리카락을 더 쥐어뜯어야 할 것 같습니다.

영어 편지 하나 쓰려면, 전자사전이며 인터넷이며 영어 교과서까지 꺼내놓고 연구를 해야 하거든요. 안 보내 주는 게 도와주는 거예요. 이라고 쓸 수도 없고 그렇습니다. 어머님 찾아뵈려면 무어라도 만들어 가야 할 텐데, 머릿속에 아무것도 안 떠오르네요.

창밖을 내다보니 바람도 장난이 아닌 게 무척 추워 보입니다. 상록수에 가서 왕언니한테 만두 만들어 달라고 졸라대면, 마치 제가 만든 양 의기양양하게 들고 갈 수 있는데, 지금으로선 상록수까지 저 재원이를 데리고 가는 것만도 만만치 않아 보입니다.

새해에는 몸도 새것이 되면 좋을 텐데요. 너무 바라지요? 마음은 새것으로 바꿀 수 있으니, 마음이라도 새것으로 바꿀 겁니다. 지난 한 해 동안 제 발등을 찍고 싶게 후회스러웠던 게, 두 가지 있습니다. 그런 잘못은 이젠 다시 안 해야지. 굳게 다짐을 합니다.

제게 더 나은 사람이 된다는 의미는 여지껏 못해 온 훌륭한 일을 새삼 하긴 어렵고, 경험으로 깨우친 못난 일들을 하나씩 줄여나가는 게, 제 수준에 맞다는 결론을 내렸습니다. 다만 새해에는 여태 안 했던 또 다른 못난 짓의 리스트를 늘려가지 않기만을 간절히 바래봅니다. 하하하. 입만 살아서, 아파 죽는다면서도 주절주절했네요.

이제 하루밖에 안 남은 이 해가 못내 아쉽지만, 새해가 기다리니 기쁘게 보내주어야지요. 모두 건강하시고 행복한 기억으로 한 해 잘 마무리하시길 기도드립니다.

2장

참
아름다운
존재

선한 낮,
그리운 밤

선한 낮, 그리운 밤

평화로운 밤입니다. 아파서 힘없이 처져 있어서 좋은 점은 기침할 때만 빼고는 평화롭다는 점입니다. 조용하고. 눈매도 순해지고. 방학 중이라 녀석이 공부를 좀 놓아도 걱정은 덜 되는데 이사를 앞두고 있으니 몸은 누워있어도 눈이 가는 곳마다 궁리를 하게 됩니다. 그중에 제일 골머리를 썩히는 게 피아노입니다.

저는 피아노 배우는 걸 좋아하지 않아 배우지 못했습니다. 지금도 별생각 없고요. 남들이 연주하는 거 듣는 게 훨씬 듣기 좋거든요. 바로 밑 여동생은 제가 보기엔 재능은 좀 없는 듯한데, 피아노며 첼로며 모조리 배우고 좋아합니다. 어느 해던가 유키 구라모토를 또 보겠다고 대전까지 내려간 적도 있지요.

그 애 차 얻어타려면, 그 사람 피아노 연주는 필히 들어주어야 하고,

창밖 풍경에 마음을 뺏겼더라도 가끔 감동받은 얼굴을 보여주는 걸 잊지 말아야 합니다. 안 그랬다간 얼마나 긴 연설을 들어야 할지 모릅니다. 연주를 잘하는 것보다 더 행복한 건 음악을 좋아하는 것 같습니다.

동생이 제일 많이 두드린 피아노긴 하지만, 구식이라고 저에게 떨어진 덩치 큰 검은 피아노가 맹모삼천지교를 흉내내고 있는 우리 집 살림엔 이사갈 때마다 고려의 대상이 됩니다. 덩치 날렵한 요즘의 피아노로 바꿔주라고 이사할 때마다 남편을 종용했지만, 퇴물 취급받는 낡은 피아노가 왠지 마음에 걸려서 연주도 못 하면서 그냥 가지고 다닙니다.

세월이 갈수록 제 모습을 보는 것 같아서요. 남편이 회식 있다고 늦어서 재원이 안 자고 기다리고 있습니다. 그 덕에 홈에 들어왔는데 저녁이 되면 아침보다는 힘이 나는 저는 올빼미과인가 봅니다. 방금 남편이 들어와서 재원이가 내일 자기 스케줄을 늘어놓네요. 물론 저 혼자 일방적으로 짠 스케줄이지요.

요즘 남편 아들 혼자 외출시키느라 고생입니다. 조금 미안하네요. 밤 기운 탓인지, 머리는 명료한데도 몸이 처지네요. 다시 기운차게 떠들 때 들어와야겠습니다. 모두 안녕히 주무세요.

무사귀환

2009년 한해가 벌써 한 달이 지나가고 있습니다. 설을 두 번 맞을 때는 꾀를 피울 수가 있어서 좋아했는데, 이젠 참말 한 해가 시작된 거니, 핑계 대고 꾸물댈 수가 없게 되었습니다. 명절날이 으레 그렇듯이 흐뭇함과 지겨움이 같이 지나갔습니다. 철분 부족으로 언제나 철들까? 싶은 이는 여전히 까칠합니다. 따뜻한 이는 언제 만나도 따뜻하고, 차례 음식은 늘 똑같아도 요리법은 할 때마다 알쏭달쏭입니다.

두 동서가 마늘을 넣었더라? 안 넣었더라?를 갖고 서로 우겨대고 고군분투하여 차례상 준비 끝내고는 휴, 안도하고 밤늦게 눔이 재우고, 겨우 한숨 자볼까 하면 형님 술 한잔 들고 들어와 주시고 두 동서, 시댁 숭보느라 걀걀걀 날밤 새우고 그럽니다. 그래서 명절 아침엔 늘 수면 부족에 토끼 눈으로 부스스합니다.

다만 달라진 것은, 절하느라 엎드리기만 하면 "코 자요!"라고 외쳐대서 모두 킥킥대고 웃음 참느라 고개 못 들게 하던 재원이가 올해는 젊잖게 술도 한잔 올렸다는 뉴스와, 절할 때마다 제 무릎관절이 우두둑대며 해를 거듭할수록 더 깊은 소리를 낸다는 것이지요.

그래도 미우나 고우나 익숙한 얼굴들이 북적대며 만들어내는 소음이, 우리의 가슴을 따뜻하게 합니다. 까칠하게 구는 이를 보면 '그래. 악역을 맡아서 피곤하겠수.' 웃어 줄 여유도 생겼고, 따뜻한 어른들은 감히 한방에 앉아 얘기 나눌 서열은 못 되어도 이심전심, 눈빛만 봐도 위로가 되지요.

어제는 상록수 언니들이 이제 청년이 다된 아들들을 한 명씩 커플하여 어떻게 사나 들여다보러 왔었습니다. 언니들과의 인연이 어언 10년이 다 되어가니, 처음 만난 어릴 적 그 모습대로 아직도 제 눈에는 애기로 보이지만, 남들 눈을 생각해서 어른 대접을 합니다.

참말 마음 편하게 모든 얘기를 할 수 있고, 얘기를 안 해도 무슨 형편인지 눈빛 만 봐도 알아주는 저에게는, 친정과 같은 언니들입니다. 상록수에 작업이 쌓여서 기다리고 있고, 범생이 원영 형님이 수영수업에 늦을까 안달하는 통에, 늘 그랬듯이 인사도 제대로 못 나누고 후다닥 헤어졌지만, 짧은 만남은 또 오래 살아갈 힘을 줍니다.

시댁 조카가 고3이라 여기저기 시험을 치러놓았는데, 별생각 없는 두 군데는 합격이고, 정작 가고 싶은 곳은 아직 발표가 안 나서 초조해하고 있더군요. 어르신들은 그저 귀에 익은 대학 이름에 솔깃하셔서 기다리지 말고 결정하라고 성화이시니, 조카는 그만 막막하여져서 난감해하기에, 친구들과 놀고 들어오라고 세배 봉투를 미리 건넸습니다.

대학이 우리에게 어떤 의미가 있는지, 유년과 청소년기를 온통 입시에 목을 매고 사는 것도 모자라서, 부모의 강요로 원치 않는 곳에 등록했다가 또 다시 입시를 겪는 시행착오를 해본 저로서는, 이제 정말 아이들에게만큼은 자기가 잘할 수 있고 좋아하는 것을 하게 도와줄 생각입니다.

공부하는 재능 외에 다른 재능은 인정하지 않는 사회 분위기가 얼마나 많은 인재를 천덕꾸러기로 만드는지, 어른들은 가슴에 손을 얹고 생각해 볼 일입니다. 우리가 그런 적절한 대우를 못 받았다고 해서 아이들에게도 개선해줄 노력을 하지 않는 거는 참 무책임하고 잔인한 노릇이지요.

딸에게 보내 줄 책을 고르러 서점엘 들렀습니다. 책 한 권에 세계문학이 모조리 들어있다는 제목을 보니, 궁금증이 생겨서 펴들었습니다. 도대체 어떻게 압축을 했을까? 책 제목과 저자와 줄거리 정도를 확인할 수는 있겠으나 내용을 보니, 참 허탈해지더군요.

아무리 아이들한테 입시 공부시키느라 책 읽을 시간이 없더라도, 이렇게 수박 겉핥기를 시켜서 영영 인생의 큰 유산을 잃게 할 수는 없다 싶어서, 제자리에 꽂아두고 마음 무겁게 자리를 떴습니다. 정작 소중한 것들은 다 잃어버리고, 껍데기만 챙기느라 정신없는 우리네 인생을 보는 듯, 자괴감이 들더군요.

스파게티를 재원이가 외쳐대고 있습니다. 운동하라고 자전거 위에 앉혀 놓으니 혼자서 "자전거 짱!" "넌 최고야!" 등등 자화자찬이 늘어집니다. 얼른 내려오고 싶다는 소리지요. 스파게티를 해서 재원이와 둘이 냠냠 맛있게 먹을 겁니다. 명절 음식을 너무 오래 먹으니 좀 느끼해져서는 안 되니까요.

아직도 바리바리 싸주신 나물이며 전이며 생선들이 남아 있는데 오늘 저녁에는 모조리 모아 전골을 끓여 봐야겠습니다. 잡탕 전골. 다음 주면 개학이라 늄이 가방을 찾으니 이삿짐 아저씨들이 창고에 갖다 놓으셨는지 안보입니다. 두 주일 더 다니고 나면 졸업인데, 이사를 일찍 와버려 등하교 길이 조금 힘들 것 같습니다.

왕언니가 호기롭게 "아, 힘들면 학교 가지 마. 안 가도 졸업장 줘!"라고 전혀 도움이 안 되는 조언을 해 주셨지만, 반 아이들 얼굴이 벌써 궁금하고, 보고 싶어집니다. 날씨가 큰 추위 없이 따뜻했으면 좋겠네요.

모두 다가오는 2월, 좋은 일만 많이 만드시고 기쁨이 가득하시길 기도드립니다. 건강하세요.

짬

오늘은 봄처럼 포근한 날씨였습니다. 해서, 블레이드 둘러메고 눔이랑 남편이랑 상암경기장을 찾았지요. 몸이 불은 뒤로는 재원이도 운동을 시키면 자꾸 꾀를 냅니다. 그래서 치즈 꼬치 하나 들고서 한 바퀴 돌아올 때마다, 한 입씩 꼬셔가며 운동을 마쳤습니다.

마포수산 시장에 들러 해물 좀 사는 동안, 질퍽한 거 딱 질색인 재원이는 아빠랑 스낵코너에서 냠냠 점심으로 바지락 칼국수를 후루룩 먹고는 하늘공원에 올랐습니다. 난지도가 공원화되기 전 쓰레기매립 지역에서 힘들게 살아가는 주민들에게 선교했던 교회 사진이 남아 있더군요.

오래된 과거도 아니지만, 그 사진 속의 행색은 너무도 초라하여 지금은 저 사람들이 어디에 있을까? 착잡한 마음으로 한참을 들여다보았습니다. 억새들이 겨울나느라 다 짚으로 덮여 있어 여우의 밀밭 같은 느낌을 받을 수는 없었지만, 유난히 맑은 하늘색 아래 서울을 한눈에 내려다볼 수 있어서 가슴이 뻥 뚫리는 기분이었습니다.

블레이드도 타고, 하늘공원을 오르내리느라 힘들었는지 재원이는 집에 오자마자 씻고는 잠이 들었고, 남편은 사무실에 들러야 할 일이 있다고 나갔습니다. 저녁 시간에 늦지 말라고 뒤에다 대고 잔소리를 했는데, 엊저녁 늦게 들어와 술 냄새 피운다고 잔소리한 것까지 모두 미안해져서, 갈비찜을 하고 있습니다.

너무 달게 된 듯싶어, 작년 가을에 수확한 매운 고추를 부러트려 넣었는데 국물맛을 보니, 기침이 쿡 나도록 금세 매워져서, 서둘러 건져 놓았습니다. 한가지 고민이 생긴 것은 딸이 오이 김치를 하겠다고 재료를 보내 달라고 하는데, 오이소박이를 할 때 같이 한 적이 없어서, 그냥 보기만 한 실력으로 오이를 절여서 칼집을 내어 소를 넣는 까다로운 과정을 해낼 수 있을까? 하는 걱정입니다.

그냥 썰어서 담그라고 할까? 어쩔까 고민 중인데 양념도 마늘이며 고춧가루며 액젓을 보내줘야 하나, 어쩌나 들었다 놓았다 망설이고 있습니다. 저번에는 친구들한테 김밥 만들어 보인다고 해서 보내 준 김으로 그런대로 만들었나 본데, 이번 건 아무래도 힘들어 보이네요.

모양이야 비슷하게 할 수 있겠지만, 맛을 어떻게 낼지요? 어쩌면 좋을지 조언을 좀 해 주세요. 갈 때 한국 음식 책자는 넣어서 보냈는데 그거 보고 못하겠다고 해서, 엄마가 적어 달라고 하네요. 에효. 오랜만에 많이 걸었더니 저도 온몸이 노곤하네요. 내일은 오전에 조금 쉬어야겠습니다.

월요일이 개학이니 준비물도 좀 챙기고 개학하면 도서실이며 급식실 대청소도 해야 하고, 이제 행복 끝, 고생 시작입니다. 하하하. 반가운 얼굴들 볼 생각하면, 그래도 마음은 설렙니다. 그 맛에 사는 거겠지요. 사람들 보는 재미로 얄미운 사람도 공포영화 보고 나올 때 만나면, 그렇게 반가울 수가 없어요.

사람들이 옆에 있다는 것만 해도, 위로가 되거든요. 저는 그래도 공포 영화 볼 때, 아니어도 반가운 사람 측에 끼면 좋겠습니다. 방학 동안 발이 더 커져서 실내화도 더 큰 것으로 샀지요. 알림장이며 연필 네 자루 깎아 넣어놓고, 재원이 좋아하는 동물 모양 지우개도 몇 마리 넣고, 이름도 네 임펜으로 꾹꾹 눌러 쓰고 그랬습니다.

재원이한테 월요일부터 학교 간다고 귀에 딱지 앉게 떠들어대고 있습니다. 그래야 월요일 아침에는 겨우 인식을 할 수 있을 테니까요. 이제 저녁상 보러 나가봐야겠습니다. 잠시 짬이 나서 들어왔거든요. 재원이가 잘 때 아니면 컴퓨터에 들어오기 힘들어서 이렇게 후다닥, 번갯불에 콩 볶듯 합니다. 행복한 주말 보내시고 좋은 일 가득한 2월 맞으시길 빕니다.

봄

학교에 다녀 왔습니다. 오늘 중학교 배정표를 받아들고, 아이들의 희비가 엇갈렸습니다. 재원이는 배정표를 받자마자, 색연필로 예쁘게 작품을 만들어 놓아 글씨를 겨우 알아보게 만들어 놓았습니다. 친구들이 모두 재원이가 어디 가나 하고 달려들어 보았는데 같은 학교 되었다고, 좋아 난리였습니다.

그 좋아하는 아이들을 보니 재원이는 다른 학교에 간다고 차마 말을 못 하겠고 그냥 가만히 있었습니다. 졸업생들이 장래희망을 나무공예로 만들어 해마다 복도에 걸어놓는데, 몇 년 전에 만든 다예의 작품도 아직 걸려 있습니다. 재원이의 꿈은 '산불 감시원'입니다.

높은 망루에서 망원경으로 산들을 보고 있다가 불이 나면, 코뿔소처럼 쿵쿵 한걸음에 달려가 밟아서 끄는 그림은 그렇습니다! 저는 그때쯤엔 쪼글쪼글 늙고 굽어진 몸이 될 테니, 쿵쿵대고 달려가 불을 밟아 끄진 못할 테고, 헬기의 출동을 요청하고 모니터를 보면서, 정보제공을 하고 있겠지요? 하하.

사소한 문제라면 우리 모자를 고용할 곳이 없어 보이니, 작은 학교 끼고 있는 마음에 드는 산줄기 하나 골라 연금 타서 망루겸 조그만 집 하나 짓고 유니폼 같이 맞춰 입고, 폼 잡고 다니지요. 집 앞에 나와 앉아 학교 오가는 아이들 불러세워 수국도 하나씩 따주고 목이 마르면 물도 떠다 주고, 허튼소리도 해가며 재원이 장래희망과 제 소원을 이루며 살고 싶습니다.

우리 6학년 34명 중 29명이 같은 학교에 배정이 나고 보니, 다른 학교에 가는 친구들은 그만 풀이 죽어서 마음을 짠하게 했습니다. 대부분의 친구들이 1학년 때부터 한 반으로 지낸 아이들이니, 형제나 다름이 없지요. 그런 친구들을 떠나야 한다는 걸 생각하면, 헤어질 엄두가 나질 않습니다.

봄방학이 그래서 있나 봅니다. 마음 추스르고 힘내라고요. 집에 돌아오는 길에 아무래도 마음을 달래야 할 것 같아 화원에 들렀습니다. 아주머니께서 싸주실 때는 분명 이국적인 예쁜 이름들이 있었으나, 머리 위로 전철이 덜컹대며 지나가고 나니 그만 까맣게 잊어먹었습니다.

골똘히 이름을 떠올리려 애쓰며 가다 보니 재원이 중학교 교문 앞에 이르렀습니다. "재원아. 여기 재원이 학교야." 하니 "재원이 학교 아니야!" 하는 답이 돌아옵니다. 6년이나 입력된 학교의 기억을 지우고 다시 입력하려면, 또 다시 긴 시간이 필요할 것 같습니다.

집에 도착할 때 쯤엔 꽃 이름이 생각나려나요? 학교급식이 없어서 점심을 거르고, 먼길을 걸어서 오니 배가 고파 쫄쫄 소리가 납니다. 재원이가 빵집으로 들어가 빵 몇 개를 골랐는데 재원이와 단둘이만 있을 때는 끼니를 챙길 마음의 여유가 없는 저는 아무도 안보는 틈을 타서 재원이의 손에 쥔 빵을 크게 한입 떼어먹었지요.

재원이 얼굴이 우울해지는 게 보였지만, 못 본 체했습니다. 흥흥흥. 음료수까지 한 모금 뺏어 마시고 나니, 비로소 앞이 보입니다. 집에 도착했다 하면, 식신이 강림하신 듯 열심히 먹어치우니, 가장 청순가련한 상태의 제 모습을 보실 수 있는 시간대는 집에 도착하기 전, 늦은 점심시간입니다. 하하하.

멀리 푸르스름한 봉우리들 위로 하얀 바위가 드러난 북한산이 언뜻 보면, 마치 만년설에 덮인 듯 보입니다. 크고 작은 걱정거리들로 마음이 어지러울 때나 사람들과의 관계에서 상처를 받을 때마다, 하염없이 바라보는 것만으로도 위로를 주었던 산입니다. 산이나 바다, 나무 하늘 등 자연이 우리에게 위로가 되는 까닭은 왜 그럴까요? 우리도 하느님이 만드신 자연의 일부라서 그럴까요? 아니면 자연에서 하느님의 숨결을 느낄 수 있어서, 그럴까요? 하고 보니 둘 다 같은 얘기 같네요.

집에 도착하고 보니, 꽃들의 이름이 보라 꽃, 하얀 꽃, 빨간 꽃이 되어버렸습니다. 영영 꽃 이름은 생각이 안 날 것 같습니다. 그렇지만 무슨 이름으로 불린 들 어떻습니까? 하느님이 만드신 그 아름다운 자태는 변하지 않는데요. 예쁜 이름으로 불러주면, 감사히 받아들이고 미운 이름으로 불러도 선선하게 놔둘 일입니다. 왜냐하면, 그런 이름들에 우리 영혼의 가치가 달라지지는 않으니까요. 세상이 우리를 어떻게 이름 지우던 감사할 일입니다.

우리 앞집에 있는 멍멍이가 근 보름여 만에 오늘 드디어 우리 모자를 보고, 짖는 걸, 그만두었습니다. 그 녀석의 눈에 이제 우리가 이웃으로 보이나 봅니다. 이뻐서 "안녕!" 하며 웃어주었더니, 고개를 갸우뚱합니다.

　멋진 뼈다귀 생기면, 가져다 주어야겠습니다. 모두 따뜻한 입춘 맞으시고 대길하시길 빌면서 봄 인사드립니다.

잠 못 이루는 밤

　일주일 내내 안개에 덮여 있던 북한산이 오늘 아침에는 이내 사라졌습니다. 6년내내 학교를 다녔지만, 이렇게 컴컴한 아침에 등교해보긴 처음입니다. 안개 덮인 산 저 너머에 중간계쯤에 사는 심술궂은 괴물이 숨어들어, "절대로 해가 못 뜨게 할거얌~!" 하며 햇님 꼬리를 붙잡고, 용을 쓰고 있기라도 한 듯 말입니다.

　졸업식 날까지 지각하는 아이들 몇몇을 데리고 학교로 올라갔습니다. 비바람이 억수같이 몰아쳐서 차창 밖 풍경도 분간하기 어렵고, 어두운 산을 배경으로 있는 학교건물도 잘 안 보입니다. 그래도 졸업식장만은 환하게 켜놓은 불빛과 색색가지 풍선들로 호랑이 고개를 넘는 과객들에게 위안을 주는 산중 주막같이, 따스하게 보였습니다.

　졸업식이 으레 그렇듯 아쉬움과 정신이 없음이 함께 지나가고, 애국가만 들어도 눈물이 난다는 친구 말에 가슴이 뜨끔해져서, 오늘은 기어코 보송보송한 눈으로 버티리라 다짐을 했지요. 친구들과 의연하게 무대에 나가 장래희망을 발표하는 재원이를 보니, 사실 아주 의연하지는 않고, 소음에 약한 재원이는 내내 귀를 막고 있었어요.

그래. 그 장래희망 꼭 이뤄라. 우리 아들 하며 코끝이 찡해졌지요. 그래도 저 안 울었어요. 장하지요! 선생님들과 아이들 모두 충분하다 싶게 이별 인사도 못했는데, 하객들에 쓸려 그만 산을 내려왔습니다. 가슴 한 구석이 뭉텅 없어진 듯합니다. 집에 오자마자 작대기 사탕 하나 입에 꽂고 꽃다발 정리해서 꽂아놓고, 괜히 어슬렁거리다가 눈물 한 방울이 툭 비어져 나왔습니다. 냉장고를 뒤져봐도 오늘따라 쵸코렛 한 조각도 없는데, 어제 지져놓은 강된장이 눈에 띄어 밥 한 사발 퍼담아 썩썩 비벼 입이 미어져라. 먹어 치웠습니다.

배가 뽕 나와서 접어지질 않아 컴퓨터 앞에 앉으니 허리가 쭉 펴지는 게 저절로 바른 자세가 되네요. 저는 제가 생각해도 참 못난 게, 뭐 하나를 염두에 두면 다른 생각도 못합니다. 잡지며 우편물이 뜯지도 않은 채로 일주일이 넘게 쌓여있고, 전화 드려야 하는 곳도 올 스톱이고, 다예에게 소포도 못 보내고 일주일 내내 헤어지는 연습만 수없이 반복했지요. 헤어지는 게 힘들어서, 만남이 겁이 납니다.

비를 내려서 오늘 참 위로가 되었습니다. 이번 주를 전후로 많은 곳이 졸업식을 할 텐데, 하나하나 들여다보면 소중하지 않은 재원이가 없는 우리 아이들의 미래가 행복하기를 기원합니다. 초롱한 지금 그대로의 눈망울로 살아갈 수 있는 세상이 되기를, 그리고 마음에 품고 있는 고운 꿈들을 다 이루기를 바랍니다.

재원이가 졸업의 의미를 아는지 모르겠습니다. 친구들은 열심히 재원이 이름을 불러대며 헤어졌는데, 재원이는 매일 매일 안녕하듯이 그렇게 선선히 헤어졌거든요. 안녕. 덩치만 커진 채로 재원이의 유년기가 저만치서 손을 흔들고 있습니다. 지나온 세월이 한꺼번에 밀려와 가슴이 먹먹해집니다. 아무래도 오늘 밤은 오래도록 잠 못 이루는 밤이 될 것 같습니다. 하느님께서 밤을 만들어 주신 게 참 다행입니다.

일요일 단상

　우울한 날씨가 오래 계속되어서인지, 재원이 낳고 말썽을 부렸던 환도가 또 다시 속을 썩이네요. 재원이를 목욕시키고는 일어나질 못해 절절 기어서 다녔던 기억이 있는데, 그때마다 남편이 무슨 물에 빠진 사람 배수시키는 폼으로 허리를 들어 올려 잭 나이프 포지션을 만들어 주어야, 겨우 쩔쩔매며 일어설 수 있었지요.

　제가 재원이 늙도록 살아 있질 못하니, 주위에 같이 살아갈 사람들이 착하고 심성이 바른 이들이기를 바라는 건 아마도 저를 포함한 모든 어머니의 바람이 아닐까 싶기도 합니다. 재원이 빼고 하나 더 있는 우리 딸을 심성 고운 어른으로 키우는 것이 제가 세상에 기여할 수 있는 유일한 일이겠지요.

　남의 아이를 제가 끼고 가르칠 수는 없으니 제 자식이라도 잘 키워야 할 텐데, 어깨가 무겁습니다. 재원이가 혼자 포도를 씻어 "아이. 잘 먹네." 하면서 머리를 만져가며 맛있게 먹고 있습니다. 깨끗이 안 씻었을 것 같아 다시 씻어 주고 싶지만, 제 손으로 씻어서 접시에 담아 먹는 게 기특해서, 그냥 두고 봅니다.

어제는 재원이 입학식에 신을 신발이며 가방이며 사러 나가서 남편과 실랑이를 하다가 결국 못 사고 왔습니다. 남편은 재원이에게 늘 좋고 비싼 것을 사주려고 하고, 저는 안전을 고려하고 주위 아이들과의 관계도 생각해서 늘 적당한 것을 고르는 편인데, 자기가 해 줄 것 많지 않은 가슴 아픈 재원이에게 뭐든 다 해 주고 싶은 심정은 이해하나, 엄마들은 대개 더 현실적이고 용감하지요.

봄이 오기 전, 마지막 추위가 온 것 같습니다. 건강하게 겨울 막바지 잘 나시고 모두 희망 가득한 봄맞이 하시기를 기원합니다. 행복한 주말 보내세요.

봄 나들이

별하나 님한테서 그림을 모셔왔습니다. 참말 봄기운이 물씬 풍겨 나지요? 하늘색이며 나무색이 어찌나 예쁜지 모니터를 쓰다듬어 보았습니다. 오늘은 날씨가 무척 포근하네요. 재원이 예비소집이 있는 날이라 아침부터 달달대며 서둘러 집을 나섰습니다.

일 년에 몇 번밖에 바깥 구경 못 하는 뾰족구두를 광나게 닦아 신고, 역시 일 년에 몇 번 안 드는 조금 품위 있는 가방 들고, 재원이 앞머리 왁스 발라 세우고 보무도 당당하게 학교엘 갔습니다. 신입생 아니랄까 봐, 뭘 모르는 어린아이들이 어찌나 들떠서 난리들인지 재원이 설치는 건, 눈에도 안 띌 지경이었습니다.

첫째 시간 시험 감독하시던 예쁘고 여린 여선생님이 못 견디시겠는지, 둘째 시간에는 이 학교에서 제일 무서운 선생님이라고 하시며 카리스마 넘치는 남자 선생님을 모셔왔습니다. 그 선생님이 교단에 올라서자, 교실이 삽시간에 쥐 죽은 듯 조용해지더군요! 캬하하. 그놈들. 진작 그럴 것이지.

우리 아들은 누가 뭐라 하든 개의치 않으시고, 나름대로 배치 고사를 열심히 보셨습니다. 다만, 학교에서 원하는 답안지를 제출치 않으시고, 객관식 문제를 모조리 서술형으로 풀어놓으시는 비범함을 보이셔서 특별히 교무실로 접대되어 구술로 시험을 보는 동안 간간이 '탕수육' '조기구이' 등등. 시험과는 무관한 멘트들을 늘어놓으셔서 덕분에 선생님들이 우리 집 저녁 메뉴를 눈치채버렸지요.

제가 "쉿~!" 하며 손가락을 연신 입에 갖다 대니, 교장 선생님께서 "우리도 익숙해져야죠. 그냥 놔두세요." 하십니다. 푸근하신 말씀이 얼마나 고맙던지, 가슴이 따뜻해졌습니다. 재원이는 교무실에 있는 율무차, 커피, 녹차 각 한 잔씩 다 빼서 드시고, 교과서 15권 받아 가방 묵직하게 들고나서며, 왜인지 연신 머리를 주억거리며 선생님마다 인사를 연거푸 했습니다.

재원이가 평소엔 자꾸 시키면, 왕짜증을 냈는데요. 새하얀 실내화를 도루 넣어 신주머니를 빙빙 돌리며, 룰루랄라 집으로 돌아왔습니다. 엊저녁엔 기대 반 걱정 반으로 잠을 설쳤는데, 이제 마음이 조금 놓입니다. 역시 세상엔 좋은 사람이 더 많은 것 같습니다.

저보다 재원이에게 더 잘 해 주시는 선생님들이 무척 감사했습니다. 재원이의 여드름 난 넙데데한 얼굴을 귀엽다고, 연신 쓸어주시는 선생님도 계셨습니다. 하하하. 덩치가 커지니 제 아들이래도, 가끔 징그러워 보일 때가 있는데 말이죠. 가방이 하도 무거워 재원이랑 교대로 업고 왔습니다.

누렇게 색이 바랜 강아지풀을 먹으려 해서 "이 녀석!" 했더니 기분이 우울해져서 집에 도착할 즈음엔 좀 징징댔지만, 오늘 외출은 잠을 설치며 기도드린 보람이 있었습니다. 지금 제 등 뒤에서 코를 골며, 재원이가 잠이 들었습니다. 시험에, 무거운 가방에 많이 피곤했나 봐요.

이제 입학식 날 학부모님들과의 상견례가 남았습니다. 마음을 비워야지요. 입장을 바꿔 놓고 생각하면, 이해 못 할 일도 없습니다. 날아오는 공을 모조리 다 받아치느라, 상처 입을 필요도 없고요. 하느님이 만드신 피조물에 내가 어찌 감히 딴지를 걸겠습니까? 하면서 마음 넓히는 연습을 이번 주 내내 해야겠습니다.

사람이 첫인상도 중요하지만, 첫 만남은 무지막지했더라도 지날수록 우호적인 흐뭇한 경험도 많이 했습니다. 누구든 서로 잘 지낼 기회를 주어야 할 필요가 있는 것 같습니다. 오늘 저녁엔 재원이 좋아하는 조기구이를 해 주려고, 냉동실에서 꺼내놓았습니다. 중학교 새 학년이 시작되면, 한동안은 정신없이 다닐 것 같아서 주말에 친정과 시댁엘 다 들렀습니다.

다가오는 봄이 다 지날 정도는 되어서야 조금 적응이 되지 않을까 싶습니다. 딸한테 이야기 늘어놓고 싶어서 전화했더니, 계속 통화 중입니다. 아마도 전화를 잘못 올려놓은 듯해요. 오늘따라 무척 딸이 보고 싶네요. 학교에서 또래 아이들을 많이 보고 와서 그런가 봅니다.

어떨 땐 남편보다 딸이 더 말이 잘 통하고 위로가 됩니다. 남편이 들으면 서운할지도 모르지만, 아무래도 남자들은 소소한 감정 관리는 서툰 것 같아요. 제가 피곤하다고 하면, "그으래? 밥 나가서 먹자!"요 정도의 해결책밖에 못 내놓습니다. 제가 원하는 건 외식이 아니라, 어쩌구저쩌구 하며 같이 미운 사람 흉도 보고 그러는 건데요. 바랠 걸 바래야지요.

오늘 하루도 열심히 사셨으니 맛있는 저녁 드시고, 평안한 시간이 되시길 바랍니다. 그럼 이만 총총

행복한 봄

고시랑님은 지금쯤 어느 그늘진 담벼락 아래 쪼그리고 앉아, 이제나저 제나 밥풀 잔뜩 묻은 거대한 밥주걱을 들고, 뚱땡이가 어느 방향에서 나 타날지 몰라, 두려움에 떨고 있을 거외다. 그러게 왜 남의 초상은 퍼 옮기 셔 가지구서리 그럽니까?

제 초상을 보고 '희미한 옛 사랑의 그림자'를 발견해 낸 3트럭 분량의 가정을 버린 남정네들과 2트럭 분량의 빚쟁이들이 몰려올지 모르오. 그 뒷감당은 오로시 고시랑님 혼자의 몫이란 걸 명심하셔야 할 거외다. 엄청 안 되셨다. 지금부터 조금 불쌍하외다.

조기구이를 비롯한 비린내 나는 반찬들은, 해가 지고 나서야 구워댄 다는 저의 철칙을 버리고, 점심에 조기를 데워 먹었습니다. 재원이가 어제 제사에서 가져온 조기를 냉동실에서 떡하니 꺼내놓고, "조기구이!" 하고 하명하시니 다른 도리가 없지요. 그래도 김밥 내놓으라고 하는 것보다는 덜 귀찮아서, 냉큼 대령했습니다.

정작 '기'를 '조'해야 할 사람은 늙은 저인데, 기가 넘치는 재원이가 살은 다 드시고, 에미는 뼈만 훑었습니다. 그런데 아무리 어두일미라고 해도, 눈을 부릅뜨고 있는 어두는 안 먹어지네요. 저의 이름을 바꾸는 게 어떠냐는 조언도 계시고, 앞모습과 뒷모습이 전혀 매치가 안된다는 민원도 있고 해서, 이름을 바꾸어볼까 진지하게 고민 중입니다.

이름을 바꾸기에 앞서 긴 생머리에 대한 변을 드리자면, 한번 입력이 되면 수정 내지는 삭제가 어려운 재원이의 특성상, 엄마는 처음 모습 그대로 '긴 생머리 여인네'여야 하는 아픔이 있습니다. 가끔은 이 녀석이 제 주름도 밀어 올려 보는데, 그건 아마도 도저히 안 펴진다는 걸 깨달은 모양입니다. 다행히도 말입니다.

초딩 시절 6년 내내 제 앞치마 주머니에는 작은 빗 하나와 갖가지 유치찬란한 머리 방울과 핀, 응급 처치용 사탕과 다목적 밴드, 연필 깎기, 휴지, 물휴지, 장난감 등등이 있었지요. 제가 머리를 묶고 있는 날엔, 저 대신에 여자아이들 머리를 눈 깜짝할 사이에 죄 풀어놓고 다녀서 저는 연신 아이들 머리를 다시 묶어 주고, 한여름에도 땀 찔찔 흘리며 제 머리는 늘 '풀어놓은 긴 생머리'가 되어야 했습니다.

요즘엔 좀 체면도 차리지만, 간혹 지하철 안에서 긴 생머리 여인네를 만나면 너무 행복해하며 가까이 가서 호감을 표시하는지라 영화 '말아톤'에서 얼룩말 무늬라면 사족을 못 쓰고 좋아하는 초원이처럼 영문모르는 여인네들로부터 치한의 누명을 쓰게 될까 봐, 대신 제 긴 생머리를 날리며 다닙니다.

나중에 백발마녀가 되어, 긴 하얀 생머리를 쪽도 못 찌고 날리고 다닐 생각을 하면 난감해지긴 하지만, 산속에서 빗자루라도 하나 들고 있으면,

그나마 보는 이로 하여금 동화 속 나라에 들어와 있는 듯한 환타지를 일으켜서 세트 메뉴인 슈렉3 아들과 근사하게 어울리지 않을까? 하는 생각이 듭니다. 하하하.

제가 이름을 '두 번 놀래키는 여자'로 바꿔보려고 손 세실님께 말씀드렸던 이유는 저의 치명적인 목소리 때문입니다. 제 목소리는 시간의 흐름을 따라잡지 못하고, 성장을 멈춘 듯 보입니다. 특히 민망한 경우는 시장에서 흥정이라도 할라치면 복작대는 아줌마들의 엉덩이를 겨우 헤치고, "아저씨. 이거 얼마예요!"라고 목청껏 외쳐도 애들인 줄 알고, 응답을 안 해 주는 겁니다.

그러다 어떨 때는 목소리만 듣고 물건을 봉지에 담아 들고 뒤를 돌아다보고는 '응? 내가 잘 못 들었나?' 또는 '방금 얘기한 사람 어디 갔지?' 하는 표정으로 아저씨가 사방을 두리번거릴 때입니다. 저의 영한 목소리와 올드한 얼굴이 도저히 매치가 안 되는 거지요. 그럴 때면 저도 '아가씨 어디 갔나?' 하는 표정으로 같이 살핍니다. 흑흑. 그러나 시간이 없는 날은 그냥 다짜고짜 "아저씨. 저예요. 이거 주세요." 해서 낚아채듯 들고 오면서 투덜거리지요.

"피부가 안 늙거나 몸매가 안 늙으면, 좀 좋아? 쓸데없이 나이대접도 못 받고 이게 뭐람." 하면서 비 맞은 중처럼 궁시렁대기가 일쑤지요. 그래서 저의 긴 생머리 뒷모습 먼저 보고 지나치며 앞모습 보면, 화들짝 한 번 놀래고, 제 목소리 듣고는 얼굴과 매치가 안 되어서 두 번 놀래고, 지루한 일상에 신선한 충격을 원하신다면, 한 번쯤은 길거리에서 만나도 되실 여인네입니다.

엊저녁 제사를 모시고 어머님께 재원이 교복 금일봉 받아들고 명절날 못 뵌 친척들로부터 강제수금까지 하여 3년 입힐 교복값을 확보하고 일주일 치는 족히 될 반찬거리까지 들고 럴럴거리며 돌아왔습니다. 지난 보름날 상록수에서 엄청 많이 얻어 온 나물로 일주일은 맛있는 비빔밥 점심을 즐겼는데, 어제 얻어 온 나물로 또 며칠간은 행복한 비빔밥 점심을 먹게 될 것 같습니다.

이상한 노래만 부른다고 학창시절 내내 왕따였다는, 요즘 인기 짱인 영국 소년의 미성으로 천사 같은 노래들을 들으며, 새벽공기를 가르며 도심을 달려왔습니다. 밤은 낮과는 또 다른 아름다움과 포근함으로 다가옵니다. 제 소원이 원래 블루인지 어떤지는 몰라도 저는 밤이 좋습니다. 토요일은 밤이 좋아. 하는 밤 말고요.

'한결같은 것은 아무것도 없는 달'이라는 3월이 문 앞에 와 있습니다. 3월을 맞게 되어서 참 기쁩니다. 딸에게 편지를 써서 보냅니다. 같이 살 때는 쑥스러워서 말로 못했던 이야기들. 다예야. 행복한 봄 맞아. 엄마도 행복한 봄 맞을게. 여러분들도 모두 행복한 봄 맞으세요.

섬진강 매화꽃

　젊은 시절, 그때는 봄이 지금과는 다른 이유로 서러웠지요. 해마다 봄은 다시 돌아오지만, 아직도 눈을 들어 하늘을 보면 서러움이 응어리진 채로 가슴을 아리게 합니다. 이제는 봄이 서러운 이유가 하나 더 보태어져서 여린 가지에 피어오르는 연둣빛만 보아도 가슴이 아립니다.

　저 가녀린 어린 가지보다도 더 연약한 아들을 매일 하루 7시간씩 교실에 넣어놓고, 밖에서 지키고 있는 어미입니다. 어느 순간엔 퍼뜩, 너무 끔찍한 짓이 아닌가 하는 생각에 교실 문을 열고 재원이를 빼내 와, 같이 손을 잡고 멀리 도망치고 싶어집니다. 봄은 왜 이다지도 서러움투성이인지요? 서러운 봄이지만 오늘도 저는 쓸개 빠진, 아니 쓸개가 원래 없던 이처럼, 하루 종일 실실 웃으며 다녔습니다.

　아이들 틈에 끼어 세트로 선생님한테 호통도 당하고, 재원이 따라 뛰다가 복도에서 뛴다고 혼내는 소리에, 선생님이 당혹해하실까 봐 뒤도 못 돌아보고, 냅다 교실로 뛰어 숨으며 하루를 숨차게 보냈습니다. 재원이는 그런 엄마가 재미있나 봅니다. 조용히 하라고 천천히 가라고 해도, 엄마가 따라 뛰는 게 재밌는지 교실만 나서면, 냅다 뛰기 시작합니다. 잘 알아듣지도 못하는 공부에 얼마나 힘들었으면, 그렇게 야생마처럼 뛰어다닐까 싶어, 또 가슴이 아파옵니다.

시작종이 울리고 사방이 조용해지면 재원이와 작은 소리로 '안녕' 하고 층계참에 올라와 먼 산을 바라다봅니다. 안개로 희뿌연 산등성이 위로 할아버지 숱 없는 머리처럼 나무들이 듬성듬성 서 있습니다. 봄이 가고 여름이 오면 저 산은 푸르름으로 빽빽해지겠지요.

가슴속의 상처는 사라지지 않더라도, 마음에도 나무가 무성히 자라서 아픔만이라도 숨길 수 있었으면 좋겠습니다. 끼니 못 챙긴다고 위문품이 답지하여 하루 종일 호두과자 야금거렸더니, 역시 토종인지라 김치 생각이 간절하여져서, 집에 오자마자 냉장고에 머리 디밀고 먹었습니다.

냉장고가 자기를 먹어치울까 봐 겁을 먹을 듯한 기세로 말이지요. 하하하. 학교에서는 무얼 먹으려면 솔직히 좀 비참한 기분이 듭니다. 꼭 이렇게 먹으면서 살아야 하나? 하는 생각에 우울해져서 학교 있는 동안에는 그만 배도 별로 안 고픕니다. 남편이 손쉽게 먹을 수 있도록 씻어서 포장된 사과며, 음료며 개별포장된 떡들을 챙겨주는데도, 그냥 가져갔다 도로 집으로 가져오기 일쑤입니다.

안 먹고 가져온다고 화를 내는데, 자기가 한번 복도에서 우물거려보라고 그게 넘어가나, 하면서 말다툼을 했습니다. 우기긴 했지만, 마음속으론 조금 미안했습니다. 재원이는 착한 아이들 틈에서 잘 지내고 있습니다. 아무도 재원이를 놀리는 아이도 없고, 처음에 겁먹었던 한 덩치씩 하시는 아이들이 오히려 더 재원이를 잘 챙겨줍니다.

저 혼자 놀라고 경계했던 마음이 미안해집니다. 챙겨주는 타입은 서로 달라서 아이들 하는 걸 보면, 그 집의 분위기가 어떤지 금세 알 수가 있습니다. 가만히 뒷짐지고 서서 이렇게 해라, 저렇게 하면 안 된다. 지시하는 사람도 있고, 사내 녀석이 꼬추 떨어질 만큼 자상하게 손까지 씻겨 주는 사람도 있습니다.

여자아이들은 모성본능이 있어서인지 얼굴을 물티슈로 닦아주고 다음 시간 책도 챙겨주고 바지도 치켜 올려주고 합니다. 어떤 사람은 다짜고짜 반갑다고 아침에 만나면 목을 조르기도 하고 같이 놀자고 하는 짓인데, 세련되지를 못해서 여자아이들한테 그러면 재원이가 싫어한다고 혼쭐이 나기도 합니다.

재원이를 보고 있으면 저 녀석은 참말 사랑이 없으면 못 살 녀석이구나, 하는 생각이 듭니다. 한시도 남의 보살핌과 사랑이 없으면 생존 자체가 불가능하니, 이걸 감사해야 하나 슬퍼해야 하나. 기가 막힙니다. 음악 시간엔 좋아하는 도레미송이 나와서 영어로 처음부터 끝까지 큰소리로 불러제끼는 바람에 아이들로부터 "와~우!" 환호를 받았습니다.

선생님이 뭐라고 하실까, 가슴을 졸였는데 다행히 시키지도 않은 노래를 잘했다고 칭찬해주셨습니다. 마음에 안 드셨을 수도 있지만 어쩌겠습니까? 불독 같은 어미가 복도에 딱 버티고 앉아 있으니 말입니다. 하하. "동그라미 그리려다 무심코 그린 얼굴." 음악실에서 들려오는 노랫소리를 들으니 저도 모르게 그리운 사람들의 얼굴이 떠올랐습니다.

화장 지워질까 봐, 허리 굽혀 세면기에 눈물 꾹꾹 짜내 흘려보내고, 코 한 번 들이마시고 즐거운 얼굴하고 나왔습니다. 그리고 다시 마사이 워킹 소리 안 나게 뒤꿈치부터 발가락까지 최대한 붙여가며 성큼성큼, 그렇지만 조용하게 걸었습니다. 전자사전 두드려가며 틈틈이 쓴 편지를 다 예 호스트 엄마에게 보내고 한시름 놓습니다.

호스트가 아이에게 소홀해질까 봐 꼬박꼬박 편지를 보냈는데요. 근래 몇 주를 빼먹었거든요. 매번 같은 내용을 쓸 수도 없고, 영어는 딸리고 아주 고역입니다. 그래도 몸매며 마음이며 다 통이 큰 아주머니께서 자기는 한국말 하나도 못하는데, 저는 근근이라도 써 보내니 잘하는 거라고 칭찬해주었습니다. 하하.

세상에는 서러워도 아름다운 것, 투성이입니다. 연두색이라고 하기엔 너무도 아련하여 연둣빛이라고 해야 할 것 같은 가녀린 봄 나무들도 그렇고, 섬진강에 하늘하늘 떨어지는 매화 흰 꽃잎도 서럽도록 아름답고, 우리네 삶도 서러워서 아름답습니다. 사라져도 사라지지 않는 것들. 너무 아름다워서 눈물이 나는 봄빛도 그렇습니다.

오늘 눈물을 뿌리고 다닌 건 제 탓이 아닙니다. 아마도 서러운 봄빛 탓일 겁니다.

좀머씨 이야기

　오늘은 공개 수업과 학부모 총회가 있는 날이었습니다. 전날 저녁에 코디해놓은 옷을 아침에 한 번 더 찍찍이로 말끔하게 훑어주시고, 행여나 내리는 비에 옷매무새 흐트러질까 봐 남편 골프 우산 꺼내 들고, 우리 모자를 커버할 수 있는 사이즈를 찾다보니, 구두 더러워질까 봐 특별히 차를 몰아 학교엘 갔습니다.

　입술이 툭 터져서 딱정이가 꺼멓게 앉은 것만 빼면, 엊저녁에 특별히 팩도 한 장 얼굴에 얹어 주시고, 정성 들여 샤워하고 머리에 구리뿌를 빡세게 감고 잤더니 그런대로 평소보다 봐줄 만한 상태가 되었는데, 오늘은 또 어떤 무신경한 이가 있어 헌법에 명시된 재원이의 의무이자 권리인 교육권을 침해하는 발언을 해서 나의 신경줄을 건드리려나 지레 긴장이 되는 건 어쩔 수 없었지요.

　실은 얼마 전부터 마음속으로 간절하게 오늘 천재지변으로 학교 가는 길이 막혀버리거나 재원이가 배탈 설사라도 나주거나, 아니면 내가 화장실에서 미끄러져서 깁스를 하거나 그 많은 경조사가 오늘 있어 준다면, 내가 부조도 넉넉히 할 텐데, 말입니다.

요런 발칙한 상상까지 동원해가며 아침까지도 요행을 바랬는데, 역시 동기가 순수하지 못했던 터라 하느님께서 응답해 주시질 않더군요. 하하. 그래서 여지껏 써 왔고, 달리 다른 방법을 찾지 못할 때, 쓸 수밖에 없는 정공법을 쓰는 도리밖에 없었습니다.

학교 통틀어 스페셜리스트가 재원이 하나인지라 재원이는 벌써부터 학교 명물이 되었고, 아이들이 집에 가서 재원이 얘기를 진즉에 했을 테니 아예 마음을 비우고 입꼬리를 귀에 걸고 시작을 했습니다. 교실에 서로 대면대면 앉아 있는 어머니들 틈에 들어가 재원이 엄마라고 소개를 한 다음, 재원이에 대해 미리 인품을 주었지요.

재원이가 공부 시간에 가끔 뜬금없는 짓을 할 때도 있지만, 우리 반 아이들 모두 생긴 그대로 얼마나 사랑스러운 존재인지, 어머니들이 아이들의 인성에 끼칠 수 있는 지대한 영향에 대해서 일장 연설을 하고는, 재원이의 권리와 의무에 대해 혹여 모르시는 분을 위해 다시 한번 주지시켰지요.

교실 공개 수업이 어찌어찌 끝나고, 위궤양 도질 뻔했습니다. 하하. 강당에 구름떼같이 모인 학부형들 사이로 학교에서 나누어준 책자에 특수반이 있는 걸 보고는 도대체 이런 애들은 특수 학교엘 안 가고, 왜 우리 학교에 오느냐, 맞아 맞아, 등등 저의 신앙심이 깊어지게 만들어 주시는 발언들을 하고 계신 분들이 눈에 들어왔습니다.

도저히 용서할 수 없는 1분을 거리를 두고 바라보는 60초로 대신 할 수 있다면.

루디야드 키플링의 '어른이 된다는 것은'

그러나 저는 어른 중에서도 조금 명쾌한 걸 좋아하는 어른인지라 누군가 제 아들로 인해 궁금해하는 걸 두고 볼 수 없어서 즉시 답을 주었지요. "저기요. 어머니. 그 아이가 내 아들인데 말이죠! 특수 학교에 안 가고, 이 학교에 온 이유는 어머님 아이가 검정고시나 국제중이나 대안학교나 홈스쿨을 선택하지 않고, 이 학교에 온 이유와 같아요. 우리도 이 학교를 선택한 거예요!"

집에 오는 길은 비도 그치고, 바람만 귓전에 윙윙거렸습니다. 가녀린 가지에 매달린 진달래며 개나리꽃이 가엾게도 추위에 오그라들었더군요. 그래도 양지바른 담장 밑에 바짝 붙어서 피어 있는 제비꽃은 어제 '안녕!' 할 때와 같이 씩씩하게 웃어주었습니다.

찍찍이가 두 개나 붙은 긴 우산을 접어 지팡이 삼고, 군청색 버버리에 검은 배낭을 둘러메고 재원이가 추운듯하여 서둘러 걷다 보니, 상체는 45도 각도로 앞서가고 다리는 속도를 못 쫓아가서 뒤에서 종종대고 있습니다. 언뜻, 좀머씨 이야기가 생각났습니다.

석양이 지느라 벽돌담에 제 그림자가 올라서니 어찌나 좀머씨 모습과 흡사하던지요. '그러니 제발 나를 그냥 좀 놔두시오.' 하던 좀머씨의 유일한 대사가 떠올라 저도 모르게 중얼거려 보았습니다. 오늘 하루 제가 간절히 바란 대사이기도 했으니까요.

"재원아. 엄마 오늘 울지도 않고 싸움박질도 안 하고 잘했지?" 하니 재원이가 뭔소리여. 하는 표정으로 멀뚱멀뚱 바라봅니다. 재원아, "하느님

감사합니다. 해 봐." "하느님 감사합니다. 해 봐." "해봐는 빼고!" 석양을 등
진 재원이 귀밑에 솜털이 송송입니다. "너는 머리가 어찌나 노랗고 숱이
없는지 햇빛 속에 서 있으면 머리카락이 없는 것 같았어. 요 녀석은 안 자
라고 평생 내 곁에 있었으면 좋겠다. 하고 엄마가 늘 바랬었지."

친정어머니 바람은 안 이루어져서 저는 머리가 희끗거리는 나이가 되
었고, 그 대신 안 자라는 아이는 제 차지가 되었습니다. 하느님께서 친정
어머니 소원을 '보류'함에 넣어놓으셨다가 사무착오로 그만 너무 늦게 저
한테 보내신 건지 모르겠습니다. 재원이가 주워섬기는 저녁 메뉴를 다 해
준다고 끄덕거렸더니, 사실은 실랑이 벌일 힘이 없어서 그랬지요. 신이 났
는지 머리를 좌우로 흔들어가며 큰소리로 노래를 부릅니다.

"기임~재~워언~ 예쁜 김~재원~ 기임~재~워언~ 착한 김~재원~"

재원이 달랠 때 제가 불러주는 노래인데, 자화자찬이 너무 심해서 못
들어 주겠네요. 하하. 재원이는 그새 주워들은 메뉴들을 다 까먹고는 고
등어 굽는 냄새에 회가 동하는지, 럴럴대며 연신 와서 들여다봅니다. 생
선 냄새 없어지게 할 요량도 있지만, 사실 심난한 마음을 달래려고 촛불
을 켰습니다.

제 유전자 어느 귀퉁이에 '심난할 땐 촛불을 켜요.'라는 정보가 저장되
어있는지도 모를 일입니다. 타오르는 촛불을 들여다보며 아무 생각도 않
고 멍하니 있었습니다.

무슨 일이 어찌 일어나든 우리가 원치 않는 시련이 우리를 강하게 만든다
는 것은 진실이다.

제 마음에 와닿는 성 바오로의 말

태오의 성적표

　태오. 태오는 장애우 마을에서 장애우 친구들과 함께 살고 있다. 키가 훤칠한 태오는 아침이면 깔끔히 교복을 차려입고 "학교 다녀오겠습니다."를 수십 번도 더 하며 학교에 간다.

　마치 대학생이라도 되는 듯 남아 있는 친구들의 배웅을 받으며, 방학이 시작되고, 드디어 태오의 성적표가 개봉되었다.

　가.가.가.가.가.가.가...

　너무나 씩씩한 우리 태오!

　내년에는 우리 태오가 '양'을 한 마리만 잡아 와도 아빠는 돼지를 잡아 잔치를 베풀어 줄 거다.

　아빠(원장신부님)의 말씀이시다.

김영희(모니카) _두 번째 기도시집 중에서

　어젯밤 상록수 작은 둥지에선 행복한 미사가 있었습니다. 빨리 와서 부활절 달걀 싸라고 왕언니가 전화해서, 다리보다 마음이 더 먼저 도착했건만, 왕언니는 언제나처럼 배신을 때렸습니다. 일거리를 하나도 안 남겨놓았던 거지요. 빨리 오라는 소리를 늘상 그렇게 하고는 "언니~ 뭐야~ 다 했잖아~!" 하면, 시치미를 뚝 떼고는 딴청을 합니다.

목소리가 꽉 잠겨서 오신 옥잠 선생님을 뵈니, 상록수 단장하시느라 부활절 준비에 제사까지 겹쳐서 그러신지 얼굴이 파리하게 보였는데, 조금 예뻐 보였어요. 안드레아 수녀님께서 직접 만들어오신 딸기 모양의 너무나 예쁜 수세미. 이건 아까워서 못 쓸 것 같아요.

집에 돌아오자마자 성모님과 예수님 앞에 올려놓았지요. "정말 예쁘지요? 안드레아 수녀님께서 주신 거예요. 부활절 달걀도 들어있어요. 하나씩 드세요." 신부님 주차할 곳을 지키고 앉아 있느라 어둠 속에 눈을 반짝거리며 진용 총각과 재원이와 제가 상록수 앞에 의자를 내다 놓고 앉아 있자니 '우리 참 숭악한데?' 하는 생각이 들었습니다. 하하하. 그래도 지킨 보람이 있어 반가운 손님을 두 분이나 모시고 오셨습니다.

영혼의 쉼터에서 뿌리님과 주니맘께서 와 주신 거예요! 고시랑님도 오실 줄 알았는데, 엄청나게 큰 대왕 철쭉 화분이 대신 왔습니다. 저는 미사에 가기 전에 분주히 눔을 씻으면서 생각했더랬지요. 오늘 같은 부활절날에 얼마나 신자들이 참석할 좋은 모임이 많겠어요.

미사도 여러 군데서 있을 거고. 꼭 가야 할 곳도 많을 거고. 상록수에 오고 싶어도 못 오시는 분들이 많을 거야, 혼자 단념했었지요. 어제 신부님은 참말 멋지셨어요! 상록수에 들어서기만 하셨는데 상록수가 훤히 밝아진 느낌이 들었지요. 우리 아이들 곁에 신부님이 늘 계셔주시면 참 좋을 텐데, 하면서 혼자 욕심을 부려봤습니다.

그 뒤로 자기만큼 커다란 기타를 메고 뿌리님 들어오시고 이국적인 느낌의 멋쟁이 주니맘께서 같이 오셨지요. 이 늦은 시간에 다른 일 제쳐두고 우리와 함께하시려 두 분이 시간을 내주신 것만으로도 너무나 감사한데, 뿌리님은 믿기지 않을 만큼 고운 목소리로 노래까지 불러 주셨습니다.

오로지 우리를 위해서요. 재원이는 바로 뒤에 앉아서 가끔 외마디 소리로 추임새를 넣어서 미안해서 죽는 줄 알았습니다. 저는 감동을 하면, 표정 관리가 안 됩니다. 고개를 푹 숙이고 감사한 시간을 같이했지요. 물방울 보석이라는 뿌리님이 선물하신 책을 돌아오는 차 속에서 읽었습니다.

쉼터에 올려주신 기도시도 있고 대부분은 처음 보는 시였지만, 금세 마음이 따뜻해졌지요. 그리고 '태오의 성적표'를 보는 순간 그만 눈물이 핑 돌았습니다. 조촐한 다과 파티 내내 우리 아이들을 바라보면서 흐뭇하게 미소짓던 뿌리님이 생각나서요. 우리 아이들을 처음 보시는 분들은 가끔 놀라움도 느끼시는지라 아이들의 특이한 행동들을 설명해드리고자 했던 제가 너무나 부끄러워졌습니다.

이미 우리 아이들을 처녀 때부터 봉사 활동하시며 알고 지내셨다는 말씀을 듣고, 부끄럽고 고마워서 얼굴이 빨개졌지요. 어쩌면 눈이 그렇게 예쁘신지. 그런데 하루 종일 스케줄이 많으셨던지 눈이 토끼 눈같이 빨개서 안쓰러운 마음이 들었습니다. 주니맘께선 덩치만 컸지, 아기들같이 엄마 곁에 있는 아이들을 보면서 너무 사랑스럽다는 눈길을 주셨습니다.

아이들이 엄마와 함께하는 모습이 참 보기 좋다는 말씀도 하셨지요. 아마도 남을 사랑스럽게 볼 수 있는 마음은 그 사람이 이미 사랑이 많아서일 거라고 저는 생각합니다. 두 분의 따스한 시선이 우리 아이마다 머무는 감사하고 행복한 시간이었습니다.

생활이 단순한 저도 어제는 일이 겹쳐 분을 다투며 돌아다녔는데, 다들 하루를 분주히 보내시고 또 상록수 미사에 모여주시니 웅성거리는 아이들과 어머니들, 봉사자 선생님들, 미사에 참석하시러 오신 분들, 모두 모두 참 고마웠습니다. 남편은 우리를 태워다주곤 잽싸게 내빼고, 마칠 즈음에 다시 또 데리러 오면서도 미사에 참석하지 못했습니다.

원영 아버님께서 늘 참석하시는데, 어제는 제사 손님들을 언니 대신 모시고 계시느라 못 오신 것 같았습니다. 그래도 남편 이름으로 봉헌도 하고, 예수님께 남편 얘기도 가끔 드립니다. 나중에라도 남편이 오게 되면 예수님께서 "아. 너로구나." 하시며 맞아주실 수 있도록요.

주니맘께서 요즘 바쁘시냐고 물으셔서 하루가 어떻게 지나가는지 모르게 살고 있어요. 라는 말을 하려니 안 그런 사람이 어디 있을까 싶어 민망해졌습니다. 아침에 눈을 뜨면 1, 2분 멍하니 앉아 있다가 분주히 시작되는 하루는 잠자리에 들 때나 되어서야 휴, 하루가 지났구나. 싶으니까요. 집에 우렁각시가 하나 있었으면 참 좋겠습니다.

부활절 미사 도중에 신부님께서 세례갱신을 하신다고 하시며 여러 가지 질문을 하셨습니다. 신자분들이 그때마다 큰소리로 대답을 하셨는데 저는 세례를 못 받았으니 갱신할 것도 없지만, 그래도 큰소리로 같이 대답했습니다. 근데 신기하게 몽땅 저에게 다 필요한 말씀이셨어요!

모두 가져오신 선물들과 먹거리들이 어찌나 풍성한지 맛있게 나누고도 많이 남았습니다. 늘 불쌍함을 유발하는 저희 모자는 어제도 언니들이 각자 하나씩 넣어 주신 먹거리들로 빵빵해진 가방이 끈 떨어질까 봐 통째로 끌어안고 상록수를 어기적거리며 나왔습니다.

아. 참 다행이다. 예수님께서 부활하셔서 얼마나 다행이야. 성모님도

아드님을 잃은 슬픔에서 벗어날 수 있고, 하느님도 예수님을 그렇게 하셨지만 얼마나 마음이 아프셨을까? 그러니 우리에게만 기쁜 일이 아니라 성모님께도 하느님께 참 기쁜 일이라는 생각이 들었습니다.

모두가 행복한 밤. 예수님은 참 행복한 분입니다. 모두가 예수님의 부활을 기뻐하고 있으니까요. 재원이가 "아빠 오면." 하면서 복선을 까는 걸보니, 오늘도 얌전히 집안에 있기는 글렀다는 생각이 듭니다. 어제 부활절양초를 상당량 긁어 드셔서 혹시 탈이나 나지 않을까? 염려했는데, 다행히 멀쩡해 보입니다.

베란다 밖으로 앞마당에 제비꽃이 한창입니다. 길에 있는 제비꽃만 보았지, 내 집 앞마당에 있는 꽃은 보지 못하고 살았네요. 모두 늦게 돌아가셔서 피곤하실 텐데 푹 쉬시고 행복한 주말 보내시길 바랍니다.

나는
학교에 간다

　어제 시작된 비가 아직도 간간이 이어지고 있습니다. 어제는 바람이 어찌나 거센지 우산을 들고 하늘로 날아오를 뻔했습니다. 비가 그쳐가곤 있지만, 하늘은 회색빛으로 무겁게 가라앉아있고 비바람에 떨어진 꽃잎들이 길 가장자리에 줄지어 모여 있습니다. 차가운 배수구 철창 아래로 보이는 연보랏빛 제비꽃과 노랑 민들레.

　'야. 너네, 참 예쁘다.' 하며 말을 걸었더니 몸을 조금 흔들어 주었습니다. 주말에는 없는 시간을 쪼개어 장문의 글을 썼는데 '자동 저장 완료'라는 멘트만 믿고, 줄줄 쓰다가 그만 날려버렸습니다. 그 후로 땀 뻘뻘 흘리며 날아가 버린 그의 글을 찾느라 다음에 전화하고, 컴퓨터와 씨름하고 그랬습니다. 내 다시는 다음하고 노나봐라. 하면서 혼자 삐쳐있다가 하는 수 없이 다시 들어왔습니다.

　제가 하는 짓이 좀 웃기지요? 영락없는 '바보'입니다 그렇지만 똑같은 글을 또다시 쓴다는 건 왠지 거부감이 들어서 다시 올리지도 못하고 주말을 보냈습니다. 사실 일요일엔 푹 쉬어줘야 한 주일을 시작할 힘이 나는데 어머님께서 오시는 바람에 쉬지도 못하고 한 주를 시작하니, 2주일이 내내 이어지는 피곤한 느낌입니다.

아침에는 맑은 눈동자였다가 오후부터 점점 멍한 동태 눈알이 되는 건 봐줄 만한데, 아침부터 충혈된 동태눈을 하고 있습니다. 하하하. 제가 많이 피곤해 보이는지 반 아이가 비타민을 하나 주네요. 하하. 아이가 보면 내가 안 먹는다고 서운해할까 봐, 재원이를 살짝 불러내어 입에 털어 넣어 주고, 서둘러 교실로 들여보냈습니다.

선생님 조례가 있는 동안, 창밖을 내다보니 앞산에 꽃들이 많이 떨어져서인지 산빛이 어두워졌습니다. 그래도 날씨 탓에 재원이를 포함한 아이들이 평소보다 차분하네요. 차분하다고는 하지만 오늘 아침에도 아이들의 장난은 쉬어주질 않고 제게 다가와 "사극 체험하시렵니까?" 하고 매우 점잖게 물어왔습니다.

이거 아무래도 뭔가 꿍꿍이가 있는 점잖음인데. 하는 불길한 느낌이 뒤통수를 스쳤지만, 이미 때는 늦어서 제 답을 듣기도 전에 아이들이 달려들었습니다. 네 녀석이 저를 의자에 앉히더니 한 녀석은 손을 뒤로 붙들고 있고, 두 녀석은 밀대를 들고 와 걸레를 빼낸 다음, 양다리 사이에 걸치고, 포청천같이 생긴 녀석이 "네 죄를 네가 알지요?"(알렸다!라고 하려다 급히 말을 바꿔서)라고 심문을 시작했습니다.

마음이 약한 아이 하나가 "빨리 죄를 안다고 하세요." 하며 안타까워하는 중에 아이 둘이서 주리를 틀기 시작하자, 엄마가 주리 틀림을 당하고 있는데도 뭐가 그렇게 재미있는지, 재원이는 낄낄대고 있었습니다. 아들 키워봐야 하나 소용없어요. 흑흑.

폼만 잡아 아프지는 않았지만, 단죄를 당하니 조금 무섭더군요. 아이들 일당은 또 다른 죄인을 찾아 옆 반으로 원정가시고, 저는 벌을 받고 나니 홀가분한 기분이 들었습니다. 하하하. 저 대책 없이 심하게 명랑 쾌활한 아이들이 웃음을 잃지 않고 나이 들어서도 장난을 해대며 행복하게 살 수 있으면 좋겠다. 하는 생각을 했습니다.

자동 저장 완료라고 지금도 간간이 뜨고 있는데 그것도 믿을 수가 없네요. 그제는 재원이 집으로 오는 길에 골목에 서서 다리를 덜덜 떨며, 침을 찍찍 뱉고 있는 형님들에게 말릴 틈도 없이 점잖게 "침 뱉지 마. 혼나!"라고 충고를 했습니다. 허걱, 저걸 어쩌나!

신기한 걸 보면 금세 따라 하기 좋아하는 재원이가 길에서 침 뱉는 형님들을 며칠 눈여겨보더니 멋있어 보였는지, 학교 가서 침을 몇 번 뱉다가 선생님한테 걸려서 혼이 났습니다. 그때 선생님께 들은 멘트를 기억해 두었다가, 형님들한테 날린 거지요. 하하.

순간, 무서운 요즘 아이들에게 뭐라고 했다가 봉변을 당한 온갖 고약한 뉴스들의 영상이 한꺼번에 떠올라서, 재원이 손을 슬며시 그러쥐고, 표정 관리를 해가며 재빨리 걸었지요. 그래도 어른 체면에 뛸 수는 없어서 겁 안 나는 척하며, 걷다가 사정거리를 벗어났다 싶은 지점에 이르러서, 뒤를 한 번 흘깃 돌아보았지요.

아이들이 황당한 얼굴을 하고 우리 쪽을 보고 있었습니다! 그래도 엄마라고 옆에 하나 붙어서 호랑이상을 하고 있으니, 저 녀석을 어떻게도 못하고 느닷없는 하극상에 기막혀하고 있었습니다. '하이고. 하느님 감사합니다. 당분간은 다른 길로 다녀야지. 휴.' 저도 모르게 안도의 한숨을 내쉬고 재원이를 보니, 엄마를 십 년 감수하게 해 놓고 어찌 저렇게 평온한 표정을 하고 있는지요. 나 원 참.

어머님을 모시고, 중남미문화원엘 갔습니다. 어머니는 둘레에 돋아있는 쑥이며 냉이에 더 관심을 보이셨지만, 체험 학습 책자를 받아들고 슬슬. 학교 다닌 통밥으로 차례를 지켜가며 나름대로 관람을 즐기고 있는 재원이를 보니, 내일 아침에 또 학교에 가야 할 이유가 생겼습니다.

기어이 어머님은 차 속을 뒤져 비닐봉지와 스위스 칼을 찾아내시어, 눈 깜짝할 새에 몇 봉지 쑥을 뜯으셨습니다. 집에 돌아와 쑥국을 끓여 저녁을 먹었지요. 봄나물이 지천이지만, 뜯을 시간도 재미도 안 나서 두고 보기만 했는데 그래도 어머님 덕에 봄 처녀 한번 해보고 봄을 지나 보내게 되었습니다.

이번 주는 날씨가 변덕이 죽 끓듯 할거라니 옷 따뜻하게 입으셔서 감기 걸리지 않게 조심하세요. 조금 있으면 아이들이 몰려올 거니, 이만 줄이겠습니다. 행복한 하루 되세요.

봄날은 간다

바라는 대로 모두 이루어진다면 정의라는 것은 이 세상에는 없으니 그것은 그저 영원한 동경입니다.

누군가 "만약 희망 사항이 모두 그대로 현실이 된다면. 인간은 구원할 길 없는 상태가 될 것"이라고 말한 것처럼, 완수해내지 못한 일, 불완전한 구석이 있기 때문에 오히려 인간은 살아갈 수 있는 것입니다.

소노 아야코 '대지를 적시는 것'

재원이 축구교실이 있는 날이라 서둘러 샌드위치 몇 쪽 만들고, 음료수 챙겨서 집을 나섰습니다. 아침에 분주한 건 매일반인데도, 학교에 갈 때와는 달리 마음이 가벼운 건 마음에 '여지'가 있어서가 아닌가 생각됩니다. 인간에겐 자신의 발 넓이보다 더 넓은 여지가 필요하지요.

만약 딱 발을 떼어놓을 공간만 필요하다면, 저도 쌍둥이 빌딩 사이에 제 발 너비만큼의 나무를 걸쳐 놓고 아무 두려움 없이 건너갈 수 있겠지요. 그렇지만 대개의 인간은 그렇지 못해서 자신의 발 넓이만 가지고는 휘청거리기 일쑤고, 급기야는 알아서 떨어지기도 하지요.

아침도 못 먹고 갔는데 운동장에서 9시부터 오후 1시까지 공을 찼더니, 아주 배가 등에 붙은 것 같습니다. 남편은 가끔 돌아오는 밤 근무를 마치고, 정장 차림으로 와서 도움도 안 되어, 제가 쫓아다녔지요. 사실 부모님들은 모두 아이들을 데려다주고 가셨는데, 아무리 둘러봐도 봉사자분들이 모자란 듯해서, 알아서 제일 느린 제가 옆에 붙어서 뛰어다녔습니다.

재원이는 자기 아버지 피를 물려받았는지, 공차는 건 새로 가르치는 것도 척척 해내서 다운 증후군이 있는 아이를 제가 맡았지요. 그 아이는 뭐라고 누가 큐를 주기 전까지는, 마치 숨도 안 쉬고 있는 양, 가만히 서서 아무 움직임이 없었습니다. 녀석의 손을 잡고 소위 발 안쪽으로 차는 인사이드 킥인지 볼인지를 선생님한테 배워 아이에게 해 보이며 계속 말을 시켰더니, 녀석의 얼굴에 웃음이 스며들락 말락하며 아주 천천히, 바람을 느끼려는 것처럼 숨을 들이마셨습니다.

제가 하는 말을 따라 하려는 시도를 했습니다. 잡고, 뻥. 잘했어요. 짱이에요. 날씨가 꽤 쌀쌀해서인지 원래 감기가 들었는지 녀석을 보니, 나뭇잎 색을 닮은 콧물이 흘러내렸습니다. 덩치는 다 커서 청년인데 코 닦어. 라고 하기가 미안해서 "콧물이 파스텔 톤이네."라고 하며 웃었더니, 주머니에서 휴지를 꺼내서 수줍은 듯 가리고 닦았습니다.

장애를 가진 사람들은 아무 생각도 없을 거라고, 아무것도 못 느끼는 양, 멋대로 행동하는 우리 때문에 아이가 얼마나 상처받았을지요? 이 아줌마가 쉽게 자기를 놓아줄 사람이 아니구나 싶었는지, 슬슬슬 달려가서 공도 잡아 오고 아주 잠깐 미소도 비추고, 가르쳐 준 대로 발을 들어 올려 공을 잡은 뒤 발 안쪽으로 킥도 성실하게 따라 했습니다.

"가만히 있으면 추워요. 어서 뛰어요." 코치 선생님이 어머님이 축구 배우러 온 것 같다고 그랬습니다. 사실은 오늘 스탠드에 얌전히 앉아 책을 보며 즐기려고, 돗자리까지 얻어 놓았는데요. 재원이는 뭐하나 둘러보니, 양복을 입은 남정네가 볼의 유혹을 못 이기고, 겅중거리며 뛰어다니고 있습니다.

구두 코 긁힐까 봐, 걱정되었지만, 잔소리한다고 안 뛸 위인도 아닙니다. 재원이가 깔깔대며 좋아해서, 그냥 두었습니다. 축구를 마치고 점심을 무지하게 때려 드시고 헤헤. 마트에 들러 장을 보고 나니, 아주 삭신이 욱신거립니다. 비 내리는 차창 밖으로 라일락 향기가 아련하게 느껴집니다. 하얀 라일락. 보랏빛 라일락입니다.

다시 태어날 수 있다면, 라일락 나무로 태어나도 좋을 것 같습니다. 남편이 저녁 약속 있다고 해서 도끼눈을 떴더니, 제가 안 보는 사이에 살짝 내뺐습니다. 아이고 이 위인을 그냥! 이따가 밤늦게 목숨을 부지하려고, 빵 봉지를 앞세워, 술 냄새 풍풍 풍기며 토끼 눈이 되어 가지고 들어오겠지요.

남편은 저보다 내성적인 성격이라 재원이가 말썽 피운 것들 중에 대충 70%는 남편에게 얘기를 안 합니다. 혹시 상처받을까 봐서요. 가벼운 말썽이나 재미있는, 봐 줄 만한 말썽거리들만 저녁상에서 얘기하지요. 친정어머니 말씀이 아버지는 '웃는 아기만 보게 해라. 우는 아기는 엄마가 보는 거다.'라고 늘 당부하셨는데, 나가서 일하는 사람 마음 흐트러지지 않게 하라는 얘기겠지요.

누가 뭐라고 안 해도 평생 돌봐야 하는 아들 덕에, 마음 한구석 무거운 짐을 달고 다닐 남편이 무척 가여울 때가 있습니다. '나랑 결혼을 안 했으면, 재원이 아빠가 안 되었을까?'라는 생각이 들다가도 그런 생각을 한 게, 재원이한테 또 미안해져서 머리를 흔듭니다. 그래서 재원이와 남편에게 가끔 맛있는 것을 해 줍니다. 미안해서요.

내일은 해가 중천에 뜰 때까지, 지구를 떠메고 있다가 늦게 일어나야지. 그래도 학교 가는 시간이 되면, 눈이 저절로 떠집니다. 그러면 얼마나 억울한지요. 다시 잠들어보려고 눈을 감고 가만히 있으면, 그때부턴 누워 있는 게 편하지가 않고, 등도 아프고 좀도 쑤시고 난리지요. 하느님이 7일째 되는 날 쉬어주신 게 얼마나 고마운지요.

아마도 선선한 봄날의 마지막이 될 듯하니 맘껏 달콤한 서글픔을 즐기시기 바랍니다. 그럼 이만.

우아하게 샐러드

어제는 조금 바빴습니다. 휴일이지만 늦잠을 못 자고 서둘러 수영장으로 갔지요. 수영장에 마치 물범이 등장한 듯 잠시 소란이 일었습니다. 왜냐하면, 재원이가 입수 세레모니를 가볍게 하는 바람에 물기둥이 분수처럼 솟아올랐거든요. 하하. 재원이 태몽이, 호수에 우리 부부가 마주 보며 몸을 담그고 있는데 연한 회색의 아주 커다란 비단잉어가 슬슬 헤엄치며 다가와 옵니다.

아빠를 한 번 쓱 문지르며 지나가선 또 엄마를 한 번 문지르고 지나가고, 그렇게 S자형으로 우리를 뱅글뱅글 돌며 떠나지 않고 계속 온몸으로 부비부비 했더랬습니다. 그래서인지 재원이는 물만 보면 아주 사족을 못 쓰게 좋아하고, 저는 초음파 영상을 보기도 전에 재원이를 알아볼 수 있었습니다.

한 덩치하는 느릿한 녀석이라는 것까지 눈치를 챘지요. 두 시간여 헤엄을 치셨으니 나오자마자 "탕수육~!" 하고 호통을 치셔서 마트로 직행을 했습니다. 중국집에 가면 너무 양이 많아서 약식으로 조금씩 파는 마트에서 사주기로 한 거지요. 우리는 늘 재원이가 좋아하는 먹어 주실 것 같은 메뉴를 3인분 시켜놓고, 그날의 기분에 따라 재원이가 안 드시는 걸 우리가 먹습니다.

저는 재원이가 딴짓 안 하고 조용히 먹어 주신 것에 감사하며 내친 김에 장까지 보아 낑낑대며 왔지요. 미루고 미루어서 이젠 더 이상 미룰 수 없는 화분 분갈이를 하기로 한 날이라서 비가 오락가락했지만, 하는 수 없이 화분 사고 흙 사고 모종들 사고, 차가 기우뚱할 지경으로 짐을 싣고 돌아왔습니다.

집에 도착하니 비가 거세어졌는데, 우리 집이 조금 언덕에 있어서 그걸 다 나르느라 아주 혀가 쑥 빠졌습니다. 게다가 남편은 제일 큰 화분을 나르다 깨버리기까지 했어요. '에이고! 아까워라.' 다시 화분을 사러 간 남편을 기다리고만 있을 수는 없었습니다.

그래서 집 안에 있는 화분을 죄다 내놓았더니 허리가 펴지지가 않아서 삽자루를 붙들고 꾸부정하게 서서 한참 통사정을 했지요. 열 개 남짓 되는 화분을 분갈이해서 집에 들이고 비워진 화분들엔 모종들을 심고 뒷처리하고, 청소하고 나니 저녁 할 힘이 없어서 그냥 있는 대로 대충 때웠습니다.

오늘 아침은 우아하게 샐러드나 먹자. 하고 결론을 냈지요. 집에 있는 과일 있는 대로 다 썰어 넣고 견과류 굴러다니는 거 다 모아 뿌리고 요구르트 부어서 예쁜 그릇에 담아주니 끝~! '탁월한 선택이야. 뚱땡이.' 자화자찬하며 가볍고 우아하게 아침을 마쳤습니다. 그저께 뜯어서 씻어놓은 쑥을 가는 길에 어머니 갖다 드리라고 싸 보내고, 엊저녁 노동의 결과를 좀 더 음미하려 베란다에 나와 앉아 있으니 아침 공기에 저절로 마음이 밝아집니다.

베란다 밑 마당엔 제비꽃이 무성했던 사이로 삐죽삐죽 민들레 홀씨들이 가녀린 자태로 올라와서 바람도 없는데 조금씩 흔들리고 있습니다. 아침 인사라도 건네는 듯, 얼마나 아름다운지요? 그런데 평소로 치면 수업 1교시 마쳐가는 시간밖에 안 되었는데, 그것도 샐러드일지언정 배부르게 먹었는데 이상하게 허허롭고 배가 고파왔습니다.

'어. 이게 아닌데?' 야. 너 고장 났냐? 하며 배를 탕탕 두드려보아도 여전히 배고픈 느낌이 가시질 않는 거예요. 조금 고민하다가 녀석을 불렀지요. 재원아. 아침 먹자! 재원이가 기다렸다는 듯 반색을 하며 달려 나옵니다. 엄마가 오래 가지 않을 거라는 걸 알고 있었다는 듯이 말이지요. 그래서 우리 모자는 김치찌개를 데우고 반찬 있는 대로 다 꺼내서, 아침을 다시 냠냠 먹었습니다.

우리 다시는 우아 떨지 말자. 응? 하면서요. 커튼을 다 걷어 놓고 햇살을 들여놓고, 우연히 TV를 지나가다 보니 '아이 엠 샘' 영화를 하고 있습니다. 재원이가 들여다보고 있는 게 신통해서 같이 들여다보니, 우리 재원이 같은 어려움을 가진 남자가 아이 낳아놓고, 도망친 여자친구 대신, 혼자 아기 키우느라 고군분투하는 장면입니다.

아이가 말을 또박또박하게 할 수 있을 만큼 자라서 "아빠가 이렇게 된 게 신의 뜻이야. 아니면 사고야?" 하고 묻는 장면에서, 그만 제 억장이 무너졌습니다. 어찌어찌 재원이 아빠가 되었을 때 아이가 초롱한 눈을 하고 물어보면, 지금 영화 속 아버지같이 "미안해. 미안해. 정말 미안해."라는 말이라도 할 수 있을지 모르지요. 그렇지만 영리하고 착한 아이는 아버지에게 손을 내밀고 이렇게 얘기합니다.

"아빠는 다른 아빠들과는 달라. 나는 행운아야. 다른 아빠들은 공원에 같이 놀러 가지 않거든." 하며 그 예쁜 눈으로 사랑을 듬뿍 보냅니다. 재원이는 지루해지면 손가락을 눈앞에 갖다 대고 여러 가지 모양을 만들기도 하고, 모든 감각이 예민해서 전철이나 버스를 타면 향수 냄새가 나는 사람들에게 특별한 관심을 보입니다.

향기가 나는 사람들이 젊은 여자들이 많은지라, 제가 대신 향수를 꼭꼭 사용하고는 재원이가 다른 이에게 관심을 보이면, 제 옷소매를 갖다 대고 향기를 맡게 하지요. 잘못했다간 치한으로 오해받을까 봐서요. 손가락으로 글자를 쓰는 듯한 행동을 하면, 조그만 소리로 하지 못하게 말리곤 하지요.

오늘 '아이 엠 샘'을 보니 영화 속 주인공이 불안하고 주위상황을 이해할 수 없을 때, 그런 상동 행동을 더 자주 하는 걸 보았습니다. 비록 모르고 있었던 건 아니지만, 제가 너무 재원이를 일반인들의 기준에 맞추어서 바꾸려는 건 아닐까 하는 생각과 반성이 들었습니다.

남에게 피해를 주지 않는 행동이라면, 상대방이 조금 다르게 보여도 그러려니 하고 좀 관심을 거두어 주었으면 좋을 텐데. 하는, 바람이 하루에도 여러 번 간절히 들지만 조금만 자기와 달라도 목숨 걸고 들여다보는 무례한 시선들을 매일 만납니다. 그런 시선들이 없다면 우리 모자는 많이 편안해질 텐데요.

제가 목소리라도 우람하고 얼굴에 꿰멘 흉터라도 하나 있다면, 한쪽 다리를 불량하게 흔들어대면서 "뭘 봐~!" 하고 시비라도 걸 텐데, 목소리는 모기 소리만 하고 억울한 일 당하면 눈물이 먼저 쏟아지고, 말은 버벅

대고, 재원이는 엄마 울면 따라 울고 하니 이런 낭패도 보통 낭패가 아닙니다.

제가 무슨 얘기를 하려고 했었는지요? 오늘 아침이 무척 상쾌하고 기분 좋은 날이고, 보랏빛 제비꽃과 하얀 민들레 홀씨들, 그리고 베란다에 조그만 별처럼 피어난 노란 방울토마토 꽃, 말갛게 씻겨서 재운, 재원이에게 아직도 남아 있는 달콤한 비누 냄새 넙데데한 고무나무 이파리 위에 쏟아진 초록 햇살, 하얀 바위로 덮인 아이스크림 같은 눈부신 북한산, 그 앞으로 몽실몽실 푸르름을 더해가는 조그만 산들. 이런 얘기들을 하려고 했었던 것 같아요.

5월은 시작되자마자 행사가 많아서 정신이 없네요. 신경 쓸 곳도 많고 야외활동도 많아서 심신이 다 바빠질 예정이지만 하루에 한 번이라도 정신 차리고 고요히, 나무며 꽃들이며 멀리 보이는 산들을 바라보아야 5월이 지나고 나면 볼 수 없는 것들을 아쉬워하지 않겠지요.

연휴에 모두 건강 조심하시고 행복한 시간이 되시기를 바랍니다.

인생의 깊은 맛

"남쪽을 보고 얘기하십시오. 사랑하는 사람이 위대한 영혼과 함께 있으면서 휴식과 평화를 찾았음을 내가 알도록 만들어 주십시오. 언젠가는 우리가 다시 합쳐질 것입니다. 하지만 그때까지는 내가 삶을 계속하도록 도와주십시오."

베어하트 '인생과 자연을 바라보는 인디언의 지혜' 中

사랑하는 사람을 잃었을 때, 인디언들이 드리는 기도문이래요. 언제부터 비가 오시기 시작했는지 알 수 없지만, 학교길엔 나무며 산이며 꽃이며 사람들 마음까지도 다 젖어 있는 듯 아련한 슬픔이 느껴졌습니다. 너무도 진한 노란색의 이름 모를 꽃이 제 손을 톡톡 건드렸지요.

화사한 햇살 아래서 눈부시게 빛나던 하얀 철쭉이 빗물에 풀이 죽어 고개를 아래로 떨구고 있었습니다. 이 비가 내일까지 계속된다니 이젠 우리 곁을 떠나 하늘나라로 가신 장영희 마리아 님도 저 위에 계시겠구나.

하는 생각에 눈을 들어 비 내리는 하늘을 올려다보았습니다.

토요일, 축구 수업을 마치고 재원이 수영수업을 위해 가고 있던 중에 부음을 들었습니다. 마리아 님은 저를 기억 못 하실지도 모르고 잘 아는 분도 아니었지만, 흐르는 눈물을 주체할 수가 없어서 남편이 휴지를 건네주고 나서도 한참을 훌쩍대다가, 겨우 그칠 수 있었지요.

다음날 조문을 가자는 남편의 말이 있었지만, 재원이를 데리고 세브란스 병원이라. 어릴 적 고생했던 기억에 그 병원 가는 길로만 접어들어도, 좌불안석이 되는 녀석이라 갈 엄두가 안 났습니다. 그렇다고 저 혼자 들어갈 용기는 더더욱 안 나고. 다행히도 사이버 조문이 가능해서 죄송한 마음이 들었지만, 아쉬운 대로 조문을 드렸습니다.

아. 그러나 당신은 행복한 사람이라는 말씀을 드리고 싶습니다. 그렇게 많은 이들에게 나눠주신 사랑으로 희망의 싹들을 곳곳에 틔워놓고 가셨으니, 그리고 그 누구보다도 인생의 깊은 맛을 음미하며 사셨으니 아무 고통 없이 잘 먹고 잘 살다가 선선히 돌아가는 이들도 나름대로 복이 있다 할 수 있겠지만, 하느님께 "수고했다."라는 말씀을 듣기에는 자격이 부족한 것이 아닌지요.

그러한 기회를 가져보지 못하고 돌아가는 이들을 가련하게 생각해야 할 것입니다.

"아줌마는 교복 안 입으세요?" 응?

"아. 맞다 맞다. 아줌마는 교복 안 입으시지!"

까르르. 아이들의 맑은 웃음이 쏟아집니다. 매일 교실에서 같이 부대끼다 보니 제가 같은 반 학생이라고 느꼈는지, 저에게 교복을 안 입냐고 물어보곤, 자기들끼리 웃고 난리가 났습니다. 새로 생긴 학교라서 그동안 교복을 안 입다가 하복부터 입게 되었는데, 재원이는 조금 더 있다가 입으라는 날짜에 입을 예정입니다.

한 덩치 하다 보니 사이즈가 없어질까 봐, 미리 사놓긴 했는데 재원이가 불편한지 안 입으려 해서 조금 걱정입니다. 집에서 입혀놓고 적응을 시키고 있는데, 아무래도 신축성도 덜하고 불편하겠지요. 그래도 정장을 입혀놓고 보니, 늠름한 게 아주 의젓해 보입니다.

애기 짓만 안 하면 흠잡을 곳이 없어 보이는데, 아니나 다를까 금세 홀홀 벗어버리며 "재원이. 아야. 해요." 합니다. 불편하다는 얘기지요. 팬티만 걸친 재원이가 스모 선수 같은 몸매로 신이 나서 겅중거리며 뛰어다녀서 얼른 커튼을 쳤는데, 저 덩치에 저 애기를 어찌하면 좋을까요. 휴.

제가 저를 어떻게 키웠는데 요즘은 남자 둘이서 자기들끼리 낄낄대며 죽고 못 삽니다. 수영 가서도 둘이서만 들어가고 목욕도 둘이서 가고 쌈채 심어놓은 밭에도 물 조리개 들고, 둘이서 가고 TV 볼 때도 둘이 붙어 누워서 낄낄거리면서 같이 음~파~ 음~파~ 이불을 온통 뭉개며 수영연습도 합니다.

'저 남편이 요즘 부쩍 늙었나? 안 하던 짓을 많이 하네. 음.' 아이들 어릴 때는 놀아 준다는 것이 울리는 게 다반사였던 남편이 요즘은 꽤 잘 데리고 놉니다. "자기가 여성호르몬이 많이 나오는 게야. 나중에는 가슴도 나올지 몰라." 핀잔을 주어도 별로 노여워도 않고, 금세 해해거리는 걸 보면, 확실히 이젠 남성이 아니라 중성이 되어가나 봅니다.

그러고 보니 날로 씩씩해져 가는 저는 그러면요? 저도 중성이 되어가는지 아니면 제3의 성이라는 아줌마 특유의 씩씩함인지, 요즘은 제가 이 집의 가장같이 느껴집니다. 하하하. 월요일부터 비가 내린다고 툴툴대는 사람을 만났는데, 저는 뭐 하늘에서 오시는 건 다 좋으니까, 별 불만 없습니다.

비가 내려서 좋은 점은 피부가 덜 부해 보인다는 거요? 그리고 마음도 촉촉해져서 세상이 아름답게 보이는 거지요. 곤란한 점은 열심히 힘주고 나온 머리가 다 죽어버려서, 속상하고 둘이서 비비적대며 우산 하나로 버텼더니, 한쪽 어깨랑 가방 뒷주머니가 다 젖어서 꿉꿉하고 찝찝하다는 거지요.

오늘 방과 후엔 집에 얼른 가서 베란다에 오래도록 앉아 비 내리는 구경을 할 겁니다. 노란 방울토마토 꽃이 별처럼 피어 있는 화분 앞에서요. 남편이 어제 손바닥 만하게 만들어 놓은 밭에 물 주러 갔다 오더니, 아주 의기양양하게 씩씩대며 들어왔습니다.

왜냐고요? 물었더니 아, 글쎄 아삭이 고추가 시들거려서 이상하다 왜 저놈만 시들거리나 순간 스치는 생각이 있어서 뿌리를 급히 파보았더니, 글쎄 손가락만큼 실한 굼벵이 같은 벌레가 파먹고 있지 않았겠어. 그래서 멀리 휘익 던져 놓고 왔지. 내일 가 보고 다시 살아나면 놔두고 시들해지면, 화분에 다시 심어 특별 케어를 해야지. 라고 했습니다.

농사라곤 지어 본 적이 없는 남편이 고런 기특한 생각을 해내다니, 저라면 뿌리에 밤벌레 같은 것이 있을 거라는 생각을 못 했을 테니까요. 대단하다고 칭찬을 해 주었더니, 어깨가 으쓱해 가지고 시키지도 않았는데, 전지 가위를 들고 나가서 에어컨 실외기 앞 무성한 풀들도 정리하고, 고인 물웅덩이도 모기 생긴다고 흙 덮어 메우고 베란다 화분들도 씻고, 몇 잎 안 되는 상추며 쌈채들도 뽀득뽀득 씻어서 저녁상에 올려놓았습니다.

'오호라. 칭찬을 자주 해줘야겠구먼. 하이고 단순하긴.' 저는 교활한 웃음을 속으로 흘리며 상추에 묻은 물을 털어가며 맛있게, 입이 미어지게 쌈을 싸 먹었습니다. 울고, 웃고, 슬퍼하고, 기특해하고, 절망하고 때론 이유 없이 기분이 업되기도 하고, 그렇습니다.

그 모든 감정에서 벗어날 수 없으면서도, 또 생활은 영위되어야 하고. 그렇게 또 하루를 보내나 봅니다. 고작해야 하루 일 정도 예측 가능한 우리로선 현재를 즐기며 열심히 사는 게 정답인 것 같습니다. 비 내리는 날이지만 우울해하지 마시고 결리는 어깨며 무릎은 그러라고 놔두시고, 행복한 마음으로 밝게 지내시길 바랍니다.

행복한 6월

왁자하게 떠들며 아이들이 길이 미어지게 나서고 있습니다. 전 학년이 학년별로 봉사활동을 나서는데, 재원이 학년은 환경보호에 관한 포스터를 그려서 조금 있다가 들고 나설 거라네요. 재원이는 아침부터 그림 도구를 주니, 기분이 좋아서 싱글벙글 교실로 들어갔습니다.

그저께 도서실에 새 책이 들어와서 신이 나서 좀 무리를 했고, 애쓰신 봉사자 어머님들과 함께 학교 옆에서 콩국수를 먹었는데, 결국 삭이질 못하고 탈이 났습니다. 사람이 변변치 못해서. 라고 할 수밖에 없는 게, 저만 탈이 났거든요. 올해는 5월이 참 유난히 길고, 힘들게 지나갑니다.

마무리라도 조용하게 하고 싶은데 북한에서는 또 미사일을 쏘아 대고 있다고 뉴스에서 연일 보도를 하고 있습니다. 조그만 풀벌레 하나라도 살아보려고, 열심히 살려고 애쓰는 모습은 감동을 주는데, 우리네 사람들이 더 잘살아 보겠다고 애쓰는 모습은, 왜 요즈음 더 부쩍 감동과는 거리가 먼지 답답합니다.

많이 거둔 사람도 남지 않았고 적게 거둔 사람도 모자라지 않았다. (고린
8:15)

세상 사람 모두가 평화롭고 행복하게 사는 꿈을 꾸면 너무 웃기는 꿈이
되나요? 학교에 오는 길에 낮은 언덕 위로 이름 모를 보라꽃이 아름답게 무
리 지어 피어 있는 걸 보았습니다. 저도 모르게 '아,' 하고 잠시 걸음을 멈추
었는데 이런 아름다운 땅 위에서 전쟁하고, 사람을 죽이고 험악한 표정을
짓고, 상처 주는 말을 내뱉고, 그러고 싶을까? 하는 생각이 들었습니다.

얼마 전에 TV에서 언뜻 지나가는 화면으로 여학생을 꿇어 앉혀놓고
또래들이 얼굴을 때리는 장면을 보게 되었습니다. 가슴이 쿵쿵 뛰고, 머
리가 텅 빈 듯한 충격에 한참 정신을 놓고 있었습니다. 저 나이에 어떻게
저런 행동을 할 수 있을까? 저 나이가 아니래도, 그건 사람이 사람에게
할 수 있는 행동은 절대 아니었습니다.

온갖 무자비와 폭력이 난무하는 이 시대에 얼굴 한 대 맞는 거 보고
충격받았다면 도리어 이상할지 모르겠으나, 그건 정말 그러면 안 되는 거
였습니다. 생명 있는 모든 것은 사랑을 원한다고 어디선가 본 기억이 납니
다. 우리는 참말 생명 있는 모든 것에 사랑을 주어야 합니다.

생명 없는 것에도, 사랑을 주면 변하는데요. 재원이가 선생님들과 친
구들 사이에 끼어 봉사활동을 떠났습니다. 메꼬 모자를 멋지게 눌러 쓰
고 말이죠. 봉사활동은 왠 걸, 들로 산으로 놀기만 하다 올 녀석인데, 준
비는 늘 제일 거창하게 하고 나서지요. 제 보건실에 가서 약 타 먹고 골골
댄 걸 선생님이 아시곤, 오늘은 따라오지 말고, 학교에 그냥 계시라고 하
네요.

조금 걱정은 되지만, 그래도 그냥 보냈습니다. 어제보단 날씨가 덜 더워서, 그나마 다행입니다. 기분이 우울한 날은 날씨도 흐렸으면 좋겠다 싶은데, 이번 한 주는 화창한 날씨도 부담스러웠습니다. 재원이가 걸걸한 목소리로 거의 "삐아이. 예에 수우."라고 들리게 크게 노래를 부릅니다.

변성기라서 코드가 올라갔다, 내려왔다 마구잡이로 부르는 노래지만, 저에겐 위안이 됩니다. 재원이는 요즈음 사춘기인지, 조용하고 분위기 있는 곡들을 좋아합니다. 얼굴에는 저의 아버지 닮아서 여드름이 무성해 가지고, 씩씩하게 예수님을 불러대니 좀 우습기도 하지만, 그래도 엉터리 노래를 듣고 있노라면, 마음이 편안해집니다.

모두 평화롭게 살면 좋겠습니다. 참말. 서로 미워하지 않고 속셈은 따로 있으면서 치장하지 않고, 너무 천박하지는 않으면서 있는 그대로 내어놓고 살면 좋겠습니다. 토요일 이 시간에 저는 책이 가득한 도서실에 혼자 있고, 남편은 집 근처 골프장에 연습하러 갔습니다. 재원이는 좋아하는 야외학습 나갔고, 각자 자기가 좋아하는 걸 하고 있으니, 행복한 토요일입니다.

중학교에 와서 이제 솜털을 겨우 벗은 제 딴에는 다 컸다고 생각하는 아이들과 하루 종일 지내다 보니, 남편의 모습을 종종 그 안에서 발견하게 됩니다. 사내 녀석들은 어떻게 된 게 더러움을 모르게 프로그램이 되어있는지, 새 교복을 입고도 바닥에 한 덩어리가 되어 뒹굴고, 유치찬란한 장난을 치고, 낄낄대고, 여자애들 쫓아다니며 괜히 괴롭히고 그럽니다.

그런가 하면, 곰 만한 덩치를 해도, 조그만 여자애들한테 연신 얻어맞으면서 좋아죽겠는 얼굴을 하고, '아이휴. 저렇게 강아지같이 자란 아이들이 훗날 아빠가 될 터이니 그래. 뭘 바래. 쟁쟁거리고 잔소리한 내가 바보지.' 하고 실소가 나옵니다. 남자들은 덩치 큰 소년이라고 하더니, 그래서 남편들이 그렇게 하는 짓이 유치하고 잔소리만 안 하면 바로 지저분해지나 봅니다.

그러면 여자애들은요? 아이들이 뒹굴다 자기 책상에 와서 부딪히면 언제 이 소란스러움이 잦아들려나 걱정하는 자비로운 표정으로, 거의 어머니 같은 모습으로 내려다보며 참아주는 아이도 있고, 보고 있던 책으로 휘이 휘이 쫓기도 하고, 딱 엄마 같은 말투로 잔소리를 하는 아이도 있고, 잔소리와 함께 응징하는 성질 하는 아이들도 있지요.

가만 보고 있노라면, 저절로 웃음이 납니다. 미래구도가 나오거든요. 지적인 수준과는 상관없이, 한결같이 유치한 아이들을 보면서 남편도 저렇게 컸을 텐데 결혼했다고 갑자기 점잖은 가장 노릇을 해야 했으니, 나름대로 힘들었겠다 싶은 생각에 조금 이해란 걸 해 주기로 했습니다.

에효. 그러면 저는 누가 이해해 주나요? 남편을 여학교에 보내 교육시킬 수도 없고. 아무리 생각해봐도 하느님께서 여자를 만드신 이유가 남자들을 좀 잘 돌봐주라고 만드신 것 같습니다. 그러니까 여자가 남자보다 한 수 위인 거지요. 믿거나 말거나요.

이제 슬슬 오후 스케줄을 점검해 봐야겠습니다. 우선 장을 보고 점심을 해결하고 두 사람을 수영장 보내고 딸이 여행 중인데 어디쯤 있나 알아보고, 수준 높은 대화를 좀 해야겠습니다. 말 없는 남편과 말 잘하지 못하는 재원이랑만 살다 보니, 입에 거미줄이 쳐질 지경이지요. 딸이 돌아오면 아주 하루 종일 재재거릴 겁니다. 두 남정네 숭을 보면서요. 하하.

6월은 5월보단 좋은 일이 많이 생길 것 같습니다. 그렇게 만들어야지요. 5월의 마지막 주말이 편안하고 행복한 시간이 되시길 빕니다. 이만 총총...

용기

오늘은 햇님이 없는데도, 무척 더웠습니다. 후덥지근한 공기에 지쳐서 집에 들어왔는데, 샤워하는 중에 땀이 입에 들어와서 찝찔한 맛이 났습니다. 아. 더티합니다. 무척 오랜만에 홈에 들어오니 시원한 하늘빛이 반겨 주네요. 그동안 조금 힘든 시간을 보냈는데, 나이가 들어가면서 점점 참기 힘든 건, 자기 자신에 대해 실망하게 되는 것인가 봅니다.

분노로 자제력을 잃었을 때, 있는 힘을 다해 타인에 대해 방어를 했는데 그것이 과잉방어였다는 생각이 뒤늦게 들 때, 허무합니다. 진실이라도 아픈 말을 내뱉었을 때, 내 잘못이 뻔한 데도 남에게 미루고 싶은 기분이 무럭무럭 들었을 때, 내가 이런 정도의 사람밖에 안 되었나? 하는 자괴감에 도저히 기분이 회복이 안 되는 경험을 합니다.

'사는 게 뭐 이러냐?' 하는 기막힘에 하루에도 몇 번씩 푸념하고 싶었지만, 자기의 '힘듦'에 농담이라도 던질 수 있는 상태가 되어야 입을 떼어도 듣는 이가 많이 힘겹지 않을 거란 생각을 하며 지냈습니다. 마가렛 꽃이 온통 하얗게 피어난 시골길이 참 아름답네요.

피정 다녀오신 사진을 보니 모두 행복해 보여서 저도 빙그레 따라 웃어 보았습니다. 현충일에 저는 조기를 게양하고 따가운 햇볕을 느끼며, 이렇게 가만히 있어도 더운 날에 전쟁이라는 극한의 고통을 겪으며 목숨까지 바쳐 나라를 지킨 분들을 잠시 생각했었습니다.

나라를 지킨다는 거창한 생각까진 안 했을 수도 있고, 그저 살기 위해 싸웠을 수도 있지만, 전쟁이 끝날 때까지 어디 깊은 산골에 숨어 있다가 살아나온 군인이 아니라면, 어떤 생각으로 뛰었든지 간에 나라를 지킨 영웅임에 틀림없다고 생각합니다. 저는 미사 전례 중에 '누구누구를 위해서 기도합니다.' 하는 부분이 참 좋습니다.

곁에 없는 이들이나 모르는 이들을 미사 중에 기억하고 그들을 위해 기도해 주는 게 참 따뜻하게 느껴지거든요. 주말에 TV에서 코미디 영화의 한 장면을 보았는데, 보통사람으로 짠하고 변신하신 하느님이 술집에서 주인공과 얘기를 나누는 장면이었습니다. 아마도 주인공이 용기를 달라고 하느님께 기도를 드린 듯한데, 응답이 없어서 좌절하고 있었던가 봅니다.

"하느님께 용기를 달라고 하면 용기를 주실 것 같으냐? 아니면 용기를 기를 수 있는 기회를 주실 것 같으냐? 화목한 가정을 달라고 하면, 화목한 가정을 주실 것 같으냐? 아니면 화목한 가정을 만들 기회를 주실 것 같으냐?"라고 하느님이 주인공에게 물었습니다.

그 말을 듣고 보니 하느님께서 제 기도에 늘 응답을 해 주셨을지도 모른다는 생각이 언뜻 들었습니다. 남들한테는 가끔이라도 나타나신다는 예수님이나 천사도 저한텐 얼굴을 보여주신 적이 한 번도 없고, 내가 바란 걸 주신 적이 별로 없다고 생각한 그 많은 기도에 대해 어쩌면 다시 생각해봐야 할지도 모른다는 생각이 들었지요.

그러자, 제가 하느님께 용기를 달라고 열심히 기도드리면 '주소만 있으면 어디든 간다.'라는 배달 전문 천사가 날아와 "여기 당신이 기도드린 용기 일 인분 배달이요!" 하고 던져 주진 않을 거란 생각이 점점 짙어졌습니다. 용기를 달라고 기도드리면 용기를 얻을 수 있는 기회를 주시고, 강인한 사람이 되게 해달라고 기도드리면 그런 사람이 될 기회를 주신다면, 이제부터는 무엇을 달라고 기도를 드리지 않아야겠구나. 싶습니다.

편하게 살려면 그저 아무 기도도 안 드리고, 하느님 눈에 안 띄게 조용히 살아야 겠습니다. 오늘 저녁 기도는 '하느님. 저는 말이죠. 아무것도 필요 없고, 아주 잘 지내고 있으니, 제게 좋은 걸 주시려고 애쓰시지 않으셔도 괜찮아요. 아셨죠, 하느님?'이라고 드려야 될 듯 합니다.

오늘 아침엔 밤새 중노동이라도 한 듯, 힘이 부쳐 눈꺼풀을 손가락으로 치켜올리고 일어났지요. 겨우 집을 나서 학교에 도착할 즈음엔 다리가 허방을 짚은 듯 후들거리고, 한쪽 눈이 자꾸 내려앉아서 재원이 손을 잡고 딸려갔습니다. 그런데 재원이가 제 형색을 물끄러미 보더니 갑자기 멈춰서서 "즐거운~ 곳에서 느은~ 날 오라~ 하여도~" 하고 큰소리로 노래를 부르기 시작하는 거였어요.

저는 그만 어제저녁 혼자 꿈꾸었던 제 고약한 생각을 들킨 것 같아, 가슴이 철렁하고, 눈물이 핑 돌았습니다. 아무와도 부대끼지 않고 혼자 깊은 산속에서 살면, 얼마나 편할까. 하는 상상을 하는 중에 저도 모르게 남편이랑 아이들을 다 내다 버린 셈이 되었거든요.

노래가 다 끝나도 칭찬을 안 해 주니, 재원이가 알아서 "아이. 잘했어요." 하고 자화자찬을 한 뒤에 "어머니!"라고 뜬금없이 부르기까지 했습니다. 평소에 '어머니'라고 정색을 한 적이 한 번도 없는 재원이가 그렇게 부르니, 제 귀에는 "엄마 정신 차려!"라는 소리로 들렸습니다.

'아. 이 아이는 내 속을 다 알고 있구나.'라는 생각이 들어 얼마나 죄스럽고 부끄러워졌던지요. 재원이 중학교 바로 옆에 있는 고등학교를 지나는데 싸우다 걸렸는지, 서로 눈을 흘기면서 대여섯 아이들이 나란히 벌을 서고 있었습니다. 재원이가 그 형님들을 보더니 큰 소리로 "싸움하면, 친구 아니야. 사이좋게 지내자. 새끼 손가락 둘이 걸고, 꼭꼭 약속해." 하며 제가 팔을 잡아끌어도, 끝까지 꿋꿋하게 노래를 마쳤습니다.

어떤 상황을 그림카드로 보며 말을 배운 부작용으로 비슷한 광경을 보면, 그때 배운 단어나 노래나 생각나는 대로 표현을 하는 재원이인데, 혼자 있을 때 그러다간 얻어맞기 딱 알맞으니, 걱정이 태산입니다. 언어치료받을 때 선배 엄마들이 차라리 말을 하나도 못 하는 게, 편할 수도 있다고 해서 무슨 소리야 했는데, 이젠 이해가 갑니다.

입을 다물고 있으면, 재원이가 장애가 있다는 걸 모르는 사람도 많거든요. 노래를 두 곡이나 불렀는데 칭찬을 안 해준 게, 미안해서 좋아하는 반찬을 저녁에 만들어 준다고 약속을 했습니다. 그리곤 하교 길에 반찬거리를 사서 들려놓으니, 신이 나서 쇼핑 봉투를 들고 고개를 흔들거리며 걸어갑니다.

"하느님. 저 아이를 제쳐놓고 제 편할 생각을 했다니, 잘못했습니다. 용서해 주세요."

그렇지만 좋은 엄마가 되게 해달라는 기도는 안 드렸습니다. 좋은 엄마로 만들 계획을 세우실까 봐, 겁이 나서요. 하하하. "달걀.~ 계란.~ 양파~파.~ 당근.~ 아빠 오면.~ 많이 줄께!" 재원이가 주워섬기는 이 길다란 이름의 반찬은 남들이 '계란말이'라고 부르는 거지요.

달걀과 계란을 두 개 다 부르는 건, 계란을 많이 넣으라는 소리이고, 아빠 오면 많이 줄게. 는 시간개념이 부족한 재원이를 위해 아빠가 안녕! 하고 회사 가는 건 아침, 학교에서 친구들이랑 밥 먹는 건 점심, 아빠가 퇴근해서 돌아오는 때는 저녁으로 하루를 구분하기 때문에, 저녁 반찬은 아빠 오면 준다고 얘기를 해서이지요.

사정을 모르는 이가 들으면 '아빠가 안 들어오면 애 굶기겠구나.'라고 오해를 할 수도 있지요. 우리 가족에겐 익숙한 대화법이지만 남들 입장에서 들으면, 참 이상하겠다 싶기도 합니다. 제가 컴퓨터를 붙들고 있으니 심심해진 재원이가 잠이 들었네요. 재원이가 일찍 잠들어서 새벽에 일어나면 저는 죽음인데, 말이지요.

재원이 깨워서 좀 놀리다 재워야겠습니다. 편안한 저녁 시간 되시고 예쁜 꿈 꾸세요.

자유인

나는 아무것도 바라지 않는다. 나는 아무것도 두려워하지 않는다. 나는 자유인이므로.

니코스 카잔차키스의 묘비명 中

하느님께서 보시면 '햐. 요것 봐라?' 하고 웃으실 일이지만, 저는 오늘 요런 마음으로 하루를 돌아다녔습니다. 더 정확하게 말씀드리자면, 요런 마음이 되려고 매 순간 마음을 다잡으며 다녔습니다. 아침에 '어너더 좀머 씨'를 스치며 눈인사를 나누었고, 오르막인데도 기를 쓰며 아내를 자전거 뒤에 태우고, 얼굴이 빨개진 젊은 남편을 보았습니다.

귀여운 젊은 부부의 모습에 제 가슴도 따뜻해져 오는 걸 느끼며, 한 십 년쯤 지난 뒤엔 충실해진 아내가 남편을 태우고 실한 다리로 오르막을 오를지도 모른다는 상상을 하며 혼자 픽 웃었지요. 하하. 파주 헤이리 영 어마을에 체험 학습을 다녀온 재원이와 다리를 질질 끌며 집에 도착하니,

땀이 비 오듯 흐릅니다.

집에 도착하면 일단 푸푸거리며 샤워부터 해야 정신이 듭니다. 재원이를 씻겨 놓으니 비 오는 날, 개 털듯이 부르르 터네요. 하하. 저녁 준비를 먼저 할까, 청소부터 할까 갈등이 생겨 남편이 몇 시에 오느냐고 전화했습니다. 체험 학습 다녀와서 힘들 테니, 저녁을 먹고 들어가겠다고 하네요. 그래서 '당장 들어오지 못해요.'라고 혼을 내줬지요.

괜히 놀고 싶으니까 마누라 무척 생각해 주는 척하는 걸 제가 모를까 봐요. 그런 꼼수에 넘어갈 제가 아니죠. 귀신을 속이슈! 음하하하. 재원이에게 방울토마토 꼭지를 따라고 해 놓고 집 정리를 하고 있는데, 재원이가 뭐라고 웅얼웅얼합니다. 무슨 소리인가 자세히 들어보니, 재원이가 꼭지를 하나씩 딸 때마다 "미안하다. 미안하다." 하는 거예요.

순간 퍼뜩 떠오르는 기억이 예전에 친정아버지께서 한창 낚시에 열을 올리고 계실 때 붕어며 잉어며 피래미들을 잡아 오시면, 부엌에서 엄마가 그놈들을 손질하시며 "미안하다. 미안하다." 하시던 게 생각났습니다. 하얀 풍선처럼 둥둥 떠 있던 고기의 부레를 얻으려고 우리는 엄마의 고기 손질이 끝나기만 기다렸었지요. 그런데 그 일은 재원이가 태어나기 전의 일인데, 제가 은연중에 부엌에서 일하면서 그런 말을 했는지 생각이 안 납니다. 저는 살아 있는 생선을 손질한 적은 없거든요. 하여튼 뒤통수가 서늘해지며 참말로 착하게 살아야겠다는 생각이 들었습니다.

제가 모르고 있어도 저의 하는 짓이 모두 아이에게 고스란히 옮아간다는 생각을 하니 허투루 마구 살아서는 안 되겠구나. 하는 반성과 남에게 영향받지 않는다는 재원이가 저 정도면 다른 아이들은 어떨까 생각하니, 무서울 지경입니다. 뭘 잘 모른다고 생각해서 편하게 행동한 적도 많은데, 많이 반성해야겠어요.

　이제 얼른 나가서 저녁 준비를 해야겠습니다. 재원이가 배고파서 저를 드시려고 들면 안 되니까요. 파를 안 먹으면, 부모가 소로 보여서 잡아 먹게 된다는 얘기를 할머니께서 자주 해 주셨죠. 다행히도 우리 집 두 아이는 파를 잘 먹습니다. 하하. 오늘은 파를 듬뿍 다져놓고 늪이 좋아하는 '달걀, 계란, 양파, 파, 당근~ 아빠 오면 많이 줄게.'를 만들 겁니다.

　뜨거운 하루를 보내셨으니 모두 편안하고 맛있는 저녁 시간 되시길 바래요. 안녕히 계셔요.

여름밤의 기도

재원이는 학교에서 오자마자 샤워를 하고 낮잠에 빠지셨고, 저는 그 틈을 타서 복분자로 쨈을 만들고 있습니다. 온 집안이 달콤한 냄새로 가득해서, 마치 '과자로 만든 집' 같습니다. 쨈까지 만들어 먹을 정도로 바지런하지 않지만, 꼭 주고 싶은 이가 있어서 만들고 있습니다.

도서실에서 같이 봉사를 하는 어머니가 얼마 전에 유방암 수술을 앞두고 있다고 해서 모두 격려하느라 힘내라고 점심을 함께 했었는데, 이번엔 아들이 덜컥 백혈병 진단을 받았다네요. 딸아이, 아들아이 둘 다 우리 학교에 다니는데, 누나만 외로이 학교에 나오고, 엄마와 동생은 같은 병원에 나란히 입원해 있습니다.

서울로 이사 오기 전에 이혼까지 해서 고통을 겪은 후인지라, 뭐라 위로할 말을 찾을 수 없게 난감한 지경입니다. 조용한 모범생인 두 남매는 도서실 단골이었는데 이젠 누나만 매일 들러서 희미하게 웃으며 인사를 합니다. '힘들면 힘들다고 해도 그래도 괜찮아. 애써 웃어주지 않아도 괜찮아.' 속으로 말을 건네보지만, 어른인 저도 할 말을 못 찾고 있는데, 하물며 그 어린 게 어쩌겠습니까?

내일 도서실 봉사 어머니들이 문병 가기로 했는데, 같이 갈 수가 없어서 궁리 끝에 쨈이라도 만들어서 마음을 전하고 싶어졌습니다. 복분자가 항암효과가 좋다고 들어서 열심히 만들고 있는데 맛있게 되려나 의문입니다. 복분자 쨈은 처음 만들어 보거든요.

재원이는 요즈음 학교에서 쿠키 만드는 재미에 푹 빠졌습니다. 길을 걸으면서도 "밀가루 반죽을 해요." 할 정도니까요. 쿠키에 넣을 초코렛을 미리 드셔서 밋밋한 쿠키가 되었지만, 그래도 아빠 드린다고 싸서 들고 오는 길에 "아빠 오면, 쿠키 먹어요." 하며 신이 나서 엉덩이가 들썩거립니다.

집으로 오는 마지막 길이 경사가 꽤 져서 더위에 헥헥거리며 오르다 보면, 혀가 쑥 빠집니다. 그래도 하루에 한 번씩 심장이 최대로 박동하게 하면, 심장병에 안 걸린다니 똥똥한 재원이를 보고 있노라면, 땀이 비 오듯 해도 차 타고 한달음에 올라 버릴 수가 없습니다.

땀범벅을 해서 집에 도착하여 시원하게 재원이를 씻겨 놓고 교복 윗도리를 빨아서 널어놓고 나면, 오늘의 무수리 일정을 끝냈다. 싶어 저녁 준비 전까지 잠시 편하게 쉴 수 있지요. 몸이 고되면 마음이 편한 게 만고의 진리인 것 같습니다. 하하하. 남편이 늦는 날은 재원이 공부 봐주고 놀아주는 게, 또 제 차지가 되니 좀 약이 오르지요.

힘든 일은 한꺼번에 동무해서 달려드나 봅니다. 제가 병문안에 못 가게 되어서 다행이라는 생각도 듭니다. 병실에 들어서기도 전에 눈물 바람을 할 것이 뻔하니 환자를 위로하기는커녕, 우울하게 만들기 십상이지요.

조금 전에 재원이 씻겨 내보내 놓고, 샤워하면서 그 모자 생각을 골똘히 했더니 샤워를 마칠 때쯤엔 속이 울렁거리고 몸이 떨려왔습니다.

아픈 아이들의 핼쑥한 얼굴, 절망의 냄새, 불안한 눈빛, 두려움과 피곤에 지친 보호자들의 우울한 표정, 진통제 없이는 잠을 못 이루던 환자들, 복도를 서성이던 아직도 기억나는 몇몇 환자들의 모습. 다예가 의사나 간호사를 한다면, 도시락 싸 들고 다니면서 말리고 싶은 이유가, 어린 나이에 아직 몰라도 될 죽음이나 절망을 너무 일찍 알게 되는 게 싫어서입니다.

조금 늦게 알아도 좋을 그런 아픔들. 재원이가 일어나기 전에 얼른 집안일을 대충 끝내야 하겠습니다. 이제 한 달여만 다니면 여름방학입니다. 저는 벌써부터 여름방학을 기다리고, 아니 꿈꾸고 있습니다. 마음 같아서는 여름이 다 지나갈 때까지 '여름잠'을 푹 자고 일어났으면 좋겠습니다. 하하.

우리나라가 아열대기후가 되어간다니 사계절 뚜렷하던 시절이 그리워집니다. 갈수록 지구온난화가 심해질 것 같으니 환경에 소심한 기여라도 하려면, 내일도 언덕을 핵핵거리며 오르는 거라도 사명감을 가지고 열심히 올라야 할까 봅니다. 되도록이면 걷고, 쓰레기 줄이고, 물건 많이 소비 안 하고, 등등.

극지방의 거대한 빙하들이 녹아서 뚝뚝 떨어져 나가는 걸 보면, 가슴이 서늘해지는 걸 느낍니다. 푸른 별 지구. 참말 소중하지요. 남편이 왈, 빙하기가 와도 우리 모자는 끝까지 살아남을 거라나요. 비축해놓은 지방이 많아서요. 저는 무조건 오래 사는 거 원치 않습니다.

재원이보다 며칠만 더 살았으면. 싶지요. 재원이가 남들 사는 만큼은 살았으면 싶으니까 저는 무지하게 오래 살아야 한다는 계산이 나오는데, 아이고 하느님, 소리가 절로 나옵니다.

'하느님, 재원이를 저보다 더 사랑으로 잘 돌봐줄 분을 보내주세요. 제가 눈뜨고 죽는 꼴을 보지 않으시려면요!' 하면서 하느님께 불손한 기도를 드리기도 합니다. 고통 중에 있는 한 가정을 위해 기도해 주세요. 여러 사람이 한꺼번에 기도드리면 시끄러워서 하느님 귀에 금방 들어 갈테니까요. 평안한 저녁 시간 되시길 빌며 기도, 감사드립니다.

여우
시집가는 날

　아침에는 내리꽂듯이 장맛비가 좍좍 쏟아지더니 집에 올 때쯤엔 햇살이 어찌나 뜨거운지, 이마가 다 벗겨지는 줄 알았습니다. 레이스가 나풀나풀 달린 하얀 양산을 얼마 전에 샀는데, 오늘은 하루 종일 비가 내릴 줄 알고 가져간 좀머씨 지팡이 같은 길다랗고 검은 우산을 양산 대신 쓰고, 아주 땀을 좔좔 흘리면서 집으로 돌아왔지요.

　학교에서 나올 때 수위 아저씨 말씀이 어머니, 차 없어요? 네. 없어요. 집으로 돌아오는 내내 '차 없느냐?'는 질문에 대해 생각을 했습니다. 재원이와 학교에 같이 다니는 일도 남다르게 사는 것임에는 분명한데, 그건 어쩔 수 없는 일이라 하더라도 나는 왜 남들이 모조리 가지고 다니는 '차'도 안 가지고 다닐까요?

　차가 없는 것도 아니고 운전을 못 하는 것도 아니고, 도대체 왜 그렇지요? 제일 큰 이유는 제가 워낙 움직이는 걸 좋아하지 않아서 하루에 외출은 한 번이면 너무나 족하다고 생각해서, 라는 답이 나옵니다. 그런데 문제는 학교에도 꼭 가야 하고 재원이 운동도 꼭 시켜야 하는데, 그걸 한꺼번에 해내려면 걸어서 학교엘 다녀오는 수밖에 없는 거지요.

제가 집에 돌아와서 샤워하고, 새 옷으로 갈라 입은 후에 또 외출을 감행할 사람으로 보이세요? 절대 아니지요. 한 번 집에 들어오면 또 다시 옷 갈아입고, 샤워하기 싫어서 다시 안 나갑니다. 하하하. 운동하라고 사준, 뒤축이 다 닳은 듯한 요상한 모양의 운동화도 달랑 한 번 신고 모셔 놓았지요. 그게 운동 효과는 있는지 몰라도 보기에도 별로이고 서 있자면, 앞뒤로 흔들거려서 중심을 못 잡겠어요.

"행복과 자유는 한 가지 원칙을 분명히 이해하는 것에서 시작된다. 바로 어떤 것은 내 통제하에 있고 어떤 것은 그렇지 않다는 사실이다."

에피테투스

재원이 학교 옆에 있는 고등학교에는 이런 글귀가 적혀 있습니다. '네 안의 거인을 깨워라.' 그 앞을 지나다닐 때마다 제 안의 거인이 깨어 있는지, 쿨쿨 잠자고 있는지에 대해서 생각합니다. 남과 다르게 살 용기. 남처럼 살아갈 용기. 엄마가 한 철학하고 있으면, 재원이가 그 틈을 타서 냅다 가게로 내달리는 통에 오래 하지도 못하지만, 그래도 틈틈이 저는 잠자는 거인을 깨우는 몽상에 빠집니다.

지난 토요일엔 류해욱 신부님과 상록수 가족들, 그리고 주니맘 님과 함께 미사를 드렸습니다. 신부님께서 장영희 교수님의 49재가 지나갔다고 말씀해 주셔서 그것도 못 헤아리고 있던 저는 무척 우울하고 죄송한 마음이 되었습니다. 며칠 전에 동네 서점에 들렀다가 장영희 교수님의 환하게 웃으시는 사진이 걸린 신간 코너를 보고 깜짝 놀랐습니다.

너무나 화사하게 웃고 계셔서 더 마음이 아팠지요. 차마 오래도록 바라볼 수가 없어서 '잘 계시지요?' 하고 인사를 드리고는 저는 돌아서야 했습니다. 괜찮아. 라고 말씀해 주시는 듯, 따스한 미소가 제 등 뒤에서 느껴졌습니다. 미사 후에 소박하지만 맛있는 식사를 나누면서 오랜만에 마음 편히 수다를 떨었습니다.

재원이가 아빠랑 외출한 덕에 정신을 차리고 미사도 드리고, 성가도 씩씩하게 끝까지 부를 수 있었지요. 그렇지만 마음 한구석에는 소란스런 재원이가 없으니 조금 허전하고 쓸쓸한 기분이 들었습니다. 아마도 녀석은 영원한 저의 배경음악이자 배경화면인가 봅니다.

주니맘 님께서 가져오신 맛있는 머핀들로 디저트를 즐기며 예수님과 자주 만나시는 주니맘 님의 귀한 말씀도 들을 수 있었습니다. 저는 상록수 언니들이나 신부님이나 주니맘 님처럼 하느님과 아주 가까우신 분들의 얘기를 듣고 있노라면, 저는 아무리 해도 저런 체험은 못 해볼 거라는 절망감이 들기도 합니다.

그래도 제 수준에 맞는 노력은 해야 하겠지요. 여러분께 기도를 부탁드렸던 병원에 있는 아이 학교공부 때문에, 아무래도 하루 이틀에 끝날 병은 아니니, 대신 특수교육대상자 선정 신청을 해 달라고 아이 엄마한테서 전화가 왔습니다. 특수교육대상자. 그 말에 가슴이 툭 떨어졌습니다.

이런. 참말 안 하고 싶은 일인데. 그래도 아픈 이의 부탁이니 안 해 줄 수는 없고, 마음이 무겁습니다. 재원이 처음 장애 등록하느라 그런 일련의 서류들을 만들 때 얼마나 가슴이 떨리고 손이 떨렸던지요. 서류들을 다 구겨서 휴지통에 쓸어 넣고, 재원이 손을 잡고 아무도 없는 곳으로 가

버리고 싶은 마음만 가득했었지요.

그러나 이제 아주 작은 일이지만, 제가 도울 차례가 되었나 봅니다. 아무렇지도 않은 듯이 씩씩하게 할 것입니다. 재원이가 배가 고픈지 휘파람을 불어댑니다. 이만 나가보아야 할 것 같아요. 장마가 시작되었지만, 마음만은 뽀송뽀송하게 건강한 여름 보내세요.

행복한 주말

내 친구 한 명은 모르는 사람을 만나도
손을 흔들고 미소를 짓는다
그러면 상대방도 반 이상이 손을 흔들고 미소를 짓는다.
아니면 "저를 아시나요?" 하고 묻는다.
그러면 친구는 이렇게 대답한다.
"아니요. 하지만 알고 싶으시다면 알 수 있어요."
만남은 짧고 말 없고 희망차다.
물론 이렇게 하면 감수해야 할 것이 있다.
사람들은 당신이 단순하다고 생각할지 모른다.
그것도 좋은 일이다.

'지구에서 웃으면서 살 수 있는 87가지 방법 中 65번째 방법'

로버트 풀검

토요일 저녁, 혼자 거실에 앉아 빨래를 개는 이 시간이 저에겐 얼마나 평화로운지요. 일주일 동안 정신없이 들락거린 집안도 정리하고, 밭에서 뜯어온 푸성귀들도 깨끗이 씻어 소쿠리에 받쳐 놓고, 저녁에 끓일 해물탕 거리를 손질해서 냉장고에 넣어놓고, 늒이 교복 빨아서 널어놓습니다.

김.재.원. 적힌 명찰 안 잊어먹게 현관 열쇠고리에 걸어놓고, 한 주 동안 느네들도 뜨거웠겠다, 화분마다 시원한 물 듬뿍 주고, 실내화 하얗게 빨아 창문턱에 올려놓으니, 무릉도원이 제게는 따로 없습니다. 방학이 되어 돌아온 딸과 남편과 재원이는 신이 나서 수영장으로 갔고, 수영이든 뭐든 운동이라면 젬병인 저만 홀로 남아 자유를 만끽하고 있지요.

저는 아마 재원이 아니었으면, 집에 콕 박혀서 몸이 점점 불어 밖으로 코도 안 내밀고 살다가 급기야는 현관문도 못 빠져나가게 되어 '이상한 나라의 앨리스'같이 머리가 굴뚝으로 올라오고 팔다리가 창문으로 삐져나가는 지경이 되지 않았을까, 하는 상상을 가끔 합니다. 하하.

남편은 딸이 오니 평소의 고분고분했던 머슴의 자세는 어디로 가고, 아주 눈 뜨고 봐줄 수가 없게 기고만장하여 수영장에 가면서도 다른 때 같으면 만 원짜리 한 장 주면 공손히, 행여나 오천 원짜리로 바꿀까 봐 잽싸게 달아나더니만, 오늘은 딸 앞이라고 "아, 수표 없어, 수표!" 합니다.

음료수만 사 마시면 되는데, 수표는 왠 귀신 씨나락 까 묵는 소린지 원. 흘깃 도끼눈을 떴더니 슬슬 가방 챙겨 들고 사라졌습니다. 아빠들은 딸 앞에선 슈퍼맨 노릇이 하고 싶은지 글쎄, 아까는 둘이서 밭으로 푸성귀를 뜯으러 가더니만, 조금 있다가 헐레벌떡 딸이 뛰어왔습니다. 무슨 일인가 했더니 거미가 아빠 다리로 기어 올라가서 털라고 했더니 아빠가, 괜찮다고 이깟 거미가 뭐가 무섭냐면서 그냥 두어서 아마도 그 거미가 독거미이면 아빠가 쓰러질지도 모르니, 저보고 얼른 아빠에게 가 보라는 것이었습니다. '으이구, 이 영감을 그냥, 귀찮게스리.'

내 참, 허세를 부릴 걸 부려야지 거미가 바지 속으로 들어가는데도 그냥 두다니 기가 차기도 하고, 웃기기도 해서 현관을 나서는데, 남편이 막 들어오면서 아주 오래된 농사꾼이라도 되는 듯 수건을 팔다리로 휘둘러가며 먼지를 털어냈습니다. 아이고. 현관문만 한 밭에서 푸성귀 조금 뜯어오는데, 수건은 언제 또 챙겨가서 흙이 묻지도 않은 옷을 탈탈 터는지, 가소로운 웃음이 터져 나오려고 해서 꾹꾹 참았지요.

하여간에 오버 액션으로 딸한테 '거미가 바지 속으로 들어가도 끄떡 않는' 용감한 아빠가 되는 데는 성공했는데, 거미가 바지 속 어디로 들어가도 참말 괜찮을 비위인지, 아니면 딸 없을 때 오두방정을 떨면서 털어냈는지는 알 수 없는 일입니다. 딸이 좋아한다고, 마포 농수산 시장에 가서 해물을 잔뜩 사서 날씨 덥다고 트렁크에 싣지도 않고, 에어콘 바로 앞에 귀하게 모셔와 해감을 너무 시키면 맛이 덜하니 어쩌니 하고, 앞뒤로 잔소리를 하고 다니니, 제가 어째 꼭 계모가 된 기분입니다.

제가 해물 사러 시장 가자고 하면, 대충 동네 마트에서 사지 먼 데까지 뭐하러 가냐고 하던 사람이 말이죠. 하하. 한편으론 저 이가 외로웠나 보다. 재원이와 저의 돈독함을 감히 뛰어넘을 순 없고, 말도 잘 안 통하는 재원이랑 맨날 똑같은 소리 또 하고 또 하고 하면서, 많이 외로웠나 보다. 하는 측은한 마음이 들었습니다.

그래서 좀 유치하고 웃겨도 봐 주기로 마음을 먹었습니다. 적당히 허세도 받아주면서요. 하하. 수영을 마치고 오면, 셋이서 그릇까지 먹어치울 기세로 덤벼들 테니 해물탕 얼큰히 한 냄비 가득 끓이고, 우렁이 강된장 보글보글 끓여 씻어놓은 쌈채들로 저녁상을 차려야겠습니다.

남편의 말마따나 우리 부부는 훌륭한 부모는 되지 못할 것 같습니다.

자식의 미래를 위해선 힘든 일도 참고 견디어야 할 텐데 공부 잘하는 것
도 좋고, 좋은 학교 진학 하는 것도 좋지만, 다예만 괜찮다면 집에 붙들
어놓고, 같이 살자고 하고 싶습니다. 지금이 아니면 사실 같이 사는 건 거
의 끝이라고 봐야 하니, 너무 기가 막히고 슬퍼져서 어찌해야 할지를 모
르겠습니다. 저는 그래도 최대한 잘 참고 있는데, 남편은 외국은커녕, 기
숙사 있는 학교도 안 된다고 혼자 정해놓고 있으니, 앞으로 겪게 될 진통
이 벌써부터 겁이 납니다.

'하느님 뜻대로 하세요. 그렇지만 괜찮으시다면, 조금만 저희 바람을
들어주시면 안 될까요?' 하는 기도를 하루에도 몇 번씩 드려봅니다. 기도
를 제멋대로 한다고, 하느님께서 기분이 안 상하셨으면 좋겠는데요. 내일
은 많이 더워진다니 건강 잃지 않도록 조심하시고 모두들 행복한 주말 보
내시길 빕니다.

그럼 이만, 안녕히 계세요.

독서백편讀書百遍
의자현義自見

아침에도 비가 한차례 무시무시하게 내리더니 눈앞이 번쩍하면서 번개까지 치더군요. 지은 죄가 많아서 그런지 가슴이 철렁했습니다. 그런데도 비가 조금 잦아드니, 재원이가 블레이드를 타자고 합니다. 하는 수 없이 우산을 받쳐 들고 재원이는 블레이드를 타고, 저는 블레이드 뒤를 따라 달렸지요.

커다란 은행나무들 위로 잠자리가 어찌나 많이 날아다니는지 이 무슨 징조가 아닌가? 하는 생각까지 들었습니다. 어른들 말씀이 잠자리가 유난히 많은 해엔, 난리가 난다고 해요. 요즘 국내외 뉴스를 보면 이런저런 문제로 난리 아닌 곳도 없으니, 잠자리 떼가 일 년 내내 극성이어도 무방하겠습니다.

아프간에 억류되어있는 우리 국민의 목숨이 복잡한 여러 국가의 이해관계에 얽혀 해결될 기미가 보이지 않고 있습니다. 많은 사람이 걱정하기 전에 빨리 해결이 되었으면 좋았을 텐데, 이제 모두 걱정을 하게 되었네요. 날이 가면 갈수록 건강문제가 심각해질 테니 정말 어찌해야 좋을지 모르겠습니다.

이런 일까지 생길 줄은 모르고 가족을 떠나보낸 이들이 지금쯤 얼마나 애간장이 탈지. 걱정이 되다 보니 안타깝고 화까지 나서 일부 네티즌들이 좀 심한 말까지 하던데 우리 모두 살아가면서 내리는 결정들이 지나고 보면, 후회막심인 것도 많지만 어쩌겠습니까?

그 당시로서 그래도 누구나 최선의 결정이라고 생각이 되는 것을 하면서 살지 않는지요. 일단은 사람을 안전한 곳에 데려다 놓고 볼 일입니다. 안타깝지만 도울 길도 생각나지 않고 그러네요. 편한 곳에 앉아서 죽어가는 사람들을 위한 기도를 드린다는 게 좀 미안한 생각도 들고요.

딸이 방학 숙제로 과학관찰과제를 올려야 한다고, 무슨 무슨 기능이 되는 디카를 사야 한다고 해서 큰마음 먹고, 조금 비싼 듯한 디카를 하나 샀습니다. 멀쩡하니 사진도 잘 나오는 올림푸스가 있는데, 기어이 무슨 편집기능이 있어야 한다나 뭐라나, 물건이 도착해서 펼쳐놓고 보니 이거야 원, 제 머리로는 셔터도 어디에 있는지 도통 찾을 수가 없습니다.

세상에서 제가 제일 하기 싫은 일 중에 하나가 전자제품 사용설명서를 읽는 일입니다. 그저 대충 여기저기 눌러보고 시행착오를 거쳐 터득하는 저의 그런 바람직하지 않은 태도를 다예가 배울까 봐, 꺼면 것은 글씨요. 허연 것은 종이요. 건성 건성 하면서도 꽤 진지한 듯, 설명서를 들여다보며 표정 관리만은 꼼꼼하게 했지요.

독서백편 의자현이라 했는데, 아무리 들여다봐도 의자현이 안 되어 급기야는 네이버 지식에 문의해 다예에게 들통이 안 나고 제 무식을 숨겼습니다. 휴. 자식처럼 무서운 게 세상에 없잖아요. 며칠 전에 어릴 적 친구로부터 전화가 걸려왔습니다. 앞니가 빠진 틈으로 호기롭게 침도 찍찍 뿌려가며 누가 누가 이가 먼저 나나 경쟁도 하던 친한 친구였는데, 언제부터인가 제가 연락을 안 하고 이사 다니기 시작해서 그만 잊고 산 친구였습니다. 우연히 우리 언니를 길에서 만나서 전화번호를 알게 된 모양이었습니다.

무척 친한 친구인데 왜 순간 그렇게 난감하던지요? 친구는 조심스런 말투로 "다 들어서 안다."라고 하더군요. 제가 왜 모임에 안 나왔는지 알겠다고. 재원이 돌보느라 정신없어서 모임이며, 친구며 세상일을 접고 살았으니 그런 면에서는 친구의 추측이 맞는 거고, 재원이가 부끄럽거나 해서 안 나간 건 아니니 그렇게 생각하면, 친구의 추측이 틀린 겁니다.

오늘 언니한테 전화가 왔습니다. 제 친구에게 재원이 얘기를 한 게 마음에 걸렸던 모양입니다. 친구들 모임에 통 안 나온다고 해서 변명을 해주려다, 그렇게 되었다고 했지요. 언니의 얘기를 들으면서 주변 사람들에게 무척 미안한 마음이 되었습니다. 행여 저를 자극할까 봐 언니며 엄마며 가족 친지 친구들까지 '뭐 어떻게 할까? 그렇게 하면 별로 안 내키면 말고.'가 일상이 되었으니까요.

무어 잘한 일이 있다고 그렇게 뾰죽하게 굴었을까요? 언니의 더듬더듬하던 목소리가 내내 마음에 아프게 걸립니다. 친정어머니가 언니에게 지나가는 소리로 제가 한 번도 아이들을 맡기지 않는다고, 서운해하시더랍니다. 저는 엄마가 미덥지 않아서가 아니라, 제 아이들을 남이든 엄마이든 맡긴다는 걸 상상을 해본 적이 없지요.

재원이가 환영받지 않는 곳은 나도 안 간다. 이었습니다. 틀렸다고 하셔도 할 말 없지만, 앞으로도 재원이가 갈 수 없는 곳은 저도 가지 않을 겁니다. 우리 모자는 남편 말마따나 세트 메뉴니까요. 그렇지만 사람들 걱정시키는 일은 줄여가도록 반성할 겁니다.

재원이 운동시키고 돌아오니 딸이 커피도 타 주고, 방학이라 아주 호사를 하고 있습니다. 구름이 잔뜩 끼어 멀리 산들이 희미하게 윤곽만 보입니다. 하늘이 나지막히 마치 박스에라도 들어있는 양, 답답해서 높고 푸른 하늘이 그리워집니다. 비를 좋아한다고 까불 땐 언제고, 사흘을 못 가서 푸른 하늘을 그리워하다니, 참 간사하기가 짝이 없습니다.

블랙커피를 숭늉같이 연하게 한 잔 더 우려놓은 걸 그만 재원이가 홀짝 마셔버렸습니다. 오늘 밤은 다 갔다고 봐야겠지요? 시간 때울 책도 없고 큰일 났습니다. 재원이를 어떻게 KO를 시켜야 할 텐데, 걱정입니다.

좋은 저녁 시간 되세요. 저는 이만 사라집니다.

좋은 것은
몽땅 공짜

오늘 날씨 참 환상이네요. 아침부터 간절한 눈으로 현관의 블레이드를 보고 있는 재원이를 뿌리치지 못하고 끙끙거리며 무거운 엉덩이를 들고 나갔습니다. 어찌나 습하고, 날씨가 푹푹 찌는지 가만히 서 있었다가는 발바닥에서 뿌리가 내려서, 나무가 될지도 모르겠다는 생각이 들었습니다.

나무가 되어보는 것도 재미있을 것 같지요? 실은 재원이가 나무가 되어 어디로 안 돌아다니고 가만히 있어 주었으면 하는 소망이 있습니다. 재원이는 밖에 내놓으면 날개를 단 야생마가 되어 눈 깜짝할 사이에 저만큼 횅하니 가버립니다. "천천히~~ 찻길로 가면 안 돼." 하고 소리를 지릅니다.

고래고래 소리 지르며 따라 뛰려니 볼살이 흔들흔들, 가슴도 흔들흔들, 뱃살도 신이 나서 흔들흔들, 엉덩이까지 실룩실룩. 아주 민망해서 누구 만날까 무섭습니다. 재원이를 가까스로 세워놓고, 숨을 몰아쉬는데 돌아가시는 줄 알았습니다. 하하하.

한참을 돌아다니던 재원이가 힘이 드는지 바위에 걸치고 서서 하늘을 바라보고 있습니다. 온몸이 샤워라도 한 듯 땀이 흘러내리는데, 녀석의 옆모습은 어찌나 고요하고 평온한지 오래 그 얼굴을 보고 싶어서 옆에 가지 않고 가만히 쪼그리고 앉았습니다.

그 평온한 얼굴에는 아무 근심도 미움도 편견도 없이, 그저 나무며 하늘이며 자연의 아름다움에 감탄하고 있는 듯합니다. 간간이 불어오는 실바람을 느끼려는 듯 눈까지 가늘게 뜨고 의젓하게 앉아 있는 녀석의 옆얼굴을 보고 있자니, 가슴 밑바닥에서 뭐라 이름 지울 수 없는 슬픔이 밀려왔습니다. 아니, 슬픔이 아니라 감사함인지도 모르겠습니다.

키 작은 풀들이 어제 내린 비로 어찌나 예쁜 초록을 내뿜고 있는지, 저도 모르게 쪼그린 채로 손바닥으로 살살 쓰다듬었습니다. 토끼풀이 무성하게 자라있어서 네 잎 클로버를 찾으려고 열심히 헤쳐보았지만 못 찾았습니다. '나는 행운과는 거리가 먼 가보다.' 쓴웃음을 짓다가 문득 지천으로 깔린 세 잎 클로버에 눈길이 머물렀습니다. '그래. 행운이 없으면 어때, 난 행복을 가져야지.'

행운을 포기하니 금세 행복이 손에 잡혔습니다. 세 잎 클로버를 식구 수대로 뜯어서 주머니에 넣었습니다. 집에 가서 책갈피에 넣어놓고 행운이 간절해질 때마다 들여다보고 욕심을 버릴 겁니다. 세상에서 정말 좋은 것은 몽땅 공짜입니다. 천변을 지나 습기를 가득 묻혀 불던 바람이 버드나무 잎들을 스스스. 흔들고 지나갑니다. 순간 저도 모르게 숨을 훅 들여마십니다.

지천으로 깔린 꽃이며 풀이며 바람에 살랑이는 나뭇잎들, 비구름이 걷히고 파란 얼굴을 드러낸 하늘, 멀리 보이는 북한산의 아름답고 당당한 자태, 이 모든 아름다운 것들이 몽땅 공짜입니다. 집 근처 성당 마당을 한 번 휘돌아 나와야 집에 가는 것이라고, 입력이 된 재원이의 손을 잡고 성당엘 갑니다.

간간이 내린 소나기로 성모 마리아님이 눈물을 흘리고 계신 듯 지그시 내려다보시는 눈길에 보석 같은 물방울이 맺혀있습니다. 성모님 앞에 서면 뭐라고 말씀드릴 필요도 없이 '재원이 데리고 왔습니다. 성모님.'이라는 말이 저절로 나옵니다. 그 밖의 다른 기원들은 별로 필요하지 않아서, 그저 재원이를 보여드리고 집으로 돌아옵니다.

"하늘에 그림을 그려요. 햇님이 심심할까 봐 하늘에 그림을 그렸습니다." 덩치에 안 어울리는 귀여운 노래를 부르며 재원이는 앞서가고 저는 터덜터덜 뒤를 따라 걷습니다. "엄마~ 빨리~ 오세요~." 재원이의 재촉에 그으래. 하면서 발걸음을 재촉하는데 늠이의 "엄마." 소리에 가슴이 먹먹해집니다. 그래. 난 엄마구나. 녀석한테 내가 엄마지. 전 공짜로 엄마가 되었습니다. 그리고 공짜로 얻은 녀석에게 하느님의 사랑도 공짜입니다.

정말 좋은 것은 그러고 보니 몽땅 공짜입니다. 참, 다행입니다.

여름 추억
한 토막

어렸을 때 담을 하나 사이에 둔 옆집에 아네스라는 아주머니가 사셨습니다. 아마도 제가 최초로 들어본 세례명일 텐데, 그때는 세례명인지 몰랐을 테니 이름이 참 특이한 아주머니다. 했겠지요. 그 아주머니에게는 우리 언니랑 같은 반에 다니는 남자아이가 있었는데, 약간 어리버리한데다 그저 싱글벙글인 오빠였습니다.

우리 집에 캐리와 쫑이라는 커다란 개 두 마리가 있었는데 이 오빠는 개들이 무서워 우리 집에 놀러라도 올라치면 담 너머로 고래고래 자기가 간다고 소리를 지르고, 그러면 언니가 개집 앞에 막아서서 지나가게 해주곤 했었지요. 그런데 저는 늘 웃고 있는 그 오빠를 좋아했지요.

그렇지만 아네스 아주머니는 아주 질색이었는데, 그 이유는 개고기라면 사족을 못 쓰는 그 아주머니가 우리 집 개, 그러니까 털이 부숭부숭하고 살아서 잘도 돌아다니는 캐리와 쫑을 보면서 "아유. 맛있겠다."라고 날리는 놀라운 멘트 때문이었습니다.

소고기를 좋아하든 개고기를 좋아하든 남의 입맛에 시비 걸 생각은 없지만, 남의 집에 와서 그것도 엄연히 이름이 있는 '우리의 친구'를 보고 입맛을 다시는 행위는 용서가 안 되었던 겁니다. 우리 어머니는 그녀의 그런 취향을 그저 대수롭지 않게 웃어넘겼으나, 저는 홀로 촉각을 곤두세우고 아주머니 뒤를 졸졸 쫓아 혹시 우리 집 개들을 홀랑 잡아먹지나 않을까, 감시를 게을리하지 않았지요.

그러던 어느 날 그 오빠와 언니, 그리고 나 이렇게 셋이서 초등학교에 놀러 갔겠지요. 운동장에 들어선 우리는 달리기 제의를 했고 셋이서 나란히 늘어섰습니다. "요이 땅~!" 셋이서 전력 질주를 하는데 그 오빠가 눈을 질끈 감고 뛰는지 어쩌는지, 똑바로 가지 않고 삐딱하게 운동장 구석을 향해 뛰는 게 보였습니다.

그쪽을 보니 볕 좋은 날 소독을 하려고 했는지, 화장실 뒤쪽 운동장으로 있는 땅바닥의 문들을 열어놓은 게 눈에 들어왔습니다. 리얼하게 말하면 통문을 열어놓은 거지요. 그때는 푸세식 화장실인지라 뒤편으로 정화조 역할을 하는 곳이 있었지요. 그쪽으로 가면 안 된다고 우리는 소리를 질렀지만 자기를 멈추게 하려는 줄 알았는지, 뒤도 안 돌아보고 다다다 달려가더니 그만 풍덩 빠져버렸습니다.

언니랑 저는 혼비백산하여 어찌어찌 소사 아저씨의 도움을 받아 다행히 건져내긴 했으나, 냄새가 장난이 아니어서 집안에 들이질 못하고, 마당의 펌프에서 목욕을 시켰습니다. 한동안은 그 오빠한테서 고약한 냄새가 가시질 않아 가까이 갈 수가 없었는데, 뒷간에 빠져 탈이 나면 안 된다고, 아네스 아주머니는 떡을 해서 돌렸는데, 동네 사람들한테 나눠주는 건 우리를 시켰지요.

아마도 방학이 다 지나고도 무슨 부스럼인지가 온몸에 돋아서 그 오빠는 학교를 못 나갔고, 과제물이며 공부하는 걸 언니가 도와주었었는데 그 덕에 저도 같이 따라다녔습니다. 지금 생각해 보면 말도 안 되는 생각이라 웃음이 픽 나지만, 제 나름대로 언니를 보호해야 한다는 대단한 사명감에 불끈거리며, 혹여 아네스 아주머니가 마녀로 돌변하여 언니를 잡아먹을지도 모른다는 생각에 그해 여름과 가을에 걸쳐 저 혼자 언니의 비밀경호를 맡았었습니다.

저 외에는 아무도 인식하고 있지 않은 위험인지라 저 혼자서 고독한 전사였지요. 하지만 아네스 아주머니는 코가 길어지지도, 우리를 벽난로에 밀어 넣지도 않고 나 홀로 불끈대던 그해 여름이 지나갔습니다. 나중에 어떤 책을 통해 천주교인들이 박해를 피해 산으로 은둔하던 그 암울했던 시절에 커다란 가축들을 데리고 다닐 순 없고 개를 키워서 호신용으로, 또는 식용으로도 활용했다는 우울한 얘기를 읽었습니다

여름이 되니 몸에 좋다는 보양식 광고가 곳곳에 내걸리고 개고기를 먹는 우리의 식문화가 외국에서 또 도마에 오릅니다. 누구는 달팽이를 먹고, 누구는 개고기를 먹는다고 서로를 흉보는 건 무의미할 뿐 아니라, 남의 문화를 전혀 존중하지 않는 다분히 자기중심적인 해석이지요

악어고기며 말고기며 요즘은 이상한 파충류 먹으러 동남아로 가는 사람들도 있다는데, 우리나라의 개고기만 도마에 오르는 건 제 생각엔 편견입니다. 저는 개고기를 먹지 않지만, 애완용으로 기르는 남의 개를 품에서 빼앗아 잡아먹는 게 아니라면 비난할 수가 없다고 생각합니다.

제가 개고기를 안 먹는 이유는 다른 고기도 많으니 별로 아쉬울 것도 없고, 안 먹어보아 맛도 모르고, 그리고 현재로서는 그 개고기가 가축으

로 길러진 것인지 아니면 캐리, 쫑 하며 남이 기르던 걸 비정상적인 유통 과정으로 식탁에 올린 것이나 아닌지 의심이 가서입니다.

개에 비해 결코 덜 끔찍한 방법으로 다른 가축을 도살하는 것도 아니고, 소며 돼지며 닭이며 다 먹는 사람들이 유독 개에 대해서만 알러지 반응을 보이는 건 눈 가리고 아웅이 아닌가 하고, 좀 의아하지요. 오히려 양성화시켜 유통과정을 다른 가축들과 같이하는 게 나을 것 같은데, 그러면 또 야만이니 뭐니 해외에서 난리가 나겠지요.

송아지도 리본 달아 예뻐하면 애완용 아닙니까? 얼마 전 외신에서 애완용으로 기르던 돼지가 늙고 너무 덩치가 커져서 안락사를 시킨다고 매우 슬퍼하는 주인이 나오던데, 이웃들은 베이컨을 물었다고 컴컴한 밤중에 삽질을 할 수도 있습니다. 우리 집 아이들이 베이비 립을 즐겨 먹는데, 비싸서 자주 사주지는 못하고, 가끔씩 맛을 보입니다.

그런데 그 '립'을 발라주다 보면 다 자라지도 못하고, 인간들의 입맛을 위해 음식이 되어버린 그 '립'들에게 미안한 마음이 안 들 수가 없는데, 다 큰 걸 먹는 건 또 그놈들의 운명이다. 하고 포기를 하게 되는데, 베이비라는 이름이 붙으면 왠지 마음 한구석이 찔린단 말이에요.

무엇이 야만인지 깊이 생각해 보지 않을 수 없는데, 저는 뭐 저만 잡아먹겠다고 달려들지 않는다면, 남이 무엇을 먹던 시비를 걸 생각이 없습니다. 하하하. 날이 꾸물꾸물하니 운동시키러 나갈 기분도 안 나고, 점심이나 차려야 하겠습니다. 이런 날이면 밀가루 반죽 두툼하게 해서 주전자 뚜껑으로 꾹꾹 눌러 기름 냄새 고소하게 도너스 튀겨내시던 엄마의 손맛이 그리워집니다.

다 튀겨낸 도너스를 설탕 가루든 종이로 만든 봉지에 넣고, 아래위로 홀홀 섞어내는 건 우리 몫이었지요. 도너스에서 나던 아련한 계피 향이 나는 듯하네요. 튀김은 귀찮아 못하겠고, 감자 갈아 부침개라도 해서 아이들 먹여야겠습니다. 막바지 장마에 지치지 마시고 맛있는 거 해 드시고 건강하세요.

7월의
크리스마스

不幸은 대개 幸福보다 오래 계속된다는 점에서 고통스러운 것이다. 행복도 불행만큼 오래 계속된다면, 그것 역시 하나의 고통이 아닐 수 없을 것이다.

신영복님의 영인본 '엽서' 재 출간본에 실린 글을 비슷한 글씨체를 찾아 옮겨 보았는데, 비슷하지도 않네요. 가끔씩 사는 게 무지 힘겹게 느껴질 때, 어른이라서 울지도 못할 때, 엄마라서 모든 걸 참아내야 할 때, 신영복님을 떠올리고 그분의 고난의 세월을 생각하면 나는 얼마나 말도 안 되게 편한 처지인가 스스로 부끄러워하며 푸념하는 걸 그만두기로 합니다.

오늘은 인사동에 있는 Agio라는 사랑스러운 공간에서 상록수 청년들과 어머니들이 초대를 받아 행복한 점심을 같이 했습니다. 레스토랑 주인이신 마리아님은 대화동 성당 레지오 단장이신데 상록수에 봉사를 하시며 마음을 보태주고 계신 아름다운 분이십니다.

저는 상록수에 자주 가질 못해 마리아 님과는 몇 번밖에 뵌 적이 없는데, 우리가 식사하는 내내 옆에서 부족한 것 없나 챙겨주시고, 편하게 식사할 수 있도록 조용히 배려해주시고 계셨습니다. 사람에게서 향기가 나는 느낌. 아시죠? 좋은 사람들을 만나고 나면 살아 있는 게 감사하고 세상이 아름다워 보이지요,

저는 곧장 하느님을 믿은 사람이 아니라 하느님을 믿는 사람들을 보고, 하느님을 믿게 되었으니 가까운 길을 놓아두고 먼 길을 돌아온 셈입니다. 뭐든 익숙해지는데 시간이 많이 필요한 저의 이런 귀납적 사고방식 덕분에 남보다 만날 늦지만, 그렇게 생긴 걸 어쩌겠습니까? 저도 하느님이 만드신걸요.

남편은 조계사 앞까지 우리를 태워다 주곤 누가 뛰어나와 끌고 들어가기라도 할까 봐 냅다 줄행랑을 쳤습니다. 하여간에 숫기 없기로는 따라올 사람이 없으니 못났기는. 싫습니다. 다예는 오랜만에 승혜를 만나 인사동을 휘젓고 다니더니, 둘이서 영화 보고 저녁 먹는다고 우리 모자를 버리고 사라졌습니다.

인사동에서 산 커다란 메꿉 모자를 집에 잘 갖다 놓으라는 엄명을 남긴 채 말이지요. 해는 안 났지만, 날씨가 어찌나 무덥고 꿉꿉한지, 옆에 있는 재원이를 아무나 하나를 붙들고 쥐어박고 싶도록 불쾌지수가 높은 하루였습니다. 하하하. 우리끼리만 맛있는 점심을 먹어서 미안해진 관계로 오늘 저녁상에 올릴 스페셜한 저녁 반찬거리가 없을까? 시장을 기웃거려 한 짐 사 들고 들어왔습니다.

남편은 재원이랑 수영을 갔고, 다예는 수영장에서 합류해서 들어올 예정이지요. 집을 아수라장을 해 놓고 나갔던 터라 늦게 청소기를 돌리면서

문득, 다예를 다시 안 보내게 되어 얼마나 다행인가, 공항에서 다예를 보낼 때 얼마나 기가 막혔던가 새삼 기억이 나서 눈물 한 방울이 삐어져 나왔습니다.

헤어질 때만 기가 막혔던 게 아니라, 떠나보낼 생각을 하면서부터 이미 기가 막히고 가슴이 막막해졌던 터라 지금도 옆에 재우면서도 가끔 가위가 눌려서 새벽에 깨어 일어나서 자는 모습을 가만 들여다보곤 합니다. 가족은 무엇을 해 주어서가 아니라 존재 그 자체가 축복이지요.

제 곁에는 참말 존재 그 자체만으로 불멸의 인기를 누리시는 행복한 재원이가 있습니다. '아주 자~알 생겼다.'라는 칭찬을 받곤 신이 난 재원이가 실내장식이 크리스마스를 떠올리게 했는지 점심을 먹으면서 크리스마스 캐롤을 메들리로 불러대는 통에 조금 민망해졌지요.

온갖 색깔의 사람들로 복작대는 인사동을 거닐며, 재원이의 '노엘~ 노엘~ 이스라엘 왕이 나셨네~.'까지 들어야 했습니다. 두 딸이 지금쯤 자기들끼리 저녁을 먹고 있을 텐데 통 큰척하며 둘이서 놀라고 허락해 주었지만, 무슨 일은 없을까 걱정이 큽니다. 언제쯤이면 세상에 내어놔도 아무 걱정이 없을지요? 아마 딸이 칠순이 되어도 그 걱정은 사라지지 않을 듯합니다.

세상의 모든 딸이 아름답고 행복한 삶을 누릴 수 있기를 빕니다. 딸들이 행복해야 온 가족이 행복하고 세상도 다 행복한 미소를 지을 테니까요. 덩치가 전보다 두 배는 되게 살이 쪄서 돌아온 바람에 비록 공항에서 금세 알아보지 못한 아픔이 있었지만 제 눈에는 여전히 사랑스럽고 연약한 어린 딸일 뿐입니다.

엊저녁엔 하느님께 온 가족이 한 지붕 아래서 코~ 잘 수 있게 해 주셔서 감사하다고 기도를 드렸습니다. 양쪽에 하나씩 끼고 자려니 불편하긴 하지만, 실컷 못 본 원을 풀고 미워지면 제 방으로 쫓아내지요. 이제 슬슬 저녁상을 차려놓아야겠습니다. 내일은 전국적으로 비가 온다니 집안에서 꼬무락거리며 지내야겠습니다.

모두 행복한 주말 보내시고 건강하세요.

우리 가족
병원 가기

오늘 온 가족이 총출동하여 병원에 다녀 왔습니다. 재원이를 수행하여 말이지요. 학교 전체가 받는 건강검진인데, 고등학교에 올라갈 때 꼭 있어야 한다고 해서 여러 날 고민 끝에 온 가족이 나섰습니다. 병원이라면 경기를 해댈 정도로 끔찍하게 생각하기 때문에, 재원이가 어디가 아파서 병원에 갈 형편이 될까 봐 늘 노심초사이지요.

동네 병원 의사 선생님은 꽤 친해진 분이 계신 데, 지정병원에 가야 하니 처음 보는 의사 선생님에, 새로운 환경에, 이번엔 피검사도 반드시 해야 하느라고 부담이 적지 않았습니다. 동네 병원에서 예방주사 맞을 때는 그나마 근육주사이니 붙들고 후딱 찔렀는데, 이번엔 혈관을 잘 찾아서, 채혈하는 시간 동안 기다려야 하니 재원이에게도 우리에게도 억겁의 시간같이 느껴집니다.

마음속으로 수없이 기도를 드리며 '이런 기도까지 들어주시려면 하느님 참 피곤하시겠다.' 하면서도 다른 대책이 없으니 묵주를 찾아서 재원이 손목에 걸어 주고 마음을 단단히 먹고 갔습니다. 아이들 일로 남편과 같이할 때는, 그이도 분명 부모인데도 제 책임이 한 70%는 되는 듯이 느껴집니다.

특히 안 좋은 일은 더욱 더 말이죠. 제 뱃속에서 나와서 그런지 제 책임이 더 큰 것처럼 느껴지는데 아이가 대견해 보일 때는 그런 느낌이 없습니다. 왜 그런지 모르겠어요. 남편이 제 생각을 알면 서운해할지도 모르겠지만, 남편 대 저의 책임이 3:7 정도가 아닐까요? 하는 것도 많이 양보한 거고 어떨 때는 온전히 제 책임같이 느껴집니다.

재원이는 차례로 받는 검사마다 화려한 개인기를 보여주셔서, 같이 검사받는 아이들에게 적지 않은 즐거움을 선사했지요. 앞아 계신 선생님마다 명찰을 보곤 이름을 큰 소리로 불러주어서 놀랄 일이라곤 하루 종일 가야 한 번도 없을 듯한 분들을 웃게도, 깜짝 놀라게도 해 드렸지요. 하하하.

작은 소동들은 있었지만, 무사히 검사를 마치고 채혈만 남았는데 먼저 재원이를 인사시키고, 설명드린 다음 협조를 구했지요. 모두 달라붙어 꽉 잡고 실랑이를 했는데도 당해내지를 못하여 의논 끝에, 전략을 바꿨습니다. 무슨 일인지 다 알아듣지 못한다 해도 여러 차례 설명을 해주고, 눈을 가리지 않고 보게 해 주었지요.

간호사가 참 친절하신 분이어서 재원이를 잘 구슬러 가며 단 한 번에 성공해 주셔서 참말 감사했고, 어릴 때와는 달리 조금은 설명이 먹히는 재원이가 어찌나 대견하던지요. 재원이가 몸만 자란 게 아니었나 봅니다. 남의 사정을 잘 모르고 이해하지 못해서 그렇지, 자세히 설명하고 도움을 구하면, 대부분의 사람들은 힘껏 도와줍니다.

아이들도 군소리 없이 재원이의 소동을 기다려 주고, 의료진 모두가 얼마나 열심히 격려해주고 배려해주는지 눈물이 날 지경이었지요. 그사이에 벌써 소문이 났는지 안내 데스크에 있던 잘 생긴 총각까지 현관을 쫓아 나오며, 채혈한 자리를 문지르지 말고 눌러라, 밴드는 붙었냐? 확인하며 재원이의 팔꿈을 굽혀가며 열심히 설명을 해주었습니다.

주차장에 오니 차 안테나에 고운 갈색의 잠자리가 날개를 한들거리며 앉아 있습니다. 잠자리가 날아가도록 조금 기다렸다가 차에 올라 "CD 해주세요!" 재원이 주문에 라디오를 켜니, 안드레아 보첼리와 캐서린 맥피가 부르는 Can't help falling in love with you가 흘러나옵니다.

병원을 다 빠져나오기도 전에 눈물이 핑 돌아서 손수건 찾을 기력도 없어 남편이 볼까 봐, 얼른 티셔츠를 걷어 올려 눈물을 꾹 찍었더니 참말 요런 눈물 자국이 생겼습니다. 그렇지만 가슴 따뜻한 눈물 자국이었습니다.

재원이 생일이었습니다. 생일날 재원이 고생시키기 싫어서 저녁에 저좋아하는 거 잔뜩 먹이고 아침 7시 이후로 굶겨야 했는데 사실은 남들에겐 그냥 아침 먹고 그다음 점심이니까 굶는 게 아니지만, 재원이는 워낙 럭셔리하게 드시는 분이라서, 물도 못 마시고 후식과 간식이 없이 점심도 미루고 하는 검사가 무척 스트레스였겠지요.

집에 오자마자 이거저거 챙겨 드시고 아주 소원 풀이를 하고 있습니다. 애 낳은 달엔 엄마가 더 잘 쉬어야 한다고 다예가 종이 한 장을 내밀었습니다. 제가 재주가 없어 너무 크게 올려져서 보기가 불편하실 듯한데, 죄송합니다.

고흐의 그림

　발가락이 따뜻해지는 느낌에 꼬물거리다 눈을 뜨니 고흐의 그림이 내려다보고 있습니다. '어? 여기가 어디지?' 잠깐 정신이 안 돌아와서 집안을 이리저리 살펴보니 '아하~! 내가 거실에서 잤구나.' 같은 그림인데도 다른 각도에서 바라보니 또 다른 느낌이 나네요.

　아침 햇살에 발가락이며 손가락을 비춰가며 햇살 놀이를 하다가 베란다로 돌아가서 살며시 안방을 들여다보니 아직도 두 딸이 한밤중입니다. 재원이도 아직 꿈나라인지 기척이 없고, 남편은 새벽부터 설쳐대며 공 날리러 나갔고, 다들 자는데 일어나서 떨그럭거리기도 뭣하고 해서 다시 누워서 계속 햇살을 가르는 놀이를 하기로 합니다.

　어제 승혜가 놀러 와서 두 딸의 시도 때도 없이 까르르르 쏟아지는 웃음에, 집안 여기저기에 꽃이 화사하게 피어나는 느낌입니다. 두 여우가 누워서 팩을 얼굴에 잔뜩 붙이고도 연방 웃어대느라 입 주위에 붙은 팩 재료가 다 떨어졌지요. 하루 종일 붙어 다니고도 무엇이 그리 할 말이 많은

지, 새벽까지 웃음을 참지 못해 푹 터져 나오는 걀걀거림을 들려주다가 언제 잠들었는지 모르게 저희도 저도 잠이 들었나 봅니다.

저는 언제 마지막으로 저렇게 걀걀대며 웃어 보았는지, 기억이 안 나는 걸 보니, 명실공히 어른이 되었나 봅니다. 휴. 해가 중천에 오도록 늘어지게 잘 만한 체력도 안 되고 새벽에 운동하러 나갈 체력도 안 되고 누워서 뒹굴고 자니, 허리가 아파서 그만 슬그머니 일어나기로 했습니다.

아이들을 깨워서, 어제 팩을 하고 잤으니 얼마나 예뻐졌나 뺨을 꼭꼭 찔러보고도 싶은데 일어날 때까지 참아야 되겠죠? 아침으로 무얼 해 줄까요? 엊저녁에 재원이가 샌드위치를 주문해서 내일 아침에 하고 손가락 걸고 재웠으니, 아침으로 샌드위치를 해 주어야겠습니다.

왕언니는 상록수의 주방장이시니, 승혜는 맛난 걸 많이 먹어서 입이 고급일 텐데도 우리 집에 오면 별 기대를 안 하고, 제가 해 주는 것도 곧잘 먹어 주니 예쁩니다. 밤에는 스르륵 스르륵. 귀뚜라미 소리가 나더니 아침이 되니 맴맴맴맴. 매미가 열심히 합창을 합니다.

이 녀석들이 올해는 유난히 개체 수가 많아졌는지, 지난번에 친정에 갔을 땐 아예 귀가 먹먹하도록 울어대서 옆 사람과 대화하기가 곤란할 지경이었습니다. 가만히 보니 나무에도 하도 많이 붙어 있어서 반가운 느낌이 덜 하더군요. 어릴 적엔 매미 한 마리 잡으면 동네 친구들이 돌아가며 한 번씩 매미 배 간질간질 간지럽혀 울려보는 재미에 아이들에게 인기 짱이었는데 말이죠.

아휴. 아이들이 아직도 안 일어나네요. 기다림에 지쳐서 배가 꼬르륵거립니다. 하하하. 이제 가서 실수인 척하며 아이들이 위에 엎어져 보아야겠습니다. 밤새 얼마나 예뻐졌나 확인도 하고요. 오늘도 무척 더울 것 같다는데 더위에 지지 마시고, 활기차고 많이 웃는 하루 되세요.

참 아름다운 존재

눈썹 끝에 잠을 매달고 가만히 밖을 내다보니 밤새 거대한 안개가 산이며 나무를 모조리 밀어낸 듯, 아무것도 보이지 않고 심지어 그악스럽던 매미 소리조차 없습니다. 남편의 출근 준비 도우면서 잠을 놓치지 않으려 살금살금 걸어 다녔는데 현관문을 열고 나가는 남편 옆으로 새어 들어온 안개에 그만 잠이 다 달아나 버렸습니다.

하루 중 첫 호흡을 풀냄새가 묻어 있는 냉기로 깊이 들이마시며 아이들이 깨어나기 전까지의 고요함을 누립니다. 여름이 막바지로 치닫는 며칠간, 딸은 학교에서 정해준 곳의 봉사활동을 하러 다녔습니다. 그런 식의 봉사가 아이들에게 얼마나 교육적일지 의문이지만, 어쨌든 안 하는 것보다는 낫다는 생각도 드는 게 운이 좋으면 기대 안 했던 경험들도 간혹하게 되니까요.

복학을 결정하고 딸은 마음에 둔 학교가 있다고 공부를 시작했습니다. 다른 공부를 하느라 공백이 있었던 터라 따라잡기가 쉽지 않을 텐데,

그냥 가까운 곳의 학교를 가면 안 되겠니? 라고 말하니 해보고! 합니다. 요즘 아이들은 대학입시도 아닌 고교 입시, 중학교 입시까지 있어 실패하면 큰 좌절을 겪게 됩니다.

그 어린 나이에 벌써부터 절망을 맛보고 인생의 고비를 겪고 꼭 그래야 하나 하는 미안함이 아이들에게 듭니다. 머리가슴 다 영글어 좌절해도 무너지진 않을 만큼 자랐을 때, 그때 그런 경험을 해도 안쓰러운데요. 어제는 말복이라 식구들한테 뭐라도 힘 나는 걸 먹여야겠다 싶어 공부하느라 바쁜 딸은 집에 놔두고 재원이를 데리고 시장을 어슬렁거렸지요.

가만있어도 한낮의 열기에 이마가 벗겨질 지경인데, 기다란 주걱으로 가마솥에 펄펄 끓는 죽을 휘젓고 계신 아저씨를 보니, 그만 할 말을 잃었습니다. 저거 다 팔아야 얼마 될까 싶은, 시든 야채 몇 무더기를 앞에 놓고 더위에 지쳐 땀에 젖은 수건을 온통 머리며 얼굴에 두른 할머니입니다. 방금 솥에서 꺼낸 김 무럭무럭 나는 옥수수를 권하는 아주머니, 그 열기를 받아들기가 부담스러웠지만, 아주머니의 땀으로 범벅이 된 얼굴을 보니 안 살 수가 없어서 하는 수 없이 받아들고, 장을 한 바퀴 돌았습니다. 재원이도 어지간히 더웠던지 제 양산 아래로 머리를 디밀고 "집에 가요." 합니다.

사는 게 고행이다 싶으면서도 한편으론 그분들의 묵묵한 삶의 모습이 성인의 모습을 담은 그림을 보는 듯한 신성한 느낌마저 들더군요. 어떤 그림을 그리며 살아가든 하느님께서 만들어 놓으신 우리 하나하나는 참 아름다운 존재입니다. 그저께 남편이 위아래 내시경을 동시에 했습니다.

나이 50이 되어가니 한 번쯤은 해야 한다고 을러대서 그야말로 질질 끌고 갔던 터라 중간에 도주의 염려가 있어서 가족 모두가 호위해갔지요.

병원 가기 며칠 전부터 설사약을 먹고 음식을 제한하고, 화장실을 들락거리느라 심통이 난 남편은 볼이 잔뜩 부어서 병원에 들어왔는데 다른 검사자들을 보니, 동행인이 한 명도 없었습니다.

'우리가 좀 별난 건가?' 하는 생각이 들었지요. 남편이 내시경실로 끌려가며 불안한 목소리로 "들어와서 볼 거지?" 합니다. 들어가긴 어딜 들어가서 봅니까? 예전에 위내시경 했을 땐, 남편의 친구네 개인병원이었으니 들어가서 북적댈 수 있었지만요.

그래도 "물론이지!" 하면서 거짓말로 안심을 시켜서, 들여보냈습니다. 하하. 병원 울렁증이 있는 재원이 때문에 연신 복도를 맴맴 돌다가, 드디어 검사가 끝나고 회복실에 누워있는 남편을 만나니, 억지로 고생시킨 게 조금 미안해지기도 했는데 그것도 잠시, 병실이 떠나가게 코를 골아대는 통에 옆에 잠들어있는 다른 분들 깰까 봐 가슴이 조마조마했지요.

엉덩이 부분이 네모지게 열려있어서 걸을 때마다 거적문처럼 펄럭대는 웃기는 바지를 입고, 마취가 덜 깨어 휘적거리며 걷는 검사자들을 보니 '아이고. 나는 이거 못하겠다.' 하는 생각이 들더군요. 게다가 창피하게 아래위로 다 들여다보았을 의사 선생님을 맨정신으로 만날 생각을 해보세요.

남편은 의사 선생님 설명을 들으려고 대기실에 기다리고 있는 사이에 재원이 가방을 뒤져 도넛을 얼른 꺼내 먹었습니다. 제가 어른 맞아요? 아빠가 자기 간식을 먹고 있는데도 큰 고생 했다고 생각되는지, 재원이가 가만히 보고 있더군요. 다른 때 같으면 간식을 절대로 양보 안 할 아이인데요. 하하하.

배고파 죽는다고 난리를 쳐서 병원에서 나오자마자 식당으로 달려가면서 자기는 이거저거 다 시켜 먹을 거라고 불끈대는 남편을 보니 웃음이 납니다. 언제나 철이 들려는지 원. 별거 아닌 검사에 온 가족이, 그것도 별나 보이는 가족이 우루루 몰려온 게 재밌는지, 간호사 언니가 웃음 띤 얼굴로 이런저런 안내를 해 줍니다.

어디를 가나 조용히 지나가는 법이 없는 우리 가족은 엄두가 안 나는 일은 무조건 때거지로 몰려가서 머릿수를 보탬으로서 무언의 응원을 보내는 것이 우리 가족 나름대로 어려운 일에 대처하는 방법입니다. 우리가 좀 겁이 많은 편인지 모르겠습니다. 하하.

오늘 친구들 계가 있는 날인데, 갈 엄두가 안 나네요. 삼복을 지내면서 몸이 겨우겨우 지탱하고 있는 느낌입니다. 몸이 힘들 때는 봐 주기 힘든 사람 만나기가 겁이 나지요. 재밌는 친구, 겁나는 친구, 놀라운 친구 등등. 나이 들어도 사람은 좀체로 변하지 않는가 봅니다.

그래도 있는 그대로의 모습들을 인정해주고 재미있다고 해주니, 오래도록 친구가 되는 거지요. 아마도 이렇다 저렇다 트집을 잡으면 제가 제일 먼저 친구반열에서 떨구어져 나갈 것 같습니다. 모임에도 제일 불성실하고 그럼에도 핑계는 늘 제일 많으니까요.

오늘도 무더운 하루가 될 것 같습니다. 이제 안개가 물러갔는지 매미소리가 나기 시작하네요. 여름엔 뭐든 좋아하시는 걸로 잡수시고 활기찬 기분으로 지내시는 게 더위를 이기는 방법인 것 같습니다. 건강하고 힘찬 하루가 되시길 바랍니다.

비올리스트 연주회

이젠 아침저녁으론 제법 선선해져서 학교 오는 길이 조금 수월해졌습니다. 하굣길은 여전히 땀이 송글송글이지만, 가을이 올 거라는 기대감에 따가운 볕도 그다지 성가스럽지 않으니까요. 재원이 옆에 바짝 붙어서 걸으면 태양도 가릴 수 있고, 재원이 가방에 길거리에서 산, 푸성귀들도 넣을 수 있고, 힘이 부쳐서 다리가 후들거릴 땐, 재원이 손잡고 딸려 가면 되지요.

심심할 땐 듣고 싶은 노래 한 소절만 큐를 주면, 바로 좔좔 노래 몇 곡을 불러주니, 어디 이런 멋진 아들 있으면 나와 보라고 하세요. 하하하. 그저께부터 학교 정문에서 선생님들이 체온계를 들고, 등교하는 학생들 모두 체온을 측정하느라 바쁘십니다. 저도 학교에 들어가는 사람이니 조마조마 체온을 재고, 통과하면 휴 하고 교실에 들어섭니다.

뭐든 주어질 때는 고마운 걸 느끼기가 쉽지 않다가 불편해지면, 새삼 감사함을 느끼게 됩니다. 요즘엔 전철에서 기침이라도 했다간, 시선이 일

시에 집중이 되는지라 참 조심스럽고 분위기 살벌하지요. 정작 플루가 유행하는 것보다도 사람들 간에 경계하느라 분위기 흉흉해지는 게 더 고약한 일인 것 같습니다.

이제 2학기에 접어들어 다른 때 같으면 조금 안정되어 갈 시기인데, 우리 학교는 뉴타운 안에 있는 특성상 전입 인구가 꾸준히 늘어 1학년을 두 반이나 늘리는 바람에, 반 친구들이 4명만 남고 다 바뀌어 버렸지요. 새로 오신 선생님들도 많으신 데다가 워낙 사람 사귀는데, 힘이 드는 재원이라 낯선 짝꿍 얼굴을 보곤 불안한지 낑낑대며 좌불안석으로 1교시를 시작했습니다.

오늘은 자주 들여다보며 위로를 해 주어야겠습니다. 도서실에 혼자 있는 건 늘 흥미진진한 일입니다. 초등시절엔 선생님이 읽으라 하신 고전 제껴 놓고, 동화책 보는 재미에 시간 가는 줄 몰랐었죠. 하하. 그 버릇이 남았는지 지금도 도서실에 혼자 있게 되면, 이리 뛰고 저리 뛰며 재미있는 책 보느라 정신이 없습니다.

어릴 때는 재미있는 책을 가려서 보곤 했지만, 안 재미있는 책이 어디 있겠습니까? 책이란 게 다 누군가의 삶과 정신의 정수를 모은 이야기인데요. 공짜로 그들의 이야기를 듣는 게 미안하게 느껴질 때가 많지요. 그리고 감사하고요. 지난 주말에는 친정어머니 칠순이셨습니다.

모두 모여서 침 튀겨가며 웃고 떠드느라 열을 올렸는데, 곱게 차려입은 엄마를 보니 요즘은 60살이나 70살을 사셨다고, 오래 사신 걸 축하드리기는 좀 뭣하다는 느낌이 들었습니다. 염색도 못해서 허옇게 하고 내려간 우리 부부보다 부모님이 오히려 더 젊게 보이셨거든요.

집에 돌아와 하객들이 건넨 선물을 모조리 몸에 걸치고, "예쁘지?" 하고 천진하게 웃으시는 걸 보니, 눈물이 핑 돌게 사랑스러웠습니다. 모자며 옷이며 목걸이며 가방이며 모두 제각각 선물한 거라 어울릴 리가 없었지만, 어머니는 "이렇게 예쁜 것들은 처음 본다."라고 하셨습니다

저렇게 좋아하시는 걸 보니, 쇼핑하면서 귀찮은 마음에 봉투나 드릴까 했던 마음이 생각나 무척 부끄러워졌습니다. 저는 참 불효막심한 딸입니다. 패션쇼가 끝나고 어머니는 제 손을 끌고 방으로 들어가시더니, 선물 들어온 걸 이것저것 챙겨주시느라 바쁩니다.

"에이~ 이런 걸 내가 어떻게 써!" 해도 막무가내로 싸서 안기시는 통에 알았다고 알았다고 하고는, 어머니 몰래 도로 장롱에 넣어놓고 왔습니다. 다섯 자식 중에 제일 걱정 끼쳐 드리는 것도 죄송한데, 형제들이 모이는 자리면 우리 가족은 무슨 짓을 해도 무조건 잘했다. 잘했다. 입니다.

제가 안부를 물어야 할 동생들도 제 걱정이고, 언니는 말할 것도 없고요. 사실 우리는 별로 어려움 없이 헐렁헐렁 지내고 있는데, 남들이 더 걱정을 해 줍니다. 복이 많은 건지 어쩐 건지, 잘 모르겠습니다. 다예가 엊저녁에 끓인 된장찌개로 아침을 먹고 왔습니다. 참말로 제가 끓인 것보다 맛있더라고요.

입시 공부하느라 바쁜 중에도 제 할 일과 집안일 도울 것 하나씩은 맡아서 하는 딸이 대견하고 이쁩니다. 반찬 만들기는 맡은 집안일이 아니지만, 어제는 제가 피곤해하니 자기가 저녁을 준비한다고 자진해서 한 거랍니다. 공부 잘하고 똑똑한 사람도 물론 좋지만, 사람이라면 그것 외에도 갖추어야 할 것들이 많지요.

저는 다예가 사람이 해야 할 일 중에 하나만 하고 사는 건 바라지 않습니다. 사람은 누구나 밥값을 해야 한다는 게 제 지론이라, 재원이도 어

설프게나마 이부자리를 개고 빨래들 모아서 세탁 통에 갖다넣고, 이불 털기, 청소기 돌리기, 아빠 구두 닦기 등등 밥값을 하지요.

지금 우리들의 사는 모습은 너무 남의 덕에 사는 것 같습니다. 세상이 다 도와주지 않으면, 당장 의식주가 곤란해지니까요. 그런 게 가끔 마뜩치가 않고 너무 방만하게 사는 게 아닌가 하여 마음이 캥기지요. 그리고 그런 삶은 지구에 자원이 무한하고 세상이 늘 원활하게 돌아간다는 전제 하에만 가능한 삶이지요.

지속 가능한 삶을 위해서는 어느 정도는 자기 손으로 생활을 책임지는 부분을 조금씩 늘려나가야 한다는 생각이 듭니다. 오늘부터 요가를 신청해놓고 첫날부터 결석했네요. 일주일에 한 번이라도 하라고 친구가 강제로 등록시켜 놓았는데, 아무래도 돈만 날린 게 아닌지 모르겠습니다.

제대로 해내지도 못할 걸 시작해 놓으면, 스트레스가 되기 때문에 하고 싶은 것도 못 시작하는 게 많습니다. 그래도 이 가을에는 '혼자서' 좋아하는 비올리스트 연주회에 기어이 가고야 말리라는 야무진 꿈을 꾸어봅니다. 아름다운 가을을 맞이할 꿈꾸어 보시는 하루가 되시길 바랍니다.

3장

세월이
주는
선물

내 머릿속 지우개

언제부터인가 글자로 뭐라고 뭐라고 적어놓은 종이가 없으면, 오늘은 무슨 처리할 일이 있는지 도통 알 수가 없게 되었습니다. 근래 한두 해 전부터 그리된 것 같긴 한데 한두 해가 맞는지 그것도 확신이 안 서네요. 배낭에 수첩 하나 추가하는 것도 무거워 웬만하면, 그날의 할 일을 메모지에 적어 주머니에 넣고 다니며 틈틈이 처리합니다.

요즘엔 그 메모지마저 하루 종일 그대로 넣고 다니다가 옷을 갈아입을 때에서야 비로소 발견하고. 에이구. 머리를 쥐어박고 싶은 심정이 될 때가 한두 번이 아닙니다. 그래서 생애 최초로 수첩의 필요를 절감하여 연초에 여기저기서 얻은 수첩들을 살펴보니, 너무 크고 무거워서 제 손으로 수첩이란 걸 처음으로 하나 바꾸었지요.

그 수첩을 들여다보며 흠 올해는 까먹고 못 처리하는 일이 절대로 없으리라 의기양양해서는 재원이의 스티커까지 예쁘게 붙여 장식했는데, 그것도 잠시. 언제부터인지 그 수첩이 있다는 사실을 깜빡하기 시작한 거예요. 수첩이 있다는 사실을 깜빡한 것도 모자라서 그 수첩을 날짜에 맞춰 들추어 보아야 한다는 사실까지 까맣게 잊고는 항상 뒤늦게 "어이구야~~!" 하는 참회목록으로 쓰고 있습니다.

이러다가 급기야는 수첩을 들여다보며 '골똘히" 이것이 뭐에 쓰는 물건이었더라? 엉덩이 깔개였던가? 아니면 고얀 놈 뒷통수 후려치는 용도였던가?' 하게 될 것 같아서 은근히 걱정이 됩니다. 오늘도 기세 좋게 온 가족을 무언가 할 게 있다고 몰고 나가긴 했는데, 그만 메모한 종이를 안 가지고 가는 바람에 다예에게 발설해놓은 스케줄만 소화하고 가뿐하게 럴럴거리며 돌아와 보니, 굵직한 일들을 안 하고 온 거예요.

그 굵직한 일들이란 다름 아닌 '교복 구입와 재원이 머리 깎기'였습니다. 어쩐지 남편을 꼭 데리고 나가야 한다고 생각을 한 걸 보니, 남편이 필요한 일이 있었을 텐데 엉뚱한 쇼핑들만 잔뜩 하고 집에 돌아올 땐 옥수수까지 하나씩 입에 물려서 '어케 오늘은 덜 피곤허다?' 하며 조금 의심스런 행복감에 젖어 있었지요.

그런데 야속하게도 까먹은 일들은 왜 꼭 집에 돌아와서야 기억이 나는지 이런~ 젠장!입니다. 남편은 오늘치의 외출을 끝냈다고 가벼운 마음으로 항히스타민제를 털어 넣고 푸욱 잠드셨고 (엊저녁부터 코를 훌쩍거리더니만) 다예는 점심으로 볶음밥을 해 준다며 불끈거리고 있고, 재원이는 TV를 보며 자전거를 타고 있습니다.

저 혼자 강아지처럼 끙끙대다가 에라. 모르겠다. 죽기야 할라고. 하곤 컴퓨터 앞에 앉았습니다. 다행인 건 예전엔 무어 할 일을 못 마쳐 놓으면 견딜 수가 없었는데 이젠 점점 꾀가 늘어 견디기가 쉬워진다는 것이지요. 교문 앞에서 재원이 이름표가 없는 걸 비로소 발견했을 때도, 전에 같으면 얼굴이 하얗게 질렸을 테지만, 이젠 설레발을 치면서 웃으며 지나갈 여유도 생겼으니까요. 하하.

놀토가 끼인 주말이 제겐 제일 행복한 주말입니다. 그렇지만 그만큼 처리할 일도 많아서 하루 종일 발발거리며 집 안팎을 돌아다니지요. 아침에 베란다에 수북이 쌓였던 재활용품들을 모두 내다 놓고, 말끔히 물청소한 베란다를 내려다보고, 푸르른 가을하늘을 올려다보니 저절로 기분이 좋아집니다.

'아. 내가 하느님이 아니라서 참 다행이다. 내가 하느님이었다면 게으름 떨다가 또는 깜빡해서 가을을 오게 하는 것도 잊고, 하늘색을 푸르게 하는 것도 까먹고, 또. 사람들이 두 손 모아 간절히 드린 기도들도 모조리 까먹었을 거야.' 오늘 감사드릴 일이 또 하나 생겼네요. 하하하.

제가 쿨~한 척 깔끔한 척 짧은 글을 올렸더니만, "그건 늬 스타일이 아니야. 넌 주저리 주저리가 어울려."라는 주위 분들의 충고로 오늘도 별것 아닌 일을 주저리주저리 늘어놓고 있습니다. "하나 줄까요?" 하고 등교길에 매일 만나는 어린 남매가 제게 선물로 준 낙엽을 '천 개의 찬란한 태양'에 꽂아놓았습니다. 다예가 독서 캠프에서 토론한 책이라고 저에게 보라고 주었는데 이 계절, 참말 아이들이 좋은 책보고 마음껏 뛰어놀기 좋은 날들이긴 한데, 우리 딸은 너무 우리의 교육 현실에 안 어울리는 나름대로 날들을 보내고 있어서 조금 걱정이 됩니다.

그러나 마음을 크게 다시 먹고 딸을 믿어주기로 했습니다. 세상을 살아가는 방법은 수만 가지가 있겠고, 그 공부는 죽는 날까지 끝나지 않을 테니, 제가 원하는 방향으로 몰고 가지 않는 것이 현명한 일이 될 거라고 생각합니다. 담임 선생님이 추천한 학교를 온 가족이 방문하여 홍보담당 선생님으로부터 학교소개를 듣고 난 후의 딸의 반응은 한마디로, "나도 학교 마음에 들어야겠지만, 학교도 내 마음에 들어야 해!"였습니다

세상 사람들의 기준에 맞추어 살 필요는 없다고, 네 느낌과 행복감이 중요한 거라고 여지껏 그런 식으로 키워놓고, 갑자기 노선을 바꿀 명분도 없고, 고민입니다. 남편과 저는 그 학교가 마음에 들거든요. 하느님께서 아이들을 맡기실 때는 현명함도 같이 주셨으면 좋겠습니다. 그리고 흔들리지 않을 의지와 굳건한 용기도요. 하늘색이 너무 예뻐서 자꾸만 보고 싶어집니다.

멀리 보이는 북한산의 빛나는 흰 봉우리와 푸르른 숲을 보니, 녹차 아이스크림 생각이 간절해집니다. 하하. 살을 빼야 한다고 의사 선생님이 겁을 주셨었는데 잘 모르겠습니다. 모두 편안하고 행복한 주말 보내시고, 순해진 가을 날씨만큼 여유 있고 상쾌한 한주 맞으시길 바랍니다

밥이 끓는 시간

밥이 끓는 냄새가 나지 않는 집은 죽은 집입니다. 사람이 살지 않는 집이니까요. 그리고 분명한 사실은 사람만 밥 냄새를 맡고 사는 게 아니라는 것입니다. 집 울안에 있는 모든 것들은 그것이 식물이든 동물이든 심지어는 지붕을 이고 있는 기둥이며 서까래조차도 부엌에서 끼니때 맞춰 나는 밥이 끓는 냄새를 맡으며 살지요. 그래서 밥이 끓는 냄새가 나지 않으면, 울안의 모든 것은 죽어 버립니다.

해마다 피던 꽃도 피지 않고, 개도 집을 나가고, 요란스럽던 생쥐조차도 다른 집으로 가버리고, 멀쩡하던 기둥도 주저앉고 서까래도 삭아 내리지요

박상률의 밥이 끓는 시간 中

어제는 학교엘 못 나왔습니다. 한 반에 있는 친구가 신종플루에 걸려서 노파심에 재원이를 데리고 병원엘 갔었지요. 검사를 받아보고 싶었는데 아무런 증세가 없다고 할 필요가 없다고 해서 그냥 타달타달 돌아왔습니다. 덕분에 학교는 빼 먹었습니다.

저도 마음 한구석으론 '옳다꾸나. 일찍 집에 가서 지구를 떠메고 뺑자 뺑자 놀아 보자.' 하고 내심 반겼지요. 불량학생 하나와 더 불량한 어미가 손을 잡고 수업 땡땡이를 친 거지요. 하하. 오늘은 어제 오후부터 슬슬 들기 시작한 죄책감에 평소보다 일찍 나서서 30분이나 먼저 도착하는 바람에 하염없이 학교 옆 벤치에서 가을 구경을 하였지요.

요즘엔 체온 측정하느라 정해진 등교 시간에만 들여보내 주거든요. 햇살이 벌써 풀숲 구석구석 따뜻하게 풀어져 있는데도 귀뚜라미는 여전히 울어대고, 이슬을 매단 풀잎들은 머리가 무거워 휘청휘청거렸습니다. 세상은 여전히 아름답고 무서운 자들은 너무 작아 눈에 안 보이니 일단은 플루니 뭐니 해도 제 눈엔 '세상은 아름다워'입니다.

의사 표시를 제대로 못하는, 재원이랑 전공이 같은 고등학생 하나가 플루로 중태라는 뉴스는 며칠째 제 가슴을 누르고 있습니다. 병원엘 두 군데나 갔었는데, 그냥 돌려보냈다고 하더라고요. 죽을 만큼 아파도 별 대책 없이 처분만 기다리고 있었을 아이를 생각하니, 참말. 가여워서. 눈물이 솟았다 말랐다를 반복하며 다닙니다.

아침이면 그 아이가 간밤에 혹시 잘못됐다는 뉴스가 나올까 봐 밤마다 하느님께서 그 아이를 지켜달라고 화살기도를 쏘아 올립니다. 재원이가 드리는 몇 안 되는 기도문으로요. '하느님 도와주세요!' 지금 도서실엔 '저 자퇴할 거예요!'라고 호기롭게 가방을 던져 놓고 만화책을 보고 있는 재원이가 있습니다. 문제는 지금이 공부 시간이라는 건데, 이 자유로운 영혼을 어떻게 하나. 머리를 쥐어짜고 있습니다.

아침에 같은 반 친구 하나가 만화책을 하나 가지고 와선 '자유로운 영혼'에게서 뺏었다고 하면서 반납해달라고 했습니다.

"만화책 대출 안 되잖아요. 근데 선생님이 빌려주셨다면서요?"

저는 할 말이 없어서 잠시 머뭇거리다가 "그래, 내가 좀 헷갈렸었나 보다." 했습니다. 제가 안 빌려준 거라고 하면 아이가 당장 그 녀석한테 닦달질 당할 테고, 사실, 친구 보는 만화를 뺏어다 강제로 반납시키는 그 아이가 제 눈에는 별로 고와 보이지 않았거든요.

그렇게 심술이 만땅인 녀석들이 종종 원칙을 내세우지만, 제 경험으론 남 좋아하는 꼴을 못 보는 녀석들이 많더라고요. 시험이 낼 모렌데 무슨 정성이 뻗쳐서, 평소 못 잡아먹어 안달을 하던 친구가 보는 책 뺏어다 대신, 반납해 줄 만큼 큰 우정이 있는 아이가 아니거든요.

어쨌거나 낼모레가 시험인데, 우리 재원이는 아주 평온하시고 시험이 낼모레인지도 모르는 한 수 더 뜨는 몇몇 아이들은 공부 좀 하라는 제 잔소리에 "어. 시험이 낼모레였어요? 추석 지나고 인줄 알았네."라고 해서 저로 하여금 깊은 시름을 앓게 했습니다.

공부를 잘하든 못하든 귀여운 녀석들인 건 확실하지만, 공부로만 줄을 세우는 우리 교육 현실에서 참 걱정이 되는 아이들입니다. 고등학교도 참 많이 다양해지는 건 좋은데, 내실 없이 준비도 없이 이름만 무지하게 느는 건 아닌지, 백년대계는커녕 해마다 새로운 도전을 하는 느낌입니다. 학교 배정을 무슨 저녁내기도 아니고, 복불복이라니 원. 이제 조금 있으면 아이들이 몰려올 시간이니, 이만 물러가 봐야겠습니다.

아침을 좀 부족한 듯 먹었더니 서가에 있는 책 중에 '밥이 끓는 시간'이라는 책이 화악 눈에 들어오더군요. 하하. 건강한 하루 보내시고 온 가족이 모여 보글보글 밥 끓는 소리를 듣는 행복한 저녁 시간 되시길 바랍니다. 그럼 이만 휘리리릭~~~ .

달무리진 밤

　달무리가 진 하늘이 비가 오려나 봅니다. 머그컵 가득 매혹적인 붉은 색의 얼그레이 홍차를 우려내며 평온한 저녁을 맞고 있습니다. 미국에서 돌아오신 신부님과 미사를 드리고 함께 하신 분들과 상록수에서 조촐한 저녁 식사가 있었지요. 멀리서 아기 셋을 태우고 달려와 준 곡스님과 친구분, 뿌리 님과 주니맘 님, 상록수 봉사자분들과 잘생긴 아드님들, 그리고 상록수 가족들, 모두 모두 오랜만에 만나서 정말 반가웠습니다.

　아기 소리로 가득한 미사가 저는 참 행복했습니다. 신부님께서 아기들의 머리를 쓰다듬으시며 웃으시던 모습이 얼마나 평화롭던지 바라보는 제 마음도 따뜻해졌습니다. 오늘 신부님께선 레프 톨스토이의 우화로 재미있는 강론을 들려주셔서 자주 웃어가며, 그러나 우화 속에 담겨 있는 깊은 지혜를 느끼는 시간이었습니다

　온갖 돌발상황이 일어날 수 있는 상록수 미사에서 하느님의 말씀을 전하기란 쉬운 일이 아닐 것 같습니다. 경건함을 잃지 않으면서도 재미있

고 이해하기 쉽게 들려주시는 강론에 '야~ 내 수준에 딱 맞다~~~!'^^
하며 아주 행복해졌지요. 신부님께서 선물로 가져오신 홍차를 종류별로
골고루 나누어주셨는데 집에 오자마자 저는 얼그레이를, 다예는 래즈베
리를 골랐습니다.

우유를 넣어서 마시는 걸 좋아하는데 과식을 한 탓에 배가 불러서 그
냥 맹물에 우려내어 마시고 있습니다. 재원이가 잘 먹던 반찬도 두어가지
얻어서 집에 돌아오니 그야말로 영육 간에 양식을 든든히 채워 온 느낌입
니다. 하하하. 이제 다음 미사 드릴 때까지 귀 엷어지지 말고 오늘 마음에
새긴 귀한 말씀을 잘 기억할 일입니다.

뿌리 님이 기타를 들고 눈까지 지그시 감으시고, 성가를 들려주셨는
데 그냥 노래가 아니라 절절한 사랑 고백이었지요. 재원이는 뿌리 님의 성
가가 앵콜로 이어지자 조용한 소리로 "음.악.시.간."이라고 속삭이더군요.
아마도 노래가 이어지니 음악 시간 같은 기분이 들었나 봅니다.

노래를 다 듣고 나선 '으뜸!'이라는 평까지 해주었습니다. 재원이의 귀
에 으뜸으로 들렸으면 으뜸인 겁니다. 재원이는 절대 분위기에 좌우되는
심사위원이 아니거든요. 하하. 이제 추석이 얼마 남지 않았습니다. 올해
는 플루 때문에 귀성객이 줄어들 거라는데 명절은 늘 설레임과 귀찮음이
교차합니다. 어린 시절의 순수한 설레임을 다시 느껴보고 싶은데, 이젠
아주 불가능해진 일일까요?

명절날 집 안팎이 손님으로 북적대면 우리는 덩달아 흥이 나서 하루
종일 몰려다니며 놀고도 모자라 잠들지 않으려 버티다 어느 결에 곯아떨
어져 버렸던 행복한 추억이 있습니다. 우리 아이들이 추억할 행복한 명절
을 위해 이젠 제가 인내해야 할 차례가 되었습니다. 우리 어머니들이 그랬

듯이요. 딸이 모기를 몇 마리 잡아놓고 아주 의기양양입니다.

날씨는 선선해졌는데 모기가 요 며칠 더 많이 보이는 게 아무래도 어디 방충망에 구멍이라도 난 것 같습니다. 죽은 줄 알았던 모기 중에 한 마리가 기사회생으로 날아오르자 딸이 "앗~. 예수님 모기닷~!" 하면서 파리채를 들고, 쫓아갑니다. 뒷산에서 주워온 잔잔한 산밤 몇 톨과 동글동글한 호박 두어 개, 가지 하나, 고추 한 줌이 가을걷이로 바구니에 담겨 있습니다. 꼭 무어를 수확해야만 할 것 같던 조급한 젊은 시절은 지나고, 이젠 아무것도 수확하지 못했어도 스스로 위로해 줄 만큼 유해진 자신이 대견합니다.

최선을 다해 열심히 살아야 하는 것도 맞는 말이지만, 때로는 한 칠팔 할 정도만 열심히 하고, 힘을 남겨놓는 것도 롱런하는 비결이기도 합니다. 있는 힘을 다해 열심히 못 산 것에 대한 변명일 수도 있지만요. 주말에 비가 내리고 나면 기온이 내려갈 거라는데 감기 안 걸리도록 조심하세요.

요즘엔 감기 걸리면 감별 진단하느라 고생이니까요. 내일도 휴일이라 참 좋습니다. 모두 귀가하시는 길이 편안하셨기를 바랍니다, 행복한 꿈 꾸시는 밤 되세요.

똘똘한 뚱땡씨

오늘 아침엔 평소보다 30분이나 일찍 일어나서 머리에 힘도 팍팍 주고, 신발장 맨 꼭대기에 있는 뾰족구두도 꺼내놓고 흔들거리는 귀걸이도 하나 매달고, 드라이해서 넣어놓았던 기다란 코트에 일 년에 몇 번밖에 바깥 구경을 못하는 가방까지 들고, 기름기 좔좔 흐르게 하여 등굣길에 나섰습니다.

남편이 '무슨 좋은 일 있남?' 하는 눈길로 쳐다봤지만, 궁금해 넘어가라고 안 가르쳐줬지요. 사실은 못 가르쳐준 이유가, 너무 유치해서 그렇기도 했지만요. 이번 주가 시험 기간이라 매일 시험감독차 어머니들이 오시는데, 엊저녁부터 머리를 하고서, 앉아서 주무셨는지는 모르지만, 전문가의 손길이 닿은 게 분명한 굉장한 볼륨의 머리들과 온통 블링블링한 악세서리와 떨쳐입은 옷들로 학부모 대기실은 어안이 벙벙해질 지경이었습니다.

요즘이 고입원서 쓰는 기간이라 더 성장을 하고 오시는지 모르지만, 분명 가정통신문엔 소리 안 나게 운동화 신고 오시라는 안내가 있었음에도 불구하고, 발가락 끝만 땅에 겨우 붙어 있을 듯한 높이의 하이힐 위에서 계시더라고요. 그 와중에 저는 평소 '머슴' 내지는 '로드 매니저'의 임무에 충실한 매우 간편한 복장과 운동화와 빵모자를 연출했으니, 오히려 제가 튀어서 빛이 날 지경이었죠. 하하하.

　　해서 오늘은 아침부터 유난을 떨어 나름 성장이란 걸 하고 나갔는데, 재원이 쫓아 뛰느라 딱 맞는 구두 속 발가락은 고문이 따로 없고, 이런 젠장 코트 자락은 왜 이다지도 걸리는 데가 많으며, 바람에 머리카락까지 귀걸이에 휘감겨 귓볼 찢어지는 줄 알았습니다. 그랬거나 어쨌거나 어제보다는 봐줄 만하다고 자위를 해보는데, 교실에서 소리 날까 봐 발끝으로만 걷느라 인대에 무리가 왔는지 다리까지 통증이 올라와서 나중엔 어깨도 결리고 머리도 아프고, 그만 울고 싶은 심정이 되어서 창밖을 보니, 하얀 눈송이가 하늘하늘 날리고 있었습니다.

　　'내가 잘못 봤나?' 창가로 살금살금 까치 걸음을 하여 하늘을 올려다보니 저만치 끝을 모를 높은 곳에서 눈송이가 점점 소담스럽게 내리고 있었습니다. '괜찮아. 괜찮아.' 속삭이며 내리는 눈송이에 갑자기 제 꼴이 참 초라하게 느껴졌습니다.

　　나이 50이면, 남에 의해 기분이 좌지우지되는 나이는 지난 거라고 생각해 왔는데, '남과 다르게 살 용기'를 만날 새기면서도 한순간에 줏대 없이 남 비슷하게 따라 하느라 웃기지도 않게 무지하게 차려입고 나선 저 자신이, 커다란 함박 눈송이로 일시에 고요해진 세상을 바라보는 순간, 그 순결한 풍경에 어찌나 부끄러워지던지 누구보다도 저 자신에게 정말 미안하고 낯을 들 수가 없었습니다.

재원이 아빠를 찾은 탓도 있지만, 마음과 몸이 다 피곤하여져서 대책 없이 남편에게 전화를 했지요. '나 우산 안 가져왔는데, 눈이 와.' 눈이 온다고 우산을 써본 적이 없는지라 좀 설득력이 없지만, 다행히 남편은 과도하게 말이 없는 사람이라 '거봐라. 아침 뉴스에 비가 온다고 하지 않았냐?'라든지 '점심때도 아닌데 무작정 나오라고 하면 어쩌냐?'라는 잔소리도 없이 집까지 데려다주고 갔습니다.

아무 물음도 없이 그냥 데려다만 주고 서둘러 돌아가는 남편이 미안하고 고마웠습니다. '가끔은 말이 없는 것도 편하네. 나보다 내 주위 사람들이 착해서 난 참 다행이다.' 하는 감사함과 안도감이 들었습니다. 공부도 안 한 재원이가 그래도 시험이란 걸 보고 오더니 나름 피곤했는지, 점심 먹자마자 잠이 들었습니다.

거실엔 베란다에서 들여놓은 화분들로 식물원을 차려놓은 것 같고, 아침에 난리를 치고 몸만 쏙 빠져나간 그대로 아주 자유분방한 자태를 보여주고 있는 거실입니다. 물건은 던져 놓은 그 자리가 그 물건의 자리야. 라고 누가 그랬는데요. 심기가 좀 불편하긴 하지만, 잠시 그대로 두기로 합니다.

눈 덮인 북한산 봉우리를 바라보면서 엊저녁 내내 다려 낸 생강차를 홀짝이고 있습니다. 남에게 보여지는 것들로 기죽지 않을 내공을 쌓으려면, 얼마나 속이 든든해야 그렇게 될까요? 학교 아이들과 지낼 때는 못 느끼는데 제 연배의 주부들을 만나면, 50을 바라보는 제 나이에 걸맞지 않게 차려입은 행색에 저도 모르게 주눅이 듭니다.

그들이 열광하는 그릇 가게 위치를 모를 때에도, 또 언제 어느 날에 가면 굉장한 세일가에 살 수 있다는 강남 어디 패션건물의 위치를 모르는 것도 위치를 안다고 하더라도 같이 몰려갈 시간이 없는 것도, 전단지의 쿠폰을 차곡차곡 모아 세일 시간에 맞추어 가는 보통 주부들의 알뜰함도 모두 저를 기죽게 합니다.

남들이 볼 때에 저는 엄청나게 비효율적이고, 어찌 보면 멍청하기까지 한 소비를 하며 언제나 물건을 제값 다 주고 사는 변변치 못함에다 알뜰한 주부와는 거리가 멀고, 재원이가 원하면 써먹지 못할 걸 뻔히 알면서도 원하는 걸 구해주어야 하는 형편이다 보니, 재원이를 키우는 일은 감정적으로나 시간적으로나 경제적으로 엄청난 비효율과 과소비를 필요로 합니다.

나이가 들수록 뭔가 과했다는 느낌은 뒷맛이 좋지가 않습니다. 조금 모자란 듯하게, 담백하고 차분하게 살고 싶은데 늘 반쯤 흥분된 상태로 재원이를 뒤쫓다 보면, 내 속의 또 다른 내가 정신없이 헐레벌떡하는 저를 물끄러미 바라보고 있다는 느낌을 받을 때가 있습니다.

그 느낌은 참 묘합니다. 내일은 그냥 투박한 가죽구두 신고 배낭 둘러메고 오리털 조끼 입고 패딩 바지 입고 재원이 손잡고, 내리막길을 다다다 달려서 학교에 갈 겁니다. 재원이가 같이 달리는 걸 얼마나 좋아하는지요. 가끔 무릎이 휘청하긴 하지만 아직은 달릴 수 있는 다리가 있고, 민망함을 무릎 쓸 수 있는 뻔뻔함을 주심에 감사드립니다.

유치한 짓을 했다는 자각을 할 수 있게 한 박자 늦게라도 깨달음을 허락하시는 것도 감사하고, 이런 주절거림을 흉잡지 않고 들어주는 이들을 주신 것도 하느님께 감사드립니다. 제가 하느님께 이미 감사를 드렸으니. 여러분은 제 흉을 보실 수가 없어요. 헤헤헤. 저 참 똘똘하죠?

손

"주님, 모든 기회에 모든 주제에 대해 무엇을 말해야 한다는 잘못된 생각에 빠지지 않도록 지키소서.

다른 사람의 일에 간섭하려는 정열에서 나를 구하소서.

내 질병과 고통에 대해 침묵하는 법을 가르치소서.

질병과 고통은 점차 심해지고, 이를 말하고 싶은 욕망은 갈수록 커지나이다.

내가 착각할 수 있다는 놀라운 지혜를 가르치소서.

다른 사람에게서 내가 예감하지 못한 능력을 발견하고, 또한 그것을 말할 수 있는 아름다운 능력을 주소서."

오래된 기도문입니다.

아침에 집을 나서니 콧속이 쩍쩍 얼어붙는 느낌이 들더니 과연 머리 꼭대기에서 쨍 소리가 날 만큼 추웠습니다. 복도에서 서성일 땐 그런대로 견딜 만하게 추운데, 체육 시간에 재원이를 강당에 넣어놓고 밖에서 기다리릴 땐, 참말 개 떨듯이 떨며 도를 닦아야 합니다. 하하.

그렇지만 겨울은 겨울다워야 하는 법! 춥긴 해도 겨울다운 겨울이 대견스럽습니다. 지구온난화로 사계절이 두루뭉술해지는 게 마음에 걸렸는데 힘들었지만, 기세등등한 추위가 상쾌하게 느껴지는 하루였습니다. 집에 도착하기 100m 전, 딸에게 전화해서 "나 춥고 배고파." 했더니, 딸이 집 앞에 나와서 기다리고 있었습니다.

저는 좋은 엄마가 되기는 글렀나 봅니다. 자식에게 의연하고 든든한 엄마이기는커녕, 어린 딸에게 도리어 위로를 받으며 사니까요. 시험 기간이라 일찍 집에 돌아온 딸이 집 청소를 말끔히 해 놓고 떡만둣국을 끓이고 있었습니다. 제가 좋아하는 안드레아 보첼리 DVD를 틀어놓고, 편히 기대어서 보라고 장배개도 괴어놓고, 제가 무슨 복이 많아서 이런 호사를 누리는지 모르겠습니다.

재원이 받아 손발 얼굴 씻기고, 로숀 발라 들여놓고, 멸치로 국물 내어 끓인 김이 모락모락 오르는 떡만둣국 한 그릇을 내어주는 딸의 정성에, 하루 종일 떨었던 몸이 따스하게 녹아내립니다.

책상 하나와 의자 하나, 과일 한 접시 그리고 바이올린. 사람이 행복해지기 위해 무엇이 더 필요한가?

앨버트 아인슈타인

재원이 반 아이들이 정신없이 엉겨서 장난을 치다가 소화전을 건드렸는데 거기서 아주 고운 하얀 가루가 뿜어져 나왔습니다. 재원이는 눈이라도 만난 양 신이 나서 풀썩거리고 다니고, 아이들은 좋아하며 고함을 질러 대고 있습니다. 저는 그 가루가 몸에 해로운 것일까 봐, 아이들이 못 만지게 전전긍긍 난리도 그런 난리가 없었습니다.

그 와중에 친구에게 깔려서 주먹질을 당하고 있던 재원이가 "잠깐. 잠깐. 나 영정사진 좀 찍어놓고 맞자!"라고 해서 겨우 빠져나오고선 다시 강아지들같이 뒤엉켜 바닥에 뒹굽니다. '아이고. 재원이가 저러고 크지 않아서 참 다행이다.' 하며 뜯어 말려놓으니 밀가루를 뒤집어 쓴, 강아지들 같습니다.

에이효. 느네들, 이렇게 노는 거 엄마가 아시니? 등 따시고 배부르니 졸음이 쏟아집니다. 저녁 하기 전까지 조금 쉬어야겠습니다. 이렇게 추운 날엔 빈대도 안 쫓아내는 거라는 곡스님 얘기가 참말 정겹습니다. 이번 주 내내 무척 춥다는데, 당분간 눈사람같이 잔뜩 껴입고 다녀야 할까 봅니다.

아침 5시 반에 일어나면 잠들 때까지 하루가 얼마나 빨리 가는지요? 교실 밖에서 서성일 땐 한참 지났다고 생각되어 시계를 보면 겨우 2분, 3분밖에 지나지 않았는데 말이죠. 하루를 살아내기 위해 꼭 해야 하는 것들만 챙기기에도 바쁜 날들입니다. 날씨는 춥고 몸은 바빠도 건강 꼭 챙기시고, 얼마 남지 않은 성탄절, 기쁨으로 맞이하시길 빕니다.

행복한 크리스마스

벌써 크리스마스의 하루가 저물고 있네요. 일 년 내내 크리스마스 같은 마음으로 살 수 있으면, 얼마나 좋을까요? 오늘 하루 모두 행복하고 넉넉한 마음이셨기를 기원합니다. 아직 재원이 학교가 방학을 안 한 상태라서 어제 성탄 미사를 앞둔 날이었지만, 체험학습을 떠나 북한산 꼭대기 백운대까지 올라갔었습니다.

속옷까지 땀으로 흠뻑 젖고 머리카락도 찰싹 달라붙어서 땀 냄새 폭폭 풍기며 내려왔지요. 집에 돌아오니 6시가 다 되어가는데 서둘러 재원이 씻기고 샤워를 하곤 마침 남편도 일이 생겨 데려다주질 못해서 두 녀석을 앞세우고 뛰다시피 걸었는데도 택시도 없어서 발을 동동 구르며 길에서 마음을 졸였지요.

게다가 겨우 얻어탄 택시에 어찌나 담배 냄새가 진동을 하던지, 코를 들고 있을 수가 없어서 손수건을 갖다 대고 끙끙거리고 있어야 했지요. 겨우겨우 밀리는 도로를 헤치고 도착하고 나니, 다리가 후들거렸습니다.

먼 길 달려온 사랑스런 곡스 어머니랑 유일한 아기천사 곡스, 여전히 우아하신 주니맘 님의 착한 미소, 기타를 메고 오신 귀여운 여인 뿌리 님, 반가운 상록수 식구들. 큰 허그를 나눈 재정 어머니와 예쁜 가족들. 그리고 더 멋지고 키가 커지신 듯한 신부님. 신부님 아직도 자라고 계신가요? 모두 모두 참말 반가웠습니다.

수준 낮은 퀴즈로 선물을 억지로 가져다 안기기 위해 애쓰신 뿌리 님과 수준 높은 퀴즈로 머리에 쥐가 나게 만드신 신부님. 모두 감사해요. 그리고 신부님께서 들려주신 마이클의 이야기를 들으며 눈물이 또 쭈루룩 흘러내려 아무도 눈치 못 채게 손수건을 찾으려 무진 애를 쓰다가, 그만 눈물이 다 말라버렸어요.

가방에 하도 많은 선물을 쑤셔 넣은 바람에 손수건을 도저히 찾아낼 수가 없었지요. 게다가 뿌리 님이 손수 만든 묵주라는 말씀에 그만 혹해서 묵주 선물을 하나 더 달라고 욕심까지 부렸습니다. 하하. 미사를 드리고 늦은 시간까지 아이들의 장기자랑도 구경하고 뿌리 님의 성가도 앵콜까지 청해서 들었습니다.

멀리 제주도에서 소금 님이 보내오신 달콤새콤한 귤과 함께 여러분들이 준비해오신 맛있는 간식을 나누면서 참 행복한 시간을 보냈습니다. 특별히 주니맘 님은 어제가 생일이셔서 신부님으로부터 아주 예쁜 보라색 묵주와 주머니를 선물 받으셨지요. 어찌나 부럽던지요.

아빠가 마중하러 온 걸 재원이가 보고 나선 갑자기 집에 간다고 성화를 대서 서둘러 떠나느라 제대로 인사도 못 나눈 분들이 많아서 아쉬웠지요. 미사를 드리고 오는 날은 늘 들떠서 쉽게 잠을 이루지 못하는데 어젯밤엔 성탄 미사였으니 더 잠들어버리기 아까운 시간이었습니다.

늦잠을 자고 일어나니 남편이 다예에게 구박을 받아가며 초콜릿을 뺏어 먹느라 수선을 피우고 있습니다. 사정을 보아하니 다예는 크리스마스 간식을 만들어 주려고 초콜릿이며 재료들의 그램 수를 딱 맞춰서 사놓은 건데, 아빠가 그사이를 못 참고 자꾸만 집어간다고 불평입니다.

평소 같으면 그런 소란들을 단숨에 평정했을 텐데, 부스스한 머리와 게슴츠레한 눈으로 행복한 기분이 되어 오랫동안 바라보았습니다. 이불속에서 뒹굴거리며 어제 신부님께서 선물하신 '송아지 아버지'를 뒤적이고 있자니 달콤한 냄새를 풍기며 다예가 다가와 책 제목을 그냥 '소'라고 하는 건 어떨까? 하고 웃었습니다.

송아지 아버지니 '소'가 맞다, 하며 같이 낄낄거렸지요. 선물로 받은 묵주를 두 개 다 성모님께 걸어드리고, 베란다 밖의 북한산을 바라보았습니다. 어제 산속에서 헤매일 때는 산이 보이지 않았지요. 산을 벗어나니 비로소 산이 보입니다. 가족과 좋은 사람들에 둘러싸여 지내는 큰 행복을 제가 깜빡깜빡 잊고, 불평을 하지 않도록 해달라고 성모님께 기도드렸습니다.

매일 감사드려도 부족하다는 걸 잊지 않게 해달라고요. 다예가 온갖 어려움을 이겨내고 드디어 만들어 낸 파베 초콜릿을 입안에 하나 넣으니, 너무나 부드럽고 달콤해서 온몸이 스르르 녹아내리는 것 같습니다. 조금 남겨놓았다가 내일 친정에 가져가기로 합니다.

친정 부모님도 저 못지않게 '단 거'를 좋아하시거든요. 친정행을 남편은 아주 좋아합니다. 왜냐하면, 통통한 처자식을 앞세우고 들어가면, '저 이렇게 잘 먹였어요!'하고 뿌듯하다나요. 그러면 저는 시댁에 갈 때 '우리만 잘 먹었어요.'가 되니 좀 웃기지요. 하하하.

자기 빼고 한 체중들 하는 우리를 놀리느라고 남편이 하는 말입니다. 내일 일찍 집을 나서려면, 재원이를 씻겨와야 한다고 둘이서 목욕하러 나갔습니다. 재원이가 아빠랑 목욕탕에 가는 걸 좋아해서 다행입니다. 녀석이 키가 120cm일 때까진, 제가 데리고 다녔거든요.

저녁은 무얼 해서 먹을까? 냉장고를 스캔해보다가 내일 친정 가서 많이 얻어먹을 요량으로 오늘 밤은 담백하게 각종 김치만 내놓은 식단으로 먹어야겠다는 기특한 생각을 해냅니다. 다음 주에 방학하면 바로 다다다~~ 달려가려고 〈위대한 침묵〉도 예매해놓았고 무척 행복한 크리스마스 저녁입니다.

제가 이런 행복을 누릴 일을 했던가? 생각해 보다가 그냥 감사만 드리기로 했습니다. 하느님. 예수님을 보내주신 크신 사랑에 감사드립니다. 예수님. 제 죄로 십자가의 고통을 더 하게 해 드린 걸 용서해 주세요. 성모님. 우리를 불쌍히 여기시고 돌보아 주시니 감사드립니다.

며칠 남지 않은 올 해에게 인사를 할 준비를 해야겠습니다. 힘든 일이 많았다고 빨리 지나갔으면 좋겠다고 생각했었는데 막상 이별하려니 서운해집니다. 남은 한해도 따뜻한 시간 되시고 희망으로 가득한 새해를 맞으시기를 기도드립니다. 새해 복 많이 받으세요. 꾸뻑.

방학

드디어 방학이란 걸 했습니다. 하하. 기쁨을 감추지 못하고 연신 싱글거리니 재원이 친구들이 몰려와서 성적표를 보자고 난리입니다. 아마도 성적이 잘 나와서 제가 히죽거린다고 생각했나 봅니다. 석차가 '뒤'에서부터 수위를 다투느라 날로 부모님 신앙심만 깊어지게 만드는 한 녀석이 재원이는 자기의 '빛'이라나요.

뭔 소린가 감이 안 와서 갸웃거렸더니, 재원이는 존재 자체가 인류에 대한 '봉사'라고 했습니다. 존재 자체가 봉사라. 흠. 이 녀석이 지금 나를 놀리는 건가, 아니면 재원이가 바닥을 깔아주어 그나마 그 청정한 성적표를 가지고서도, 어머니한테 안 맞아 죽게 된 걸 감사하는 표현인가 깊이 생각해 보려다 그만두었습니다. '마음이 매우 착하고 순진하며 성실함. 호기심이 많고, 그리기에 소질이 있음.'이라고 개별 가정통신에 담임 선생님이 써 주신 걸로 저는 만족했거든요. 게다가 수행평가점수는 거의 중상위가 나왔으니, 혼자 했다고 볼 순 없지만. 흠흠. 이만하면 재원이를 칭찬해 주어야겠지요.

하얀 눈을 밟으며 일부러 먼 길을 돌아 걸어왔습니다. 미끄러질까 봐 둘이 손을 꼭 잡고 하나가 미끌거릴 때마다 안 넘어지게 버팀목이 되어 주었지요. 재원이가 한 주먹을 쥐고 있어 억지로 펴보았더니, 종종 입에 넣으면 안 되는 걸 가지고 있지요. 어디서 났는지 바짝 마른 도토리 한 알이 들어있었습니다.

장 지오노의 '나무를 심은 사람'이 생각났습니다. '이 도토리를 물에 불려 심으면 도토리나무가 자랄까?' 길을 벗어나 눈이 곱게 덮인 양지쪽을 찾아 눈 아래 흙을 파고 도토리를 놓아둔 뒤, 흙과 눈을 적당히 섞어 꼭꼭 덮어주었습니다. 내년 봄에 혹시 싹이 났나 살펴보려고 표시를 해두었습니다.

'나무를 심은 사람'에서 느꼈던 놀라움은 희망을 가지고, 무엇에든 마음을 다하면 평범한 사람들도 얼마든지 위대한 일을 할 수 있다는 깨달음이었습니다. 평범해 보이는 위대한 이들이 우리 속에 섞여 있을 것이라고 생각하니, 지나치는 사람들이 막막 예뻐 보이고 기분이 흐뭇해졌습니다. 그러고 보면 위대한 것은 겉모습이 그리 거창하지는 않은 것 같습니다.

지난 주말엔 친정아버지 생신이셔서 대전에 내려갔습니다. 네 명씩 다섯 집이 모이니 부모님까지 22명이 북새통이었습니다. 그 와중에도 재원이는 사촌들을 한 줄로 나란히 앉혀 놓기, 또는 한 줄로 나란히 뉘어놓기 등등을 즐겼는데, 애기 때부터 무얼 가지런히 늘어놓거나 원래 상태 그대로 보존하려는 남다른 노력, 또는 증세가 있습니다.

게다가 특별히 불꽃을 보면, 어디서든 쿵쿵대며 나타나 발로 밟아 꺼버린다는 코뿔소처럼 생일 케익에 불만 붙여도 코뿔소같이 달려와 순식간에 꺼버리고, 음식을 할 때도, 재원이가 가스 불을 꺼버리는 통에 보초를 세워놓고 해야 합니다. 그래서 친정어머니는 우리가 갔을 때만 인덕션 렌지를 쓰십니다.

불만 보면 어찌나 날쌔게 달려가서 끄는지, 초등학교 때 장래희망을 '산불 감시원'이라고 적어냈습니다. 하하하. 그리고 같은 맥락에서, 칠판을 아무것도 쓰지 않은 그대로 깨끗이 보존하려는 녀석이기 때문에, 선생님이 판서하시자마자, 몸만 돌리면 잽싸게 나가서 지워 버립니다.

지우개를 집어들 틈도 없이, 손바닥으로 싹싹 말이지요. 선생님께 어찌나 죄송한지요. 여러 번 타이르고 나무라고 했더니, 요즘은 사정을 봐주느라고 나름 선생님이 교실에서 나가시면 득달같이 지웁니다. 그래서 우리 반 아이들은 신속히 필기하는 바람직한 습관을 들였습니다. 하하.

방학식 날 이렇게 열공하는 녀석을 보셨어요? 그제는 반 아이들을 초대해 신나는 교실에서 모두 함께 쿠키를 구웠습니다. 한해 동안 많이 도와주고 배려해 준 아이들과 선생님께 쿠키라도 나누며 감사하는 시간을 가질 수 있어서 다행이었습니다. 재원이가 존재 자체가 '봉사'일지라도, 공부도 못하고 '봉사'만 하러 학교에 다닐지라도 많이 감사합니다.

더 욕심을 내도 된다면, 재원이 친구들이 재원이와 함께하는 경험들로 한 알씩의 튼실한 '도토리'를 만들어 세상에 많은 도토리나무를 키워내게 되기를 바랍니다. 그리하여 많은 사람이 시원한 나무 그늘과 맑은 냇물이 흐르고 평화가 넘치는 낙원을 누릴 수 있게 되기를 진심으로 바랍니다. 며칠 쉬면서 생각이란 걸 좀 하고 올해 마지막 날엔 〈위대한 침묵〉을 들으며 마무리할 예정입니다.

벌써부터 행복해지네요. 며칠 안 남은 연말, 건강히 잘 마무리하시고 희망으로 가득한 새해를 맞으시길 바랍니다. 아뒤유~ 2009~!

새해 첫날 성적표

2009년 마지막 날에 '위대한 침묵'을 보았습니다. 아니, 보았다기보다 들으러 갔던 것 같습니다. '전원 교향악' 생각이 났습니다. 눈이 보이는 사람들은 새들의 노래를 잘 듣지 못한다는 한 분의 수사님만 앞을 보지 못하는데도 불구하고, 모든 수도자가 다 앞이 보이지 않는 것처럼 느껴졌습니다.

영화를 계속보다 보니 저도 눈을 감은 것처럼 새들의 노랫소리, 낙숫물 소리, 나뭇잎 흔들리는 소리, 옷깃 쓸리는 소리, 책장 넘기는 소리들이 들리더군요.

주께서 저를 이끄셨으니 제가 여기 있나이다.

자기가 가진 모든 것을 포기하지 않는 이는 나의 제자가 될 수 없다. 라는 자막이 반복해서 나왔습니다. 마지막 장면에 앞을 보지 못하는 노령의 수사님께서 하신 말씀이 가슴에 남았습니다.

"하느님께 가까이 다가갈수록 행복한 건데 왜 죽음을 두려워해야 하죠. 하느님은 우리의 인생 전체를 통찰하고 계십니다. 우리의 행복을 원하시고, 우리에게 일어나는 모든 일은 그분의 선하신 뜻에서 나온 것입니다. 내가 소경인 걸 감사드립니다.

하느님이 내게 유익할 것이라고 생각해서 주신 것이기 때문입니다. 신자들은 반드시 행복해야 합니다. 그분께 나아가는 길이니까요. 내게 일어나는 모든 일은 그분의 선함에서 일어나는 일이니 걱정하거나 두려워하지 마세요."

어찌나 춥던지 내려오는 길에 '민들레 영토'에서 와인을 한잔하고 생각나는 대로 적어보았습니다. 그러니 낮술에 기억력이 흔들렸을지도 모를 일이니, 잘못 옮긴 부분이 있어도 너그러이 보아 주세요. 러닝 타임이 길고, 커피 브레이크도 없어서 많으신 분들이 졸기도 하더군요. 하하하. 그렇지만 수사님들이 천진난만하게 눈 쌓인 언덕에서 미끄럼을 타는 장면에선 모두 깨어나 한 목소리로 웃으셨습니다.

추위에 떠밀려 내려오면서 이 동네 사는 이. 이 길을 자주 오르내리겠구나. 하는 생각이 났습니다. 정독도서관을 보니 학창시절 도서관에 자리 맡아주던 이가 생각나고, 주로 남편과 그 일당들이 못다 이룬 꿈이 생각나고 언 손 호호 비비며 깔깔대는 소녀들을 보니, 옛 친구들이 생각나서 눈물이 핑. 나이가 드는가 보다.

아무 일에나 눈물 바람이니, 참 못났다. 하며 다예가 하루 준 휴가를 알뜰히 쓰느라 교보로 직행했습니다. 바구니에 책을 잔뜩 담아 들고, 어린이 코너 카펫 깔린 구석에 가 앉아 돈으로 따지면 십 만원어치는 족히 넘게, 보고 싶던 책들을 보아치우고 기린 목처럼 구부러진 목을 하고, 샌드위치로 끼니를 때운 다음 재원이 봐주는 다예가 예뻐서 다예 볼만한 책을 봉투 두 개에 팔 아프게 들고 왔지요.

밤늦게 돌아오니 온갖 간식 봉지가 널려있는 것으로 보아, 남편이 재원이의 기대에 부응하느라 열심히 사다 날랐나 봅니다. 재원이가 한번 엄마! 를 입 밖에 내면 대책이 없으니 전전긍긍 둘이서 쩔쩔맸던가 봅니다. 재원이는 큐브를 하나 사다 안겼더니, 어느새 품에 안고 잠이 들었습니다.

딱한 녀석. 착한 녀석. 그 나이에 엄마만 찾고 큐브 하나에 행복하게 잠이 들다니. 가슴 한 켠이 싸하게 시려왔습니다. 새해 첫날부터 늦잠을 자고 전날 TV에서 본 닭장국 떡국을 아침상에 올렸습니다. 그런데 솔직히는 맛이 별로였습니다. 제가 잘 못 끓였는지, 하여간 구관이 명관입니다. 하하. 새해엔 재원이 살 좀 빼보자고 온 가족이 재원이 빼고 다 작당을 하고, 하루를 담백하게 보낸 다음 저녁도 일찍 먹었지요.

재원이가 출출한지 잠이 들지 못하고 뒤척대는 걸 내일 아침에 맛난 거 준다고, 지금은 우리 모두 코 잘 거고 아무것도 안 먹을 거라고, 으름장을 놓아서 겨우겨우 그냥 재웠습니다. 재원이를 재우고 시장기가 슬슬 돌아서 '어쩔까?' 생각하고 있던 차에 주방에서 떨그럭거리는 소리가 나서 나가보니, 남편이 냄비를 들고 있다가 들켜서 히~ 웃습니다. 약속이라도 한 듯이 다예도 배고프다며 나오고, 우리 셋은 막내만 재워놓고, 그 밤에 라면에 찬밥에 떡까지, 거하게 먹어 치웠지요.

재원이가 깰까 봐 도둑고양이 같이 소리죽여 먹는 야참이 얼마나 맛있던지요. 우리 너무 사악하지요? 그렇지요? 하면서 내일 아침에 얼굴 부으라고 서로 덕담을 하면서 잠자리에 들었습니다. 새해 첫날의 성적표는 이렇게 빵점으로 시작되었습니다. 하하.

눈의 여왕

　멀리 보이는 눈 덮인 산들이 겨울의 마법에 걸려 깊은 잠에 빠진 것 같습니다. 허리까지 눈구름을 두른 하얀 계곡엔 눈의 여왕이라도 살고 있을 것 같습니다. 카이의 심장에 박힌 날카로운 거울 조각처럼, 차갑게 빛나는 아름다움에 눈이 찔린 듯 시려옵니다.

　다예가 만들어 준 100송이의 장미 다발. 딸이 달력에 메모해 놓은 '엄마 생신'이 그저께 지났습니다. 생일이 늦어 대개 그 해를 넘기고서야 미역국 얻어먹습니다. 엄마 생신이라는 글자 옆에 놀래 자빠져있는 제가 그려져 있습니다. 나이 50이 된 게 너무 놀라워서 빨갛게 충혈된 두 눈이 뽕~ 튀어나온 그림을 그려놨네요.

　딸의 눈에 제가 50인 게 그렇게 놀라운 일인가 봅니다. 하하. 사실 저도 놀랍긴 해요. 역시 누나표 스파게티가 최고야. 흥흥. 재원이가 누나표 스파게티를 얻어먹기 위해서는 발아 현미밥을 먹어야 하는 룰이 있습니다. 저는 재원이가 징징대면 그만 마음이 약해져서 포기하는데 누나는 양푼이에 발아 현미 비빔밥을 만들어 재원이에게 퍼먹이고 있습니다.

고추장과 야채로 적당히 밥알을 숨기고는 정신없이 칭찬해 대면서 먹이는데 옆에서 보기만 해도 웃음이 납니다. 재원이가 미심쩍어하면서도 두 여자의 성화에 밥알을 파헤쳐 확인할 시간도 없고, 게다가 이걸 다 먹어야 누나가 스파게티를 해 준다는 말에 넘어가 고행을 감내하기로 한 것처럼 보입니다.

고행 끝의 기쁨. 후루룩~~ 쩝쩝. 그러나 화장실 갈 때 마음과 올 때 마음이 어떻게 같겠습니까? 스파게티 많이 줄게! 하고선 작은 접시에 조금만 주었습니다. 하하. 재원이에게 저 정도는 서너 번 후루룩할 거리밖에 안 되거든요. 아들 키워놓은 보람이 있습니다.

같이 놀러 가기로 한 동생네가 스케줄을 못 맞춰서 그냥 동네 스케이트장으로 향했습니다. 꽝꽝 언 호수를 스케이트장 비슷하게 만들어 놓았는데, 사람 별로 없어서 신나게 놀았습니다. 날이 푹해서 그런지 재원이와 제가 같이 지나가니까 쩡~쩌~엉~ 얼음 갈라지는 소리가 울렸는데 죽기야 하겠어. 하며 간 큰 척 열심히 놀았습니다.

아들 키워서 어디다 쓰는지 몰랐었는데 요런 용도로 쓰니 아주 좋네요. 하하. '에이고 이 녀석이 언제부터 나보다 커졌지?' 남편은 아드님 밀고 다니느라고 힘들어서 혀가 쏙 빠졌습니다. 아빠가 뭣하는 사람인지 도무지 알 수 없는 아이들이 있다면, 대형 마트에 장을 보러 가기나 썰매장에 같이 가 보시라고 권하고 싶습니다.

평소엔 목에 힘주고 있던 아버지들도 일단 마트 문턱을 넘어서면, 이쑤시개 하나 들고 그저 식구들 뭐 하나라도 가져다 먹으려고, 난리를 치는 풍경이 정겹습니다. 저는 가끔 남자들이 뭐하는 사람들인지 까먹어 가다가도 그런 모습을 보곤, '아하~ 가족 먹여 살리는 사람!' 하고 다시 스스로 입력을 합니다.

썰매장의 아버지들도 철없이 미끄럼에 푹 빠져 자식을 버린 마누라들 대신 아이들 챙기고 먹이 사다 나르고, 다른 남정네들로부터 썰매 뺏어오기 등등. 본연의 임무를 수행하느라 정신이 없지요. 손에 돌도끼를 들고 야한 차림으로 뛰어다니던 예전 조상님들에 근접한 포스가 느껴지는 순간이지요.

깁스 한번 해보는 게 소원이라는 다예는 팔걸이로라도 원을 푸느라 신이 났고, 친척들과의 저녁 약속은 남편의 부상으로 날아갔습니다. 어머니 보시면 걱정하실까 봐 대충 핑계를 대고 미뤘지요. 덕분에 제 생일선물은 다음 주말에나 받게 되겠습니다. 재원이는 고약하게도 하루만 집에 있으면 난리가 납니다.

그래도 방학인데 진득하니 집에 좀 있어 주어야 하는 거 아닙니까? 공부도 좀 하고 말이죠. 헤헤. 방학 숙제 별로 없고 공부 부담 하나 없는 재원이는 참 행복한 중학생입니다. 사실 공부는 재원이 정도만 하면 되지 않을까? 하는 생각을 저는 진지하게 하고 있습니다.

시간 내기가 어려워 미뤄오던 어깨통증을 어제 드디어 병원에 가서 체크를 했습니다. 석회성 건염이라나. 하여간 통증이 무척 심한 병이라네요. 어쩌다 잘못 움직이면, 뚝하는 소리가 나면서 저도 모르게 으악~ 하는 비명이 나옵니다. 밤마다 통증 때문에 잠을 설쳤는데, 혹시 입원하거나 수술하자고 할까 봐, 엄두가 안 나 미뤄온 게 상태를 악화시켰나 봅니다.

일단 물리치료를 받고 약을 타서 경과를 본 후에, 그때 봐서 수술하자고 하더군요. 제발 약물치료로 그냥 주저앉았으면 좋겠습니다. 병원에 반나절 다녀오는 데에도 재원이는 엄마를 하도 찾아대서 전화를 몇 번이나 하고 집에 도착하니, 두 아이가 추운데 나와서 서성대고 있었습니다.

아이들 걱정 안 하고 마음 편히 병원에 다닐 수 있는 사람들이 참말 부러워졌습니다. 주말을 정신없이 보내고 어제 병원까지 다녀오고 나니, 좀 쉬고 싶은데 재원이가 슬슬 나갈 채비를 하네요. 코에 바람 넣어 주려 나가봐야겠지요. 의사 선생님이 어깨를 무리하지 말라고 하셨는데, 재원이 데리고 나가면, 연신 잡아끌어야 하니 걱정입니다.

키보드 두드리는 정도도 통증이 있는데, 재원이랑 실랑이하고 다니다 집에 오면 아파서 어깨를 위로 올리지도 못하고 옷도 간신히 벗어요. 어깨가 아파봐야 어깨가 있다는 걸 인식하듯이, 영혼이 아파봐야 영혼의 존재도 느끼게 되는 것 같습니다. 그래서 고통은 아주 고약하지만은 않은 건가 봅니다.

통증에 감사할 만큼의 내공은 아니지만, 제게 일어나는 일에 대개는 감사하는 마음이 됩니다. 어떤 일이 일어나든 하느님의 선의라고 생각하라고 노 수사님이 그러셨잖아요. 귀가 엷은 저는 어깨통증에 감사하며 재원이랑 산책나갈 겁니다. 눈을 밟는 느낌이 얼마나 좋은지요!

오늘부터 또 추워진다고 하니 건강 조심하시고 밖에 나갈 땐 따뜻하게 입으세요. 머리도 모자를 꼭 쓰시고요. 저는 아이스크림 집에서 준 펭귄 모자 쓰고 다닙니다. 아주 마음에 들거든요. 모두 행복한 하루 되시길 바랍니다. 그럼 이만 안녕히 계세요.

아직도 눈,
그러나 봄

어제 오늘 모처럼 푸근해서 재원이 데리고 롤러블레이드를 메고 근처 학교엘 갔습니다. 재원이는 블레이드를 신겨놓으니, 발에 날개를 단 듯 머큐리같이 쌩하니, 시야에서 사라집니다. 학교 안이라 해도 차가 다니니 걱정이 되어서 숨이 턱에 차게 쫓아가니, 늙은 어미가 씩씩대는 게 재미있는지 걀걀걀 웃습니다.

가파른 경사길을 엉덩이를 씰룩이며 잘도 올라가더니, 내려올 엄두를 못 내고 망설이고 있습니다. 길 가장자리엔 아직도 눈이 수북이 쌓여있고, 눈 녹은 물이 흘러내려 미끄러운지라 내려오지 말라고 소리를 지르며 달려갔지요. 재원이를 잡고 지그재그로 내려오고 나니, 안 그래도 부실한 어깨가 삐그덕거리며 불평을 해댑니다.

재원이 따라잡기가 힘들어서 한때는 저도 블레이드를 배워보려고 했었지요. 롤러를 신으니 지상에서 10cm여 올라갔을 뿐인데 어찌나 다리가 후들거리던지 앞으로 가기는커녕, 똑바로 서 있지도 못하고 내려오고 말

앉습니다. 땅에 내려서서도 한참 멀미를 했으니, 재원이가 저렇게 단숨에 혼자 배워서 타고 다니는 게 여간 신통해 보이지 않습니다. 하하하.

재원이는 제 눈을 피해 눈을 뭉쳐 재빨리 입에 집어넣고는 나름 흔적을 없앤다고 입을 쓱 닦고 쳐다보는데 그 몸짓이 어찌나 웃기는지요. 입 주위며 장갑엔 눈이 잔뜩 묻었는데, 엄마가 모르는 줄 알고 히 웃고 있는 모습에 하는 수 없이 속아 줍니다. 녀석이 머리가 굵어지더니, 하는 짓도 조금씩 느는군요.

예전보다 말도 안 듣고 자기주장이 늘어 돌보기가 힘겨워지지만, 그것도 자아가 생기는 과정이겠지 싶어 대견해집니다. 아이들이 20세 정도가 되어 사회성이 최고조에 이르는 수준이 대략 다른 아이들 6, 7세가량이라고 하니, 재원이는 지금 5세 정도의 정신연령이라는 계산이 나옵니다.

그것도 말이 잘 통하는 5세도 아니니, 재원이와 타협하는 건 늘 벽에 부딪히는 난감한 느낌이 듭니다. 자기가 흥미 있는 건, 몇 시간이고 집중하는데, 재미없으면 금세 난리가 나지요. 그래도 중학생으로 1년을 보내면서 주리를 틀어가면서 하루에 7, 8교시를 해내었으니 그것만 해도 재원이는 상 받을 만합니다.

잘 참아주는 게 대견하기도 하지만, 한편 마음이 아픈 것도 어쩔 수가 없지요. 정신연령이 어리다고 계속 아기 대접만 하면, 나중에 남들과 어울려 살기가 어려워 질테니까요. 억지로 견인장치를 해서 키를 키우는 것처럼, 속울음을 삼키면서 재원이를 책상에 앉혀놓습니다.

아이티에서 연일 처참한 뉴스가 들려옵니다. 전화 한 통화의 성금 외에 현실적으로 도와줄 방도도 별로 생각이 안 나서, 그저 안타까운 마음뿐입니다. 목숨 있는 것들이 저런 대접을 받으면 안 되는데요. 건물이 무너지고 나무들이 꺾인 걸 보아도 마음이 안 좋은데, 하물며 누군가의 아버지이고 엄마이고 아내이고, 귀한 아이들일 사람들이 인간의 존엄성을 훼손당하고 아귀다툼하는 영상들을 보니, 가슴이 두근거리고 속이 울렁거립니다.

한 사람 한 사람 기막히지 않은 이가 없으니, 저도 모르게 하느님을 찾게 됩니다. 하느님. 늘 필요할 때만 기도를 드려서 죄송합니다. 로 시작되는 기도를요. 오늘 오후에는 제 어깨 병원에 저녁에는 딸 치아교정 맞추어 놓은 거 끼우러 갑니다. 우리 어릴 적엔 치아교정 같은 건 안 했었는데, 요즘엔 다들 가지런히 줄 맞추는 걸 좋아하나 봐요.

어디선가 들은 얘기론 치아가 생긴 모양대로 소리가 부딪혀 개인의 고유한 목소리가 만들어지는 거라고 하던데요. 제 개인적인 생각으론 열 사람 중에 다섯 사람이 지나치다 다시 돌아볼 정도가 아니라면, 교정 안 해도 될 것 같아요. 덧니가 가끔 있으면 같이 얘기하는 사람 그거 쳐다보느라 지루하지도 않잖아요. 하하.

제가 대화하기 가장 곤란한 사람은 썬 글라스 낀 사람이에요. 도대체 눈알'이 어디 있는지 보여야 쳐다보며 얘기를 할 거 아니예요. 그래서 인내심을 발휘하다 하다가 급기야는 "아. 거 썬 글라스 좀 벗어봐요!" 하고야 만답니다. 날이 풀리면 머릿속도 풀리는지 안 하던 짓 하느라고, 청소기를 확 분해해서 깨끗이 씻어서 엎어놓으니 속이 다 시원하네요.

오늘은 아이들 점심을 무얼 해 먹이나 하고 키보드를 두드리며 머릿속으로 냉장고를 스캔해보고 있습니다. 맛있는 점심들 드시고 오랜만에 포근한 날씨이니 산책을 즐겨보시는 건 어떨까요? 행복한 하루 되시기를 빕니다.

울고 싶다

남신의주 유동 박시봉방
南新義州 柳洞 朴時逢方

백석

어느 사이에 나는 아내도 없고, 또
아내와 살던 집도 없어지고,
그리고 살뜰한 부모며 동생들과도 멀리 떨어져서,
그 어느 바람 세인 쓸쓸한 거리 끝에 헤매이었다
바로 날도 저물어서,
바람은 더욱 세게 불고, 추위는 점점 더해오는데,
나는 어느 목수네 집 헌 샅을 깐,
한 방에 들어서 쥔을 붙이었다.
이리하여 나는 이 습내 나는 춥고, 누긋한 방에서,

낮이나 밤이나 나는 나 혼자도 너무 많은 것 같이 생각하며,

딜옹배기에 북덕불이라도 담겨 오면,

이것을 안고 손을 쬐며 재 위에 뜻없이 글자를 쓰기도 하며,

또 문밖에 나가지도 않고 자리에 누워서,

머리에 손깍지 벼개를 하고 굴기도 하면서,

나는 내 슬픔이며 어리석음이며 소처럼 연하여 쌔김질하는 것이었다.

겨울은 웬만큼 무딘 사람도 한 번쯤은 시를 읊조리고, 내면으로의 여행을 떠나게 하는 마력이 있나 봅니다. 그런 연유로 저는 겨울이 긴 나라들을 좋아합니다. 긴 겨울을 지나온 사람들도 좋아하지요. 가끔은 영혼을 위해서 겨울로 여행을 떠날 필요가 있을 것 같습니다.

제 영혼은 그렇습니다. 백석의 시들은 겨울이면 그 맛이 너무 서러워서 같이 울고 싶어질 지경입니다. 반백이 되고 보니 참 많이 살았다는 새삼스런 생각도 들고, 반백 년을 살아도 거죽만 변했지 속이 별로 달라지지는 않구나. 하는 가벼운 한숨과 자신에 대한 연민도 느껴집니다.

오늘 유난히 제가 자기연민 운운하는 이유가 궁금하시지 않으세요? 한 20여 년 전에 공짜라는 바람에 아는 사람한테 끌려가 왼쪽 사랑니를 아래위로 빼주고는 사흘을 볼거리 앓는 사람처럼 싸매고 다녀야 했습니다. 그 후로는 공짜고 자시고 다시는 치과 근처에도 가질 않아, 오른쪽 사랑니들은 그 덕분에 목숨을 부지했지요.

그런데 그 때문에 얼마 전 건강진단에서 턱이 언밸런스하게 벌어지고 있다는 비보를 들었지요. 안 그래도 펑퍼짐한 얼굴에 한쪽만 벌어지면 참 가관이겠구나. 싶어 20년만에 치과를 찾았습니다. 사실 치과를 찾았다기

보다는 딸 교정하는데 따라가서 물어보다가 덜미가 잡혀서 울며 겨자 먹기로 무시무시한 의자에 앉게 되었었지요.

저 지금 치과에 갑니다. 저 혼자서요. 다예가 따라가 줄까요? 하고 물었지만, 재원이를 대기실에 앉혀 놓고서는 제가 의사 이를 뽑고 올지도 몰라서, 하하하. 혼자 가기로 했습니다. 그래도 탈 없이 50년을 잘 있어 준 이들인데 뽑고 오려니 섭섭하네요.

저녁까지 살아 있으면, 들어오겠습니다. 아뒤유.

행복한 밤

　방금 미사에서 돌아와 재원이를 씻겨 놓고 앉았습니다. 보라가 집까지 바래다주어서 아주 편안하게 그러나 단숨에 와버려서 좀 서운했습니다. 집까지 오는 길이 어찌나 짧게 느껴지는지, 보내놓고 나면 늘 아쉬워서 차의 꽁무니를 한참 바라보지요. 세월이 흘러도, 아주 가끔 보아도 변함없이 그대로인, 오랜만에 만나도 어제 헤어졌다 만난 듯 무덤덤하지만, 그래서 마음이 늘 곁에 있음을 느낄 수 있는 사람들이 있지요. 참 고마운 일입니다.

　우리 청년들의 눈높이에 맞추어주시느라 미사 때면 퀴즈며 동화며 노래며 장르를 가리지 않고 넘나들며 어떠한 돌발상황에도 전혀 놀라시는 일 없이 오히려 우리가 민망해하지 않도록 배려까지 해 주시면서 평온하게 미사를 집전하시는 신부님을 뵙고 있으면, 무척 감사하고 많이 죄송한 마음이 듭니다.

　신부님께서는 아마도 어느 곳에 가시든 어떠한 신자들이 모여 있는 미사이든 거뜬히 해내실 수 있으리라고 믿습니다. 오늘은 재원이 수영장에서 바로 오느라 배가 고팠는지, 유난히 미사 내내 "동원참치"를 더 자주 외쳐대서 민망해서 고개를 못들 지경이었는데 앞에 앉아 있는 재정이 아우와 눈이 마주치자 또렷한 목소리로 서로 "안녕~!" 하고 인사까지 점잖게 나누는 아이들을 보니 그 천진함에 저절로 웃음이 나왔습니다.

암요. 아는 사람을 만나면 인사를 하는 게 맞지요. 미사 중이라고 하더라도요. 하하. 신부님은 수염을 조금 기르셔서 그 모습이 마치 양떼를 지키는 목자 같은 느낌이 들었습니다. 이제 지팡이만 하나 드시면, 양떼를 몰고 성지로 떠나셔도 되시겠구나. 하는 생각이 들었지요. 그나저나 같이 성지 순례 가시는 분들은 참 든든하시겠어요. 비행기 안에서 신부님이나 수녀님 만나면 무척 반갑잖아요. 그 비행기는 절대 안 떨어질 것 같아서요.

사랑니를 빼고도 씩씩하게 먹을 거 다 챙겨 먹고, 반찬까지 얻어서 메고 온 저는 아무래도 식신이가 맞나 봅니다. 왕언니가 찬을 싸주시면서 "뭐 좀 싸 주랴?" 하면, "아니요. 괜찮아요."라고 한 번만이라도 해보라고 하시더군요. 그런 다소곳함은 저의 음식에 대한 정서에 위배되니, 꿈도 꾸지 마시라는 말씀을 이 자리를 빌어 드리는 바입니다.

재원이는 치과에 데리고 갈 엄두가 안 나니 아기 때부터 열심히 이를 닦여서 건치상을 받았고, 저는 건강진단 때 한 번씩 스케일링만 해도 다행히 치과 신세 질 일이 없었는데, 이번에 치료를 받느라 나름 무척 떨었습니다. 다음 주에 한 번만 더 오라고 하셨는데, 입을 헤 벌리고 완전 무방비상태로 있어야 하는 게 통증만큼이나 더 공포심이 들었던 게 아닌가 하는 생각을 했습니다. 제가 치료에 대해서 너무 꼬치꼬치 묻는 편이었는지 나중에 상담실로 따로 불러서 설명을 해 주시더군요.

재원이가 화장실을 자주 들락거리는 통에 신부님 가시는 것도 못 뵈어서 잘 다녀오시라는 말씀도 못 드렸습니다. 신부님께서 직접 그린 십자가 그림이 있는 '십자가의 길'이라는 책과 '메쥬고리예 기도서'를 우리에게 선물로 주셨습니다. 기도는 드리고 싶은데 어떻게 드려야 할지 모를 때가 많은데 이 책을 보면 많이 도움이 될 것 같습니다.

저는 눈을 안 감고 드리는 기도가 더 안전합니다. 눈을 감으면 기도를 드리다가도 딴생각으로 삼천포로 빠질 때가 많거든요. 그럴 때면 머리를 막 흔들어보는데 별 효과가 없었어요. 신부님, 그리고 함께 성지순례 가시는 분들의 여정이 내내 평안하시고 하느님의 축복 안에서 이루어지기를 빕니다. 다녀오셔서 좋은 얘기 많이 들려주실 거죠?

이제 그만 코 잠잘 시간이 되었네요. 모두들 예쁜 꿈 꾸시고, 행복한 주말 되세요.

엄마 생각

박피

이 사회를 어떻게 평화롭고 자유롭게 할 것이냐가 중요해요. 그러려면 나름대로의 평소의 자기 정진이 필요해요. 자기한테 해 끼치는 사람에 대해서 '아, 저 사람 그렇구나.' 하는 정도여야지, 미움을 가지면 안 돼요. 새로운 삶에 대한 문화의 형성이 확대되어 가면서 부조리한 것은 자연히 소외되어 박피(薄皮)가 되게끔 만들어야 해요.

일대일로 복싱하듯이 해서는 안 돼요. '이것은 참 미래가 있는 삶의 모습이구나, 소망이 있는 삶의 모습이구나.' 하고 살아가면서 기존의 것은 박피가 되어 자연히 떨어져 나가게 해야 돼요.

무위당 장일순님

남편이 아침 먹을 동안 뒤적거린 책에서 눈에 들어왔습니다. 나는 이 기적이게도 내가 힘들게 자기 정진에 애쓰기보다는, 남들이 다 정진해주기를 바랍니다. 우리 집 식구 다 플루 예방백신 맞았으니, 나는 안 맞아도 되겠다 싶은 것처럼 말입니다. 아침상을 차리면서 문득 친정에서 맛보았던 가죽 나물이 생각났습니다. 어릴 적, 고모님께서 가죽나무의 연한 순을 가져다주시면 엄마를 도와 찹쌀풀을 쑤어 고추장과 각종 양념을 섞은 다음 가죽 순에 골고루 발라 빨랫줄에 주렁주렁 걸어놓았었습니다.

오가면서 꾸득꾸득하게 말라가는 가죽 꽁지를 똑 부러뜨려 씹고 다니면 짭짤한 게 꽤 감칠맛이 났습니다. 어린 입맛이라 그랬는지 고추장에 박아놓아 벌개진 가죽장아찌엔 그리 손이 가지 않았습니다. 반찬거리가 변변치 않을 때면, 어머니는 가죽장아찌 외에 말린 가죽을 한입 크기로 잘라서 다섯 남매를 위해 부각처럼 기름에 튀겨주셨습니다.

요즘엔 가죽 나물로 만든 부각을 맛보지 못했습니다. 엄마는 다섯 남매가 보내 주는 반찬만 해도 넘치신다며 뭐든 생기면, 골고루 이집 저집 나누어주십니다. 큰딸이 보낸 건 큰딸 집 빼고 나누고, 막내며느리가 보낸 건 막내 집 빼고 나누고, 그중 제일 불량한 이가 나, 둘째입니다. 나는 엄마의 특별한 총애를 받지요. 순전히 재원이 덕분에 있는 거 없는 거, 다 보내 주십니다.

어떨 땐 정신없이 보내 주는 데만 골몰하셔서, 내가 보낸 걸 또 보내 주십니다. 그러면, 잘 먹을 께요. 하고 능청 부리며 처음 본 물건인 양, 받습니다. 점입가경인 건 엄마 입으라고 자식들이 사드린 옷 중에 젊은이가 입어도 되겠다고 나름 판단하신 걸 강제로 내게 입어 주길 종용하시는 때입니다.

그래서 난 중늙은이 옷이 좀 있습니다. 나중에 엄마가 까먹으면, 내가 산척하며 도로 가져다드릴 것입니다. 그런가 하면 가끔씩 소용이 되는 옷들도 있는데, 손주들이 예쁜 할머니 되시라고 자기들이 예뻐 보이는 걸 사다 드렸을 때입니다. 손주들 성화에 '예쁜' 옷을 입고 이방 저방 한바탕 라운딩을 하신 후에는, 나중에 우리 집에 오실 때 바리바리 싸서 가지고 오십니다.

재원이 키우려면 돈 많이 들지? 하시면서 내겐 좀 끼는 예쁜 옷들을 억지로 입혀놓고 좋아하십니다. 그래서 나는 허리 드러나고 팔뚝 끼이는 작고 예쁜 옷들을 집에서 입습니다. 겨울 외투 속에는 가끔 입기도 하지만, 그것만 입고 나가지는 못합니다. 민망해서요.

우리 딸은 나보다 한 덩치 하느라고 공부할 때, 난방 뺀 방에서 어깨 덥히는 용도로밖에 못 걸칩니다. 살 빼서 입을 거라고 불끈거리고 있습니다. 어제 아랫니에도 교정 틀을 붙이고 온 딸이, 푸딩하고 젤리만 먹고 연명하고 있습니다. 저러다가 정말 나의 예쁘고 작은 옷들을 다 입게 되는 건 아닌지, 걱정입니다.

엊저녁 아랫니에 붙인 게 아프다고 낑낑대서 얼음을 찾다가 아침에 찹쌀떡 얼린 걸 수건에 싸서 뺨에 대주었습니다. 아기 적, 이가 잇몸을 뚫고 올라오느라 밤새 칭얼거리던 것처럼 징징대더니, 어느결에 잠이 들었습니다. 수건에 싼 찹쌀떡을 살며시 빼내고 자는 얼굴을 들여다보았습니다.

이러다가 치과의사 선생님 말씀처럼 얼굴도 갸름해지고 치아도 고루고루 가지런해지고 게다가 못 먹어 살도 빠져서 너무 심하게 예뻐지면 어떡하나 별걱정 다한다는 생각이 들기도 했습니다. 어느 시커먼 이가 너무 일찍 채 가면 안 되는데, 걱정이 조금 됩니다. 오래오래 안 떠나고, 지지고 볶으며 같이 살면, 좋겠는데요.

아니지. 내 욕심만 차리면 안 되지. 그러다 말이 씨가 될라. 혼자 별의 별 생각을 다 하다가 문득 엄마 생각이 났습니다. 엄마 눈에는 나도 작고 예쁘겠구나. 그래서 맞는 줄 알고 작고 예쁜 옷들을 가져다주시는구나. 괜히 눈물이 삐어져 나왔습니다.

이따가 엄마한테 전화나 해야겠습니다. 그러면 엄마는 전화 끊으라고 하실 겁니다. 자기가 바로 전화하신다고요. 오늘은 말 안 듣고 전화기 꼿꼿하게 들고 있어야지. 하고 생각합니다.

게으른 자의 최후

게으른 자의 최후

　　　　백석

흰 바람벽이 있어

오늘 저녁 이 좁다란 방의 흰 바람벽에

어쩐지 쓸쓸한 것만이 오고 간다

이 흰 바람벽에

희미한 十五燭 전등이 지치운 불빛을 내어던지고

때글은 다 낡은 무명 샷쯔가 어두운 그림자를 쉬이고

그리고 또 달디단 따끈한 감주나 한 잔 먹고 싶다고 생각하는

내 가지가지 외로운 생각이 헤매인다

그런데 이것은 또 어인 일인가

이 흰 바람벽에

내 가난한 늙은 어머니가 있다

내 가난한 늙은 어머니가

이렇게 시퍼러둥둥하디 추운 날인데 차디찬 물에 손은 담그고

무이며 배추를 씻고 있다

또 내 사랑하는 사람이 있다

내 사랑하는 어여쁜 사람이

어늬 먼 앞대 조용한 개포가의 나즈막한 집에서

그의 지아비와 마조 앉어 대구국을 끓여놓고 저녁을 먹는다

벌서 어린것도 생겨서 옆에 끼고 저녁을 먹는다

그런데 또 이즈막하여 어늬사이엔가

이 흰 바람벽엔

내 쓸쓸한 얼골을 쳐다보며

이러한 글자들이 지나간다

— 나는 이 세상에서 가난하고 외롭고 높고 쓸쓸하니 살어가도록 태어났다

그리고 이 세상을 살어 가는데

내 가슴은 너무도 많이 뜨거운 것으로 호젓한 것으로 사랑으로 슬픔으로 가득 찬다

　　내일 개학입니다. 학동이였을 시절 천재지변이나 하다못해 외계인이 학교를 접수하기라도 해서, 학교가 문을 안 열기를 매일 꿈꾸었던 별로 50살이 된 지금도 개학의 악몽에 시달립니다.

　　백석 시집을 보다가 잠이 들었습니다. 겨울밤 잠 못 이룰 때 머스트

해브 아이템입니다. 방학 숙제 아직 못 끝냈습니다. 엊저녁에도 숙제를 해볼까 하다가, 새벽까지 시집 속으로 내뺐습니다. '게으른 자의 최후' 다크써클이 하도 길어져서 입꼬리와 닿을 지경입니다.

다예가 해결책을 제시하고 나섰습니다. 50 먹은 어머니가 방학 숙제에 밀려있는 게 측은했나 봅니다. 개학 날 방학 숙제를 제출하는 건 '너무한 처샤'라는군요. 좀 더 미루었다가 봄방학 끝내고 제출하라네요. 자기가 도와준다고요. 역시 아이를 둘 낳길, 잘했습니다. 선생님이 전화 주셨습니다. "어머님, 내일 재원이한테 학교 오는 거라고 얘기해 주세요." 행여나 제가 깜빡 개학 날을 잊고 있을까 봐, 사실은 제게 알려주시고 싶은 거겠지요.

사람이 못 미더우면 이렇게 챙겨주는 사람 많아서 그럭저럭 살게 되어 있나 봅니다. 이따가 교복 대려 놓고 책가방 챙기고 실내화 가방 현관에 걸어놓고, 에. 또 뭐가 있더라? 심호흡 크게 한 번 합니다.

질투는 나의 힘

기형도

아주 오랜 세월이 흐른 뒤에
힘없는 책갈피는 이 종이를 떨어뜨리리
그때 내 마음은 너무나 많은 공장을 세웠으니
어리석게도 그토록 기록할 것이 많았구나
구름 밑을 천천히 쏘다니는 개처럼
지칠 줄 모르고 공중에서 머뭇거렸구나

나 가진 것 탄식밖에 없어

저녁 거리마다 물끄러미 청춘을 세워두고

살아온 날들을 신기하게 세어보았으니

그 누구도 나를 두려워하지 않았으니

내 희망의 내용은 질투뿐이었구나

그리하여 나는 우선 여기에 짧은 글을 남겨둔다

나의 생은 미친 듯이 사랑을 찾아 헤메었으나

단 한번도 스스로를 사랑하지 않았노라

약 타러 병원에 다녀 왔습니다. 저를 비롯한 노친네들이 움직이기 두려워하는 날씨라 한산할 줄 알았던 병원이 복작댔습니다. 왁자한 소음 속에서 의례 예약시간보다 늦으려니 하고, 병원 예약증으로 책갈피를 쓰는 카프카를 꺼내 듭니다. 혼자 병원에 가는 행운을 누릴 때마다 카프카를 데려가는 이유는 우리 집에 있는 카프카 책이 얇고 작아서 전철 속이든 어디서든 보기도 편하지요.

그리고 그의 짧은 생애 동안의 기록이 나만 힘들게 사는 게 아니구나, 하는 위로를 줍니다. 남의 고통에서 위로를 구하자는 것은 아니지만 아무 생각 없이 살다 보면, 세상 걱정은 나 혼자 다 짊어진 것 같은 착각을 할 수도 있겠다 싶어 가끔은 남이 겪는 힘듦을 내 것과 가늠해보며, 나만의 우물에 침잠하지 않기 위해 균형을 잡습니다.

지금까지 살아 있었으면 저보다 한 살 위였을 시인 기형도 님은 29세 생일을 엿새 앞두고 하늘나라로 갔습니다. 한때는 그이가 아주 이상적으로 살다 간 거라는 생각을 했습니다. 그의 시나 소설은 물론 죽음까지도 질투를 자아내게 합니다. 30까지만 살자고 여고 시절 친구들하고 얘기하곤 했었지요.

지금은 무조건 오래 살아남아야 할 이유가 생겼으니 아마도 입방정을 떤 벌인가 봅니다. 30까지만 살자던 친구들도 하나같이 멀쩡히 살아 있으니, 조금 부끄러워지기도 하네요. 아무래도 하늘이 이뻐하는 사람은 따로 있나 봅니다.

He Wishes for the Cloths of Heaven

_William Butler Yeats

Had I the heaven's

embroidered cloths

Enwrought with golden and silver light

The blue and the dim and the dark cloths

of night and light and the half—light,

I would spread the cloths under your feet

But I, being poor, have only my dreams

I have spread my dreams under your feet

Tread softly because you tread on my dreams

내게 금빛 은빛으로 수 놓인 하늘의 천이 있다면

밤과 낮과 어스름으로 물들인 파랗고 희뿌옇고 검은 천이 있다면

그 천을 그대 발 밑에 깔아드리련만

나, 가난하여 가진 것이 꿈밖에 없어

내 꿈을 그대 발밑에 깔아드리오니

사뿐히 밟으소서, 그대 밟는 것 내 꿈이오니...

오늘은 유난히 시가 땡기는 날입니다. 전철 스크린 도어에 붙어있는 시를 천천히 걸으며 다 음미했지요. 요즘엔 웬만하면 어디든 읽을거리가 붙어 있어서 그리 심심하진 않습니다. 더 좋은 건 여러 번 보아도 외워지질 않아, 늘 새로운 느낌이라는 거예요! 늙는 게 좋은 구석도 있네요.

언덕배기에서 몇 번을 미끌 넘어질 뻔하며 집으로 돌아왔습니다. 의사 선생님이 무거운 거 들지 말랬는데 진찰실에선 "네." 하고 나오고선 양손에 두 아이 먹을거리를 한 아름 사 들고 빨리 먹이고 싶어서, 종종걸음을 치며 왔습니다. 친정어머니가 늘 아이들 있는 집에는 빈손으로 가는 게 아니라고 하셨는데, 그 가르침에 충실하다 보니 우리 집 두 아이가 모두 뚱뚱한가 봅니다. 하하.

이래서 어머니를 잘 만나야 합니다. 저도 다분히 우리 어머니 덕분에 뚱뚱하거든요. 살 많은 사람은 물에 빠져도 잘 뜬다는데 그래서인지 재원이는 수영수업에 가면 남들보다 물 위로 나온 부분이 많아 보입니다. 코치 선생님 두 배는 되는 덩치로 아기같이 매달려 좋아하는 아이를 보니, 언제 좀 크려나 걱정입니다.

재원이 수영 강습받는 걸 바라보고 있는데, 어찌나 졸리던지 눈을 부릅뜨고 있느라 고생을 했습니다. 늙느라 그런가 보다. 라고 혼자 생각했지요. 겨울만 있는 나라에 가서 살고 싶어요. 겨울은 언제나 저희를 겸손하게 만들어 주십니다. 명절은 지났는데 명절의 후유증은 냉장고와 베란다에 남아 있습니다. 오늘은 날씨 핑계 대고 미루고 토요일에 날씨 풀린다니까, 대청소를 해야겠습니다.

어른이 되어서 좋은 점 또 하나, 언제 뭘 하든 누가 잔소리할 사람이 없다는 거지요. 여기저기서 업어 온 먹거리 박스들이 널린 베란다 너머로 눈 덮인 북한산의 우아한 자태가 보입니다. 아무리 쫓아가도 산이 저만치 뒤로 가 있을 것 같이 은백으로 빛나는 봉우리들이 너무나 아름다워서 비현실적으로 보입니다. 2월도 얼마 남지 않았으니 봄맞이 준비도 서서히 해야겠습니다.

봄, 가을로 먹이는 구충제를 사려다가, 그만두었습니다. 봄이 너무 빨리 달려올까, 봐서요. 그렇지만 구충제를 안 사도 봄은 오겠지요.

눈꽃

학교에서 돌아오는 길에 바람이 살살 분다 했더니, 하얀 꽃잎이 날리기 시작합니다. 어느새 벚꽃이 피어났다가 바람에 날리나 보다. 벚꽃 나무가 어디에 있나 두리번거리다 보니 골목에 나와앉아 열무를 다듬고 계시던 할머님이 말씀하십니다. "날씨가 미쳤다." 꽃잎을 하나 받아들고 보니, 금세 녹아버립니다.

할머님이 말씀하신 대로 3월이 다 가는데, 눈송이라니 날씨가 미쳤나 봅니다. 사실은 이 계절에 눈이 오면 정신 나간 날씨라는 확신은 저에게 없었고, 점점 소담스럽게 내리는 눈송이들이 겨울을 좋아하는 저로서는 반가웠습니다. 지난 겨울방학에 재원이 학교를 옮겼습니다.

그간의 무리한 하루하루 스케줄에 몸만 앞서서 뛰고, 겉보기만 멀쩡한 몸이지만 영혼은 한참 뒤에 처지고, 건강은 영혼보다 더 처져서 아예 길 위에 누워버려 부득이하게 집 가까운 곳의 학교로 전학을 했습니다. 재원이 초등학교 때 친구들이 많은 학교라서 멀어도 무리해서 다녔었지요.

친구들과 선생님 얼굴을 뵙곤 도저히 입이 안 떨어질 것 같아, 방학 때 소리 소문 없이 후다닥 해치웠습니다. 재원이가 학교에서 안 보인다는 아이들 얘기를 들은 엄마들이 기별도 없이 옮겨갔다고 항의하는 전화를 매일 받고 있습니다. 기실 맞아 죽기 전에 하루 날을 잡아 모두 모이라고 해서 같이 점심이라도 나누어야 할까 봅니다.

재원이는 새 학교로 전학 온 첫날부터 꼬리를 살랑거리며 사라져 주시는 통에 온 학교에 재원이 존재와 이름을 일거에 알려버리는 영민함을 보였습니다. 저는 덕분에 일일이 선생님들께 재원이를 잘 지켜보아 달라는 부탁을 드리지 않아도 되었으니, 재원이는 효자임에 틀림이 없습니다.

그 후로 학교에서 특히 제법 노는 축에 속하는 형님들이 재원이 행방에 관심 갖고 제게 끊임없는 제보를 해 줍니다. 재원이가 도서실에 갔어요. 재원이가 교무실에 가서 칠판에 적힌 걸 모조리 지웠어요. 재원이가 보건실에 가서 선생님 자리에 앉아 있어요. 등등.

한 번은 호되게 얻어맞아 턱언저리에 멍도 들었는데, 이유인즉슨, 남자 화장실 문이 서부영화에 나오는 술집 문처럼, 적절히 신체의 가운데 토막만 가리도록 붙어 있는 문짝이라, 호기롭게 양 문을 확 제치고 들어가는 어떤 아이의 뒤에 가다가, 하늘에 별이 둥둥 뜨도록 호되게 한 방 맞은 거지요.

그 뒤론 어찌나 신중해졌는지, 누가 앞에 가면 화들짝 놀래서 물러섭니다. 역시 몸으로 배운 건 잊어먹지 않나 봅니다. 하하. 턱에 생긴 멍이 꺼멓게, 보라색으로, 흐리멍텅한 누런색에서 엷은 누런색이 되었다가, 급기야는 껍데기가 벗겨지며 사라지는 동안 목욕을 시킬 때마다 남편은 못마땅해 끙끙거렸습니다. 저는 미안하긴 했지만, 남자가 멍도 들어봐야 한다고, 퍽 용감한 체를 했습니다.

어쨌거나 이젠 등하교 길이 훨씬 가까워졌으니 한가로이 재원이와 손잡고 천천히 걸어가도 지각 걱정은 안 하게 되었습니다. 게다가 제 가방도 몽땅 재원이 가방에 넣어서 들게 하고 "엄마가 오래 살아야 하니, 좀 봐주라." 하면, 알아듣는 듯이 재원이가 너털웃음을 웃습니다.

경중거리며 신이 나서 학교에 가는 재원이를 보면, 아이들이 모두 저렇게 학교에 가는 길이 신나고 행복했으면 좋겠다는 바람이 듭니다. 복도에서 덜덜 떨면서도 겨울이 싫지 않으니, 나중에 저는 겨울이 긴 곳으로 가서 살아야 할까 봅니다. 제 고질병인 '아무에게도 말을 하지 못하고 혼자 끙끙대기' 덕분에 전학한 것을 다른 이들이 듣고 언니들이 먼저 물어와서 많이 미안해졌습니다.

일부러 얘기 안 하는 건 아니지만, 저의 그런 성격이 주위 분들을 종종 난감하게 만드나 봅니다. 성격을 고쳐보려 해도 잘 안 되니, 생긴 대로 살아갈 밖에요. 그 덕분에 제 곁에는 참말 저를 걱정해주시는 분들만 남아 있는 순기능도 있습니다. 아이고 그래. 잘난 언니들이 들으면 한마디씩 하시겠지요.

어제는 다예 학교 학부모 총회가 있어서 선생님께 재원이를 부탁드리고 갔습니다. 고등학교 총회라는 게 그냥 입시설명회더군요. 조금 실망하여 돌아오는 길에 바람이 어찌나 매섭던지, 딸이 학교 간다고 봄옷으로 신경 써서 입고 갔다가 길에서 얼어 죽을 뻔했습니다.

다예랑 친구 아이들이랑 선생님이랑 모두 만나보고, 학교 투어도 하며 흐뭇해질 준비를 하고 간 탓인지 입시설명회만 듣고 오려니 마음도 추위를 탔나 봅니다. 저의 변변치 못함은 건강과 영혼만 뒤에 처지는 게 아니라 시대의 흐름도 못 따라잡는 게 분명한 것 같습니다.

까페에 글 올릴 형편이 못 되면, 공으로 남의 글만 읽는 게 미안해져서 아예 못 들어오게 됩니다. 그런다고 남에게 폐 끼치지 않고 살지도 못하면서 혼자 유난을 떠는 거지요. 학교 중심으로 살다 보니 3월이 한 해의 시작인 것 같습니다. 한해 한해 마무리 짓는 겨울을 지나면서 한 차례씩 홍역을 겪습니다.

영혼이 빠진 좀비처럼 비척대다가 자빠지고 엎어진 김에 쉬면서 영혼이 따라잡기를 기다렸다가 다시 추슬러서 스르르 일어나는 거지요. 오늘도 무척 날씨가 쌀쌀하네요. 주말 동안 약한 황사도 있을 것 같다니, 건강 조심하세요. 행복한 주말 보내시고요.

細雨

　창밖에 봄을 재촉하는 비가 내리고 있네요. 소리 없이 촉촉이. 땅이 젖은 걸 보니 비가 내리는 것 같긴 한데 가늠이 안 되어 눈을 부릅뜨고 손바닥까지 내밀어 보고서야 아, 비가 내리고 있구나. 했습니다. 오늘이 3월의 마지막 날이네요. 작은 아이 전학하고 한 달이나 지났는데, 아직도 학교에선 서툴고, 딸은 고등학생이 되어서 처음 보내는 봄이니, 나름대로 많이 힘들 텐데 마음만 쓰이고 해 줄 일은 별로 없고. 그렇습니다.

　새벽부터 밤늦게까지 공부에 매진해야 하는 어린 학생들이 안쓰럽지만, 인생에 한 번쯤은, 아니 몇 번쯤은 무슨 일로든 치열하게 있는 힘을 다해서 부딪혀 보는 것도 가치 있는 일이라고 생각합니다. 안쓰럽지만 마음으로 응원을 보내며 지켜볼밖에요.

　어제는 재원이 학교에서 체험 학습을 다녀왔습니다. 저도 쫄래쫄래 따라가서 며느리를 내놓는다는 봄빛을 담뿍 받고 왔는데, 세수하고 났는데도 낯빛이 벌개진 게 새삼 봄빛의 위력을 깨달았지요. 평소에 학교에는 안 신고 가는 멋진 신발도 꺼내 신기고, 먹을 것이 대부분인 묵직한 배낭을 메고 오랜만에 화사한 햇살을 받으며 신나게 다녀왔습니다.

박물관에 진열된 한복차림의 조그만 인형들이 농사를 짓고 있는 모습을 보고는,

제가 "누구야" 하고 물으니 할아버지, 라고 하려다가 "일꾼!" 합니다. 선생님이 일꾼을 생각해 낸 게 기특하다고 칭찬해주셨습니다. 아무런 사념도 없이 재원이 세계로 같이 빠져들면 그곳엔 평화롭고 한가하고 이해 가능한 또 다른 세상이 있습니다.

선생님이 제 속을 들여다보셨는지, "재원이랑 있으면 행복하시죠?" 라고 합니다. 저는 고개를 크게 끄덕거렸습니다. 새 신을 신고 뛸 때는 좋았는데, 집에 와서 씻기고 보니, 한쪽 발뒤꿈치가 벌겋게 부어올랐습니다. 아마도 신발이 그새 작아졌던가 봅니다. 한쪽 발만 커졌을 리는 없는데. 하여간 같이 있으면서도 알아차리지 못한, 제가 엄마 맞나 싶습니다.

감기 기운도 있어서 오늘 학교엘 안 가고 푹 쉬게 하며 좋아하는 간식도 해 주고 어떻게든 미안함을 모면해보려고 합니다. 딸이 볼 신문칼럼 오려놓다가 해군 초계함 침몰에 관한 기사 때문에 마음이 스산해집니다. 자식이 물밑에 가라앉아있는데 아무것도 할 수가 없으면, 부모가 어찌 온전한 정신상태를 유지할 수 있겠습니까?

너무 가혹한 시간을 감내해야 하는 가족들에게 인간의 위로는 소용이 닿지도 않겠지요. 그 비탄에 잠긴 영혼들에게 하느님의 위로가 함께 하시길 기도드립니다. 오늘은 날이 흐려서 집에 있어도 그다지 눈에 거슬리는 게 없네요. 낮에 어쩌다 집에 있게 되는 날엔 아침저녁으론 안 보이던 먼

지며 지저분한 것들이 눈에 띠어 마음 편히 쉬지도 못하고 투덜거리며 하는 수 없이 치우게 되는데 오늘은 게으름 떨기 딱입니다. 하하.

　오래 못 정리한 머릿속 좀 가지런하게 하고, 이것저것 공부도 좀 하고 그래야겠습니다. 비가 오니 몸이 여기저기 쑤시기는 하지만, 좋은 것만 골라 할 수야 있나요?

그대 앞에 봄이 있다

김종해

우리 살아가는 일 속에
파도치는 날 바람부는 날이
어디 한두 번이랴
그런 날은 조용히 닻을 내리고
오늘 일을 잠시라도
낮은 곳에 묻어두어야 한다
우리 사랑하는 일 또한 그 같아서
파도치는 날 바람부는 날은
높은 파도를 타지 않고
낮게 낮게 밀물져야 한다
사랑하는 이여
상처받지 않은 사랑이 어디 있으랴
추운 겨울 다 지내고

꽃필 차례가 바로 그대 앞에 있다

4월이 모두에게 아름다운 계절이 되시길 바랍니다. 4월에 피어날 꽃들
만큼이나 아름답게요.

세례

　아침에 일어났으니 '아침 기도'를 해야 할 것 같아서 식구들이 씻느라고 각자 바쁜 틈을 타서 조금 부끄러워서 몰래 성모님과 예수님 앞에서 아침 기도를 드렸습니다. 매일 기도 책을 펴놓고 아는 부분은 자신 있게 눈 감고 기도드리고, 헷갈리는 부분은 눈을 살짝 떠서 컨닝을 해가며 기도를 드렸습니다.

　오늘 아침엔 햇살이 어찌나 화사한지, 눈을 감고 있어도 눈앞이 환했습니다. 밤 열한 시나 되어서 귀가하는 딸과 재원이를 앉혀 놓고 엉뚱한 답을 해서 더 헷갈리게 만드는 남편이랑, 뿌리 님 가르쳐주신 교리와 외우라고 찍어주신 기도서에 있는 주요 기도랑 인터넷 뒤져 예상 문제 뽑은 걸 가지고 나름, 공부란 걸 했습니다.

　미사 드리러 상록수 오는 길에 차가 막혀 서 있으면서 남편이 창피해서 창문을 올릴 정도로 다예랑 고래고래 소리를 질러가며 달달 외웠는데, 미사 드리기 전 신부님께서 우리를 부르셔서 질문을 하셨을 때, 그만 머릿속이 하얘지면서 아무것도 생각이 안 났습니다.

'내 이럴 줄 알았어.' 악몽이 현실로 되었습니다. 신부님께서 물으신 것은 단순히 암기로 답을 할 수 있는 게 아니었습니다. 그 순간에 작은 깨달음을 얻었는데, '마음을 다 하지 못했구나.' 하는 후회와 함께 '하느님을 만나는 일은 시험 대비하듯이, 지식을 달달 외워서 하는 게 아니구나.' 하는 거였습니다.

세례받을 자격이 있냐? 없냐?를 따져서는 저희 셋이 세례를 받을 수 없었겠지만, 대부모님들이 잘 이끌어주시겠다는 서약과 상록수에 모인 여러분들의 사랑으로 무사히 세례를 받았습니다. 시험을 통과하지 못하면 어떡하나? 하는 걱정과 세례식 내내 주책맞게 울게 될까 봐 초긴장했었는데, 재원이는 고맙게도 눈물이 나오려 할 때마다, 감정몰입을 방해해주어서 무사히 지나갈 수 있었습니다.

그렇지만 성수로 세례를 주실 때는 마음이 복받쳐 어쩔 수가 없었는데, 정말 감사하게도 성수가 이마에서 눈으로 흘러내려 눈물을 감출 수가 있었지요. 참 여러 가지로 배려해주시는 친절한 하느님. 처음 본 건 절대 안 먹어 주는 재원이가 성체를 안 모시려고 떼를 쓰면 어떡하나? 걱정했었는데, 재원이는 천연덕스럽게 한 십 년은 성체를 모셔온 듯, 제 염려를 한 방에 날려 주었습니다. 하하.

워낙 간지럼을 잘 타서 누가 손가락을 가까이 가져오기만 해도 미리부터 깔깔거리는 그 버릇이 나와서 신부님께서 성유를 발라주려고 하실 때, 웃느라고 정신을 못 차린 걸 빼면, 그런대로 의젓하게 잘 따라 주어서 얼마나 고맙던지요. 여러 님들이 미리부터 저희를 위해 기도해 주시고 마음을 모아주신 덕인 걸 느낄 수 있었습니다.

미사 보를 쓰고 자리에 돌아와 앉아 있으니 마음이 그렇게 푸근할 수가 없더군요. 지나온 시간이 한꺼번에 주마등 같이 스쳐 가고 아직도 제가 진짜로 세례를 받은 것인지 실감이 안 났는데 다예가 작은 소리로 '우리 이제 성체 모실 때 나가도 되는 거야?'라고 해서 '그으~럼~!' 하고 대답은 했는데도 '그래도 되나?' 하는 불안감이 들었습니다.

　아마 앞으로도 평생 성체를 모실 때면 그럴 자격이 있는지 고민하게 될 것 같습니다. 이제는 세례명도 받아서 이름도 생겼으니 고약한 짓을 할 때마다 구석에 숨어서 하느님이 나를 못 보시겠지? 하며 마음 편하게 죄짓던 일들을 줄여야지 싶습니다.

　하느님의 자녀로 산다는 게 가만 생각해 보면 참 불편한 점이 많은 것 같습니다. 그렇지만 신부님이 말씀해 주신 것처럼, 지금의 우린 신앙생활을 하기 위해 목숨을 내놓을 필요도 없이 편하게 세례를 받고 자유롭게 신앙을 지킬 수 있으니 목숨과 신앙을 맞바꾸어야 하느님의 자녀가 될 수 있었던 시대에 안 태어난 게 얼마나 감사할 일인가 하며 안도를 했습니다.

　선물로 받은 화분과 꽃다발로 집안에 향기가 가득하고, 여러 님께서 선물로 주신 성모님상, 예수님상, 십자고상에 몸에 지니시던 귀한 자신들의 묵주까지 주시고 아름다운 목걸이들과 순백의 미사 보. 그리고 신부님이 선물해 주신 최후의 만찬 그림, 한 바구니가 족히 될 듯한 책 선물들과 사랑스런 엽서들까지 하나씩 들여다보면 시간이 후딱 지나갑니다.

　아침에 식구들한테 늦장 뗀다고 잔소리를 하려다가 예수님과 성모님이 보고 계시니 큰소리도 못 내고 끙. 참았습니다. 하하. 저희가 이렇게 사랑을 많이 받을 자격이 있나 의아해지지만, 고민하지 않고 감사하게 받아들이기로 했습니다. 정말 감사드립니다. 세례를 받고 주말을 지내는 동안 친지 돌잔치에도 가고 쇼핑도 하면서도 살금살금 조용히 다녔습니다.

신나게 걸어 다녔다간 이 행복이 다 사라질 것 같아서 오래오래 간직하려고 입도 크게 안 열고 소리도 나지막이, 세상 사람들이 내 행복을 눈치 못 채도록 하였지요. 그리고 부끄럽고 너무 감사해서 감사드린다는 인사도 못 드리고 내 마음을 알아주시겠지. 하고 있다가 얘기 안 하면 하느님도 모른다는 다예의 충고를 받아들여 용기를 내어 감사의 인사를 드립니다. 꾸벅. 보라는 아마도 저를 부끄러워 죽게 만들려고 했었나 봐요.

로즈 마리라고 세례명을 지어주니 저랑 너무 안 어울려서 가당치도 않다는 기막힘이 들었지만, 성모님의 또 다른 애칭이라는 설명과 이름의 의미가 너무 좋아서 감히 세례명으로 받았습니다. 그리고 다예의 젬마라는 세례명도 젬마 성녀의 생애와 그 아름다운 모습을 보곤 정말 감사한 마음이 들었지요.

젬마 성녀의 모습을 거실에 놓아두었는데 그 신비한 눈빛과 마주칠 때마다 가슴에 무엇이 통과하는 듯한 순간적인 아득함. 같은 것이 느껴집니다. 재원이는 대천사이신 가브리엘 세례명을 받았으니, 얼마나 감사한지 모르겠습니다. 한 덩치 하는 아이가 천사가 되려면 엄청 커다란 날개가 있어야겠다고 농담을 했지만, 감격해서 울 뻔했지요.

다예는 개신교 학교라서 타 종교에 관계된 물건들을 금하는지라, 목걸이를 교복 밑에 감추고 학교엘 갔습니다. 엊저녁에 친구들에게 자기 세례명 가르쳐주느라 휴대폰이 뜨끈뜨끈 폭발 직전까지 갔지요. 종교 시간엔 눈을 감고 나름의 기도를 드리고 있을 테니, 그러고 보니 다예는 아주 조금의 박해를 받고 있군요. 하하.

축하를 해 주신 모든 분께 답글을 달려니, 홈을 너무 시끄럽게 만드는 것 같아 감사드린다는 말씀을 다시 한번 드리는 것으로 인사를 드립니다. 상록수 부활 미사에 함께해주신 여러 님들과 저희들의 정신적인 아버지신 류해욱 신부님, 그리고 보이지 않는 곳에서 수고해주신 모든 분에게 주님의 은총이 가득하시길 기도드립니다.

춘일春日

오탁번

풀귀얄로 풀을 바른 듯 안개 낀 봄 산
오요요 부르면 깡총깡총 뛰는 쌀강아지
산마루 안개를 홑이불 시치듯 오는 왕겨빛 햇귀

바람이 전하는 말

초봄에 제법 차갑게 부는, 살 속으로 기어드는 차고 음산한 바람이 소소리 바람이래요. 이름이 참 예쁘지요? 오늘은 바람이 어찌나 기세가 등등한지, 머리를 풀고 나갔다가 쑥대머리가 되어서 집에 왔습니다. 하하. 언덕배기에 있는 우리 집은 제가 '폭풍의 언덕'이라고 이름을 붙였습니다. 제법 바람 소리가 우우. 몰려다녀서 어젯밤엔 잠을 설치게 했거든요.

언제부터인가 4월은 잔인한 달, 이라는 말이 매해 4월이 되기도 전에 입안에서 맴맴 돌았습니다. 누가 그렇게 시를 읊조리지 않았다고 해도 저에게는 충분히 잔인한 달이었거든요. 처음 재원이의 장애 진단서를 받아들고 병원 놀이터 꽃그늘 아래서 망연자실. 멍하니 서 있었던 그 봄날을 저는 영원히 잊지 못할 겁니다.

그래, 피할 수 없다면 즐기자. 하는 오기로 해마다 4월 1일이면, 괜히 시끌벅적 재원이가 좋아하는 음식들로 상을 차려놓고 장애진단을 받은 걸 축하해 줬지요. 자학이라고 하면 너무하고 축하라고 하기엔 좀 슬픈 우리끼리 아픔을 이겨내는 의식 같은 거였습니다. 장애로 다시 태어난 날. 지난 부활 미사 날 감히 예수님 부활하시는 밤에 우리가 끼어서 세례를 받았습니다.

뭐든 제대로 수순을 밟아 고요히 행하는 것과는 인연이 없는 우리라 그런지 신부님께서 세례를 주실 때까지 아무 대책 없이 그냥 막 살았습니다. 그런 저희를 보시며 신부님께선 걱정이 크셨겠지요. 가만 놓아두면 죽을 때까지 그렇게 정신없이 살 것이 분명하니, 어찌하든 구제를 해 주어야 할 텐데. 라고 고민하셨을 거라고 감히 생각해 봅니다. 좀 치사하고 무책임한 방법이긴 하지만, 대책 없이 한심하게 사는 것도 편하게 사는 법 중에 하나입니다.

본의 아니게 주위 분들에게 걱정을 끼치게 되지만, 그분들의 보살핌도 받게 되니까요. 하하. 이번 4월은 세례준비를 하느라 4월이 잔인한 달인지 어쩐지 생각도 못하고 지나가 버렸습니다. 지나가고 정신을 차리고 보니 앗. 잔인한 달이라고 감상에 잠겨있어야 할 날들을 까맣게 잊고 있었네. 하는 생각이 났지요. 이제 매년 4월이 다가오면, 예수님의 부활을 묵상하고 천방지축 우리 가족이 세례를 받은 기적 같은 날이라고 해마다 놀라워하게 될 것 같습니다.

재원이의 슬픈 기념일파티를 그만둘까 합니다. 장애도 재원이의 일부이니 그것조차 사랑스러운 건 변함이 없지만, 이젠 참말 축하할 일이 생겼으니까요. 아침 기도, 저녁 기도문을 떠듬떠듬 읽어가며 기도하는 손 모양을 가다듬는 아이를 보니, 우리가 얼마나 큰 선물을 받는지 새삼 가슴이 먹먹해집니다.

가슴을 활짝 열어 바람이 마음껏 지나가게 합니다. 세상은 참으로 살 만 해. 그지? 하면서 바람이 속삭이며 어루만져주는 것 같거든요. 4월의 꽃샘바람이 모두에게 살만한 세상을 선물해 주길 간절히 바랍니다.

동행

어느덧 4월의 마지막 날입니다. 눈부시게 꽃을 피워내던 나무들이 마지막 꽃잎들을 날려 보내며 제법 튼실한 푸른 잎과 윤기 나는 가지들을 드러내고 있습니다. 대부분의 봄꽃은 향과 꿀이 많지 않아서 종족 번식을 위해 곤충을 유인하려고 향기 그윽하고 꿀이 많은 꽃은 피어나기 전에 서둘러 피어난다고 합니다.

게다가 꽃가루 날리는 데 방해가 되니까, 잎이 돋아나기 전에 꽃을 피운다나요? 어쩌면 그렇게 영특한지요? 영특한 봄꽃들이 종족 번식을 끝낸 교정에 향기 그윽한 라일락이 피어나기 시작했습니다. 여릿여릿 피어난 가녀린 줄기에 작은 네 갈래 하얀 꽃을 무수히 매달고 향기를 내뿜고 있습니다.

제가 곤충은 아니지만, 향기를 맡은 댓가로 꽃송이끼리 수분을 시켜 주고 좀 더 향을 음미하다가 돌아왔습니다. 딸은 오늘 체육대회라 체육복 말아 들고 기분 좋아 흥흥대며 학교엘 갔는데, 피구, 줄넘기, 달리기 종목에 선수로 나간다나요.

'에고. 중간고사 며칠 안 남았는데 좀 대충하지. 선수씩이나 하고.' 하는 말이 목구멍까지 꼴깍 올라왔지만, 그런 말을 했다간 인간미 떨어지는 몹쓸 부모 취급받기 때문에 "아이고. 맞아. 우리 다예가 중학교 때 전교에서 일등 했었지. 체육이!" 하면서 마음이 태평양만큼 넓은 척을 했습니다. 다른 친구들은 응원을 하면서도 졸고 있다는데, 우리 딸은 기운 펄펄 뛰어다니니, 선생님께서 '넌 비결이 뭐냐?'고 물으셨다네요.

딸의 답인즉 '뭘~ 많이 먹어야지요~!' 재원이 선생님께서 재원이가 집에 혼자 가는 걸 오늘부터 시도해보자고 하셔서 걱정으로 덜컹대는 가슴을 달래며 교문 앞에 숨어서 기다리고 있었습니다. 선생님이 교문까지 데려다주시고 제게 눈짓을 하곤 헤어졌는데 재원이는 갑자기 엄마 없이 혼자 가는 하교 길이 낯설어서 키잉키잉 하면서 하는 수 없이 발걸음을 떼어놓습니다.

길이 갈라지는 곳에 가선 하염없이 뒤를 돌아보고 '제발 앞으로 가.' 하면서 소리 없이 목청을 돋우니, 마음이 전해졌는지 슬슬 집 쪽으로 움직입니다. 서너 발 짝 가서 뒤돌아보고 또 서너 발 짝 가곤 뒤돌아보고. 저는 골목 사이를 날다람쥐같이 이리 휘~익 저리 휘~익 가로지르며 재원이가 뒤돌아보면 잽싸게 주차해놓은 차 뒤에 숨었다가 우루루 몰려가는 학생들 뒤에 숨었다가 007 흉내를 내며 동에 번쩍 서에 번쩍했습니다.

재원이는 아무리 가도 엄마가 안 보이자 그만 설움이 복받치는 소리로 힝. 우는 소리를 내더니 대놓고 울지는 못하고, 서러워서 울먹거리며 언덕을 올라갑니다. 그 서러운 뒷모습을 보고 있으려니 제 눈에도 어느 틈에 눈물이 가득 고였습니다. '재원아, 집으로 가야지. 엄마 없어도 집 찾아가야지.' 목 놓아 울고 싶었지만, 눈앞이 흐려져 재원이를 놓칠까 봐 소매로 눈물을 훔쳐 가며 몸을 숨겼습니다.

집이 가까워올수록 서러움이 더한지, 재원이는 아예 징징 울며 골목을 올라갑니다. 해바라기를 하며 앉아 계시던 할머니 몇 분이 재원이를 보곤 뭐라고 한마디 하셨는데 뒤따라오며 들락날락 혼자 생 쑈를 하는 저를 보시더니 대뜸, "느네 엄마, 여기 있다.!"

저는 순식간에 숨었다고 생각했는데 그만 들켜버려서 재원이가 그예 터진 울음으로 대성통곡을 하며 언덕을 다다다다. 뛰어 내려옵니다. 두 통통이가 아침저녁으로 손잡고 학교 가는 걸 보셨으니, 제가 어머니인 걸 아셨나 본데, 그렇지만 제가 무슨 연유로 아이 뒤를 숨어서 따르는지는 알 리가 없는 할머니들의 따가운 눈총을 맞아가며, 재원이 손을 잡고 언덕길을 올랐습니다.

재원이는 제 손을 놓칠세라 꼭 잡고 집에까지 끌고 오다시피 하고 저는 미안한 마음에 허둥지둥 온갖 간식거리를 즐비하게 내놓고는 눈물을 찍어내느라 꾀죄죄해진 재원이 얼굴을 닦아 주었습니다. 에효. 제가 재원이를 두고 어찌 눈을 감을 수 있겠는지요?

그만 가슴이 먹먹하여지고 기운이 빠져서 선생님께 전화도 못 드리고 퍼질러 앉았습니다. 마침 남편에게 전화가 왔길래 하소연을 했더니, 퇴근길에 재원이 좋아하는 만두며 찐빵을 사서 가지고 왔습니다. 다른 날 같으면 살찐다고 반은 뺏어 먹었을 텐데 많이 먹으라고 그냥 두었습니다.

내일은 까만 안경에 버버리를 입고 가라는 딸에게 도움이 안 되는 조언을 듣고 있는 사이 남편은 재원이가 가여워서 안절부절하다, 내일 블레이드를 많이 태워 준다는 약속을 덜컥 해버렸습니다. 그제야 기분이 풀어진 재원이가 만두를 마저 해치우고 아빠 잘자. 누나 잘자. 하며 밤 동안 헤어질 준비를 하고 치카치카 이를 닦고 있습니다.

저는 얼마나 못났는지요. 다시 007을 해볼 용기가 안 납니다. 재원이의 홀로서기를 위해서 꼭 필요한 일이고 제가 해야 할 일인 줄을 알면서도 누가 "괜찮아. 그냥 살아."라고 해 주면 좋겠습니다. 지금은 제가 따라다니고, 나중엔 마음 따뜻한 이들이 재원이와 동행을 해 주면 안 되는 일일까요?

다른 사람들도 어른이 되어도 친구랑 연인이랑 가족이랑 모두 모두 같이 다니잖아요. 우리 아이들만 꼭 독립을 시켜야 한다고 혼자 길에 내놓아야 할까요? 적절한 비유가 아닌 건 알지만 오늘은 그냥 마구 우기고 떼쓰고 싶어집니다. 엊저녁에는 우리 집을 들여다보고 있던 동그란 달님이 하소연이라도 하려고 찾으니 안 보입니다.

이런 사소한 일까지 성모님께 의탁드리는 건 너무 한 거지요. 아마 며칠 지나면 또 용기를 낼 수 있을 거예요. 이번엔 제가 먼저 앞서가면서 할머니들이 계시면 "쉿!" 협조도 구하고 위험한 거 있으면 치워가며 열심히 기도하며 재원이를 숨어서 기다릴 겁니다.

"할 수 있을 거야. 할 수가 있어. 그것이 바로 너야." 자화자찬해 가면서요. 엄청 비장하게 넋두리 늘어놓고 보니 정신이 나서 좀 부끄러워지네요. 아. 내일은 5월. 구박이 자심했던 애꿎은 4월에게 사과합니다. 너무 마음에 두지 마. 미안해.

삶은 작은 것들로
이루어졌네

아침부터 하늘이 꾸물꾸물하더니 아들이 체험 학습 가는데 기어이 흙비를 내리네요. 날씨야 꾸물대건 말건 봄나들이에 신이 나서 싱글벙글 차에 오르는 아이들을 배웅하고 서점으로 갔습니다. 재원이가 '엄마는 안 가?' 하는 짠한 눈빛을 보냈지만, 단호하게 물리쳤지요.

서점에 갈 때는 아무리 마음을 비우고 가도 막상 가서 보면 이거저거 다 보고 싶어서 욕심스레 팔 떨어지게 가득 골라 들고 엉덩이 한쪽밖에 안 걸쳐지는 야속한 의자에 궁색하게 쪼그리고 앉아, 그러나 행복하게 먼 나라로 여행을 떠납니다. 이 아침 축복처럼 꽃비가 책 표지에 있는 글자 랑 비슷하게 옮겨보았어요.

장영희 교수님의 추모 1주기 한정판으로 미니 CD에 장 교수님 육성과 창작 추모곡이 수록되어 있네요. 시험을 치고 일찍 집에 와있던 딸이 안 그래도 시험 마치고 책을 하나 보고 싶었는데 엄마랑 텔레파시가 통했나 보다고 좋아합니다. 내일 시험칠 거 공부하느라 다는 못 보고 번역해놓으신 시만 대강 보고는 CD는 자기랑 같이 개봉해야 한다고 난리를 쳐서 그러마. 고 했지만, 이번 주 내내 시험이니 못 기다리고 그전에 약속을 찜쩌 먹을지도 모릅니다.

삶은 작은 것들로 이루어졌네. 장영희가 사랑한 사람과 풍경 "누군가가 나로 인해 고통 하나를 가라앉힐 수 있다면, 장영희가 왔다 간 흔적으로 이 세상이 손톱만큼이라도 더 좋아진다면, 나 헛되이 사는 것 아니리."
I shall not live in vain.

여기까지만 살짝 들춰보고, 딸이랑 같이 보자는 약속을 지키려고 책을 덮었습니다. 다예가 이 책 하나만으로도 가슴 따뜻한 숙녀로 자랄 수 있겠다 싶어서 그냥 책이 아니라 소중한 보물을 받아 든 느낌입니다. 다른 분들은 모르되 저만 해도 장교수님께 큰 위로를 받았고, 꽃비가 되어 날으리라.

장영희 교수님이 번역하고 세상에 내놓은 시는 지금도 많은 이들에게 희망을 주고 계시니 헛되이 사셨을까 봐 걱정하실 필요는 전혀 없다고 말씀드리고 싶습니다. 장 교수님의 길지 않은 생애를 보며 사람이 죽어도 죽지 않는다는 의미를 새삼 깨닫게 되네요.

이 책의 출간을 못 보시고 하늘나라로 가신 것이 마음 아프지만, 하늘에선 더 잘 보이실 테니 더 이상 슬퍼하지 않고 감사한 마음으로 가끔 그리워할 겁니다. 어제부터 시험이라 일찍 집에 오는 딸과 재원이 뒤를 밟는 007 놀이를 같이 했지요. 학교 운동장 구석에 숨었다가 재원이 뒤를 쫓아갔는데, 역시 나이는 못 속인다고 날렵한 딸은 휙휙 잘도 숨는데, 기어이 느린 제가 들켜서 고지를 눈앞에 두고 실패의 쓴잔을 마셨습니다.

내일은 박스에 구멍을 뚫어서 눈만 빼꼼히 내놓고 미션에 임할까 합니다. 엄마 몸매를 보니 냉장고 박스 정도는 주워와야 숨을 수 있겠다고 이죽거리는 딸을 한 대 쥐어박으려다가 시험 공부한 거 튀어 나갈까 봐 꿍하고 참았습니다. 하하. 학교다닐 때 시험 전날 벼락치기로 달달 외워놓고선 머리 흔들리면 다 날라갈까 봐 고개도 안 돌리고 살살 걸어 다녔었지요.

지금 다시 학교를 다니라고 하면, 이젠 정말 열심히 잘할 거 같은데요. 인생은 '지금 알고 있는 걸 그때도 알았더라면'인가 봅니다. 하루 종일 비가 오락가락 유리창 밖이 흙비로 점점이 얼룩이 생겼습니다. 얼룩이도 청소할 걱정으로 짜증 내지 않고 마음을 비우고 감상을 하니 예술로 보이네요. 하하.

집에 오는 길에 햇감자를 만나서 반 관에 5천 원 주고 업어왔습니다. 잘 산 거지요? 이따가 포실포실 분나게 삶아서 아이들 간식으로 먹일 생각을 하니 기분이 좋아집니다. 삶은 작은 것들로 이루어졌네. 작은 것들. 작은 것들로 이루어진 삶. 제 삶을 이루고 있는 작은 것들이 무엇인지 곰곰 생각해 보아야겠습니다.

여러분의 삶을 이루고 있는 작은 것들은 무엇인가요?

삐삐 롱 스타킹

한 주가 어떻게나 순식간에 지나가는지 월요일 아침에 눈을 뜨면 토요일 밤이나 되어서야 휴. 정신이 차려집니다. 그래도 이번 주는 부처님 덕분에 한결 여유로운 토요일을 맞고 있는데요. 아침에 어떻게 눈을 잘못 떴는지 한쪽 눈에만 쌍꺼풀이 생겨서 불편하게 한쪽 눈을 부릅뜨고 있습니다.

그저께는 재원이 체육대회라 하루 종일 땡볕에 골고루 썬텐을 했더니, 집에 돌아와서 샤워하고 거울 앞에 섰는데 이상하게 컴컴한 거예요. '엥? 뭐지 이 어둠은?'하고 불을 켰는데도 얼굴이 컴컴하여 자세히 들여다보니 낮에 발갛게 익었던 얼굴이 까맣게 변해 있더라고요.

컴컴한 얼굴에 한쪽만 부릅뜬 눈이 부처님 만나러 가면 문간에서 먼저 맞아 주는 사천왕상 같습니다. 하하하. 갱년기에 접어들어선지 태양열을 너무 많이 흡수한 탓인지 그제부터 몸에 열이 활활 올라와서 딸 티셔츠 줄줄 늘어난 거 원피스 삼아 걸치고 머리는 대충 틀어 올려 질끈 묶었습니다.

희한하게도 발은 시려서 핑크빛 수면 양말을 정강이까지 올리고 다니니, 꼴꼴이 얼마나 웃기는지 완전 '삐삐 롱 스타킹'입니다. 다예는 학교에 야자하러 갔고 남편은 재원이 블레이드 태워 주러 가서 모처럼 혼자 평화로운 토요일 아침입니다. 오늘 오후부터 비가 시작되어서 내일은 전국에 비가 온다니 남편은 일찌감치 재원이를 운동시켜주려고 나갔나 봅니다.

여름 옷가지들을 내놓고 차례로 린스를 하느라 온 집안에 린스향이 폴폴거립니다. 하늘이 무겁게 가라앉기 시작했지만, 마음은 뽀송뽀송합니다. 오늘 상록수에서 미사가 있을 예정이라 멀리서 가까이서 여러분들이 오실 텐데 오가시는 길이 불편하지나 않을까? 조금 걱정이 됩니다.

저녁까지는 많이는 오지 않았으면, 좋겠습니다. 점심으로 무얼 해서 먹일까요. 다예가 아침을 시원찮게 먹고 갔으니 맛있는 걸 해줘야겠는데, 뾰족한 메뉴가 안 떠오르네요. 우리 엄마는 부엌에 들어가셔서 뚝딱뚝딱하면 금세 맛있고 푸짐한 걸 내오셨는데 저는 엄마를 안 닮은 것 같아요.

언니가 엄마 솜씨를 닮아 요리를 잘하는데, 식구들에게 미안한 마음이 들 때가 많지요. 그래도 제가 요리를 해 놓으면 엄마는 라면 끓이는 것만 다른 데 가서 하지 말라고, 그것만 빼면 다 맛있다고 후한 점수를 줍니다. 3년이면, 서당 개도 끓인다는 라면을 저는 정말 잘 못 끓이는데, 참 이상할 때가 있어요.

설명서대로 해도 맛이 다르거든요? 다예가 끓여주면 정말 쫄깃하니 맛있는데 흠. 먹는 얘길 했더니 배가 고파오는 것 같아요. 벌써 왕언니가 차려주는 미사 후 저녁상이 기다려지네요. 제삿밥에 더 관심이 많은 것이지요. 흑흑. 많이 반성합니다. 베란다에 심은 딸기며 방울토마토가 제법 빨간색으로 조롱조롱 달렸습니다.

햇볕을 많이 쪼이게 하려고 하루에도 몇 번씩 요리조리 자리를 옮겨 주는데 그래도 볕이 잘 안 드는 위치에 달려서 모양도 부실하고 색깔도 곱지 않은 녀석들이 있습니다. 그중에 한 송이는 흙에 아예 얼굴을 대고 누워버려 안쓰러운 마음에 잎으로 받쳐주었더니, 덜 힘겨워 보입니다.

시장에 널린 싱싱하고 굵은 딸기들은 아무리 좋아 보여도 애정까지는 안 가는데 제 손으로 키운 찌질한 딸기들은 하루하루 예뻐 보이니 정이 드는 게 무섭긴 무섭습니다. 이제 조금 있다가 정든 얼굴들을 보러 상록 수엘 갈 겁니다. 상록수 아이들을 이뻐해 주시는 분들을 만나러요.

사랑을 받기 위해서 꼭 훌륭하게 생길 필요는 없나 봐요. 참 다행이지 요? 내일까지 비가 온다니 좋은 사람들과 도란도란 맛있는 간식 해 드시 며 행복한 휴일 되세요.

희망

하느님 제게 힘을 주지 마세요. 두들겨 패고 싶은 놈이 생겼거든요. 그리고 초능력도요. 몇 놈을 지구 밖으로 던져버릴지도 몰라요. 혼자 중얼중얼, 머리도 주억거려가며 어디로 갈지 방향도 안 잡은 발걸음을 옮겨 집으로 왔습니다. 요 며칠 학교에서 재원이를 괴롭히는 놈이랑 씨름하느라아주 마음이 불편합니다.

오늘은 체험 학습을 떠나는데 기어이 아침부터 제 속을 뒤집고 뒤이어 선생님께 혼도 나고, 반 분위기 냉각시키고, 그렇게 왕짜증 3종 세트를 선사하고도 그 녀석이 아직 살아 있습니다. 그 이유는 단 한 가지, 제가힘이 없어서요. 하느님. 아무래도 영세를 괜히 받았나 봐요. 도무지 마음이 편하질 않아요. 그냥 맘대로 살 걸 그랬어요.

성모님, 예수님, 피에타상, 십자고상, 바오로 액자, 성녀 젬마 갈가니초상, 이콘들과 묵주들, 펼쳐놓은 기도문 부활 미사 때 얻어온 커다란 양초들, 최후의 만찬 액자, 성서들과 관련 서적들, 성수, 반지, 목걸이, 영세

때 받은 선물들, 욕을 좀 하려고 해도 팔짱 끼고 도끼눈 뜨고 화난 행세를 하려 들어도 집안에 하도 많은 성모님과 예수님, 하느님이 계셔서 이거야 원 젠장입니다.

눈을 피해 안 보이게 등 돌리고 앉아 마음속으로 주먹질을 해 댑니다. 휙휙~~. '근데 나 안 보이는 거 맞아?' 걱정해 가면서요. 하느님 제게 별 능력을 안 주셔서 감사합니다. 제가 그 덕에 감옥에 안 가고 잘 살아요. 재원이가 불쌍해서 마음 아프고 서러운데 하느님 믿는 영세받은 사람이라 대놓고 악담도 못합니다.

내가 할 수 있는 거라곤 오로지 재원이 맛있는 거 해서 먹이고, 좋아하는 DVD 틀어주고 환장하게 좋아하는 12색 매직 통째로 안기고, 욕실에서 혼자 오래 물장난치게 봐주고 아빠한테 전화 걸어서 맛있는 거 사 오라고 하고, 누나 방에 가서 인형 맘대로 가지고 놀게 해 주고, 엄마 핸드폰 게임 하게 해 주기 등등입니다.

원칙 무시하고 제 맘 추스르느라 오버하다 보면, 정작 당한 재원이는 다 까먹고 초연한데, 저 혼자 흥분을 가라앉히지 못해 낑낑대고 있지요. 게다가 저녁이면 저는 성호를 긋고 오늘 화를 낸 죄를 또 고백해야 하고, 고약한 짓을 한 놈들은 하느님께 사죄도 안 하고 쿨쿨 잘 것이 분명한데요.

이거 여러모로 보아, 제가 손해 보는 억울한 느낌이 들어요. 하느님, 그 고약한 녀석을 만약 혼내주실 생각이시라면, 저를 주님의 도구로 써 주소서. 이제 체험 학습에서 돌아올 때가 되었으니, 학교에 가 봐야겠습니다. 오늘 체험 학습은 도우미 선생님들이 많으셔서 따라가지 않았거든요. 기분도 꿀꿀하고요. 재원이랑 반나절 헤어져 있었는데 많이 보고 싶네요.

그래도 인간관계에서 희망을 갖게 되는 건, 막상 일대일로 만나보면 대개의 사람은 들리는 평판보다는 봐 줄 만하다는 것과 며칠 있다가는 제가 정신이 들어 어떤 아이 하나를 지구 밖으로 안 던져 버린 게 얼마나 다행인가! 하고 깊이 뉘우치게 되길 바랍니다. 이만 아듀입니다.

소크라테스의 변명

　선거철이 다가왔나 봅니다. 길거리에 낯선 사람들이 포진해서 노래하고 춤을 추고 웃음을 흘리고, 교통체증과 소음으로 무질서를 만들어 내고 있습니다. 확성기를 통해 흘러나오는 노래는 왕왕거려서 후보 이름 따위는 들리지도 않습니다. 공약은 더더구나 무슨 소린지 하나도 귀에 안 들어옵니다.

　후보들이 아시는지 모르지만, 아는 사람 하나가 후보로 나섰나 봅니다. 지지해 달라는 문자가 왔는데 대략, 난감입니다. 다른 후보들도 모르고 그 사람도 그다지 잘 알지는 못한다는 생각에 신경 써서 후보들에 대해 알아봐야겠다는 조바심이 듭니다.

　어제는 재원이랑 제가 앞서거니 뒤서거니 걷는데, 선거운동하는 이가 재원이한테는 명함을 주고, 저는 안 주네요. 아들이 어른스럽게 보인 건 기분이 좋았는데, 저는 투표도 안 할 사람 같이 보였나 봅니다. 시끄러운 거리를 뒤로 두고 오면서 뜬금없이 '소크라테스의 변명'이 생각났습니다.

　저는 도무지 그 사람들이 확성기에 떠드는 소리가 무슨 소린지 알 수도 없고 판단할 근거도 확보하지 못했습니다. 제가 바라는 건 어디 좀 널찍한 공터에 유권자와 후보들이 모여앉아서 궁금한 거 묻고, 대답하고 들어보고 생각해 보고 변명할 것 있으면 하고, 서로에게 말할 기회를 주고, 그 과정에서 마음을 결정할 수 있게 했으면 하는 겁니다.

소크라테스가 자기에게 주어진 죄목에 대해 자기를 기소한 사람들과 군중을 향해 충분히 변론하고 대화를 나누는 과정을 가지고 (소크라테스가 깨우쳐줬다고 해야 맞는 것이겠지요.) 몇 차례의 변론을 통해 자기의 무지를 반성함으로써 역설적으로 자신의 무고함과 지혜를 드러냈던 위대한 철학자가 그렇지만 적법한 재판장에서의 판결엔 악법도 법이다. 라고 사형에 덤덤히 응하는 모습에서 부러움이 드는 건 왜 그럴까요?

죽고 싶어서 안달 난 사람같이 변론 아닌 변론을 해서 의아하게 느껴졌던 그의 변명들을 다 읽지도 못했고 이해도 어려웠지만, 다른 건 잘 못 알아들었어도, 그가 젊은이들을 타락케 했다는 혐의를 받은 그 민주적인 대화의 장은, 오간 대화가 뭐였든 간에 참말 부럽습니다.

거창하게 나랏일과 선거 운운할 것 없이 제 코가 석자이니 저는 아무래도 재원이를 못살게 구는 그 녀석을 불러내어 둘만의 길고 지리하고 깊은 대화의 장을 마련해 봐야 될 것 같습니다. 운동장 스탠드가 그나마 조금 젊은이와 대화를 나누기에 적당해 보이는데, 제 생각이 어때요?

싸움하려면, 화장실 뒤나 옥상으로. 연애하려면, 학교 뒷산으로. 대화를 나누려면, 운동장 스탠드로. 우리 반 엄마가 옆에서 보다가 조언을 해 주었는데 그 해결책이란 게 뭐냐 하면 아이들이 중학생이 되면 경제 관념이 생기기 때문에, 돈 얘기를 하면 먹힌다나요.

이이에게 진지한 얼굴로 (절대 장난같이 보이면 안 됨.) "재원이를 여지껏 기르고 가르치고 병원에 데리고 다니느라고 어머니가 돈을 한 3억쯤 썼는데, 네가 재원이 다치게 하면, 그 돈 나 줘야 한다."라고 하면 물어줄 게 걱정이 되어 다신 안 그럴 거라나요. 하하.

걱정해주는 마음은 고맙지만, 그 멘트를 하기엔 제가 너무 실실 잘 웃어서, 아무래도 실패할 가능성이 높아 보입니다. 제가 아이보다 세 곱절하고도 몇 해를 더 살았는데, 표면에 드러나는 일만 보고 아이를 판단해선 안 되겠다고 마음을 다져봅니다.

아무 이유 없다고 생각하는 건 어른들 시각이고, 유치하고 이유 같지 않은 이유라 해도, 그 나이 때는 심각한 이유가 될 수도 있으니까요. 성질을 누르고 아이를 살살 달래서 뭐가 문제인지 들어봐야겠습니다. 제가 짐작이 가는 건 녀석이 부모님이 안 계신지, 어떤지 하여간 할머니와 같이 산다고 들었는데, 아마도 재원이를 엄마가 학교에 따라와서 살뜰하게 챙겨주는 게 얄밉고, 샘이 났을 수도 있겠다 싶습니다.

초등학교 때도 그런 이유로 괜히 심술을 부린 친구가 있었습니다. 다행히 나중엔 저랑 더 친해졌지만요. 문제가 뭐든 제가 먼저 마음을 열고 다가가야 풀릴 일이겠지요. 혼자 세상 고민 다 짊어진 양 고개 늘어뜨리고 다니다가, 언뜻 푸른 나무들 사이로 너무도 아름다운 하늘을 보았습니다.

'하늘색이 저렇게 예쁘구나.' 저런 하늘을 머리에 이고 우중충한 생각만 했네요. 수급불류월(水急不流月) - 물은 급히 흘러도 그 속에 잠긴 달은 한가롭다. 무슨 일을 대하든 초심을 잃지 않고 초연할 수 있기를 기도합니다. 오늘도 저희 생각과 말과 행위를 주님의 평화로 이끌어 주소서.

아침 기도 중에 제일 간절하게 기도드리는 부분입니다. 남은 하루도 주님의 평화 속에 거하시기를 빕니다.

세월이 주는 선물

　세월이 주는 선물, 이란 책을 주고 딸이 수련회에를 갔습니다. 엊저녁에 "엄마, 이해인 수녀님 좋아하지?" 하면서 눈감고 손 내밀라고 하고선 준 책입니다. 2박 3일 수련회 가느라 자기 없을 동안, 엄마 보라고 샀다나요. 책 부제가 품위 있게 나이 든다는 것이니, 엄마가 자기 없을 동안, 품위 없게 누구랑 싸움을 걱정되어 책을 하나 안기고, 가야 할 정도로 엄마가 미덥지가 못했나 싶어 책을 받아들곤 잠깐 반성했습니다.

　아침에 가랑비가 내려 우산을 쓰기도 그렇고 안 쓰기도 그렇고, 무거운 배낭을 두 개나 들고 낑낑대며 우산까지 받쳐 들고 집을 나섰습니다. 꼬박 계산하면 이틀밖에 안 된다고 하며 저를 안심시키고 연신 뒤를 돌아보며 사라졌는데, 문에 기대어 있으려니 친정엄마 생각이 났습니다.

　친정엄마는 차를 제대로 못 타고 못 내려서, 여간해선 아버지 없이 잘 나서지도 않으시지만, 어쩌다 혼자 외출할 일이 생기시면 가족들이 총동원되어 007작전 비슷하게 난리가 납니다. 엄마 지금 나갔다. 엄마 지금 어디 어디 계시다. 차 내리는데 나와 있냐, 어쨌냐, 전화는 왜 안 받으시냐?

어디 힘들어서 주저앉으신 건 아니냐? 등등.

이 집에서 저 집으로 가는 데에도 하루 종일 중계방송을 합니다. 그런 날 저녁이면, 엄마가 제대로 집을 찾아온 것이 사실은 집 근처 정류장이나 택시에서 내린 것에 불과하지만 말입니다. 얼마나 대단히 축하드릴 일이며 이전 외출 때보다 일취월장하는 게 눈부실 지경이라며, 칭찬하느라 입에 침이 마를 지경이지요. 하하.

집안에서는 모르는 게 없고, 못하는 게 없는 엄마가 밖에 나가면 물가에 내놓은 어린아이처럼, 온 가족의 비호가 있어야 제대로 집으로 돌아오실 수 있는 게 불가사의한 일이지만, 우리 가족들에겐 일상입니다. 다예가 엄마 걱정을 짊어지고 수련회로 향하는 걸 보니 '혹여 내가 엄마를 닮아서 그런가?' 하는 생각이 언뜻 스칩니다.

지난 한 주 동안 제가 좀 불안정하긴 했지만, 아이에게 그렇게 불안하게 보였다는 게 많이 미안합니다. 재원이 턱에 든 멍이 퍼렇게 꺼멓게 보라색으로 누런색으로 변할 동안 제 마음도 붉으락푸르락했지요. 우리 엄마는 차는 잘 못 타시지만, 우리에 대해서는 태산처럼 든든하게 항상 지켜주셨는데, 저는 다예에게 그런 든든한 엄마가 못 되어 주는 것 같아 마음이 아픕니다.

이해인 수녀님이 추천하셨다는 책 '세월이 주는 선물'에 품위 있게 나이 든다는 것 영성 작가 조앤 치티스터 수녀님이 용서에 대해 말을 걸어왔습니다. 영국의 시인 알프레드 로드 테니슨은 말했다. "평생 원수였던 두 노인이 무덤가에 앉아 눈물을 흘렸다. 눈물 속에서 두 사람은 자신들의 다툼을 흘려보냈다. 그리고 나서 그렇게 흘러 버린 세월이 슬퍼 다시 울었다."

어떤 일을 했고 어떤 일을 당했는지가 중요한 것이 아니라 그 일 때문에 우리가 어떻게 되었는지가 더 큰 슬픔으로 남습니다. 토마토가 키가 커지니 누워서 잡니다. "토마토야. 너도 누워서 자는구나." 말을 걸며 작대기를 주어다가 지지대를 세워주었습니다.

일주일쯤 못 들여다보았는데, 땅에 내려앉은 딸기는 썩었고 토마토는 길게 누웠고, 작은 화분 안에는 잡초가 송송 나 있습니다. 며칠 눈길을 못 주었을 뿐인데 엉망이 된 화분을 보니 돌보지도 가꾸지도 않은 채로 얼마나 오래 방치해 놓았는지도, 모를 제 영혼은 어떻게 되었을까요? 가슴이 철렁합니다.

이틀은 새벽에 안 일어나도 될 모양입니다. 남편도 새벽같이 딸을 학교로 데려다주지 않아도 되니, 조금 늦게들 일어나도 되겠지요. 어디 멀리 떠나보낸 것도 아니고 겨우 학교 수련회 보내놓고 목을 외로 꼬고 앉았다고 그러니까 있을 때, 잘하지. 맨날 아웅다웅하면서 그런다고 남편이 보면 잔소리하겠지만, 남편이 아무리 발 벗고 쫓아와도 알 수 없는 모녀간에만 교감하는 무언가가 있지요.

맨날 아웅다웅해도 딸의 뒷모습만 봐도, 가슴 찡한 것이 엄마의 마음이지요. 엄마 생각은 꿈에도 안 하고 신나게 잘 놀고 있을 텐데, 저 혼자 끙끙거리는 거 그만하고 이제 저녁상을 봐야겠습니다. 저만 바라보고 있는 재원이 먹여야지요. 남편은 늦는다니, 이 웬수를 그냥 그만두어야지요. 딸을 안 데리러 가도 되는 날이라 좀 놀겠다. 이거지요.

에잇 까짓거 마음 넓은 제가 봐줍니다. 내일까지는요. 월요일 보내느라 힘드셨을 테니 모두 맛있는 저녁 식사하시고 평화롭게 잠자리에 드시길 빕니다. 예쁜 꿈도 꾸시고요.

쑥갓꽃

　요즘은 우리 식구 모두 새벽별 보기 운동을 합니다. 재원이 누나가 고 딩이가 된 후로 아침 5시 45분에 일어나 저녁 12시가 다 되어야 집에 돌아 오는데, 그것도 집에 오자마자 자는 것도 아니고 이것저것 챙기다 보면 새 벽 한 시는 금세 지나갑니다.

　재원이라도 먼저 잠이 들면 좋으련만, 이 녀석은 웬 의리를 지키느라 온 가족이 잠자리에 드는 걸 보고서야 저도 잠을 청하니, 재원이도 아침 마다 일어나기 힘들어 한 바탕씩 난리를 칩니다. 오늘도 두 아이가 학교에 서 각각 공개 수업과 교육이 있어서 눈썹 휘날리게 이쪽에서 저쪽으로 뛰 어다녔습니다.

　어릴 적, 학교에 가기 싫어 매일 밤 학교에 천재지변이라도 났으면 좋 겠다, 하고 고약한 궁리를 해댄 벌로, 이 나이에 아직도 학교 붙박이 신 세인가 봅니다. 재원이가 오늘 공개 수업 시간에 진지하게 책 읽는 소리를 들으니, 또 주책없이 코끝이 찡해졌습니다.

눈물이 나올까 봐 눈을 부릅뜨고 껌벅거리다, 매워진 코를 들이마시고 씰룩거리고, 일없이 목청도 가다듬고 있습니다. 온갖 처방을 다 동원해 눈물이 삐어져서 나오려는 걸 참았습니다. 장하다. 뚱땡씨. 아주 잘 버텼다고 자신에게 치하를 하고, 상으로 도넛 하나와 아이스 커피 한 잔을 하사한 뒤, 딸의 학교로 갔지요.

마침 체육 시간이어서 다예는 운동장에 있었습니다. 우리 다예 친구들은 모두 하나같이 그렇게 심하게 명랑한지 중학교 때도 가끔 학교엘 가면, 서로 제일 친하다고 우겨대는 녀석들로 정신이 없더니 고등학교 친구들도 여전히 몰려와 콩 튀듯 하면서 자기가 다예 언니랑 제일 친하다고 난리더군요.

조금의 의구심이라도 보였다간 자기들끼리 두들겨 패기라도 해서, 순위를 매길 기세로 달려들길래, 우기는 아이마다 "그래. 그래. 맞다." 해 줬습니다. 줏대 없는 제가 별로 믿음직한 엄마로 안 보였는지, 그중 한 녀석이 다예한테 "언니는 집에서도 왕언니일 것 같애." 하고 저의 아킬레스건을 제대로 찌르더군요.

고 녀석이 제가 철분이 부족한 걸 우찌 알았을까요? 요 며칠은 졸고 다녀도 월드컵 핑계로 덜 창피합니다. 엉덩이만 어디 붙였다 하면 병든 닭처럼 꼬박거리니, 녀석을 쫓아다니려면 보약이라도 한번 먹어줘야 하나? 생각을 해보다가 그만 포기해버립니다.

한약 마시는 게 너무 역해서 애들 낳고 산후조리하라고, 시어머님이 달여다 주신 한약도 몰래 남편 을러대서 다 먹여 버렸거든요. 다행히 남편은 가슴이 나오거나 하지는 않았지만, 곰곰 생각해 보니 요즈음 나이 들어가면서, 뻔한 얘기가 반복되는 주말연속극도 간간이 보고 재원이랑 둘이서 장도 잘 봐오고 그러네요. 하하.

하루 종일 동동거리다 집에 와서 퍼질러 앉으면, 앉아 있는 게 얼마나 편한지 절로 감탄이 나오고, 집안일 빠듯하게 마치고, 길게 탄식을 하며 드러누우면, 어찌나 편한지 세상에 부러울 게 없지요. 한 열두 시간쯤 푹 자고 일어났으면 원이 없겠다 싶습니다.

습관이라는 게 무서워서 몸이 아무리 힘들어도 희한하게도 일어날 시간 2, 3분 전에 저절로 눈이 떠집니다. 덕분에 알람 시계는 거의 제 구실을 못하지요. 제일 행복할 때는 아침인 줄 알고 깜짝 놀라 일어났는데, 새벽 두세 시 밖에 안 되어서 앗싸하고 다시 잠자리에 드는 때예요.

그 맛이란 정말 좋지요. 하루는 일어났다가 앉으면 지나가고, 일주일은 실내화 한번 빨면 지나갑니다. 멈추어 서서 생각이란 것도 하고 나무며 꽃도 구경하고 내 그림자가 안 벗겨지고 잘 따라오고 있나, 발을 내려다보기도 해야 하는데요. 그리고 멍하니 앉아 있고도 싶은데요.

오늘은 뜨거운 햇살 때문에 실눈을 하고 집에 오다가 샛노랗게 피어 있는 쑥갓꽃을 발견하곤 눈이 번쩍 뜨였습니다. 가만있자. 쑥갓꽃이 진노란색이었나요? 쑥갓이 꽃이 있었었나요? 그 작은 진노랑 쑥갓꽃의 당당함에 저도 고무되어 머리며 등으로 간지럽게 흘러내리는 땀방울에 개의치 않고 재원이랑 낄낄대며 여름을 보냈습니다.

제가 정말 좋아하는 겨울이 있지만, 그렇다고 여름을 홀대할 필요는 없지요. 2010년 여름 덕에 처음 쑥갓꽃을 만났으니까요. 이만하면 아침에 끙, 하고 일어난 보람이 있는 거지요? 일은 어떤 보람이 기다리고 있을지 설레는 마음으로 행복하게 잠자리에 드시길 빕니다. 저도 그럴 거예요. 그럼 이만. 모두 스위트하게 드리무하세요.

거꾸로 가는 삶

거꾸로 가는 생

　　　　　김선우

거꾸로 가는 생은 즐거워라

나이 서른에 나는 이미 너무 늙었고 혹은 그렇게 느끼고

나이 마흔의 누이는 가을 낙엽 바스락대는 소리만 들어도

갈래머리 여고생처럼 후르륵 가슴을 쓸어 내리고

예순 넘은 엄마는 병들어 누웠어도

춘삼월만 오면 꽃 질라 아까워라

꽃구경 가자 꽃구경 가자 일곱 살배기 아이처럼 졸라대고

여든에 죽은 할머니는 기저귀 차고

아들 등에 업혀 침 흘리며 잠 들곤 했네 말 배우는 아기처럼

배냇니도 없이 옹알이를 하였네

거꾸로 가는 생은 즐거워라
머리를 거꾸로 처박으며 아기들은 자꾸 태어나고
골목길 걷다 우연히 넘본 키작은 담장 안에선
머리가 하얀 부부가 소꿉을 놀 듯
이렇게 고운 동백을 마당에 심었으니 저 영감 평생 여색이 분분하지

즐거워라 거꾸로 가는 생은
예기치 않게 거꾸로 흐르는 스위치백 철로
객차와 객차 사이에서 느닷없이 눈물이 터져 나오는
강릉 가는 기차가 미끄러지며 고갯마루를 한순간 밀어 올리네
세상의 아름다운 빛들은 거꾸로 떨어지네

어제 못다 내린 빗님인지 잘 익은 감자분 같은 비가 포슬거리며 내리고 있습니다. 간밤의 월드컵 응원 열기가 다 식은 듯 조금은 노곤하고 차분한 주말입니다. 엊저녁 상록수 미사에는 류 신부님의 친구이신 윤상용 신부님께서 오셔서 상록수 미사를 집전해주셨는데, 눈망울이 아기같이 해맑고 동그란 신부님이셨습니다.

조용하고 평화롭게 느껴지는 강론에 모두 귀 기울여 열심히 듣게 하셨는데, 설득력과 목소리 크기는 반비례한다는 말이 생각나게 하셨지요. 마지막에 너무나 가슴 찡한 이야기를 들려주셔서 눈을 부릅뜨고 힘을 주어봤지만, 대책 없이 눈물이 줄줄 흘러내렸습니다.

그나마 다행인 건 코만 훌쩍대지 않으면, 미사보에 가려서 옆 사람에게 안 들킬 수 있으니 영세를 받은 게 어쩌나 감사한 마음이 들던지요. 아이들이 차례로 기도를 드리고 '주님 저희의 기도를 들어 주소서.' 하는 부분에서 재빨리, 오늘 밤 월드컵 이기게 해 주세요. 라고 기도를 드리고 생각하니, 우루과이 사람들도 기도를 드릴 텐데 어떡하나 싶었습니다.

잠시 망설이다 '주님, 그쪽의 기도는 못 들은 척하시고. 어? 아니 아니. 그쪽의 기도는 무시하시고. 이것도 너무한가? 아니. 그냥. 주님 뜻대로 하시옵소서.' 이럴 때만 '주님 뜻대로'라고 온전히 순종하는 척하니 에구. 내가 생각해도 좀 고약하다. 싶었습니다.

하여간에 경기에 지고 보니 선수들 보기가 마음이 아팠는데, 이렇게 우리나라 사람들이 한마음이 되도록 만드는 스포츠의 힘이 대단하게 느껴졌습니다. 같은 편을 응원한다는 이유만으로 이렇듯 화합이 가능하다면, 그렇다면 지구와 다른 행성이 축구시합을 벌인다면, 세계평화도 그리 어렵지 않게 이룰 수 있지 않을까? 하는 상상을 했습니다. 하하.

쓰잘데기 없는 이 상상은 제가 경기를 보고 있으면, 혹여 골을 먹지나 않을까 하는 징크스에 소심하게 돌아누워서 남편과 딸이 질러대는 소리와 탄식의 강약으로 경기내용을 나름대로 분석해보며 꾸어본 꿈이었습니다. 그래도 축구가 세계평화의 문을 여는 열쇠가 될지, 혹 모르는 일이잖아요?

윤상용 신부님께선 다음 일정이 바쁘셔서, 저녁 식사도 못 하시고 서둘러 떠나셨지요. 그러실 줄 알았으면 차 안에서 드실 간식이라도 준비하는 건데 우리만 맛있는 저녁을 먹게 되어서 죄송한 마음이 들었습니다. 영혼의 쉼터에서 곡스 모자랑 주니맘 님, 하늘바람 님이 미사에 참석해

주셨지요. 상록수에 손님들이 오실 때마다 느끼는 일이지만, 처음 뵈어도 별로 낯설지가 않고 알던 친구 같은 생각이 듭니다.

아마도 만남은 처음이지만 마음을 먼저 나누어서 그런가 봅니다. 꼬모 선생님과 샬롬 님과 보라꽃이 우중에 먼 길을 달려와 주어서 봉사자 분들과 상록수 식구들까지 모두 모여 미사가 시작되길 기다리고 있자니 우리가 참 복이 많구나. 하는 생각이 절로 들었지요.

따뜻한 마음을 나누러 와 주신 분들 덕분에 하느님께 처음부터 끝까지 감사의 기도가 우러나오는 행복한 미사를 드렸습니다. 축구를 허무하게 지고 나니, 새벽이지만 잠은 안 오고, 채널을 돌리다가 전쟁영화를 하길래 보게 되었습니다. 축구의 들뜬 기분에 6·25가 묻혀서 지나가 버렸습니다.

금요일 날 6·25 때 재원이 교실 앞 등나무에 앉아 졸다가, 책을 보다가 땀을 씻다가, 재원이 소리에 귀를 쫑긋 세웠다가, 혼자 더위와 씨름을 하고 있었지요. 복도가 훨씬 시원한데 재원이와 눈이라도 마주치면, 공부 자세가 흐트러질까 봐 나와서 서성대게 되는데, 이글거리는 태양이 무섭게 느껴지도록 뜨거운 날이었습니다.

교정에는 사람 기척 하나 없고, 엄청 씩씩하게 생긴 커다란 개미들만이 분주하게 발밑을 오가는데, 그 녀석들을 안 밟으려 신경 써서 서성대자니 다리가 꼬일 적도 있고 짜증도 납니다. 작은 생명 하나도 다치게 하지 않으려는 갸륵한 마음에서가 아니라 개미라고는 하지만, 하도 굵어서 그걸 밟았다가는 무얼 밟았다는 끔찍한 느낌이 올 게 분명해서 비켜, 비켜하며 서성였지요.

이 뜨거운 날에 에어컨 나오는 차도 없이 뜨겁고, 무거운 짐짝들을 등에 지고 피난을 갔겠구나. 그냥 걷기도 죽을 판인데 죽음의 공포에 짓눌리면서 먹지도 씻지도 쉬지도 못하고 끔찍한 고생을 했겠구나. 사랑하는 이들의 죽음을 눈앞에서 보아야 하는 기막힘을 당했겠구나.

나라의 운명이 일본의 강점에서 풀려난 지 얼마나 되었다고, 또 나라의 운명이 풍전등화가 되었으니 나라를 위해 싸우다 스러져간 젊음으로 우리나라 어디를 파도 젊은 주검이 나올 만큼 가슴 저미는 죽음이 많았겠구나. 축구 응원한다고 밤새워 길에 쏟아져나온 저 젊음이 지금 전쟁이 나면 조국을 위해 저렇게 앞다투어 쏟아져 나올 것인가요? 하기 쉬운 애국, 자기만 아니면 괜찮은 희생. 얼굴에 훅훅 끼치는 열기에 저도 모르게 비참한 상념들이 떠올랐습니다.

고통스러웠던 우리의 근현대사에 비추어 볼 때, 좀 더 책임 있고 자각 있는 행동들이 필요해 보입니다. 나라의 존망이 걸린 다른 중요한 이슈에는 관심조차 없고, 손쉽고 즐기면 그만인 애국에만 열을 올리는 건 아닌지요. 6·25 발발 연도를 알고 있는 대학생이 많지 않다는 뉴스에 기성세대로서 좀 걱정이 되는 게 사실입니다.

그 연도를 알고 모르고가 문제가 아니라 사회도 부모도 학교도 진정한 한 국가의 구성원으로서 갖추어야 할 책임이나 역사를 가르치는데, 지금처럼 소홀해서는 길고 속은 나약한 수수깡 같은 젊은이들로 키워내게 될까 봐 우려가 되어서요. 기말고사가 시작되니 수험생이 둘인 우리 집은 쥐죽은 듯이 연필 사각거리는 소리만 나야 하지만, 재원이는 짱구 비디오를 열심히 시청하고 계시고, 다예는 간밤의 불면을 보충하느라 오수를 즐기고 계십니다.

주말이니 맛있는 음식 한 가지라도 해 먹이고 싶은데 머리에 떠오르는 게 없네요. 상록수에서 어제 먹은 맛있는 왕언니표 반찬들이 생각나네요. 재원이가 상록수에서 스팸을 하나 챙겨와서 살림에 보탬을 주었지요. 재원이는 확실히 효자 맞습니다. 하하하. 스팸 넣고 부대찌개나 보글보글 끓여볼까요?

맛있는 저녁 해 드시고 평안한 주말 저녁 보내세요. 그리고 7월이 시작되는 멋진 새로운 한 주를 맞으시길 바랍니다. 아뒤유~

엄마 노릇

오늘 날씨 한번 대단했습니다. 양산을 쓰고 있는데도 땀이 줄줄 흘러 내렸습니다. 재원이가 저보다 머리 하나는 더 있으니 재원이 씌우려고 양산을 받쳐 들고 종종걸음을 쳐댔는데, 그 풍경이 가히 볼만 했겠지요. 목으로 땀이 줄줄 흐르는데도, 재원이는 뭐가 그리 좋은지 흥흥대며 아기 손바닥 같은 보라색 도라지꽃이며 염천에 축축 늘어진 호박잎이며 눈부시게 몽실거리는 수국을 일일이 건드려보며 더디게 집으로 돌아갑니다.

재원이와 제가 먼저 집에 도착하여 찬물에 끔쩍 끔쩍 놀래가며 샤워를 하고는 "어이구~~ 씨언하다~~!" 하며 널부러져 왕후장상 부럽지 않게 에어컨 바람 쐬고 있는데, 딸이 더위에 벌개진 얼굴로 현관을 들어서며 하는 말, "엄마. 나 공부 때려 치워야겠어~!"

간신히 시원해져서 살만한데, 열불 내서 도로 땀내고 싶지 않아 조용히 다음 말을 기다리는데, 딸 왈, 학교 와서 잠만 자고 공부도 안 하는 친구가 시험점수는 더 잘 나오니, 아무래도 자기는 공부에 소질이 없는 것 같다는 얘기였습니다. 남편이 회식이 있다고 해서 엊저녁에 고아놓은 삼계탕을 딸이랑 한 다리씩 들고 재원이는 가슴살만 먹거든요.

열심히 우걱우걱 뜯는데 제 먹는 모양을 들여다보던 딸이 "엄마! 우리 동업할까?" 뜬금없는 제안에 닭 다리를 입에 걸친 채, 듣자 하니 우리 둘이 닭 다리 뜯는 모습에서 산적의 포스가 느껴진다네요. 헐. 에휴. 닭 다리 하나 뜯고 산적소릴 듣다니요. 매우 억울했지만, 기왕 망가진 거 어디 한번 가 보자 싶었지요.

그러니까 딸 말인즉슨~ 소질이 없어 보이는 공부는 때려치우고, 아빠는 직장이 있으니 빼놓고, 우리 셋이 동업을 하자는 건데 허우대만 멀쩡하고 입만 열면 정체가 들통나는 재원이는 타잔 옷 입히고, 살벌한 방맹이 하나 들려서 목 좋은 곳에 위협용으로 세워놓고, 재원이를 보고 놀래 자빠진 과객을 자기가 나무에 신속히 묶으면 잔소리 대마왕인 엄마가 고객을 달달 볶아 '내 이 잔소리를 듣느니 금붙이를 내놓고 말지'하는 상태에 이르게 해서 금품을 턴다는 사업계획이었습니다.

그래도 명색이 엄마인데다 근 오십 년을 살아온 제가 인생의 선배로서 조언을 하느라 몇 가지 문제점을 제시했지요.

1. "요즘엔 산길로 한양가는 사람들이 별로 없을 걸?"(별로 없기는요. 하나도 없지.) 듣고 있던 딸이 그럼 등산객을 털면 된다고 합니다.

2. "등산객은 돈을 별로 안 가지고 다닐 걸?" 우울해진 딸에게 이때다 싶어 일침을 가합니다.

3. "우리의 산적 포스를 보여주느라 등산객 지나갈 때마다 폼잡고 서서 닭 다리를 뜯어 댈려면, 아마도 투자금도 못 건지고 사업을 접어야 될 걸?" 자라나는 새싹의 꿈을 너무 잔인하게 짓밟았나요? 조금 찔려하고 있

는데 딸이 슬슬 일어나더니 제 방으로 들어갑니다. 조금 일찍 태어났으면 멋진 산적이 될 수도 있었을 텐데, 시대를 잘못 타고난 자식의 뒷모습을 가슴 아프게 바라보고 있어야 했지요.

잠만 자면서도 공부를 잘한다는 그 소질 만땅인 재원이처럼 못 낳아준 게 미안했지만, 그런 재원이는 희귀하니 부러워하지 말고 열심히만 하라고, 네 경쟁상대는 너 자신이라고 격려해주었습니다. 계속 산적을 하겠다고 우겨대지 않고, 제 방으로 사라져준 게 고마워서 가슴을 쓸어내렸지요.

그 옛날, 자식이 다섯 여섯씩 되던 우리의 어머니들은 어떻게 현명하게 그 많은 자식을 키워내셨는지, 제가 엄마가 되고 보니 어머니의 위대함을 알 것 같습니다. 학교 가는 길에 지나치는 파란 대문집 할머니, 사람이 그리운지 집 앞에 나와앉아 지나는 사람들에게 별 걸 다 물으시는 할머니의 북어 껍데기 같은 손이 생각났습니다.

껍데기. 알맹이가 다 빠져나가 혈관이며 뼈가 훤히 내비치는 할머니의 손등엔 검버섯까지 점점이 박혀 오랜 세월 계속 업데이트된 보물 지도를 보는 것 같습니다. 어제 7교시 끝난 후 교실을 냅다 뛰어나간 재원이를 보고 학교를 탈출한 걸로 착각한 같은 반 친구 덕분에 그 땡볕에 선생님들이 이리저리 뛰어야 했습니다.

정작 재원이는 화장실 급해 뛰어갔다가 얌전히 종례를 위해 교실에 돌아와 있었는데 말이죠. 휴. 자의든 타의든 하루도 얘깃거리 안 만들고 지나는 날이 없지만, 그래도 곁에 있어 주는 것만 해도 감사할 일이지요. 엄마 노릇이 힘겨워 나가떨어질 지경이면, 내가 언제부터 엄마라는 이름으로 불리었지? 의아하기도 하고 거대한 벽이 앞에 막아선 듯 막막해집니다.

'엄마 공부를 하고, 엄마가 되어야 했어.' 하는 후회가 새록새록 들도록, 매일 해도 어려운 게 엄마 노릇인 것 같습니다. 공부에 지치고 힘겨워하는 아이에게 시원하게 인생의 해법을 술술 풀어줄 수 있으면 좋으련만, 산적의 포스를 풍기며 닭 다리나 뜯는 엄마밖에 되어 주지 못하니, 아이에게 많이 미안하지요.

좋은 엄마가 되게 해달라고 두 아이를 저에게 주셨으니 지혜와 현명함도 내려 달라고 기도를 드립니다. 아이들 다 키우고는 거두어 가셔도 된다고요. 친정엄마에게 우리 다섯 남매를 어떻게 키웠냐고 여쭤보고 싶지만, 뜬금없는 말씀을 드리면 무슨 일이 있냐고 걱정하실까 봐 참기로 합니다.

지난 미사 때 성당 입구에 놓여 있던 렘브란트의 돌아온 탕자 그림을 여러 개 집어와 집안 여기저기에 놓아두었습니다. 그 그림을 바라보면 제가 하느님 앞에 무릎을 꿇고 있는 것 같고 용서받았다는 안도감에 마음이 편해지거든요. 지은 죄가 많아서 그렇지요.

요 며칠은 기말고사 기간이라 잠이 더 모자라지만, 아이들이 학교가 빨리 파해서 점심을 같이 먹을 수 있어서 행복합니다. 내일은 딸이 꿈속에 공부하는 자기 친구만큼 시험을 잘 보기를 기도합니다. 내일은 재원이 화장실 갈 때, 얌전히 걸어가서 여러 사람 고생 안 시키기를 기도합니다.

그리고 감사준비 하느라 지난 주말 내내 식탁에서 아이들과 머리를 맞대고 열심히 공부하고 준비한 남편도 기분 좋게 돌아오길 기도합니다. 먼 길 떠나신 류해욱 신부님의 순례 여정에 주님의 축복이 함께 하시길 기도드리며, 모두 편안한 저녁 시간 되시길 빕니다. 예쁜 꿈 꾸세요.

엄마 노릇의 서러움

아침, 베란다에 나서니 비가 내리고 있습니다. 밤사이 비가 들이칠까 봐, 꼭꼭 닫아놓은 창문들을 서둘러 여니, 사라락 사라락. 사랑스런 빗소리, 신선한 풀내음이 살며시 들어옵니다. 마치 손님을 오래 밖에 세워둔 것 같은 미안한 마음이 되었습니다. 두 아이 시험이 끝나서 한숨 돌린 주말입니다.

큰 아이는 시험이래 봤자, 제가 힘써줄 일은 없는데, 괜히 혼자 용을 쓰고 다닙니다. 일찍 주무시라고, 엄마도 내일 학교를 가야되지 않냐고, 딸은 극구 사양이지만, 마음이라도 함께 하려고 가끔 얼굴을 디밉니다. 학교에 시험 감독이라도 가주고 싶은데, 재원이랑 날짜가 겹치니 그것도 하지 못하고 미안한 마음만 가득입니다.

작은 아이는 시험 치는 기술이 늘었다고 담임 선생님께 칭찬을 받았는데, 글쎄 이 녀석이 아는 것은 쓰고, 남은 것은 모조리 찍기를 하는데요. 막무가내로 찍는 게 아니라 나름 규칙이 보인다는 선생님의 설명이셨습니다. 재원이가 찍기를 할 때 한 가지 번호만 줄줄 마킹을 하길래 그러면 안 된다고 하셨다네요.

그랬더니 12345 12345. 이렇게 아주 골고루 마킹을 해 놓았더래요. 하하하. 재원이를 칭찬을 해줘야 할까요? 한 대 쥐어박아야 할까요? 시험 마지막 날에 재원 엄마가 옆 반에 시험 감독을 들어갔습니다. 한 교실에 1학년과 3학년이 섞여 있고 학생 수도 적어 띄엄띄엄 앉아 있어서 자기들끼리 컨닝은 사실상 불가능해 보이는데도 학부모가 시험 감독으로 들어갑니다.

내신이 상급학교 진학에 중요해서 그런가 봅니다. 선생님이 들어오시기 전에 조금 일찍 들어가서 시험지 펄럭이면 안 되니까 에어컨과 선풍기 바람을 조절하고 창문도 단속하고 책상 줄 맞추고 아이들에게 시험 잘 치라고 인사도 하고 교실 바닥에 떨어진 휴지들도 주워버리고 완벽한 시험 준비를 끝냈지요.

옷의 매음새를 단정히 하고 종이 울리길 기다리며 '흠, 쓸만한 시험 감독이지요?' 하고 스스로 흡족해 하면서요. 자만이 지나쳤을까요? 답안지까지 깔끔하게 나눠 주고 나서 한참 아이들이 머리를 책상에 들이대고 사각사각 연필 소리를 낼 즈음에 흘러내린 옆머리를 스윽 쓸어 올렸는데, 그만 손톱이 머리카락에 걸려 안 내려오는 거예요. 허걱!

며칠 전에 저녁 준비하다가 한 칼에 두 손톱을 한꺼번에 썰어버려 (이거 아무나 못 하지요. 암.) 집안일은 계속해야 하고, 손톱은 덜렁거려 아쿠아 밴드를 야무지게 붙여서 다녔지요. 어찌나 쓰라리던지요. 다행히 며칠 지나 한 손톱은 붙은 듯하여 밴드를 한 손톱에만 감고 갔는데, 붙은 듯 갈라져 있던 손톱 사이로 그만 머리카락이 낀 거예요.

아무렇지도 않은 듯 슬슬슬. 거울 앞에 가서 머리카락을 빼보려고 무진 애를 썼지만, 제대로 걸린 머리카락이 꿈쩍도 하지 않아 왼손을 옆머리에 붙인 채로 땀만 삐질거리고 있었지요. 여자 선생님 같으면 체면 불구하고 좀 봐주십사 할 텐데, 난감하게도 남자 선생님이 감독을 하고 계셨거든요.

그렇게 한참을 머리통을 부여잡고 통사정을 하자니 선생님이 뭔가 이상한 낌새를 눈치채신 것 같기도 하고, 안 그래도 아픈 어깨가 너무 저려와서 어떻게 확 잡아 챈다는 것이 손톱을 홱 뒤집었나 봐요. 저도 모르게 악 소리가 나왔지요. 선생님이랑 아이들이 무슨 일인가 눈이 동그래져서 쳐다보고, 겨우 아물던 손톱은 뒤집어 져서 피가 새로 나고 묶었던 머리는 흐트러져서 엉망이 되었습니다.

쥐구멍이라도 있으면 들어가고 싶었는데, 선생님께서 보건실에 다녀오시라고 해서 이때다. 하고 한걸음에 교실에서 줄행랑을 쳤지요. 감독 사인도 해야 하니 하는 수 없이 치료를 받고, 교실로 올라왔는데 녀석들이 못 본 줄 알았더니 혼자 생쑈를 하는 저를 보고 있었는지, 다들 쿡쿡 웃음을 참아가며 흘깃거리더라고요.

한나절이 지나기 전에 저는 학교에 '몸개그 짱!' 아줌마로 유명인사가 되었습니다. 이런. 쮄장. 저는 평소에 제가 보통사람이라고 생각하며 살았다고 했었는데, 가슴에 손을 얹고 제가 벌이는 일들을 종합 분석해보니, 보통사람에 못 미치는 것 같다는 느낌이 진하게 옵니다.

밴드를 붙여도 '니모를 찾아서' 시리즈가 그려진 걸 좋아하고 아이들이랑 재재대는 게 재밌어서 같이 수다 떨다가 선생님께 들켜 창피해 죽을 지경을 겪으면서도 이삼일이면 까먹고, 또 수다를 떨고 어른들이라면 안

껄떡거리는 불량식품도 반드시 '나도 하나 줘라.' 해서 얻어먹습니다.

그러니 아이들이 무어 먹을 게 있으면, 저도 끼여줍니다. 오히려 입이 고급인 재원이 자기 몫으로 챙겨준 불량식품을 저 먹으라고 건네주지요. 제가 초딩 때는 칼라 풍선껌이 귀했던 터라, 친구들과 풍선껌에다 크레파스를 조금씩 잘라 넣고 같이 씹어서 파스텔 톤의 예쁜 칼라껌을 만들었지요.

그때 유해한 크레파스를 많이 먹어서 저의 지금 상태가 이런 지도 모르겠습니다. 어제는 미사 드리러 못 갔습니다. 아니 안 간 건지도 모르겠습니다. 지난주에 재원이랑 영성체를 모시러 나갔을 때, 제가 뒤에서 양 팔을 잡고 무척 조심하며 가는데도 불구하고 재원이가 불안하거나 쑥스러울 때, 귀를 막는 이상한 행동이 나온 거예요.

짧은 시간이었지만 귀를 막고, 눈을 감고 있는 재원이를 신부님이 저에게 영성체하는 아이가 맞냐고 재차 물으셨고, 안 그래도 영성체 모시러 나갈 때면, 저도 익숙하지 않아 잔뜩 긴장해서 주눅이 들어있는 처지인지라 그 말씀을 들으니, 어찌나 황망한지 정신이 아득해졌습니다.

강제로 재원이 팔을 내려 영성체는 모셨지만, 제 순서에서 저도 다리가 후들거리고 들어와서 묵상을 하는데, 눈물이 자꾸만 솟아올랐습니다. 어린이와 장애 친구들 미사인지라 그 미사에 참석한 어른은 모두 장애 부모들일 텐데, 제가 영성체도 제대로 못하고 눈물 찍는 모습을 보이면, 다들 마음 아파할까 봐 이를 악물고 참았지요.

그리곤 한 주 내내 다음 미사 때 어떻게 영성체를 모시나. 하는 걱정으로 가슴에 돌덩이가 얹힌 것처럼 답답했습니다. 한 소심하는 못난 성격이라 미사에 안 갈 궁리를 해대다가 남편이 토요일인데 왜 성당에 안 가냐고 물어서, 대답도 못 마련한 탓에 그냥 안 간다고 했지요.

재원이 보느라 제대로 봉사도 하지 못해서 기분이 마뜩찮은데 비올라 독주회에 딸이랑 같이 가려고 얼마 전에 예약을 해 놓고 흐뭇하게 기다리던 차에 그것도 못 가게 되어 딸이 친구 불러 같이 보냈지요. 그러고 나니 음악회에 못 데려가는 재원이 또 가여워 보여 슈렉 포에버를 보러 갔습니다.

아이들이 와글거리고 슈렉이가 처음부터 끝까지 소리를 질러대서 재원이와 보기는 별 무리가 없는 영화였지만, 그것도 너무 재미있는 장면에서 재원이가 큰소리로 껄껄거려서 어린아이들과 젊은 엄마 아빠들의 흘깃거리는 시선을 받아야 했지요. 빈자리가 없어 뒤로도 못 가고, 나가려니 속상하고 서러웠지요.

파김치가 되어 집에 돌아와 재원이를 씻기고 평화방송을 틀었습니다. 외국인 신부님이 어눌한 우리말로 또박또박 한 마디 한 마디 정성을 다하여 고해성사에 관해 설명을 해 주시고 계셨습니다. 그 말씀을 듣고 있으니 어찌나 눈물이 나는지요. 다행히 남편도 없고 다예도 없고, 재원이는 컴퓨터 하느라 혼자 낄낄대고 있고, 앞치마에 눈물을 찍어가며 마음 놓고 혼자 한참을 울었습니다.

신부님께서 당신도 잘못한 거 많아 친구 신부님께 고해성사하신다고, 고해성사하는 순간 예수님이 들으셨으니 우리는 용서가 된 거라고 그런 말씀도 해 주셨습니다. 어쩌면 제 마음을 훤히 들여다보시는 듯한 말씀에 정체를 알 수 없는 북받치는 서러움이 밀려와 땀을 뻘뻘 흘리면서 울었습니다.

생각해 보면, 그리 서러울 일도 아닙니다. 재원이랑 살면서 평균치로 얻어듣는 꾸지람이며 사정 모르는 사람들에게 늘 받아온 뜨악해하는 눈길들이며, 반듯하게 우아하게 살고 싶은데 생각대로 안 되어가는 속상함이며, 그런 오래된 일상들일 뿐이었습니다. 오늘은 아마도 엎어진 김에 좀 울고 싶었었나 봅니다. 이제 얼추 공연이 끝났을 것 같습니다.

재원이를 앞세워 전철역으로 딸 마중을 나갈 겁니다. 딸은 온갖 언어와 손짓과 발짓으로 제게 비올라 선율의 감동을 전해주겠지요. 엄마랑 못 가서 무척 미안해하면서 갔으니, 아마 초콜릿이나 와플을 사다 줄지도 모릅니다. 공연장에서 가까운 곳에 우리 식구가 가끔 가는 까페가 있는데 재원이가 그곳 와플을 아주 좋아하거든요.

포장을 해 주는지는 모르겠지만요. 이제 이번 주만 가면 여름방학입니다. 딸은 무늬만 방학이지 여전히 학교엘 가지만 재원이랑 저는 放學을 충실히 이행할 생각입니다. 放 <-- 요놈이가 놓을 방, 아니겠습니까? 배움을 놓다. 니까 쾅자쾅자 놀아야지요. 헤헤. 딸이 보면 안 되는데요.

새로운 한주도 멋지고 힘차게 시작하시길 바랍니다. 일요일엔 찔찔 울었을지라도 월요일엔 씩씩하게 지내요. 방금 딸한테 집에 온다고 전화가 왔습니다. 목소리의 들뜸 정도로 보아 두 시간은 족히 떠들게 생겼습니다. 간식거리를 챙겨놓고 즐거움을 같이 해야겠습니다.

그럼 이만. 평안한 저녁 되시길 빕니다. 안녕히 계십시오.

4장

오늘
하루의
행복

담쟁이

담쟁이

　　　　도종환

저것은 벽
어쩔 수 없는 벽이라고 우리가 느낄 때
그때
담쟁이는 말없이 그 벽을 오른다.

물 한 방울 없고 씨앗 한 톨 살아남을 수 없는
저것은 절망의 벽이라고 말할 때
담쟁이는 서두르지 않고 앞으로 나간다.

푸르게 절망을 잡고 놓지 않는다.

저것은 넘을 수 없는 벽이라고
고개를 떨구고 있을 때
담쟁이 잎 하나는 담쟁이 잎 수천 개를 이끌고
결국 그 벽을 넘는다.

오늘 방학을 했습니다. 사물함을 톡 털어 모조리 쓸어 넣어 한 짐 지고 왔습니다. 업어 온 물건들 중에 '예술'인 것도 있는데 압화 공예로 꾸민 액자에 담쟁이 시가 있었습니다. 재원이가 액자를 만들 때 시를 몇 편 보여주고 고르라고 하니, 담쟁이 시를 골랐습니다.

아마도 엄마가 용기가 필요할 때 보여주고 싶었나 봅니다. 담쟁이 시에서 제일 마음에 드는 구절이 맨 마지막 – 결국 그 벽을 넘는다. 입니다. 마음에 든다기보다는 저도 그렇게 하고 싶은 거겠지요. 담쟁이 잎 수천 개까지는 아니래도 저를 '엄마'라고 부르는 두 아이의 담쟁이 잎 같은 손을 잡고 기어이 그 벽을 넘고 싶습니다.

방학을 너무 기다려와서 그런지 지쳐서 온몸이 다 쑤십니다. 긴장이 풀린 데다가 비도 오시니 관절들이 삐그덕대며 아우성입니다. 처음 어깨가 아플 때는 자다 일어나 찔찔 울기도 했었는데, 오래 아프니 그것도 친구 삼을 만합니다. 좀 심하게 아픈 날은, 맛사지 기기로 덜덜거리며 달래주고, 덜한 날은 통증이 안 깨어나도록 살금거리며 움직입니다.

일 년 중 힘든 날과 행복한 날을 대체로 나누어보라면, 힘들게 보냈다고 생각되는 날이 많습니다. 그렇다면 몸이 아프지도 않고 기분 나쁜 이도 안 만나고 하루 종일 행복한 기분에 통장 잔고 빵빵하고 아이들도 무탈하고 남편도 일찍 귀가하고, 저녁 반찬까지 식구들 입에 맞게 흡족히 만들어집니다.

9시 뉴스에 아는 사람 이름 안 뜨고, 보너스로 두 아이가 학교에서 칭찬거리라도 하나 물어오고, 마음에 걸리는 일 하나 없이 잠자리에 들면서 잘자~ 잘자~ 서로 인사하고 잠들 수 있으면 그런 날이 정상이고, 하나라도 걸리면 불행한 하루였던 걸까요? 하는 의구심이 듭니다.

사람이 사는 이유가 뭘까요? 매일매일 행복감을 느끼고 걱정 없어야 잘 살아낸 하루일까요? 아니야. 힘들고 아득해지고 기분 상하고 욕 나오는 날도 치열했으니 잘 살아낸 하루로 쳐주십니다. 요에 닿는 곳마다 배기고 아파서 잠 못 이룬 날도 분명 있습니다.

잠자려고 누웠다가 바로 일어난 듯 느껴지는 부실한 잠만으로 하루를 버티느라 피곤해 죽겠는 날도 있지요. 이일 저일 다 꼬여 기가 막히고, 되는 일 하나 없는 날도 있지만, 심지어 아이 잃어버렸던 날도 기막혀 어디 가서 픽 쓰러져 정신 놓아버리지 않고 눈 부릅뜨고 기어이 아이를 찾아냈으니 분명 아주 잡쳐 버린 날은 아닐 거다. 라고 자위를 해봅니다.

인생엔 행복할 의무밖에 없다고 누가 그랬는데 그 행복할 의무라는 것이 아무 걱정 없고 희희낙낙한 날만을 의미하진 않을 거라고 믿고 싶습니다. 왜냐하면, 그런 날이 별로 없거든요. 방학했어도 여전히 딸과 남편은 여전히 일찍 일어나야 하니, 늦잠을 잘 수는 없는데도 마음이 풀어져서 커피를 두 잔이나 마셨습니다.

오늘 밤엔 내리는 비 구경을 실컷 하면서 밤늦게까지 깨어 있고 싶어서요. 주말 동안 비에 행복하게 갇혀서 방학 동안 재원이와 지지고 볶을 계획을 세워보아야겠습니다. 빨리 겨울이 왔으면 좋겠습니다. 여름 한복판에서 뭔? 정신없이 헐떡대며 벗어 제치고 신나게 지내는 여름은 제 취향이 아니라서 지내기가 힘이 듭니다.

제가 좋아하는 건 사람도 계절도 차분해져서 한 군데 오래도록 멍 때리고 앉아 따뜻한 목도리에 얼굴을 반쯤 집어넣고 앉은 자리 뿌리가 나도록 생각에 잠겨있는 거지요. 저는 에너지가 그리 많은 사람 같지는 않네요. 나중에 재원이가 걱정 없이 한 달쯤 떨어져 있는 게 가능해지면, 시베리아 횡단 열차를 타고 겨울 나라를 천천히 지나며 아무것도 하지 않고, 창밖만 멍하니 내다보고 싶습니다.

이제 집으로 돌아가야겠다는 생각이 들 때까지요. 창문을 여니 밤비에 젖은 서늘한 공기가 느껴지네요. 여름에 비가 없다면 견디기 힘들겠지요. 저는 아마 옆 사람을 때려눕힐지도 모릅니다. 하하. 눅눅한 건 그다지 좋아하지 않지만, 그래도 비는 좋습니다. 비 때문에 힘든 분들도 계시니, 한군데만 쏟아지지 말고 골고루 내려 주었으면 좋겠습니다.

풀잎에 내리는 빗소리가 참 좋습니다. 커피를 두 잔이나 마셨지만, 왠지 잠이 잘 올 것 같습니다. 사라락거리는 빗소리 들으시면서 편안한 잠 이루시길 빕니다. 예쁜 꿈 꾸세요.

방학 숙제

　방학 숙제로 재원이 체중을 매일 체크하고, 살을 빼고 오라는, 담임 선생님의 말씀이 있었습니다. 빨리 학교를 빠져나와 방학을 시작하고 싶은 마음에 심청이 아버지처럼 아무 생각 없이 고개를 주억거리며 맹세를 하고 온 후로, 거의 불가능해 보이는 숙제를 떠안고 나만 식욕을 잃었습니다.

　재원이는 어제 어머니 친구들 모임에 묻어가서 저 혼자서 밥을 무려 세 공기나 드셨습니다, 갈비와 더불어 함께요. 하기야 식당 밥그릇이 한 공기라고 해 봐야 포슬거리게 푼 흰 쌀밥을 야박하게 뚜껑에도 안 닿게 담은 거지만, 말이지요. 현미밥을 머슴이 밥처럼 고봉으로 먹던 재원이에게 흰쌀밥은 한 공기도 한입에 넘어갈 만큼 살살 녹았을 것입니다.

　아줌마들은 청일점에다 영하고 잘 생기기까지 한 재원이 입에 연신 갈비를 들이밀어 식당을 나올 때쯤엔, 이미 백년지기가 되어 있었습니다. 역시 '코밑 진상'이 최고입니다. 방학한 이래로 온 집안을 뒤졌는데 체중계를 못 찾았습니다. 뭐 마린 강아지같이 끙끙대다가 드디어 짐작이 가는 곳을 생각해 냈습니다. 창고. 빙고!

이삿짐 아저씨들이 창고 정리해 준 뒤로 몇 번도 안 들여다보았습니다. 문을 열고 들어가니 온갖 잡동사니 물건들이 한꺼번에 나 여기 있었다고 아우성을 쳐 댑니다. 꽤 요긴하게 쓰였을 물건들이 처박혀 있었습니다. 한편으론 너무 많은 물건이 저를 부담스럽게 했습니다.

그 긴 겨울을 견뎌낸 나뭇가지들은 봄빛이 닿는 곳마다 기다렸다는 듯 목을 분지르며 떨어집니다. 그럴 때마다 내 나이와는 거리가 먼 슬픔을 나는 느낍니다. 그리고 그 슬픔은 내 몫이 아니어서, 고통스럽습니다. 그러나 부러지지 않고 죽어있는 날렵한 가지들은 추악합니다.

창고 안은 습기와 열기로 온갖 것들이 다 하얀 꽃을 피우고 있었습니다. 제일 위에 올려져 있는 저것 아직 엄마가 아니었을 때 신나게 바깥으로 돌아다니다가 이제 결혼이란 걸 한번 해볼 거라고 쓰던 짐 실어오다 세관에 빼앗겨 일주일 만에 찾은 바이올린입니다.

한눈에 척 봐도 그리 비싼 물건도 아니고, 누가 봐도 쓰던 게 분명한데도 그이들은 기어이 붙잡아놓고 애를 먹였습니다. 껍데기가 가죽이라 유난히 곰팡이 꽃을 무성히 피우고 있는 내 바이올린 옆으로 딸이 배우던 1/4 1/2 풀 사이즈의 바이올린이 나란히 포개져 있습니다.

재원이도 누나 옆에서 엄마 걸 그어대기를 좋아했습니다. 삐거걱 삐거걱~~ 체중계는 찾지도 못하고 곰팡내 나는 축축한 공기에 휩싸여서, 기형도의 詩를 떠올렸습니다.

빈 집

사랑을 잃고 나는 쓰네

잘 있거라, 짧았던 밤들아

창밖을 떠돌던 겨울 안개들아

아무것도 모르던 촛불들아, 잘 있거라

공포를 기다리던 흰 종이들아

망설임을 대신하던 눈물들아

잘 있거라, 더 이상 내 것이 아닌 열망들아

장님처럼 나 이제 더듬거리며 문을 잠그네

가엾은 내 사랑 빈집에 갇혔네

체중계는 찾는 걸 포기 했습니다. 남편은 아마 이럴 때 쓰라고 있는 걸 거예요. 나도 자기 하기 싫어하는 거 대신 해 주잖아? 재원이는 내 약점을 잘 압니다. 지독한 편식으로 생존마저 위태로웠던 재원이, 꿈틀이 젤리 한 봉지로 하루를 버티던 날들도 부지기수였습니다. 그렇게 부실하게 먹고도 사람이 살 수 있는지 몰랐었습니다.

그 덕에 재원이는 상록수 언니들 관심을 독차지했고, 무어 먹을만한 게 있으면 전부 다 가져다주었습니다. 먹는 거에 관한 한 무한대로 관대해진 나는 재원이가 하마가 되든 말든, 몸에 좋다는 음식은 안 가리고 먹입니다. 건강 걱정에 비만으로 생길 수 있는 질병들을 예방하는 온갖 것들을 또 먹입니다.

어릴 적 못 먹였던 몸에 좋다는 것들을 다 먹이고 싶습니다. 편식 안

하고 골고루 잘 먹는 아이들을 보면, 질투가 나서 몸이 떨릴 지경이었습니다. 남이 가진 게 그렇게 부러웠던 적이 없었지요. 방학이 끝나도 재원이 무게는 그대로일 가능성이 큽니다. 내가 의지가 없으니 운동을 시키면, 재원이는 더 많이 먹습니다.

아침을 먹고 재원이는 운동 한 세트를 하셨습니다. 덜덜이에 올라가 온몸 떨어주기, 조정 흉내 낸 운동기구 휘젓기, DVD 보며 자전거 타기, 우리 집 거실은 온갖 운동기구들이 반을 차지하고 있습니다. 개학하면, 담임 선생님께 솔직하게 말씀드리는 수밖에 도리가 없습니다.

"저는 아무래도 재원이 살 빼는 거 잘, 못하겠어요."

정직이 최선의 방책입니다. 하하.

엄마 걱정

열무 삼십 단을 이고
시장에 간 우리 엄마
안 오시네, 해는 시든 지 오래
나는 찬밥처럼 방에 담겨
아무리 천천히 숙제를 해도
엄마 안 오시네.

아주 먼 옛날
지금도 내 눈시울을 뜨겁게 하는
그 시절, 내 유년의 윗목

적지 않게 엄마 속을 태워드렸던 아니 다섯 남매 중 단연 으뜸이었던 내가 방바닥에 엎디어 자식 걱정을 합니다. 재원이가 '코코호도'를 종이에 적어, 내게 보여줍니다. 재원이도 그건 아빠가 사 오는 거란 걸 압니다. 전화하라는 소리입니다. 어~ 똘똘한 놈~ 어디 가서 굶진 않겠습니다.

머리 한번 쓰다듬어주니, 흥흥거리며 방학 숙제를 합니다. 예쁜 글씨쓰기 책 한 권을 이틀에 해치웠습니다. 호두과자쯤 먹을 자격이 있습니다. "I am always with you." 지난 미사 때 새 신부님의 상본이라고 캐더린 언니가 주었습니다. 마음에 들어서 컴퓨터에 붙여놓았습니다.

새로 신부님이 되신 분은 못 뵈었지만, 스콜라스티카 반에서 우리 아이들 첫 영성체를 주시던 젊은 신부님이 떠올랐습니다. 재원이가 스페셜리스트가 아니었으면, 신부님 어머니가 되는 꿈도 꾸어봤을지도 모릅니다.

아. 아닙니다. 내가 엉망이라 그 꿈은 좀 어려워 보입니다. 난 그냥 아이들을 잘 먹여서 키우는 거나 해야겠습니다. 오늘은 아이들 점심으로 뭘 해 먹이지요?

숲속의 길

숲속의 길

세상의 모든 바보들은 절대로 남을 모함하지 않는다.
세상의 모든 바보들은 절대로 남을 업신여기지 않는다.
따지고 보면 하나를 가르쳐서 열을 아는 소유자가
열을 가르쳐도 하나조차 모르는 두뇌의 소유자보다
어리석은 과오를 범하는 경우가 더 많은 법이다.
그런데도 하나를 가르쳐서 열을 아는 두뇌의 소유자들이
열을 가르쳐도 하나조차 모르는 두뇌의 소유자들을 경멸하는 관습은 변
하지 않는다.
열을 가르쳐도 하나조차 모르는 두뇌의 소유자들은 일체의 경쟁에서 탈
피되어 있다.
일체의 모반에서도 탈피되어 있다.

일체의 권력에 초연하고 일체의 금력에 초연하다.

도인들이나 소유할 수 있는 경지라고 하겠다.

오늘날처럼 세상이 극도로 부패해 있을 때에는 가히 스승으로 모셔도 손색이 없는 인품이다.

그래서 나는 세상의 모든 바보를 존경한다.

옥잠 선생님이 올려주셨던 '숲속의 길'입니다. 마음이 고요해지는 길입니다. 저 길을 걸으면, 나무가 하늘이 풀꽃들이 다가와 말을 걸 것 같지요? 보기만 해도 위안이 되는 자연이 나이 들수록 좋아집니다. 아니 나이가 들어서 좋아지는 건가요? 숲이 푸르다 못해 검게 보이는 이즈음 바로 오늘 막내 재원이가 태어났습니다.

중복 날 아이를 낳고 어머니 눈을 피해 에어컨을 몰래 틀어가며 몸조리를 했던 '요즘 보기 드문 변변치 못한 산모'였지요. 아이를 받은 의사와 간호사 말이 요즘엔 좋은 계절에 딱딱 맞춰서들 출산을 한다나요. 나는 그런 재주 없으니 기대 말아요. 라고 했지요. 속으로요.

'그래서 나는 세상의 모든 바보를 존경한다'

이외수의 '그대에게 던지는 사랑의 그물' 中에서

바보라고 등 뒤에서 큭큭대는 소리를 들어가며 내가 세상에 내어놓은 아들 재원이, 세상엔 고약한 사람들만 사는 게 아니어서 바보를 존경한다는 이외수 님 같은 분도 있고 상록수에는 우리 바보들을 위해 몸과 마음을 내어주시는 분들도 계시고, 같이 바보가 되어가는 분들도 계십니다.

생일 축하 합니다아~~ 노래 부르고 짝짝짝~~ 아침이라서 길게 못하고, 미역국만 먹고 파티는 저녁에 하기로 했습니다. 재원이 오래오래 살라고 미역을 안 자르고 끓였더니, 재원이가 목에 걸렸는지 켁켁거립니다. 재원이 등을 두드려주면서 남편이 도끼눈을 뜨곤 "아이구~ 꼭 할머니같이~ 미역 길다고 오래 사나~!" 합니다.

"그래, 나는 할머니라서 그래~ 당신 생일 때 아주 잘잘하게 토막 내어 끓여 줄게." 퓌~~

누나가 학교에 가며 짠한지, 재원이 머리를 여러 번 쓰다듬어줍니다. 남편이 저녁에 뭐뭐 사올 거라고 재원이한테 소곤거리고, 둘 다 발길이 안 떨어지는지 보고 또 보고 가네요. 나 원참. 제가 재원이 구박이라도 하나요. 그렇게 마음 짠해하다니. 재원이 선물로 저는 퍼즐과 엽서를 준비했습니다.

최후의 만찬이 그려진 엽서는 아래위로 흔들면, 예수님이 혼자 나타나셨다가 12제자와 함께 나타나셨다가 합니다. 이따가 예쁘게 포장해서 저녁 파티 때 줄 거예요. 지난 일요일, 수박 두 통을 들고 다예가 봉사 활동하는 지역 공부방을 찾았습니다.

공부가 끝나길 기다리는 동안 더위로 얼굴은 낮술 먹은 사람처럼 벌개졌지만, 마음만은 아이들의 배려에 눈물이 자꾸 고여서 시원했습니다. 아이들을 다 가르치고 나오면, 다예를 데리고 점심을 먹으러 갈 참이었습니다. 오후에 친구들과 약속이 있다는데 집에 왔다 가기는 시간이 촉박해서 점심밥을 먹으러 나왔었거든요.

공부방을 나서는데 다예가 가르치는 아이의 동생이 두 여자아이와 함께 계단에 서서 어깨가 축 처져 있습니다. 이름은 몰랐지만, 얼굴은 몇 번

본지라 "왜 기분이 이렇게 안 좋아 보여?" 했더니, "배가 고파요." 합니다. 이런. 이곳이 아프리카도 아니고 경제순위 10몇 위라는 우리나라 맞나?

대낮에 아이가 배가 고프다고 하는 소리를 듣다니. 어찌나 난감하고 당황했는지 저도 모르게 "저기~ 언니랑 아줌마랑 요 밑에 빵집에 갈 건데 같이 갈래?" 하니까, 아이가 머뭇머뭇하는 사이 옆에 있는 키가 작은 아이가 "갈래요~!" 합니다. 다예가 제게 눈짓을 하곤 "우리 빵 먹으러 가자." 하며 아이들을 떠밀면서 골목을 나섭니다.

빵집에 가서 어쩔 줄 몰라 하는 아이들에게 다예가 "각자 먹고 싶은 빵 두 개하고 음료수 하나씩 쟁반에 담아 와." 하니까 갑자기 조잘조잘 신이 났습니다. 다예와 저는 샌드위치 하나를 사서 한 쪽씩만 먹고, 아이들이 맛있게 먹는 걸 보고 있었지요.

아이들이 고른 빵들이 소시지가 잔뜩 든 좀 큰 것들이라 두 개를 한꺼번에 먹기에는 좀 많다 싶어서 "아줌마는 샌드위치 남아서 싸달라고 할 건데, 너희들도 하나씩은 싸달라고 할까. 이따 먹어도 되니까?"라고 물으니, 다 먹을 수 있다고 자신만만입니다.

그래. 하고 놔두었더니 아니나 다를까 하나씩도 겨우 먹고는 못 먹고, 내려놓았습니다. 남은 빵을 하나씩 싸 들고 아이들은 내리기 시작한 빗속으로 뛰어갑니다. 해맑은 얼굴로 "선생님. 안녕히 가세요." 인사를 하면서요. 까르륵거리며 뛰어가는 아이들의 뒷모습이 새다리처럼 가느다란 종아리가 손에 들려진 남은 빵 봉지가 까닭 없이 서러워졌습니다.

비가 내려서 다행이었습니다. 한참을 둘이서 말이 없다가 다예가 입을 떼었는데, 배가 고프다고 한 그 아이의 오빠가 오늘 무얼 물어 보더라나요. 학교에서 건강검진을 했는데 자기가 여자같이 가슴이 나온다는 그런 얘기를 들었다고, 그런 병도 있냐고 물었답니다.

다예가 그런 증세에 대해 알리는 없고, 다만 마음에 걸리는 것은 그 아이나 오빠나 아침은 거의 못 먹고, 점심은 그나마 학교에서 급식으로 반찬과 밥을 먹지만, 저녁은 정해진 시간도 없이 공부방에 오자마자, 컵라면으로 해결한다고 했습니다. "엄마. 컵라면 매일 먹으면 환경호르몬 같은 것 때문에 몸에 안 좋지? 그렇다고 먹지 말라고 할 수도 없어서 아무런 말도 못했어."

다예를 보내고 볼일을 보고, 장을 보아 집으로 왔습니다. 가방을 정리하는데 낮에 먹다 넣어둔 샌드위치가 뭉개진 채로 한쪽 구석에 들어있었습니다. 으깨져서 소스를 뒤집어쓰고 있는 그 샌드위치를 보니, 아이들이 떠올라서 가슴이 답답해졌습니다. 해야 할 일을 안 하는 죄와 하지 말아야 할 일을 하는 죄, 어느 것이 더 무거울까요? 머리가 뜨거워서 겨울이 더 그리워지네요.

재원이의 일기

　이 일기는 2003년 3월 15일, 그러니까 재원이가 북한산 초등학교에 입학하고 10여 일쯤 지난 뒤에 재원이는 도대체 무슨 생각을 하며 사는지 궁금해서 넘어갈 지경이 된 제가 재원이 머릿속을 해킹을 해서 대신 쓴 일기입니다. 그러고 보니 제가 '만행'이라고 표현하곤 했던 재원이의 말썽들도 몽땅 다 나름 정당한 이유가 있는 거였네요.

　누나가 4학년으로 전학을 와서 2층을 오르내리며 재원이를 같이 돌봤고 저는 앞치마 두르고 재원이 반에 들어가 코찔찔이 1학년 초등학생들의 도우미 선생님으로 좌충우돌하던 때였지요. 재원이 생일을 맞아 어릴 때 사진을 보다가 그때 모습들이 그리워져서 피서 삼아 한번 올려 봅니다.

　2003년 3월 15일. 날씨 맑음, 엄마 날씨 천둥 번개 동반한 폭우 예정.

　우리 아빠는 우리 집에서 분명히 키도 제일 크고 힘도 제일 세다. 그런데도 불구하고, 아침마다 엄마가 효자손으로 엉덩이를 한 대 때려야만 일어나신다. 나와 아빠가 엉덩이를 한 대씩 맞고 일어난 후에도 나는 30여 분쯤 더 누워있을 수 있다. "빨리 재원이 깨워요~오~"라고 엄마가 소리를 지르면 아빠는 로션 냄새를 풍풍 풍기며 들어와서는 내 귀에다 대고 "해임요~ 해앰 드이소." 하면서 내가 일어나지 않고는 못 배기는 멘트를 하신다.

엄마는 아침에만 햄이랑 소시지를 끓는 물에 튀겨서 밥 위에 얹어 주신다. 다른 끼니 때는 아무리 울어도 안 주셔서 직접 냉장고를 뒤져 차가운 햄 조각을 트라이했다가 엉덩이를 냅다 걷어차인 적도 있다. 오늘 교실에 들어서면 일단 슬라이딩을 한 번 넣으며 매트 밑으로 들어가서 다른 아이들의 부러움을 사고 매트 주위에 나의 체취를 남겨서 아무도 접근을 못하게 할 심산이었다.

그러나 엄마가 나랑 같은 이름표에 도우미 선생님이라고 써 붙이고 앞치마를 두르신 후 옆자리에 앉으시는 게 아닌가! 아파트에서 얼굴을 익힌 몇몇이 "이모!" "아줌마!" 등등의 호칭으로 부르자 선생님께서 이제부턴 엄마를 '도우미 선생님'이라고 부르라고 하셨다. 어떻게 이런 부당한 일이 일어날 수가 있단 말인가?

나는 다른 아이들의 엄마는 하나도 없는 교실에서 불행하게도 엄마 옆에 앉아 있어야만 했다. 문제는 '모둠'형 자리 배치를 정통형 일렬식 자리 배치로 바꾸면서 일어났다. 책상을 거꾸로 돌려 앉은 아이들이 책상 서랍이 없어졌다고 밀고 당기기 시작했던 거였다.

내 짝인 칼럼니스트 아들은 심각하게 머리를 쥐어뜯으며 책상에서 서랍이 없어진 이유를 생각해 내려 애쓰고 있었고, 우리 반에서 제일 뚱뚱한 여자친구는 어떻게 책상을 돌려보려다가 그만 의자와 책상 사이에 끼어서 꼼짝달싹도 못하는 채로 '뚱뚱이는 무얼 먹고 사나요?' 하며 놀리는 조그만 남자아이의 멱살을 쥐고 흔들고 있었다.

제일 키가 큰 녀석과 제일 몸이 잽싼 두 녀석은 해결되지 않은 책상 밑에서 급기야는 뒹굴며 주먹질을 시작했고, 그 소동을 틈타 나를 비롯한 몇몇은 복도로 뛰쳐나갔다. 야호~! 복도에는 먼저 나와 있던 화장실 원정조가 얌전히 열중 쉬어를 하고 볼일을 보고 있었으나 그 애들의 수고를 덜어주려 눈높이 위치에 달린 PUSH 버튼을 모조리 눌러주었다가 엄마에게 양쪽 측두엽에 주먹 드릴 세례를 받았다.

선생님이 '도우미'로 지정한 나의 헬퍼는 돕기는커녕, 자기 알림장도 개발새발 그리고 있었고, 나는 그런 그녀의 주사위를 냉큼 **뺏어다** 입에 넣어버렸다. 엄마가 뒤통수를 갈기지 않았다면, 그대로 삼킨 후 매트 위를 뒹굴며 주사위 놀이를 하려 했으나, 나의 이런 계획은 재빠른 동시 동작으로 뒤통수를 갈김과 동시에 입에 손가락을 넣고 휘저어 주사위를 꺼내는 엄마의 날렵함 때문에 무산되었다.

과제물로 유치한 동그라미 너 대개에 색색의 덧칠을 하고 오징어 다리마다 다른 색깔로 북북 칠한 다음 도장을 받으러 나가니까 선생님께서 사탕을 주셨다. 입안에서 오렌지 맛 사탕을 굴리며 자리로 돌아가니 짝꿍이 '파인애플 맛 사탕'을 들고 있었다. 그 친구는 그 사탕이 상당히 마음에 안 드는지, 무척 고민하는 눈치였다.

그래서 얼른 집어와서 냉큼 까서 입에 털어 넣고 나니 그 친구는 울음을 터트렸다. 아마도 고민하던 것이 단번에 너무 뜻하지 않게 해결이 되고 보니 감격스런 눈물이 터져 나왔나 보다. 엄마는 쩔쩔매며 어제 아빠에게서 받은 길리안 쵸코렛을 하나 그 친구에게 꺼내주셨는데 그것은 비상식

량으로, 엄마가 기분이 나빠질 때마다 드시려고 가지고 오셨던 거였다.

그 친구에게 우리 모자는 아주 사려 깊은 사람들로 기억이 될 거다. 하교 지도를 위해 학교 정문까지 선생님을 따라 걸어오는 동안 서로 자기 옷이라고 우기는 두 녀석이 노란 조끼를 가지고 싸우고 있었고, 어떤 여자애 하나는 신고 있는 운동화가 자기 것이 아니라고 훌쩍거렸다.

그 여자애는 무척 솔직한 것 같았다, 최소한 조끼 하나를 가지고 치고 박고 있는 녀석들보다는 말이다! 선생님의 머리 쓰다듬는 시간을 단축해 드리기 위해 나는 모자를 벗고 머리통을 들이댔다. 그리고는 도루 운동 장으로 냅다 뛰어 들어와 수위 아저씨만 남고, 선생님들과 학생들이 모두 다 가 버릴 때까지 신나게 놀았다.

뒷산으로 빙 둘러 산책코스까지 돌아오니 교문이 잠겨있어서 엄마는 학교 구석구석을 다 뒤져 수위 아저씨를 찾아 사정 이야기를 하며 차를 빼야 하니 정문을 좀 열어달라고 하셨다. 위 아저씨는 아주 느린 걸음으로 걸어오셨는데 엄마도 아저씨도 화가 나신 듯했다.

누나가 '장애인돕기 엿 판매 이벤트'를 보고 사 달라고 하자, 평소와는 달리 "살쪄!"라고 짧게 말하는 것으로 보아 기분이 안 좋으신 게 분명한데, 쵸코렛까지 우리 반 친구를 주어버려 대책이 없으신 듯했다. 아파트에 들어서서 엄마가 시동을 끄고 내리는 사이에 다다다. 놀이터로 뛰었다가 바로 뒷덜미를 잡혔다.

엄마는 부드러운 목소리로 이를 지그시 깨물고 신음하듯 "제발 집에 좀 가자."고 하며 얼굴에는 미소를 띠고 계셨지만, 눈빛만은 단호해서 더 이상 버티지 않는 게 신상에 이로울 거라는 판단을 내렸다. 마지막으로 통로 계단을 오르며 나는 있는 힘을 다해 "떠들지 마. 떠들지 마!"라고 소리를 지르니까 "너나 잘해. 너나 잘해!" 하면서 누나가 응수를 했다.

당연한 결과로 우린 둘 다 교양 없이 떠든 벌로 효자손으로 손바닥을 얻어맞은 뒤 머리를 한 대씩 더 쥐어박히고 콧물을 훌쩍거리며 벽을 보고 서 있었다. 오늘의 일기 끝.

가을로 가는 여름

어제 개학을 했습니다. 급조한 방학 숙제 챙겨 들고 신이 나서 럴럴대는 재원이 앞세워 길~다란 까만 우산 지팡이 삼아 좀머씨 같이 성큼성큼, 학교엘 갔습니다. 이런. 한 달만에 오니 교실 자물쇠 비번을 까먹었네요. 머리에서 뱅뱅도는 숫자들을 아무리 조합해봐도 무정한 문은 열리지 않고, 하는 수 없이 선생님께 전화를 해서 문을 열었습니다.

재원이는 현관에서 교장 선생님과 빅 허그를 나누고, 이방 저방 다 점검을 하고 온 뒤라 흡족한 표정으로 의젓하게 책을 펼쳐 수업 준비를 합니다. 저는 방학 내내 갇혀 있던 퀴퀴한 공기 내보내고, 걸레질하고 재원이 옷매무새 고쳐 주고 나니 친구들과 선생님이 오셨습니다.

개학 첫날부터 득달같이 와서 비번 가르쳐달라 전화해대는 성가신 우리 모자를 그래도 반갑게 맞아 주십니다. 친구들이 조금씩 자란 것 같기도 하고 어떤 아이는 머리둘레가 커졌다고 들이댑니다. 귀여운 녀석들입니다. 개학 날부터 하드하게 정상수업을 다 한다니 개학식만 하고 어째 놀아 볼까 하여 꾀를 파던 저만 망했습니다.

비가 내려서 물기를 머금은 나무들이며 꽃들로 여름 풍경이 너무도 아름답습니다. 그렇지만 습도가 너무 높아 가만있어도 땀이 삐질거립니다. 여름에는 풀이나 꽃이 되어 어느 구석, 뿌리를 내리고 한철을 보냈으면 좋겠다. 하는 쓰잘데기없는 생각을 하며 재원이를 기다립니다.

행복한 좀머씨가 되어서요. 로망 롤랑이가 인생은 15분 늦게 들어선 영화관과 같다고, 어떻게 되어가는 이야기인지 몰라 두리번대며 열심히 알아내려 애쓰지만, 영화가 다 끝나가야 "아." 하고 비로소 조금씩 깨닫게 된다고, 말했지요. 우리 인생도 그런 것 같습니다.

50인 지금도 여전히 두리번대며 멍한 상태로 뒷북치며 사는 저에게 딱! 맞는 얘깁니다. 하하. 다만 50이 다 되어 겨우 하나 알 것 같은 것은, 세상 모든 것은 서로 관련되어 있다는 것입니다. 등굣길에 지나쳐온 사람들, 늘 보면서도 짖어 대는 머리 나쁜 강아지, 재원이 옆 반 노는 형님들, 습하다 못해 물이 샐 듯한 날씨까지 생명이 있는 것, 없는 것, 정치나 과학 등등.

세상의 모든 현상과 본질들이 서로 연관되어 변화되고 영향을 주고받으며 존재하는 것 같습니다. 그러니 당장 어떠한 사실에 눈을 감을 수 있다 해도 그것이 영영 사라지거나 하지는 않겠지요. 나이가 드느라 그런지 입은 떼기가 싫고, 다만 부드러워진 눈길로 세상을 바라보고만 싶습니다.

도서실에 앉아 있으니 시원하고 좋은데 올여름은 하도 길고 지리해서 넌더리가 나네요. 냉방에도 오래 노출되어 컨디션도 안 좋고 그렇다는데요. 딸은 학교에 카디건을 입고, 집에 와서까지 몸이 차가울 정도로 냉기에 하루 종일 노출되어, 건강이 걱정됩니다.

재원이는 하도 땀이 많아 하루에도 몇 차례 샤워를 하고, 찬 걸 입에 달고 사니 배탈도 자주 나지요. 식구들에게 무어 힘이 나는 걸 해 먹여야 할 것 같은데 머리에 떠오르는 게 없네요. 흠. 궁리를 해봐야겠습니다. 이대로 시원해지면 좋겠는데, 남은 더위가 더 있다니, 게다가 폭염으로 과일이며 곡식들이 잘 된다니, 너무 불평하지 말고 기다려 주어야겠습니다.

저도 폭염에 잘 익는다면, 즐겨 햇님 바라기를 할 텐데 저는 도대체 무엇으로 익는지 모르겠어요. 모두 남은 여름 지치지 마시고 건강하게 잘 보내시기 바랍니다. 이만 점심시간이 다가오는 관계로 저는 휘리릭 사라집니다. 아듀유.

9월이 오면

　연일 비가 퍼부어대더니 오늘 햇님이 반짝 했습니다. 지난 상록수 미사 때는 평화롭게 아무 생각 없이 기쁘게 갔다가(평소 무드~) 갑자기 첫 고백성사 드리라고 캐더린 언니가 밀어 넣는 바람에 죽다 살았습니다. 으헝헝.~~~^^ 사실 처음은 아니고 언니들이 성당에 갈 때마다 고백성사해야 한다고 성화를 해대셨지만, 꿋꿋하게 못한다고 버티었지요.

　정말 겁이 나고 가슴이 두근대서 난 도저히 못 할 거야. 그랬었어요. 신부님을 뵈니, 제 죄를 말씀드리기도 전에 눈물이 하염없이 넘쳐흘러 목이 꺽꺽대서 아무 말씀도 못 드리고 망연히 있었지요. 저 혼자 고백성사를 상상할 때는 지은 죄를 안 잊어먹게 목록을 두루마리로 만들어서 들고 가야 다 말씀드릴 수 있겠다. 싶게 고백할 게 많았는데, 막상 신부님 앞에 서니 한가지 죄밖에 생각이 안 났어요. 지은 죄 제일 큰 죄. 그래도 제일 마음에 걸리던 걸 고백 드렸어요! 근데 제 죄를 신부님께 넘겨드린 것 같아 죄송했어요.

미사 내내 눈물 콧물 닦느라 미사 보 쓰고 있는 게 얼마나 다행스럽게 느껴지던지요. 미사 보가 없었으면, 아마도 창피해서 죽었을지도 몰라요. 다예도 첫 고백성사를 드리고 펑펑 울고. 우린 울보 가족인가 봐요. 다예도 당황해서 영성체 모실 때 오른손이 위로 올라갔다가 언니가 바꾸어주었다고 내내 마음에 걸려 했어요. 우린 모두 참 어설픈 사람들인가 봐요. 언제나 의젓하고 믿음직하게 미사를 드릴 수 있을런지요?

이근상 시몬 신부님 말씀을 언니들께 들었는데 실제로 뵈니 사진에서 뵐 때보다 더 젊고 쾌활하신 분이셨어요. 저의 제일 큰 죄를 알고 계신 분이니 이젠 어디서 뵈면 재빨리 샤샤샥 숨어야겠어요. 부디 신부님 기억력이 나빠셨으면 좋겠어요. 재원이는 신부님이 손을 잡으시니 갑자기 순한 양이 되어 손을 빼지도 않고 처음부터 끝까지 얌전하게 아무 말 없이 그렇게 신부님과 마주하고 있었어요.

엄마인 제가 손을 잡아도 예의상 아주 최소한의 스킨쉽만 하고 바로 빼버리는 녀석인데, 확실히 신부님은 우리 범인들과는 다른가 봐요. 녀석은 지은 죄가 없어서 우리 모녀같이 펑펑 울진 않았어요. 그 대신 행복하게 미사를 드리고 영성체를 모셨지요. 순 엉터리로 하긴 했지만요.

재원이는 개학을 해서 다시 홀로서기를 시작했답니다. 일전에 하교를 혼자 시켜보겠다고 난리를 치다가 제대로 못하고 방학을 해버렸는데, 이젠 전략을 바꾸어 저는 먼저 집에 가 있고 선생님께서 뒤를 따라오십니다. 제가 참말 집에 가 있는 것은 아니지요.

학교와 집의 중간지점에서 잠복근무하고 있다가 멀리 선생님과 재원이의 머리가 나풀나풀 보이면 선생님께 재원이 오는 거 확인했다고 전화를 드리곤 냅다. 걸음아 날 살려라. 뛰기 시작하지요. 엄마가 집에 있다고 생각해야 열심히 집으로 올 것 같아 며칠 그렇게 눈썹이 휘날리게 뛰어가서 집에서 재원이를 맞았더니, 글쎄 그게 먹히더라니까요!

지난번 연습 때는 엄마가 뒤에서 따라오는 걸 들켜서 같이 가려고 재원이가 찾는 통에 실패를 거듭했었지요. 지금도 반 울음으로 징징거리며 혼자 오긴 하지만, 그래도 딴 데로 안 새고 곧장 집으로 옵니다. 어릴 적, 학교 가는 뒤꼭지마다 할머니께서 "곧장 집에 와야 한다." 하시던 말씀이 생각나서 가슴이 뭉클했습니다.

땡볕에 한 오십은 먹어 보이는 아주머니가 가방을 어깨에 크로스해 메고 뤠다 다다다다 뛰어가는 풍경을 보는 건 흔한 일이 아니지요. 양산은 펼칠 틈도 없이 성큼성큼 긴 다리로 따라올 재원이에게 안 들키려 짧은 다리로 종종거리며 무지하게 열심히 뛰어가는 제 꼴이 조금 부끄러워져 '에효~ 이 무신 팔자에 없는 일이냐?' 했다가 화들짝 정신이 들어 얼른 정정했지요.

'하느님 조금 전에 팔자에 없다고 한 말은 실수고요.' 지금 눈썹이 휘날리게 뛰어다니는 이 팔자가 원래 제게 세팅해 주신 제 팔자 정확히 맞습니다. 그리고 징징대며 뒤에 오는 저 새끼가 제 새끼 맞고요. 그러니 혹 저 녀석과 제가 조합이 잘못되었나 체크해 보실 필요 없어요.

숨이 턱에 차고 등엔 땀이 졸졸 흘러내리는데 간발의 차로 집에 먼저 들어앉아 표정만은 평온하게 가다듬고 '글공부 열심히 했느냐? 엄마는 떡을 썰었다.' 하는 포스로 우리 재원이 왔어! 하며 반갑게 맞아 주었지요. 가만 생각해 보니 저는 거의 5분에 한 번씩 거짓말을 하는 것 같습니다.

예쁘다. 잘했어. 기특하다. 이렇게 잘생긴 아이는 처음 봤네. 글씨를 이렇게 잘 쓰는 아이는 못 봤어. 등등. 입만 열었다 하면 거짓말입니다.

하하. 그래서 고백성사는 드렸지만, 천당 갈 생각은 꿈도 안 꾸지요. 천당 못 가는 건 안 슬픈데 재원이랑 같은 곳에 못 갈까 봐 슬픕니다. 재원이는 천당 갈 테니까요.

오늘,
쉰이 되었다

오늘, 쉰이 되었다

　　　　　　　　이면우(1951~)

서른 전, 꼭 되짚어 보겠다고
붉은 줄만 긋고 영영 덮어버린 책들에게 사죄한다
겉핥고 아는 체했던 모든 책의 저자에게 사죄한다
마흔 전, 무슨 일로 다투다 속맘으로 낼, 모레쯤 화해해야지,
작정하고 부러 큰 소리로 옳다고 우기던 일 아프다
세상에 풀지 못한 응어리가 아프다

　경술국치를 다예에게 다시 알려주느라 신문을 스크랩하다 건진 詩의
일부입니다. 강은교 시인이 '고생을 많이 한 이들에게서 왜 좋은 시가 나
올까? 아무튼 이 시인은 보일러실에서 하루 일을 끝내고 나와 버스정류장

으로 가는 길에 시를 건진다. 당신도 서 계셨을 정류장.'이라고 소개를 해 주신 詩이네요.

저의 쉰도 별반 다르지 않으니 아마도 쉰이 되면 느낌들이 다 이러한 모양입니다. 이제 비가 좀 그만 오셨으면 좋겠습니다. 많은 분이 비로 피해를 입으니 비를 좋아하는 제가 가슴이 뜨끔해서요. 8월을 보내고 9월을 맞으며 청명하고 뽀송한 가을하늘을 기대해 봅니다.

이번 달엔 추석이 주 중간에 떡하니 끼어 있어 머리 잘 굴리면 학교를 한 주나 빼먹을 수가 있습니다. 음하하하. 달그락 달그락~~(잔머리 굴리는 소리^^) 9월에는 다들 행복한 일들만 많이 생기시기를 바래요. 평안한 저녁 시간 되세요.

비

　지난밤, 퍼붓듯이 내린 비를 견디어내느라 꽃들이며 키 작은 풀들이 가녀린 잎들을 땅에 떨구고 힘겨운 고개를 들어 애처롭게 버티고 있습니다. 꽃잎에 매달린 빗물이 무거워 보여 톡. 떨어트려 주었습니다. 오늘은 하루 종일 비가 올 것 같아 바깥 수업이 취소되어서 한가로이 집으로 돌아왔습니다. 선생님 말씀 잘 듣고 공부 열심히 해, 하는 저의 작별인사에 잘 보내요.

　녀석의 인사가 돌아옵니다. 잘 보내요. 덤덤한 척 교실을 나서려는데 녀석의 '잘 보내요.'라는 말이 가슴을 먹먹하게 만듭니다. 순간 뿌옇게 눈앞이 흐려져서 뒤돌아보니 책상에 앉아 책을 꺼내놓는 녀석의 뒷모습이 보입니다. 눈물에 흐려져 교실풍경과 하나로 뿌옇게 덩어리지는 아들을 남겨두고 비 내리는 교정으로 들어섭니다. 집으로 가는 쪽은 아니지만 메타세콰이어가 늘어선 물안개 가득한 길로 갑니다.

　잘 보내요. 어린 아들의 목소리가 들려옵니다. 저 길이 끝나는 곳에 마법의 성이, 아니 동굴이라도 있어서 녀석을 다시 태어나게 할 묘약이 숨겨져 있으면 좋겠습니다. 훌륭하고 똑똑하고 효도하는 아들이 아니라 적당히 엄마 속 썩이고, 시험 때만 되면 안 보던 소설책이며 만화를 쌓아 놓고 밤새고, 공부는 낙제 안 당할 만큼만 하고 참고서 하나에 용돈 두 번씩 타내는 고약한 녀석이었으면.

제발 길에서 만나는 아기마다 "아기~ 이쁘다~!" 하며 그 큰 덩치에 안 어울리게 양팔을 크로스 해 자기 어깨를 토닥이는 시늉을 해보여 젊은 엄마들한테 치한 취급당하고, 좋아하는 사람들에게 자기 딴에는 최대의 찬사인 '원숭이'라는 멘트를 날려서 놀래키는 일이 없이 그렇게 사는 아이말입니다. 그리고 나중에 엄마 아빠 세상을 떠나면, 장례식 동안만 슬퍼하고 그 다음엔 잊고 살아주었으면, 가끔 명절에 한 번씩만 찾아주었으면, 자식 챙기느라 부모 생각 까맣게 잊는 아들이 되어 주면, 얼마나 좋을까요. 집으로 돌아오는 내내 꿈을 꿉니다.

커피 한잔을 만들어서 버터 쿠키, 쵸코 쿠키 두 접시나 늘어놓고 눈물 흘리는 건 비에게 하라고 맡겨놓고 혼자서 냠냠. 맛있게 먹고 있습니다. 수요일에 딸이 소풍(반나절 산책 정도?) 가는데 선생님 도시락을 들려 보냈지요. 담임 선생님께서 정갈하게 씻은 도시락과 함께 감사의 엽서와 쿠키 두 봉지를 가방에 넣어서 보내셨습니다.

다예가 한 개 달라고 했는데 싫어~ 내꼬야~ 심술을 떨었습니다. 음식솜씨는 없지만 먹는 걸 좋아하는 저인지라 소풍 간다면 아니 어디든 간다면, 먹는 거부터 챙깁니다. 유치원 때부터 소풍이라면, 친구들 것부터 선생님 것까지 등에 손에 가득 들려 보내서 무겁게 남의 것까지 가져가란다고 만날 투덜거렸는데 갔다 오면, 늘 누가 안 가져왔는데 같이 먹었다고 좋아했지요.

자기는 회장도 아닌데 도시락 가져가면 친구들이 나댄다고 생각할지도 모른다고 조금 커서는 그런 걱정도 하더라고요. 그렇지 않아, 어른이시고 선생님인데 당연히 먼저 잡수시라고 챙겨드려야지. 남들이 나댄다고 생각하든 말든, 네가 옳다고 생각하는 대로 하는 거야. 착하지, 우리 딸.

돈만 가져오고 도시락은 안 싸 오는 아이들이 꽤 있어서 소풍 간다면, 친구들이 늘 다예 가방에 큰 기대를 걸고 있답니다. 하하. 친구들과 도시락 나눠 먹고 뒷풀이로 돈 있는 친구들이 한턱 쏘고 재미있었다고 행복한 얼굴로 돌아왔습니다. 소풍 갔다 올 때면 늘 재원이 먹을 거를 챙겨왔는데, 요즘 재원이가 다이어트 중이라 최대한 살 안 찌는 걸로 말린 대추 한 통을 사다 주더군요. 저에게는 캬라멜 한 통을 줬지요.

아이들을 통해 말씀하시는 하느님의 목소리가 들리십니까? 나는 이 소녀가 무척 고맙습니다. 이 아이에게 어떤 특별한 구석이나 매력이 있는 것 같지는 않습니다. 평범한 외모, 특별할 것 없는 사고, 빈약한 상상력, 상냥함이라고는 눈 씻고 찾아보아도 없고, 아이다운 매력이랄 것도 없습니다.

하지만 자연과 그 불변의 진리인 하느님께서는 이 보잘 것 없는 아이를 통해 말씀하십니다. 길가에 자라난 초라한 풀나무를 통해 이야기하시듯이 고맙다. 아이야, 지금 네 모습이. 평범한 너의 모습이.

야누쉬 코르착

뽀송뽀송한 빨래가 그립습니다. 이번 주 내내 비가 올 거라니 향긋하게 마른빨래 냄새를 즐기기는 틀린 것 같지요? 건조기에서 나온 두루뭉

실해진 빨래보다 손으로 꼼꼼히 잡아당겨 햇살에 뽀송하게 말린 각이 확실히 잡힌 산뜻한 빨래를 개키는 게 훨씬 기분 좋지요.

다예에게 줄 쿠키를 남겨놓고, 나머지는 싸서 들고 나갈 겁니다. 길에서 '이쁜 아기' 만나면 하나 주고 재원이는 애기만 보면 이쁘다고 난리법석인데, 학교 앞 문구점 근처에 자주 출몰하는 이야기는 판관 포청천이처럼 눈은 쭉 찢어지고 심술 만땅인 표정이 아무리 눈을 감았다 다시 떠봐도 안 이쁘걸랑요? 헤헤.

재원이 친구들도 하나씩 주려고요. 딸의 말이 학교에서 먹는 건 뭐든 꿀맛이라나요. 우리 딸만 그런지도 모르지요. '어떻게 아이들을 사랑해야 하는가?' 오래전에 보았던 책인데 다시 보고 싶어 찾으니 절판이 되어서 헌책방 뒤지려니 마음이 급해서 출판사에 부탁해서 구했습니다.

종이도 적당히 누렇게 바래고 글씨도 잔잔하고 동글동글한 것이 마구마구 정이 갑니다. 겨우 아이 둘 기르면서 이 사람 저 사람의 조언과 도움이 없이는 감당하기가 어려우니 제가 혼자서 해낼 수 있는 게 도대체 뭐가 있을까? 싶습니다. "모든 사람이 비인간적으로 행동하면 어떻게 해야 합니까?"라고 누군가가 물으면, "더 인간적으로 행동해야지요."라고 대답한 야누슈 코르착입니다.

어제 내린 비로 모자란 지 아직도 비가 내리네요. 궂은 날씨가 이어지지만, 마음만은 뽀송뽀송하게 편안한 주말 보내시고 행복한 추석 명절 맞으시길 바랍니다. 이만 총총.

행복한 추석

어제 땅거미 질 무렵부터 비가 내리더니 언제 그쳤는지 알 수 없게 얌전히 아침이 왔습니다. 재원이 학교는 연휴에 들어갔지만, 딸은 학교엘 갑니다. 공식적으로는 휴가지만, 공부하라고 교실을 열어놓는다네요. 집에선 아무리 제 방에 들어앉아 문을 잠궈 놓고 공부를 해도 재원이가 누나를 자꾸 찾아서 집중이 잘 안 되지요.

재원이가 누나 말을 제일 잘 듣긴 하지만, 원래 직속 상관이 제일 무섭잖아요. "연필 깎아요. 공부해요." 온갖 핑계를 대면서 누나 방을 자꾸 기웃거립니다. 재원이가 놀자고 그러는 걸 모르는 게 아니니, 공부하면서도 마음이 불편한가 봅니다. 중간고사가 명절 뒤여서 도시락 싸 들고 학교로 갔습니다.

"학교 가다가 도시락 까먹고 싶어질 것 같은데 어쩌지?"

"그럼, 까먹고 집에 도로 와."

책가방 하나, 신발주머니 하나, 도시락 가방 하나, 우산. 이른 아침 집을 나서는 어린 딸의 뒷모습은 언제나 가슴을 먹먹하게 합니다. 덩치는 저보다 커진 지 오래지만 어떻게나 여리고 모자라 보이는지 이렇게 가슴 앓이할 줄 알았으면, 절대로 엄마가 안 되었을 겁니다.

도시락만 까먹고 집에 도로 오면 얼마나 반가울까요? 저는 훌륭한 엄마가 되기에는 애시당초 틀린 것 같습니다. 부시시한 머리를 대충 묶어 올리고 아직은 반바지 반소매 차림이지만, 나이값 하느라 발이 시려 핑크빛 수면 양말을 신은 제 모습이 꼭 말괄량이 삐삐 같습니다.(차림새만요. 하하.)

도시락 싸느라 어지러워진 식탁을 정리하고 따뜻한 홍차에 우유를 더해 한 잔 들고 베란다에 앉았습니다. 혼자 좀 있고 싶어서 재원이를 '코~ 자요.'라고 꼬셨지만, 재원이는 아침부터 저지리를 시작했습니다. 에이. 이따가 한꺼번에 치우자, 마음을 비웁니다.

아침부터 듣기에는 너무 비장한 느낌이 있지만 샤콘느, 비씨와 바씨의 샤콘느를 번갈아 가며 듣고 있습니다. 재원이는 레퀴엠 중에서도 로이드 웨버, 그중에도 Pie Jesu를 어찌나 좋아하는지 귀에 들리는 대로 똑같이 따라 하는 재원이의 노래를 듣고 있자면, 웃음이 쿡 납니다.

이어폰 끼고 따라 부르는 거 들으면, 엄청 웃기잖아요. 재원이는 놀면서도 웅얼웅얼, 알렐루야~거룩하시도다~ 저희를 구원하소서. 등등. 어린이 미사 노래들을 하는데 우리 가족이 좋아해서 차에서 많이 듣던 음악들이 미사에 쓰이는 음악들인 줄 몰랐습니다.

그러고 보니 아주 오래전부터 우리는 예수님 팬이었던 것 같아요. 명절을 앞두고 장을 보러 가니 파 한 단에 4천 얼마를 하더군요. 묶어 놓은 게 실하지도 않아서 들었다 놨다 하다가 야채칸에서 신문지에 싸여 풀 죽어있는 파 몇 뿌리와 양파로 버틸 요량으로 그냥 돌아섰습니다.

추석 지나면 조금 내려가려니 믿으면서요. 야채 비싸지기 전에 감자 한 박스랑 양파 한 자루를 샀는데 그놈들이 볼수록 흐뭇하단 말이에요. 명절 연휴엔 집에서 밥해 먹을 일이 별로 없으니 그나마 다행입니다. 베란다 난간에 빗물이 조롱조롱 매달려 있습니다.

뜨거웠던 여름의 기세로 보아서는 가을이 영영 못 올 것 같더니 그래도 어느새 귀뚜라미 소리도 나고 아침저녁으론 이불을 끌어당기게 됩니다. 계절이 때맞춰 오는 게 얼마나 고마운지요. 거대한 자연의 운행마저 어지럽힐 만큼 인간이 자연을 오염시킨 게 가슴 철렁해서 힘겹게 와 주는 가을이 더 고맙고 반갑습니다.

손톱처럼 어느 결엔가 자라있는 아이들이 고맙고, 무심한 얼굴로 어깨를 스치고 오가는 사람들도 고맙습니다. 누런 호박이 세 개나 된다고 늘어지게 자랑하고, 하나 준다던 기약은 잊으셨는지 아침에 만나면 인사만 반갑게 하는 이웃도 고맙습니다.

친구들과 먹는다고 감자떡 쪄달래서 챙겨간 딸이 공부하는지 노는지 모르지만, 저녁이면 환한 얼굴로 현관에 들어서 줄 거라 믿으며 미리 하느님께 감사를 드립니다. 자녀들이 기대대로 자라주지 않는다고 실망하는 부모가 얼마나 많은지요? 그리고 아이들이 자라는 단계마다 실망을 느끼게 되는 경우는 또 얼마나 많은지요? 그것은 우리가 아이들에게 조언이나 위로를 베푸는 사람이 되지 못하고 가혹한 심판자가 되고 있다는 증거입니다.

심판하는 마음이 실망을 부릅니다.

야누슈 코르착

햇님이 떠오르는 걸 보니 마음이 분주해집니다. 베란다에 던져 놓은 아이들 실내화가 눈에 들어오네요. 이번 주는 추석 덕분에 정신없이 지나가겠지요. 어릴 적 추석빔을 입고 더워서 쩔쩔매던 기억이 납니다. 땀을 뻘뻘 흘리며 할아버지 산소에 가던 기억. 벌초를 마치고 아버지께서 담배에 불을 붙여 산소에 꽂아놓으면, 신기하게도 안 꺼지고 다 타들어 가던 일 등입니다.

추석준비로 모두 분주하실 텐데 올해는 행복한 기억만 많이 만드는 즐거운 추석 되시길 바랍니다. 해피~추석 ~^^

가을날

가을날

울고 있나요
당신은 울고 있나요
아, 그러나
당신은 행복한 사람
아직도 남은 별
찾을 수 있는
그렇게
아름다운 두 눈이 있으니

오늘 서술형 시험을 치르고 있는 딸에게 문자를 보냈습니다. 뜬금없이
이 노래가 왜 생각이 났는지 모르겠어요. 아마도 시험을 잘 봤든, 못 봤

든, 제 경험으론 시험을 치르고 나면 왠지 허탈했던 것 같습니다. '맛있는 저녁 해 놓을 테니 한강으로 가지 말고 집으로 얼른 와라. 야자 하지 말고 ~!'라고 문자를 하나 더 보내놓고 야채들을 물에 담궈 놓았습니다.

아침 한 끼 집에서 먹으니 학교급식으로는 한참 먹을 나이에 영양부족이겠다 싶어 늘 마음이 쓰입니다. 그렇다고 아침부터 거하게 차려놓아도 먹지도 못하니, 시험 치고 일찍 오는 날이나 주말에 많이 먹여야지요. 재원이는 학교에서 아주 예쁜 꽃꽂이를 해서 들고 왔습니다.

그 덩치에 씩씩대며 꽃 눌릴까 봐 쩔쩔매며 들고 오는 폼이라니요? 멀리서 오는 걸 확인하고 냅다 집으로 달렸습니다. 재원이는 집에 오자마자 샤워를 하고 간식 달라고, 눈감고 무궁화 꽃이 피었습니다. 하고 벽에 붙어 있습니다. 빵 몇 개 줄까? 하니 손가락 열 개를 좌악 다 펴 보입니다. 아니, 아니. 두 개만 주세요. 해야지 하니, 착하게 "두 개만 주세요." 합니다.

남은 빵 봉지를 어디다 놓는지 모르게 하려고 재원이 눈을 가리고 벽에 붙여놓은 채 저는 도둑고양이같이 소리 안 나게 꼭꼭 숨겨 놓습니다. 빵 두 개를 주니 얼마나 맛있게 행복한 표정으로 먹는지요. 살만 안 찐다면 하루 종일 저 행복해하는 얼굴을 보고 싶지만, 계모 소리 안 들으려면 참아야겠지요.

재원이를 기다리는 동안 청설모 한 놈이랑 놀았습니다. 집 근처 늙은 잣나무가 있는 곳에 청설모가 자주 출몰하는데 이 녀석이 사람을 별로 경계를 안 하고 빤히 보기도 하고 나무 위를 아래위로 나는 듯 다니며 잣도 까먹고 재주도 부리고, 심심치 않게 해 줍니다.

저렇게 사회성이 좋으니 남의 나라 와서도 잘 사는가 보다. 라는 생각이 들었습니다. 우리 다람쥐들을 못살게 군다고 요즘엔 욕도 먹고 잡혀서 죽기도 한다는데 저도 나름 먹고 살려고 생긴 대로 사는 중인데 좀 딱하다는 생각도 들더군요. 한강 가기가 귀찮아서 안 가고 집으로 온다는 딸의 답이 왔습니다.

오늘 저녁은 간 만에 모여서, 거하게, 떠들어대며, 행복한 시간이 될 것 같습니다. 솜씨를 총동원해서 맛있는 저녁을 차려봐야겠습니다. 내일 '류해욱 신부님과 양떼들' 성지순례단에 우리 옥잠 선생님도 동행하시니 축하를 드리고 모두 무탈하게 행복한 여행이 되시길 빌며, 돌아오실 땐 '행복의 연금술' 비법 하나씩 간직하고 오시길 기원합니다.

주말부터 비가 오고 추워진다니, 감기 조심하시고요. 따뜻한 저녁 시간 되시길 빕니다. 행복하세요.

저는 갈 길 모르니

저는 갈 길 모르니

외로운가요
당신은 외로운가요
아, 그러나
당신은 행복한 사람
아직도 바람결 느낄 수 있는
그렇게 아름다운
그 마음 있으니...

    상우 엄마, 그대는 아름다운 사람이에요. 그리고 그 인정머리 없는 모녀는 자기들끼리 국수 많이 먹고 남의 손에 속옷 삶아대라 하세요. 예수님이랑 동업을 시작했으니, 무어 걱정이 있겠어요. 지나가는 눈에 밟히는 이들 챙기는 건 좋은데 다 집어주지는 말구요. 셈 잘하구요. 예수님이랑 곡스랑 행복하세유. 맨날 기도할께유.

추신: 곡스 어머니 글 보고 마음 아파 앉아 있다가 냄비 밥 다 태웠다요. 내 점심은 탄 누룽지 삶은 게 되겠어요. 탄 누룽지 삶은 거라도 좋다면 마음으로 숟가락 하나 더 놓을 테니 와서 많이 먹어요.^^

오늘 하루의 행복

잠자리 잡느라 완전히 몰입한 딸에게 공부를 그렇게 좀 해라. 으이그~~ 엊저녁 홈에 조금 *끄적거려놓은* 걸 재원이가 홀라당 날렸습니다. 한참에 줄줄 써 내려가는 재주가 없어 한 줄 쓰고 빨래 널고, 한 줄 쓰고 반찬 한 가지 하고. 그렇게 주의산만이니 재원이가 기다리지 못하고 날려버리는 게 당연하기도 하지요.

중간고사 기간이라 시험만 치고 일찍 집에 오니, 대낮에 햇살 아래 딸의 얼굴도 보고 좋네요. 사진을 찍어놓고 보니, 그사이 또 조금 자란 것 같습니다. 하하. 아기 때는 사진 찍자고 하면 얼른 달려와 카메라에 눈을 갖다 대고 같이 들여다보는 바람에 눈만 커다란 희한한 사진들이 많았는데 이제는 다 커서 얌전히 서 있어 주는 아이를 보니, 저 혼자 가슴이 뭉클했지요. 코끝이 찡하고요. 애들 얼굴만 봐도 허구헌 날 울먹거리니 아무래도 제가 좀 모자란 듯 하지요.

이 길목은 원래 다람쥐 청설모 등이 출몰하는 지역으로 대한민국 고

딩이가, 그것도 햇살 쏟아지는 이 화사한 아침 시간대에 여기에 나타나서 사진까지 찍힌 건 참말 드문 일이죠! 오늘은 딸이 한 과목만 시험을 본다고 해서 학교 앞에서 달달대고 기다렸습니다.

재원이는 어찌했느냐고요? 그 녀석은 지금 열심히 시험을 보고 있을 겁니다. 어제오늘 저도 시험 감독을 하고 오늘은 선생님이 하루 쉬시라고 해서 얼씨구나~ 하고 딸의 학교로 내뺐지요. 하하. 이따가 세 시간 동안 시험을 치르신 아들이 이 길목에 출몰할 때까진 프리~입니다.

다람쥐를 보고 손을 내밀고 있는 걸 찍었는데 다람쥐는 안 보이네요. 수학시험을 보고 나온 딸이 좋은 뉴스, 나쁜 뉴스가 있는데 어떤 걸 먼저 들을 거냐?고 물었습니다. "흠. 나쁜 거 먼저?" 소심한 뚱땡씨. 나쁜 뉴스는 수학 문제 한 개를 아는 건데 실수로 틀렸고, 좋은 뉴스는 모르는 문제를 시험 중 어찌어찌 풀어 맞춘 거랍니다. 하하.

인간의 욕심은 끝이 없는지라 어쩌다 맞춘 문제에 대한 감사는 미뤄두고, 알면서 놓쳤다는 그 녀석만 아까워서 이럴 때는 뭔가 단 걸 좀 먹어줘야 한다고 주장하는 딸에게 넘어가 아침 먹은 지 얼마 되지도 않았는데 도넛집에 가서 하루 칼로리랑 맞먹는 '단 거'를 먹어 치웠습니다.

혈당치도 높여줬겠다, 기분이 수수해져 둘이 손을 잡고 시장 거리를 걷는데 이른 아침의 시장은 분주하게 푸성귀며 과일들을 꺼내놓는 아주머니들로 활기가 넘쳤습니다. 우리도 덩달아 발걸음이 경쾌해져서 이것저것 기웃거리다가 그중 제일 마음이 끌리는 할머니께 가서 개시를 해 드렸지요.

보자기 몇 개를 펼쳐놓으셨는데 방금 산에서 따온 듯한 새까맣고 싱싱한 머루며 반쯤 빨개진 굵은 대추 알, 발그레한 복숭아 두어 무더기, 윤기가 빤질빤질 나는 햇밤 한 자루, 그리고 그릇 모양대로 굳어 엉덩이가 둥그런 도토리묵 등이 있었습니다. 몽땅 우리 모녀가 좋아하는 것들이라 "우와~ 우와." 연신 감탄을 해가며 골고루 사 들고 행복하게 돌아왔습니다.

딸이 나무인 척하고 잠자리 앉기를 기다리고 있어요. 사진에는 안 보이는데 요즘 잠자리가 참 많아요. 얘들은 몸매도 가녀린데 땅에 앉아 있을 때가 많아서 잘 보고 다녀야 해요. 밟을 수도 있거든요. 도토리묵 큼직큼직하게 썰어 쌈채랑 양념장 얹어놓고 재원이를 기다립니다.

조금 있으면 시험이야 어찌 보았든 그저 행복한 아들이 머리를 나풀거리며 다람쥐 출몰지역에 나타나겠지요. 엊저녁 꿈자리가 사나워서 새벽에 자다 깨어 재원이 얼굴을 한참 들여다보았습니다. 제 해묵은 불안감에 기인하는 근거 없는 악몽들은 아침 햇님을 보는 순간 다 사라졌지만, 그래도 재원이가 돌아올 때까진 문득문득 가슴이 서늘해지지요. 아이들이 생밤을 좋아하니 물에 불려놓고 대추랑 머루 씻어 건져 놓고 점심상을 차립니다.

가을 햇살이 너무 고와서 눈이 부시네요. 이 나이에 생기면 회복할 수 없다는 기미 주근깨가 겁이 나지만, 이런 아름다운 햇살을 가리는 건 햇님에 대한 예의가 아닌 듯합니다. 용감하게 맨 얼굴로 재원이 마중에 나섭니다. 모두 맛있는 점심 드시고 행복한 가을 만끽 하시길 바래요.

따뜻한 사람이 그리운 밤

   먼 훗날, 내가 이 땅에서 사라진 어느 가을날, 내 제자나 이 책의 독자 중 한 명이 나보다 조금 빨리 가슴에 횡한 바람 한 줄기를 느끼면서 "내가 살아보니까 그때 장영희 말이 맞더라."라고 한다면, 그거야말로 내가 덤으로 이 땅에 다녀간 작은 보람이 아닐까.

   가을 하늘이 너무 아름다워서 그랬는지 오늘 내내 장영희 교수님 생각이 났습니다. 너무 아름다워도 서러울 수 있구나. 경쾌한 단발머리에 화사한 웃음, 제가 기억하는 그분의 모습입니다. "네~ 살아보니 당신 말씀이 맞습니다." 마음으로 대답을 드렸습니다.

   사실은 '사람이 이 땅에서 사라진다.'라는 게 어떻게 가능한지 실감도 안 나고 어리둥절할 때가 많습니다. 행복 전도사로 더 잘 알려진 최윤희 씨가 남편과 동반 자살했다는 뉴스를 보고 오보가 아닌가 했는데, 그녀가 남긴 유서에 700가지 통증에 시달렸다는 대목에서 그만 가슴이 쿵, 떨어졌습니다.

한 사람이 그렇게 많은 고통을 받았다는 게 같은 사람으로서 왠지 빚진 느낌이 들고, 게다가 그녀의 강의를 들어본 적도 있으니, 힘들게 무리를 해서 건강이 악화되는데 저도 일조를 한 게 아닌가 하는 죄책감도 들었지요. 이제는 고통에서 놓여나 두 분이 주님 품에서 안식을 찾으셨기를 기도드립니다.

나는 왜 떠나는 자가 되었을까. 그리고 이제 와서 내 입으로 할 수 있는 몇 마디 말은 상처란 치유되지 않는다는 것이다. 다만 나의 자리를 상처에서 비켜 다시 마련하는 일. 이 말을 의심하지 마라. 그 속에 혹은 그 밖에서 치열함을 묻지도.

유성용, '여행 생활자' 中에서

얼마 전 책방에 들렀다가 〈여행생활자〉란 책을 보게 되었습니다. '이런 구미 당기는 직업이 있나' 하고 혹해서 냉큼 집어와 단숨에 읽었지요. 알고 보니 TV 여행 프로에서 큐레이터로 출연한 적이 있는 사람이었습니다. 가난하고 낙후된 오지를 소개할 때도 그의 얘기를 거치면 정겹고 따뜻한 느낌을 받았는데, 그 이유는 그가 여행지에서 만나는 사람들과 그들의 문화에 대해 진지하고 마음에서 우러나오는 존중과 배려를 보여주었기 때문입니다.

방송에서 흔히 취재한답시고 어른이든 애든 말을 시켜놓고는 자기는 그 앞에서 예의없이 "음. 음." 거리며 대꾸하거나 심지어는 외국인이 못 알아듣는다고 반말에다 빈정거리기까지 하는 일부 몰지각한 출연자들을 보면서 불편했던 심기가 그로 인해 위로를 받았지요.

마음을 나눈 여행지의 사람들과 한 번의 인사로 헤어지지를 못하고, 허리를 굽히고 손을 흔들고, 히죽 웃어 보이고, 마을을 벗어나도록 계속 뒤돌아보고. 촌스럽다 할 수 있는 그의 헤어짐을 보며 마음이 따뜻한 사람이라고 느꼈습니다. '상처란 치유되지 않는다. 다만 나의 자리를 상처에서 비켜 다시 마련하는 일.'이라는 그의 말이 상처를 치유하는 갖가지 방법을 소개하는 글들보다 오늘은 더 가슴에 와 닿습니다.

요즘엔 하도 용서와 치유에 관한 비책들이 많다 보니 제 스스로 상처를 치유하지 못하거나 남을 용서하지 못하는 사람은 오히려 상처를 준 사람보다 더 옹졸하거나 나쁜 사람인 듯한 분위기로까지 몰아가는 억울함이 들 때도 있기 때문입니다. 치유에 오랜 시간이 걸리는 상처도 있게 마련이지요.

그럴 때는 상처에 자괴감까지 더하지는 말고, 이 사람 처방대로 해보는 것도 좋겠다는 생각이 듭니다. 그러다 운이 좋으면 참말 상처가 치유될 수도 있겠지요.

허공에 기대는 기술

아빠랑 성당에 갔던 가브리엘이 "거룩하시도다." 노래를 부르다가 방금 잠이 들었습니다. 남편은 성당 앞까지는 가는데 '지은 죄가 많아서' 들어가지는 못하지요. 지은 죄로 치자면 제가 더 많을 텐데, 남편은 아마 겁쟁이인가 봅니다. 하하. 그래서 제가 하느님께 '저 사람이 못나서' 그렇다고 미사 때마다 기도를 드리고 있으니, 언젠가는 온 가족이 나란히 성당에서 미사를 드릴 수 있게 되겠지요.

류 신부님께서 '요셉'이라고 벌써 세례명도 지어놓으셨으니 꼭 그렇게 될 거라고 믿습니다. 성지 순례 가신 분들은 지금쯤 어디에 계신지 궁금하네요. 재식 청년이 지난번 성당에서 만났을 때 엄마가 계신 곳이라고 휴대폰에 있는 유럽 지도를 보여주더군요.

그러고는 엄마가 보고 싶은지 눈물이 그렁그렁 해졌습니다. 분위기 잡았다간 같이 눈물 바람할 것 같아서 딴청을 부렸지만, 마음이 아팠습니다. 모두 주님의 축복을 한 아름씩 안고 건강하게 돌아오시기를 기도드립니다. 내일이 일요일이라서 얼마나 다행인지요. 남은 휴일도 행복한 날 되세요.

가을 햇살

가을

김용택

가을입니다
해질녘 먼 들 어스름이
내 눈 안에 들어섰습니다

윗녘 아랫녘 온 들녘이 모두
샛노랗게 눈물겹습니다
말로 글로 다 할 수 없는
내 가슴속의 눈물겨운 인정과
사랑의 정감들을 당신은 아시는지요

해 지는 풀섶에서 우는

풀벌레들 울음소리 따라

길이 살아나고 먼 들 끝에서 살아나는

불빛을 찾았습니다

내가 가고 해가 가고

꽃이 피는 작은 흙길에서

저녁 이슬들이 내 발등을 적시는

이 아름다운 가을 서정을

당신께 드립니다

어제 미사 중에 신부님께서 들려주신 가을 시입니다. 김용택 시인의
'가을'을 들으며 잠시 정신 차리고 가을을 음미해 보았답니다. 저는 어제
결혼식을 마치고 피로연에서 도망 나와 서두른다고 했는데도 미사에 늦
어서 죄송한 마음에 고개를 들고 있기가 민망했지요.

멀리서 와 주시는 쉼터의 식구들과 신부님을 생각하면 늦으면 안 되는
데, 그만 늦었습니다. 옥잠 선생님과 율리안나 님의 순례기를 청해서 들으
면서 나도 언젠가는 하는 꿈도 꾸었지요. 반가운 님들과 함께하는 미사를
마치고, 소박하지만 맛깔스런 왕언니표 저녁도 함께 나누고 했지요.

하루 종일 정신없이 돌아다니느라 놓친 영혼을 챙기는 소중한 시간이
었습니다. 율리안나 님은 처음 뵈었는데 가까이 사신다니 자주 뵐 수 있
겠지요? 순례기 들려주셔서 감사했어요. 주니맘 님은 가을 멋쟁이가 되어
서 나타나셨지요. (워낙이 패션 리더였지만~!) 건강하고 활기찬 모습에 감

사한 마음이 들었습니다.

천상 여자인 하늘바람 님은 조용조용 미소를 띠시곤 미사에 함께 하셨지요. 반가운 마음에 늘 덜렁대고 업 되어있는 저는 하늘바람 님을 뵈면 '아. 나도 좀 반듯해 져야지.' 하는 반성을 한답니다. 해가 짧아져서 깜깜한 어둠 속에 돌아들 가시니 마음이 불안했지만, 미사를 드리고 돌아가는 길이니 주님께서 지켜주시리라 믿었습니다.

신부님께서는 상록수 친구들을 위해 순례길에 선물을 준비하셨는데 깜빡 하셨다고 하셨습니다. 타의 추종을 불허하는 까먹기 대장 신부님입니다. 하하~^^ 그래도 순례지의 감동만은 잊지 않으시고 고스란히 전해주셨답니다. 엊저녁엔 미사 드린 후유증으로 저녁 기도를 오래 드리면서 생각나는 사람 죄다 챙기고, 세계평화까지 걱정하면서 잠자리에 들었습니다.

늦잠을 자고 싶었지만, 멀리 지방에서 치러지는 결혼식에 가야 하는 남편과 봉사활동 가야 하는 딸 때문에 일찍 아침 차려주고 아이들 실내화 빨아 널고 가을 햇살 속에 앉았습니다. 지난 금요일, 재원이 학교 축제에서 하루 종일 전을 부쳐댔더니, 어깨가 욱신욱신, 파스로 도배를 해 놓았지요.

식당에서 쓰는 들통으로 세 통을 부쳤으니 살면서 제일 많은 전을 부친 것 같습니다. 아이들이 별로 안 좋아할 줄 알았는데 전을 의외로 잘 먹더라고요. 그래서 신나게 부쳐내고는 뻘었습니다. 하하. 행복해하는 축제의 아이들을 보면서 어떻게 사는 게, 잘 사는 것일까? 나중에 올 행복을 위해 현재의 시간을 몽땅 저당잡혀도 되는 것일까?

그렇게 유예해놓았다가 나중에도 안 행복해진다면? 사는 내내 행복해질 준비만 하다가 끝나버린다면? 투명한 가을 햇살을 올려다보며 가슴 한구석이 답답해지는 걸 느꼈지요. 당장 내 아이한테도 행복하고 평화로운 시간을 주지 못하면서 다른 아이들 걱정하는 건 웃기지만, 진심으로 우리의 아이들이 행복하게 자라나기를 기도드립니다.

나를 죽이지 않는 모든 것은 나를 강하게 만들 뿐이다.

니체

니체의 말처럼, 지금 너를 죽이지 않는 너의 힘듦은 너를 강하게 만들어 준다고, 아이들에게 말해 주고 싶습니다. "열기구는 어떻게 하늘을 날까?"라고 재원이가 묻습니다. 저는 "그러게나 말입니다."라고 대답했지요. 참 대책 없는 엄마입니다. 하하~^^

주말마다 결혼식이며 대소사가 줄을 서 있어 무슨 일인가? 생각해 보니 아. 가을이구나. 좋은 계절인 게 틀림없습니다. 엊저녁 과하게 떠벌거리고 많이 먹고 많이 웃고 했더니 목이 조금 아픕니다. 따뜻한 허브차 한 잔 만들어야겠습니다. 향기롭고 따스한 주말 보내시고, 오후부터 추워진다니 감기 안 걸리게 조심하세요.

그럼 이만 안녕히.

가족

150살까지 사는 법. 인간이 한곳에 모여 서로 도우면 150세까지 살 수 있다는 연구결과가 발표됐습니다. 미국 텍사스 대학 스티븐 오스터드에 따르면, 보금자리를 갖고 주위 사람들과 도움을 주고받으면, 집단 방어능력이 발달, 수명도 늘어난다고 합니다.

그 예로 단독생활하는 말벌의 수명은 10~14일인 반면, 무리 지어 사는 말벌은 2~3년에 이르고, 홀로 사는 호랑이보다 무리 지어 사는 사자가 오래 삽니다. 오늘은 날씨가 풀려서 한결 가을 정취를 느낄 수 있었습니다. 미사 드리러 가는 길이 감미로웠지요.

며칠 동안 목도리 둥둥 싸매고도 못나게 감기에 걸려, 미사 끝나갈 무렵 기침이 터져 나왔지요. 사랑과 기침과 주머니에 든 송곳은 숨길 수가 없다고 했던가요? 참으려고 하니 더 목이 간질간질했습니다. 그래도 미사 끝나갈 무렵이라 다행이었습니다. 집을 나서는데 남편이 은갈치마냥 윤기가 좌르르 흐르는 정장을 입고 나서길래 어디가? 했더니, 성당 가잖아!

합니다.

　성당에 내리지도 않고 우리만 내려놓곤 쏜살같이 내빼면서 뭐하러 그렇게 차려입었는지 의아해하다가 가만 생각해 보니 '오호라. ~요고이 기특헌데~!' 웃음이 슬며시 났습니다. 그래. 옷만 차려입고 성당에 발도 안 디딘들 어떠랴! 싶었습니다. 그러다 보면 차 문 열고 발 디딜 날도 오겠지요. 아침겸 점심을 먹은 터라 저녁을 일찍 차려야겠다. 생각했는데, 감기 기운에 몸이 노곤해 장 보는 걸 내일로 미루어서 저녁 찬거리가 궁색했습니다.

　궁리 끝에 목에 있는 감기바이러스도 돌아가시게 할 겸, 강황가루를 잔뜩 넣어 카레를 만들었지요. 낮에 남편이 이쁜 짓 한 게 생각나서 좋아하는 메추리 알을 잔뜩 얹어 손님용 접시에 예쁘게 담아주었습니다. 그러면서, 햐. 그래. 맞다. 남편이 겨우 성당 문 전에 간다고 열심히 차려입고 나서는 것조차, 완전 초보인 내 눈에도 이렇게 기특한데 주님 앞에 나와 미사를 드리고 지은 죄의 용서를 구하고 평화를 구하는 사람들이 주님 보시기에 얼마나 기특하고 사랑스러울까? 싶었습니다.

　미사 중에 하염없이 예수님을 바라보고 있으면 참 평화롭습니다. 고통에 힘겨워하는 예수님을 바라보며 평화를 느끼다니, 참 염치없는 짓이다. 싶어서 옆에 있는 성모님과 아기 예수님에게로 잠시 눈을 옮깁니다. 다시 십자고상을 바라보면 어느새 눈물이 그렁하게 맺혀 성당 천정에 달린 불빛들이 꼬리를 달고, 길게 길게 늘어집니다.

　주님 제 안에 주님을 모시기에 합당치 않사오나 한 말씀만 하소서, 제가 곧 나으리이다. 이 기도를 들으면 가슴이 뭉클해져서 울고 싶어집니다. 남편 말마따나 지은 죄가 많아서, 그런가 봅니다. 150살까지 사는 법을 옮겨왔으니, 꼭 그렇게 하셔서 모두 오래오래 행복하게 사시길 바래요.

내일 휴일 하루가 더 남아 있어서 아주 기쁩니다. 하하. 아침에는 기필코 햇님이 중천에 뜰 때까지, 지구를 떠메고 있어야지. ~럴럴럴^^ 같이 떠메고 계실 분 있으세요~~? 히~^^

가을 편지

조용한 일

　　　　김사인

이도 저도 마땅치 않은 저녁
철이른 낙엽 하나 슬며시 곁에 내린다

그냥 있어 볼 길밖에 없는 내 곁에
저도 말없이 그냥 있는다

고맙다
실은 이런 것이 고마운 일이다

현관을 나서며 숨을 마시니, 기침이 쿨럭 나옵니다. 밤새 바깥에서 추위에 떨었다고 일러주기라도 하듯 메마른 낙엽들이 바람에 몰려와 발치에 서걱거립니다. 벌써 늦가을이라고 해야 하나요. 아직 겨울에게 자리를 내어줄 때가 안 된 것 같은데 목도리 둘둘 말고 나가도 어색하지 않으니, 이 가을도 이젠 다시 만나지 못하겠구나. 뒷모습이 서글퍼집니다.

작년 겨울 딸이 크리스마스 선물로 사준 목도리가 너무 길어서 목에 둘둘 말아놓으면, 깁스를 한 듯 목이 든든하고 따뜻합니다. 찬바람 덕에 눈만 빼꼼 내밀고 자라목같이 목도리에 쏙 파묻혀 눈 부신 햇살 아래 해바라기를 합니다. 저 나무가 언제부터 저 자리에 있었나 화들짝 놀라 나무를 바라봅니다.

운동장 한 켠에 서서 샛노란 잎들로 찬란하게 빛나는 저 은행나무를 어떻게 그동안 보지 못했을까요? 나는 알지 못했으나 그냥 있어 준 나날들. 내가 무얼 해볼 것도 없이 그저 지내온 날들에 그냥 곁에 있어 준 많은 이들이 고맙습니다. 노란 주단을 만들어 놓은 나무 아래 서서 경이에 찬 눈길로, 찬찬히 그러나 무례하지 않게 올려다보며 조그만 소리로 속삭입니다.

'고마워, 나무야. 여기 있어 주어서 고맙다.'

어제는 상록수 봉사자님들에게 조촐한 점심을 대접하는 날이었습니다. 학교에 재원이 넣어놓고 달려가 마음을 보탰습니다. 갑자기 추워진 날씨 탓인지 꼭 오셔야 하실 분들이 덜 오셨다고 끌탕을 하는 언니들이, 늘 봐도 이쁘다. 소리 한번 해주지 않지만 먹을 거는 많이 챙겨주시는 언니들이 고마웠습니다. 밥주걱으로 한 대 맞을 각오하고 합니다.

못난 놈들은 얼굴만 봐도 흥겹다고, 저는 언니들과 봉사자분들이 얼굴만 봐도 흥겹습니다. 그래서 처음 뵈어도 오래 만난 듯 마음이 즐겁고 같이 일하는 게 신이 납니다. 봉사자분들은 마음뿐만 아니라 얼굴도 참 예쁘신데, 아마도 마음이 예뻐서 얼굴도 덩달아 예뻐지신 게 아닌가 싶습니다.

저도 얼굴만 봐도 반가운 못난 놈이 되고 싶습니다. 상록수 다녀갈 때는 늘 그렇듯이 양손에 먹을 게 가득히 들었습니다. 아침상에 좀처럼 보기 힘든 반찬들이 있으니 다들 밥그릇을 닥닥 맛있게 긁어먹고 갔습니다. 추운 날 식구들 든든히 먹여 내보내니 흐뭇해져서 기분 좋게 등교할 준비를 하고 있는데, 아무래도 과하게 재원이가 조용한 게 어디서 사고를 치고 있다는 싸한 느낌이 왔습니다.

아니나 다를까, 누나 방에서 뭘 하나 했더니, 딸이 며칠 목이 아프다고 폴로 사탕같이 생긴 빨아먹는 약을 먹다 놔둔 걸 6개들이 포장으로 두 개나 까먹었더라고요. 대충만 계산해봐도 12개니 3일치는 되는지라 정신이 아득해져서 서둘러 소금물을 먹이고 등을 두드려서 내놓게 했지요.

약은 안 나오고 물만 조금 나와서 선생님께 늦는다고 전화 드리고, 병원으로 달려갔다 왔지요. '어째 요 며칠 너무 조용하다 싶더라.' 픽 웃음이 났습니다. 난리를 치면서 옆에 있어 주는 재원이도 고맙고, 거기 있었나, 싶게 조용히 있어 주는 이들도 고맙습니다.

체온을 나누는 게 축복이 되는 겨울이 그래서 저는 더 좋습니다. 날씨가 추워지면 입시가 절로 연상되도록 우리의 유전자에 입력이 되었나 봅니다. 입김이 호호 나는 학생들의 등교 행렬을 보며 얼마 남지 않은 수능에 저도 마음이 무거워집니다. 아직도 못나게 시험 치르는 악몽을 간간이 꾸는 사람이 아마도 저뿐만이 아닐 거라고 생각이 됩니다만 모르지요.

제 단골 악몽은 1위가 재원이 잃어버리고 찾아 헤매는 것, 2위는 시험지가 흐리게 보여 고생하는 것입니다. 하하. 며칠 전 교보에 가니 아주 예쁜 수능용 쵸콜릿이 있었는데 처음 본 쵸콜릿은 반드시 먹어줘야 한다는 저의 평소 신념을 저버릴 수가 없어서 행복하게 사서 들고 왔습니다.

다예가 수능 날 선배들 응원 간다니 조금 주고, 나머지는 곰쳐놓고 냠냠 할거예요. 딸은 아직은 고1이지만 입시는 고딩 전체에 해당하는 일이니 남의 일이 아니지요. 요즘은 저녁 기도 때마다 아는 수험생들과 모르는 수험생들과 제 아이를 위해서 기도를 올립니다.

모두 열심히 힘들게 공부하고 있는데 우리 애만 시험 잘 보게 해달랄 수도 없고 (그런 기도는 올리면 안 될 것 같고^^) 그렇다고 모조리 원하는 대학에 가게 해달라고 하는 것도 현실적으로 불가능하니 '아이에게 제일 좋은 길로 축복해 주세요.'라고 기도드립니다.

누가 그러더군요. 행운은 로또가 당첨되는 게 아니라, 흉한 일 안 당하고 집에 돌아오게 된 게 행운인 거라고. 정말 그래, 고개를 끄덕였습니다. 요즘 대학들이 기업을 끼고 덩치를 부풀리고 있는 것 같아 마뜩치 않을 때가 많습니다. 대학이 시대에 따라 변해야 한다지만, 그걸 아무 곳에나 확대해석하고 써먹어선 안 될 거라는 생각이 듭니다.

기말고사가 다가오는데 인문학 책들에 흠뻑 빠진 딸이 걱정이 되면서도, 한편으론 다행이라는 생각도 듭니다. (이번 주가 지나도 들고 있으면 점잖게 뺏어놓을 작정이지요. 하하.) 오늘 점심으로는 라면 The Classic을 즐겨 볼까 합니다. 하하. 어릴 적 분식집 앞을 지나다 '이 노란 냄새는 뭐지?' 하고 가슴 설레는 첫 만남을 가졌던 63년 생, 그 클래식

라면입니다.

남편이 1+1 행사한다고 두 봉지나 사다 놓아 당분간 클래식을 즐겨야만 하게 되었습니다. 날이 추우니 따뜻한 거 드시고, 감기 안 들게 조심하세요. 그럼 이만 물 끓이러 나갑니다. 후다다다다닥=3=3=3=3=3.

겨울

신이여, 아이들을 가장 편한 길이 아니라 가장 아름다운 길로 이끌어 주십시오.

아이들과 그들의 노력을 축복해 주십시오. 삶의 길목에서 그들을 이끌어 주십시오. 가장 편한 길이 아니라 가장 아름다운 길로 이끌어 주십시오. 내가 드릴 수 있는 것은, 내가 가진 것 중 유일하게 값진 것인 나의 슬픔뿐입니다. 나의 슬픔과 노력을 당신께 바칩니다.

야누슈 코르착

입동이 지나서인지 집을 나서는데 찬 바람이 훅 끼쳐 도로 들어와 옷을 겹겹이 껴입었더니 엎어져도 옆으로 도르르 구를 것 같은 오뚝이 몸매가 되었습니다. 재원이랑 나란히 걸으며 입김을 후후 내뿜으니, 녀석은 기분이 좋은지 큰소리로 껄껄거려서 아직 잠을 안 깬 새들이며 아기들이며 땅밑 벌레들까지 깨워버릴 것 같았습니다.

엊저녁 집에 돌아온 딸이 '눈'을 보았다고 해서 어두워진 창밖을 눈에 불을 켜고 내다보았더니 "아유~ 한 개, 한 개 봤다고~ 눈 한 개~!" 합니다. 어제는 남편의 가짜 생일입니다. 남편을 낳은 어머니는 모르시는 우리끼리 축하하고 먹고 떠드는 생일입니다. 핑계만 있으면 놀고 먹는 걸 즐기는 가족이니, 음력 생일 양력 생일 안 가리고 숫자만 맞으면 그저 땡입니다. 하하.

한 달 뒤면 또 생일이 올 거니, 기분 수수입니다. 하하. 이젠 저랑 남편이 꽤 어르신이 되고 보니 양초만 해도 숫자가 너무 많아서 그걸 죄다 케이크 위에 꽂으려니 멀쩡한 곳이 없을 것 같아 기다란 것들 한 다발, 짧은 것들 한 다발씩 모아 불을 붙여놓았더니, 장작더미 마냥 활활 타올라 노래가 끝날 때쯤엔, 옆에 있던 꽃다발로 불이 옮겨붙을 뻔했지요. 하하.

딸이 밤늦도록 3학년 언니들 응원해 준다고 무슨 알록달록한 편지를 만들고 이쁘냐고 눈앞에 들이밀기를 수차례 난리를 피우더니, 아침엔 용돈을 타서 룰룰거리며 학교엘 갔습니다. 수능 날 간식 사서 언니들 위문 갈 거라나요. 시험은 왜 꼭 추울 때 치는지 아니, 시험을 치르려면 왜 꼭 추워지는지, 십 일도 안 남은 수능일이 더 추워질까 봐 걱정입니다.

시험을 앞두고 있는 아이들이 주변에도 꽤 있을 텐데, 제 경험으로는 시험볼 땐 평상시와 다름없이 평온하게 일상을 유지하는 게 제일 좋았던 것 같습니다. 그래서 모르는 척, 성모님께 기도만 올립니다. 자기 기도드리기는 쑥스러운데, 남의 기도 드릴 때는 막무가내로 매달리고 떼써도 안 부끄러우니까요.

보기만 해도 배가 부른 대봉시를 한 박스 얻어다 집안 곳곳에 몇 개씩 늘어놓았습니다. 아침마다 '어느 것이 익었나?' 하면서 들여다보는 재미도 쏠쏠하고, 그 예쁜 빨간색이며 말랑한 촉감이 얼마나 사랑스러운지 먹어 버리기가 미안할 정도이지요. 전에는 제가 홍시 좋아한다고 할망구라고 놀리던 남편이 몸에 좋다니 군말 없이 받아먹습니다.

세월엔 장사 없다더니 그 말이 맞지요? 아침 기도를 짧게 드리는데 성 모님과 예수님 맨발이 눈에 들어와서 가만히 손으로 감싸 드렸습니다. 목도리로 둘러놓으면 이상할 것 같고 어떡하지요? 프라하의 아기 예수님은 옷도 갈아입으시니 목도리를 둘러놓아도 괜찮을 것도 같고 성상을 함부로 하면 안 될 것도 같고. 고민입니다.

상록수에서 한 달에 한 번 류 신부님을 모시고 미사를 드리고 매주 재원이 미사에 참석하는데 어린이 미사는 손동작을 같이 하기 때문에 저 혼자 아주 바빠 죽습니다. 옆 사람 눈치채지 않게, 미사 보를 푹 눌러쓰고 쓱 둘러보아 제일 정확하게 한다 싶은 사람을 찍어서는 열심히 따라 하지요.

그래도 뒤에서 보자니 손이 가려서 안 보일 때가 많아 허둥지둥 대충 얼버무리려면 진땀이 납니다. 하하. 노래를 부르면서 손동작을 하는 건 재밌는데 그 부작용으로 기도를 드리려고 눈을 감으면, 주님의 기도며 미사 전례가 자꾸만 노래로 나오는 거예요.

게다가 기도에 몰두해 조금만 정신을 놓았다간 남들 다 일어서 있을 때 앉아 있다가 후닥닥 놀래서 일어나기 일쑤인데 그럴 때는 참말 창피해서 쥐구멍이라도 있으면 순간 이동하고 싶지요. 묵주기도도 순 엉터리로 드리다가 언니들한테 창피함을 무릅쓰고 물어봤지요.

묵주기도 하는 법이라는 조그만 책자에 신비 1단, 2단 써 있는 게 5단까지 있는데 신비는 4가지밖에 없고, 해서 혼자 고민하다가 1단에서는 4

가지 신비 1단 모두를 외고 2단에서는 4가지 신비 2단 모두를 외웠죠. 그러니까 맞아들어 가길래 나름 깨우쳤다고 호레이~ 했는데 글쎄 그게 아니라지 뭐예요.

에이고~ 어려워라. 하도 욀 게 많고 기도문도 다양해서 천주교 신자가 되려면, 많이 똑똑해야 하겠어요. 바람이 밖에서 윙윙거리면서 을러대고 있네요. 밖에 나갈 때는 목도리 벗겨가지 못하도록 단단히 여미고 나가세요. 올 겨울 혹한일 거라는 예보가 나오고 있는데 여름은 더 덥고 겨울은 더 춥고 그렇지요.

우리의 인내심을 시험할 모양입니다. 그렇지만 추운 덕에 남의 추운 사정도 알게 되니 한편으론 고마운 일입니다. 가슴 시린 이웃에게 따뜻한 곁을 내어주는 하루 되기를 빌며 저는 이만 사라집니다. 휘리리리릭~~~

잠 못 이루는 밤

정말로 흰 것은 언뜻 보면 물들어 있는 것처럼 보인다
가장 큰 사각형은 각이 보이지 않는다
큰 그릇은 완성이 더디다
큰 소리는 귀에 들리지 않는다

도덕경 41장

내일이 드디어 수능 날입니다. 우리 집에도 고1이 하나 있으니 머지않아 닥칠 일이라 남의 일 같지가 않습니다. 예비소집 때문에 단축 수업을 해서 두 아이를 데리고 오랜만에 점심 외식을 했습니다. 수험생들이 배정받은 학교를 찾아 이리저리 헤매느라 딸을 기다리는 동안, 여러 아이가 길을 물었지요.

"네가 걸어서 가봐 길을 알아야지, 다시는 실수 안 하지!" 노파심에 길을 알려주고는 뒤에 대고 잔소리를 해댔습니다. '으이그. 누구 아줌마 아니

랠까 봐.' 분명 아이들이 그렇게 흉을 봤겠지요. 해마다 온 나라가 떠들썩한 입시 홍역을 치르는 걸 보고 있자면, 마음이 스산하고 우울해집니다.

고교 3년 동안, 아니 아이들에겐 전 생애인, 고3까지의 시간을 통해 노력한 댓가를 한 번의 시험으로 그 가치를 부여받습니다. 발랄하다 못해 버릇없어 보이기까지 하는 저 젊음을 이렇게 외적인 것들로만 규정지어도 괜찮은가? 하는 마음이 듭니다. 우리들의 삶은 분명히 보여지는 것 외에도 더 많은 것들로 채워져 있는데 말입니다.

다행히도 요즘은 사정관제가 도입되어 그나마 좀 사정이 나아졌지요. 조금씩이라도 바람직한 방향으로 세상이 바뀌어 가길 바라고 대학에 들어가는 것만이 청춘 바쳐 도전할 일의 전부가 아니란 것을 아이들이 잊지 않았으면 좋겠습니다. 그리고 혹 시험을 망친 아이들이 있다면, 그건 이번 시험을 망친 거지 '하늘이 무너진 건 아니라는 것'을 꼭 말해 주고 싶습니다.

우리 딸이 시험에 죽을 쑤고 오는 날을 대비해서 무심한 듯, 괜찮다는 듯 말해 주려고, 늘 마음에 새기고 있지요. 하하. 딸이 학교에서 고3 언니들에게 후배들이 간식을 포장하여 선물했나 봅니다. 선물 꾸러미를 받아 든 어떤 언니가 울더라나요. 그 모습을 보니 마음이 아파 자기도 눈물이 나려고 해서 꾹꾹 참느라 목이 아팠다고 합니다.

인생의 힘든 길목에서마다 아이들에게 든든한 버팀목은 못 되어 주더라도 올바른 삶의 방향은 가르쳐주고 싶습니다. 제가 그렇게 못 살아왔다고 하더라도 가르쳐 줄 수는 있으니까요. 두 아이가 스파게티와 피자를 근 2인 분씩이나 우아하게 해치우시고 (역시 기분전환에는 먹는 게 최고!) 아이스크림이랑 마늘 빵까지 깨끗이 비운 뒤 럴럴대며 집으로 왔습니다.

내일은 아이들이 모두 무사하게 시험 잘 치르고, 마음에 상처받지 말고 뉴스에 가슴 아픈 얘기 안 들려오길 바라며 저녁 기도를 드려야겠습니다. 세상은 제일 약한 사람들에게 가장 편안한 곳이 되어야 한다고, 어느 정신과 의사가 말하더군요. 우리의 아이들은 아직 덜 만들어진 확실히 약한 존재들입니다.

내 아이를 잘 껴안아 주는 게 다른 아이들도 사랑하는 법인 것 같습니다. 불안한 마음에 잠 못 이루고 있을 아이들에게 주님의 따스한 위로가 함께 하시기를 기도드립니다.

은총의 광합성

　지난 한주는 어떻게 지나갔는지도 모르게 정신없이 지나갔습니다. 세상 일이 마음 먹은 대로 되어 주면 얼마나 좋겠습니까마는 그런 날은 손에 꼽을 정도이고, 대부분의 날은 "이런~ 젠장~" 하지 않으면 다행입니다. 목요일부터 상록수에서는 김장 준비를 해 놓고 주문해 놓은 절임 배추를 기다렸지요.

　절임 배추로 김장을 한 적은 없었는데, 지난번 배추 파동 때 혹시 김장마저도 못하게 될까 봐 미리 주문해 놓아 그리 되었지요. 상록수 김장을 일찌감치 해 놓고 가벼운 마음으로 넉넉히 신부님 피정에 가려고 했었는데, 글쎄 그놈의 배추가 하루 종일 기다려도 안 오지요.

　그 다음 날도 하루 종일 기다려도 연락도 없고 전화를 해도 받지도 않고 김장 도와주신다고 오셨던 분들이 모두 기다리다 지쳐 돌아가시고 난 뒤에 깜깜한 밤에 도착을 한 거예요. 그러니 토요일에 김장을 하느라고 스텔라 선생님만 대표로 참석을 하게 되셨죠.

양념이며 배춧속에 들어갈 야채들이며 다 씻어서 썰어놓고, 시들어가는 걸 보며 꼬박 이틀을 넘겼으니, 엄마들 속이 다 타서 모두 신경이 곤두섰었지요. 게다가 신부님 출판기념회에도 못 가게 되니, 이중삼중으로 속상하고 미안하고, 그렇게 지냈습니다.

학교를 이틀이나 빼먹고 김장하는 어머니들 곁에서 상록수 작업만 시키니, 재원은 재원이대로 짜증이고, 제대로 돌보지 못했더니 코감기가 단단히 들어 훌쩍대느라 밤에 잠을 못 이루더군요. 어지간히 학교에 가고 싶었는지 누나 학교 갈 때 따라 나가는 재원이를 간신히 달래서 누나를 보내고 서둘러 재원이 준비를 시켜서 집을 나섰습니다.

며칠 만에 학교엘 갔더니 그사이 벌써 나뭇잎들이 다 떨어지고 앙상한 가지들만 바람에 떨고 있었습니다. 꽤 쌀쌀한데도 아직은 한겨울이 아니라는 느낌에서인지 아이들은 외투도 안 입은 채로 추위도 못 느끼는 듯 운동장에서 공을 차고 있습니다. 그 광경을 보던 재원이가 껄껄거리며 가방을 제게 주고 공차는 아이들 옆을 웃으며 따라 다닙니다.

자기 반 아이들이라고 반가운가 봅니다. 착한 녀석들. 재원이를 보더니 어디 아팠냐며 반색을 합니다. 대답은 못 하지만 아이들이 마구 주물러대도록 재원이는 얼굴을 내어주고는 연방 히죽거립니다. 몇몇 여자아이는 재원이를 거의 엄마 차원에서 잔소리하고 챙겨주고 하는데 어려도 모성본능이 있는지 그러고 있는 걸 보면 슬며시 웃음이 납니다.

역시 아이들은 아무 간섭을 하지 않는 게 최선입니다. 아무 가르침을 안 주어도 자기들끼리 질서를 만들고 고얀 놈들은 자체 응징하고, 격려도 하고 견제도 해가며 손톱만큼씩 눈치 못 채는 사이에 커갑니다. 1교시 영어 시간, 좋아하는 원어민 선생님이라 좋아라! 쿵쿵대며 계단을 오르는 재원이를 보며 작은 행복을 느꼈습니다.

그리고 주님께 감사하다는 기도를 올렸습니다. 집에는 여기도 김치 저기도 김치 난리입니다. 김치 냉장고만으로 모자라 금방 먹을 것은 베란다에 내어놓았지요. 주말에 밀린 집안일 할 것도 많고 몸도 힘이 들어 장을 안 보았는데도 마음만은 넉넉합니다. 며칠은 그냥 있는 반찬으로 우겨대다가 장을 봐야겠습니다.

요즈음의 햇살은 어찌나 화사하면서도 온화한지 참말 실눈을 뜨고서라도 오래 바라보고 있으면 먹지 않고도 살 수 있을 것도 같습니다. 인간이 광합성을 한다면 아마도 엽록체가 가동이 되어 슈렉같이 녹색 인간이 되지 않을까요? 하하~^^

신부님께서 늦가을-은총의 광합성, 에서 들려주신 대로 하늘을 향해 두 팔을 벌리고 주님을 찬미하는 나무처럼 저도 그 나무에 다른 나뭇잎들과 함께 매달려 있는 색깔 고운 나뭇잎이고 싶습니다. 점심을 먹으러 와서 수다를 늘어놓느라 학교에 돌아갈 시간이 다 되었으니, 어제 먹다 남은 퉁퉁 불은 수제비나 몇 개 건져 먹고 나서야겠습니다.

어제는 국물이 칼칼한 게 참 맛있었는데요. 오늘은 총기를 잃고 부드러움만 남았네요. 그렇지만 너도 꽤 맛있어, 라고 해 줍니다. 내일은 서울도 영하로 내려간다니, 옷 따뜻하게 챙겨입으세요. 이번 주는 바쁜 일 없이 선선히 지나가기를 바라며 새로운 한주 모두 행복한 날들 되시길 기원합니다.

모두 건강하세요.

손이 꽁꽁꽁

우리 학교 운동장 한구석, 차가운 바위에 아직도 꿋꿋이 매달려 있는 담쟁이예요. 기특하지요? 바람이 어찌나 매서운지 운동장을 돌아 나오는데 눈물이 핑 돌았습니다. 재원이는 겨울 맞은 북극 곰마냥 추위도 아랑곳하지 않고 껄껄대며 신이 나서 겅중대고 저는 재원이 따라 종종대며 뛰다시피 걷습니다.

장갑까지 중무장하기가 쪼끔 부끄러워 내놓은 손이 보랏빛으로 아련하게 물들었습니다. 사방팔방으로 휘둘러대는 재원이의 신발 가방을 뺏어 들고 기말고사 치르고 일찍 집에 와있을 딸 생각에 마음을 졸여대며 집으로 왔습니다. 영혼의 더러움을 상징한다는 보랏빛 대림초.

그 대림초를 밝히고 기도를 드리면 영혼이 깨끗해져서 예수님 오실 때쯤엔 하얀색 초를 밝힐 수 있다고, 지난 토요일엔 대림초를 켜고 기도를 드리고는 깜빡 잊고 학교에 가버려 큰일 날 뻔했습니다. 딸이 학교에서 돌아와서 발견하고 껐지요. 불이 옆으로 누워 타고 있어서 가까이 있는 액자에 거의 닿을 뻔했다고 저를 아이 나무라듯 잔소리를 해 대었지요.

그래도 지은 죄가 있어 할 말이 없었지요. 토요일 특별활동시간에 전교생이 모여서 김장을 했습니다. 학교 뒷자락 언덕에 심은 배추가 제법 자랐거든요. 김장배추로는 몸매가 부실했지만, 푸른 잎이 많아서 영양가는 많을 듯해요. 하하. 재원이는 앞치마가 가슴팍에 들어가는 게 없어서 허리에만 두르는 스타일의 앞치마를 했지요.

폼만은 진지하게 "열심히 해요."를 연발하며 자기들이 키운 거라고 자랑을 해대는 친구들과 나름대로 열심히 속을 넣었습니다. 돼지 수육이랑 떡이랑 김치 겉절이로 전교생이 김장 잔치를 벌였지요. 우리 학교 좋은 학교입니다. 요즘 인터넷에 고등학생의 하루라는 11초짜리 동영상이 인기입니다.

아침에 시계소리에 헐~ 하고 일어나 하루 종일 악 소리나게 공부만 하다가 집에 돌아와 침대에 쓰러지듯 몸을 부리면 하루가 끝납니다. 그 이상 늘릴 것도 없이 실제 고딩이들의 하루 일과가 그러하니 낙엽 구르는 것만 봐도 걀걀 넘어가는 발랄함과 삶에 대한 설레임으로 가슴 두근거려야 할 나이에 기상-식사-공부-화장실-취침밖에 할 수 없다니!

제가 다 난감해지다가도 '그래. 생에 한번은 치열하게도 살아봐야지.' 하며 어른 특유의 자기합리화로 마음 편하려고 무장도 해봅니다. 우리에게 주어진 삶은 바꾸지 못해도 삶의 태도는 바꿀 수 있으니 기왕 해야 할 일이면 맘먹고 불끈~! 할 일입니다. 길가에 나와앉은 멍멍이도 찬바람에 눈물이 글썽~ 저도 눈물이 글썽~ 그래도 머릿속은 쨍 소리 나게 명징합니다.

요거이 겨울의 참맛이지요. 참으로 점점 겨울이 익어가겠지요. 깊은 맛과 향기를 내면서요. 우리의 겨울도 그렇게 맛나게 익어가길 바래봅니다. 따뜻한 하루 되세요.~^^

따뜻한 겨울

눈길 걸어갈 제 어지럽게 걷지 말기를. 오늘 내가 걸어간 길이 훗날 다른 이의 이정표가 되리니...

백범 김구

12월이 되면서부터는 무어 그리 챙길 것이 많고, 처리해야 할 일도 많은지 잠깐만 정신 줄을 놓았다간 틀림없이 구멍이 납니다. 딸을 돌봐주던 홈스테이 부모님께 몇 줄 되지 않는 성탄절 카드 쓰느라 머리에서 모락모락 연기가 납니다. 네이버를 뒤지고 사전도 들여보고 다예 편지까지 참고하여 짜깁기를 했지요.

류 신부님은 책들도 척척 번역해 내시는데요. 아무래도 하느님께서 너무 편애하시는 거 아닌가요? 신부님께선 도무지 못 하시는 게 없으시니 말이예요. 하기는 하느님께서 신부님을 사랑하시는 건 당연한 일이기도 하겠군요. 샘낼 걸 내야지. 하하.

내일 부칠 소포 꾸러미를 현관에 내놓고 (어디 잘 놔뒀다간 까먹기가 십중팔구이거든요.) 재원이는 다행히 미역국을 좋아해서 몸이라도 풀은 것마냥 둘이서 원 없이 퍼먹었습니다. 누나는 12시나 되어야 집에 오니 나물을 무쳐도 아들한테 간을 보라고 집어 먹이고 모녀간에나 주고받을 자잘한 일상의 얘기들도 둘이서 나눕니다. 물론 재원이는 아무 의견도 피력하지 않는 최고의 이야기 상대이지요. 하하.

가끔 제 말끝을 따라 하는 것만 빼면요. 어때~ 짜~? 짜! 싱거워~? 싱거워! 맛있어~? 맛있어! 맛없어~? 맛없어! 에궁... 쩝...^^ 이 나이가 되어서도 저는 가끔 얼굴이 화끈거리게 무척 부끄러워지는 짓을 하고 도대체 머릿속에 뭐가 들었는지, 뚜껑을 열어보고 싶을 정도로 바보 같은 짓도 여전히 합니다.

제게 망각하는 능력이 없었더라면, 아마도 벌써 부끄러워서 이 세상을 떴을 겁니다. 그러고 보면 깜빡깜빡하는 것도 제겐 축복에 해당하는가 봅니다. 아이들에게 잔소리를 하고 나면, 그날의 기도를 드리기가 곤혹스러워서 '주님. 저한테 욕먹을 만큼 한심한 사람은 없다는 걸, 제가 잊지 않게 해 주세요.'라고 여러 번 용서를 빕니다.

멀리 남쪽 나라에서 온 맛난 귤을 한 바가지 가져다 놓고, 냠냠 먹고 있습니다. 수북이 쌓인 껍질을 보니 손바닥이 노래질까 봐, 걱정되네요. 노란 귤 한 알을 들여다보면서 감사를 느낍니다. 하루 종일 제게 소용되는 물건이나 음식들이 제 수고로 만들어진 건 거의 없습니다. 누군가의 수고 덕에 맛있는 걸 먹고 찬바람을 가려줄 옷을 얻고 몸을 따뜻하게 누일 집을 얻고 사랑하는 사람들과 같이 살아갈 수 있는 거지요. 그래서 옷깃만 스쳐도 인연이라고 하는 건지, 매일매일 일상에서 만나게 되는 이들이 무척 고맙습니다.

저도 누군가에게 소용이 되는 사람이고 싶은데, 뭐 뾰족히 잘하는 게 없으니 혹여 잉여 인간입니까? 아하. 방금 제가 잘하는 게 생각이 났습니다. 딸에 의하면, 제가 잔소리 하나는 지존이어서 잔소리 대마왕이라는 별호까지 얻었으니, 나날이 잘 발전시켜 보는 건 어떨까? 생각 중입니다. 참으라고요?

어릴 적에 눈이 내려 쌓이면, 친구들이랑 신발 거꾸로 신고, 마치 집으로 들어온 듯 발자국을 내놓고 엄마 몰래 도망 나가 놀기도 하고 제 발자국 옆에 동물 발자국을 만들어 동생들에게 겁도 주고 고약한 짓도 많이 했었지요. 엄마가 그 어설픈 '거꾸로 발자국'에 속으셨을 리는 없겠지만, 모르는 척 속아 주셨던 푸근한 기억에 가슴 한켠이 따뜻해집니다.

추운 겨울에 더 따스한 기억이 많은 건 왜일까요? 내일은 무척 추워진다니, 옷 따뜻하게 입으시고 따스한 추억 하나씩 챙기셔서 겨울 거리로 나서시길 바랍니다. 이제 분홍빛 대림초에도 불을 밝혔습니다. 덕분에 성모님과 예수님의 맨발이 따뜻해 보여서 기분이 좋습니다.

모두 따뜻하고 행복한 한 주 되세요. 그럼 이만 총총~~^^

Happy~ Merry~ Christmas~!^^

'장자'에 그림자가 싫어서 계속 도망가는 사람 이야기가 나옵니다. 빨리 달리면 달릴수록 그림자도 더 빨리 따라오니 그는 더 빨리 달아나려고만 합니다. 장자는 그 사람에게 이렇게 충고합니다. 당신이 나무 그늘에서 쉬면, 그림자도 따라오지 않을 것이라고.

오늘은 기말고사 두 번째 날입니다. 재원이는 기말고사를 보던지 말던지 일찍 자고 늦게 일어납니다. 이른 아침 등굣길에 나서는 누나가 쿨쿨 한밤중인 재원이를 보고 무지 부러워합니다.

"엄마 재원이는 시험인데 공부도 안 해."

"시험은 원래 평소 실력으로 보는 거야~!"

만날 재원이의 대변인 노릇을 하는데, 한 번도 월급을 안 주네요. 연말에 한꺼번에 계산하려는지요. 평소엔 로드 매니저답게 가볍게 입고 다니다가 오늘은 시험 감독에 다른 어머니들도 오시니 조금 어른스럽게 차려입고 갔습니다. 밤새 내린 눈에 뾰족구두 파묻힐 새라 엎어지면, 코 깨질 거리를 차를 몰아갔는데 미끄러워 절절매다 걸어가는 것보다 시간이 더 걸렸어요.

'에이구... 안 하던 짓을 하니 이 모양이지.' 궁시렁대며 그래도 구두만은 깨끗하게 교실에 입성했습니다. 이름은 다 못 외워도 얼굴을 거진 다 아니, 어느 학년에 들어가도 아이들이랑 인사를 나누느라 한참 분주합니다. 선생님 눈치 보여서 인사를 대충 접고 진정한 시험 감독하는 자세로 돌아가는데 어찌나 시간이 더디 가는지 일각이 여삼추입니다.

게다가 돌아가던 난방기가 꺼지니, 교실이 갑자기 완전한 침묵에 휩싸여 손을 들고 있는 재원이한테 가느라 뒤꿈치를 들고 살금거리는 제 무릎에서 삐걱이는 소리까지 들리더라고요. 어찌나 민망하던지요. 마이너 과목들 시험시간엔 시험을 일찌감치 마치고 코까지 골아가며 잠이 든 녀석이 있습니다.

그런가 하면 소심하게 다리를 달달 떨며 가수면 상태인 녀석도 있고, 아예 미니 담요를 뒤집어쓴 아이도 있고, 시험 공부하느라 잠을 못 잤는지 모두 꿈나라로 갔습니다. 저도 몰려오는 졸음을 참느라 슬슬 돌아다니며 답안지를 안 쓴 아이들이 있나 들여다봅니다.

제가 학교 다닐 적엔 일찍 끝나면 나가서 다음 시간 공부를 했는데 요즘은 끝까지 앉아 있어야 하나 봐요. 재원이는 시험을 잘 보고 있는지 걱정이 되어 창밖을 내다보는데 설경이 어찌나 아름답던지 하마터면 "야~ 눈 쌓인 것 좀 봐~ 얘들아~!"라고 소리칠 뻔했습니다.

3학년 반에서 특수 학급의 도움을 받는 아이 하나가 자꾸 뒤돌아보며 저를 보고 중얼거립니다. 선생님께서 몇 번이나 머리를 얌전히 앞으로 보게 해 놓아도 또 뒤로 보고 히죽 웃는데 아는 아줌마라고 좋아서 그러는

가 봅니다. 평소에도 사람들을 보면 얼마나 행복한 웃음을 지어 보이는지 그 웃는 얼굴을 보면 시험시간에도 혼낼 수가 없지요.

저는 눈을 동그랗게 뜨고 입을 한껏 길게 늘여 귀에 걸고는 소리 안 나게 히죽~ 답례를 합니다. 재원이는 좋아라! 하며 다시 시험지에 얼굴을 파묻고 저는 눈 쌓인 학교 뒷산을 내다 봅니다. 이렇게 말을 할 수 없을 땐 온 얼굴의 근육을 다 동원해 히죽 웃을 수 있는 게 얼마나 행복한 일인지요.

재원이와 말로써 다 표현하지 못하는 마음을 전할 때도, 그리고 남편과 싸우고선 계속 화난 척을 해야 할 때, 아이들에게 소리 나지 않게 환하게 웃어 줄 수 있어서 얼마나 유용한지요. 그렇게 애들하고 히죽거리다 남편에게 들키면 정말 자존심 상하지만요. 하하. 화난 얼굴을 오래 유지하지 못해서, 금세 해해거리다 들키면 완전히 웃기지요.

눈가에 입가에 잘잘하게 잡힌 주름도 이럴 땐 고마워집니다. 만약 사람의 얼굴이 주름 하나 없이 수틀에 끼워 잡아당겨 놓은 것 마냥 팽팽하다면, 웃을 때 얼굴이 찢어지는 것같이 아플 수도 있잖아요. 하하. 혼자 별 우스운, 말도 안 되는 상상을 하고 주리를 틀어가며, 시험 감독을 마쳤습니다.

휴대폰을 켜니 몇 시간 동안 제 머리 위를 뱅뱅 맴돌고 있었을 소식들이 한꺼번에 몰려 들어왔습니다. 일일이 확인을 해서 답장을 하고 날려버리기도 하고, 그 작업을 하는데도 중간중간 전화가 오네요. 사실 재원이와 같이 있을 때는 휴대폰에 별로 신경을 안 씁니다. 저에게 휴대폰은 재원이 잃어버릴 때를 대비하고 있는 목적이 제일 크기 때문이지요. 그래서 집에 들어오면 거의 던져 놓고 케어하지 않고, 나갈 때는 목숨같이 지니고 다니지요. 하하.

여태 번호를 못 바꾸고 가지고 있는 이유도 재원이 어릴 때 이런저런 기관에 이 번호로 등록을 해 놓았기 때문이지요. 만약에 재원이를 잃어버리기라도 한다면, 이 번호로 전화를 받아야 하니 남편도 저도 예전 번호를 못 바꾸고 아마 평생 가지고 있을 겁니다. 요즘엔 아이들이 모여 있어서 가 보면, 스마트폰으로 뭔가를 하거나 보고 있습니다. 학교에 못 가져오게 하는데도 노는 시간이면 어디서 다들 가져와서 난리법석을 떨지요.

사실 그걸로 책을 보거나 공부하는 녀석은 거의 없고 대개는 장난감으로 여기는 것 같아요. 저는 원체 유행에 느려서 그런지 스마트폰이나 첨단기기들을 보면, 왜 그렇게 뭐든 빠르고 편리한 쪽으로 가야 하는지 시비 거는 게 아니라 진심으로 의문스러워질 때가 많습니다. '그래서요. 왜 그렇게 빨라야 하는데요? 그걸 좋아하지 않으면 안 되나요?' 과학기술이 발전하여 우주 구석구석까지도 다 볼 수 있고 세상 어디에 있어도 숨을 곳이 없게 하루에도 몇십 번씩 내 모습이 찍히고, 온갖 질병을 다 치료할 것만 같이 시시각각 의료기술이 발전합니다.

모두가 더 빨리 달려가는 것에만 정신이 팔려, 질주하니 누군가 팔을 잡아끌어 나무 그늘에 앉혀 놓아주면, 정신을 차릴 수 있을 것 같습니다. 2년 전에 재원이 학교 따라 이사를 올 때, '헌 물건 아저씨'의 전화번호를 친구에게 얻어 얼추 한 차 분량의 헌 물건을 실어냈음에도 불구하고, 다시 집안이 그득합니다.

고등학생이 된 딸의 학교 가까운 곳으로 또 다시 이사를 가려고 마음을 먹고 보니, 헌 물건 아저씨의 신세를 또 져야 할 것 같아 마음이 무겁고 부끄러워집니다. 그 아저씨가 어디에다 그것들을 버리는지 궁금했지만, 마음이 불편하여 물어보지도 않았지요. 돈 받고 정리한 건 그래도 책밖에 없는 것 같습니다. 나머지는 돈 주고 정리를 해야 하지요. 사람도 손가락 하나 까딱일 힘도 없이 알뜰히 다 소진했을 때, 그만하면 쉴 자격이 있으니 땅 한 뙈기 차지해도 된다는 인증을 받고 묻히면 좋겠습니다.

잠깐 신기루같이 쏟아져 내리는 눈을 바라보며 재원이랑 함께 있는 게 행복해서 눈물이 났습니다. 의젓하게 기말고사라는 것도 치르고 엄마가 소포 부칠 동안 뛰쳐나가지도 않고 기다려 주고 눈이 온다고 좋아합니다. 창문 밖으로 내다볼 줄도 알고, "토요일에 미사 끝나고 스케이트~~!" 하며 원하는 걸 협상을 벌일 줄도 알게 된 재원이가 얼마나 고마운지요.

오늘 밤엔 하얀 대림초에 불을 밝히고 온갖 핑계로 약식으로 대신한 기도들을 드릴 겁니다. 묵주 기도드리다 잠이 들면, 성모님께서 마저 기도를 드려주신다는 말에 입이 귀밑까지 찢어졌던 걸 반성합니다. 성모님 힘 안 드시게 마치지 못할 거면 묵주기도를 아예 시작을 안 해야. 하고 금세 유혹이 찾아오네요.

재원이 자는 바람에 주절거림이 길어졌습니다. 한 주만 기다리면 예수님이 우리를 찾아오시겠죠? 모두 Happy~ Merry~ Christmas! 되세요.

설국

　드디어 오늘, 기다리고 기다리던 방학을 했습니다. 저는 방학이 없었다면, 아마도 벌써 돌아가셨을지도 모릅니다. 하하. 가슴 두근거리며 성적표를 받아들고 (내가 왜?) 행여 누가 볼세라 조금 열어서 빼꼼. 들여다보곤 보여달라고 아우성치는 아이들의 마수를 피해 파카 안주머니에 꼭꼭 넣었지요.

　"재원이 아줌마 순 치사 빤쓰."라는 말에도 굴하지 않고 꿋꿋하게 성적표를 사수하고는 그래도 꼴찌는 아닌 성적표를 보고 나니, 가슴이 뭉클해졌습니다. 방학하는 날이라고 발걸음도 가볍게 집을 나서는 아침, 청설모가 구르듯이 잽싸게 길을 가로지릅니다.

　우리를 보고 놀랐는지 물고가던 잣송이를 떨어뜨리곤 나무 뒤에 숨어서 두리번거리는데, 그 모습이 어찌나 귀여운지 빨리 주워 가라고 서둘러 길을 지나갔습니다. 멀리 보이는 눈 덮인 북한산의 모습이 가슴이 막히게 눈부시게 아름다워서 건방진 소리지만, 아이들만 없다면 저 아름다운 설산을 보았으니 오늘 죽어도 행복하겠다 하는 마음이 들었지요.

난리를 치며 교실 안팎 청소를 끝내고, 방학 과제와 성적표, 체육복 등등을 받아들고 수없이 많은 '안녕'을 나누고, 조금은 허탈한 기분이 되어 집으로 돌아왔습니다.

반드시 해야 하는 일부터 하라. 그리고 그런 다음 할 수 있는 것을 하라. 그러면 불가능하다고 생각했던 것을 해내고 있는 자신을 발견하게 된다.

아씨시의 성 프란치스코

재원이 학교 신문에 있는 글을 옮겨 보았습니다. 사실 저는 일을 할 때 글의 순서대로보다 마음 내키는 순서대로 일을 합니다. 힘든 일은 미루고 미루다가 낭패를 볼 때가 종종 있어서, 저에게 참말 귀감이 되는 말씀이지요. 어제는 참말 하기 싫고, 힘든 일을 억지로 해서 주리를 틀어가며, 아이들 얼굴 떠올리며 버텼습니다.

전에는 남들이 '자식 생각하면 힘이 난다.'라고 하는 말이 이해가 안 갔는데 (저는 자식 생각하면 걱정만 되었거든요.) 어제는 문득 아이들이 보고 싶다는 생각과 아이들 생각해서, 이 일을 꼭 해야 한다는 생각이 동시에 들었습니다. 나이 50에 이제서야 아이들이 저를 지켜준다는 것을 깨달았으니, 늦어도 한참 늦는 저입니다.

학교에서 집으로 돌아올 때는 집에 도착하자마자 가방 휙 던져 놓고 캥거루 담요을 재원이랑 나란히 걸치고 주머니에 간식을 잔뜩 넣은 다음 언제부터 사다 놓고 포장도 못 벗긴 DVD 하나 꽂아 영화 하나 진하게 즐겨야겠다. 하고 작심을 했는데 아뿔싸. 대낮에 집에 돌아오니 아침저녁으로 안 보이던 먼지들의 유영에 그만 심기가 불편해져서 청소기를 들고 말았지요.

류 신부님은 햇살 속에 노니는 먼지들을 보시면서도 주님을 느끼시는데 저는 청소기 생각밖에 못하니, 사람이 다 자기 몫이 따로 있나 봅니다. '에고 내가 그러면 그렇지. 내 이럴 줄 알았어.' 자학해가며 눈에 거슬리는 것들을 대충 해결하고 나니 몸이 천근만근입니다.

초라한 우리들의 미사에 많은 분이 함께 해 주셔서 매서운 날씨를 녹여주셨습니다. 이근상 신부님과 기말고사를 마치신 수사님들께서 상록수를 찾아주셔서 모두 기쁜 마음으로 미사를 드리고 아름다운 합창을 들었습니다. 신부님과 수사님들의 합창하시는 모습을 보면서 '참 한결같이 선하고 행복해 보이신다.'라는 생각을 했지요.

우리과 같은 시공간에 있으시면서도 마치 선계에 속한 분들처럼 느껴졌습니다. 그게 당연한 거겠지요? 재원이가 피곤했는지 청소하는 사이 잠이 들었네요. 재원이는 잘 때가 제일 이쁩니다. 하하~~^^ 잠시 찾아온 이 조용하고 평화로운 시간에 무얼 할까요?

아마도 궁리를 하는 사이 재원이가 낮잠을 끝낼지도 모릅니다. 그렇다면 얼른 휘리리릭~~ 컴퓨터를 끄고 창가로 의자를 끌어다 놓은 다음, 눈 덮인 북한산을 오래오래 바라다보아야겠습니다. 하얀 봉우리들이 섬세하면서도 어찌나 씩씩한지요. 멀리 북한산으로부터 집 앞의 나즈막한 산들까지 펼쳐진 거대한 하얀 눈빛을 보고 있노라면 아! 설국. 이라는 말이 저절로 입에서 흘러나옵니다.

내일부터 세밑 추위가 시작된다니, 감기 드시지 않게 따뜻하게 입으세요. 저는 내일 아이들을 데리고 상록수에 일하러 갑니다. 실은 힘들고 속상한 일 있어 일러 바치고 싶을 때면, 자주 언니들한테 갑니다. 무엇이든 고자질해도 무조건 제 편 되어 주시고 절대 뒷탈 안 나는 완벽보안까지요! 하하.

주님의 축복 가득한 행복한 연말 연시 맞으세요.

겨울 풍경

　고맙습니다. 겨울은 언제나 저희를 겸손하게 만들어 주십니다. 대한이 소한이 집에 놀러 왔다가 얼어 죽었다더니, 이번 겨울 소한은 이름값을 톡톡히 합니다. 눈에 스스로 갇혀 들어앉은 듯 저는 아무런 불만이 없지만, 바깥세상 걱정은 간간이 됩니다. 이 추위가 선선하게, 겨울이라 그런 거라면 즐길 마음도 있는데 딸의 말에 의하면, 지구의 오염과 온난화로 북극 빙하가 녹아내리고 또 제트기류가 불안정하여 온답니다.

　찬바람이 내려와서 어쩌고 저쩌고 해서 춥다는데, 저는 그다지 분석적이지 못한 머리를 가진지라 차라리 눈의 여왕이 심기가 불편해서 막막 눈과 추위를 뿌려서 내린 거라면, 금세 머리가 끄덕여질 것 같습니다. 바짝 추워지면서 승용차로 출근을 포기한 남편과 딸은 새벽에 일어나 중무장을 하고 눈길을 걸어 일터로 학교로 향합니다.

　힘들 텐데 별 불평들이 없어서 기특했는데, 의외로 아빠랑 둘이서 지하철을 타고 가는 길이 즐거운가 봅니다. 아빠라는 존재들이 그렇듯이 엄마 없을 때에는 딸에게 온갖 아첨을 다 하잖아요. 덕분에 딸은 매일매일 아빠가 주는 용돈으로 주머니가 두둑해져서 집으로 올 때쯤엔 "엄마 뭐 먹고 싶은 거 있어요? 내 갈 때 사서 갈께~!" 하면서 호기롭게 전화를 걸어옵니다.

언제 기회를 보아 딸이 없을 때, 영감탱이 앉혀 놓고 아버지가 말이야. 페어 플레이를 해야지, 아이에게 용돈으로 점수 따려 들면, '비열한 짓'이라고 따끔하게 주의 주어야겠습니다. 하하. 한편으론 비열하게 점수를 딸지라도 둘이서 그렇게 의기투합해서 신나게 다니는 모습이 기특하고 흐뭇하기도 합니다.

이제 얼마 안 있으면 학교 옆으로 이사 갈 테니, 언제 아빠랑 같이 지하철을 타보겠어요? 새벽 혹한 속에 지하철 안 놓치려 빛의 속도로 뛰어다니더니 동지애가 생겼는지 서로 목도리며 마스크를 챙기고, 한편으론 서로 누구 때문에 늦었다고 싸워가며 매일 아침 어둠 속에 집을 나섭니다.

한번은 시간이 촉박해서 둘 다 정신없이 구르듯이 뛰어 내려가느라고, 아는 사람을 만났는데도 미끄러운 얼음길에 가속도가 붙어 멈출 수가 없어서, 손만 휘저으며 인사를 날렸다나요. 상상만 해보아도 쿡 웃음이 납니다. 새해 배달되어온 잡지를 보니 올해 세계인구는 70억에 달할 것이고 2045년에는 90억에 이를 것이라고 전망하고 있습니다.

지구가 과연 그 사람들을 다 먹여 살릴 수 있을지 혹여 지구가 버티지 못해 초토화가 되진 않을까 걱정이 됩니다. 고기를 먹고 휘발유 차를 몰고 다니는 선진국의 소비형태가 후진국의 인구증가와 생존을 위한 자연 훼손보다 지구에 더 치명적이라고 하네요.

오늘 왕언니가 맛있는 거 할 거라고 했는데 상록수에도 못 가고, 그저께 얻어온 만두소가 남았으니 그거 빚어 먹으며 속 쓰림을 달래야겠습니다. 재원이가 만두를 꽤 잘 만들어요. 소를 너무 많이 넣어서 터질 때가 있지만요. 하하. 베란다 온도가 내려가서 화분들을 들여놓았더니, 좁은 거실이 더 복작대네요.

겨울은 확실히 겸손함을 가르쳐주는 계절인 것 같습니다. 작은 따스함에도 감사하게 되니까요. 뉴스를 보니 혹한으로 피해를 보고 고생을 하는 분들이 많아서 따스한 방안에 앉아 있는 게 미안해질 때가 많습니다. 어서 힘든 일이 마무리되어 같이 따뜻하게 겨울을 났으면 좋겠습니다.

딸이 학교는 끝났는데 봉사하러 가는 길이라 추워죽겠다고 문자가 왔습니다. 뜨뜻한 방에 앉아서 추워죽겠다는 딸에게 뭐라고 할 말이 없어서 "그럼 그냥 집에 올래?" 했더니 "애들이 와 있을 텐데 무슨!" 합니다. 딸이 지역센터에서 학습지도를 하는 아이들 중엔 재원이 같은 아이들이 둘이 있습니다.

다른 아이들에겐 혹시 못 가게 되면 설명을 하고 양해를 구하면 되는데, 그 두 녀석한테는 뭐라고 할 말이 없다네요. 이해력이 떨어지니 설명을 해 주어도 알아 듣지 못하지요. 연말에 그 아이 엄마에게서 감사의 편지를 받았다고 저에게 보여주었습니다. 저는 아무렇지도 않은 듯 '음~' 하면서 예사로 보는 척을 했습니다.

언뜻 보아도 카드가 무척 싸고 초라해 보였는데, 그 안에 마음을 넣어서 보냈을 힘들고 가난한 엄마를 생각하니 눈물이 핑. 돌고 목이 아파왔거든요. 아침에 조금 바빠 옷 입는 걸 안 들여다봤더니 딸이 내복을 안 입고 갔네요. 엄청 추울 텐데요. 마음 같아선 당장 두툼한 이불이라도 들고 나가서 눈만 빼꼼 내놓고 돌돌 말아 데려오고 싶지만, 그러면 안 된다고 마음을 다집니다.

추위도 견디고 상처도 견디고 배고픔도 겪어보고 (학교에서 바로 가느라 저녁을 못 먹어요.) 그렇게 어른이 될 준비를 해야겠지요. 지금의 힘든 시간이 하나하나 쌓여 마음 따뜻하고 역경에 굴하지 않는 그런 어른으로 자라주기를 간절히 바랍니다.

시간은 흘러가는 게 아니라 쌓이는 거라고, 응원의 메시지를 보냅니다. 꽁꽁 언 손으로 엄마랑 동생 준다고 매일 조금씩 뭔가를 사 들고 오는 어린 딸을 보면서 감사함에 가슴이 뭉클해집니다. 어제는 순대가 내장 많이 섞었다고 자랑하면서, 그저께는 찐 옥수수, 그저께는 호밀 호두. 오늘은 뭘까요?

빙하기가 닥쳐도 끄떡 없을 살들을 보유하고 있지요. 재원이 방안에서 "추워요~ 춥네요.~눈이 왔어요.~눈이 오네~!" 등등. 혼자 언어 치료를 하고 있습니다. 1월 한 달 내내 많이 추울 거라니 모두 건강 잃지 않게 조심하세요. 저희도 잘 지낼 께요. 그럼 이만 총총...

천진함

그동안 모두 잘 지내셨어요? 너무 오랜만에 인사드려서 죄송한 마음이 앞서네요. 저는 근근이 살아남긴 했는데, 생선 땅바닥에 패대기를 쳐서 놓은 것처럼 온몸이 골고루 안 아픈 곳이 없네요. 어제 겨우겨우 이사 정리 마치고 오늘 아침, 참 오랜만에 평온한 아침 맞았어요.

아직 정리할 것들이 구석구석 있긴 하지만, 일단 한숨 쉬어가려고요. 오후엔 보따리 싸서 또 시댁과 친정으로 떠나야 하니, 새로 이사 온 집에서 반나절 맞는 휴식입니다. 어제 인터넷 연결을 했어요. 여지껏 살면서 TV는 틀면 그냥 나오는 건 줄 알았지, 무슨 무슨 거에 가입을 해야 나오는 동네는 처음입니다.

인심이 숭한 동네인지 제가 유행에 늦는 건지 하여간 만두만 시켜 먹어가며 평생 들어앉아 보아도 다 못 볼 만큼 어마어마한 채널들을 남기고 기사 아저씨 떠나셨는데, 리모컨 사용법을 숙지하느라 온갖 버튼 다 눌러보다가 '울지마 톤즈'를 보았습니다. 오늘 아침에 신부님이 올려주신 글을 읽으려고 그랬던지요.

저는 류해욱 신부님이나 살레시오 신부님 같은 사람은 못 되니 그것이 하느님의 신비라는 마음은 아무래도 들지를 않아서 '좀 더 살게 해 주시면 안 되셨을까요? 하느님이신데 얼마든지 다른 방법이 있지 않으신가요?' 하는 불평을 안 드릴 수 없었지요. 지금 그런 생각을 해 보았자 마음만 아프고 이태석 신부님의 '묵상'을 보니 더 기가 막힙니다.

하느님과 신부님, 두 분이 이미 그렇게 되실 줄 서로 알고 계셨던 거야, 하는 생각을 떨쳐버릴 수가 없네요. 명절 행차를 해야 하는데 얼굴을 보니 기가 막힙니다. 버짐이 군데군데 피어나고 얼굴색은 알록달록, 세월의 중력에 모든 것이 아래로 축축 처져 있네요. 이젠 얼굴이 그리 중요한 나이가 지났는지도 모릅니다.

이전에는 이런 얼굴론 길거리를 나다닐 수 없다고 생각했던 적도 있었지요. 그때는 사는 기준이 밖에 있었고, 이제는 살아가는 기준에 제 안으로 들어왔습니다. 그리고 길거리에 나다니는 사람들을 육안으로 보지 않고, 마음으로 보는 때가 많아졌지요. 그러니 이젠 이건 나쁘다, 저건 좋다, 이건 예쁘다, 저건 못났다, 하는 구분이 별로 없습니다.

다들 짠하고 다들 기특하지요. 해가 중천인데 아직도 지구를 떠메고 누운 우리 집 두 아이는 별로 짠하지가 않은 게, 제가 지난 거의 한 달 정신없게 지내느라 잔소리를 접었더니 아주 천상의 나날들을 지내고 있습니다. 어미 없는 아이들처럼 먹고 싶을 때 먹고, 자고 싶을 때 자고, 공부라는 건 아예 잊었고, 밤늦게까지 놀고 집안의 온갖 규칙들을 다 무시하고 사네요.

이제 설 쇠고 오면 모든 걸 제 자리로 가져다 놓아야겠습니다. 지금은 잔소리할 힘도 없어요. 잔소리 안 해도 슬슬 일어나 일터로 나가는 남편이 오늘따라 기특하네요. 곡스 어머니의 '양심'은 제게도 송곳입니다. 곡스 어머니의 이야기를 들으며 제 양심이 자주 정신을 차리지요.

오늘 그녀의 이야기를 들으며 그녀가 딴 일이 아니고 야쿠르트를 배달하게 된 것이 하느님이 일부러 그렇게 하신 건 아닌가 하는 생각이 들었지요. 곡스 어머니에게 필요한 '힘듦'이라서 주신 건 아닌가, 고생하는 곡스 어머니 생각하면 마음이 아프지만, 모든 고생이 마음이 아픈 것만으로 끝나는 건 아닙니다.

부족한 저도 자식들에게 일부러 힘들게 할 때가 있지요. 더 단단하고 훌륭한 사람으로 만들고 싶어서요. 하느님이 주관하시는 일이야 감히 헤아릴 수 없지만, 다만 곡스 모자를 사랑하시고 훌륭히 쓰시려는 마음에서 그러신다는 것만은 헤아려봅니다.

세상의 한가운데 서 있지만, 세상에 휩쓸리지 않고 맑은 심성과 어린아이 같은 천진함으로 자주 눈물 흘리는 그녀를 보면, 저의 메마른 양심도 조금 펴지고 촉촉해집니다. 지난 상록수 미사에는 도저히 갈 형편이 안되어 재원이를 누나한테 맡기고 둘이서 보냈지요.

좋은 아침인지 아닌지는 달걀부침이 잘 되었는지 어떤지로 결정이 된다는 딸의 지론에 따라 오늘 아침상 차리는 건 맡겨보기로 했습니다. 남편과 딸은 반숙을 좋아하고, 저랑 재원이는 완전히 익은 걸 좋아하지요. 밥상머리에 앉아 어떻게 하라고 잔소리만 하는데도 말만 하면 기침이 같이 튀어나옵니다.

그 통에 잔소리하랴, 기침하랴, 눈물 닦으랴 난리를 치니 딸이 "엄마~ 무슨 유언이라도 남기는 것 같아"라고 합니다. 하하. 내일부터 연휴인데 모두 명절 맞으실 준비에 분주하시겠지요? 다녀오시는 길 편안하시고 행복한 시간들 되시길 기도드립니다. 딸이 밥 푸라고 해서 이만 나가 보아야겠습니다. 따뜻한 하루 되세요.

불인지심不忍之心

　재원이 학교가 내일이 졸업식이라 오늘은 예행연습을 하고 왔습니다. 같은 울타리 안에 있는 고등학생 형님들이 오늘 졸업식을 하는지, 경찰 아저씨들이 무전을 주고받으며 서너 명이 서성이고 있더군요. 예전엔 졸업식에 경찰서장 같은 분들이 상을 주시려고 왔었던 것 같은데, 요즘엔 치안을 유지하러 오시나 봅니다.

　덕분에 공짜로 고운 색색의 예쁜 꽃들 내음을 실컷 음미하고, 살 것도 아니면서 하나하나씩 다 들여다보았습니다. 조금 미안했습니다. 이집트에서 근래에 일어나는 일들을 보면, 우리나라 젊은이들의 얼굴이 겹쳐서 떠오릅니다. 남의 나라 얘기면 좋겠는데, 우리의 일들이기도 하니까요.

　해법이 서둘러 마련이 되어야 할 텐데, 곪고 곪아서 저절로 터지게 되면 저렇듯 출혈을 막을 수 없을 테니 우려가 됩니다. 젊은이들을 바라보며 미안한 생각과 측은한 마음이 동시에 떠오르는 건 아마도 '이건 아닌데.' 싶으면서도 아이들을 몰아붙인 죄 때문이 아닌가 싶습니다.

대학만 가면 모든 시름 끝나는 것처럼, 대학 대학 하다가 대학을 가도, 대학을 나와도 별 볼 일 없게 되었으니, 그야말로 사회 전체가 아이들을 우롱한 셈이 되었습니다. 그래도 정신 못 차리고 아직도 모조리 한 길로만 몰아대고 있으니, 다른 길은 알지도 못하는 아이들이 우우. 등 떠밀려 한 방향으로만 가고 있습니다.

지금의 아이들에게 교육을 다시 시작할 수 있다면, 한글을 깨치는 즉시 그 연령에 맞는 인문학 서적들을 읽히기 시작하여 죽 평생 동안 읽게 하면 좋겠다. 하는 생각을 합니다. 사실 연령에 맞는 책이라는 것이 따로 있는 건 아니라고 생각합니다만. 한 달에 한 권, 아니면 보름에 한 권씩 읽게 하면, 나라의 미래가 달라지지 않을까 하는 생각이 듭니다.

머리랑 다리랑 붙잡고 단번에 늘여 놓은 것처럼 키만 훌쩍 커버리면, 몸에 갖가지 무리한 증세가 나타나는 것처럼 인간이 갖추어야 할 기본적인 것들을 소홀히 하고, 키만 어른이 되어버린 사람들이 꾸려가는 우리 사회가 지금 갖가지 결핍증세들로 몸살을 앓고 있습니다.

학교에서 돌아오는 길에 장에 들러 단골 야채 전에서 초록색이 아주 고운 꽈리고추를 만났습니다. 안 맵냐고 재차 물어 두 바구니를 사 왔는데 아주머니께 맵지 않냐고 묻는 건 괜한 짓이지요. 아주머니 입에 안 맵다 싶으니 괜찮다고 하시는 거고, 매운 거 잘 못 먹는 딸의 입에는 고추라고 생긴 건 거의 '매운 맛'이니까요.

어쩌다 제 입에도 무지하게 매워서 가끔씩 놀이 삼아 항의하러 가면 "아 그것도 안 매우면 고추야!" 하는 타박만 돌아옵니다. 하하. 그래도 가서 맵다고 징징대면 고구마 살 때 작은놈이라도 하나 더 얹어 주십니다. 그리 알뜰한 주부도 아니면서 무척 대견한 짓을 한, 제가 웃겨서 실실 웃으며 집으로 돌아오지요. 다음에 갈 땐 미안해서 푸성귀라도 하나 더 사 들고 옵니다.

재원이 하는 짓을 보면 '내 아들이 아니지?' 싶게 무얼 하나 시켜놓으면, 아주 꼼꼼히 정성을 다해 열심히 합니다. 꽈리고추 꼭지를 따달라고 했더니 꼭지 받침이 남을세라 아주 정성껏 조심스럽게 뜯어내고 있네요. 멸치 조림하려다 날 새겠습니다. 곰 만한 덩치에 손은 섬섬옥수에 진지한 얼굴로 고추를 다듬고 있는 녀석을 보니 웃음이 쿡 나기도 하고 가슴 한 켠이 아리기도 합니다.

멸치 맛이 슴슴히 밴 꽈리고추를 좋아하는 두 아이라서 싱싱하고 덜 매워 보이는 꽈리고추는 보이는 대로 사 들고 오지요. 나중에 두 아이한 테 멸치 고추 조림을 해 줄 수가 없을 때가 올까 봐 자주 두렵습니다. 성 모님은 예수님께 무슨 음식을 자주 해 주셨을까요?

예수님은 어떤 반찬을 좋아하셨을까요? 누나가 숙제하는 동안 조용히 해 주려고 재원이랑 동네 투어를 했습니다. 시간에 쫓기지 않고 이곳저 곳 기웃거리며 다니니 좋더라고요. 붕어빵 한 봉지를 사서 놀이터 그네에 앉아 흔들거리며 먹는 맛. 와우! 재원이는 불행히도 엉덩이가 그네에 끼어 흔들거리며 먹는 호사를 못 누렸지요. 메롱.

그네만 작아진 게 아니라 미끄럼틀도 빼곡해서 못 내려오고, 뱅뱅 도는 지구도 어깨를 구부정하게 접어서 겨우 들어가야 하고, 스프링 달린 동물들은 올라타면 끽끽거리며 비명을 지릅니다. 팔이 아프도록 그네를 밀어주면서 '언제 놀이터를 벗어나나.' 하고 푸념을 하던 때가 엊그제 같은 데, 어느새 저렇게 자랐을까요?

놀이 기구들이 사이즈가 안 맞으니 포기하고 젊잖게 벤치에 앉아 붕어빵을 먹네요. 주님. 더 좋은 것 안 바라니 저 녀석 뒤따라 다니며 평화롭게 늙게 해 주세요. 짧은 기도를 간절히 드리고 일어섰습니다. 나라를 다스리는 사람들에게도, 꽈리고추 파는 아주머니에게도, 붕어빵 굽는 부부에게도, 또 놀이터에서 노는 어린아이들에게도 불인지심이 있다는 맹자의 말을 믿고 싶습니다.

'참지 못하여 차마 모른 척하고 지나치지 못하는 마음'이라고 사전에 있는데 할 수 있지만 차마 남에게 못할 짓을 하지 못하는 측은한 마음도 불인지심에 속하지 않나 하는 생각을 해 봅니다. 제 앞가림도 못 하고 이득을 챙길 줄도 모르는 아들을 둔 어미로서는 불인지심이 없는 세상은 무척 두렵습니다.

어린 학생들과 지내며 저는 자주 불인지심을 봅니다. 자기 일에 바쁜 와중에도 재원이를 '차마 지나치지 못해' 챙기는 친구들을 보며 사람에게는 가르치지 않아도 저절로 하느님으로부터 받은 선한 마음이 있다는 걸 자주 느낍니다. 어른들이 할 일은 그 고운 본성을 잃지 않고 키워갈 수 있도록 여러 가지 방법으로 지지해주고 칭찬해주는 것이겠지요.

우리 학교 인근에 고아원(이 명칭이 맘에 안 들어요.)이 있어서 각 학년마다 그곳 아이들이 있습니다. 가끔 어떤 부주의한 학부모들이 시험 감독하는 날이나 행사 때 모여서는 모의를 꾀하는 음험한 표정으로 "아 글쎄 있잖아요."로 주의를 환기시키며 시작하는 그곳 아이들에 관해 들었다는 온갖 험한 이야기들을 늘어놓습니다.

그 이야기 내용을 보면 세상에 그보다 흉악한 아이들은 없는 것 같이 들립니다. 인내심이 금세 바닥이 나는 저는 그 이야기를 끝까지 듣지 못하고 어느 반에 누구누구가 그곳 아이인데, 그 애 성적은 어느 정도이고 도

서실에 있는 책을 거의 다 읽을 정도로 다독을 하는 학생이라고 설명을
해 주지요. 또 누구누구는 친구들을 잘 챙기고, 또 어떤 아이들은 개구쟁
이지만 못된 아이는 절대 아니다. 가끔 심한 장난도 하지만 그 또래 평균
치일 뿐이다. 라고 차분히 바로 잡아주지요.

어릴 적에 소매에 콧물을 반질반질하게 묻혀가며 친구들이랑 놀았던
그런 쩅하고 상쾌한 기분 좋은 겨울을 다시 맞고 싶습니다. 아직 콧소리
가 맹맹하긴 하지만 감기가 많이 좋아졌는데 다시 안 심해지도록 조심을
해야겠습니다. 모두 방심하지 마시고 감기 조심하세요.

오늘 하루도 주님 축복 아래에서 평안한 하루 되시기를 기도드립니다.
먼 곳에 계신 류해욱 신부님을 더 많이 축복해 주시기를 간절히 기도드립
니다. 행복한 하루 되세요.

산처럼 생각하기

　어제 낮부터 날씨가 풀릴 거라는 예보를 듣고, 가볍게 차려입고 나섰다가 재원이 글 읽는 복도에 서서 개 떨듯이 떨었습니다. 아드님 글 읽는 소리는 흐뭇하지만, 추워서 콧물이 쫄쫄 흐르니 누가 볼까 봐 손수건으로 연신 훔쳐대었습니다. 북한산 자락에서 근 10여 년을 살다가 복닥대는 읍내로 내려오니 아침에 환기하려고 창문을 열었다가 깜짝 놀라 도로 닫곤 합니다.

　촌놈 서울에 처음 온 것처럼 숨쉬기가 답답하고, 집들이 너무 많은 것도 답답하고 높은 집이 많은 것도 답답하고, 양손에 짐 가득인데, 암호 눌러야 건물에 들어설 수 있고, 또 눌러야 엘리베이터 탈 수 있고 또 눌러야 집에 들어갈 수 있는 게, 조금 짱나고 서운하기도 합니다.

　차라리 눈 부릅뜨고 홍채 디밀면 좌라락 열리는 문이면 편할 텐데요. 아침에 학교 가는 길은 컨베이어 벨트에 올라탄 것 마냥, 한 발만 사람들 행렬에 들이밀면 저절로 학교까지 날라다 줍니다. 뒷사람이 밀려오니 안 뛸 수도 없고 안 늦어도 냅다 뛰어다니다 보면, 한겨울에도 콧잔등에 땀이 송글거립니다.

전철을 두 번 갈아타고 학교엘 가는데 재원이는 사람들이 두두두. 뛰어다니는 게 재밌는지 신이 나서 큰소리로 웃기도 하고 연신 싱글거리는데, 저는 재원이의 큰 보폭 따라잡느라 짧은 다리로 종종댑니다. 그래도 위로가 되는 건, 학교 도착하기 두 정거장 전부터 멀리 아침 햇살에 빛나는 북한산을 볼 수 있다는 설레임입니다.

아파트 산들을 지나 북한산이 보이기 시작하면 가슴이 아려옵니다. 재원이랑 가장 치열하게 보낸 10년을 고스란히 지켜보며 말없이 곁에 있어 주던 친구이니까요. 재원이랑 창문에 바짝 붙어 정신없이 바라보다 보면, 어느새 학교 앞 정거장입니다. 지하로 들어가는 구간이라 멀리 사라져가는 북한산에 안녕. 하며 마음속으로 손을 흔들고 이번엔 지각에 안 잡히려고 달리기 시작합니다.

중, 고가 같이 있는 학교라 재원이랑 저는 어정거려도 괜찮은 시간인데도 멀리서 소리소리 지르시는 고등학교 선생님께 민망해서 좀 성의를 보여드립니다. 하하. 또 모르잖아요, 그 고등학교에 진학하게 될지도 모르는데 지금 안 늦는다고 뺀질거리다가 미운털 박히면 안 되니까요. 송운 사랑방(Song Woon Art Hall). 어제 미사 때 언니들이 사순절 재의 수요일에 쓸 예수님 뒤에 걸려 있던 나뭇잎을 가져오라고 했는데 그만 깜빡 잊고 안 가져갔지 뭐예요.

잔소리를 듣고 오늘 성당에 가져가려고 곱게 싸놓았습니다. 이따가 아버님 제사 준비하러 큰댁에 가면서 성당에 들리려고 합니다. 이번 재의 수요일에 꼭 참석하라고 언니가 그랬는데, 처음이라서 또 어리버리 얼굴 붉힐 일을 만들지나 않을지 좀 걱정입니다. 언니 뒤에 찰싹 붙어서 하는 대로 똑같이 따라 하면 되겠지요?

남편과 재원이는 블레이드 타러 나가고 딸은 숙제하느라 두문불출이고 저 혼자 망중한을 즐기고 있습니다. 이제 슬슬 점심 고민 압박이 들어오는데요. 하하. 오늘 점심은 무얼 해 먹이나 역시 창조적인 직업을 가지고 있으면, 고민이 많은 법이예요. 배고픈 영혼들이 들이닥치기 전에 뭔가 창조적인 작업을 하러 나가야겠습니다.

"학교는 3월이 제일 추워." 하신 옥잠 선생님의 충고를 받아들여 내일부턴 또다시 꽁꽁 싸매고 갈 겁니다. 근데 학교는 3월이 왜 제일 춥지요? 산처럼 생각하기, 한 가지만 생각해서 전체를 망가트리지 않기, 내 생각만 하지 않기, 내 생각만 옳다고 오만해지지 않기. 산에서 멀어지고서야 산의 큰 위로를 깨달은 맹한 저의 50 즈음에게 아뒤유~!

5장

간절한
기도

천안함 희생자

물론 나는 알고 있다. 오직 운이 좋았던 덕택에 나는 그 많은 친구보다
오래 살아남았다. 그러나 지난 밤 꿈 속에서 이 친구들이 나에 대하여 이야기
하는 소리가 들려왔다.

"강한 자는 살아남는다."

그러자 나는 자신이 미워졌다.

베르톨트 브레히트 '살아남은 자의 슬픔'

어제는 상록수에서 미사가 있었습니다. 마두동 성당에서 상록수 미사
를 위해 사순절의 바쁜 일정에도 시간을 만들어 와 주신 원동일 프레데
릭 신부님과 두 분의 교우님을 모시고 오랜만에 만난 반가운 이들과 행
복한 시간을 가졌었지요. 사정이 생기셔서 못 오신 주니맘 님과 하늘바람
님이 마음에 걸렸지만, 신부님의 재미있고 유쾌한 강론에 화살기도를 두
분께 쏘며 마음으로 미사를 같이 드렸습니다.

상록수 미사를 드리다 보면 와 주시는 분들이 앉으셨던 자리에 마치 그분들이 와서 앉아계신 기분이 듭니다. 어디 계시든 마음으로 상록수 미사를 기억해 주실 걸 알기에 한 분 한 분 그 자리에 앉혀드리고 마음으로 인사를 보냅니다. "잘 지내시죠?"

신부님은 우리 아이들의 소란스런 미사에도 놀라지 않으시고 부모님들이 민망하지 않도록 편하게 해 주셨지요. 우리 아이들에 대해 깊은 애정을 가지고 계신 신부님의 마음이 느껴져서 가슴이 뭉클했습니다. 신학생 시절에 라파엘의 집에 가서 우리 아이들을 돌보신 얘기를 들려주실 때는 저도 모르게 눈물이 흘러내렸지요.

미사 처음엔 신부님의 재미있는 강론 말씀에 '야~ 오늘 미사는 내가 눈 안 빨개질 자신이 있다.' 하고 의기양양했는데 그만, '으이그... 내가 그렇지 뭐...'가 되었지요. 미사가 끝나고 언니들과 미사 드린 뒤의 감동과 기쁨을 함께 나눈 후에 원영 언니가 전철역까지 바래다주어서 조잘조잘 떠들다 내렸지요.

미사 드린 후에 진정이 안 되고 마냥 흐뭇하고 나른한 것도 무슨 신드롬이라고 이름을 붙여야 될듯 합니다. 재원이랑 지하철 계단을 신나게 다 다. 달려 올라가 전철이 오기를 기다리고 있는데 전광판에 천안함 희생자의 고귀한 희생을 추모한다는 자막이 나왔습니다.

지상에 있는 전철역이라 쌀쌀한 바람이 쏴. 불어 왔는데 그 차가운 얼음물에 갇혀서 얼마나 춥고 두려웠을까? 하는 생각에 제 나이의 반도 못 살았을 어린 장병들의 앳띤 모습이 떠올라 이 나이까지 멀쩡하게 살아 있는 저 자신이 부끄러워졌지요. 왜 이런 일들이 계속 일어나고, 하느님은 그냥 지켜보고 계신 것만 같고, 제가 감히 그 뜻을 헤아릴 수도 없지만,

최소한 생명 있는 존재의 마지막 모습이 그래서는 안 되는데 하는 생각이 들었습니다.

가족들의 기막힌 심정과 젊은 영혼들의 한을 생각하면 벌써 1년이나 되었나 하고 놀랐던 제 무심함이 미워집니다. 부디 유가족들과 푸르디푸른 젊은 영혼들에게 하느님의 위로가 있으시기를 간절히 기도드립니다.

오늘 아침엔 상록수에서 얻어온 반찬으로 아침상에서는 볼 수 없는 훌륭한 밥상을 차렸습니다. 느긋하게 밥도 평소에 1.5배씩은 먹은 듯하고 재원이랑 남편은 머리 이발과 장보기를 위해 집을 나섰습니다. 요즘엔 두 남정네가 같이 장도 봐오고 같이 이발도 하고 같이 운동도 해서 주말 하루 집에서 일 만할 수 있는 저는 무척 편하게 느껴집니다.

워낙 밖에서의 일을 힘들어하는 저인지라, 집안에서 꼼지락대며 하는 일은 놀이같이 느껴지고 감사하지요. 외출은 하루에 한 번이 한계이고, 하루 두 번 집을 나갈 일이 있으면 마음이 벌써 녹초가 됩니다. 가만히 집에 있으면 좋으니, 저는 아무래도 집 귀신인가 봅니다.

흐트러진 머리를 정수리에 틀어 올려 묶은 딸의 표현을 빌자면 '민중봉기 머리'를 하고 아이들 실내화를 하얗게 빨아 널어놓았습니다. 화초들 물을 주고 일주일간 손이 안 닿았던 구석구석을 닦아내고 두 남정네 돌아오기 전에 혼자 커피 즐길 시간을 확보하려고 빨리빨리 움직였지요.

드디어 커피 한잔과 미사 후담을 드리는 이 시간이 참 편하고 행복합니다. 그러나 제가 행복하고 편할 때마다 슬그머니 고개를 드는 불안감은, 저의 안락함이 남에게서 뺏어온 것은 아닌지, 제가 먹고 마시고 당연하게 누리는 것들이 제 것이 아니라 누군가의 것을 빼앗아 온 것 같아서, 마냥 오래 가지만은 않습니다.

지구 밖에서 지구를 보면 초록과 흰색으로 떠 있는 지구별이 그렇게 아름다울 수가 없다는 얘기를 읽은 적이 있습니다. 가까이 와서 지구별에 사는 사람들을 보아도 그렇게 여전히 평화롭고 아름다웠으면 좋겠습니다. 너무 많이 끌어모으고 써 대지 않고 형편 안에서 나누기를 하는 겁니다.

　당장 내 일 제껴 놓고 보따리 싸 들고 나서서 굶주리고 가진 것 없는 사람들에게 갖다 주기는 어렵지만, 저같이 소심하고 걱정만 만땅인 사람이 할 수 있는 지구촌 이웃들에 대한 최소한의 의무라고 생각합니다. 해마다 돌아오는 봄날이 따뜻하고 포근한 소식들로 가득했으면 좋겠습니다.

　뉴스를 보면 끔찍한 소식들로 온통 우울해지지만, 그럼에도 불구하고, 꽃망울은 부풀어 오르고 봄은 오고야 말지요. 그 생명력을 저는 믿습니다. 우중충한 날씨의 주말이지만, 새로운 한주는 화사한 한주가 되기를 기대하며 편안한 주말 오후 보내시길 바랍니다.

눈부신 날

내가 사랑하는 사람

정호승

나는 그늘이 없는 사람을 사랑하지 않는다
나는 그늘을 사랑하지 않는 사람을 사랑하지 않는다
나는 한 그루 나무의 그늘이 된 사람을 사랑한다

햇빛도 그늘이 있어야 맑고 눈이 부시다
나무 그늘에 앉아
나뭇잎 사이로 반짝이는 햇살을 바라보면
세상은 그 얼마나 아름다운가

나는 눈물이 없는 사람을 사랑하지 않는다

나는 눈물을 사랑하지 않는 사람을 사랑하지 않는다

나는 한 방울 눈물이 된 사람을 사랑한다

기쁨도 눈물이 없으면 기쁨이 아니다

사랑도 눈물 없는 사랑이 어디 있는가

나무 그늘에 앉아

다른 사람의 눈물을 닦아주는 사람의 모습은

그 얼마나 고요한 아름다움인가

운동장 스탠드에 쪼그리고 앉아 시인을 생각합니다. 나는 그늘이 없는 사람을 사랑하지 않는다. 지금은 마지막 시간입니다. 체험학습으로 김창완 밴드공연을 보고 점심을 먹고 학교에 돌아오니, 7교시 시작할 시간입니다. 선생님께 공부 안 하게 천천히 가자고 말씀드렸습니다.

그런데 기어서 올 수는 없고, 슬슬 걸어왔는데도 한 시간이 남았습니다. 놀다 와서 또 공부를 하는 건 확실히 잔인한 일이라고 주장하는 바입니다~! 적어도 저에게는 말이죠. 마지막 체육 수업하는 걸 바라보며 재원이 신발주머니를 깔고 앉아 꼬박꼬박 졸다가 다시 시인을 생각합니다.

문득

　　　정호승

문득

보고 싶어서

전화했어요

성산포 앞바다는 잘 있는지
그때처럼
수평선 위로
당신하고
걷고 싶었어요

재원 아빠가 남편이 아니었던 시절에 학교 빼먹고, 바닷가로 놀러 갔던 추억이 있습니다. 그때 찍었던 사진 한쪽 구석에 제주도 시인의 시구를 인용해 이렇게 적어 놓았었지요.

저 세상에 가서도 바다에 가자
바다가 없으면 이 세상 다시 오자
내가 살아온 날들은 눈부셨을까?

김창완 아저씨는 나이 들어도 목소리가 어찌나 쨍쨍한지, 재원이가 내 내 귀를 틀어막고 있다가 산 할아버지, 에서만 귀를 열고 제 손바닥을 두드려가며 즐거워했습니다. 꼬마야~ 하는 노래도 재원이가 좋아하는데 아쉽게도 그 노랜 안 불러주더군요.

귀가 째지는 듯한 밴드의 공연과 현란한 조명에 어쩌면 내가 눈부셨을지도 모를 시절이 떠올랐습니다. 대학 시절 허접한 학교 밴드에 친구들이 있었지요. 그중 한 친구는 자기가 벌어 학교 다니는 고단한 학생이라 돈이 급할 때마다 키보드를 악기사에 잡히곤 했었습니다.

사실 그 키보드로 밤무대에서 반주해 주고 생활비를 벌기 때문에 키보드를 잡히면 생계가 막막해지는지라 친구들이 모조리 책값이고 용돈이고, 탈탈 털어 찾아다 주곤 했었지요. 그땐 조명 제일 많이 받는 사람이 주인 공인 줄 알았는데, 오늘 보니 컴컴한 구석에서 얼굴도 제대로 안 보이는 베이스 기타가 제일 존재감 있게 다가오네요. 아마도 나이가 든 게지요.

그런데 그 시절이, 얼굴엔 주름 하나 없고, 세상이 내 생각대로 돌아가 주고, 유쾌하고 화사하고, 그늘 없던 그 시절이 내가 눈부셨던 시절이었을까? 생각해 보니, 마음은 생각과 달리 다른 곳으로 열심히 달려갑니다. '아니야, 그쪽으로 가지 마. 그건 눈부신 날이 아니었어. 그건, 비참하고 끔찍하고 목까지 울음이 꽉 차 있던 날들이었다고!'라고 부정해보아도 자꾸만 자기들이 눈부신 날들이었다고 우겨 대면서요.

'아름답지 않아도 눈부신 거야? 폼나지 않고 찌질하고 등에 식은땀 흘리며 치열하게 산 날들이 그게 눈부신 날들이었던 거라고? 그래. 그렇다면 그게 눈부신 날들이라는 증거를 대봐!' '증거는 못 대겠어. 그냥 마음이 그렇다고 하니까.' 언젠가 그날들이 눈부신 날들이었다는 증거를 당당하게 보여줄 수 있을지도 모릅니다.

머리 하나는 더 있는 녀석이 "엄마~ 재원아~~!" 하면서 다다다~~ 달려와서 둘을 끌어안고는 팔짝팔짝 뛰면서 좋아서 어쩔 줄을 모릅니다. 언제 어른이 될런지요? 하하. 한참을 그렇게 길바닥에서 생 쇼우~를 하고, 무거운 누나 책가방은 재원이가 받아 메고 보조 가방은 제가, 신주머니는 딸이 들고, 숨 쉴 틈도 없이 하루 지낸 얘기를 조잘거리는 걸 들으며 집으로 돌아오는 밤길이 감사하고 평화롭습니다.

이제 슬슬 순라를 돌 시간이 되어가니 이만 저녁 인사를 드립니다. 편안한 밤 되시고 예쁜 꿈 꾸세요 ~코.

벚꽃

　어제는 벚꽃 그늘로 화사했던 나무 벤치가 오늘은 내리는 비에 떨어진 꽃잎으로 꽃단장을 하고 있습니다. 비가 내리면 엄마 생각도 나고 입도 궁금해지고 시집도 들춰보게 되고, 창가에 서서 바깥을 내다보면 잊고 지냈던 옛 친구들의 이름도 떠오르고. 저는 그렇습니다.

　안도현 시인의 음식 시리즈가 들어있는 시집을 들여다보니 배가 슬슬 고파오는데 오늘은 금육에 한 끼 금식이라고 어제 언니들이 단단히 일러주었지요. 거참. 점심을 놓칠 때도 종종 있는데, 일부러 안 먹어야 한다니 배가 더 꼬로록 거리네요. 하하. 게다가 아침엔 된장국 한 숟갈 떠먹다가 고기 한 점이 입에 느껴져서 화닥닥 놀래서 슬며시 일어나 뱉었지요.

　갈비탕 남은 국물로 된장국을 끓였는데 조금 딸려 들어갔던 모양이에요. 열무김치로 비빔밥을 해 먹어도 맛있지만, 싱싱한 열무 깨끗이 씻어 손으로 듬성듬성 잘라 넣고 고추장 강된장 김 부스러기, 참기름 넣고 싹싹 비벼 먹어도 참 맛있는데요.

우리 엄마는 열무김치와 생열무를 반반씩 넣어서 비벼주시곤 했어요. 커다란 양푼이 놓고 둘러앉아 아빠 안 계신 점심 메뉴로 자주 먹었는데, 어찌나 금세 없어지는지 밥풀이 군데군데 붙은 텅빈 양푼이를 내려다보면, '에~ 그 많던 밥이 어디로 갔지?' 하는 생각이 늘 들었죠. 숟가락 양푼이에 던져넣고 와르르 몰려나가 아빠 오실 때까지 골목에서 뛰어놀던 그때가 그리워집니다.

어제 성지 가지를 얻어와 예수님 뒤에 가지런히 놓아 거니 혼자 십자가에 계실 때보다 조금 마음이 좋습니다. 십자고상을 볼 때마다 십자가를 내려드리고 싶다는 생각이 드는데, 딸도 그런 생각을 한 모양입니다. 기독교 학교라 부활절 앞두고 '패션 오브 크라이스트'를 보여주었다는데 자기도 모르게 눈물이 죽. 흘러 친구들이 '헐~ 그거 진짜 눈물?' 하면서 놀렸다네요.

왕언니를 놀린 자들에겐 한 대씩 응징이 들어갔지만, 내내 예수님이 십자가에 매달려 계신 게 그날따라 너무 마음이 아파서 이제라도 좀 내려드리던가 그게 안 되면 십자가를 눕혀놓기라도 하면, 덜 고통스러울 것 같다는 생각이 들었습니다. 어제 소풍 다녀와 시험공부 못했다고 밤늦게까지 끄적거리고 있던 딸입니다.

내일은 부활 성야 미사를 드리러 상록수에 갑니다. 어릴 때는 교회와 성당에서 공히 부활절 달걀 얻어먹기도 했는데, 예수님이 부활을 하셔서 참 다행이지요, 라고 지난번 글에서 썼는데 또 생각해봐도 참말 다행입니다. 안 그러셨으면 참 슬픈 신자들이 되었을 것 같거든요. 그렇지요?

오늘 밤부터는 기뻐해도 되는 거 맞지요? 우린 미리 알고 있으니까요.

아름다운 날들

　어제 불던 비바람에 함박꽃이 다 시들어 버렸습니다. 아이들이 쟁알거리는 소리 들리는 교실 앞 화단에서 행여 머리꼭지 보일세라 키를 낮추어 살금살금. 땅에 떨어진 함박꽃잎을 찾았습니다. 멀리 보이는 북한산은 구름과 안개로 윤곽만 흐릿한데, 그 아래에 있을 조그만 초등학교, 재원이랑 제가 다닌 초등학교가 갑자기 그리워졌습니다.

　진절머리나던 세월도 지나면 다 그리워지는 건지 아니면, 진저리를 치면서도 사실은 사랑하고 있었던 것인지요? 어슴푸레한 안개에 휩싸인 북한산을 바라보고 있으니, 김영갑 님의 사진작품들이 생각납니다. 그분의 사진 중에서도 안개에 쌓인 듯 부드럽고 신비스런 풍경 사진을 좋아하는데, 마치 천상의 풍경을 천기누설해 놓은 듯한 아름다움에 가슴 콩콩이는 감동을 맛보게 됩니다.

　젊은 나이에 루게릭병으로 투병하다 돌아가실 때까지, 세끼 밥보다 좋아했던 사진 작업을 못하고, 심신의 고통에 시달리셨던 걸 생각해 보면 아름다움을 보아도 그저 '야, 좋다.' 정도로밖에 표현하지 못하는 저 같은 사람이 속편한 게 아닌가 하는 생각이 듭니다.

왠지, 신의 영역에 너무 근접하면 천상의 맛을 본 대가를 치르게 되는 듯한 불길한 마음이 들거든요. 환타지 영화를 많이 본 부작용이지요. 얼마 전에 쑥을 재미 삼아 뜯던 곳에 노란 아기똥 풀이 자욱하게 올라와 있습니다. 언제 쟤들이 쑥하고 교대를 했지요?

그중 한 송이를 꺾어 새끼손톱에 살살 펴 발랐습니다. "야~ 예쁘다~!" 어제는 상록수에 일이 많아서 일찌감치 뛰어가서 도와드렸지요. 왕언니는 얼마 전에 커다란 두 뒷바퀴가 달리고 짐칸도 큼직해서 장금이 (언니네 몽몽이.)까지 싣고서 장바구니까지 수납이 거뜬한 맞춤 자전거를 주문해서는 상록수에 올 때, 폼나게 자랑을 하며 타고 옵니다.

언니가 자전거에서 내리길래 얼른 뺏어 타고 동네 한 바퀴를 돌았지요. 세발자전거라고 우습게 봤는데 덩치가 커서인지 꽤 힘이 들었습니다. 워낙 운동신경 제로인 저라서 넘어질래야 넘어질 수가 없는 무게중심이 바닥에 딱 붙은 세발자전거를 타고서도 방향을 못 바꾸고 덜덜 떨면서, 직진 인생을 온몸으로 보여줬더니, 동네 주민이 차를 끌고 나오려다 제 꼴을 보곤 도로 집으로 들어가 버렸습니다.

동네 한 바퀴 겨우 돌아오는데 상록수 청년들이 걱정스러운 얼굴로 나와서 기다리고 있습니다. 제가 나타나니 반가운 함박웃음을 보여줍니다. 착한 아이들. 제가 뭘 하든 사람들이 마음 놓고 있지를 못하니, 아주 그야말로 원수가 따로 없지요? 하하. 다예가 가끔 저를 보고 머릴 갸우뚱거리며 하는 말을 들어보세요.

"엄마는 상록수에서 일도 제일 못하고, 맨날 먹을 거나 얻어오고 게다가 많이 먹고, 재원이 봐달라고 부탁하고 언니들이 왜 챙겨주실까? 나 같으면 '꺼져.' 그럴 텐데." 합니다. 그러게요. 저 같아도 '꺼져.' 할 것 같습니다. 하하.

비가 내리니 좀 쌀쌀해집니다. 아침엔 씩씩대며 학교 언덕을 오르느라 등에 땀이 솟았는데 한기가 들어서 가방에 구겨 넣었던 겉옷을 꺼내 걸쳤습니다. 어제 상록수에서 정신없이 일을 하고 있을 때, 상록수에 마음으로 후원을 하고 계신 분이 암으로 수술을 받고 암 센터에 계시다고 언니한테 문자가 왔습니다.

우리는 잠시 일을 멈추고 한걸음에 달려갔는데, 만나면 무슨 위로의 말을 건네야 할지 난감했습니다. 그러나 고맙게도 너무 화사한 밝은 얼굴로 맞아 주셨고, 모든 것이 하느님의 인도하심으로 일사천리로 진단이며 수술, 입원까지 만족하게 이루어졌다고 연신 웃으시며 말씀해 주셔서 한시름 놓았습니다.

우리 위문단은 세련되게 위로의 말을 건네지는 못할 망정, 어떻게 이렇게 금방 달려오셨냐는 말에 '여긴 우리 지역구인데 허락도 없이 수술하고 입원했다.'라고 하면서 시비를 걸었습니다. 별일 아닌 양 환자도 우리도 하하호호 하다 왔지만, 마음이 아파서 정말 하고 싶은 얘기는 눈빛만으로 주고받았습니다.

기도를 해 드리는 수밖에 도울 것이 없는데, 그것같이 큰 도움이 되는 것이 또 어디 있을까요? 제가 아파서 누워있는데 어느 분이 저를 위해서 기도를 해 주신다면, 얼마나 힘이 나고 든든하겠어요. 그래서 묵주반지를 돌돌 굴리며 그분 기도를 드렸습니다.

재원이는 전철 안에서 진지한 얼굴로 저를 보더니, "미안해, 사랑해."라고 말을 합니다. 내 일찍이, 이 녀석이 군대 안 가려고 연기를 하고 있다는 의심을 안 해본 건 아니었으나 막상 듣고 나니 가슴이 뭉클해져서 '그래. 그간 불효한 거 다 용서해 주마.' 하는 마음이 들었습니다.

그러나 다음 순간 이 녀석이 저를 보고, "Do you wanna small face?"라고 합니다. 뒷통수를 스치는 쌔한 느낌에 전철 광고를 보니, 잃어버린 강아지 찾아준다는 무슨 협회에서 '미안해, 사랑해'를 성형외과에서 얼굴 축소 수술해 준다고, '조그만 얼굴 원하냐?'고 써 붙여놓았던 것입니다.

그러면 그렇지~ 에구~ 꿈도 야무지다. 정신 차려 뚱땡씨. 자위를 하며 전철에서 내려 지각할까 봐 재원이와 계단을 잽싸게 다다다다 뛰어 올라갔습니다. 재원이는 제가 뛰니 기분이 좋은지 껄껄대고 저는 눈물이 날 것 같기도 하고, 허탈한 웃음이 나오기도 하는 묘한 기분에 단숨에 학교까지 뛰어올랐습니다.

그저께 밤 꿈에 아이가 잃어버린 걸 캐더린 언니가 찾아주었지요. 꿈속이라도 느낌만은 너무도 생생해서 하루 종일 조심하고 마음을 졸였습니다. '그래. 아이가 군대 안 가고 내 옆에 있는 것만 해도 감사드릴 일이야. 감사할 줄 모르면 하느님이 재원이 안 필요한 줄 아시고, 다른 이에게 주실지도 몰라. 하느님~ 저 감사해요~ 가끔 불평할 때는 제정신이 아닐 때거든요. 아시죠?

아침저녁 일교차가 크니 감기 안 걸리게 조심하시고, 힘이 나는 음식도 챙겨 드시고, 행복한 주말 맞으시길 바랍니다. 영원히 행사가 계속될 것 같았던 5월도 체육대회만 남기고 끝나갑니다. 5월은 가장 잔인한 달. 뭔 기념일이 그리 많은지, 내 결혼기념일은 리스트에 끼지도 못했다. 4월은 차라리 따뜻했다. 다음 해 5월엔 단기 기억상실증이라도 걸려서 우아하게 지내다가 6월에 깨어나고 싶다. 하하.

눈부신 후회,
용감한 사랑

　5월도 며칠밖에 남지 않았습니다. 어제 상록수에서 류해욱 신부님을 모시고 오랜만에 행복한 미사를 드렸습니다. 신부님은 중국 다녀오시느라 힘드셨을 텐데도, 건강하신 모습이셔서 마음이 놓였지요. 늘 바쁘신데 어제는 미사 후에 조금 더 오래 머물러 계시면서 저희들과 이야기를 나누어 주셨습니다.

　모두들 바쁜 5월이어선지 다른 때보다 손님이 적었지만, 멀리서 보라가 와 주어서 얼마나 반가웠는지요. 기다려 주는 사람이 있고 반겨줄 사람이 있고, 안 보이면 걱정해주는 이들이 있다는 건 참 감사한 일입니다. 어제 신부님께서 들려주신 비익조 얘기를 들으면서 옆에 딸이 같이 있어서 참 다행이라는 생각을 했습니다.

　제가 좋은 강론을 들어도 제대로 옮기지를 못하니, 늘 안타까운 마음이 들었었지요. 한쪽 날개밖에 없는 비익조. 하늘을 날려면 다른 쪽 날개를 가진 다른 비익조가 있어야 하듯 성령께서 우리가 사랑을 향해 날 수 있게 하는 우리의 또 다른 한 쪽 날개를 지닌 존재라는 것을 얘기해 주셨습니다.

여느 때처럼 그저 반가운 사람들이 모여있는 게 좋아서 정신 못 차리고 히죽거리다가 미사 시간이니 엄숙해야지. 하고 표정 관리도 했다가 영성체를 모시곤 눈물이 핑 돌았다가 웅얼거리는 재원이를 견제해가며 분주하게 미사를 마쳤습니다. 미사 후에 맛있는 저녁과 후식을 나누고 신부님께서 가져오신 보이차를 세 잔이나 거푸 마시고, 살 빠진다는 소리에 한잔 더 마시고 장영희 교수님의 〈무릎 꿇은 나무〉도 선물로 받았습니다.

저녁에 혼자 조용히 보고 싶어 책을 받자마자 가방에 고이 넣어놓고, 벌써 하늘나라로 돌아가신 지가 2년이 되었다는 사실이 믿어 지지가 않았습니다. 2년이라니, 제가 확실히 인식하고 떠나보낸 죽음이 아직은 없습니다. 그러니 믿어지지 않고 이상한 느낌만 드는가 봅니다.

긴 여행을 떠난 듯 우리를 떠나 다시는 볼 수 없는 분들이 생각이 났습니다. 그 분들의 모습을 떠올리며 긴 여행 행복하고 편하시기를 눈 꼭꼭 감아가며 기도드렸습니다. 그저께는 재원이 학교에서 체육대회를 했습니다. 날씨는 쨍쨍~ 아이들은 싱글벙글~ '그래. 모름지기 아이들은 햇살 아래 저렇게 화사하고 그늘 없이 커야해.'

보기만 해도 마음이 흐뭇해져서 스탠드에 앉아 연신 벙긋거렸습니다. 다른 부모님들은 조회대 위에 젊잖게 앉아 계시지만, 저는 조회 마치고 나면 같이 뛰어야 할 몸이라 배낭 단단히 조여 매고 신발 끈 한 번 더 묶고 모자 눌러 쓰고 햇살 속으로 나섰지요. 재원이 녀석은 친구와 달리기 순서에서 친구 손 잡은 게 무한 부끄러워 계속 낄낄대며 뛰느라 2등으로 그쳤습니다.

전력 질주하면 재원이를 따를 자가 없는데 뭣 때문에 전력 질주를 해야 하는지 왜 1등을 해야 하는지 아무 욕심이 없는 재원이는 그저 친구 손 잡고 뛰는 그 자체가 신이 나서 낄낄대며 행복하게 뛰었습니다. 옆에 같이 뛴 친구도 처음에는 재촉하다가 나중에는 포기하고 같이 즐기며 선선히 뛰었지요. 세상을 무장해제시키는 재주를 녀석들은 가졌나 봅니다.

상품으로는 찹쌀 모나카 한 봉지를 받아들고, 입꼬리를 귀에 걸고 다녔지요. 재원이랑 저랑 둘이요. 장애 교육 전시물을 본 후 OX 퀴즈를 해서 솜사탕을 주기로 했는데, 특수 학급 선생님의 넉넉하신 마음에 도저히 틀릴 수가 없는 정답을 유도하는 답안지에 스티커를 붙인 아이들에게 상품으로 솜사탕을 만들어 주었습니다.

교장 선생님께서는 솜사탕을 조회대 위에서 들고 드시는 귀여움을 보이셨고, 그 덕에 전교생이 솜사탕을 먹겠다고 우루루 몰려들어 북새통을 쳐댔습니다. 우리 선생님과 저는 교대로 꼬챙이에 실낱처럼 솜사탕을 말면서 "우리 업종 변경을 해서 동업하는 게 어떠냐?"고 서로의 의사를 타진해가며 열심히 솜사탕을 말았습니다.

아이들은 완전 초보의 우리 솜사탕 모양이 자유분방해도 무조건 사랑해주었고, 재원이도 좋아하는 솜사탕을 실컷 먹어도 보고, 만들어도 보고 원을 풀었습니다. 나중에는 솜사탕 기계에서 나는 열기와 날아오는 꿈결 같은 가느다란 사탕 가락에 온몸이 코팅이 되어 머리카락이 뻣뻣해져 손으로 빗질을 하려니 손가락이 안 들어갔습니다. 하하.

달콤한 사탕 내음과 아이들의 행복한 미소에 주위가 온통 달콤한 향기로 가득 찼습니다. 파장할 무렵에는 관심 없는 척 아이들 질서유지만 도와주시던 선생님들도 앞다투어 솜사탕을 한 개씩 받아들고, 동심으로 돌아가 예전의 운동회 추억담들을 나누시며 즐거워하셨지요.

설탕이 몸에 나쁘든 말든지, 솜사탕은 확실히 우리에게 이로운 음식입니다. 솜사탕을 들고 있으면 몸이 붕 하늘로 떠오를 것 같아 발꿈치를 자꾸만 들썩여 보게 되고 아껴가며 먹는 솜사탕은 어찌나 스르르 빨리 녹아버리는지요. 옆 고등학교 형님들까지 슬금슬금 찾아와 우리 학교랑 자기가 무관하지 않다는 증거를 하나라도 대면, 머리통만한 솜사탕을 안겼습니다.

그렇게 다시는 돌아올 수 없는 사랑스러운 5월의 하루가 지나가고 있었습니다. 캐더린 언니가 '열심히 뛰어서 바가지 꼭 타 와라.'라고 문자를 보내셨는데 바가지는커녕 쪽박도 못 탔습니다. 원래 부모님 달리기의 묘미는 몸개그의 극치에 있는 거 아니겠습니까?

오랜만에 뛰는 통에 다리는 꼬이고, 팔다리가 서로 박자가 안 맞아 폭소를 자아내고, 남는 살들은 자기 맘대로들 흔들려주시고 게다가 새끼 앞에서 최선을 다하는 모습을 보여주겠다고, 넘치는 투지를 보여주시다가 꼭 한두 분 앞구르기로 몸개그를 보여주시고, 아니면 살랑살랑 손바닥으로 햇빛까지 가려가시며 우아하게 뛰시는 분도 계시지요.

훌륭히 지내는 건 바라지도 못하고 죄만 안 짓고 지내도 다행인 더 바랄 것 없는 하루가 되니까요. 오늘은 하늘이 유난히 맑고 푸르네요. 세탁기가 두 번째 분주하게 돌아가고 있습니다. 새하얀 빨래를 햇살 아래 탈탈 털어 널 때의 그 기분이란 그 무엇과도 바꿀 수 없습니다.

모두 편안한 주말 보내시고, 행복한 새로운 한 주 맞으세요.

미사 일기

선전합니다. 또 선전 좀 많이 해주세요! 아는 곳마다 다음과 같은 작은 움직임이 있어서 선전합니다. 아래 편지글 다음에 링크된 '두물머리를 향해 쏴라'를 한번 클릭하여 읽어보세요. 여기 오이 농부 이하 모든 농부, 제가 알고 있는 농부들인데, 천상 농부 맞아요! 보증합니다!

요즘 레오라고 우리 상록수 친구 같은 청년이 오는데, 레오 가족이 두물머리 텃밭에 농사를 짓기 시작했어요! 모두 우리의 이웃입니다. 안녕? 혹시 두물머리 이야기 알고 있니? 우리나라의 유기농이 최초로 시작된 아름다운 곳인데, 지금 그곳에서는 4대강 개발사업을 강제로 진행하려는 국가의 폭력이 한창 진행 중이야. 다행히도, 원래 허가를 받은 대로 농사를 계속 짓게 해달라는 재판에서 농민들이 승리했어. 근데 당연히도 국가는 승복할 수 없다며 바로 항소를 했지.

국민은 지금 4대강 개발사업과 국가의 폭력에 저항하느라 정작 농사는 짓기 힘들 정도로 바쁜 나날들을 보내고 있어. 거기서 국가에서 계속해서 소송을 걸어오고 벌금을 때리니, 비용도 만만치 않고. 나는 이 싸움이 결코 농부들만의 몫이라고 생각치 않아. 두물머리는 농지를 없애고 콘크리트를 부어 그 위에 위락시설을 만든다는 4대강 사업의 모습을 가장 상징적으로 보여주고 있거든.

그래서 현재 농부들의 소송비용을 마련하기 위한 후원이 진행되고 있어. 농부 1인이 소송에 참여하기 위한 비용은 55만 원이래. 우리가 1인당 5,500원씩 후원한다면, 100명이 모여 한 명의 농부가 소송에 참여토록 할 수 있는 셈이지. 비록 법원에 출석하는 것은 두물머리 농부 13인이지만, 그 뒤에는 그 농부를 후원하는 1,300명의 우리들이 있는 셈이야. 우리 함께, 농부들의 배후가 되자.

5월 18일 미사 일기

평화와 공동선, 두물머리에서 맞이하는 5·18은 다른 때보다 마음이 더 아립니다. 동병상련의 애닯음 때문인 것 같습니다. 언제나 믿음의 선한 싸움으로 하루가 평화로울 수 있기를 바라며 하루를 시작합니다. 지난 주말부터 맑고 순수한 영혼이 느껴지는 스무 살 청년 레오와 그 가족들이 두물머리를 찾아오고 있습니다.

어떤 연유로, 무슨 계기로 두물머리를 찾게 되었는지는 잘 알지 못합니다. 제가 알고 있는 것은 레오가 장애를 갖고 있다는 것과 가족들의 표정이 그리 밝지 않다는 것, 그리고 무엇인지 모를 간절함이 느껴진다는 것뿐입니다. 두물머리에 레오의 가족들을 위한 작은 텃밭을 만들어 드리고 싶었습니다.

그래서 오늘, 서규섭 님의 도움으로 작은 텃밭을 만들기 위해 땅을 갈았습니다. 레오가 부모님의 손을 잡고 두물머리 하우스 성당 안으로 들어오는 모습을 볼 때마다 마음이 많이 쓰입니다. 레오가 자신이 사랑하는 가족을 위해 고단한 삶의 쉼터요, 안식처가 되어 줄 두물머리를 선물하고 싶어 하는 것 같다는 생각을 지울 수 없었습니다.

십자가는 지고 가는 것이 아니라 가슴에 품고 가야 함을 항상 마음에 담습니다. 언제부터인가 레오와 그 가족들을 위해 기도 중에 기억하게 됩니다. 오늘, 드디어 야외 미사 터 차광막 공사가 완료되었습니다. 데레사 자매님의 도움으로 미사 터에 무성하게 자란 잡초 정리도 끝내고, 내일은 날씨만 도와준다면 두물머리 강변 야외 미사 터에서 미사를 봉헌할 수 있을 것 같습니다.

나무 그늘은 아니지만, 크고 높은 차광막이 만들어 주는 그늘 아래에서 단란한 시간을 보내는 레오와 부모님의 모습을 보고 있노라니, 뿌듯한 보람이 가슴을 차고 올라옵니다. 두물머리 미사가 고단한 세상의 한 줄기 빛이요, 위로가 되었으면 좋겠습니다. 4대강 사업 중단과 팔당 유기농지 보존을 위한 456일, 사백 쉰여섯 번째 두물머리 생명 평화 미사는 의정부교구 최재영 신부님의 집전으로 거행되었습니다.

최재영 신부님은 강론을 통해 "5월 25일을 전후로 두물머리가 어떻게 될지 모르겠다는 소식을 접하고 있습니다. 어차피 현 정부는 어떤 가치가 아닌 철저한 이익 관계로 묶인 집단이기 때문에 이익을 얻을 수 있을 만큼은 최대한 얻으려고 노력할 것입니다.

그 사람들이 누구에게 존경을 받으려고 하는 사람들이 아니라 자신들의 이익을 위해서라면 사람이 계속 죽어 나가더라도 4대강 공사를 계속 강행할 것입니다. 그런 가운데 하느님의 뜻을 따라 살려고 하는 "우리가 덥고 짜증도 나는 이번 여름을 어떻게 지내게 될까를 생각하게 됩니다."라고 말씀하셨습니다.

오늘도 어김없이 덕소성당, 구리성당 신자분들과 열일곱 분의 교우들께서 부활 제4주간 수요일 두물머리 생명 평화 미사를 지켜주셨습니다. 456일 단 하루도 거르지 않고 기도해 주시는 교우분들의 정성을 생각하면, 긴 병에 효자 없다는 말이 반드시 맞는 것은 아닌 것 같습니다. 항상 고맙습니다.

산중음山中吟

산숙山宿

　　　　백석

여인숙이라도 국숫집이다
메밀가루포대가 그득하니 쌓인 웃간은 들믄들믄 더웁기도 하다
나는 낡은 국수분틀과 그즈런히 나가 누워서
구석에 데굴데굴하는 목침들을 베여보며
이 산골에 들어와서 이 목침들에 새까마니 때를 올리고 간 사람들을
생각한다
그 사람들의 얼골과 생업과 마음들을 생각해 본다

　　　　　　　　　　　　　　　　산중음山中吟 中

지금 제 옆에서 이중언어로 온갖 노래를 다 불러대며 요조숙녀같이 참하게 앉아 스킬자수로 아기공룡 둘리를 수놓고 있는 사람은 한 덩치 하시는 우리 아들 재원이입니다. 다음 주에 있을 학교 축제에 작품을 하나씩 제출해야 하는데, 재원이가 요즘 배우고 있는 게 스킬자수라 그걸로 내려고요.

지루해하면, 안 시키겠는데 얼마나 재밌어하는지 다른 친구들 하나 할 때 세 개나 만드는 통에 그중 제일 잘된 것으로 내려고 합니다. 오늘 시험감독하면서 남자아이들과 여자아이들을 헤아려보니 여학생이 확연히 수가 적습니다. '햐. 이 재원이를 어떻게 장가를 보내나?' 한숨이 절로 나오더군요.

한편으론 '우리 딸은 배짱 퉁기며 보낼 수 있겠는데!' 하며 쾌재도 불러보고 지루해서 교실 뒤편에 걸려 있는 세계전도 샅샅이 훑으며 신부님과 스텔라 선생님과 순례하시는 분들이 어디쯤 가고 계실까? 상상도 해보고, 칠레의 산티아고도 눈으로 죽 따라가 보고, 스페인의 산티아고 길도 나와 있진 않지만, 요기 어디쯤이겠지 하며 콕콕 짚으며 무료함을 달랬습니다.

아침에 학교에 가니 선생님께서 어제 '도가니' 영화를 보고, 잠을 못 이루고 울어서 눈이 퉁퉁 부었다며 빨간 토끼 눈을 하고 계셨습니다. 저는 학교에 재원이 따라 오래 다녀서가 아니라, 선생님이라 불리는 분들을 믿습니다. 때로는 선생님이 되려고 처음 마음먹었던 그 순수한 열정이 세월에 좀먹고 가려져 안 보인다 해도 그렇습니다.

언제라도 그 초심을 발휘할 계기가 되면, 또는 16년이나 지난 후에 비로소 아이들 입장에서 생각하게 되었다는 어느 선생님의 고백과도 같이, 언젠간 빛을 발하게 될 거라고 믿습니다. 제가 본 대부분 선생님은 혹 매너가 세련되지 못한 분은 계셨지만, 그 근본은 학생들을 생각하는 마음에서 나온 행동들이란 걸 어른인 저는 알 수가 있었는데, 아이들에게는 잘 다가가지 못해서 안타까울 때가 많았지요.

시대에 맞춰 교수법이 좀 바뀌어야 하지 않을까 가끔 생각합니다. 어린 학생들을 교육할 수 있다는 게 얼마나 소중한 일이고, 책임 막중한 일인가를 매일매일 가슴에 담고 감사와 존경하는 마음으로 학생들을 만났으면 좋겠습니다. 스승과 제자, 서로에게 얼마나 큰 의미가 있는 존재들인가요.

집에 오는 길에 대추를 만나서 두 봉지를 사 들고 룰룰랄라거리며 왔습니다. 대추를 보고도 그냥 지나치면 늙는다는 말을 철석같이 믿는, 저는 생대추가 나오는 계절을 기다립니다. 사실은 먹는 걸 좋아하니 온갖 핑계를 대는 거지요. 하하. 방금 딸이 와서 재원이가 얌전히 스킬자수 놓고 있는 걸 보더니, 이런 구경은 돈 주고도 못한다며 서둘러 씻고 나와 곁에 앉아, 참견합니다.

요즘 중간고사 기간이라 일찍 마치고 상록수에 날마다 갔더니, 재원이가 아주 신바람이 나서 시험 마치는 종이 울리면 가방을 메고 쏜살같이 튀어 나갑니다. 그렇게 꼬리를 흔들며 전철을 타고 상록수에 가서 일을 하고, 노곤해져서 집으로 돌아오는 길은 평화롭습니다.

재원이는 반찬거리 봉지를 들고 고개를 좌우로 까딱거리며 저만치 앞서가고, 저는 "같이 가."를 연발하며 따라가느라 종종걸음을 치지요. 그러다 어느 한순간, 갑자기 가슴이 뭉클해져서 눈물이 핑 돌 때가 있습니다. 곁으로 무심한 듯 지나가는 사람들도 감사하지요.

교복 입고도 부끄러워하지 않고 찬거리 봉지 들고 신이 난 아이도 감사하고, 종종대더라도 재원이를 놓치지 않고 따라갈 수 있는 다리가 감사합니다. 큰아이 학교 옆을 지나며 그 안에서 공부하고 있을 딸도 고맙고, 최선을 다해 살아주는 제 곁의 모든 존재가 눈물겹게 고맙습니다.

이제 저녁상을 봐야겠습니다. 빨리 먹이를 안 주면 저를 드실지도 모르니까요 하하. 딸이 급기야는 스킬자수를 뺏어 들고 자기가 하고 있네요. 재원이는 옆에서 실 가닥을 집어주라고 시켜놓고요. 착한 재원이는 초록실 하얀 실 주문하는 대로 집어주고 있습니다.

아무것도 자랑할 것 없는 우리 가족이지만 오늘도 무사히 밥상머리에 모여 앉았고 남편 딸 아들 그리고 저까지 너무 잘나서 남 기죽이지 않으니, 그것도 고마운 일입니다. 세월 따라 충실히 다운 그레이드 해 주는 똘똘한 몸을 가진 저는 드디어 안경을 쓰고 책을 뒤적이는 나이가 되었습니다.

코도 순해지고 귀도 순해지고 마음도 순해졌으면 좋겠습니다. 평안한 밤 되세요.

사랑이 많아서

　오늘 재원이 학교에서 축제가 있었습니다. 아침 일찍 바리바리 부엌살림들을 한 보따리 싸 들고 학교로 향했습니다. 지난 주말을 지내면서 교정의 나무들이 너무도 곱게 물들어 온통 노란 은행나무와 갖가지 알록달록 다채로운 단풍들이 아기 손바닥 같은 예쁜 잎들을 벌리고 한들거리고 있었습니다.

　숨이 멎는듯한 아름다움에 입을 벌리고 한참을 멍하니 바라보다가 하나 둘 모여드는 어머니들과 텐트 아래 자리를 잡고 떡볶이며 어묵 야채 오징어전 등등을 만들기 시작했지요. 개막식으로 시작된 축제의 하이라이트는 단연 장기자랑입니다! 아이들의 어설프고 사랑스러운 공연을 보느라 얼마나 웃어댔는지 얼굴에 주름이 잘잘 잡혀서 손 씻으러 가서 거울을 보니 할머니 한 분이 들여다보고 계시지 뭐예요.

　또 아침이 오는 그 소리에 나는 놀란 듯이 바빠져야 하겠죠. 또 무언갈 위해 걸어가고 답답한 버스 창에 기대있죠. 더 새로울 게 없는 하루겠죠. 난 쉬고 싶고 자고 싶고, 참 오래된 친구도 보고 싶죠. 그 흔해 빠지던 남자도 왜 오늘따라 안 보이는 거죠. 막 울고 싶어 지면 밤이 오죠.

더 새롭게 더 예쁘게 나의 마음을 상큼하게 할 거야. 내 꿈에 숨겨온 노란 빛깔 레몬 트리. 나 약속할게. 언제나 기분 좋은 상큼함에 웃을래. 환하게 반기는 노란 빛깔 레몬 트리. 기타 연주를 하며 아이들이 부르는 '레몬 트리'를 들으니 솜사탕 같은 슬픔에 코끝이 찡해왔습니다.

'난 쉬고 싶고 자고 싶고, 참 오래된 친구도 보고 싶죠.' 그랬죠. 얼마 전부터 삼청동길이 무척 걷고 싶었습니다. 어제도 일하면서 내내 상록수 언니들에게 가자고 졸라댔더니, "그래~ 일 적은 날~"했습니다. 일단 억지로 허락을 얻어 놓고 몇 날을 찡찡대면, 에이고. 못 살아. 하면서 나서주실 걸 오랜 경험으로 터득했걸랑요. 하하.

어떤 신기한 아이들이 순 엉터리로 불러제끼는 Falling slowly와 I'm yours를 듣다가 웃음이 터져서 배꼽을 잡기도 하고 (일부러 발음을 그렇게 콩글리쉬로 하는것 같았어요.) 엄청 진지한 친구의 바이얼린 연주로 Song from a secret garden을 들으며 가슴이 뭉클해져서 눈물이 핑 돌았지요.

재원이가 좋아하는 노래와 연주들이 많아서 공연에 심취한 재원이는 한 번도 제게 오지 않았지요. 재원이를 가끔 훔쳐보며 온화한 가을 햇살에 온몸을 맡긴 채로 행복하고 감사한 마음이 되었습니다. 야외무대 위에서 멋지게 폼나게 공연을 하는 아이들 사이에 재원이를 세워놓고 재원이가 신나게 춤을 추는 장면을 상상하며 가슴이 한순간 미어지게 아프기도 했지만, 그래도 감사한 마음이 더 많이 들었습니다.

재원이에게는 아름다움을 느낄 수 있는 따뜻한 가슴이 있고, 가을바람에 떠다니는 기타의 선율도 들을 수 있고, 박자를 놓쳐 연주를 멈추고 당황해하는 친구를 안타까운 표정으로 조용히 기다려 줄 줄 아는 매너도 있으니까요. 그리고 엄마가 퍼주는 떡볶이도 줄 서서 기다려 받을 만큼 사회성도 늘었고, 솜사탕 코너에서 가위바위보를 해서 이긴 친구들에게 도장도 찍어주고, 솜사탕도 나눠주는 진행요원의 일도 훌륭히 해냈습니다.

저는 솜같이 노곤하여져서 한 모금도 안 되게 남은 와인을 병째로 홀짝 마시고 시리얼 몇 개 주어먹고, 퍼져 앉았습니다. 저녁은 이따가 딸이 오면 간식 조금 거하게 먹기로 하고, 일단 몸을 던져 놓기로 결정합니다. 내일은 놀토이니 어디로 놀러라도 가고 싶은데 재원이 희한하게 토요일 아침만 되면 안 깨워도 일어나 "미사 가자.!" 합니다.

그 말만 하지 않으면 예수님이랑 성모님 모셔놓은 곳 근처엔 얼씬도 않고, 신자라고 이마에 써 있지도 않으니 양심만 잠시 가두어놓고 이틀을 내내 게으름 떨며 놀 수도 있는데, 일단 듣고 나면 이게 안 갈 수도 없고, 그렇습니다. 야속한 녀석이 시키지도 않은 건 꼭 챙긴단 말이에요.

투덜투덜 힝힝대며 미사에 참석하면, 십자가에 힘겹게 매달려계신 예수님이 가슴에 꽂혀 가슴이 철렁해지고 죄책감이 들어 한 번은 눈 꾹 감고 눈물 짜내고 돌아옵니다. "예수님 잘못했습니다. 용서해 주세요." 그리곤 다음 주면 또 꾀가 나서 가까운 성당에도 장애 교리반이 있어서 조금 편하게 미사 드리러 갈 수 있었으면 하는 꿈을 꾸지요.

아침 신문에 리비아의 독재자 카다피가 비참하게 일그러진 얼굴의 시신으로 실린 사진을 보았습니다. 맞아 죽어도 싼 놈이라는 생각은 들지만 그래도 마음 한구석에선 목숨 있는 것의 최후가 저런 모습이면 안 되는데. 하는 아픔이 들었습니다. 그러나 세상의 도둑놈이 카다피 하나가 아닌 게, 전 세계에서 번지고 있는 99%들의 시위를 보며 저도 시간 있으면 저 대열에 서 있어야 할 것 같은 생각이 듭니다.

저도 1%에 속하지 않는 건 분명하고 정신없이 사느라 생각하지도 못했는데, 그들의 말을 듣고 보니 제 주머니에서도 머니를 털어간 흔적이 보이는 것 같거든요. 다만 마음 한구석이 찔리는 건, 독재자도 우리가 허용한 만큼의 폭력을 휘두르고, 금융도둑들도 우리가 주인 노릇을 게을리하는 만큼만 조용히 해 먹는다는 겁니다.

결국, 그들이 고약한 짓을 하게 놔둔 건, 우리라는 아픔이 들지요. 세상에 할 일이 너무 많아서 그냥 딱 까무라치고 싶어지는 대목입니다. 비겁한 저는 오늘도 아무 소리도 내지 않고, 남들이 나서주어 나의 권리도 무임승차하기를 기대하고 있습니다.

비겁한 제 마음을 들여다보기라도 한 듯, 전철역 대형화면에 뜬 가슴 찔리던 말 – 누군가의 희생과 고통으로 얻어진 여유, 오늘 하루 내가 얻은 여유가 누군가의 희생과 고통으로 얻어진 게 아니기를 기도합니다. 그래야 도둑 반열에 들지 않을 테니까요.

팝페라 가수 라보엠이 마지막 축하 공연 때 들려준 노래 nella fantasia– 내 환상 안에서 나는 한 세계를 보았습니다. 누구나 평화롭게 정직하게 살 수 있는 곳 언제나 영혼이 자유롭기를 꿈꿉니다. 모두 따뜻한 주말 보내시고 행복하게 새로운 한 주 맞으시길 빕니다.

간절한 기도

　얼마 전에 상록수 미사 후에 드실 음식준비를 거들다가 튀김기름이 눈을 비롯해서 얼굴에 튄 적이 있었습니다. 일 못하는 사람이 꼭 일한 티를 낸다죠. 심하게 튄 눈두덩이에 작은 사마귀 같은 것이 생겨나더니, 물을 안 주어도 자꾸만 자라기 시작했습니다.

　안 그래도 나이 들어 칙칙해져 가는 얼굴에 검은 사마귀가 제 허락도 없이 나날이 자라는 걸 보자니 거울을 볼 때마다 눈에 거슬리고 손이 자꾸 갔습니다. 어제, 친구가 자기 성형외과 가는 날인데 같이 가지 않겠냐고 전화가 와서 큰 마음을 먹고 따라갔지요.

　학교 벤치에 앉아 기도를 드리다 마무리도 못 짓고 실려 가서 친구 담당 의사에게 저도 덤으로 보이고 저를 먼저 치료받게 해 주었지요. 그냥 놔두면 평생 키워가며 살 걸 뻔히 아는 친구가 에이고. 지겨워라 하면서 끌고 간 거지요. 어쨌든 예약도 없이 쫄레쫄레 따라가서 초고속으로 눈두덩이에 레이저를 쏘입니다

　이거 눈알에 괜찮아요? 레이저가 관통하지 않아요? 등등 매우 무식한

질문을 해대었더니 그 닥터 왈, 영화를 너무 많이 보셨군요. 미션 임파서블에 나오는 그런 레이저 아니에요. 하면서 빙글빙글 웃었습니다. 퓌 나도 그쯤은 아는데 그래도 걱정되어서 물어 본 거지. 흥! 별일이야.

그런데 저의 얼굴을 이리저리 찬찬히 살펴보던 닥터가 오신 김에 기미도 좀 빼 드릴게요. 하더니 얼굴 전체를 타닥타닥하는 소리로 도배를 하곤 연신 아이고를 연발하며 견적을 새로 내야 한다는 등 혼잣말을 하더군요. 돈 더 달랄까 봐 죽은 척하고 있으니, 안 아프세요? 했습니다.

생전 처음 해보는 의료행위에 충격은 받지 않았는지 친구가 저녁에 안부 전화를 했는데 이거야 원, 따거운 것도 괴롭지만, 연고를 발라놓아 끈적거리고 세수도 뽀르독 소리 나게 못하고 간질거리고 눈두덩이는 물풍선이 하나 생겼고, 기미 치료한 자리에는 흑갈색 반점들이 생겨나서 식구들이 모두 허걱했지요.

재원이는 딱지를 자꾸만 떼려고 호시탐탐 노려서 엄마 아파요. 만지면 안 돼요. 도망 다녀가며 겨우겨우 집안일을 했습니다. 해서, 간지럽고 따갑고 끈끈하고 찝찝하니, 당연히 잠도 안 오고, 도서실에서 대출해온 '민들레 국수집의 홀씨 하나'를 한참에 다 읽어버리고, 못다 한 기도를 드리고 내일을 위해서 좀 자자. 했습니다.

때맞춰 모기가 왱 날아주시고, 뻘겋게 핏발 선 눈으로 길다란 에벌레 베개를 들고 방구석을 노려보다가, 그만 날밤을 꼬박 새웠습니다. 처음에는 모기들도 알을 키워야 하는 암놈들만 사람을 문다기에 그래 너도 새끼 키워야겠지 하고 쫓아버리기만 하려고 했는데, 제 눈에 들어온 모기를 보니 배 쪽이 발그스름하고 몸이 무거워서 잘 날아오르지 못하였지요.

재원이가 손등을 벅벅 긁는 걸 보니 상황파악이 화악 되어서 '내 것이면 몰라도 내 새끼 피를 빨다니. 넌 오늘이 제삿날이다!' 하고는 이리 쿵 저리 쩍 소음을 일으켜가며 드디어 때려잡았더니, 글쎄 피가 손바닥에 꽤 많이 묻어나지 뭐예요. 징그러워서 얼른 사체를 수습하고 손을 씻고 나니 천정이 훤하게 밝아오기 시작했습니다.

예수께서도 노숙인이셨다. '민들레 국수집의 홀씨 하나' 책 첫장에 이렇게 적혀 있었습니다. 수사님이 전에 쓰신 민들레 국수집의 그 후 이야기들인데, 낮에 마치지 못한 기도를 해야 하는데. 하면서도 손에서 놓지 못하고 단번에 다 읽고는 못 마친 기도를 드렸습니다.

기도 중에 자주 책 내용이 생각나 묵상하다가 기도드리고. 그러다 보니 딸을 깨울 시간이 되어서 아예 날이 새버렸지요. 오늘은 어차피 학교 수업도 2시간밖에 없는지라 간 크게 땡땡이친다고 문자 드리고, 눈두덩이에 바른 연고가 눈에 들어가 따가워서 잠도 못 자 벌건 눈으로 아침 뉴스를 보니, 서울시와 코레일이 노숙인들 강제 퇴거 문제를 놓고 신경전을 벌이는 기사가 나왔습니다.

양쪽의 주장이 다 일리는 있어 보이는데, 문제는 사람에게 포커스를 맞추는 게 아니라 자기들의 이익을 위해 그럴듯한 주장을 펼치는 것이라서, 어느 쪽에도 그다지 고개가 끄덕여지는 게 아니었습니다. 지금 노숙인으로 서울역에 머물고 계신 분들도 분명 거주의 자유가 보장된 우리 국민이고, 돈 못 버니 세금도 못 내고 집이 없으니 비바람 막을 곳을 찾아드는 것이지요.

세금 꼬박꼬박 내고 몸 누일 곳 있는 다른 국민도 언제든 세금 못 낼 나이나 형편이 되면, 국가나 다른 이들의 도움을 받아서 살 수도 있는 겁니다. 먹고 자고 씻고 아플 때 치료받는 것처럼 인간의 품위유지를 위한 최소한의 보살핌은 국가에서 세금으로 당연히 해야지요.

구원의 기도 마지막 줄에 있는 '가장 버림받은 영혼들을 돌보소서.' 이거 한번 읽고 바로 외워졌어요. (햐~ 기특허다ᄊ) 우리 상록수에도 매일매일 봉사를 오시는 분들이 참 많은데, 길에 나가서 섞이면 다 똑같아 보이지만 자세히 보면 참 달라요. 이웃사랑을 실천하시는 분들은 표정이 참 밝아요. 그리고 연세보다 젊어 보이시는 어르신들이 많으셔서 깜짝 놀라기도 하고요.

일하시는 내내 웃음소리와 수다가 끊이질 않아서 우리 작업반장 청년이 가끔 주의도 준답니다. 하하. 국숫집 주인께선 서울에서 오시는 분들을 위해 무임승차가 편한 전철역까지 안내해주시는 자상함을 보이셔서, 책을 보면서 혹여 문제가 될까 걱정이 되었습니다.

환속을 하신 전직 수사이시고 지금은 본업이 교정 사목, 부업이 국수집이신데 이 넓은 세상에 자기 몸 하나 누일 곳 없는 '손님'들을 위해 따뜻한 밥과 잠자리가 되어 주시는 큰 사랑에 깊은 감동을 받았습니다. 일은 사람이 벌이고 마무리는 하느님이 해 주신다는, 그분의 말씀이 오래도록 마음에 남았습니다.

내일은 고3들의 수능일인데, 다행히 큰 추위가 없다고 하네요. 우리 상록수에도 왕언니의 예쁘고 착한 딸 승혜가 수능을 치릅니다. 크는 내내 지켜보았지만, 엄마 말에 토씨 하나 안 달고 순종하는 착하고 참한 딸입니다. 그래서 더 마음이 짠한 딸이지요.

주절주절 늘어놓으며 잠시라도 걱정 잊으시게 해 드리고자 한 제 마음만 받으시고 주접과 주책은 곧 잊으시옵소서. 또 뭐더라. 마지막으로 드리고 싶은 얘기는 아침에 딸이 학교에서 추수감사절 예배가 있을 거라면서 "나는 농사를 안 지으니 추수감사절에 수확할 것도 없네." 하길래 학생이니 공부한 게 수확이지. 라고 했는데 모두에게 추수 감사할 것이 많이 모이셨기를 바랍니다.

그리고 저같이 추수할 것이 별로 없다고 생각되시는 분도 지금 살아 있어서, 추수할 것 없다고 우울해할 수 있다는 사실조차 얼마나 감사드릴 일인지 같이 생각해 보고 싶었습니다. 오늘 내일 수많은 사랑하는 이들을 위한 기도가 대한민국 상공에 쌓이고 하늘에는 비행기도 안 뜨겠지요.

내년에 고3 엄마가 될 것이 벌써부터 걱정이 되지만, 언제나 구하는 것보다 더 좋은 걸 주시는 하느님을 믿고, 럴럴거리며 이 가을을 보내려 합니다. 지거 쾨더의 '최후의 만찬'과 함께 절두산 순교성지에서 얻은 엽서에 실려있던 말씀을 옮깁니다. 행복한 날들 되세요.

주님께서는 우리가 기도하자마자
즉시 들어주신다고 하시지 않고
기도하는 것을 절대 멈추지 말라고 하셨습니다
때로 하느님께서는 우리가 청하는 것을
거부하면서 더 큰 은총을 주십니다
우리는 이것을 믿어야 합니다
하느님께서는 어떤 것이 유익한 선인지
우리보다 훨씬 잘 알고 계시기에
비록 그것이 우리의 본성에 모자라고
우리가 희망했던 것과 다르게 느껴질 때에도
훨씬 좋은 것을 주시기 때문입니다

짧았던 가을

　달래는 냉이와 한 짝을 이루면서도 냉이의 반대쪽에 있다. 똑같이 메마르고 거친 땅에서 태어났으나 냉이는 그 고난으로부터 평화의 덕성을 빨아들이고, 달래는 시련의 엑기스만을 모아서 독하고 뾰족한 창끝을 만들어낸다. 달래는 기름진 땅에서는 살지 않는다.

　달래의 구근은 커질 수가 없다. 달래는 그 작고 흰 구슬 안에 한 생애의 고난과 또 거기에 맞서던 힘을 영롱한 사리처럼 간직하는데, 그 맛은 너무 독해서 많이 먹을 수가 없다. 달래는 인간에게 정신차리라고 말하는 것 같다. 달래와 냉이는 그렇고, 쑥된장국은 또 어떤가. 쑥은 그야말로 '겨우 존재하는 것들'이다.

김 훈 '자전거 여행' 中

　오늘이 아마 소설이지요? 눈은 못 보았지만, 장난스런 바람의 손길은 매서웠습니다. 길에 뒹구는 낙엽들을 말아 올려 지나는 이의 뺨을 톡 쳐 보기도 하고 머리카락이며 목도리며 마구 들추고 다니는 통에 모두 옷매무새를 다잡느라 부산했지요. 저는 오늘 바람이 불 거라는 예보를 듣고, 눈꼬리가 딸려 올라갈 지경으로 머리를 꽁꽁 묶고 나간 덕에 순식간에 세상이 눈앞에서 사라지는 경험은 면했지요.

겨울이 되어도 시장엔 봄나물들이 있으니, 세상이 좋아진 건지 아닌 건지 잘 모르겠습니다. 지인에게 냉이 섞은 된장을 얻어서 그동안 맛있게 먹었는데, 이제 한 번 끓여 먹일 만큼 뿐밖에 남지 않았습니다. 추운 날씨에 떨고 올 가족들을 위해 마지막 냉이 된장국을 끓여야겠습니다.

예전에 땅에 딱 붙어서 자라던 키 작은 냉이와 달리, 요즘 냉이들은 길쭉하니 웃자란 느낌이 들고 물기가 있는 게 마음에 들지 않지만, 아쉬운 대로 향은 맡을 수 있습니다. 달래도 물에 씻긴 듯 젖은 채로 고무줄에 묶여 있는 것만 보다가 어느 해던가 작달막한 게 흙이 묻은 달래를 만났는데 그 향이며 맛이 비교가 되지 않더군요. 이렇게 을씨년스럽고 추운 날에 된장찌개 보글거리는 소리 들으면, 마음이 따뜻해지는 것 같지 않나요? 얼마 전부터 김훈의 '흑산'이 보고 싶어 마음에 두고 있다가 그제 보게 되었는데, 책을 보기 전에 서평을 읽은 탓인지 책장을 넘기기가 겁이 났습니다.

천주교 신자로 그 책에 관심이 안 가면 이상한 것이겠지만. 짐작컨대, 끔찍한 박해와 순교의 장면들이 이어질 것이 자명해서 마음의 준비를 단단히 하고 보았는데도 속이 울렁거렸습니다. 천주교가 우리나라에 어떻게 뿌리 내리게 되었는지, 그 열악한 환경에서 어떻게 그런 큰 믿음을 가질 수 있었는지, 모든 게 놀랍고 경이롭기까지 합니다.

그 당시의 눈으로 보면 천주교인들이 참으로 황당하고, 위험한 사람들로 보였을 수도 있겠다 싶고, 박해를 한 사람들이 모조리 극악무도한 이들도 아니었으니 끔찍한 역사의 순교자들은 물론이거니와 더불어 박해자의 편에 서 있던 사람들도 가슴이 아픕니다. 다만 언제나 세상을 바꾸려는 사람들이 있었고, 그럴 때마다 역사는 순수한 피 흘림을 요구해 온 것 같습니다. "죽지 않기를 잘했구나. 저렇게 새로운 시간이 산더미로 밀려오고 있으니." 동생 정약종의 순교로 목숨을 보전한 정약전이 흑산도로 유배가면서 중얼거리는 이 말에서 인간이 그토록 원하는 삶이지만, 그 삶을 이어가는 동안에는 고통도 함께 한다는 걸 절감하게 됩니다.

마지막 냉이 된장찌개와 아침부터 재원이가 노래를 불러댄 꽁치 조림을 얹어놓고, 냄새로 가늠해가며 집안일을 약식으로 해치우고 있습니다. 주중에는 대충 보이는 곳만 마음에 안 걸리게 치우고 삽니다. 지난 토요일엔 재원이 학교에서 전교생이 김장 체험을 했습니다. 하도 주물럭거려 떡이 된 김치를 두 쪽 받아와 던져 놓고, 익으면 김치찌개나 끓이려고 그냥 놓아두었는데, 오늘 아침에 맛을 보니 익은 덕분에 먹을 만하네요. 하하. 다들 김장은 하셨는지요? 내일은 상록수에서도 김장을 합니다. 아픈 어깨가 벌써부터 겁이 나지만, 그래도 좋은 사람들과 함께 하는 일은 힘듦보다 즐거움이 앞섭니다. 언니들한테 일 잘못한다고 구박받을 게 뻔하지만, 힘쓰는 거 하나로 꿋꿋하게 살아남을 겁니다. 하하. 그래도 제가 먹는 거 하나는 지존이지요. 언니가 수육 삶아준다고 했으니, 내일은 아침부터 굶어야겠습니다. 와우! 겨울이 빨리 안 오나. 가을한테 서운하게 해놓고, 겨울이 오니 또 봄나물 타령을 해댑니다.

사는 건 어쩌면 끝없이 기다리는 것인지도 모르겠습니다. 가을한테 마음으로 '안녕!' 인사를 건네고, 몇 번 입지 못해 세탁소 맡기기도 아까운 가을 코트를 하는 수 없이 쇼핑백에 접어 넣습니다. 갑자기 추워져서 마음까지 움츠러들지만, 옷 따뜻하게 입으시고 건강하게 겨울 시작하시길 바랍니다. 모든 게 그리워지는 겨울에 붙여 오늘 아침 시 한 편 들려드립니다. 편안하고 따스한 저녁 시간 되세요.

그리운 이름

배종배

흔들리는 야간 열차 안에서
울리지 않는 휴대폰을 만지락거리며
저장된 이름 하나를 지운다
그렇게
내 사소한 사랑은 끝났다
막차는 서는 곳마다 종점인데
더듬거리며 나 어디에도 내리지 못하네

가로등의 희미한 불빛에 넘어져
일어나지마라. 쓰러진 몸둥이에서
어둠이 흘러나와
너의 이름마저 익사할 때

그리하여 도시의 휘황한
불빛만의 너의 무덤 속일 때
싸늘한 묘비로 일어나라
그러나 잊지 마라 묘비명으로 새길
그리운 이름은

아버지

　일주일 치의 집안일을 해 놓고 재원이 점심을 먹이고 나니 3시가 넘어갑니다. 어제 미사는 슬프기도 하고 행복하기도 하고, 가슴도 먹먹한 시간이었습니다. 왕언니가 딸의 입시 뒷바라지하러 자리를 비우셔서 우리끼리 미사 준비하느라 마음들이 분주했는데 신부님께서 전화를 하셨나 봐요.

　정신없이 바빴던 터라 신부님께서 마중을 나와달라는 그런 말씀을 하실 분이 아니신데, 무슨 일인지 자세히 여쭙지도 않고, 일산에 오시면 마중을 나가면 되겠다고 생각을 했습니다. 우린 아마도 신부님 차가 고장이 나서 수리 중인데 늘 책이며 가지고 다니시는 게 많으시니, 마중을 해 달라고 하시는가보다라고 생각했지요.

　아니면 지금 오시는 형편으로 보아 미사 시간에 늦으실까 봐, 염려가 되셔서 마중을 나와 달라시나보다. 그렇게 단순하게 생각하고 아프신 줄은 생각도 못했지요. 아프시다는 말씀을 안 하셨으니까요. 저는 부엌에 있느라 신부님께서 들어오시는 모습도 못 뵈었습니다.

　평소에는 부엌에 들르셔서 모두에게 다정히 인사를 나누시고, 옆 사무실에 가셔서 미사준비를 하시고 나오시거든요. 나중에 옥잠 선생님으로부터 신부님이 허리를 다치셨고, 잘 걷지도 못하시는데, 버스에서 내리시면서는 얼마나 통증이 심하셨던지 그만 푹 주저앉으셨다고, 얘기를 들었습니다.

　대림의 의미에 대해 강론을 하신 후, 펄 벅 여사의 '자라지 않는 아이' 얘기를 해 주시며 우리 아이들과 부모님들을 위로해 주시고, 하느님의 특별하신 뜻을 말씀해 주셨습니다. 그리고 펄 벅 여사의 저서들을 번역하시던 아버지 곁에서 글자를 배우며 남들 눈에는 더디 자라는 아이에 속했을 장영희 교수님의 이야기를 하셨지요.

　장 교수님이 평생 딸을 위해 헌신하신 부모님에 대해 쓰신 절절한 글을 읽어 주실 때는 가슴이 먹먹해서 눈물이 하염없이 흐르고, 이 초라한 우리 미사에 오시기 위해 허리와 다리에 복대 같은 지지대를 감으시고 힘겹게 고통을 참으시며 강론을 들려주시는 신부님을 뵈니, 아버지. 라는 가슴 뜨거운 감동에 눈물을 멈출 수가 없었지요.

　우리가 무엇을 구하던 늘 더 좋은 것을 주신다는 하느님의 말씀을 신부님, 아버지를 뵈며 가슴 절절히 느꼈습니다. 우리는 모두 어느 면에선가는 더디 자라는 아이였을 테지요. 육신의 부모님과 영혼의 부모님이 계셔야 온전히 하나의 사람으로 자라난다는 것을 깨달았습니다.

　우리 아이들은 자라지 않는 게 아니라, 더디 자라는 것이라고 고쳐 들려주셨던 신부님의 말씀처럼 우리 아이들도 조금씩 분명히 자라고 있었습니다. 미사 후에 산티아고에서부터 가져오신 귀한 선물과 크리스마스 카드를 받아들고, 모두 행복하고 감사한 시간을 보냈습니다.

우린 신부님, 아버지께 드릴 선물을 준비하지 못해 또 한 번 죄송했습니다. 아프신 걸 나누어 가질 수 있다면 좋겠다는 간절한 바람밖에 드릴 게 없었습니다. 내일은 맑음입니다. 어제 하루 종일 쿵쾅거리던 윗집에서 김장김치를 가져왔습니다. 늘 걷는 법이 없는 초딩 아들 때문에 시끄럽지 않냐며 어제는 친척들이 모여 김장하느라 더 시끄러웠다고 미안해했습니다.

우리 집에도 시끄러운 아이가 하나 있으니 마음 쓰시지 말라고, 굴러다니는 소리 들리면 '아. 저 집 아들, 건강하구나.'라고 생각한다고 말씀드렸습니다. 김치 비운 접시에 홍시 잘 익은 걸로 골라 식구 수대로 담아 보내고 이집 저집에서 날라온 김치를 한 자락씩 맛을 보았습니다.

제일 맛 심심하고 담백한 김치는 우리 재원이 학교에서 단체로 담은 김치입니다. 젓갈 양념이 없어 푹 익혀서 찌개 끓이면 깔끔할 것 같습니다. 윗집 김치는 남도 김치의 진한 맛이고, 상록수 김치는 서울 경기 김치의 스탠더드한 맛이고 시댁의 경주 김치는 꾸덕꾸덕 말린 해물이 켜켜이 박혀있는 첨엔 좀 먹기 겁났던 맛이고, 울산 친구가 친정에서 보내온 걸, 또 나눠준 김치는 향긋한 굴 김치 맛입니다.

내일은 '맑음'입니다. 오늘은 비가 오신다더니 잔뜩 흐리기만 하네요. 내일은 청명한 햇살을 만났으면 좋겠습니다. 신부님도 친정어머니도 아프신 분들 모두 얼른 나으시길 간절히 바라며 아쉽지만 11월을 보내 줄까 합니다. 모두 평안한 주말 저녁 되시길 바랍니다.

처음으로 대림의 의미를 '미리' 알고 맞이하게 된, 순 엉터리 형편없는 나이롱 신자 뚱땡이 드림.

호밀밭의 파수꾼

아침 등굣길에 구세군 종소리를 들었습니다. 땡그랑 땡그랑~~^^ 학교 가기 바빠 어디 있나 둘러보진 못하고, 소리만 들으며 아. 또 한 해가 가는구나. 하며 학교로 향했습니다. 오전 중에 나가야 하는 일이 있으니, 빨리 오라는 언니 말을 듣고 재원이랑 빠이빠이를 하고 학교를 나섰습니다.

전에는 불안해서 재원이를 학교에 두고 나가지를 못했는데, 요즘은 일주일 한 번 내지 바쁘면 두 번도 상록수에 가서 일을 돕습니다. 그래봤자 왔다 갔다 하느라 시간 다 보내고, 일은 얼마 하지도 못하고 떠들다 오지만요. 제가 학교를 나설 때 재원이가 엄마에게 하는 인사는 "공부 열심히 해!"입니다.

제가 늘 하는 소리인데 이젠 학교에서 헤어질 때 하는 인사말인 줄 압니다. 하하. 이 녀석아 그건 내 대사야. 하고 학교에서 나오면, 다시 재원이가 제 곁으로 돌아올 때까지 심계항진이 일어납니다. 맥박도 빨라지고 혈압도 불안정하고, 조그만 소리에도 고개가 획 돌려지고, 특히 "엄마!"

하는 소리가 나면 순간적으로 깜짝 놀라지요.

상록수에서 일을 마치고 부랴부랴 학교에 오니, 재원이 반의 덩치가 산더미 같은 좀 노는 형님이 저한테 와서 재원이의 소행을 일러바칩니다. 공부 시간에 자기가 여자친구한테 손으로 하트를 만들어 보여줬는데 재원이가 그걸 보고 "하트." 하는 바람에 선생님께 들컸다나요.

게다가 재원이 친구들이 모조리 하트를 만들어 보여주니, 재원이 신이 나서 "하트 하트 하트 하트 하트!"라고 껄껄거리는 통에 하트 만든 아이들과 함께 모조리 생각하는 의자에 앉아 있어야 했다고요. 단체로 벌 선거죠. 재원이한테 와서 친하다는 의미로, 어깨를 텅텅 부딪히며 요란하게 교실을 빠져나가는 아이들을 보니, 저도 녀석들과 같은 나이였을 때의 추억이 떠올랐습니다.

괜히 세상 걱정 다 짊어진 듯한 얼굴로 밤새 책에 얼굴 파묻고, 혹은 훌쩍이고 혹은 분개하고 그러다가 갑자기 '세상은 아름다워.' 하며 다시 살아나고 녀석이 서점 앞을 지나다 "성모님!"이라고 부릅니다. "어디?" 했더니 '난설헌' 책 표지에 한복을 단아하게 입고 선 난설헌을 보고 성모님! 합니다.

그렇구나. 단아하고 고운 여자를 보면 성모님이라고 느끼는구나. 가슴이 뭉클해졌습니다. 그리고 잊었던 오래된 꿈이 생각이 났습니다. 누나와는 달리 고추 하나를 더 달고 나온 녀석을 처음으로 품에 안았을 때, 제가 남자가 아니니 남자를 기르려면 누군가의 도움이 필요하다고 생각했었지요.

남편은 아이들을 기껏 이쁘다고 표현한다는 것이 잘 노는 아이 뒤통수나 툭 쳐서 울려놓고, 미안해서 쩔쩔매는 아무짝에도 쓸모가 없는 오리

지닐 경상도 B형 아빠였지요. 그래서 일찌감치 남편보다 훨 훌륭한 남자들을 멘토로 삼기 위해, 그 아들이 몇 살이 되면 어떤 책을 보여주고 하였습니다.

세상에서 똑똑하다 소리 듣는 남자들이 쓴 책들로 필독서 리스트를 만들어 육아일기에 끼워놓고 훌륭한 남자로 만들고야 말거야. 하면서 불끈거렸는데 그 리스트에 제 기억으로 열대여섯에 읽힐 책 중에 '호밀밭의 파수꾼'이 있었습니다. 아마도 그 책을 선정한 이유는 그때쯤이면 이 책의 주인공 같은 감정들을 겪겠지. 하는 생각이었겠죠.

저는 여자라 그런지 주인공만큼 핫한 사춘기를 보내지는 않았지만, 그 삼엄하던 시절에도 저도 집 나가본 적이 있으니 남자아이들은 더 할 거야. 싶었습니다. 훌륭히 키우리라 불끈거렸던 우리 아들이 지금껏 좋아하는 책은 '피터와 자전거', '별 도둑', '마법사 노나 할머니', '하느님의 어릿광대', '잭과 콩나무', '피터 래빗 시리즈', '혹부리 영감님' 그리고 반 친구들이 미치려고 하는 교과서 등등입니다.

제가 '호밀밭의 파수꾼'을 아들에게 권하며 (중학교 졸업 때까지 안 보았다면 말이죠.) 세상에 대해 먼저 산 어른으로 좀 아는 체도 하고, 엄마는 말이야. 하면서 검증할 수 없는 과거에 대해서는 거짓말도 해가며 어느 긴긴 겨울밤, 아들과 함께 밤새워 얘기를 나누고 싶었습니다.

딸과는 너무 친해서 십여 분에 한 번씩 싸움이 나지요. 그리곤 돌아서서 금세 풀려서는 학교에서 보고 싶었느니, 아까 삐칠 때 웃겨 죽는 줄 알았느니 하면서, 깊은 대화로 갈 틈도 없이 �걀걀대지요. 아들은 듬직하니 딸과는 좀 다른, 속 깊고 어른스런 대화를 나눌 수 있을 거라 꿈을 꾸었던 시절이 저도 있었습니다.

보여주고 싶고, 알게 해 주고 싶은 세상의 아름답고 귀한 것들을 대할 때마다 재원이가 불쌍해서 가슴이 먹먹해지고 울고 싶어집니다. 요즘 딸이 땡긴다는 '달달한 영화'도 보여주고 싶은데, 재원이는 '백설공주'와 '일곱 난장이'를 봅니다. 한 반의 절반이 입고 있는 무슨 무슨 파카를 사달라고 하지도 않습니다.

게다가 우리 반에서 제일 이쁜 여학생이 반색을 하며 달려와도, 귀찮은 표정으로 귀를 막으며 눈까지 감아버립니다. 제가 시키면 마지못해 안녕. 하고 인사를 하지요. 그러니 장가가기는 글렀죠. 아침부터 졸라서 받아 든 과자 한 봉지로 행복해져서 얼굴에 함박꽃, 웃음이 피어난 재원이의 손을 잡고, 집으로 돌아오는 길은 슬프고 가슴 아프고 미안하고. 그랬습니다.

집에 오자마자 어리굴젓 꺼내 밥 한 그릇 뚝딱 해치웠습니다. 이 대목에서 '이불 뒤집어쓰고 훌쩍거렸다.' 또는 '속이 상해 저녁을 건너뛰었다.'라고 쓸 수 있기를 바라지만, 저는 속상하면 맛있는 걸 잔뜩 먹습니다. 위장이 가득 차서 피가 소화하느라 온통 몰리면, 머리가 띵 해져서 약간 바보같이 해피한 상태가 되는 것 같거든요.

저만 그런지도 모르지요. 하하. 재원이 과자까지 뺏어 먹고 저녁도 안하고 바로 하소연하러 홈에 들어왔습니다. 자식을 기르면서 제일 마음 아픈 건 좋은 걸 주고 싶어도 줄 수가 없을 때, 그건 꼭 꿈속에서 아무리 외쳐도 목소리가 되어서 나오지 않는 것 같은 가슴이 탁탁 막히고 고약한 느낌입니다.

재원아. 너랑 나이가 비슷한 이 소설의 주인공은 말이야. 호밀밭의 파수꾼이 되고 싶었대.' 동생같이 순수하고 착한 아이들을 지켜주고 싶어서 말이지. 재원이는 밤마다 누나를 지켜주러 마중 나가고 엄마가 아주 한심한 어른이 되지 않게, 가끔 화들짝 놀래켜서 감사를 잊지 않도록 지켜주고 있으니 너도 '호밀밭의 파수꾼'이야.

책은 안 읽어도 좋아. 너는 이미 파수꾼이니까. 제가 생각에 잠겨 좀 슬픈 표정이 되었나 봅니다. 재원이는 제가 심각해 보이면 자기가 뭔가 잘못한 게 있나 바로 자진 납세에 들어갑니다. "쉿, 조용히 해요?" "떠들면 안 돼?" "아이고. 누가 그랬어요!" 등등.

누가 이 아이들이 사회성이 없다고 했나요? 상록수 홈에 배경음악으로 올려놓은 노래들이 거의 재원이가 좋아하는 것들입니다. 그중에서도 리차드 막스의 Now and forever를 곧잘 흥얼거리는데, Now and forever~ I will be your man~이라고 할 때는 꼭 큰소리로 따라합니다.

그냥 흥얼거리는 노래 가사인데도 듣고 있자면, 가슴이 찡해져서 어떨 땐 눈물이 핑 돌지요. 그래. 엄마가 무디고 딴딴한 사람이 되지 않도록 지켜줘. 인생이 종합선물세트라서 입에 맞는 것만 고를 수 없다면, 모두 다 서운하지 않게 우리 대접을 해 주자고요. 슬픔도 고통도 가슴 아픔도 더 이상 밀어내지 말고 말이에요.

그동안 서운하게 해서 미안해요.

성탄 풍경

매일매일 크리스마스였으면 좋겠다고, 딸이 아쉬운 표정으로 학교엘 갔습니다. 저는 또 서둘러 재원이를 완전무장시키느라 눈만 빼꼼 내놓고 칭칭 감아 앞세우고 학교엘 갔지요. 내일모레가 방학이고 졸업까지 앞두고 있는 교실이라 아이들은 삼삼오오 얘기 나누기 바쁘지요.

그중 좀 노시는 형님들은 멋진 체하기 바쁘시고, 재원이는 칠판에 날짜 바꿔쓰고 친구들 흐트러진 옷 매무새 바로 잡아주느라 바쁘시거든요. 저는 어떡하면 오늘 상록수로 도망을 가 볼까? 머리를 굴리고 있었습니다. 오늘부터 35분 단축 수업에 어려운 수업도 없어서요.

저는 이때다. 하고 걸음아. 날 살려라. 하고 줄행랑을 쳤지요. 음하하~~^^ 재원이는 이럴 때 엄마가 제일 약해지는 걸 알기 때문에 교실 문밖으로 고개를 길게 빼고 엄마가 안 보일 때까지 내다보며 간식거리를 마구마구 예약합니다.

"포카칩~ 만두~ 약속~!"

일산이 더 북쪽이라 그런지 서울보다 추운 것 같습니다. 전철역에서 상록수까지 오는데 얼어 죽을 뻔했습니다. 하하. 눈알까지 시려서 눈물이 찍 나더라니까요. 상록수엔 아기 예수님이 구유에 곤히 잠들어 계시고 성탄 트리도 반짝반짝~~ 뜨거운 커피 한잔 만들어서 들고, 성탄 미사 풍경을 가만히 떠올려 보았습니다.

좁고 누추한 공간에 너무도 많은 분이 와 주셔서 탁자에 앉으신 분들은 기도드리러 일어나면 다리를 다 못 펴고 기마자세로 "엽~!" 하고 서 있으셔야 했고, 뒤에 앉으신 분들은 탁자도 없이 불편한 의자에 옹기종기 어깨를 맞대고 앉아, 차가운 벽의 냉기를 견디고 계셨지요.

유난히 추운 날씨에 멀리서 오신 분이 많아서 들어서시는 분마다 얼굴이 빨갛게 얼어서 어찌나 민망하던지요. 우재명 도미니꼬 신부님도 전철을 몇 번이나 갈아타고 오시느라 큰 고생을 하셨지요. 우리 아이들을 기억하시고는 어른이 다 된 것에 놀라워하시고, 미사에 참석한 신자들을 따듯한 미소로 반겨주셔서 언 몸과 마음이 다 녹아내렸습니다.

성탄 미사 후 다과 시간에는 행복한 웃음소리와 왁자지껄한 얘기 소리에다 손님들이 바리바리 싸 오신 선물들도 나누고, 모두 맛있게 먹고 마시며 아기 예수님이 오신 기쁨을 나누었습니다. 미사에 오시려다가 독감이 심하게 걸려서 못 오신 주바라기 님이랑 주니맘 님을 위해 미사 중에 기도드리고, 멀리서 마음을 보내주신 분들을 위해서도 기도드렸습니다.

그리고 곡스 어머니가 혹시나 복지관 출근 시작 전에 한 번 올 수 있으려나 기다리느라 열릴 듯 닫힌 문으로 눈이 자주 가다가 '아이구. 이 추위에 곡스 데리고 안 오길 잘했지.' 하고는 포기했습니다. 가시는 길이 모두 편안하셨기를 바랍니다. 크리스마스 이브엔 마음이 가지 않는 곳은 갈 수가 없지요. 그 귀한 시간 내서 와 주신 분들이 얼마나 감사한지요.

조병화 시인의 시를 빌어 감사한 마음을 보여드리고 싶었습니다. 며칠 전에 제 생일이 지났습니다. 올해는 운 좋게도 해를 안 넘기고 생일상을 받았는데요. 꽉 찬 50이 된 기분이 어떠냐고 딸이 물어서 25세 때보다 두 배로 기분 나쁘지, 라고 대답하려다가 "행복해. 25세 때는 너희들 둘이 없었는데 지금은 있어서!" 했습니다.

다예는 갑자기 왠 25세? 하는 표정으로 바라보다가 제가 좋아하는 해물찜 한다고 낙지랑 사투를 벌이던 중이라 대충 넘어가 주었습니다. 좀 덜 걸쭉하고 (해물찜과 탕의 중간 상태) 너무 오래 조리해서 해물들이 늘어진 거대한 해물찜 접시를 마주하니 고마운 마음은 가득하였으나 다 먹어치우진 못하고 말았습니다.

게다가 홍시 4개를 갈아 넣고, 젤라틴 넣어 만든 홍시 무스는 이미 한 번의 소화 과정을 거친 듯한 모양새를 하고 있어서 배가 터질 것 같아, 못 먹겠다고 점잖게 사양을 했지요. 하하. 주방은 냄비가 있는 대로 다 나와 있고, 칼도 4개나 동원되고 해물이며 야채를 다듬는 찌꺼기에 설거지는 산더미 완전 초토화되어 있었습니다.

그보다 앞서 마포 수산 시장에 가서 해물들을 사 오느라 친구까지 동원하여 장을 봤다고 했다는데, 초인종이 다급하게 울려 현관문을 여니, 물이 질질 흐르는 쇼핑백을 들고 가방을 메고 신발주머니를 들고 나머지 한 손에는 촛불을 밝힌 케익을 들고 금세 자빠질듯한 자세로 "짜잔~~" 하고 서 있었죠.

요즘엔 그렇게 문밖에서 촛불을 밝혀서 들고 오는 게 대세인 모양인데, 힘들어서 찔쩔매는 걸 보니 안쓰럽고 고마운 마음과는 달리, "아이고~

그걸 왜 밖에서 켜서 들고 난리야. 힘들게." 하고 잔소리가 먼저 나갔지요. 보라가 선물해 준 따끈따끈한 책은 11월 말에 나왔으니 아직 안 식었죠? '그녀들은 자유로운 영혼을 사랑했다.'를 받아들고 연휴 때 읽을거리가 생겨서 기분이 좋아졌지요.

보라가 쓴 '한국 여성의 길이 되다.'라는 나혜석 이야기를 제일 먼저 보고, 12인의 여성 작가들의 이야기를 내키는 대로 보고 있습니다. 이름만 들어도 질투가 나고 가슴이 뭉클해지는 삶을 산 그들, 여성을 넘어 한 인간으로서의 생을 소중히 여길 줄 알았던 그들을 보며, 저와는 너무도 멀리 있고 닮은 구석 없는 이야기에 조금 절망도 했습니다.

'50살까지는 아무 생각 없이 맹하게 살다가 51살부터 정신 차리고 멋지게 산 여성의 이야기는 없을까?' 하며 슬그머니 웃음이 나기도 했지요. 저에게는 그런 위인 전기가 필요해요! 하하. 어쨌거나 보라가 이 책을 선물한 이유가 있을 것이다. 라고 생각하며 새해부터는 결코 젊다고 할 수 없는 나이가 되었으니, 생각이란 걸 좀 하면서 멋진 아줌마가 되도록 정신 차려야겠다 다짐했지요.

이젠 사실 여성이라기보다는 중성에 가까운 나이잖아요. 재원이 하루 공부시키고, 안 다치고 안 놓치고 무사히 집에 돌아와 밥 먹이고 씻겨서 재우기까지 하면, 더 바랄 것 없이 감사한 나날들을 지내다 문득 정신을 차려보니, 나이는 50을 넘었고, 고3, 고1이 된 두 아이의 키가 저보다 머리 하나는 더 있고, 겨울 산처럼 훤히 머리 능선이 들여다보이는 줄어든 머리숱과 주름이 자글거리는 얼굴, 약간 불쌍해 보이는 남편의 뒷모습이 보이네요.

어쩌면 나이 든다는 것은 얼굴뿐 아니라 마음에도 주름이 자글자글

잡혀서 늘어난 표면적으로 무엇이든 포근하고 여유 있게 안아야 하는 것인지도 모르겠습니다. 미운 구석보다 불쌍해 보이는 구석이 많아지고, 도저히, 절대, 이런 단어들이 찔리고 무서워서 못 쓰게 되는 것입니다.

재원이는 오늘 반 여자친구에게 선물을 받았습니다. 예쁜 젤리 펜 4개, 조각 퍼즐로 만든 곰돌이 푸 열쇠고리, 몇 개인지 헤아려보지 못한 조그만 종이별들, 색색가지 종이학, 그리고 빨간 봉투에 든 편지까지. 곰돌이같이 귀엽게 생긴 재원아. 너는 하는 짓도 귀여워서 고등학교 가서도 잘할 거야, 보고 싶을 거야! 도희가. 이렇게 적혀 있었습니다.

무심한 재원이는 젤리 펜으로 낙서를 하느라 정신이 없는데, 저는 나머지 선물들을 성모님 앞에 올려놓고 말씀을 드리는 중에 저도 모르게 뜨거운 눈물이 뺨을 타고 흘러내렸습니다. 덩치가 산더미에 여드름 투성이인 재원이를 귀엽다고 챙겨주고 보살펴 준 아이들. 그 고운 마음이 얼마나 고맙고 사랑스러운지요. 졸업식 날 이 아이들과 어떻게 헤어질지 엄두가 안 나서 벌써부터 겁이 납니다.

그리고 요즘 아이들이 무섭니 어쩌니 해도 제가 가까이서 본 아이들은 모두가 누군가의 자식이고 희망이 되는 존재들이었습니다. 어느 시대든지 '요즘 젊은 아이들'은 버릇없고 무서운 존재이지만, 그 젊은 무모함과 선입견 없는 순수함이 세상을 바꾸는 희망이 되기도 한다고 저는 믿습니다.

집에 돌아오는 길에 하도 추우니 지나는 사람도 별로 없고, 입만 열면 춥다는 소리가 절로 나와서 기왕 벌어진 입으로 재원이랑 고래고래 노래를 부르며 왔습니다. 예스터데이로 시작해서 캐롤까지 불러제끼며 돌아온 집은 세상에서 제일 편안하고 따뜻한 곳이었습니다.

50이 넘도록 이루어 놓은 것도 없는데, 가족이 돌아올 따뜻한 둥지 하나 마련해 놓고 찌개 보글거리며 기다릴 수 있는 것만도 감사한 생각이 드니 이렇게 꿈이 작아서야 어디 저 책에 등장하는 여성들같이 살아보겠나 싶어 한숨이 푹 납니다. 분주하고 아쉬운 성탄 연휴가 지나고, 밝을 새해에는 모두의 마음에 간직한 꿈 하나씩 이루어지시길 바랍니다.

제일 소중한 꿈 하나씩 이루어지게 해 달라고 열심히 기도 드릴께요. 추운 날씨에 건강 조심하시고, (먼 곳에 계신 류 신부님도 건강 조심하세요.) 평화롭고 따뜻한 저녁 시간 되시길 바랍니다.

상록수 미사

구정들은 잘 지내셨나요? 죄송하게도 참 일찍도 안부를 여쭤봅니다. 이번 겨울방학은 겨울잠도 못 자게 할 일들이 다닥다닥 붙어 있고, 설날도 후딱 온 느낌이고 덩달아 보름도 쌩 다가오고 있습니다. 하하. 어제 상록수 문을 닫고 나오기 전 왕언니 예쁜 딸 승혜가 보름 나물들을 물에 담그고 있었습니다.

상록수 현관 앞에서 가을 내내 말린 갖가지 나물들이죠. 어제는 류해욱 신부님께서 Daniel A. Kister 신부님을 모시고 오셔서 우리는 두 분 신부님을 모시고 미사를 드렸습니다. Fr. Kister는 예수회 신부님이시고 영문학자시며 우리나라에서 40여 년을 지내시며 무속신앙을 연구하시고, 서강대에서 영문학 교수로 재직하셨으며, 현재는 서강대 예수회 공동체 원장 신부님으로 계신 분입니다.

우리말을 우리보다 잘하시는데, 중국 베이징 신학대학에서 10년 정도 계시느라 조금 어눌해지셨다고 합니다. 키스터 신부님에 대한 소개 말씀은 옆에서 "동원 참치~~!"를 외쳐대는 재원이에게 눈 흘겨 가며 들은 터라 잘못 전한 부분도 있을 거라고 생각됩니다.

보충설명이 필요하거나 오류가 발견되면 즉시 바로잡아 주시기 바랍니다. 키스터 신부님께서 예수회 후배 수사님과 함께 연주하신 동영상을 링크해두었으니 한번 들어가 보세요. 신부님의 어릴 적 모습과 젊었을 때의 모습도 볼 수 있답니다. 어제는 캐더린 언니네 가족이 오키나와 여행에서 돌아오지 않으셔서, 대신 다른 자매님께서 미사를 도와주셨습니다.

두 분 신부님을 모시고 상록수 가족들과 봉사자 가족들 그리고 멀리서 와 준 보라와 함께 오랜만에 행복한 미사 시간이었는데, 원영 형님이 안 계시니 재원이 혼자 세상 만난 듯 떠들어대서 얼마나 민망하던지요. 그저께 위내시경으로 속보이고 왔는데 위궤양이 도질 뻔 했습니다.

게다가 류 신부님께서 미사를 드리는 중간에 갑자기 코피를 흘리셔서 좀처럼 멈추지 않는 바람에 더 황망하고 죄송하고, 그래도 류 신부님께서는 피를 닦아내시며 강론을 마치셨고, 키스터 신부님께서 이어서 미사 집전을 해 주셨습니다. 재원이는 키스터 신부님께서 미사를 이어가시자, 처음 뵙는 외국 신부님이니 인사를 해야겠다는 생각이 들었는지 "헬로우~~"라고 점잖게 한마디 하셔서 좌우에 있던 보라와 우리는 웃음을 참느라 큭큭댔지요.

초라하고 비좁은 상록수 제대이지만, 두 분 신부님께서 함께 계시니 따사롭고 평화로운 기운이 가득한 느낌이 들었습니다. 두 분 신부님을 내려다보고 계신 예수님을 간간이 올려다보며 감사하고 행복한 시간을 보냈습니다. 미사 후에 오신 분들과 저녁 만찬을 함께 나누었습니다.

지난 성탄 미사 때 쉼터 분들께 저녁을 대접해 드리지 못했다고 못내 마음에 걸려 하는 왕언니는 혹여나 이번 미사에 다시 오시려나 하고 자주 물었는데 (제가 아냐고요.) 그 한을 풀려는지 여느 때보다 더 맛난 밥상을 차려주셔서 모두 아주 맛있게 드셨습니다.

키스터 신부님 입에 안 맞으실까 조금 걱정도 되었는데, 두 분 다 맛있게 잘 드셨습니다. 재원이는 무려 3인분의 밥을 먹고도 제 접시를 흘깃거렸는데, 안 돼~! 하고 물리쳐놓고는 또 짠한 마음에 한두 숟갈 더 먹였지요. 식사 후에 헤어지기 서운하여 자연스레 조촐한 여흥이 열렸는데, 상록수의 대들보, 두 청년 재식과 진용의 노래가 이어지고 류 신부님의 화답송이 있었습니다.

류 신부님은 어제 노래가 무척 '되시는' 날이었는데, 눈을 지그시 감으시고 무아지경으로 '한계령'과 '사랑, 그 쓸쓸함에 대하여'를 들려주셨습니다. 흐뭇하게 들으시던 키스터 신부님께서도 아이들을 위해 row row row your boat~ gently down the stream~을 들려주셨습니다.

우리는 미나리~ 고사리~~~ 유리 항아리~! 하며 즉석에서 개사를 해서 따라 불렀지요. 엄마야 누나야~도 조용조용 들려주셨는데, 목소리가 참 아름답고 평화로워서 어린 시절 엄마가 불러주시던 엄마야 누나야, 가 생각났습니다. 엄마도 그 노래를 좋아하셔서 자주 들려주셨습니다. 하얀 머리에 연한 푸른 눈동자의 노 신부님께서 들려주시는 '엄마야 누나야'에서도 어머니의 소박하고 따스한 숨결이 느껴졌습니다.

이제 조금 있으면 외교관이신 아버지를 따라 그리스로 온 가족이 떠날 예정이라 마지막 상록수 미사를 드리게 된 영훈이네 가족과 아베마리아를 같이 부를 때는 저도 모르게 가슴이 찡해 또 주책맞게 눈물을 찔끔거렸지요. 만남만 있고 헤어짐은 없으면 안 될까요?

언제나 헤어짐에 익숙해질런지요? "신부님 되는 시험에 목소리 테스트도 있나 보다~ 그렇지?" 딸과 소곤거리며 두 분 신부님을 배웅해 드렸습니다. 운전해 가시다가 또 코피가 나면 안 되는데, 걱정이 되어서 떠나는 신부님 차 뒷모습을 보며 화살기도를 올렸습니다.

어디선가 본 신부님 글이 생각납니다. 행복은 다 좋은 모습으로 다가오지는 않는다고. 힘듦과 어려움과 고통으로 다가오는 행복도 있다고, 행복이란 따스하고 포근하고 편하고 신나고 만족한 그런 거라고 생각하고 있었는데, 그렇지 않은 모습으로 다가오는 행복이 더 많다는 말씀이셨습니다.

재원이의 장애가 없었으면 일산에 올 일도 없었고, 상록수 식구들을 만나지도 않았을 테고, 그 인연으로 여러 고마운 이들과의 만남도 없었을 테고, 무엇보다 하느님을 모르고 살았을 수도 있고 그렇습니다. 그러면 재원이의 장애를 행복의 범주에 넣어야 할까요? 아직은 제가 내공이 부족해서 그것을 행복이라고 말하지는 못하겠습니다. 그렇지만 최소한 재원이의 장애로 하느님을 원망하고 사람들에게 날을 세우는 그런 마음은 아닙니다. 살면서 만나게 되는 모든 모습을 행복의 여러 다른 모습일 거라고 생각을 할 여유는 생겼습니다.

이렇게 말은 하면서도 '나쁜 기억 지우기'라는 책을 사다 놓은 자신이 허약해 보이는 건 하는 수 없지만, 이제 그런 저에게도 실망의 눈초리를 주는 대신 그래. 그래도 괜찮아. 하고 순한 눈길을 주고 싶습니다. 어제 스텔라 선생님께서 열심히 사진을 찍으셨으니 조금 있으면 영상을 올려주시겠지요?

행복한 사진들을 기대하며 이만~ 편안한 휴일 오후 되시길 바랍니다. 늦었지만 새해 복 많이 많이 받으세요. 꾸벅.

모기귀

朝氣銳, 晝氣惰, 暮氣歸
조 기 예, 주 기 타, 모 기 귀

아침의 기운은 날카롭다, 낮의 기운은 게으르다, 저녁의 기운은 돌아
갈 생각만 한다. 손자병법에 '아침에 병사들의 기운은 정예병이 된다. 그
러나 낮이 되면 병사들의 사기는 나태해지고 게을러진다. 그리고 저녁이
되면 병사들은 집으로 돌아갈 생각만 하게 된다.'라고 적고 있습니다.

드디어 개학이란 걸 해서 오늘 아침 정신없을 걸 예상하고 부럼은 벌
써 그저께 저녁부터 까 드셨고, 오늘 아침엔 상록수에서 얻어온 갖가지
나물로 상을 차렸습니다. 주머니에 호두 두 알을 넣어서 따그락 따그락 굴
리며 학교에 오는 동안 마음속으로는 오늘이 개학날이라 공부는 그만하
고 보내주시려나 기대하고 왔는데 정상으로 수업한다니, 슬픕니다.

저의 아침 기운은 날카롭기는커녕, 게으름을 넘어서서 마음은 벌써

집으로 돌아가 있습니다. 상록수에 일하러 갈 거라고 얘기해놓고 왔는데, 언니들한테도 못 가고 도서실에 앉아서 푸념만 하고 있네요. 학교 도서실은 어릴 적엔 선생님 몰래 고전 읽기 책 안에 금서를 끼워서 보던 추억과 더불어 언젠가부터 마음이 힘들 때면 도망가 숨을 곳이 되어 주었습니다.

고등학교에 가도 도서관은 있겠지만, 이곳을 떠나려니 아쉽네요. 도서실 담당 선생님과 함께 폭풍 수다를 떠는 사이 간간이 글을 쓰고 있으니 마음이 자꾸 끊어지네요. 아이들이랑 선생님들과도 헤어지려니 섭섭하고, 낡은 교실이랑 하얀 운동장과도 섭섭하고 자주 올려다보던 나무랑 벤치도 서운하고 고등학교 건물이 한 캠퍼스 안에 있는데도 마음이 서운해요. 저 바보 맞죠.

점심시간이 다가오네요. 하~품. 학교는 뭐니뭐니해도 밥 먹는 재미로 다니는 거예요. 학교에 오니 애들 말투가 저도 모르게 쏟아져 나오네요. 하하. 죄송합니다. 구뻑. 행복은 혼자 오지 않는다지요. 행복같이 보이지 않는 재원이가 와 있으면 혹시 딸려온 친구가 없는지 잘 살펴보세요. 뒤에 꼭꼭 숨어 있는 부끄럼쟁이 행복이가 있을지도 모르지요.

새로 시작하는 한 주 행복하시길 빌며, 저녁에 기가 다 떨어져 집으로 갈 생각만 간절하게 되어 돌아올 가족들에게 따뜻한 보금자리가 되어 주고 싶습니다. 모두 맛있는 점심 드세요. 저도 이만 냠냠하러 물러갑니다. 휘리릭~~^^ 아뒤유~.

신과 인간

사순절의 의미를 묵상하고 나누는 미사가 류해욱 신부님의 집전으로 어제 상록수에서 있었습니다. 사순절의 의미가 무엇인지, 예수님이 세례를 받으신 후, 광야로 가신 이유가 무엇인지, 하느님께서 사랑하는 아들인 예수님을 광야로 나가게 하신 것에 대해 신부님의 말씀을 들었습니다.

작년 사순절 때에도 말씀해 주셨지만 우매한 우리는 여전히 사순절의 의미를 다 가슴에 새겨놓지 못했고, 들을 때마다 새로운 느낌으로 또 가슴이 뭉클해지며, 신부님께서 들려주시는 말씀을 들었습니다. 예수님께서 외롭고 고독한 땅인 광야로 가셔서 아버지인 하느님의 뜻에 따라 순종하십니다.

닥쳐올 고통의 시간을 예비하시는 모습은 너무 마음이 아파서 저 같은 죄인이 구원을 못 받아도 좋으니 할 수만 있다면, 그 고통을 안 받으시게 해 드리고 싶은 시간입니다. 죄인을 위해 외아들을 내어주신 하느님의 사랑을 감히 헤아릴 수도 없고, 예수님의 고통과 크신 사랑을 멈추게 할 수도 없으니 죄송한 마음만으로 그칠 뿐입니다.

이어서 더욱 깊이 머리 숙여 예수님의 성체를 모셨습니다. 신부님께서 미사 중에 '신과 인간'이라는 영화에 관해서 이야기를 들려주셨습니다. 1996년에 알제리 북부에 있는 수도원의 프랑스인 수도사의 납치 살해사건에 대한 영화인데, 2년 전 칸 영화제에서 심사위원 대상을 받은 작품으로 자비에 보부아 감독의 영화입니다.

이슬람 무장단체의 테러 위협을 받으면서 수사들이 수도원에서 떠나야 할 상황에 대해 주민과 얘기를 나누는 중에 수사가 "저희는 가지 위의 새들로 언젠가는 날아오르죠."라고 하니 "수사님들이 떠나면 우린 갈 곳이 없습니다."라고 예고편에 짧은 장면이 나옵니다.

마을 주민의 그 말은 신자들이 새이고, 수사들은 새가 날아와 앉을 수 있는 가지라는 의미이기도 하다고, 신부님께서 말씀해 주셨습니다. 그리고 그런 시련을 주시는 이유는 사랑과 신뢰를 위해서라고도 하셨습니다. 개학 전에 영화를 보려고 선재에 예약을 하고 남편한테 미리 선약이 없도록 주의를 주었습니다.

〈미션〉이나 〈신과 인간〉 같은 영화를 대할 때면 마음 한구석에 드는 생각은 애초에 왜 그곳에 가톨릭 사제들이 있게 되었는지, 서구 열강에 의한 불행한 역사를 떠올리게 되는데 이 영화는 그런 사건이나 갈등에 개입하지 않고, 그보다는 인간 존재에 대한 통찰을 깊이 있게 그리고 있다고 합니다.

예고편만 보아도 수작이란 느낌이 듭니다. 빨리 보고 싶어지네요. 어제는 미사준비를 도우려고 서둘러 나섰는데도 생각보다 조금 늦어서 마음이 급했습니다. 재원이는 메가 버거를 사달라고 하기도 했고, 게다가 분주히 음식준비를 하다 보면, 정작 밥 굶기가 예사여서 재원이 얼굴이 충분히 가려질 만큼 커다란 메가 버거를 양손에 하나씩 들고 신나게 상록수로 향했습니다.

상록수에 들어서자마자, 캐더린 언니가 잘 갈아놓은 칼로 과메기 껍데기를 벗기다가 그만 왼손 검지를 깊게 베었습니다. 피가 철철 나서 응급조치로 밴드를 동여 감고 비린내 풀풀 풍기며 응급실로 달렸지요. 언니는 평소에 무척 용감하고 차분한 데다가 원영이 아니면 언니를 겁나게 하는 게 없어서 병원에 가는 걸 무서워하리라고는 짐작도 하지 못했는데, 제가 차 속에서 손을 꽉 잡고 있는 동안에도 언니 몸이 계속 떨렸습니다.

응급실에 시끄럽게 들어가 언니를 봐달라고 뉘여놓고, 의사가 상처를 살피는 동안 접수를 하며 상처가 깊지 않기를 기도드렸지요. 접수해야 하는데 글쎄 정신이 없어서 언니 이름도 생각이 안나더라고요. 다시 응급실로 뛰어가 손가락을 꿰메고 있는 언니한테 이름을 물어보고 (바보 맞지요.) 다시 뛰어와 접수하고 가서 언니 손을 잡고 있었지요.

마취 주사와 파상풍 주사까지 맞고 약 타고 주의사항 듣고, 또 헐레벌떡 달려와 미사준비를 했습니다. 왕언니는 파마를 하고, 머리를 남산만큼 커다랗게 싸매고 일하고 있던 터라 파마 풀러 미장원에 가느라 자리를 비웠고, 일 잘하는 왕언니랑 캐더린 언니가 구멍이 나니, 일이라면 젬병인 저와 저보다는 조금 나은 (히히~죄송~^^) 스텔라 선생님 둘이서 동분서주이고, 캐더린 언니는 한쪽 손과 입으로 지시를 하며 열심히 움직였습니다.

가만히 누워 안정을 취해도 시원찮은데, 일할 사람이 없으니 쉴 수도 없었지요. 미안한 마음은 굴뚝이지만 (그 과메기 제가 가져갔거든요.) 대책이 없어서, 미장원에 잠시 파마 풀러 간 왕언니도 도로 데려올 판이었습니다. 원영 형님은 엄마가 손가락 싸매고 있으니 자기 손가락도 덩달아 뜯어놓아 선혈이 흐르고, 두 모자가 어제 손가락을 사이좋게 싸매고 있었습니다.

그 와중에 50이 넘은 제가 캐더린 언니에게 한다는 위로가 겨우 "언니 내가 과메기 때려줄게!"였으니 이거야 원. 확실한 바보 인증입니다. '아. 나는 왜 이렇게 말주변이 없을까?' 제 머리를 쥐어박고 싶었지만, 바빠서 제 머리도 과메기도 때려줄 시간이 없었습니다.

그 바쁜 와중에도 "쉼터 님들은 안 오시나?" 하고 서로 물었는데, 생각지도 못하던 중에 주바라기 님과 주니맘 님이 와 주셨습니다. 주바라기 님은 광주에서 더 가야 하는 먼 곳에서 오셨으니, 끼니를 걸렀을 것이 뻔해서 김치전을 썰면서 몇 절음 드시게 했지요.

근데 처음 만났고 어른이고 하니 말을 높여야 하는데, 그 얼굴을 보면 높임말을 쓰기가 힘들어요. 얼마나 귀엽고 아기같이 생겼는지, 자꾸만 어린 동생 같아서 반말이 불쑥 튀어나왔습니다. 글로만 뵐 때는 씩씩한 노처녀인 줄 알았는데, 마치 '달려라 하니' 주인공처럼 연약하고 귀엽고 그러면서도 강한 의지가 엿보이는 사랑스런 사람이었어요.

잘 웃고 잘 먹고 그 점은 저랑 닮았습니다. 하하. 재원이를 붙들고 주. 바. 라. 기. 하면서 이름을 열심히 외게 했지만, 재원이는 다시 물어보면 '선생님'이라고 했지요. 그래도 '아기!'라고 안 한 게 다행입니다. 주니맘 님께서도 연락 없이 오셨는데 소식이 궁금했던 터라 반가움이 더했지요. 큰일들도 조용히 담담하게 잘 치러내시는 내공이 자상한 면에도 불구하고 존재는 거인같이 느껴지는 분입니다. 그냥 조용히 웃고 계셔도 주위 분들에게 따뜻함을 나눠주시죠.

행복한 후식 시간 뒤에 신부님께서 가시기 전에 직접 찍으신 사진을 넣으신 액자와 (루르드 성모님 발현지에서 한 분이 기도드리는 있는 사진) 남수단의 나비로 만든 성모님과 예수님상과 그리고 대 데레사 성녀님의 그림이 들어있는 액자였습니다.

주바라기 님과 주니맘 님이 선물을 받으시고 특별히 더 기뻐하셔서 기분이 더 좋았지요. 한동안 뵙지 못할 신부님을 보내드리는 일은 아쉬움과 잘해드리지 못한 죄송함이 늘 앞섭니다. 긴 여정에 오르시는 신부님께 주님의 돌보심이 함께 하시길 마음속으로 열심히 기도드렸지요.

광주 가는 막차를 알아보니 7시 35분이라서 30여 분밖에 남지 않아, 주바라기 님을 시외버스 터미널에 모셔다드리기 위해 지리에 훤한 베스트 드라이버 캐더린 언니가 동여맨 손으로 운전을 하고, 저는 버스에 태우는 임무를 부여받고 달렸지요. 막차를 간당간당하게 잡아 정신없이 헤어지고 나니 무슨 말을 했더라? 내려서는 한밤중일 텐데 괜찮을까? 집에 오는 내내 생각이 머리를 떠나지 않았습니다.

의사 선생님이 상처에 물이 닿지 않게 하라고 했는데, 원영 형님이 잘 협조하고 있는지 모르겠습니다. 주부가 한동안 그러고 있어야 하니 많이 불편할 텐데, 상처가 커서 흉도 남을 것 같아서 걱정입니다. 아마도 과메기 볼 때마다 평생 언니 생각이 나서 미안해질 것 같습니다. 보라가 미사에 오려고 했는데 학교 일이 바빠서 못 와서 서운하지만, 다음에 만날 날을 기약하지요. 다예가 점심을 해 놓고 떡 만두국 식는다고 빨리 오라고 난리를 치고 있습니다. 딸이 명색이 고3인데, 밥 차려놓고 컴퓨터하는 엄마 끼니 챙기고, 제가 엄마 맞나? 싶습니다.

오늘은 어제보단 쌀쌀하지만 이젠 겨울이 힘을 잃어가는 듯합니다. 재원이가 고등학생이 되니 챙길 것도 많고, 조금 겁도 납니다. 주 5일제 실시 학교인데 총 수업시간은 그대로니 하루 수업시간이 많아져서 재원이가 잘 적응해낼지 모르겠습니다. 딸은 고3이니 더 신경 써야 하는데, 몸은 점점 더 늙어가고 지력은 둔해져 가고 걱정입니다.

이젠 저만의 욕심에서 제가 원하는 걸 달라고 하느님께 기도드리지는 않습니다. 아이들에게 좋은 것으로 주님이 예비하신 것으로 축복해달라고 기도드립니다. 인디언력으로 3월은 '한결같은 것은 아무것도 없는 달' – 아라파호 족. 마음을 움직이게 하는 달 – 체로키 족. 이라고 하네요. 모든 것이 새롭고 힘차게 태어나는 사순절이 되시기를 기도드립니다.

행복한 3월 맞으세요.

연필향나무

개학하고 한 주가 지났습니다. 하굣길에 신이 나서 선생님한테 허리를 90도로 굽혀 꾸벅 절을 하곤 한달음에 전철역까지 재원이 손을 잡고 낄낄 대며 뛰어 내려왔습니다. 재원이도 주말이 된 것이 즐거운지 "파운드 케잌 ~" 하며 연신 싱글벙글거렸습니다.

파운드 케잌은 어제 학교에서 만들었는데, 교실에 조금 남아 있는 관계로 고걸 다 못 먹고 남겨 짠한 재원이가 불러제끼는 사모가입니다. 파운드 케잌 하나 사들려 앞세우고, 뒤에서 헐렁헐렁 따라오는 길은 참 평화롭습니다. 멀리서 재원이 누나랑 같은 학교 교복을 입은 여학생이 양손에 스키 스틱 같은 폴대를 집고 나폴거리며 춤추듯이 걸어옵니다.

재원이는 교육받은 대로 옆으로 비켜서서 그 아이가 안전히 다 지나갈 때까지 가만히 서 있습니다. 물론 쳐다보지도 않고요. 다만, "누나 오면~" 이라고 제게 조그맣게 허락을 구했습니다. 누나가 학교에서 돌아오면 파운드 케잌을 먹어도 되냐는 말이지요. 고개를 크게 끄덕여주면서 핑 도는 눈물을 삭였습니다. 예쁜 걸음걸이로 사뿐사뿐 걸어 세상으로 나설 수 있으면 좋으련만.

거의 전투하듯이 비장하게 길을 온통 휘저으며 지나가야 하는 그 소녀의 앙다문 입술을 보며 그때는 꼭 그랬어야만 했다는 다짐을 누구에게라도 받아내고 싶은 심정이 되었습니다. 그래서 오랜 시간이 흐른 후에 그 소녀를 키우기 위해 그 시간이 꼭 필요했었다고 말할 수 있게 당당히 자라주었으면 하는 간절한 마음이 되었습니다.

재원이가 고등학생이 되니 등교 시간이 당겨져서 부족한 잠에 코감기로 훌쩍이며 다녔더니 코밑은 발갛게 헐고, 눈은 충혈되어 토끼 눈을 하고 위장병도 도져서 소화제를 디저트로 먹고 있습니다. 꽃샘추위에 옹송그려서인지 허리도 비명을 지르고 어깨도 삐걱삐걱 무릎도 삐걱삐걱 성한 곳이 별로 없습니다. 성한 곳은 입맛밖에 없는 듯한데 거참 남들은 위장병 있으면 살이 좍좍 빠진다는데, 저는 살이 도로 찌는 위장병 환자이니 누가 저 좀 연구해보면 좋겠습니다. 하하.

우리 학교엔 구불구불한 소나무며 연필향나무까지 오랜 풍상에 혼자 서있기가 힘들어 쇠기둥들이 받치고 있는 나무들이 많습니다. 아이들이 왈왈대며 글 읽는 소리를 들으며 교정을 바라보고 있노라면, 허리 굽은 나무들이 마치 제 모습 같아 낯설지가 않습니다.

저도 어느새 기댈 곳을 찾아 두리번거리는 나이가 되었고, 장조카가 첫아기를 낳았으니 정식으로 할머니 자리로 등극도 했습니다. 이모 할머니, 참 정겹지요? 개학 첫 주에 재원이는 벌써 한 번 사라져 주셔서 선생님들께 확실하게 '존재의 무거움'을 확인시켜 드렸습니다.

남편의 지론으론 재원이를 누가 데려가기라도 할까 봐, 전혀 걱정할 것이 없다고 합니다. 재원이가 조금 많이 먹기 때문에 안 데려갈 것이다. 혹시 모르고 데려갔다 가도 며칠을 못 넘기고 금세 도로 데려다 놓을 것이다. 라는 겁니다. 그것도 위로라고 늘어놓고 있는, 도움이 안 되는 남편입니다.

연필향나무라는 나무를 손바닥으로 살살 쓸어보았습니다. 어릴 적엔 갖가지 색의 연필 사 모으는 게 큰 즐거움이었고, 모양도 육각형 팔각형 동그라미 세모 네모에 심지어 팔뚝만 한 연필도 있었지요. 새 연필을, 특히 향나무 연필을 깎아 가지런히 필통에 넣어놓고, 그 향긋한 내음을 맡아보던 추억이 떠오릅니다.

멀리서 날아온 친척이 선물로 가져다준 파스텔의 놀라움이란! 아까와서 쓰지도 못하고 속지만 들춰보고 덮어놓고, 손끝에 살짝씩 묻혀보았지요. 그림엔 젬병이라 써보지도 못하고 감상만 했었는데, 그 고운 색들은 다 어디로 갔을까요? 남학생들이 교정을 가로질러 식당 건물로 마치 성난 소떼 마냥 두두두 몰려갑니다.

급식을 먹는다기보다 들이붓는다는 표현이 어울릴 듯하지요. 밥이 급해서가 아니라 후딱 먹어치우고 축구를 하려는 아이들입니다. 여학생들은 볕이 따뜻한 양지에서 뭐가 그리 재밌는지 지줄 대고 축구공 하나에 아이들은 해맑은 웃음을 하늘로 뭉게뭉게 피워 올립니다.

남편이 축구하는 것을 적지 아니한 핍박을 했지만, 아이들이 즐거워하며 노는 모습을 보는 것은 어떤 구경보다 마음이 평화로워집니다. 무엇이든 통째로 삼켜도 배탈이 안 나는 저 아이들에게 지금은 다 소화해내지 못할지라도, 세상을 살다가 힘들 때면 조금씩 반추하며 힘을 내도록 마음의 양식을 많이 먹여주고 싶다는 생각을 했습니다.

재원이가 사라진 날 어디서 찾았게요? 식당에 혼자 가서 얌전히 앉아 있었답니다. 아마도 길어진 수업시간에 배가 고팠나 봅니다. 어디서든 그 아이의 인기는 어쩔 수가 없어서 하루 종일 교실에 잡혀, 공부해야 하는 아이들의 갈 곳 없는 사랑과 잔소리를 한 몸에 받고 있습니다.

재원이 인기의 비결이라면 맹목적인 보살핌을 주어야 하고 자기들에게 온통 의지하고 있는 재원이의 부족함 덕분이지요. 남을 보살피는 능력은 아이들에게 원래 내재되어 있던 것으로 아이들은 믿는 만큼 자라고 믿어주는 만큼 신뢰를 줍니다. 제가 보아 온 아이들은 말썽꾸러기들은 있었지만, 원래 나쁜 아이들은 없었습니다.

우리의 어린 시절을 곰곰 떠올려 보면 알 수 있듯이 원래 나쁜 사람이란 없지요. 요즘 학교폭력 얘기가 하도 서늘하여 믿어지지 않을 정도인데, 이해받지 못하고, 사랑받지 못하는 절망이 아이들을 험하게 만드는 것 같습니다. 중학교 때에도 재원이를 때리는 아이들이 있었지만, 한 대 쥐어박고 싶은 걸 꾹꾹 참고 왜 재원이에게 그러면 안 되는지 차근차근 얘기하면, 열이면 열 다 얼굴이 벌게져서 진심으로 미안해했습니다.

그 후에는 재원이를 지키는 흑기사도 되어 주기도 하지요. 그런 달라진 아이들의 모습을 보고, 화를 누르기를 참 잘했다고 가슴을 쓸어내린 적이 한두 번이 아닙니다. 다만 민감한 나이들이니 남들 앞에서 얘기하는 건 피하고, 자존심에 상처를 안 받도록 배려를 먼저 해야 할 것 같습니다.

재원이를 심심찮게 괴롭혔던 중학교 때 친구는 매번 타일러도 금세 좋아지지는 않지만, 졸업할 때쯤에 이르러서는 재원이를 곧잘 도와주었고, 다른 고등학교에 가게 되어서 헤어졌지만, 등굣길에 버스정류장에서 만나게 됩니다. 어찌나 반가워하며 재원이 보고 교복 입은 모습이 멋지다고 칭찬해주는지, 재원이는 부끄러운지 비비 꼬면서도 좋아합니다.

걱정덩어리이지만 아이들은 우리에게 여전히 희망입니다. 어젯밤엔 피곤에 쩔어서 돌아온 딸과 살찔 음식들만 골라 먹으며 온 동네 흉을 다 보고, 학교 선생님 흉내를 번갈아 내가며 킬킬대고 급기야는 베개로 서로 두들기며 몸싸움까지 벌이고, 재원이의 웃음소리가 너무 커져서 인터폰 울릴까 봐 주름 자글자글 잡아가며 키득키득 소리를 줄였습니다.

사순절 성사를 보아야 하는데, 엄두가 안 나서 늘 원영 언니 앞세워 성당엘 갑니다. 하느님, 언니 믿음 보시고 제 죄를 조금 용서해 주세요. 뭐 요런 마음도 있지요. 하하. 살면서 저보다 더 옆 사람 달달 볶는 사람은 언니가 처음인데, 워낙 범생이 언니라서 미사 한 번이라도 빠지고 놀러 가 볼까 슬쩍 운을 띄우면, 거두절미하고 "안 돼!" 하는 짧은 대답이 돌아옵니다.

이유를 갖다 붙여 보려고 해도 어디 여지가 있어야지요. 주변에 범생이가 많으면 삶이 고달파진다고 자신 있게 말씀드립니다. 신부님께 고해를 드리고 눈물 콧물 범벅이 되어, 손수건을 걸레로 만들어 들고 나오니, 언니가 휴지를 건네면서 고해소에 휴지를 비치해 줄 것을 건의해보겠다나요.

지은 죄가 많으니, 눈물이 많이 나는 게 맞는 셈인 것 같습니다. 미사를 드리는 동안도 내내 눈물이 그치지를 않아서 미사보가 어찌나 고마워지던지요. 신부님께서 해 주신 말씀, "하느님께서 다 알고 계십니다." 그 말씀이 가슴에 따스히 들어왔습니다. 그리고 보속으로 주신 기도를 재원이 기다리며 하늘을 바라보며 여러 번 거듭 올렸습니다.

무척 추웠고 상쾌한 한 주였습니다.

키스터 신부님

알람 소리에 눈을 뜨지 않아도 되는 아침은 얼마나 평화로운지요. 이불 속에서 한참이나 뒹굴거리며 다시 꿈나라로 가 보려던 시도가 실패로 끝난 후에도 뭉기적거리며 애벌레처럼 이불을 돌돌 감고 누워있었습니다.

어제는 상록수 미사가 있었습니다. 봄이 거진 왔다고 생각했는데 깜짝 놀라게 매서운 꽃샘추위에 옷깃을 한껏 세워 올리고 다녔습니다. 캐더린 언니가 손가락을 다친 지 어언 한 달. 아직도 밴드로 감싸고 불편하게 지내야 하니, 평소보다 조금 서둘러 일을 도우려고 집을 나섰습니다.

차가운 바람이 슝슝~ 심술을 부리고 눈송이도 한두 개 본 듯해서 미사에 오실 분들이 걱정이 되었습니다. 키스터 신부님께서는 서강대에서부터 출발하는 버스를 타시고, 상록수에 오셨습니다. 한 시간여를 흔들리며 오시는 길이니 무척 힘드셨을 텐데 마중 나가 있던 우리에게 환한 웃음을 보여주셨습니다.

신부님을 기다리며 서 있던 자리가 마침 피자집 앞이어서 차 속에서 원영 형님과 재원이는 둘 다 피자 생각에 기분이 좋아졌습니다. 원영 형님은 형님답게 점잖게 미소를 띤 얼굴로 나중에 피자를 조를 전략을 짜고 있었고, 재원이는 먹보답게 막무가내로 피자를 불러대며 당장 사달라고 소리소리 질렀습니다.

신부님 모시고 상록수로 돌아가서도 미사 내내 꿍얼거리고 또 다짐을 받고 그랬습니다. 키스터 신부님께서 그 큰 키로 우리 앞에 다가서시더니 천천히 한 말씀 한 말씀 정성 들여 강론을 시작하셨습니다. 예수님이 스스로 청하신 극한의 고통과 제자의 배신, 마음 아픔과 어리석은 인간들에 관한 안타까움이 얼마나 크셨을지 한 말씀이라도 놓칠세라 모두 귀를 쫑긋 세우고 들었습니다.

강론이 끝나갈 무렵에, '예수님께서 늘 우리와 함께 계시니, 두려워할 필요가 없다. 우리가 어디서 무얼 하고 있던 예수님이 늘 함께 계신다.'라는 그 말씀에 가슴이 찡해져서 눈앞이 흐려졌습니다. 밖에선 찬바람이 윙윙거렸지만 초라하고 소박한 상록수 미사에 모여앉은 우리는 신부님의 말씀을 들으며 가슴이 따뜻해지는 걸 느꼈습니다.

'내가 너희를 사랑한 것처럼 너희도 서로 사랑하라.'라는 말씀이 떠올랐습니다. 그전엔 그저 자주 듣던 말씀이었지만, 그 말씀이 가슴에 들어와 따스하고 아프게 울렸습니다. 예수님이 우리를 사랑하신 것처럼 어떻게 내가 남을 사랑할 수 있을 것인가? 그건 불가능하다고 마음속으로 도리질을 하고 있었습니다.

몇 시간 전에만 해도 택시에서 내리며 정차할 때 분명 3900원 찍힌 요금을 4000원 내라고 하던 택시기사한테 화가 나서 툴툴대며 한 마디했고, 신부님을 뵙자 그게 마음에 걸려 고백성사를 해야 하지 않나 끙끙대다가 스스로 부끄러워져 못하고 포기했습니다.

미사 전에 순대! 떡꼬치! 외쳐대는 재원이를 구박해놓고 캐더린 언니가 사다 준 순대 나도 몇 개 집어먹었고, 앞뒤도 안 맞고 일관성도 없게 재원이를 키우는 주제에 엄마라고 횡포까지 부리며 살고 있단 생각이 들었습니다. 매일 작게 새로 지어내는 죄로부터 마음속에 단단히 또아리 틀고 있는 큰 죄들을 어떻게 사순절이 지나가기 전에 해결할 수 있을지, 너무 커서 못 건드리고 작은 죄라고 대충 지나갑니다.

심지어 며칠 전에는 재원이에게 모진 말을 해댄 사람이 내가 용서해주기도 전에 저세상으로 가 버린 것까지 생각이나 은근히 부아가 치밀었습니다. 언젠가는 내가 그 사람을 붙잡고 흔들어대며 내 아팠던 만큼, 말을 하지 못하는 재원이 대신 곱절로 갚아주리라 곱씹고 있었는데, 약 올리듯 영영 도망가버렸으니 황당하고 낭패스러웠었지요.

저세상 사람이 되어 버린 이까지 마음에서 못 내려놓고, 절절대며 살고 있는데 서로 사랑하며 살라는 말씀이 가슴에 들어오니 이젠 내 죄가 그 사람 죄보다 더 크게 보여 어찌해야 할지를 모르겠습니다. 같이 계신 인도 신부님의 한글 공부를 도와주신다고 상록수에서 한글교재 만들다 쌓아둔 것을 몇 개 얻어 소중히 넣어가시는 키스터 신부님을 뵈며 온화하고 평화로운 그분의 미소에 한없이 부끄러워지는 자신을 보았습니다.

하느님에 대한 큰 사랑과 곁에 있는 사람들에 대한 사랑도 빠짐없이 배려하시는 상록수에 오시는 신부님들을 한 분 두 분 떠올려 보았습니다. 서강대로 돌아가시는 버스에 오르시는 신부님을 배웅해드리고 가시는 길이 편안하시길 기도드렸습니다. 을씨년스런 날씨에 상록수 미사에 와 주신 분들도 멀리서 마음으로 함께 미사를 드린 분들도 긴 고통의 사순절을 지나 예수님이 부활하시는 기쁨을 함께 누리게 되기를 기도드렸습니다.

재원이는 엄마가 어제의 약속을 잊었을까 봐 일어나자마자 "피자~!" 합니다. 아무려면 미사 때 한 약속을 안 지키겠니? 하고 그래그래 했지만, 아침부터 피자를 먹긴 그렇고 이따가 오후에 출출할 때 사줘야겠습니다. 밖에는 지금도 바람이 많이 부는가 봅니다. 바람 소리가 윙윙거리는데 먼 산자락 아래에는 햇살이 희미하게 퍼져 있네요.

딸은 아직도 기침을 안 하고 꿈나라입니다. 고3이 이래도 되는 거냐? 고 따져 봐야겠습니다. 하하. 미사 후 조촐한 저녁을 나누고 남은 반찬 얻어 온 것으로 늦은 아침상을 차려야겠습니다. 맛난 반찬 한 가지만 있어도 휴일 아침으로는 훌륭하잖아요. 봄이 되어 상록수 홈 풍경을 바꿔봤어요.

연초록의 언덕길을 오르고 있는 여행자의 뒷모습이 꼭 류 신부님 같지요? 언덕 너머에 무엇이 있을까 하고 두근거리는 마음으로 며칠 안 남은 3월도 잘 보내시고 새로운 희망과 기쁨으로 맞는 4월이 되시기를 빕니다. 편안한 주말 되세요.

즐거운 편지

현관에 내려오니 비가 내리고 있습니다. 다시 집에 올라가려니 시간이 촉박하고, 어쩌나 망설이고 있는데 재원이가 "우산~!" 하면서 냅다 계단으로 뜁니다. 재원이를 붙들어 엘리베이터 잡아타고, 올라가 우산을 챙겨옵니다. 두 덩치가 쓰려니 골프 우산으로 챙겨 옆 사람들에게 민폐를 끼치며 걸어갑니다.

누나 학교 옆을 지나갑니다. 하얗고 여린 보랏빛의 라일락꽃 잎이 비바람에 떨어져 있습니다. 재원이가 하나 집어 들어 "꽃" 하며 코에 대어 줍니다. 꽃을 보면 가까이 가서 향기를 맡고 예쁘다고 말해 줍니다. 그리고 손끝으로 살짝 건드려보는 것까진 괜찮아. 하고 아기 때부터 가르쳐 주었습니다.

가지고 싶다면 땅에 떨어진 꽃잎은 주어서 들고 다녀도 괜찮아. 그렇지만 먹으면 안 돼. 재원이는 "먹으면 안 돼. 먹으면 안 돼." 하면서 꽃잎을 들고 고개를 양쪽으로 신나게 까딱거리며 학교엘 갑니다. 전철 안에서는 조용해야 한다고 전철 탈 때마다 소근거렸더니 대체로 조용히 하는 편이지만, 가끔 복습하느라, 또는 자기가 잊지 않았다고 얘기해 주려는 듯, "떠들면 안 돼~ 쉿! 조용." 하며 큰 소리로 말을 합니다.

그 말에 대답을 해 주지 않으면, 계속 확인하려 드니 얼른 "그래~ 잘했어." 합니다. 그 소리에 졸다가 깬 몇 아이가 뜨악한 표정으로 바라봅니다. 눈 마주치면 "히." 하고 미안한 웃음을 흘립니다. 전 좀 헤픈 여자가 되었습니다. 원래 헤펐나요? 이제 두 달도 안 입은 교복이 벌써 보풀이 일고, 10년 입은 듯한 옷이 되었습니다.

학교에선 복도 벽을 어깨로 등으로 팔로 쓸고 다니고, 전철에선 에스컬레이터 타고 바지로 슥슥 문지르며 지나가는 걸 즐기니, 하루나 늦어도 이틀이면 교복을 빨아야 해서 한 학기에 두 벌씩 사서 번갈아 입혀도 금세 옷이 낡아 버립니다. 등하굣길에 길에서 다른 학교 또래 아이들을 만나면 교복의 낡음에서 풍기는 만만찮은 포스에 형님의 기운이 느껴지는지, 지레 눈을 내리깔고 슬슬 피해가기도 합니다.

그럼 같은 학교 아이들은 어떠냐고요? 재원이를 보면 남학생 여학생 가릴 것 없이 쫓아와서 얼굴을 막막 쓰다듬으며 귀엽다고 합니다. 그러면 저는 새삼 재원이를 꼼꼼 쳐다보며 어디가 귀여운지 살펴봅니다. 저야 엄마니 고슴도치 모양이래도 귀엽지만, 친구들 눈에 귀엽다니 그건 아이들이 마음에 원래부터 가지고 있는 사랑스러움일 거라고 결론을 내립니다.

아이들은 옆에 껌처럼 붙어 다니는 저에게도 아랑곳하지 않고 애기 다루듯 하며 보살핍니다. 입학해서 벌써 대여섯 가지 빵을 만들었는데 누나가 학교에 가지고 가서 어찌나 빵을 쳐댔는지, 그 빵 안 맛있다고 했다가는 후환이 두려워서인지 어쩐지는 몰라도 하여간에 재원이 별명이 김탁구로 등극이 되었고, 김탁구 빵을 기다리는 매니아들도 생겼다고 합니다.

학교에서 오전 내내 빵을 굽는 요일에는 집에도 가져가게 빵을 싸 주시는데 반은 누나가 학교에 가져가고 반은 아빠가 회사에 가져가고 워낙 인기가 좋아서 재고가 없습니다. 월요일엔 직업교육의 일환으로 홀트학교에 가서 빵을 굽는데, 옆에서 거드느라 서당개 삼 년의 경지에 이르러 저도 이제 다섯 가지 정도는 만들 줄 압니다. 하하.

레몬 마들렌, 단팥빵, 콘크림 브레드, 쵸코칩 쿠키, 파운드 케잌 등등요. 자기가 만든 빵을 들고 기분이 좋아져서 홀트학교의 아름다운 동산을 일부러 멀리멀리 돌아 걸어 나오는 길은 얼마나 평화롭고 아름다운지요. 색색가지 고운 빛깔의 꽃들이 피어 있고 새들이 노래하고 시간이 느리게 흐르는 그곳을 걷다 보면, 걸음을 한 발짝 옮겨 놓기 위해선 온몸의 근육을 다 긴장시키고, 보조기구에 의존해야 하는 장애 학생들을 종종 마주치게 됩니다.

만나면 그저 웃는 낯으로 인사만 건넬 뿐, 아무도 도와주지 않습니다. 한 발 한 발 힘겹게 그러나 천천히 평화롭게 나무 그늘 아래로 걸어가는 그 아이들 뒤로 멀찍이 떨어져 지켜보며 따르는 분들이 또 계십니다. 선생님인지 봉사자인지 가족인지 모르지만, 기다려 주고 보살펴 주는 그 눈길에 제 마음에도 감사가 차오릅니다.

저 혼자 끄떡거리며 걸어왔다고 생각한 지난 길들 뒤에 누군가가 서서 지켜봐 주고 있었다는 생각이 이제야 듭니다.

류 신부님께서 언젠가 '즐거운 편지'를 들려주셨는데, 시인이 사랑을 사소하다고 노래한 이유는 아마도 아무것도 바라지 않는 사랑이면서 동시에 어떤 어려움이 닥쳐도 절대 멈추지도 않을 사랑이라는 말이 아닐까? 생각해 봅니다. 지난번 올려주신 신부님의 글을 읽으며 이 시가 생각이 났더랬습니다.

하느님께 향하는 절절한 사랑을 노래하고 계신 글을 보며 같은 피조물로서 살짝 질투도 났었지요. 나는 죽었다 깨어나도 저런 사랑은 못해 볼 거야. 하는 마음이 들었거든요. 하긴 신부님과 제가 같은 등급이겠어요? 비바람이 불어와 창틀을 흔들고 얼마 남지 않은 봄꽃들을 흔들어댑니다.

내리는 비로 새로 생긴 작은 물길에 꽃잎이 하얗게 떠서 흘러갑니다. 물길이 떠내려온 꽃잎들이 켜켜이 쌓아 하얀 꽃무덤을 만들어 놓았습니다. 오늘도 이렇게 하루가 지나갑니다. 언제 떨어져 어디로 흘러내리다 어디에 쌓일지 모르는 연약한 꽃잎이 우리의 인생과 닮았다는 생각이 듭니다.

그래도 아름답게 창조되어 햇살과 바람에 나부끼다 떠나온 곳으로 돌아가니, 그만하면 됐지요? 손가락으로 꽃물을 가만히 저어 봅니다. 재원이가 봤으면 "지지~~"라고 했겠지요. 재원이 안 볼 때 실컷 저지리를 하고 일어납니다. 벌써 점심시간이 되어 가네요.

맛있는 점심들 드시고 변덕 많은 날씨에 감기 조심하세요. 우리의 왕언니는 감기가 하도 심하게 걸려서 거의 그로기 상태랍니다. 그럼 저도 바람에 날아가지 않게 점심 든든히 많이 먹겠습니다. 별걱정을 다 한다고요? 그러실 줄 알았어요. 메롱.

바람이 불어오는 곳

오늘 아침엔 등교준비가 조금 일찍 끝나서 여유롭게 집을 나섰습니다. 집을 나서기 전 잊지 않고 "성부와 성자와~" 하면서 손을 끄는 재원이와 나란히 성모님 앞에 서서 하루의 기도를 드립니다. 부활절에 사서 올려 놓은 병아리 인형 두 마리랑 닭 인형 두 마리가 다 잘 있나? 세어봅니다. "네 마리!" 하고 흡족해하며 재원이는 현관을 나섭니다.

학교에 도착하니 메타세콰이어가 늘어선 나무 그늘 아래로 상쾌한 바람이 불어옵니다. 어찌나 시원하고 향긋한지 최대한 걸음을 천천히 하여 콧구멍을 벌렁거리며 올라갔습니다. 재원이랑 헤어지는 의식을 요란 뻑적지근하게 치르고, 엄마가 복도 모퉁이를 돌아설 때까지, 내다보고 서 있던 재원이는 "문 살살~~!" 하면서 부서져라고 문을 닫습니다.

오월은 참 좋은 일도 많고 힘든 일도 많은 달입니다. 어제까지 눈알이 뱅뱅돌게 바빴거든요. 이제 대략 행사나 기념일들은 마무리가 된 것 같습니다. 선물 드릴 일도 많고 선물 받을 일도 많고, 체험 학습도 많았고 집

안에도 대소사가 있었고요. 그래도 본격적인 여름 들어서기 전에 일상의 고민으로 돌아올 수 있게 되어서 다행입니다.

선물을 고르다 보면 선물 받을 분에 대해 얼마나 모르고 있었는지 절감하게 되는데, 그래서 남편은 선물 무용론을 펼치기도 하지만, 저는 그래도 소용이 안 되는 선물이더라도 마음을 전할 수 있으니 무용하진 않다고 우깁니다. 지각하는 아이들 잡으려고 서 계시던 선생님께서 "재원이가 쓴 카드 보고 감동 먹었어요. 제가 민트 초콜릿 좋아하는데 너무 좋아서 꺅~ 하고 소리 질렀어요."라고 어린애처럼 좋아하십니다.

그저께 저녁에 재원이랑 둘이서 초콜릿 하나에 카드 한 장 써넣고 카네이션 한 송이 얹고 그렇게 선생님들 선물을 만들어서 드렸거든요. 별것도 아닌데 그렇게 좋아하시니 고맙고 미안해졌습니다. 이젠 민트 초콜릿을 보면 그 선생님 생각이 날 것 같습니다. 해마다 스승의 날이면 아무것도 학교에 가져오지 말라는 통신문도 받긴 하는데, 세상 모든 것에 감사하라고 가르치면서 선생님에게만은 감사할 필요가 없다고 가르쳐야 하나요?

저는 모르겠습니다. 옛날 사람이라 그런지 모르지만, 그래도 마음을 전하는 작은 선물들이 필요하다고 생각해요. 꽃 한 송이나 편지 한 장, 민트 초콜릿, 그런 작은 것들이 마음을 전하는데 더 유용한 것 같지요? 교정에는 이제 꽃이 드물게 남아 있고 초록 잎들의 세상입니다.

불어오는 바람결에도 연두가 묻어있는 듯해서 뺨을 가만히 쓸어보았습니다. 바람이 눈에 보이지 않는다고 바람이 없다고 하는 사람은 없을 텐데, 우매한 저는 하느님이 눈에 안 보인다고, 우리 곁에 계시다는 걸 의심한 적이 많았습니다. 가끔은 하느님께서 저를 너무 과대평가하고 계신다는 생각이 들기도 합니다.

하느님께서 곁에 계시다는 걸 알려주실 때도 단번에 보여주지 않으시고, 오래 공들이고 희생하시고 지켜보시면서 언젠가 제가 하느님의 은유를 알아채기를 기다리고 계셔주신 것 같아서요. 아니면 저의 수준을 고려하시어 한꺼번에 알려 주시면 소화도 못 시키고 체할까 봐서 그러시는지요.

저는, 다짜고짜 "나다. 예 하느님!" 하고 보여주시는 게 좋으셨을 단순하고 무식한 여인네이거든요. 밥맛을 잃어본 적이 없는 딸이 오늘 아침엔 입맛이 없다고 하니 걱정도 전염될까 봐 별 내색 안 했지만, 걱정이 되긴 합니다. 고3 노릇이 힘들긴 한가 보구나. 애처롭기도 하고요.

제가 고3이었을 때는 식빵(엄마가 쇼빵이라고 하시며 사다 주신) 한 봉지를 앉은 자리에서 다 먹어치울 정도로 먹는 것으로 스트레스를 풀었던 것 같습니다. 열심히 공부만 할 거라고 철석같이 믿고 계신 어머니의 바람과는 달리, 간첩같이 이불 뒤집어쓰고 라디오 듣고 소설책도 보고 그렇게 공부하는 척하면서 나름 잠을 쫓아보겠다고 촛불 켜 놓았다가 앞머리도 태워 먹고 쌀벌하게 펜촉 거꾸고 꽂아놓고 이마에 상처도 내보고 그랬지요. 하하.

4당 5락이라고 써 붙여놓고 주리를 틀었던 기억이 나네요. 딸은 저녁에 오면 배고파 돌아가신다고 난리를 치며 냉장고에 머리를 들이밀고 아구아구 먹어대고는 아침엔 얼굴이 부었니. 어쨌니. 하면서 먹을 때 좀 말리지 그랬냐고 또 재랄을 합니다. 어느 장단에 춤을 추어야 할지 원. 통 모르겠습니다.

어머니들 조언대로 나중에 수능 끝나고 한꺼번에 웬수를 갚으려고 이 억울함을 외상장부에 다 써 놓았습니다. 딸이 자기는 이제 어린이가 아니라고 선언했지만, 어린이날 제가 만들어 준 걱정 인형을 베개에 얹어놓고 자는 모습을 보면, 아직도 어린애 맞습니다. 하루 종일 공부에 지쳐있는 딸이 애처로워 걱정 인형이라는 손바닥 안에 들어오는 작은 인형을 만들어 주었습니다.

수험생들에게 인기가 있다고 해서 주문을 했더니 재료가 오더군요. 자기 전에 인형에게 걱정을 얘기하면, 주인이 자는 동안 걱정을 대신 해 준다나요. 하하. 천 조각으로 치마를 만들어 입히고, 머리를 털실로 묶어 붙이고 네임펜으로 눈코입 그려 넣고, 머리에 리본과 핀을 붙여서 '다예 대신 걱정 인형'이 완성되었습니다.

제가 공부를 대신 해 줄 수도 없고, 다예 자는 동안 대신해 걱정 좀 주라고 인형에게 부탁했지요. 지난번에 고시랑 님이 올려준 쇼피 쇼의 얘기 댓글에 아이를 어떻게 키우고 있냐는 물음을 주셨지요. 엄마이니 그런 생각은 늘 염두에 있지만, 지난 며칠간 계속 그 생각이 머리를 떠나지 않았습니다.

저는 흉내도 내보지 못할 위대한 어머니들을 보면, 제 부족함으로 아이를 훌륭하게 키우지 못한 게 아닐까 미안한 마음에 우울해지기도 합니다. 입시공부가 모든 게 되어버린 요즘 아이들을 보면서, 대학에 가는 게 유일한 목표가 되어서는 안 되는데. 하는 안타까움이 듭니다.

세상에 엄연히 존재하는 진리를 깨우치게 되기를 간절히 바랍니다. 비록 세탁기가 부르는 노래일지언정, 중간에 끊지 못하고 기다리고 서서 다 들어주고 "잘했어요!" 하고 빨래를 꺼내오는 재원이같이 세탁기의 마음까지도 헤아리는 고운 사람이 되어 주었으면 하고 마음속으로 바라고 기도합니다.

오월의 끝자락

아, 이번 5월은 어찌나 예기치 못했던 일들이 많았는지요. 며칠 전 두 아이와 낄낄거리며 집 안에서 숨바꼭질을 하고, 장난치고 문 걸어 잠그고 강제로 열고 하더니 방 두 개나 문고리가 고장이 나서 오늘 문고리 교체해주기로 한 아저씨가 오시기로 해서 재원이 학교에 부랴부랴 데려다 놓고 약속 시간에 맞춰 또 부랴부랴 집으로 달려왔더니, 미안하지만 출장가려면 몇 시간 걸리겠다나요.

집에 온 게 아까워서 집 근처 공구 가게에 가서 문고리를 사 들고, 제 손으로 갈아 끼워보겠다고 낑낑대다가 그만 뭘 잘못 만졌는지 다예 방에 갇혀 버린 거예요. 휴대폰도 거실에 있고 드라이버로 아무리 찔러봐도 문은 꼼짝도 안 하고 재원이한테 빨리 가봐야 하는데 시간은 자꾸 흐르고, 그만 울 듯한 심정이 되어서 최후의 수단으로 창밖을 내다보고 지나가는 사람에게 고래고래 소리를 질렀습니다.

5층에서 "저기요. 119에 전화 좀 해 주세요!" 다행히 친절한 아저씨가 지나가다 도와주셔서 전화도 해 주시고 119 아저씨들이 오실 때까지 창밑에 계셔주셨습니다. 119 아저씨들이 아래에 보이자 또 고래고래 현관문 번호를 소리질러 가르쳐 드렸지요.

'나 바보 맞다. 바보 맞다. 바보 인증했네.' 하며 천상 바보 같은 몰골로 아저씨들이 현관문을 열고 들어오셨을 때 다 기어들어 가는 목소리로 '저기요. 이 방이에요.' 했습니다. TV에서 119 아저씨들을 가끔 보기는 했지만, 그렇게 친절하신 줄 몰랐어요. 문만 열어주시고 가셔도 죄송해 죽겠을 판에 놀라지 않으셨냐, 어디 다치진 않았냐 살펴주시고 문고리 두 개도 다 달아주시고 가셨습니다.

이 무슨 민폐에 왕창피람. 누가 119 불러서 저렇게 황급히 빨간 차가 지나가나 늘 생각했었는데, 아픈 사람 말고도 저같이 맹한 사람들도 가끔 있나 봅니다. 현관문 비밀번호를 바꿔야 할 텐데 한번 방에 갇혔다 나오니, 무얼 만지기가 겁이 나서 가방을 매고 나와서 떨그럭거려 봤는데 삐리삐리 기절할 듯한 소리만 내서 또 한 번 놀래서 자빠질 뻔, 했습니다. 저는 그냥 거적문 정도면 딱 저의 수준에 맞겠다. 싶어서 우울해졌습니다.

점심으로 바나나를 후딱 하나 까서 입에 털어 넣고, 또 부랴부랴 학교에 왔습니다. 제가 바보짓 한 건 아무도 모르네요. 나무도 꽃도 재재거리는 새들도 모르지만 아. 그런데 혼자 있어도 부끄럽습니다. 지난주에 상록수 엄마였던 미정이 어머니께서 오랜 암 투병 끝에 하늘나라로 가셨습니다. 그전에 병문안 다녀오신 언니들이 힘들겠다고 우울해하시기에 더 자주 기도를 드렸습니다.

그리고 하늘나라로 가시던 날도 아침 기도로 부디 고통스럽지 않게 해달라고 간청했지요. 그날 오후 가슴이 쿵 떨어지는 소식을 듣고, 제일 먼저 떠오른 생각이 '주님. 이런 식으로 고통을 한 번에 덜어달라는 기도가 아니었는데요.'였습니다. 그리고 제 탓도 있는 듯해서 죄책감이 들었습니다.

사실 언니들에게 힘들겠다는 얘기를 듣고 나서는 희망을 버리고 기도를 드린 게 아닌지 마음에 무척 걸렸기 때문입니다. 장례미사에 처음 가보았습니다. 미정이가 속해있는 스콜라스티카 반 어머니들도 오시고, 장애 교리 반이 있는 대화동 성당 부주임 신부님께서도 연도에도 장례식에도 와 주셨습니다.

장례미사에서 우리 아이들의 신부님을 뵈니, 왜 갑자기 설움이 복받치는지요. 눈물이 나면서도 한편으론 마음이 든든해지기도 하고 아버지의 존재라는 게 이런 느낌이구나. 하는 생각이 들었습니다. 그이는 냉담하고 있던 신자였지만, 모든 걸 하느님께 맡겨드리고 그 품으로 돌아가셨습니다.

얼마나 감사한지요. 신부님께서는 얼굴 한 번 못 보았지만, 우리 아이들 어머니라는 이유로 병원에 문병도 오시고, 연도에도 오시고, 다른 성당에서 드리는 장례미사도 함께 집전해주셔서 모두의 마음에 큰 위안을 주셨습니다. 화사하다 못해 슬픔을 더하는 5월의 찬란한 햇살이 장지로 떠날 준비를 하는 버스와 리무진들 위로 쏟아지고 모두 퉁퉁 부은 눈을 제대로 뜨지도 못하고 보내야 했지요.

살기 좋은 계절은 죽기도 좋은 계절인가요? 너무도 아름다운 날이어서 떠나보내는 마음이 더 아팠습니다. 풍채 좋으신 헌헌장부셨던 미정이 아버님은 슬픔에 야위셔서 얼굴이 몰라보게 수척해지셨고, 미정이와 대학생 남동생도 곧 쓰러질 듯한 모습에 보기가 민망할 지경이었습니다.

4년여에 걸친 투병 생활 동안 아내를 극진히 보살피셨던 미정이 아버님은 장례식 다음 날 있었던 상록수 미사에 오셨습니다. 늘 딸만 내려 주시고 가시곤 했었는데, 큰 슬픔을 당하고 나서 신부님과 교우들이 보여주신 깊은 사랑에 감동을 받으신 것 같았습니다.

영정을 모신 리무진에 타고 계시던 아버님께 인사를 드리며 캐더린 언니가 "아버님 이제 성당에 나오셔야 할 것 같아요." 하니, "그래야 할 것 같네요." 하셨습니다. 그리곤 상록수 미사에 오셨지요. 미사를 함께 드리고 저녁 식사를 나누면서 "미정이 엄마 있을 때는 안 오고 하늘나라로 가고 나니 여기서 저녁을 먹어 보네요." 하셨습니다. 목이 메이신 듯했지요.

키스터 신부님께서 상록수 미사를 위해 서강대 종점에서 출발하는 버스를 타고 힘들게 먼 길을 또 와 주셔서 큰 슬픔에 잠긴 식구들에게 얼마나 위로가 되었는지요. 신부님의 음성으로 "한순이 영희 막달레나를 기억하고." 하실 때는 새로운 눈물이 또 뭉클 솟았습니다.

그렇게 간절한 미사를 드리고, 신부님의 강론 말씀을 들으며 위로를 얻고, 한 마디씩 힘주어 또박또박 우리에게 들려주시려 애쓰시던 신부님의 말씀을 우리 아이들이 다 이해를 못할지라도 사랑의 느낌을 받기에는 충분했지요. 눈물을 흘리다가 공동체 식사를 나누고. 평화의 인사를 나누고. 그리고 또 웃다가도 눈물이 불쑥 솟아오르고 그랬습니다.

조금 늦게 찾아온 대학생 아들을 둘러싸고 아무 일도 없었다는 듯 깔깔거리며 웃어주고 쓰다듬어주고. 웃으면서도 눈물이 찔끔 나고. 그런 한 주였습니다. 우리 아이들을 잘 아시는 류 신부님이 안 계셔서 마음이 허전했지만, 신부님들은 존재 자체만으로도 위안을 주시는 분들인가 봅니다.

신부님 주변에만 가도 뭐랄까 평화 존이라고 해야 할까? 그런 안도감이 느껴지니까요. 우리 아이를 두고 걱정이 되어서 눈을 어떻게 감았을까, 골똘히 생각도 해보고 하늘나라에서 내려다보고 있으면 우리 애들 좀 보살펴 줘요. 라는 부탁도 하고 젊은 나이도 가엽고, 얼마나 몸과 마음이 아팠을까? 가여워서 눈 꾹 감아 눈물도 짜내고 그렇게 연휴를 보냈습니다.

비가 오려는지 하늘이 어두워지네요. 우산 안 가져 왔는데 어쩌지요. 그래도 삶은 이어진다. 라는 말에 기운을 내 봅니다. 당연하게 여기고 감사를 잊고 지내는 주변을 돌아봅니다. 하느님. 제가 잊지 않게 해 주세요. 영원히 가질 수 있는 건 아무것도 없다는 것을요. 그리고 감사드리는 걸 잊지 않게 해 주세요.

폼페이의 성모님

기다리는 비는 안 오고 연일 이어지는 더위에 길거리에 있는 가로수들도 힘이 없는 듯 애처로워 보입니다. 상록수에도 더위에 이어지는 작업으로 모두 지쳐있다가 오늘 드디어 기다리던 류 신부님께서 오셔서 모두 단비를 만난 듯 생기가 넘쳤습니다. 신부님과 함께 오신 루까 형제님의 힘 있고 아름다운 기타 연주로 어느 때보다 성가가 우렁차고 신이 났었지요.

한 말씀도 안 놓치려고 눈을 반짝이며 강론 말씀에 귀를 쫑긋 세우고 있는 상록수 식구들이 한 분 한 분 얼마나 귀한지요. 올해는 백석 시인이 태어난 지 100주년이 되는 해라고 합니다. 백석의 시는 고어와 방언으로 이해하기 어려운 것도 종종 있지만, 그 특별한 따뜻함과 가슴에 착착 감기는 그 맛에 가끔 후다닥 급하게 책을 꺼내 읽고 싶어질 때가 있습니다.

어느 시든 백석의 시는 사람 냄새가 진한 향기로 피어오르고, 모르는 말도 그냥 읽고 지나가면 조금 있다 저절로 아는 것으로 보아 제 몸에도 분명 한국인의 피가 흐르고 있나 봅니다. 시인의 노래처럼, 저는 미사를 앞두고 지저분한 책상과 의자를 닦으며 새까만 색이 묻어나오도록 때를 올리고 간 사람들을 생각해 보곤 합니다.

오늘도 미사에 많은 분이 오셨다가 가셨고, 우린 또 그 책상과 의자에 앉아서 청년들과 봉사자분들과 함께 일을 하겠지요. 상록수를 지켜주시는 그 얼굴들과 마음을 생각하면서 백석의 이 시를 다시 음미해 보고 싶었습니다. 마음에 바람이 지날 때마다 몇 자 끄적거리다 끝내지 못하고 홈에 자동 저장된 글이 몇 개가 있네요.

그것들을 재활용할 수 있으려나 하고 다시 읽어보니, 얼굴이 화끈거릴 정도로 유치해서 눈 뜨고 볼 수가 없습니다. '으이그. 못 끝냈으니 망정이지. 어쩔 뻔했어.' 하고 안도하며 손바닥 발바닥으로 지워버렸습니다. 감정이 격해서 쓴 글은 정신을 가다듬고 보면 참 민망하지요. 그동안 격한 감정으로 마구 써서는 뒤도 안 돌아보고 올린 글도 많으니 죄송합니다.

오늘 미사 강론 중에 폼페이의 성모님 얘기를 들려주시며 묵주기도의 특별한 은총에 대해 자세히 들려주셨습니다. 저는 마음속으로 '오호라~~!' 하며 귀가 번쩍 뜨이는 느낌이었죠. 마음속 지향하는 것을 향해 묵주기도를 열심히 하라는 신부님 말씀에 '네네~~!' 하며 속으로 대답을 드렸습니다.

신부님께서 건강하게 그을린 멋진 모습으로 돌아오셔서 마음이 놓이고 감사했습니다. 오랜만에 주니맘 님께서도 더 아름다운 모습으로 와 주셔서 참 반가웠고, 우리 청년들이 미사 중에 의젓한 모습을 보여주어서 고마웠고, 상록수 미사에 아름다운 성가를 들려주시려고 멀리서 와 주신 루까 님의 아름다운 기타 연주에 힘입어 성가를 마음을 다해 신나게 부르고 미사 후에 소박한 저녁과 다 같이 성가 부르는 시간을 가졌지요.

루까 님이 신부님 돌아오신 기념으로 좋아하시는 노래를 불러드리자, 인간계를 떠나 계신 듯 눈을 지그시 감으시고 노래에 심취해계신 모습을 스텔라 선생님과 제가 사진을 찍었는데 그걸 재원이에게 보여주며 "누구야~?" 했더니 "예수님!" 합니다.

길거리에 나무들이 물이 든 커다란 봉지를 하나씩 달고 겨우 목마름을 견디고 있네요. 어서 비가 와야 할 텐데 걱정입니다. 비가 올 때까지 기우제라도 지내야 할까 봅니다. 상록수 미사에 마음을 보내주신 분들을 기억하며 루까 님이 들려주셨던 성가의 한 구절을 떠올려 봅니다.

"기도할 수 있는 데 염려는 왜 합니까?" 아. 염려하지 말고 기도드리면 되는 거였지. 하느님께는 늘 너무 많은 분의 기도가 기다리고 있을 것 같아 나름 하느님 덜 힘들게 해 드린다고 정말 중요한 일입니다. 싶은 것만 기도를 드리고 평소엔 감사 기도 위주로 드리곤 했는데 제 생각이 잘못되었던 것 같습니다.

오늘 저녁 우리도 오이냉국을 먹었지요. 한울에 별이 잔콩 마당 같은 밤이 되었습니다. 모깃불을 피워놓고 평상에 모여앉은 여름밤의 정겨운 풍경을 떠올리며, 평화롭고 행복한 꿈 꾸시길 바랍니다. 모두 평안한 밤 되세요.

거꾸로 한 주

딸이 기말고사 막바지라 친구랑 독서실에 갔습니다. 하루 종일 의자에 앉아 있을 거면서 하얀 반바지를 칼같이 다려입고 무릎 덮을 담요와 에어컨 바람 막을 카디건과 모자까지 챙겨 한 보따리나 되는 배낭을 메고, 집을 나섭니다. 샐러드를 좋아해서 졸릴 때 우물거리라고 싸 주었습니다.

우리 땐 독서실 바닥 한구석에서 담요 뒤집어쓰고 쪽잠을 자가며 공부를 하기도 했는데, 요즘 독서실은 그러지는 않는가 봅니다. 집에서 공부하면 간식도 마음대로 먹고, 피곤하면 조금 눕기도 하고 좋을 텐데 재원이가 누나가 있으면 연신 들락거리며 기웃거려서 집중이 제대로 안 되니 독서실에 갑니다.

누나가 나가는 걸 보고 재원이는 아빠를 일으켜 집에선 서 있거나 앉아 있는 적이 별로 없는 블레이드를 들고 호기롭게 아빠 손을 이끌고 나갔습니다. 저는 이때다 싶어 "재원아 아빠랑 맛있는 거 먹고 와." 하고 점심 땜빵을 하고 룰루랄라 컴퓨터 앞으로 달려왔습니다.

집안이 꿉꿉한 듯해서 제습기를 틀었는데 애기 오줌 소리같이 쪼르륵, 귀여운 소리가 납니다. 에어컨은 전기 모자란다고 연일 난리를 치니, 틀기가 손이 오그라지고, 전기 덜 먹는 제습기를 틀어놓고 빨래를 널고 하늘을 봅니다. 제 마음의 습기도 쪼르륵, 소리를 내며 제습이 되어서 뽀송뽀송 향긋한 마음이 되었으면 좋겠습니다.

온갖 퀴퀴한 생각과 덜 마른 상념들과 고약한 냄새들이 솔솔 사라지기를 바랍니다. 어젠 스콜라스티카 미사가 있었지요. 재원이와 한 시간 반을 달려 미사에 참석했는데 무엇이 마음에 안 들었는지, 영성체를 하기 전부터 기분이 안 좋아 보이더니 제가 성체 모실 동안 눈 깜짝할 사이에 다다다 달려 들어가다가 주일학교 선생님을 밀쳐 주저앉게 만듭니다.

그렇게 한 게 마음에 걸려 "밀면 안 돼요!"를 계속 외쳐댑니다. 펄쩍펄쩍 뛰며 나름 미안하다는 몸짓을 했는데 자기가 앉았던 자리에 다른 학생이 앉아 있으니, 절대로 자리가 바뀌는 게 용납이 안 되는 재원이 더 난리가 나서 고약을 떨었습니다.

미사 중에 소란을 피우는 게 죄송해서 데리고 나가려 하니 미사가 안 끝났는데 밖으로 나간다는 게 또 용납이 안 되는 재원이가 계속 진정이 되지 않아 씩씩대느라 저는 간이 콩알만 해졌지요. 재원이랑 실갱이 하느라 미사 보는 벗겨지고 손목은 긁히고 엄마들이 다들 도와주려 애썼습니다. 너무 죄송해서 다 기어들어 가는 목소리로 "괜찮으세요?" 하니, 괜찮다고 환히 웃으십니다.

이해해 주셔서 고맙다고 겨우 인사를 드리고, 자리에 돌아와 미사 보를 오래오래 개켰습니다. 사람들이 다 나가고 아이들도 선생님 따라 교리반으로 이동할 동안 미사 보를 접었다 펼쳤다 바쁜 척하며 사람들이 거의 다 나갔겠다 싶어 어른거리는 눈물을 꾹 참고 고개를 드니 십자고상의 예수님께서 내려다보고 계셨습니다.

저도 모르게 '예수님 죄송해요. 일주일에 한 번 드리는 미사를 엉망으로 만들어서요.' 말씀드리고 나니 참았던 눈물이 주르륵 흘러내렸습니다. 이래저래 죄송하고 속상해서 엄마들이 아이들 교리하는 동안 기다리는 모임방에 안 가고, 성당 한쪽 구석에 가서 쪼그리고 앉았습니다.

눈물 어린 눈으로 보니 예쁘게 피어난 꽃들이 눈부신 햇살 아래 물에 번진 수채화처럼 흐드러져 보였습니다. 그중에 보라색 하얀색 별처럼 보이는 도라지꽃이 쪼그리고 앉은 제 눈앞에 서 있었습니다. '괜찮아. 괜찮아.'라고 말하는 듯 가만가만 제 몸을 흔들면서요.

도라지꽃이 그렇게 예쁜 줄 몰랐어요. 가끔 보긴 했지만요. 연한 보라색과 하얀색 별 같은 꽃잎을 보고 있으니, 서러움에 눈물이 계속 솟았습니다. 아무도 재원이한테 "재원아." 하지 않았고 주일학교 어린아이들조차도 조용히 아무 말도 안 했건만 왜 이렇게 서러운 걸까요? 도라지꽃이 너무 예뻐서 서러웠을까요?

며칠 전 하굣길에 전철을 탔습니다. 한 줄로 서야 하니 제가 곁눈으로 재원이가 뒤에 타는 걸 확인하며 들어갔는데 문이 닫히자 재원이가 안 보이는 거예요. 순간 정신이 아득해지고 가슴이 쿵쿵거려서 정신 차려야지. 하며 눈을 부릅뜨고 행여나 제가 못 본 사이 빈자리가 있어서 재원이가 앉았나 해서 사람들을 하나하나 유심히 살폈습니다.

그렇게 객차 내를 다 둘러봐도 재원이가 안 보이니, 이제 정신이 반쯤은 나갔습니다. 무얼 해야 하지? 가슴이 두방망이질을 하는데, 어디선가 익숙한 웅얼거림이 바로 뒤에서 들리는 거예요. 에휴. 이 녀석을 그냥~~!

재원이는 제 바로 뒤에 딱 붙어서서 씽크로율 100%로 뱅글뱅글 따라 돌아서 제가 못 보았던 거예요.

어찌 이렇게 바보 같은 엄마가 있나? 제 새끼 숨결도 눈치 못 채고 승객들이 무슨 죄입니까? 똑같이 생긴 모자가 들어오더니 엄마는 앞에서 눈을 부라리고 자기들을 훑지를 않나 그런 이상한 엄마 뒤에 딱 붙어 뱅뱅 따라 도는 녀석은 또 뭔지? 하루에도 몇 번씩 모골이 송연해질 때가 있지만, 요즘엔 좀 뜸했는데 수행원의 자세가 너무 흐트러질까 봐 재원이가 오금을 박나 봅니다.

빗방울도 튀어 오르고 아이들도 튀어 깡총거리고 까르륵 웃음소리도 하늘을 날아오릅니다. 메타세콰이어 울울창창한 싱그러운 학교길을 재원이 손을 잡고 천천히 아껴가며 걷습니다. 언제까지고 이렇게 재원이 손을 잡고 걸을 수 있으면 얼마나 좋을까요? 그리고 또 한 박자 늦게 '하느님 감사합니다.'

손님

　오늘 개학이란 걸 했습니다. 모름지기 개학이라 함은 너무 놀아 학교 가는 길이 가물가물하고, 방학날 던져 놓은 가방이 어딨는지 슬슬 궁금해지며 얄미운 고자질쟁이 친구까지도 생각나고 학교가 혹여 나만 남기고 이사라도 가지 않았나 걱정이 될 무렵, 하룻밤만에 급조한 일기장이랑 방학 책 싸 들고, 한 손에는 밀짚 꼬불꼬불 엮은 여치집을 들고 기대에 가득차 가는 것입니다.

　그런데 이번 방학은 주 5일제 수업 때문인지 하도 짧아서 방금 뭐가 지나갔나? 싶게 후딱 지나갔습니다. 그래도 첫날부터 늦으면 안 되지. 하면서 서두른 덕에 지하철에서부터 교실까지 뛰지 않고 우아하게 걸어갈 수 있었습니다. 자기 이름이 '하나'라고 You are the one!이라고 불러 달라는 괴생명체가 우리 반에 서식하는데 이 녀석은 교실 뒷문과 사물함 사이에 자주 출몰하여 시도 때도 없이 통행세로 You are the one~!을 강요합니다.

점입가경으로 오늘은 급기야 팔을 쭉 뻗어 하늘을 비스듬히 가리키며 우사인 볼트 세리머니도 함께 하라고 친구들을 쫓아다니니, 제발 영어 시간에 졸지 말고 공부 좀 했으면 하는 바람이 듭니다. 그래도 우리 반 모두의 정신건강에 기여하는 바가 크기 때문에, 미워할 수가 없는 친구입니다.

아침에 집에서 나설 때는 개학날이니 혹시 개학식만 하고? 또는 오전 수업만? 아님, 점심 먹고 파하려나? 그것도 아니면 백번 양보해서 7교시 다하더라도 단축 수업이라도? 등등의 즐거운 상상을 했습니다. 하지만 개학식은 물론이고 오전수업도 다하고 친절하게 점심도 주시고 7교시도 단축 없이 꼬박하면서 방과후 학교까지 2교시 더 하는 거예요.

학교 마치니 6시, 집에 오니 7시가 넘어 다리가 후들후들거립니다. 방과 후 수업 하는 동안 교정을 서성거리며 모기한테 어찌나 뜯겼던지 벅벅 긁어대느라 가만히 서 있지를 못할 지경이었지요. 마침 딸한테 전화가 걸려와 푸념을 했더니, 좋은 학교라서 개학날부터 빡세게 공부를 하는 거라나요.

여하튼 딸의 말을 듣고 보니 자식 공부시켜주는데 고마워하지는 못할 망정, 투덜거린 게 조금 부끄러워졌습니다. 어찌나 습한지 가만히 있어도 땀이 등줄기를 타고 줄줄 흐릅니다. 종일 더위와 싸우고 땀에 끈끈해져서 모기한테 헌혈까지 하고 나니 집에 돌아갈 힘도 없이 느껴집니다.

나이가 드느라 그런지 하루하루가 다르더라고요. 치열하게 보낸 2학기의 첫날이었습니다. 어제는 상록수에서 성모님 승천 대축일 미사가 있었습니다. 11시부터 미사라서 한참 부산을 떨며 이것저것 챙기고 있는데, 이른 시간에 벌써 손님들이 오신 거예요. 게다가 처음 뵙는 분들이라 누구

신가 쉼터에서 오신 교우이신가? 했지요.

그랬더니 글쎄 류 신부님의 형제분들 중에 제일 막내 동생의 제수씨와 귀요미 두 따님이 멀리 광쩌우에서 오셨고 형부께서 세 분을 수행하시느라 동행을 하셨어요. 류 신부님을 만나 뵐 수가 없고 전화도 안 돼서 사이트를 뒤져 미사가 있다는 걸 알고 상록수로 찾아오신 거였어요.

상록수엔 처음 오신 거지만 홈을 통해, 상록수 식구들을 벌써 다 알고 계셨지요. 그 따스한 마음에 가슴이 뭉클했습니다. 그렇게 어렵게 귀한 만남과 미사를 함께 하고 신부님은 다음 모임을 위해 가셔야 해서 저녁에 다시 만나기로 하시고 조카들과 잠시 헤어졌지요.

멀리서 온 어린 두 따님 입에 반찬이 맞을지 염려가 되었는데, 모두 맛있게 드셔주셔서 참 감사했어요. 그리고 또 반가운 한 가족이 오셨는데 법률전문가님 가족이 복사하는 큰 아드님만 못 오고 사모님과 작은 아드님이랑 같이 와 주셨어요. 쉼터에 올려주시는 글과 이미지가 별로 다르지 않은 법률전문가님 가족은 보기만 해도 흐뭇한 신앙심 깊은 성가정이셨어요.

아빠를 꼭 닮은 든든한 아드님과 고운 아내, 그리고 같은 성당 다니신다는 할머님과 (법전님 팬이신 듯했어요. 가실 때 우산을 씌워드렸는데 자랑을 어찌나 하시던지요.) 상록수의 소박한 식사를 나누시고 법률적인 도움을 줄 분이 계셔서 아쉽지만 일어나셨지요.

우리 청년들을 한 명씩 꼭 안으며 인사를 하시고 다음에 큰아들 데리고 다시 오시겠다고 약속을 하고 가셨습니다. 주니맘 님은 우리와 오래 남아 재밌고 유익한 얘기 많이 들려주시고 제게는 수험생을 위한 기도와 예쁜 진주 묵주도 주시고 깡통 신자인 저를 붙들고 여러 언니가 열변을 토하며 가르침을 주셨습니다.

여느 때보다 신부님 강론 중에 처음 들어보는 말씀이 많아서 염치 불구하고 마구마구 물어보았거든요. 상록수 미사를 늘 함께 하는 고마운 분들과 아쉬운 마음으로 헤어지곤 했는데, 낮에 미사를 드리니 귀가 걱정 안 하고 수다의 향연에 빠질 수 있어서 아주 행복한 시간이었습니다.

성체의 의미와 여러 심오한 얘기들을 한꺼번에 많이 들어서 정리가 좀 어려웠지만, 좋은 사람들과 둘러앉아 맛있는 음식을 먹으며 정담을 나누는 것만큼 행복한 시간이 또 있을까요? 그칠 줄 모르고 내리는 비에 손님들이 무사히 돌아가셨나 걱정이 되었지만, 오래간만에 참 행복한 시간이었습니다.

신부님께서 보길도 풍경을 찍은 사진을 모아 만드신 사진첩을 서로 뺏듯이 돌려가며 보았는데 참말 신부님은 못하시는 게 뭘까? 하는 생각이 들었지요. 우리 같으면 휘 한번 둘러보고 지나쳤을 풍경들을 예술작품으로 승화시켜 놓으신 솜씨에 또 한 번 감탄했습니다.

보길도가 그렇게 아름다운지 몰랐어요. 그리고 성모승천대축일 선물로 아프리카에 발현하신 성모님과 아기 예수님상을 주셨는데, 아프리카인의 모습인데도 성모님와 아기 예수님인지 금세 알 수 있었지요. 마음속으로 성모님의 승천을 축하드리며 '아드님 곁에 계시니 좋으시죠.' 하고 여쭈어보았습니다.

내일 하루만 학교에 가면 다시 주말이니 보너스를 탄 듯합니다. 주 5일제 수업을 해서 방학이 짧은 줄 알면서 토요일도 놀고 방학도 길었으면 하고 억지를 피웁니다. 요즘 죄는 당대에 자기가 받는다더니 그 말이 맞습니다. 만날 학교 가기 싫어 천재지변이나 꿈꾼 죄로 학교를 따볼로 다니지 않습니까?

그러니 저처럼 되지 않으시려면, 고얀 생각하지 마세요. 하하. 벌써 잠자리에 들어야 할 시간이네요. 오늘 하루도 애쓰셨어요. 모두 예쁜 꿈 꾸세요.

메모

　세속의 저울과 잣대를 무시해 버리기. 그것들로는 그대의 미래도 진실도 측량할 방법이 없다는 사실을 자각하기. 꿈을 실현하기 위해 혼신을 다해 노력하기. 허송해 버린 날은 억울해서 잠 못 들기. 존재하는 모든 것들을 사랑하기. 비열하게 살지 않기. 약속.

　딸의 침대 머리에 붙어 있는 메모지에서 베꼈습니다. 약속. 옆에 새끼손가락 걸며 약속하는 그림을 끄적거려 놓았는데 못 옮겼습니다. 조금 바쁘고 많이 앓았습니다. 늙느라고 자주 아프다고 친구가 위로랍시고 했습니다. 딸과 친구들은 요즘 인생 최대의 위기를 맞고 있습니다.

　대학을 고르는 건데 우리 딸 왈, 한데 넣어놓고 닭싸움시켜서 이기는 자를 뽑으면 간단한데 왜 이렇게 복잡하게 하는지 모르겠다고. 아. 그렇구나. 그리고 대학도 자기 마음에 들어야 한다나요. 아. 잘 나셨어요. 라는 말이 목구멍까지 올라왔는데 그러니 마음에 들어야지. 네가 다닐 학교인데. 와! 저 내공 장난 아니지요?

재원이가 요즘 사춘기입니다. 심부름시키면 "싫어요~!" 합니다. 둘 다 많이 컸다. 말 잘 듣는 이는 늙어가는 옆에 있는 인류, 남편뿐입니다. 차 빼라. 차 넣어라. 맛있는 거 사 와라. 맛없으니 바꿔와라. 재원이 운동시켜라. 샤워시켜라. 밥 먹어라. 일어나라. 코~ 자라. 국 건더기도 다 먹어라. 고추장 더 넣고 비벼라.

심지어 TV 리모컨 내놓으라는 말도 순순히 듣는 혹여 머릿속이 탕탕 비었나 싶어 열어보고 싶은 충동을 느끼게 하는 신인류입니다. 지난주는 두 아이의 학교일까지 겹쳐 눈알이 뱅글뱅글이었습니다. 하도 처리할 일이 많고 정신이 없길래 한 푸느라 재원이 학교 마당 보라색 벤치에 멍하게 앉아 있었습니다. 너무 심심해서 죽겠다는 얼굴을 하고 말이죠.

보라색 벤치는 제 거라고 마음속으로 찍어놓고 앉을 시간이 없을 때는 눈길로 쓸어보고 갑니다. 누가 앉아 있으면 괜히 으르렁거리며 이빨을 드러내기도 하고요. 하하. 점입가경으로 눈알이 빨개져 안과에를 다 가서 보고 그제는 드디어 몸살이 나서 학교 앞 조그만 내과에 가서 청진기 갖다 대는 할아버지 의사를 치한 취급하고 '아 나 참 진료받으러 왔지.' 하고 반성했습니다.

재원이는 바리스타 교육생 면접 보고 떨어졌습니다. 에이 것 하나 제대로 못하고! '사람 보는 눈이 없으시구랴. 우리 아들 꽂히면 꽤 잘하는데.'라고 하고 싶었지만, 후일을 위해 꼴깍 삼켰습니다. 상록수 와서 투덜댔더니 통 큰 캐더린 언니 왈, "바리스타 기계 하나 사주면 되지. 그거 뭐 별거라고 그래." 아. 그렇구나.

제 주위엔 아주 Cool하고 단순한 사람 많습니다. 원래 위대한 것은 단순한 법이지요. 승혜가 다예 시험공부에 보탬이 되어라. 고 집중력 좋아진다는 차를 선물로 주었습니다. 저는 들고 온 공도 있고 해서 한번 얻어 마셔볼 참이었는데 "엄마가 집중력 좋아져서 뭐 하게?" 그러게요. 집중력 생기면 잔소리만 늘겠지요. 하하.

요즘엔 잔소리하다가 무엇 때문에 잔소리를 시작했는지 까먹어서 안 들키려고 황급히 커튼을 내립니다. 딸은 공부라는 거 하시고, 재원이는 영화감상 하시고 남편은 어제 많이 봉사했다고 당당히 공 날리러 갔고, 저는 참으로 오랜만에 끄적거림을 하고 있습니다.

주말 내내 비 온다고 했던 것 같은데 비는 안 오고 회색 하늘만 비행접시처럼 납작하게 옥상 위에 내려앉아 있네요. 헤드폰을 쓰고 흥얼거렸더니 재원이가 와서 들여다보고 가네요. 헤드폰 쓰고 노래 부르는 거 들으면 참말 웃기잖아요. 옛날 홀홀 단신이었을 때 음악감상실에서 지겹게 듣곤 했던 노래들을 가을 타면서 들으니 눈물이 나려고 하네요.

집 옆이 한동안 리모델링한다고 뚝딱거리더니 어린이집이라는 간판이 붙고 바람개비가 팽글팽글 돌고 있습니다. 아이들 재재거리는 소리가 들려와 가끔 미소짓게 만드는 현관에 띵똥해서 나가보니 모르는 아주머니가 세제를 들고 어린이집에서 왔다고 시끄럽게 해서 죄송하다고 하네요. 괜찮다고 하고 돌려보냈는데, 별걸 다 문제 삼고 꼬투리 잡아 얻어낼 거 없나 눈이 벌건 요즘 세태를 보는 듯해서 입안이 썼습니다.

어린이집 여는 게 죄도 아니고 뭐 그렇게까지 선물 들고 찾아와 빌 일도 아니지요. 제가 둔해서 그런지 모르지만 살면서 불가피하게 나는 소리야 어쩌라고요. 사람들 마음이 가을 하늘처럼 높다랗고 너그러워져서 눈 마주칠 때마다 빙그레 웃어 주면 좋겠습니다.

벌써 저녁 시간이 되었네요. 남편이 옥수수를 어디서 얻어와서 알알이 뜯어 밥을 앉혀 놓았습니다. 여러분 저를 응원해 주세요. 처음 해보는 옥수수밥이거든요. 이상은 열성 몸살을 앓아서 상태가 좀 몽롱해진 재원 엄마였습니다. 새로운 한 주도 멋지게 보내셔요.

하느님의 목소리

아이들을 통해 말씀하시는 신의 목소리가 들리십니까? 나는 이 소녀가 무척 고맙습니다. 이 아이에게 어떤 특별한 구석이나 매력이 있는 것 같지는 않습니다. 평범한 외모, 특별할 것 없는 사고, 빈약한 상상력, 상냥함이라고는 눈 씻고 찾아보아도 없고, 아이다운 매력이랄 것도 없습니다.

하지만 자연과 그 불변의 진리인 신께서는 이 보잘것없는 아이를 통해 말씀하십니다. 길가에 자라난 초라한 풀나무를 통해 이야기하시듯이, 고맙다 아이야, 지금 네 모습이. 평범한 너의 모습이.

야누쉬 코르착

오늘은 재원이네 학교 통합캠프가 있는 날입니다. 하룻밤 나가 자야 하기 때문에 고3 누나를 생각해서 안 따라갔습니다. 그 대신 재원이를 데리고 상록수에 가서 일 좀 하고, 밥 많이 먹고 랄라랄라 돌아왔습니다. 낼모레 미사를 위해서 작업대를 헤쳐 모여 해서 정리해놓고 쓸고 닦고 했는데도 워낙 누추한 공간이라 빛이 안 납니다.

떨어져 덜렁거리는 의자를 테이프로 고정하고, 작업대 치운 곳의 먼지 들어내고 상 위를 닦고 또 닦아도 풀을 쓰는 작업도 있어서 눌어붙은 자국이 끈끈하고 거뭇거려서 마음에 걸립니다. 두 청년과 재원이 땀 뻘뻘 흘리며 쓸고 닦는 걸 보니, 많이 컸다. 싶어 씩 웃음이 나옵니다.

날씨가 선선해져서 길에 오가는 사람들 표정도 한결 여유로워 보이고, 어린이집에서 산책 나와 재재대는 아기들도 더 행복해 보입니다. 요즘엔 조심스러워서 아기들보고 예쁘다는 소리도 함부로 못하니 서글픈 일입니다. 흉악한 범죄가 일어나다 보니 그 사람들을 잡아도 어찌해야 할지 고민이 산더미입니다.

죽일 수도 없고 살릴 수도 없고. 온 국민이 돌아가며 원하는 부위를 한 대씩 때려주면 어떨까요? '모든 사람이 비인간적으로 행동하면 어떻게 해야 합니까?'라고 누군가가 물으면 '더 인간적으로 행동해야 한다.'라고 대답해야 한다. 요게 정답인 듯한데 요즘 이렇게 말했다간 공공의 적이 됩니다.

그래도 아이들에겐 마냥 아름다운 세상이라고 연막을 치고 싶습니다. 나중에 들통이 나더라도 말이죠. 세상으로 나가기 전에 면역력을 기를 시간을 주고 싶거든요. 좋은 어른을 만나 믿음과 희망을 지니게 되면, 아름 답지 않은 것을 만나더라도 다시 일어날 수 있을 거예요. 그렇지요?

전철에서 이어폰을 한 쪽씩 나눠 끼고 노래를 듣다가 내려야 할 곳을 지나쳐서 내렸습니다. 그러면 어떠리. 녀석이 저의 손을 잡고 사람들 틈에 쓸려서 시장통으로 들어서니, 추석을 앞두어서인지 제법 명절 기분이 났 습니다. 동글동글 호박 몇 개 앞에 놓고 계신 할머니한테서 호박 한 덩이,

호박 사고 나니 싱싱한 오징어가 눈에 들어와 호박 오징어 찌개를 끓여볼까? 오징어 두 마리 샀습니다.

왕언니가 고추 따온 거 갖다먹으라고 싸줬는데 안 가져와서 머리를 쥐어박으며 매운 고추 한 봉지, 달마시안같이 얼룩덜룩한 대추 한 되박, 김술술 나는 두부 한 모, 피땅콩 한 봉지, 윤기 좔좔 흐르는 밤도 한 되, 옹기종기 모여 앉은 표고버섯 한 봉지, 엄청 실한 문어 다리 또 뭐 샀지요?

재원이 녀석이 꾹 찔러 구멍 내놓은 콩떡 한 개 샀습니다. 재원이에게 봉지를 들려서 앞세우고 저는 지나가는 사람들 피해 소심하게 조그맣게 노래를 불렀습니다. 에디뜨 삐아프의 사랑의 찬가. 저는 이 노래의 초입 부분만 들으면 울컥하면서 눈물이 나려고 해요. 너무 아름다워서 그런가요.

말도 안 되는 발음으로 사랑의 찬가를 불러제끼며 그녀의 목소리처럼 그녀의 사랑처럼 칼칼하고 눈물 왈칵 솟는 감동의 오징어 애호박 찌개를 끓여보리라 다짐하며 호기롭게 한 정거장을 걸어 집으로 왔습니다. 딸내미 학교 앞을 지나는데 자주색 교복들이 우르르 쏟아져 나왔습니다.

딸은 자주색이 아니라 팥죽색이라고 벅벅 우기는데 원래 자기네 학교 교복이 마음에 드는 사람은 없잖아요? 제 눈에는 이쁘기만 하던데요. 똑같은 교복을 입고 있어도 그 안에는 수백의 다른 심장이 뛰고 있습니다. 그리고 각각은 서로 다른 난제이고, 서로 다른 과업이며 서로 다른 염려와 관심을 베풀어야 할 대상입니다.

그리고 자식은 부모의 몸 밖에 있는 또 하나의 심장이지요. 야간자습을 마치고 나오는 봉두난발의 딸내미를 볼 때면, 가슴이 벅차게 고마울 때가 있습니다. 공부를 엄청 잘 하지도 못하지도 않은 평범한 고3 아이의 모습이, 엄마만 보면 적당히 심술스러워지는 보잘것없는 외모의 딸이 엘리베이터에서 이웃 사람이라도 만나야 비로소 잠잠해지는 딸의 수다가 고맙습니다.

수능이 얼마 안 남으니 한 체력 하시는 딸도 다크 써클이 귀에 걸립니다. 뭘 좀 많이 먹어야 할 텐데 아침 한 끼만 집에서 먹으니 아침부터 거하게 먹일 수도 없고 마음이 쓰입니다. 설마 요즘엔 안 그러겠지만, 초딩 때는 시험지를 앞면만 풀고 나와서는 하는 소리가 "저는 문제를 충분히 풀었으니 뒤까지 할 필요가 없다고 생각해요."였습니다.

담임 선생님이 저를 불러서 혼내지 말고 살살 구슬러 보라고 얘기를 하셔서 알 게 된 거지요. 그러니 시험문제를 찍는다는 건 딸의 사전엔 없는 단어였는데 세상엔 하기 싫어도 해야 되는 일도 있다는 걸 이젠 알겠지요? 어른이 되어 차마 잘 찍으라고 할 수는 없고, 시간 남고 혹여 처음 만난 낯선 아이들이 있으면 걔네도 케어해라. 섭하잖니라고 외치고 싶어집니다!

컴퓨터에 오래 앉아 있으니 재원이가 슬슬 불평을 하기 시작하네요. 1층입니다. 밥 먹자. 아빠한테. 등등. 일어나서 자기랑 놀자는 얘기지요. 하루를 열심히 살고 집으로 돌아가는 사람들 모습이 보입니다. 그 많은 집 중에서 헷갈리지 않고 제 집을 잘 찾아들어가니 얼마나 기특한지요.

게다가 대부분의 사람은 될 수 있으면 일을 더 잘하려고, 될 수 있으면 착하게 살려고 하루 종일 애를 썼으니 하느님 보시기에 참 예쁠 거예요. 오늘 하루 몸과 마음의 고통을 열심히 이겨내신 분들, 열심히 일하신 분들, 힘들어도 착하게 사신 분들, 모두 주님의 평화가 함께 하시길 기도드립니다.

편안한 저녁 맞으세요. Bye

미사 풍경

추야일경秋夜一景

백석

닭이 두 홰나 울었는데
안방 큰방은 홰즛하니 당등을 하고
인간들은 모두 웅성웅성 깨여 있어서들
오가리며 석박디를 썰고
생강에 파에 청각에 마눌을 다지고

시래기를 삶는 훈훈한 방안에는
양염 내음새가 싱싱도 하다
밖에는 어데서 물새가 우는데
토방에선 햇콩두부가 고요히 숨이 들어갔다

어제는 상록수 미사가 있었습니다. 명절도 앞두고 있고 상록수 청년들이 다니는 대화동성당에 행사도 있어 손님들이 많이 못 오셨습니다. 대강의 미사준비를 마치고 모여앉아 목을 길게 늘여 길목을 기웃거리며 손님들을 기다렸지요. 류 신부님께서 멀리서 어렵게 시간을 내셔서 오시니 저희는 많은 분이 미사에 함께 했으면 하는 마음이 늘 굴뚝같습니다.

제일 먼저 오신 손님은 쉼터에 소나무향기+스테파노로 좋은 글을 많이 올려주시는, 알고 보니 상록수 청년들과 함께 경진학교 유치원을 다닌 친구들의 아버님이셨지요. 경진학교 유치원은 우리 재원이도 다녔는데 장애아동과 비장애아동이 1:3 정도의 비율로 함께 공부하는 아주 이상적인 유치원이었습니다.

지금도 그런지는 모르겠는데 그 때문에 아이들의 인성교육을 중요시하는 뜻있는 부모님들에게 인기가 많았지요. 지원자가 하도 많아서 추첨할 때면 강당에 가득하였습니다. 두 아이 다 경진유치원에 보내 장애 친구들과 통합 교육을 시키신 교육관이 남다르신 스테파노 형제분이시지요.

멀리서 떡 박스를 두 개나 드시고 땀을 뻘뻘 흘리며 오시는 분을 보시고 왕언니 말씀이 저분이 맞다고 하셨지요. 아쉽게도 스테파노 형제님 혼자 오셨지만, 사모님과 통화를 하면서 언니가 아쉬움을 달랬지요. 이십 년을 훌쩍 뛰어넘어 세월을 거스르는 인연을 보며 만날 사람들은 어떻게든 만나게 되어있다는 생각이 듭니다.

미사가 끝나고 류 신부님과 얘기를 나누시는 걸 보니 제 마음도 기뻤습니다. 좋은 분들과 함께 하는 시간은 굳이 말을 나누지 않아도 반경 5미터에 훈훈함이 감도는 해피 존이 만들어집니다. 그러니 상록수 전체에 흐뭇하고 행복한 기운이 가득 했습니다. 신부님께서 들려주신 재미없는 애기를 청년들에게 신부님께서 이야기를 들려주시곤 "재미있어요. 재미없어요?" 하고 물으셨죠.

우리 청년들은 말꼬리를 따라 하는 특성이 있어서 뒤에 들은 것에 반응한답니다. 당연히, 재미없어요. 했지요. 하하. 그 재미없는 얘기가 뭔가 하면 자기가 받은 십자가가 무겁다고 투덜대는 게으름뱅이 실라스의 얘기였는데 십자가 없이도 천국에 갈 수 있다고 자신하며 십자가를 거부한 실라스가 천국에 못 가고 다른 사람들이 지고 간 십자가를 묶어 이어 천국으로 넘어가는 걸 보며 후회막급했을 그 모습이 왠지 제 모습같이 느껴졌습니다.

제 십자가를 모면해보려고 매일 기도 중에 간청드리고, 투덜대고, 어떨 땐 하느님한테 화가 나서 기도도 빼먹고 흥. 하면서 화났다고 얼굴을 베개에 처박고 잠자리에 들고 했던 제 소행이 주마등같이 스쳐 갔기 때문입니다. 신부님들은 아마도 우리들의 마음속을 들여다보시는 법을 대학에서 배우시는가 봅니다.

뭐하나 제게 해당 안 되는 얘기가 없으니 말이예요. 신부님 얘기를 열심히 듣다가 눈이 마주치면 끔쩍 놀라게 되는 이유이기도 하지요. 언제쯤 남의 얘기다. 하면서 마음 편히 강론 말씀을 들을 수 있을런지요? 어제 들은 말씀 중에 예수님께서 죽은 나무인 십자가를 생명의 나무로 만드셨다는 그 말씀이 오래 제 마음에 남았습니다.

추석 명절이 다가오니 그리운 것투성이입니다. 어린 시절도 그립고, 친구도 그립고 푸른 하늘도 그립고, 산들바람이며 가을꽃들이며 모두 그립습니다. 곡스랑 재민이의 성서 쓰기를 엿보며 동심으로 돌아가 저도 빠진 이 사이로 침을 멋지게 찍 뱉으며 자랑을 했던 유치찬란하던 어린 시절이 생각났습니다.

다예와 재원이의 빠진 이는 혹시 나중에라도 필요한 일이 있을까 봐 잘 봉해서 간직해두었는데, 제 빠진 이들은 다 어디로 갔을까요? 까치가 물어 갔을까요? 엊저녁에 딸이랑 둘이 '앵무새 죽이기' 영화를 보았습니다. 저는 오래전에 본 적이 있는데 딸은 자기가 본 책이 영화로 있으니 반가워해서 같이 보았지요.

영화를 즐기려면 간식이 필수! 사과머리를 하고 있던 딸이 가위바위보에 져서 모자를 눌러쓰고 핫쵸코랑 달달한 먹거리를 사 와서 냠냠거리며 무비타임에 들어갔습니다. 책을 먼저 보고 영화를 보면 감독의 시선이 느껴지지요. 짧은 시간에 다 보여주려니 책에서 받는 감동에는 미흡한 점이 있었지만, 오랜만에 만난 그레고리 펙의 연기는 흑백으로 보니 더 좋았습니다.

다예는 자기가 감독을 하면 어떻게 만들 거라고 조잘대며 보다가 이웃들에게 소외되고 집에 갇혀 사는 래들리 가족의 이야기가 나올 때는 둘 다 약속이나 한 듯이 잠잠해졌습니다. 가슴이 아팠지요. '앵무새 죽이기' 단 하나의 책만 썼던 작가의 마음을 알 것 같았습니다.

편견과 오해와 무심함이 얼마나 큰 폭력인지 새삼 가슴이 짓눌리는 느낌이 들었습니다. 저도 모르게 마음속으로 손을 모으고 하느님께 다예가 어른이 되어서 세상의 편견과 몰이해와 폭력으로부터 약한 사람들을 지켜주는 사람이 되기를 간절히 간절히 기도드렸습니다.

그리고 또 하나 엄마가 되고 나서 영화를 다시 보니 마음에 와서 박히는 대사가 있었는데, 어린 딸이 회상하는 아버지의 모습에서 아버지가 설명할 수 없는 일이란 없었다는 대목이었습니다. 나는 그런 엄마였을까?

절대 아니었죠. 저도 답을 몰라 절절매며 살았으니 자식에게 무엇이든 명쾌하게 답해 주긴커녕 이랬다. 저랬다. 했던 한심한 엄마입니다.

하느님께 이런 저를 어미로 정하셨으니 제 부족함을 메워주셔야 한다고 매달렸습니다. 빨래가 뽀송하게 향기롭게 말라주니 기분도 더 상쾌해집니다. 더도 덜도 말고 한가위만 같은 날이 계속 되면 좋겠습니다. 한동안 명절 지내시느라 모두 바쁘시겠지요. 오가는 길이 편안하시길 빌며 행복한 만남 많이 가지시길 바랍니다. 그리고, 명절이면 더 외로워지는 이웃들에게 하느님의 위로가 함께 하시기를 빕니다.

해피 추석.

시월의 마지막 날

　홈에 하도 오랜만에 들어오려니 아이디와 비번이 생각이 나질 않아 이거저거 들이대서 겨우 통과했습니다. 아침에 재원이를 교실에 넣어놓고 잠시 벤치에 앉아 기도를 드리고 나니 엉덩이가 얼어서 얼얼합니다. 벌써 계절이 이렇게나 지나갔구나. 생각하며 교정 한 구석에 있는 은행나무를 보니, 그 노랗고 무성하던 잎들이 다 떨어지고 밑에만 조금 남아서 저를 바라보고 있었습니다.

　'미안해. 매일 지나치면서도 인사도 못 했네' 참말로 미안한 마음이 들었지요. 묵주기도 성월이라고 들은 건 있어서 이번 달은 다른 달보다 묵주기도를 조금 더 열심히 드렸습니다. 사실 무슨 달은 어떤 달이고 하는 말을 들어도 제대로 기억하고 지낸 적이 없지요.

　이제야 그런 말들이 조금씩 귀에 남으니 어떻게 이렇게나 느린지 모르겠어요. 지난 상록수 미사에 딸의 면접 따라가느라 참석을 못 했습니다. 순 엉터리 신자라도 마음에 걸리기는 하는지라 옆에 있던 성당에 가서 남의 결혼식을 기웃거리며 기도를 드리고 나왔지요.

성당에서 결혼식 하는 걸 처음 봤는데 햐. 우리 딸도 착한 녀석 만나서 성당에서 류 신부님 모시고 혼배성사를 드리며 얼마나 좋을까요. 이제 겨우 대학 면접 보고 있는 아이를 신랑 신부 자리에 세워놓고 혼자 상상했더랬습니다. 축하객이 불러준 노래, 시월의 어느 멋진 날, 널 만난 세상, 더는 소원 없어 바램은 죄가 될 테니까. 기다리는 내내 이 구절이 입에서 맴돌면서 한없이 미안하기만 한 딸의 얼굴이 떠올랐습니다.

비가 내려서 성당으로 들어가는 길목의 화환들이 축 처져 있었지만, 아름다운 새 부부의 탄생을 보며 기도를 드리고 하느님 만드신 세상이, 사람이, 얼마나 아름답던지 눈물이 핑 돌았습니다. 워러 원더풀 월! 면접 후에 마음을 끓이면서 상록수에 도착하니 여러 님들이 얘기를 나누시며 우리 가족을 맞아 주셨습니다.

사실 우리 가족이 아니면 시끄러울 일도 별로 없고, 챙겨줄 사람도 별로 없는 상록수입니다. 딸의 말마따나 우리 가족은 천방지축에 민폐 전문이지만, 우리 가족이 워낙 한 덩치씩 하니 그 존재감을 무시할 수가 없거든요. 가자마자 염치 불구하고 저녁을 아구아구 폭풍 흡입하고, 바쁘신 분들 붙잡고 수다의 바다에 빠졌다 나왔지요.

상록수 가족들을 위해 우중에 먼 길을 오신 신부님을 뵈니, 미사도 안 드리고 돌아다닌 게 죄송해서 어찌할 바를 몰라 괜히 비실비실 웃기나 하고 그랬습니다. 안 그래도 영성체를 못 모셔서 재원이한테 미안해 죽겠는데, 재원이가 누나 기다리느라 힘들었는지 녹초가 되어서 책상에 엎드려 고개를 못 들지 뭐예요.

그래도 아무리 피곤해도 반가운 분들 얼굴이 보고 싶어서 집을 지나쳐 상록수에 갔다가 다시 되짚어 집으로 돌아왔습니다. 시월의 마지막 날 오늘은 간만에 오전 시간이 좀 날 것 같아서 녀석 학교에 놔두고 신나게 줄행랑을 쳤더랬습니다. 선재에 달려가 수녀님들 나오시는 '사랑의 침묵' 보려고요.

꿈도 야무졌지, 경복궁역쯤 갔는데 선생님한테 전화가 온 거예요. 재원이가 수업을 거부하고 난리를 치고 있다고요. 부랴부랴 반대편 전철을 잡아타고 눈썹 휘날리게 달려갔더니 글쎄 이 녀석이 수업시간표가 바뀐 게 마음에 안 들어서 2교시에 과학 수업 안 하고 제빵 한다고 "과학~ 과학~!"을 외쳐대며 제빵실에 안 들어가고 버티고 있었습니다.

시간표가 바뀌어서 오전에 제빵을 한다기에 세 시간 정도는 걸리니, 영화를 보려고 머리를 굴렸던 저의 꼼수를 일격에 날려버렸습니다. 친구들이 몰려와 재원이가 어떤 말썽을 피웠는지 소행을 낱낱이 고해바쳐 주어서 어렵지 않게 비디오 돌릴 수 있었지요. 평소엔 빵이라면 사족을 못 쓰는 녀석이 오늘은 시나몬+견과류 롤케잌 만든다고 꼬여도 굳건하게 넘어가지 않았습니다.

해서, 방과후학교는 빼 먹고 조금 일찍 학교를 나왔습니다. 평소보다 좀 할랑한 전철을 달려 읍내에 잠깐 내려 녀석이 좋아하시는 먹거리 사들고 살살 달래서 '집에 가서 보자. 으이그' 하면서 도착했는데 오자마자 수건 모조리 모아 세탁기에 넣는 재원이를 보니 마음이 짠해집니다.

뭐든 한번 입력되면 삭제가 잘 안 되는 녀석이니 새로운 것은 입력이 잘 안 되어서 걱정이고 입력이 되면 삭제나 변경이 되지 않아서 걱정이고 휴. 바쁜 아침 시간에도 다들 식탁에 앉아야 식사를 하려 하고, 물건이든 사람이든 제자리에 제시간에 할 일을 하고 있어야 하니 아드님 덕분에 하는 수 없이 '바른생활 가족'으로 살고 있습니다.

날씨가 갑자기 추워지는 걸 보니 입시가 다가왔나 봅니다. 그동안 수험생을 위한 기도를 드리면서 자녀가 아니라 자신을 위한 기도라는 걸 깨달았습니다. 아이들과 함께 조금씩 자라는 저를 보면서 난 참 더디 크는 사람이구나. 하는 걸 다시 한번 절감했지요.

하느님이 어쩌시려고 나를 엄마로 쓰셨을까? 하는 의구심과 하느님이 쓰셨을 때는 가망이 있으니까 쓰셨겠지? 하는 희망이 교차했습니다. 신혼여행 갈 때 단 한 번 들고 갔다가 영원히 처박아놓은 화장품 키트를 딸의 면접장에서 보았습니다. 그걸 가져와서 딸을 단장시키는 어머니를 보았는데, 저렇게 해야되나 보다. 싶어서 가슴이 마구 덜컹거렸습니다.

동생 덕에 뭐든 혼자 해내야 했던 딸은 우리가 면접에 도움이 되기는커녕 오히려 기다리는 동안 동생이 지루할까 봐 그 걱정을 하고 있는데 저는 마음밖에 보낼 것이 없어서 묵주기도를 드리며 우산을 받쳐 들고 근처를 맴맴 돌았습니다. 우리의 바람과 주님이 예비하고 계신 것은 다를 수 있겠지요. 같으면 더 좋겠지만요.

이제는 저절로 그런 기도가 드려집니다. '주님. 다예를 주님 뜻대로 쓰시옵소서.' 할로윈 호박처럼 머릿속에 전구가 하나 켜진 듯 얼굴이 온통 발그레하게 상기되어 면접을 마치고 나오는 아이를 보며 감사의 기도를 드렸습니다. '주님. 모든 것이 다 감사합니다.'

머털도사 재원 엄마의 편지

초판 인쇄   2022년 12월 12일
초판 발행   2022년 12월 15일

저 자   박숙희
펴낸이   김재광
펴낸곳   솔과학
등 록   제10-140호 1997년 2월 22일
주 소   서울특별시 마포구 독막로 295번지
             302호(염리동 삼부골든타워)
전 화   02-714-8655
팩 스   02-711-4656
E-mail   solkwahak@hanmail.net

ISBN   979-11-92404-20-2 (03810)

ⓒ 솔과학, 2022

값 23,000원

※ 이 책의 내용 전부 또는 일부를 이용하려면
   반드시 저작권자와 도서출판 솔과학의 서면동의를 받아야 합니다.